U0737645

NEW CHINA
EXCELLENT LITERARY
WORKS LIBRARY

1949–2019

新中国70年
优秀文学作品文库

中篇小说卷
NOVELLAS

梁鸿鹰 / 主编

5

第五卷
1995–2000

中国言实出版社

本卷目录

（1995—2000）

父亲是个兵

邓一光

父亲不是兵已经很久了。

一九九二年父亲和一大批老兵一起摘掉了帽徽领章，彻底告别了职业军人生涯，成了一名普通得和大街上那些蹀躞而行的退休工人没有什么两样的老百姓。父亲因此和所有他一样的老兵一起，得到军委三总部颁发的一枚勋章。那枚勋章，据说含金量极高。

六十年代末期，那时候父亲五十多岁，身强力壮，思维敏捷，刚从南京军事学院高级指挥学习班毕业。父亲的各科目成绩非常优秀，他为这个得意万分，他说他过去在部队里扫盲时学习成绩就特别出色，他说他就算一天书也没读过又怎么样？他说那些知识分子算个啥？不知道是弄错了还是根本就没弄错，父亲在拿到毕业证书后没有几天就接到了离职休养的命令。一个月后，父亲带着他的妻子和五个孩子搬进了雾城重庆市一位彭姓买办留下的一座幽静的花园，从此再也没有走进过军营。

父亲的身体很健康，直到三十年后的今天，他的身体状况依然良好。

父亲断断续续不戴领章帽徽的时间至少有十五年。十五年的时间绝对不算短。虽然父亲摘掉领章帽徽之后仍然穿着军装，那个样子却有点不伦不类。我一直认为军装的威风神气，完全是领章帽徽的功劳。如果没有了领章帽徽，那身国防绿实在呆板得很。

父亲永远穿着军装，风纪扣扣得一丝不苟，在最热的季节里，他也从不解开扣子，一任黑水白汗浸透军装。父亲也不是没有便服。七十年代后期母亲为父亲做过两套中山装，买的是最好的呢料，请的是最好的裁缝，衣服做好后，我见父亲试过，样子很呆板，一点也不像父亲。好在父亲并不常穿。或者说他

根本就不穿。那两套质量不错的中山装，后来基本上成为虫子和樟脑球的战场了。

父亲脱去了军装，已经不是兵了。但是时不时地还有是兵的叔叔伯伯到家里来看望他。他们大多来自很远的地方，匆匆地来，匆匆地走。那些年纪或大或小的兵临走时都对送出大门的我说，你的父亲，他是真正的兵。

父亲脱去军装的那一天，他把自己一个人关在屋里待了很久。那一天，广州军区一位少将来干休所颁发勋章。那枚勋章家里人谁也没有看到过，仿佛它在一开始就被父亲埋葬了。父亲这一生得到过许多的奖章，其中他最看重的是红星勋章、独立自由勋章和八一勋章。这三枚勋章分别放在三只小盒里，小盒里铺着枣红色的金丝绒，许多年之后，它们已失去了新鲜的光泽。父亲一直闭口不提他最后得到的那枚勋章。母亲曾经问过这件事。母亲说："老头，你是不是领了一块金牌？"母亲之所以这么问，并没有别的什么意思。母亲在很多方面和老式的家庭主妇没有什么两样，对鸡毛蒜皮的小事爱咋咋呼呼，而对严肃的话题却漫不经心，何况院子里都在传说，那枚勋章和以往的勋章不一样，是用纯金铸的，很值些钱。母亲对金子谈不上什么爱好。母亲年轻的时候热衷于工作，上了年纪以后迷上了老年迪斯科，另外还有国画。母亲的葡萄画得炉火纯青，可见在大器晚成方面齐白石并非是唯一的奇迹。对于那枚勋章，母亲只是普通的好奇罢了。

母亲这么问，当时父亲说了一句很粗鲁的话。准确地说，那是一句骂人的话。母亲听了很生气。母亲仅仅是生气，也不能把父亲怎么样。这件事说到底本来就不关她什么事，她就是想吵架也没有理由。母亲是四十年代的中专生，四十年代的中专生属于知识分子，知识分子吵架是要有理由的。

父亲那一天一直把自己关在屋里，他待在屋里一声不吭。出来吃过一顿饭，什么话也不说，也不怎么向他一向喜欢的红烧肘子伸筷子，吃过饭之后又回自己的房间去了，把门咣当一声碰上。但也没有发生别的什么事。

那天母亲去老年大学上课，回来晚了，回来以后就忙着做疙瘩汤。我对母亲说："爸爸今天脱军装，咱们是不是买点菜回来，家里庆贺一下？"母亲诧异地看了我一眼，说："那是为什么？又不是逢年过节。"我想解释一下。我想说，对于父亲，今天比一百个年加起来还重要，比一千个节加起来还要重要。但是我最终还是没有说。在母亲看来，父亲穿什么都是一回事，除了军装洗起来比较容易一些，别的没有什么损失。至少在母亲眼里，父亲脱军装算不上什么节日。

那天的天气差不多是一年中最好的，暖洋洋的。太阳在很长一段时间里都挂在那里一动不动。有点小北风，但也只能把院子里的干葡萄叶子吹到水沟里去，仅此而已。

父亲扛枪当兵这件事不是偶然，可以说它是顺理成章的。那个年头贫瘠的鄂东大别山区成了贫困农民的天下，有好几种政治力量都派出火种手到千里大别山来煽风点火，使庄稼不景气的乡下呈现出另外一种欣欣向荣的朝气。

父亲那时还是个半大的孩子，多半是为了聚众的习性，父亲参加了少年赤卫军，为成年人的武装组织做一些打杂跑腿的事，这些事和种田无关，带有一些打破常规的刺激，因此让父亲喜欢。父亲那个时候没有参加白枪会、红枪会、保安团或者别的什么组织同样是必然，因为父亲的大哥是“苏维埃政权”的村主席，父亲少小年纪，自然不会也不敢和自己的大哥对着干。

父亲在赤卫队里站岗放哨送信只是业余的，更多的时候父亲是在为一个比较富裕的远房亲戚喂牛，另外在农忙时节还得为主人打短工，年薪一石糙米。父亲喂两头牛，他承认那个活并不重，喂两头牛而且能挣得一石糙米使得父亲在家中有一种不吃白饭的自信和自得。

促使父亲最终成为造反者的原因并非是赤贫，而是自尊心。那个富裕的远房亲戚对雇工们十分祥和，冬天的时候他们一块儿蹲在太阳下笑眯眯地抽着旱烟袋说话，说女人的邪话，吃吃地笑，那幅情景是很让人心暖的。那个富裕的远房亲戚和雇工们一起干活，而且他总是抢重活干。富裕的远房亲戚生了四个儿子，全都能干牛马活，又和人合开了一爿粉房，生产白而细的绿豆粉丝，这才是他致富的原因。对于这种原因没有人会觉得不应该。

那一年的阳光十分充足，十几把锋快的镰刀昼夜不歇地刈麦也没能抵挡住见天熟透的谷粒一片片地洒落在泥里。主人十分焦急，赶着一家老小和十几个雇工没日没夜地忙活在地里。人们疯了似的用钢镰割倒稻秸，把它们东一堆西一堆打进晒坝。那些天晒坝里黄尘滚滚，灰蒙蒙不见天日。人们大颗大颗淌着汗水，不停地咳嗽，朝粮食堆里吐痰，并且把粮食粒儿扬到天上，再装进布袋里。主人站在地垄边大声地吆喝着：“伙计们，尽力割呀！今晚有烧酒蒸肉犒劳！”主人说话算话，当晚果然就有烧酒蒸肉端上饭桌来。醇香的烧酒里掺了不少水，喝起来甜丝丝的，像浸泡过麦芽，让人止不住地一边喝一边打喷嚏。雇工们都说酒是好酒。酒是好酒，可是主人却不该让大伙儿吃蒸肉。不是大伙儿不想吃，相反地，大家非常想吃，简直想吃极了。并不是一年到头都可以吃到蒸肉的，也不是每一家都可以端出蒸肉这道菜的。但是主人确实不该把那样

的蒸肉端出来给雇工们吃。蒸肉一块块足有四指厚的膘，白花花颤巍巍卧在喷香的霉干菜上，让喝酒的人眼珠子一个个几乎掉了出来。雇工们整齐地咳起嗽来，把嘴里的烧酒喷得像下雨一样。主人热情地说："吃吧，快吃吧。"大伙儿就迫不及待地伸出筷子。慌乱中好几双筷子在空中碰到一起，弄得嘁里咔嚓一阵乱响。主人的两个儿媳妇在一旁看了，躲到一旁哧哧地笑。父亲在忙乱之中夹到了一筷子干巴巴的霉干菜，这使他十分沮丧。父亲的第二筷子准确多了。父亲当时想，他的速度比大人们慢了一拍，等到他吃完第一块肉，别人就该吃第二块肉了。这个念头让父亲显得灰心失望。可是父亲并没有在吃第二块肉的时候赶上大家。父亲并没有吃第二块肉。父亲连第一块肉也没能吃下。并非父亲一个人，所有的雇工都没能对付了他们夹进自己嘴里的那块肉。那碗样子十分诱人的蒸肉根本就没有蒸熟，它只不过是被主人象征性地放进蒸笼里蒸了一下，完全还是生猪肉。主人笑眯眯地站在一旁招呼说："吃呀，怎么不吃了？都愣着做什么，都吃。这足足一碗肉，够你们撑的。"雇工中打头的脸上带着尴尬的笑，代表大家对主人说："七爹，不是我们不吃。我们想吃。我们想吃但没法吃。肉没烂呢。"主人听了很生气。主人说："这是什么话？你这是什么话？肉当然没有烂。肉当然不能烂。肉怎么能烂呢？要烂了，你们这些馋鬼，你们寻思一下也是不会的，叼住就滑溜进肚里了，哪里会知道肉是什么味道呢？"

父亲从来没有说过那块嚼不烂的生猪肉是促使他造反的原因，这只不过是我的猜测。一九三二年秋天被还乡团通缉追杀的不只是我父亲一家人，还有不少人的名字在名单上。这些名单中间的有一些人并没有逃走，他们在别的什么地方躲上几天，到来年开春的时候陆陆续续地回去了。他们中间有些人至今还好好地活着。父亲跑出家去参加红军，肯定有着类似自尊心受到了强烈伤害的原因。事过五十年之后，我随父亲回到顺河老家，父亲带着我去拜访过一位老人。老人是我家一位亲戚，论辈分我该叫七爷。七爷的绰号叫"地主"，因为他在五十多年前曾经当过红四军经营处的军需主任，管过整箩整箩的银洋和烟土，大家就这么叫他。一九三二年秋天七爷随撤退的队伍走出了几百里地，他放心不下将要临产的妻子，心里惦念着妻子给他生儿子还是生丫头，又跑了回来。七爷并没有被杀死，以后就守着老婆孩子种地过日子，一过就是五十年。我随父亲去看七爷的时候七爷正蹲在屋檐下挖鼻屎，涎水长线似的糊了一身。一个五十岁左右猥琐的汉子抱着一只鸡婆在捉鸡虱子，看见我们走来就傻乎乎地冲我们笑。我想他大概就是七爷当年放心不下的那个宝贝儿子吧。

在我们那个家族中，父亲是加入闹红队伍中年纪最小的。他只是看到他的两个哥哥，几个叔伯堂兄和他的七叔都这么忙碌着，他们在腰里扎着子弹袋的样子十分威武。父亲作为一个正在长大的男人是十分羡慕这份威武的。

我的大伯是东冲村的村苏维埃主席，三次反“围剿”的时候带着村赤卫队参加了红军，成为一名红军营长。我的二伯是麻城县独立团的敌工干事，专干铲奸肃反的事。他万万没有想到两年后自己也成了肃反的对象，做了自己同志的刀下之鬼。

大伯随着红四军撤离了鄂豫皖苏区，同时离家出走的还有那几位堂伯堂叔。二伯的独立团此时正急急地躲进杨真山中，他们日后几乎再也没有从大山里出来。乘顺区满是穿着狗屎黄军装的皖系十七师的兵，还有头上缠着红布条的河南光山杨大山的三枪会会众。十七师的兵和三枪会的人在进入乘顺的当天就大开杀戒，到次年开春时整个乘顺地区有十几万人被杀掉。被杀掉的人有时候没有人收尸，就被抛入举水河中喂了鱼，有人亲眼看见举水河中跃出足有小牛犊大的鱼来，那是鱼儿吃人吃出来的结果。

一位亲戚从镇上看女儿回到村里，带回了对东冲村三十八名“红匪”通缉的消息，我的大伯是头一个，二伯和父亲都在其中，悬赏的价码足以让任何一个种田人动心。父亲当天夜里离开了家乡，想投奔他的大哥。他第八天在河南境内追上了红四军，成为军部手枪队的一名战士。父亲却最终没有见到他的大哥，一九三三年三月，在巴中保卫战中，大伯奉命带一个营驰援，死在战场上了。

父亲也没有再见到我的爷爷。一九五〇年当父亲怀里揣着一沓银圆坐着一只小船渡过举水河踏上家乡的小路时，我爷爷的坟头已经开过一茬白色的苦艾花了。

父亲的倔强脾气使我们一家人都吃尽了苦头，尤其是他褊狭的恋乡情结，几乎毁了我的整个前途。

父亲在他休息后的第十五个年头开始念叨他的“归去来兮”经。在这之前，他一直没有放弃过重新工作的期望。他一直以为那一纸休息的命令只是暂时的，他还有复出的希望。他就那么等待着，苦苦而又痴心不改地等待着。他等那份根本没有出现的命令等了整整十五年。父亲在重新工作无望后决定回到他出生的地方，他想要回到他的麻城老家去，做农民或者做“寓公”。这个念头十分强大地统治了我们家十年，直到父亲的预谋得以实现。

父亲在休息之前一直做军事指挥员，没有搞过政工，虽然在一九四五年国共和谈破裂以后父亲曾在极短的时间里当过几天参谋长，但这并不能说明他就

懂得谋略。父亲的谋略才能是在他休息之后才被挖掘出来的。他那时有了大量的时间和精力来总结自己，同时也有大量未曾释放的欲念需要疏导，这就促使父亲由一位勇士痛苦地变成了一位智者。

父亲当然并不仅仅是自己回家乡，他还要把全家都弄回老家去。父亲甚至希望他的孩子中有一个能和他一道回到老家那根本就不怎么长草的土地上去种庄稼。在我的其他几位兄弟姊妹都当了兵之后，父亲把希望的目光对准了我。我在中学毕业后成了一名知识青年这件事使父亲的希望有了实现的可能。父亲怂恿我回老家当知青。父亲说："当农民哪儿不能当？你守在四川这个穷地方干什么？"我说："四川怎么是穷地方，四川是天府之国。"父亲不屑地反驳我说："天府在哪儿？之国在哪儿？你拿出来我看看。连个鱼也吃不上，还什么天府之国！回家乡去，家乡的鱼吃得你哭！"父亲这么说，他不但说，还付诸考察，为此他专门带着我回了一趟麻城。

我发现一踏上回家乡的路，父亲的忧郁心情就一扫而光。小船载着我们渡过举水河的时候，父亲敞开大衣双手叉腰昂首挺胸站在船头上。他心情极好地指点着告诉我，他在哪个沙丘上偷吃过四婶地里种的花生，被爷爷打过屁股；他在哪个深潭里摸过鱼虾，差点没淹死。父亲敞开肺腑大口地呼吸着河面上腥潮的空气。父亲快乐地说："妈的，这儿一点也没变，还是老样子。"父亲眨巴眨巴眼睛小声对我说："小子，回家第一件事就是让你饱饱地吃一顿鲜鱼。不是一条鱼是一顿吃它几十条。"父亲从称呼他"三爹"的摇船后生的鱼篓中拎出一大挂鱼，对小伙子说："剖干净，洗一洗，回头给我送去。"我看着那些一寸来长的柳条鱼，哈哈大笑起来。我觉得父亲他实在是一个懂得幽默的人。

在爷爷留下的那栋干打垒小院外面，父亲被一个小石子绊了一下，差一点跌倒。父亲把他的皮大衣往我怀里一塞，跌跌撞撞往里走，一边大声叫道："嫂子！嫂子！我回来了！"我的瞎了一双老眼的大婶战战兢兢地扶着门框走出，什么也看不见地说："是三毛？是三毛吗？三毛你回来了？"父亲冲进院子，抢前一步挽住了大婶，父亲就在二月的阳光下，在老邓家遍地麦秸和鸡屎的老宅的屋檐下，扑通一声给大婶跪下了。大婶说："三毛快起来，三毛你快起来。"父亲说："不！"父亲他眼眶里涌满了泪水。父亲他就这么跪着，说什么也不肯起来。

我被那个场面给镇住了。热血一股股地往我脸上涌。我的父亲一生硬骨，他打了数百次仗，负过多次伤，至今他的颅顶还残留着一粒黄豆大的弹片，腿肚子里还有一粒子弹。一九三四年万源保卫战中，父亲中了三发子弹，三次被打倒在地，三次都爬了起来，血人似的在火海中跌撞冲杀，成为红四军中传颂一时的美谈。我的父亲他从来没对人说过软话，他直到八十岁的时候仍然大跨步地走路，腰板挺得笔直。

大婶是大伯离开家乡前娶进门的。大婶那年十七岁，是东冲村最俊气的妹子。大伯离开家乡的时候并不知道大婶已经有了身孕。在这之后的几十年时间里，大婶始终盼望着大伯有一天能回到家里来看一眼他的骨肉。在邓氏家族三个虎背熊腰的年轻后生亡命他乡之后，一个十七岁的小媳妇就脱下红色的新嫁衣，一声不响地走出她的新房，默默地操持起一家老小的苦日子。这个十七岁的小媳妇起早贪黑，没日没夜地劳作，地里的活屋里的活全靠她一个人。她有的时候累得晕倒在地里，但她从来不对自己的公婆说。她毫无怨言地为邓家养小送老，把大伯的父母一个个安葬了，又把大伯的儿子一口口喂大了，然后为他娶来了媳妇，再安静地守在哔剥作响的油灯前，等待儿媳妇生产下大伯的孙子。这个当年十七岁的小媳妇偶尔也在黄昏的时候悄悄独自到村头的河边去等着，用她那双美丽的眼睛默默遥望着通往北边的那条大道。大伯当年就是沿着那条大道离开家乡的，他并不知道他的十七岁的女人在日后无数的黄昏来临时用怎样美丽而忧伤的目光期待着他的归来。她就那么地把一双眼睛一天天地盼瞎了。但是大伯始终没有回来，连他的遗骨也葬在不知晓的异乡了。

父亲说，你的大婶她是咱们老邓家的功臣。

回到邓家老宅使父亲一直压抑着的情感得以释放。在许多场合，父亲都表现得像一个孩子。父亲在长久地给大婶下跪过后站起来，对站在院子里怯怯地望着他的侄儿媳妇大声说：“明珍，给我杀鸡！给我杀最肥的鸡！”我的堂嫂那年五十多岁了，看起来，她比我的母亲还要显老。我的堂嫂恐慌地看着父亲的目光在搜寻着院子里那几只茫然无知的鸡婆，连忙小声说：“都是生蛋的鸡呢。”父亲说：“吃就吃生蛋的鸡，不生蛋的鸡谁吃？”父亲说完顽皮地看着大婶笑，一副很得意的样子。我很同情堂嫂，在父亲去爷爷奶奶坟地的时候，我给了堂嫂五块钱，让她去别家买两只鸡来。但这种阴谋没有得逞。父亲在喝过第一勺滚烫的鸡汤之后狐疑地皱了皱眉头，抬起眼盯着堂嫂说：“味道不对。这不是老邓家的鸡！”堂嫂吓得满脸惊恐，差一点打翻了汤碗。以后有好几天，堂嫂都躲着父亲，她一看见父亲就忍不住要全身发抖。

父亲回到家乡后一共办了三件事。头一件是给爷爷奶奶上坟。父亲去上坟，没有带我去。这是一件至今仍然令我疑惑不解的事。无论于情于理，我从千里之外回到祖籍，我是邓家的一个子孙，说什么都该去给祖宗烧炷香，磕个头

的。可是父亲却不叫我去。父亲换下了军装，带着一把长柄锄，他在走出大门的时候深深地吸了一口气。父亲在二月的阳光下给我的大婶下跪，他在他这一生中只给这么一个女人下过跪，这个意义当然是非同寻常的。他是在替爷爷奶奶，替他的大哥，替他的二哥，替老邓家所有的男人下跪。父亲在邓家的老宅满是麦秸和鸡屎的屋檐下倾金山倒玉柱扑通一声跪下去，无论是祖坟里还是异乡别土里的邓氏亡魂都长长地叹了一口气，从此安宁。父亲走出院子，独自一人去了祖坟，在那里整整待了一天。父亲在那里做了一些什么没有人知道。我不相信父亲在爷爷奶奶坟前只是做一些拔草培土的事情。这不是他。我总觉得，父亲和邓家祖坟之间，一定还有一些别的什么秘密被隐藏着，而那些秘密，父亲是打算恪守到最后的，甚至连他曾一度信赖且寄托过重望的我，他也不打算告诉。

父亲回到家乡做的第二件事是召集了邓氏家族中最亲近的人开了一个会。会是在夜里开的，这样就显得有点神秘。父亲要我来主持这个家族会议。这是父亲带我回乡阴谋中的主体部分。父亲对邓家的颓败和自甘堕落十分痛心，他处心积虑地要让邓家的威风重新得到发扬。他固执地认为，一切的不尽人意都是由于邓家人缺乏一个有胆有识并且有文化的组织者。这是一个至关重要的人物。而这个人物的最佳人选就是他的第二个儿子——我。父亲的阴谋在他强大和刚愎自用的自我中一步步得以实现。如果不是因为一个偶然场合中我得知父亲准备在家乡为我找一个身体结实的媳妇，让我因为有了那个身体结实的女人而在家乡死心塌地安家落户，那么他的一整套计划早就实现了。父亲差一点毁了我。他让我回到家乡来组织和发动那些一点也不争气的邓家的农民们。他斩钉截铁地说：“农民和你想象的不一样。农民什么也不是，他就是农民。”按照父亲的战略意图，我的文化知识和无牵无挂足以造成一种新的势力，它能为愚昧、自私自利并且目光短浅的邓家人提供一个新的家族核心。这很像几十年前发生在家乡的那场轰轰烈烈的大革命，它是需要有狂热想法的人来充当火种手的。父亲肯定地认为，如果不出差错，他的二儿子将在他的有生之年中夺取大队支部书记或者大队长的位置，如果这样，拿他的话来说：“邓家人就有救了。”

父亲回乡时满怀着再度闹革命的强烈念头，他甚至为新一代造反者们带去了他们的领袖。父亲正是怀着这样的复杂心情大声叱骂他的那些堂兄弟和叔伯侄儿们，挨个儿指着鼻子把他们骂得狗血淋头。父亲血压升高，心跳加剧，有一个时候他差一点因为激动倒了下去。而我的那些堂叔堂兄们则一边点头哈腰，一边唯恐落后地一支接一支吸着父亲带回去的“红牡丹”牌香烟，直到把它们全都吸光。我的直觉告诉我，他们谁也没有认真去听父亲骂了一些什么，他们也不管父亲他为什么要骂，他们只不过是喜欢集体坐在那里罢了，但即使这样，因为有了“红牡丹”牌香烟，他们是很喜欢听父亲训话的。

父亲干的第三件事最具有传奇色彩，它让我再度看到了父亲身上被岁月尘土掩埋了很久的光辉，令我不由得肃然起敬。我吃惊地发现，父亲他作为一名职业军人的全部良好素质并没有消磨掉，它们只不过是在悄悄地潜伏着，等待着一切可能充分发挥的机会。

一百吨日本尿素在运往管理区的途中被一大群手执扁担打杵的东冲村人劫住了。司机从驾驶台里钻出来大声喊道：“你们要干什么？你们疯啦？！”没有人听他的，东冲村的男男女女老老少少举着扁担挑着箩筐没命地往前拥，从车上拖下成袋的化肥再把它们运走。在整个事件中指挥者只有一人，那就是我的父亲。

老区永远是贫困潦倒的，否则革命的火种就无法最早在老区燃烧起来。老区在老区人成为理论上的主人之后仍然顽固地保持着它的贫困潦倒，贞洁似的守护着这一份荣誉。老区对于源源不断地送到的各种救济物资采取了一种心安理得的接纳方式。整整两代人，几十万人的生命轰然倒下，把它们烧成灰，撒进土地里，土地也是可以变得肥沃起来。但这并不是父亲指挥那次抢劫化肥车的理论依据。父亲没有理论，他只有几十年屡试不爽的经验，那就是革命靠自觉。父亲从心底深处痛恨家乡人那种与前辈完全不同的逆来顺受和心平气和。打仗死掉了几十万人，难道造反的骨气也死掉了吗？既然管理区的那些土皇帝们不把化肥指标分给东冲村，那就抢嘛！

几百名脸上涂了锅底黑的农民突然之间出现在公路两旁，令司机和押送化肥的管理区技术员大惊失色。他们怎么也不会相信，打死也不会相信，在共产党领导着的地方会出现这种揭竿而起拦路行翦的暴民行为。父亲完全像指挥一场战斗一样向大队干部布置了这场“化肥劫案”。一辆牛车歪倒在公路当中，赶牛车的小伙子躺在车上呼呼大睡，长长一溜化肥车只能停在公路上。司机目瞪口呆地看着疯了似的农民一拥而上，身手矫健地攀上汽车，踢死猪娃似的往车下踢化肥袋。车下的人则配合默契，肩扛箩挑，迅速将战利品运下公路，顺着羊肠子一般的田埂消失掉。空气中弥漫着浓烈刺鼻的尿素味，同时弥漫的还有老区久违了的同仇敌忾精神。司机如果对历史稍微有点兴趣，他就会发现，这个场面和五十年前发生在这一带的众多事件有着十分相似的共同之处；他还会领悟一个道理，农民一旦被组织起来，就会发挥出最大的积极性和创造性。遗

憾的是司机根本没能领悟这一点，除了节油标兵之外，他在哪一方面都表现平平，他只会一个劲地在那里喊："你们这是干什么？你们疯啦？！"没有人理会他，人们全都处在一种极端的兴奋和突然产生的责任感中，唯恐做了群众运动的落后分子。司机并不知道，此刻，在远离公路几百米外的一个高地上，一个指挥过数百场战斗的职业军人正披着一袭英国呢大衣冷静地注视着一切。当两辆八吨装的卡车被卸运一空之后，他在心里对自己说，这场战斗应该结束了。

父亲这一辈子杀人无数。

在具有远距离杀伤能力的火器替代了刀矛弓箭的捉对厮杀成为战争的主要形式之后，父亲说不清自己到底杀死过多少人看来是合情合理的。父亲从来不对我们提起有关战争的事，虽然这个话题对我们做孩子的十分具有诱惑力，但他从来不说。在重庆的那座彭姓买办留下的花园式林园里，我的一个小伙伴总是向我炫耀他的父亲。他得意扬扬地说："我爸杀过人。"他说这话的时候脸上被阳光照耀着，灿烂夺目，是那种标准的骄傲的样子。从小学到中学，这份不曾拥有的荣誉一直刻骨铭心地纠缠着我，使我在许多梦中游弋在尸骨成堆血流成河的战场上，灵魂不得安宁。直到日后我长大成人，从另外的渠道知道了父亲保守那个秘密的原因，我才原谅了父亲。

父亲在成为一名职业军人的时候肯定知道自己这一生会杀人的，这毫无疑问。但是父亲绝对没有想到，他渴望要杀掉的第一个人却是他自己的同志。

父亲想要杀掉的那个人是手枪队副队长，云南人，名字叫向高。向高在朱培元手下当过连长，性格乖张暴烈，对手下的兵轻则训骂，重则拳打脚踢，手枪队的兵几乎全被他收拾过。我的父亲在向高手下当兵实在是倒了大霉，从河南到通南巴行军途中，父亲至少挨过向高三次揍。有一次父亲牵着的一匹骡子掉进峡谷里了，向高把父亲吊在树上用擦枪条猛抽，抽得父亲皮开肉绽，好几天屁股不敢沾马鞍。父亲那天就暗下发誓，说什么也要杀掉向高。

杀掉向高最好的方式就是打黑枪。

战斗发生的时候，战场上一片混乱。在一望无际的草原地带和骑兵厮杀是最令人心怵的，那些圆臀细腿的骏马驮着它们剽悍的主人风驰电掣地朝着草地上洒豆儿似散开的步兵扑去，而那些步兵真是可怜之极，他们经过了路途漫长的逃亡和被围剿，一个个面黄肌瘦、衣衫褴褛、步履蹒跚、提心吊胆。在没有遭受袭击的时候，他们像断断续续被风吹皱的一条线在一望无际的草原上移动，谁也不说话，从日头出来一直移动到月儿升起，除了荒凉的风吹动茅草的声音，头顶飞过的雁阵偶尔抛落的鸣叫声和千万双脚杂乱踢踏起泥水的声音，这支队伍移动得毫无生气。马队一来，队伍立刻炸了，在经过短促的抵抗之后，便抛下辎重毫无目标地四下逃命。在一览无余毫无屏障的草原上，无论他们是勇敢地迎着马队冲上去还是撒丫子逃开都丝毫没有意义，因为凭着四条疾速的马腿，那些在草原上长大的勇猛的武装土著会轻而易举地抵近他们，用得心应手的柳叶刀从正面或者背后劈倒他们，让他们这些异乡人的鲜血浇灌无人照料的野花野草。

父亲在最初的惊慌过去之后变得兴奋起来。父亲意识到，他杀掉向高的机会来到了。父亲下意识地逃出几步之后站住了，他紧握着他那支奥地利生产的五连珠马枪，根本不管他那几个部下，而是回过头去，在四下溃散的人群中寻找他的目标，寻找向高。枪声在草原上空此起彼落，刀光血影交织成一幅杂乱的画面，不时有人被击中或是被砍倒，发出瘆人的惨叫声。一些失去了骑手的马在人群中四下乱窜，将人撞倒在地再踏成肉泥。父亲躲避着那些马。他的运气不好，在毫无秩序的战场上，他根本无法找到他的仇人。他有很长一段时间不知道向高在什么地方。要做到这一切，父亲必须花很大的工夫。战场上，尤其是短兵相接的白刃之地，敏捷的反应是保全自己消灭敌人的最好武器。要做到敏捷，你的思维中只能保留两个概念，敌人或友人。而父亲在这一点上恰恰不是这样，他的思维十分混乱——自己人——敌人——仇人——向高，这种含混不清自相矛盾的意识妨碍了他，使他在一片混乱之中跌跌撞撞，完全弄不清方向。实际上，直到他被一柄染足了大草原黄昏时娇艳的晚霞的柳叶刀劈倒时，他也没能找到他的仇人向高。

那匹雪青马朝这边奔来。马背上瘦骨嶙峋的青脸汉子受到了父亲高大个子的刺激。青脸汉子根本没有想到，在这场血腥的追逐中，居然还有一位个头高高的少年敌人会迎着马队奔跑，这实在是有些与众不同。青脸汉子受不了这个，他放弃了原先追杀的目标，一提马嚼口，转身朝父亲扑去。那匹英俊的雪青马久经沙场，训练有素，它在迅速追上父亲之后并没有用四只有力的铁蹄踏倒他，而是灵巧地往斜里一晃，把杀戮的快乐留给了它的主人。杀伐的整个过程应该说是相当成功的，但是事情不知在哪个节骨眼上出了点差错，总之，事件的结果并不像推理那么令人满意。按照草原骑手的追杀方式，杀手本应该在超越猎物的那一瞬间回手一刀，从猎物的前颈下手，割掉猎物的头颅。这样干有如下两个好处：第一是能够在结果对手性命的同时看清对手的相貌，做一个明白的胜利者；第二是证明这是一次面对面正大光明的厮杀，以证明追杀者的气节。可是这位青脸汉子在最后的时刻突然有点惊慌失措了。他被父亲的那种不顾一

切在人群中寻找的盲目和自我弄得有些慌了神。他的长长的柳叶刀提前地举了起来，劈了出去，锋如纸薄的刀刃不是劈在对手的脖颈上，而是砍在了对手的后背上。

父亲跌倒下去，跌得很重，身上的干粮袋和一块臭烘烘的羊毛毡子被刀砍成两截，散落到地上。血从父亲背上笔直地迸溅而出，因为有羊毛背心的阻止，血在极大的冲力下被粉碎成无数的血雾，肮脏的蜷曲的羊毛立刻被血水染成了粉红色，显出一种惊心动魄的暖意。那一刀造成的伤口至少有两尺长，从父亲的肩头一直延伸到臀部。父亲倒下去的时候，被刀砍开的军装在他身后像两面壮烈的旗帜飘扬开来，跌落在草地上。

青脸汉子在冲出几丈远之后勒住了雪青马的缰口。他回过头来看着倒下去的那个无畏的少年。青脸汉子迟疑一下，同时略显惭愧地咧了咧厚厚的嘴唇。青脸汉子知道自己这次干得并不光明，甚至有些丢脸了。但是仍在草地上挣扎着爬动的父亲使他保持住了最初的热情。青脸汉子回过头来看了看，四下里没有谁注意到他刚才不光彩的行为，大家都在忙着，各有目标。青脸汉子低声地骂了一声，策过马头，轻轻一磕马肚子，重新朝父亲冲来。青脸汉子根本不知道，一个名叫向高的敌人此刻正在朝着这边奔来，并且在奔跑之中举起了他的手枪。青脸汉子在重新接近父亲的时候感到自己的坐骑出了什么问题。云南人向高的枪法极准，头一枪就射中了雪青马的头，将马儿漂亮的头颅击得粉碎。雪青马在继续跑出几步后猝然倒下，将主人重重地摔在草地上。没等青脸汉子爬起来，向高的第二枪就射进了他的胸膛。

父亲背上的伤口好得很快。从马唐到康克喇嘛寺的第五站，父亲已经强撑着从马背上爬下来，硬着一双腿摇摇晃晃地跟在部队后面行走了。十几岁的父亲生命力十分旺盛，轻易是不会死去的。但是父亲心里肯定还是有了一道别人无从知道的伤口，它在那里很长时间都无法愈合。向高是从哪里钻出来的？他一开始会躲在什么地方？他怎么会那么巧地在最后一刻出现，救了想杀死他的父亲？向高在枪声稀落的草原上把父亲从尸首堆中背了下来，父亲那时一直处在迷迷糊糊的状态中，当他稍微清醒一点之后，他甚至企图去夺向高手中的枪，被向高一巴掌打倒在地。向高救了父亲，也救了他自己，这件事情过去之后，父亲心里一定为着再也不能杀死向高而终身遗憾了。

父亲被解除军职之后，开始大量地开荒种地。

我们住的那座彭家花园很大，但地都不曾荒芜，全都种满了花草果木。父亲走向花园，他把那些美丽的花草都挖掉了，将带着根茎的泥土深深地翻过来，改种粮食，还有白菜萝卜。父亲整天都在地里忙碌着，固执地把花园改变成农庄的样子。他并不关心那些粮食和蔬菜生长在这样的花园里合不合适，生长出来派什么用场。粮食的生长和成熟对他来说似乎只是一个过程，他要的只是自己永不终结的行动。有时候我觉得父亲不可思议，他是个行为的强者，却从来不善于思维。

那些粮食和蔬菜生长出来的时候，如果下过一场透雨，样子是非常好看的，在大城市里，居然生长着这么大一片绿色和黄色的庄稼，这本身就是一个奇迹。少年的我和弟弟在放学回家之后，便在这片奇迹的天地里跑来跑去，追逐蝴蝶或者蜻蜓，追得满头大汗脸蛋通红。父亲远远地挑着一担肥料过来，父亲放下担子，站在那里一动不动地看着我和弟弟在奇迹里奔跑，他的目光里常常有一种我们无法读懂的内容。

除了种地，父亲还喂鸭子。彭家花园有两个大池塘，池塘里有鱼，还有荷花。鸭子们成群结队地在荷花中游来游去，那真是一幅动人的田园风光图。父亲喂鸭子同样不考虑目的。他只是喂，只是要在风景美妙的花园里寻找一些事情来做。如果有可能，他甚至可以喂牛或者是羊，把自己变成牛倌或者是羊倌。

当然，父亲并不是从来不考虑目的的。我的一个叔伯侄儿，我父亲的一个侄孙有一年进城来向父亲讨救济，父亲就有目的地建议过他喂鸭子。

老区过去很穷，因为穷，人们才无所顾忌地起来闹红，闹得天翻地覆乾坤颠倒，但是老区仍然很穷。老区人当然不会再起来闹红了，因为在新的时代，上上下下有不少老区的子弟在做着官，他们不能造自己子弟的反。但是他们有别的办法，最常用的，就是进城（省城或者京城）找自己的子弟讨救济。老区在相当长的时间里心安理得地成为国家的“五保户”，吃着国家粮库调拨的粮食，穿着国家军队支援的衣服，花着国家银行提供的钞票，从这个意义上说，老区应该算作“共产主义”的试验之地。

一九七七年我的家乡大旱，连续一百多天没下过一场透雨，地里的庄稼全被日头烤成了赤色。县里的父母官对省里拨下的救灾款数目不满意，便直接去京城找一位在军队掌握实权的将军。将军在他宽大的会客厅里请县里的父母官吃水蜜桃。将军关心地了解家乡的民情。将军听完县里父母官的汇报，难过地流下了眼泪。将军说，政府管不了军队管。将军当下就拨电话。将军哽咽着喉咙对着话筒说：老百姓活成这个样子，那是我们的罪过！不管付出多大代价，必须保住老区土地上的庄稼！县里的父母官听着这话，扑通一声就给将军跪下了。将军见状，丢下电话扑通一声也跪下了。将军热泪纵横地说，你们快起来，

要跪该我跪，我给家乡父老跪下！

那年旱季，大量的军队设备源源不断地运到老区，军队从百里之外挖通长江引来水源，几千台大功率抽水机日夜不停地工作。那一年，老区的庄稼终于获得了大丰收。后来县里的一位宣传干部背地里对我说，抗灾用去的款项，是粮食收获的几十倍。我为他不懂得怎样去算老区这笔账而遗憾。我只是委婉地对他说，老区已经学会了怎样对付他们的困境，他们甚至在省城和京城建起了相当气派的办事处来应付这一切，这难道不能算是一种进步？

父亲给了他的侄孙一笔钱，让他回家去喂鸭子。父亲详细地算了一笔账。按照父亲的算法，这笔钱加上侄孙两年的汗水，足可以使侄孙一家过上宽裕的日子。但是父亲的侄孙没过多久又写信来讨救济。信上说鸭子倒是喂了，也长得很活泼，特别是它们嬉水的时候，那个样子真是可爱极了。但是鸭子们没有一直活泼下去，也没有一直可爱下去，它们在池塘里嬉水的时候全都被人药死了。侄孙说他打算喂种猪，他不会被灾难所吓倒。侄孙解释说种猪是圈着喂的，不像鸭子，需要在公共场所活动，不会被药死。父亲觉得这个想法是正确的。父亲特别感动的是侄孙不被灾难吓倒的决心。于是父亲又给他的侄孙寄去了一笔钱。父亲在随后寄去的信中叮嘱侄孙多去管理区向技术员讨教，学习科学养猪的方法。父亲守着晨露把那封厚厚实实的信交给了邮递员。实际上这不是父亲写给他侄孙的最后一封信，在那以后他还写过好几封信，信的内容都有所变化。他的那个不成气候的侄孙不断地写信来，诉苦说种猪得了瘟疾，打算盘豆腐房，又写信说豆腐卖不出去，准备改办榨房，接下去是榨房收进了一大批霉料，全亏进去了，想想还是不如开小卖店稳妥，父亲侄孙的理由是，就算小卖店一样东西也卖不出去，东西还是自己的，吃用不到别人头上去。

父亲长期以来一直热衷于遥控他的侄孙或者别的有求于他的亲戚摆脱贫困。父亲在这方面有着百折不挠的精神，不管怎样的困难都无法动摇他。我十分佩服我的那些亲戚们，他们一个个都非常善于写信，他们在信上写一些人和事的名字，问父亲还记不记得这些人和事？他们在信上潦草而又言简意赅地写道：“三爹（或三爷），此信无它，只是家中困难。”然后他们就“敬祝三爹（或者三爷）身体健康，长命百岁！”他们源源不断地写来那些贴着八分钱脏兮兮邮票的信，用它们来瞄准我的父亲。老实说，它们的成功率通常都比较高，基本上都命中了我的父亲。我的母亲在父亲赋闲之后企图慢慢控制他的经济支出，她对那些“此信无它”的乡下来信充满了厌倦，但是母亲无论怎样做，都不能使父亲屈服。父亲对母亲说：“别的钱你可以拿走，但是我的残废金你得给我留下。”这个要求不管用怎样的标准来衡量都是合理的。于是，在长达几十年的时间里，父亲的残废金就月月不断地汇往了家乡，变成了被药死的鸭子瘟死的猪卖不出去的豆腐或者别的什么。

父亲当然并不仅仅满足于遥控，他有的时候还会亲自出马，去为家乡弄些电线柴油之类的东西。父亲在这种时候通常总能表现出他的果断和机智，他想向人们证明，作为一名军人，他并不曾衰老，他仍然具有所向披靡的战斗力。

有一次，父亲带我回家乡。一进县城，父亲就让车子驶进农机厂。父亲和一脸麻子的厂长十分熟稔。父亲一下车就对麻厂长说，麻子，你又偷懒了吧，怎么最近在报纸电台上见不到你的消息了？麻厂长委屈地说，我怎么会偷懒，我累得十盆血都吐掉了七盆，我恨不得累死。父亲漫不经心地说，你没偷懒，你就拿成绩给我看。麻厂长急得一脸通红，说，我当然有成绩，我当然拿给你看，你以为我拿不出来？麻厂长说着就带我们走进大门落锁的仓库，领我们看一辆辆崭新的手扶拖拉机。麻厂长得意地说，怎么样，这算不算成绩？省报刚发了文章表扬我，满世界都知道了，怎么就你不知道？父亲点点头，慢腾腾说，谁说我不知道？我当然知道，正因为我知道，我才来找你麻子。麻厂长明白上当了，说，三爹你饶我，这些都是要交任务的。父亲说，我是想饶你，可我们村不饶你。我们村只要三台，多一台不要。麻厂长说，三爹我都是有计划的，我要完不成计划，县里要罢我的官。父亲硬心肠说，我不管你的计划，我不管你罢不罢官，我只认你这个财主。你是财主，我就打你的土豪分你的田地，不打你打谁去？麻厂长哈哈笑道，三爹真有你的，三爹我就答应了，就给你三台，不过现在不行，得等一段时间。父亲也哈哈笑，说，行，等多久都行，我就在你家住下了，什么时候给我拖拉机，我什么时候走人。我也好侍候，每顿四个凉盘四个热菜，外加半斤五粮液，麻子这不难为你吧？

我们并没有住在麻厂长家，我们当天就拿到了三台拖拉机。

父亲在赋闲之后自己喂鸭子当然不是出于摆脱贫困的考虑。父亲种地也好，喂鸭子也好，所收所获很少进入我们家的菜盘子。父亲总是把蔬菜和鸭蛋一担担地送到邻近的幼儿园，让孩子和老师们改善生活。有时候，有素不相识的人从菜地边路过，父亲也会拉住人家，热情地不由分说地将人家的篮子或衣兜装满，他做着这一切，像个得了便宜的孩子似的。我后来一直认为，父亲把花园变成农庄，是一种新的生存表现。父亲他不愿意受冷落，不愿意人们忘记他。他一直生活在一种被抛弃的痛苦和恐怖之中。

鸭子在那一年突然受到了瘟疫的威胁。瘟疫是一只有着麻色斑点的漂亮母

鸭最先兆示出来的。它先是老打瞌睡，然后在每天清晨独自躲在鸭圈中拒不外出。所有的鸭子一改往日快乐地嬉戏和闲游习性，全都待在圈里，守着它们的美人儿。它们窝在一块儿闷闷不乐，眼眶里充满泪水。母亲说这是鸭瘟。母亲说得赶快把鸭子们全都杀了。父亲便开始磨刀。

在院子里的水磨石阶梯下，父亲将磨得锋快的菜刀往地上一丢，便吩咐我和弟弟捉鸭子。父亲杀鸭子的方式是我从不曾见过的。父亲杀鸭子的方法极其简单，每只鸭子，他只用一刀。我和弟弟满鸭圈扑腾去捉鸭子，然后交给父亲。父亲接过鸭子，用力掼在水磨地上，一脚踏住鸭头，手起刀落，将鸭头剁下。鸭子惨遭不虞，美丽的鸭头被踢到一边，水汪汪的眼睛说什么也不肯闭上，无头的丰腴的身子却艰难地撑起来，摇摇晃晃茫无目标地向花草丛中扑去，那真是一个令人震慑的场面。几十只生机盎然的鸭子在几分钟之内全部身首两异，鸭头像一枚枚奇怪的果实滚了一地，全都睁大着眼睛。没有了头颅的鸭子一只只醉汉似的在盛开着百合花和满天星的花草中走动，似乎在寻觅着什么。空气中弥漫着浓烈的腥甜味，水磨石地上，落英缤纷似的洒满了桃红色的鸭血，只是风吹来时它们一动不动，让人知道它们不真是桃花瓣。

父亲杀掉最后一只鸭子，立起高大魁梧的身子，手里提着滴着鸭血的菜刀，刀刃卷如锯齿。父亲站在那里，刚毅的脸膛泛着冷冷的红铜色，清瑟如水的秋风从花园深处吹来，在父亲的脸上击打出一阵阵的金属撞击声，也发出自己被撞疼了的呻吟声。我和弟弟站在一旁，被那种肃杀的气氛惊慑得一句话也说不出来。

父亲一生杀过多少人，这显然是个秘密，父亲从来不曾提起。在我们这些后辈人面前，他绝少提及他的戎马岁月。我们喜欢看的战争影片、战争图书，喜欢玩且收藏的根据战争演绎出来的玩具武器，他都视而不见，似乎他对战争，对搏击厮杀性命予夺十分的茫然和淡泊。

只有一次，父亲提到过杀人这个话题，那是因为我小姑姑的儿子。我的这位表弟非常聪明，高中毕业之后到管理处当了一名文书，以后又做了乡里的办公室主任。如果不是因为受贿罪锒铛入狱的话，他也许还能往上升。父亲极喜欢我的这位表弟，当他知道表弟被判了三年徒刑之后痛苦得彻夜难眠。父亲那一次有些显得失态地说："我们邓家杀人太多，这是报应！"

父亲肯定在他的后半生中长久地困惑于年轻时的杀伐经历。他闭口不提那些由飞溅的鲜血和被剥夺了生命权利的尸体组成的往事，一定有着更为深刻的原因。战争直到今天为止仍然没有摆脱以有效的杀伤生命为手段的初级阶段，但是早已从战场上退役下来的父亲，却在极力回避杀人这个战争无法回避的话题，这令我百思不得其解。

我的困惑，直到很多年以后，从我大舅的一篇回忆录里找到了答案。大舅的那篇回忆录收在黑龙江省党史办编辑的一套丛书中。大舅回忆了他从苏联回国后参加的一场战斗。大舅在他的那篇回忆录中这样写道：

> 一九四五年六月，我随苏联红军远东方面军马利诺夫斯基元帅的坦克部队从蒙古进入东北，我当时担任一支骑兵部队的上尉联络官。东北解放后，我即转入东北抗日联军合江军区，任骑兵大队大队长，首次战役，就是围剿土匪李西江。李西江是谢文冬、李华堂、张黑子、孙荣久四大匪首剿灭后残存在东北的最大一股土匪，有一千四百多人。这股土匪在合江省嚣狂了两年多，虽经多次围剿，成效均不大。特别是在谢文冬、李华堂、张黑子、孙荣久四大匪首被剿灭之后，剩余的骨干都归顺了李西江，使这股土匪的实力得到了加强。土匪们熟悉地形和民情，每人备有两匹马，当我们的骑兵眼看要追上他们时，他们就跳上另外一匹精力饱满的备马，眨眼将追兵丢得老远。如果用大兵团进剿，他们就钻进深山老林，在老林子里他们就像在自家炕头上一样自在，和围剿的部队躲迷藏，在大部队的身后打冷枪。这些土匪都是一些枪法极狠的家伙，个个身怀百步穿杨的本事，他们开枪并不把人打死，而是打腿，伤一个战士，得用四个战士去抬，另外还得有两个战士负责掩护，这种消耗的杀伤战十分有效，能使大部队很快陷入捉襟见肘的尴尬境地。军区首长对此十分恼火，下令不惜一切代价消灭这股土匪。这个任务交给了军区警卫团和三五九旅的两个连来完成，我们骑兵大队则负责配合完成这次剿匪任务……

我的父亲是这次剿匪战役的最高指挥官。

贺晋年司令员在部队出发前把父亲叫了去，两人围着火盆烤火。火盆很旺，父亲烤了一会儿就脱去了皮大衣。贺晋年司令员说："老虎（这是一九四六年之后父亲在东北时的绰号），你别脱大衣。你脱大衣干什么？你得穿着。你得给我把李西江捉来。不是他一个人，是十六个。十六个惯匪炮头，你把他们的头都给我提来。"贺司令说着就掏出笔记本，要父亲一一记下十六个人名。贺司令一边说那些名字一边吹着热气吃烤山药。贺司令拍了拍山药上的木炭焦说："第一不准打跑了，第二不准打散了，老虎你记着。"他啃了一口山药，烫得嘴直咧

咧，又笑眯眯地俯过身子来小声对父亲说："另外，别忘了带点猴头回来。"

追踪李西江的行动连续进行了十天。有好几次，部队都咬住了绺子们的屁股，狡猾的绺子并不恋战，枪一响，这些血气方刚的汉子们就跳上另一匹备马溜之乎也。有一次，部队已经将绺子的马队拦住了，可部队刚刚爬上两个对峙的小山包，架好机枪，绺子的快马就从山包之间的开阔地奔过，扬长而去，留下一片马蹄踏起的雪粉，气得战士们直骂娘。关外的冬天一片雪白，大雪极易留下过往者的痕迹，给猎物和狩猎者造成同样的困难。父亲在那个冬天实在算得上是一个优秀的猎人，他的冷静就像冻土一样，在毫无表情的白色下，黑得沉稳和坚实。父亲知道弹药和粮草都不允许他和棋逢对手的绺子们长时间地耗下去，更为重要的是，如果一直观赏绺子们浑圆的马屁股，那么首先被拖垮的不是绺子们的一万条马腿，而是无所建树的猎手——空手而归对所有的猎手都是极大的耻辱。

父亲决定玩一回逮黑瞎子的游戏。黑瞎子在整个白天都处于亢奋状态，它力大无穷，独游的野猪也怕它，是真正的森林之王。要捉住黑瞎子，在野外是不行的，必须守在它的窝里，黑瞎子一进了窝就充分显示出它笨拙的弱点。战争的生死哲学使出生于南方的父亲不学自会了北方雪原上的狩猎经验。父亲将战士四人一组组成了侦察小分队，父亲派出了十几支这样的小分队。这些小分队不久之后就带回了情报，根据情报，李西江将于某日在集贤镇的徐家屯子夜宿，他们在徐家屯子预先号派了一千四百人和两千八百匹马的粮草。

部队在当天下午进入徐家屯子，将屯子包围得水泄不通，屯子里的人只许进，不许出。屯子中央有一个很大的围子，是伪满时期警察署的驯马场，足有几亩地。部队在围子当中埋好了几十堆炸药和手榴弹，再在上面架好篝火。部队全部左臂缠上白毛巾，两个连的人匿身于四下的马厩和厢房里，更多的部队则守在屯子四周的要道口，伺机行动。部队守株待兔。

天黑时分，绺子们人喊马嘶地进屯了。绺子们兴高采烈，在马背上嗷嗷地叫唤着。烈性酒和猪肉炖粉条的火热憧憬使他们一个个热血沸腾，他们就像回家的孩子或者丈夫一样高兴。徐家屯子的维持会长和装扮成村民的侦察员殷勤地把绺子们引进围子里，并且立刻点上了篝火。熊熊的篝火迅速驱走了亡命者的寒意和劳顿，绺子们抵挡不住干牛粪烤热后散发出的芬芳，拴上马匹，像见了女人似的奔向火堆。马匹大声地打着喷嚏，吐出一股股热气，晶亮的汗珠子随着它们不停踢踏的马蹄滴落到雪地里，砸出一个个灰白色的小坑。冬天的傍晚，焰火能制造一切奇迹，绺子们很快被篝火征服，一个个敞开他们的熊皮袄子，让火焰直接烤烫他们年轻结实的胸膛。除了少数游动哨之外，一千四百名绺子全都进入了围子。趴在马槽下的父亲看得真切，他像一头嗜血的老虎似的喘着粗气，他跳了起来，兴奋地咆哮了一声：打！身边的参谋长应声打出了三发信号弹。

关外冬天的寒夜是一个奇怪的景象。天上没有星月，地上白茫茫一片，白山黑水上下，天比地更显得深沉。世间万物，仿佛全被零下四十度的气温冻结得失去了生命。突然之间，几十团巨大的火柱在黑沉沉的大地上升腾而起，震耳的爆炸声将几里外农舍房檐下的冰柱都齐齐震断了。炸药巨大的威力将整个土围子抬了起来，使一个好端端的冬夜完全变了形。越升越高的火焰之中，手榴弹像烤煳的苞米棒在空中翻飞起舞，不断地爆炸。人的身体的局部、撕裂成数片的马鞍子、断裂的枪支和点着了的皮大衣像一些奇怪的符号在火光中不断地升腾降落。篝火下事先埋着的炸药和手榴弹释放出大量的死亡能量，这些能量在追逐着毫无防范的猎物的同时又引爆了他们身上的弹药，将已被炸死的人进一步炸得粉碎。一个英俊而壮实的机枪射手被第一声轰鸣抬上了半空，他的敞开怀的胸膛上所有的软组织都被炸光了，只剩下一副干干净净的腹腔；紧接着，火焰又燎着了他身上缠着的机枪子弹，那些本来预备给他敌人的子弹此刻却转过头来向他复仇，接二连三的爆炸将他切割成了至少上百块残缺不齐的碎肉，当他全部落到地上来的时候，已面目全非。爆炸无疑是死亡形式中最为壮观的一种，火药和人的身体在顷刻之间便完全融为一体了，任何方式也无法将它们再度分别开来。爆炸持续了足足有五分钟，几十堆篝火在这五分钟里有足够的时间分解成更多的火堆，因为有那么多人的脂肪和马油，这些火堆完全不会担心在短时间内熄灭掉。接下来的密集扫射较之爆炸冷静得多。四下的马厩和厢房里，二十几挺日式歪把子机枪和苏式转盘机枪一齐吐出死亡的火舌，它们构成了一张密不透风的火力网，将围子当中那些四下奔命的绺子严严实实地罩住。子弹在空中毫不费劲地追逐着人的身体和马匹，把他们撩粮食包似的撂倒，不少子弹在半空中互相撞击后，发出刺耳的尖啸声钻进雪地里。父亲差不多是第一个冲出马厩，他的手中紧紧握着一杆上了刺刀的三八式步枪。父亲在一冲出马厩时就被什么东西绊倒了，三八式步枪的刺刀划破了他自己的下颌。绊倒他的是一个被齐颈炸断的马头，马还睁着眼睛，嘴里吐着白色的泡沫。警卫员和马夫抢上来扶父亲，父亲咒骂着一把将他们推开，大步杀入混战之中。三八式刺刀的制造者对钢火和工艺的挑剔是举世闻名的，但这也不能阻止它的弯曲和变形。父亲在结果了第四个绺子之后气喘吁吁，他的刺刀被血烫弯了，

再也无法使用；他左臂上的白毛巾也在肉搏之中掉到了地上，这就使他踩住了死亡的门槛。三五九旅的一位连长酷爱肉搏，在整个肉搏战中，他至少结果了八条绺子的性命，自己也伤痕累累。在混战之中，连长看见一个左臂上没有白毛巾的大个子，便一句话不说，挺枪朝那个大个子刺去，而那个大个子正是我的父亲。马夫眼明手快，一把推开我的父亲，冲连长吼道："我日你姥姥！这是首长！"连长也不答话，回转身挺着枪又朝人堆里扑去。父亲在这个时候看见了十几个绺子正在朝土围子的一处断裂口爬去，他们打算从那里逃出去。父亲两个耳孔和鼻孔不断地流淌着鲜血，那是被剧烈的爆炸震出来的。父亲吼道："拦住他们！别让他们跑掉了！"可是没有人理会父亲，所有的人都在忘我地厮杀。父亲扑进火堆中，捡起一挺被主人遗落了的机枪，踉跄着朝土围子断茬处奔去。父亲死死地扣动扳机，子弹将那十几个绺子打得在雪地里跳舞，一个个东倒西歪地躺下再也爬不起来，剩余的子弹则将深雪撒白面似的扬起，深雪下的冻土立刻呈现出不规则的蜂窝状。父亲直到打光弹匣里的所有子弹才住手，他回过头来，抹了一把脸上的血，朝土围子里看去。土围子里，火焰和鲜血四下里飞蹿，雪水被烤化了，变成一洼又一洼五颜六色的泥浆子，泥泞之中，到处都是人和马匹的肢体和五脏六腑。人们在泥泞中追爬滚打，杀人的人和被杀的人全都紧闭着嘴一声不吭，他们是连叫都不会了。

战斗持续了半个时辰，枪声在一刹那间戛然而止。一千四百具绺子的尸首和两千八百匹马的尸首堆满了整个土围子，血腥味直冲斗牛。血水在围子里四处流淌，火焰渐渐熄灭之后，血水结成了半尺厚的黑色冰层，人走在上面不断地打滑。胜利者毫不顾忌地坐在尸首堆中喘着粗气，他们累坏了，他们连包扎自己伤口的力气也没有了。然后他们慢腾腾地站起来，开始打扫战场。直到第二天凌晨，尸首堆成的小山还在轻微地蠕动，不时发出冰层脆裂的声音。战士们在尸首堆中逐一辨认，有十四个头颅属于名单上的，它们很快被分别包进几床被单中，驮上了马背。掩埋尸首的工作很繁重，它们被交给应召而来的保安团。部队在凄厉的军号声响过之后离开了徐家屯子，有一些老人和孩子站在远处看着部队撤离，他们把手袖在怀里，目光呆滞，菜色的脸上挂着不经意流淌出的清涕。无论是老百姓还是部队全都一言不发。

三十三年之后，我们家住的那个大院里有五个子弟作为新一代军人参加了南方的另一场战争。这是一场民族与民族之间的战争。中国年轻一代军人在这场战争中以自己的鲜血和生命捍卫了自己民族的尊严。战争时间之短促出乎所有人意料，但不管怎么说，战争的结束总是让人高兴的事。我们院子里参战的五个子弟回来了三个，其中一个被炮弹片切断了脊梁，成了终身瘫痪，另一个被步兵的压发式地雷炸飞了一条腿，极不协调地坐在轮椅之中。他们是我的昔日伙伴，我们经常在扫得干干净净的篮球场上打球，我们曾经把司令部球队赢得半个月没脸和我们打照面。可是现在，他们中间的四个人永远与球场无缘了，这使我很难受，有好长一段时间，我都因为我们不复存在的球队而闷闷不乐。

当三位光荣的子弟在鲜花和掌声中被人抬着推着回到院子里时，我发现父亲的情绪突然变坏了。父亲提前离开了英雄事迹汇报会，在那一天闭门不出。父亲的脸色阴沉得可怕，而且总是找着碴儿和我的母亲吵架。父亲把母亲刚种下的月季花连根拔掉，说月季开花时会有满院子残血似的花瓣，让人看着心烦。父亲这个样子，十足像一个坏脾气的孩子。父亲在晚饭的时候把自己关在房间里，拒绝出来吃饭。我们轮流去叫过他，他就是不开门。父亲在房间里高声说："我不吃！我说了不吃！我说了不吃就是不吃！你们为什么非要我吃？你们究竟要干什么？！"父亲在房间里摔打着东西说："我就不信，我看你们要把我怎么样！"我们心平气和地坐在饭厅里吃饭，我们几个孩子和母亲，谁也没有搭理父亲，我们都把父亲当作一个正发着脾气的坏孩子。我们吃蹄冻和东坡肘子，这是两道父亲平时喜欢吃的菜。我们还喝啤酒，让胃在冻冰的泡沫中痛快地淹没。说实话，我们谁也没有想过要把父亲怎么样。按照我的想法，想把父亲怎么样的人当然有，但那不是别的什么人，而是父亲自己。

那天吃过晚饭后我在厨房里帮着母亲收拾碗筷。我干得很利索。我干活的样子很像一个训练有素的家庭妇女。母亲夸奖我说："你比你爸强百倍，你会洗碗，你爸连筷子也不会捡。"但是过了一会儿母亲又补充了一句："你爸会打仗，还会骑马，这方面，你爸比你强一千倍。"我说："爸爸他怎么啦？"母亲不明白地问："你说什么？什么怎么啦？"我说："他怎么不出来吃饭？他应该出来和我们一起吃饭。难道是我们做错了什么？或者是妈妈你做错了什么？"母亲用力涮着锅。母亲说："我做错了什么？我什么错也没有做。我能做错什么呢？"母亲说："要怪只能怪他自己。他就是这样。他就是这个脾气。他犟。你们的父亲，他就是这样。"

一九四五年东北的战争态势呈现出捉摸不定的变化，不可一世的关东军在是年夏秋季节遇到了他们的克星，苏军马利诺夫斯基元帅率领着他的贝加尔方面军在坦克军团的引导下冲入关东军的永久性工事，将大和民族的骄子碾成齑粉肉酱，让曾经骄横一时的太阳旗颓然坠落。数日之内，东北绝大部分大中城市落入苏军之手，少部分为抗日联军占领。但这并不是最后的终局，楚汉两界

开始频繁易动主帅，新的军事势力开始迅速果断地渗透东北。东北是什么？东北是中国最大的重工业基地，钢铁产量占全国百分之九十，煤炭产量占百分之六十，发电量占百分之四十，同时还拥有全国最大的产粮区和军事工业。如此肥沃的黑土地，势必成为国共两党两军全力争夺的肥肉。一九四五年秋天，状似鸡头的东北便因为一时的权力真空变得热闹非凡起来。

一九四五年十一月，冀东八路军七师十九旅和国民党第十三军火力接触，国共双方终于为争夺东北拉开了战争的帷幕。

十一月七日，我的父亲怀里揣着十九旅代旅长兼山海关卫戍司令的委任状，带着几名参谋警卫星夜赶往山海关。在他们身后，相隔一天时间，父亲的老四十八团也以急行军的速度赶往山海关。与此同时，国民党十三军石觉的部队在美式道奇十轮卡车的运载下，已抵近山海关。石觉坐在黑色吉普车上，用马鞭轻轻敲着铿亮的马靴，他似有所思地偏过头来问自己的参谋长："听说山海关上有一座寺庙，庙里的签灵得很，有这事吗？"参谋长说："慧觉和尚的签解得倒是特别灵，只是连年战乱，不知和尚今安在？"石觉听罢点点头，说："命令部队加快速度，十二日必须抵达山海关。"

父亲他们在秦榆公路上遇到了梁兴初进占东北的一支部队，经过交涉，弄到了一辆日式吉普车，这就使父亲他们的进度加快了一步。正是这一步，使父亲在不知不觉中接近了他命运链条中最为关键的一环。父亲并不知道，他心急火燎地坐在吉普车上，不断地摊开1∶1500000的军用地图来看，吉普车不停地颠簸使他眉头紧锁，老是忍不住要骂娘。那辆吉普车开出半天后就熄了火，父亲和他的部下不得不弃车再度爬上马背，这使父亲很是恼火。因为长期骑马，马鞍已将裆里磨得皮开肉绽，疼痛难挡，父亲在更多的时间里只好半伏在马背上。接着，父亲他们又在沙河西岸的一个村庄附近与国民党八十九师的尖兵相遇，双方在仓促中胡乱开火，各有伤亡。父亲仗着马快，带着手下的人突出对方的包围落荒而走。那一场小小的遭遇战，父亲丢掉了他的通讯参谋和一个警卫员，自己的左腿也被一发子弹击中。好在是贯通伤，子弹没有伤着骨头，仅仅用止血带匆匆地包扎了一下，父亲就重新骑上马背，带着他剩余的轻便指挥部马不停蹄地朝山海关奔去。

如果仅仅是上述这些小麻烦，父亲无论如何不会犯下他此生最大的一次错误。马鞍磨破了鸟也好，丢掉了几个部下也好，在战争时期，这都是极正常的事，没有一个职业军人会为这一类小事皱一下眉头。问题的关键并不在这里。问题的关键是，就在父亲星夜赶往山海关接受他的最高军事指挥权力的时候，山海关的军事局势已发生了根本的变化。国民党东北保安司令杜聿明将军亲自指挥石觉的十三军，意欲拿下山海关这个进入东北的门户，继而攻克绥中、兴城、锦西，然后占领锦州这个东北的咽喉重镇。解放军山海关守军仅八千，面对全副美式装备的三万国民党优势兵力，无异于以卵击石。守军请求避免正面作战，东北人民自治军总部经过权衡，同意放弃山海关，并电告部队在十一月十四日开始实施撤退。

所有这一切决定父亲都不知道。他只是心急火燎快马加鞭地往山海关赶。对整个战争局势的发展，他完全摸不着头脑，他根本就没想到，在他赶往山海关的同时，他奉命要去指挥的那支部队正在不顾一切地往下撤。

父亲碰到第一支大逃亡的部队时简直惊呆了。父亲让参谋拦住一位骑马的营长。父亲问：你们是哪支部队？营长喘着气抹一把汗说：十九旅四十六团 × 营的。父亲说：谁让你们撤下来的？营长说：还能是谁，当官的呗。父亲说：现在我命令你停止撤退，原地待命！营长说：你是谁？你凭什么命令我？父亲说：我是十九旅代旅长。营长不在乎地看了父亲一眼，说：代旅长怎么啦，代旅长也管不了我，我只听我们团长的。营长说完，跳上马背，朝马屁股上猛抽一鞭，快步去追自己的队伍。父亲怒气冲天，钢发乍立，一把拽出警卫员胯下的盒子枪，对准营长的坐骑就是一枪。马应声倒下，马背上的营长摔了个“老王抢瓜”。营长从地上爬起来，糊里糊涂地看着父亲和他手中冒着青烟的盒子枪。父亲吼道：让你的人立刻停下来！再走一步，我打烂你的头！

就这样，父亲在人生历程中走出了他最致命的一步。如果不是这样，如果父亲在这个时候根本不去做他自己的判断和决定，而是像任何一个听话的军人那样以服从命令为天职，那么他就不会在山海关战役后被指认为建制独立思想，受到行政撤职的处理，从此一蹶不振。实际上，父亲在命令部队停止撤退后不久就知道了摆在他面前的严酷局势，并且拿到了总部同意放弃山海关的电报，他完全可以要参谋长通知部队按原撤退方案进行，然后调转马头，轻轻磕一下马肚子，轻松地离开那个造成他人生误区的是非之地。这样做没有人会指责他。究竟是什么动机使父亲放弃了这个机会，反而做出了坚守山海关的决定？这是一个无人知晓的谜。若干年后，我曾苦苦寻找过这个答案，但我一无所获。父亲肯定不是因为水肿糜烂的阴部的疼痛或者是在前往山海关的途中丢掉了两名部下的耻辱而做出这个决定的。父亲一定不会这么肤浅。企图以八千之卒抗击三万大军的进攻（实际上，此后仅相隔两天，国民党三十二军的另三万主力也随后赶到一片火海的山海关），这也不该是已经拥有无数次成功或者失败了的指

挥经历的父亲所为。从我日后收集到的所有资料来看，就父亲个人的军人生涯而言，他所指挥的战斗胜多败少，他属于那种素质和运气都不算差的军人。那么，究竟是什么驱使父亲做出了那个以卵击石的决定呢？在万般寻觅而又不得其解的情况下，我只能把它归结于男人的英雄主义和军人的荣誉感。除此最为简单的解释，我无法明白父亲的那种近似于自杀的行为。

十一月十五日上午，十三军在飞机大炮的掩护下进攻山海关，总指挥是名将杜聿明。

战斗进行得极其残酷。在飞机大炮的狂轰滥炸之后，十三军以整团的兵力实施强攻，潮起潮落，云卷云舒。十三军二十四团团长胡非成在两次进攻被打退后亲自上阵，率领一批青年军官抱着机枪冲在最前面。胡非成是东北人，他一面拼命向山头上狂射一面扯着喉咙高声喊道："弟兄们！拿下山海关，打回老家去！"二十四团的士兵潮水般地跟着他们的团长没命地往山头冲。

守军则苦多了。十九旅没有太多的重武器，这支部队一出关便奉命坚守山海关，大捞日军，洋捞的好处半分也没得到，部队使用的基本上仍是抗战时使用的老式装备。旅里的山炮营只有四门日式山炮，全部炮弹两辆驴车就能拉走。各团有几门八十二毫米迫击炮，炮弹则少得可怜。连里才有重机枪，因为制式不一样，子弹无法通用。战斗一开始十九旅就用上了全部兵力，八千男儿，各据一隅，顽强抵抗。在十三军潮水般连续不断的进攻下，父亲根本没有可能留下一兵一卒的后备队。从上午一直到夜里，十三军一共发动了八次大规模的进攻，美丽宁静的山海关被飞机炸弹、一百二十毫米榴弹炮和八十二毫米坦克炮弹整整翻了一个个。

入夜时，进攻停止了。父亲命令部队抓紧时间清点伤亡人数、清理弹药和抢修工事。父亲也许在这个时候还抱有一线幻想，他派出了一个连的兵力下山去袭击十三军的一个野炮阵地，企图扰乱敌方的阵脚。这个连一下山就撞上了对方的戒严线，慌乱之中又钻进了对方一个主力团营地，双方拼死搏杀，到半夜时分，这个连全军覆没。父亲没有等回那个派出去的连队，山脚下密集的枪声疏落之后，父亲知道，再不会有什么奇迹出现了。

十六日凌晨，父亲离开了他的指挥所，上了阵地。父亲提着一支卡宾枪，跛着一条伤腿，从这条战壕跳到那条战壕。旅指挥所所有的人包括机要员警卫员全都充实到阵地上去了，父亲只要了一个俱乐部的宣传员跟着他。进攻比前一天更为猛烈，好几次阵地都被撕开了几条口子，靠着拼死反击才将失去的阵地夺了回来，伤亡由此而不断剧增。据守前沿几个高地的部队整排整连地打光，部队原有的建制已经失去，完全靠着前线指挥员临时协调才勉强拼凑出兵力。非常时期，中下级指挥员总是战斗在最前沿，伤亡也最大，这个时候，有谁站出来振臂高呼一声："我是共产党员！现在听我指挥！"那他就成为那个被烈火吞没的阵地的实际指挥官。旅指挥所几乎失去了存在的意义。父亲带着那个脸无血色的宣传员来往奔跑于各个阵地。父亲能够说的只有一句话："不惜一切代价死守阵地！"父亲实际上已经成为一名战斗员。

我不知道父亲在一九四五年十一月十六日那天有着怎样的想法。事过半世纪后，我已经知道了，就在父亲和他的八千兄弟顽强坚守山海关时，在他们身后不远的绥中守军已经开始撤退，绥中实际上已经变成一座空城。不仅如此，兴城、锦西、葫芦岛乃至锦州的守军也都放弃了抵抗至最后关头的信念，准备或者已经开始了他们的撤退。而延安此刻也在考虑"让开大路，占领两厢"的战略方针。这一切，父亲并不知道，他唯一知道的只是用他军人的荣誉、信念和十九旅八千兄弟的肉血之躯死死守住他自己的阵地。俱乐部宣传员被一排机枪子弹击倒之后，父亲在马夫的搀扶下，拖着他那条肿亮的伤腿在战壕里移动。父亲在每一个战死或战伤的战士面前停下来，目光深沉地看着他们。父亲在一位十几岁的小战士身边停了下来，他蹲下身子，默默地为小战士缠紧被机枪子弹打断了的双腿，然后拾起被火焰燎煳的军帽，弹了弹泥土，为小战士端端正正戴上。父亲浑身浸透了鲜血，每走一步，血水就顺着脚踝流淌进露出脚趾的胶皮鞋里。他想过什么我不得而知，实际上，守军在整整两天的拼死抵抗中已经把自已和阵地融为一体了，任何思想在那个时候都变得十分的虚弱。父亲在红得像血的夕阳之中缓慢地穿过整个阵地。阵地上，到处都是十九旅士兵安静的尸体。

撤退的命令在太阳落山的时候送到父亲手中。四边的枪声此刻已经稀落，远处的山头用力支撑着一大片令人心怵的铁青色积雨云，天空是那种摇摇欲坠的样子，部队这个时候正在抓紧空隙补充弹药、掩埋尸体。父亲从电文纸上抬起目光，看了看面前被打废了的山海关，良久，才沙哑着喉咙对身后的参谋长吐出两个字："执行！"

十七日凌晨一时，山海关守军留下两千余具遗体，在夜幕的掩护下悄然撤离阵地。

十个小时后，十三军军长石觉在一大群参谋人员和马弁的簇拥下登上了山海关主阵地。石觉站在主阵地上，回过头来朝来时的路上望去，他看见的是遍地躺着的十三军士兵的尸体。石觉不知意味着什么地皱了皱眉头。他的参谋长

站在他旁边，心里想，这个时候，也许没必要提醒军长关于慧觉和尚的事了。

随着父亲的日益老去，父亲的性格变得越发古怪，使人无法理喻。父亲是矛盾的。作为一名职业军人，一方面，他对军队有着痴迷的信赖和依存，他以自己的戎马生涯而自豪。父亲不止一次对我们说过，他当了几十年兵，打了几十年仗，从没投过敌，从没被俘过，从没掉过队。一句话，没有一天离开过军队，无论是组织上还是思想上，都是地地道道的忠诚者。他说这话时，脸上充满了骄傲的神色。父亲十分迷恋供给制的那些日子，那种吃穿用住行一切都由部队提供的日子使他每时每刻都能找到自己的感觉。父亲宁肯将自己的薪水寄去老家，或者资助亲戚和战友的孩子念书就业，也不愿用来添置一件不属于部队的家当。一九七四年我的母亲托人买了一部黑白电视机，这件事让父亲十分不满，在很长一段时间里他拒绝看电视，宁肯守着组织发的那部老式红灯牌收音机度过一个又一个漫长的黄昏。可另一方面，父亲又时常表现出对军队和军队历史的不屑。他时常用一些十分粗鲁的语言来评价有关军队的事情。在我小的时候，有一次大院组织观看一部著名的大型历史歌舞片，父亲看了一半就甩手而去。父亲离去时说了一声“扯鸡巴淡！”父亲在他的如此评价中甚至没有丝毫顾忌。父亲对根据历史演绎出来的所有形式的文化都不感兴趣，他不看电影和戏剧，不读小说和回忆录，也不参加座谈会报告会一类的活动。“文革”期间，从我们家抄走的东西全是父亲的，其中有不少证章、信件，还有一支王树声大将送给父亲的二号加拿大橹子。“文革”之后，母亲多次催父亲去要回那些私人纪念品，父亲却毫无兴趣。父亲说：“要那些破东西有什么用？有用吗？真是扯淡！”父亲明显对那些属于历史的纪念物无牵无挂（等我参加工作之后，父亲便交给我一项任务，要我为他收集各类战史。父亲整天整天地读那些由集体创作组整理出的书籍和图例，读得非常起劲，因此而荒芜了他的菜地。读战史的父亲几乎没有什么表情，既不张狂欣喜，也不感慨叹气，到吃饭的时候，他就出来吃饭，坐到饭桌前二话不说操起筷子大口嚼红烧肘子。父亲一辈子没忌过嘴，他喜欢吃肥肉，喜欢吃动物下水，在肉食凭票供应的年代他享受部队提供的每月二十斤猪肉或牛羊肉，此外他还有办法从偷偷摸摸的小贩手中弄来变了味的蹄膀和猪耳朵，他丝毫不顾忌地把它们全部吃掉，对此十分满意）。父亲读完那些战史之后便把它们统统交给小阿姨去生火。有一次，我从炉子旁边捡起一本由军事学院写作组编写的《红四方面军战史简编》。我看见书上全是父亲用红蓝铅笔粗粗画出的钩钩和叉叉，笔画恣肆汪洋，淋漓尽致。我尴尬地站在那里，不知道该把手中的书丢回炉子边还是怎么办，心里充满了为那些浸透编写者心血和思想的著作被如此不恭地毁掉而产生的遗憾。

父亲自己这样，还影响他的子女们。他坚决反对他的孩子们当兵，在这方面，他丝毫没有子承父业的传统观念。在父亲失去了他的军职之后，他在家庭中的统治地位渐渐瓦解，我的哥哥、姐姐和弟弟们都在顽强突破父亲的铁幕统治后穿上了军装，远走高飞。这一度让父亲心神烦乱。父亲在那之后改变了自己的策略，他开始关心他当兵的孩子，比如入党、提干以及在部队的各种表现，但真正关心的实质是最后一项——他们的转业。父亲采取了各种手段来达到他的目的。先是以身边无人照顾为由将在成都当兵的姐姐弄回了家，很快让姐姐转业到了地方；接着"绑架"了两岁的大孙子，再以此要挟逼迫我的大哥在天津脱去了军装，回家来当了一名技术员；最后一个是我在新疆当兵的弟弟，父亲干脆地说，弟弟根本就不是一块当兵的料，如果他只知道一个劲地写信向家里诉苦的话，他还不如干脆回家来做他的老小。父亲就是这样完成了他的整个计划。他使他的子女们在满腔热情地穿上军装之后并没有成为无所牵挂的军人。他用他自己强大的思维制约着他们。他设计了一个个圈套，然后从容不迫地引诱他们一步一步地钻进了他的圈套。他向他们证明了，无论他们怎样的聪明和有文化，在他面前，他们永远都是嫩得像能掐出水来的新兵蛋子。他坐在他那间全部由部队营具布置出的房间里，深邃的目光坚定地穿透砖墙投向看不见的遥远之处，显得沉着而冷静，直到他最后一个孩子穿着摘掉了领章帽徽的军装背着行李推门而入时，他便告诉自己，这个战役结束了。

对于父亲如此作为，我的母亲非常有意见。母亲是蒙古族人，大漠草原的骁勇血统使我的母亲一直认定好男儿应该志在四方，只有挽弓挽缰驰骋疆场的汉子才算得上真汉子。母亲当然是因为组织上的决定才嫁给了父亲，成为我母亲的，但这并不说明一开始她没有被伟岸的父亲骑在高头骏马上的威风所诱惑得怦然心动。花烛之夜父亲橐橐而至的脚步声肯定使母亲满面红霞，激动得喘不过气来。母亲嫁给了一个职业军人，她的大哥是军人，小弟是军人，她自己也曾经是一名军人，她把军队看得无上崇高便是十分合理的事情了。母亲希望她的孩子中能成长出几个好军人来。母亲坚信"龙生龙，凤生凤"的不朽理论。母亲关于好军人的概念十分简单，那就是当大干部指挥大队伍的军人。可是母亲的美好愿望没有能够实现，这不能不让她伤心难过。母亲也曾竭力反对过父亲对子弟兵的策反，但作为成吉思汗后裔的母亲却最终没能战胜由农民而军人的父亲。母亲在希望彻底破灭之后大声地对父亲说："你要怎么样呢？你自己已经这个样子了，你不求进步，难道还不让孩子们求进步吗？！"

我知道，母亲的这句话肯定是重重地刺伤了我的父亲。它像一柄钝而沉的矛，直接刺中了父亲伤痕累累的心中最不该被触动的那一部分。我的父亲的心在那一刻肯定是在流淌着鲜血，并且疼痛得止不住地痉挛。但是父亲却什么也没有说。他转身回到他自己的房间里，关上了门。

父亲在接到休息命令后不久就和母亲分室而居了。

山海关战役之后父亲被行政撤职，调去合江省和土匪们打交道，这也许是最有讽刺意味的事情了。父亲继续被作为强有力的杀手，带领一个加强团在冰天雪地中到处游荡。从虎林的阿察河到西克林的库尔滨河，所有派系的土匪一听到我父亲的名字就闻风丧胆，不寒而栗。他们对父亲和他的剿匪部队咬牙切齿，视为眼刺。他们之中不乏绿林高手，在东北长达数十年的战乱中，无论是老毛子、张府二帅、关东军还是鲜人敢死队都不曾把他们怎么样，管你天上飘着什么颜色的旗，他们腰里插着一水新的喷子，胯下骑着膘肥体壮的压脚子，身上穿着暖乎乎的山神爷毛叶子，进屯就嚷嚷着搬姜子（喝酒）、飘洋子（饺子），酒醉饭饱后还要去玩上一个俊俏的海台子（暗娼），要多快乐有多快乐，可他们最终还是栽在了父亲残酷无情的剿杀之中。

父亲率领他的剿匪队伍在北满的深山老林里长途跋涉着，所有的马匹都大汗淋漓，大口大口吐着白色的热气，时刻不安地撩动着挂满冰凌的四蹄。父亲的胡子乍立如矛，目光凶狠，脸色铁青，身上长满了虱子。父亲大口啃着冻得嘎巴脆的猴头菇和肥腴的大马哈鱼，将带血的狍子肉整块整块地填进他的胃里。父亲灌凉白开似的大口灌着劣性老白干，然后摘下熊皮帽子，硕大的头颅上开锅似的冒起大片热气。两只装满弹匣的大镜面匣枪挂在马鞍两旁，父亲就那么晃荡着双枪策马疾奔。大雪纷纷扬扬，部队在雪原中就像一捧滚动着的雪粒子，除了马匹偶尔发出的响嚏和脚步踩出的嘎嘎吱吱的雪响，没有人说一句话。父亲带着他的剿匪部队就这么没日没夜地往前走，固执地追逐着每一股土匪，恶狠狠地咬住他们，然后眼不眨心不跳地把他们变成冰冷的尸首。

熊熊的篝火在日本军用帐篷外哔剥地燃烧着，松脂能使篝火彻夜不熄，父亲在帐篷里紧裹着虎皮大衣酣然大睡，身下冰雪悄然无息。一头丢失了崽子的黑瞎子气鼓鼓地从林子里走出来，与一群觅食的野猪擦肩而过。黑瞎子茫然无措地看了看篝火，摇摇头，笨拙地离去。它不知道，亮如白昼的黑夜中，至少有两个流动暗哨都曾将顶上了火的枪口瞄准过它毛茸茸的心口。黑瞎子离去之后大雪仍然纷纷扬扬，在接近篝火之前化成了水珠，给火焰带来了一些快乐和兴奋。高大的塔松支撑不住，轰然坍塌下一堆积雪，将帐篷砸得一晃悠。父亲鼾声依旧。

浓睡中的父亲从来不做噩梦。

赋闲之后的父亲为自己谋得的最后一个领地是一间唯独属于他自己的房间。

光阴荏苒，母亲早已习惯了随军飘移和颠沛的生活。自从一九四八年母亲在东北嫁给了父亲之后，她就开始不断重复搬家这一类事情。早些时候没有什么家当，父亲将调令往兜里一揣，叫警卫员拎上唯一的皮箱，带上母亲就出发了。慢慢就有了些负担。从东北入关的时候母亲怀里抱着我吃奶的大哥。调离南京的时候母亲怀里换成了大姐，大哥则由父亲的秘书牵着。进入湖南后我的二姐降生了，这使调动的队伍变得臃肿起来。一九五六年，父亲调往四川时，我母亲怀我已足月，调动却并不因此而受阻。在长沙站，列车长知道母亲将要临产时说什么也不允许母亲挺着大肚子上车，他当然有足够的理由阻止我的母亲把婴儿生在隆隆开动的火车上。父亲在火车启动时开始大动肝火，他指挥警卫员把我的母亲硬从车窗口塞了进去，在列车员打算再一次把母亲抬下车时警卫员拔出了手枪，警卫员怒不可遏地用瓦蓝的枪口指住列车员的鼻子说：“你想活不想活？！”这样，我母亲和我才一路无虞地被“运”到了四川。

母亲像大部分随军家属一样很快学会了搬家，她甚至能奇迹般地将十几口巨大的泡菜坛子无一损坏地托运到千里之外的新家。搬家使母亲从父亲的家属一跃而成为行动的总指挥，怎样将父亲几十套各个年代配发的军装打包，怎样将一家人的棉絮装进八二迫击炮箱里，带上什么丢掉什么，这都是母亲的事，父亲从来不管。父亲关心的只是每到一个新的宿营地，便自己挑选一间单独的卧室。

父亲长久地坐在他那间紧闭房门的屋里，默不作声。有时候家里没有别的人，有外人在院子里叫门，他任凭来人在院子外面叫，却一声不应。他的目光中再也没有了昔日的骁悍，花白的鬓角和松弛的两颊使他显出莫名其妙的慈祥，一双被火药燎灼得面目全非的大手安静地搁在老式藤椅的扶手上。只有他的腰，不管在任何场合任何时候都挺得笔直，即使他坐在那里，也从不塌陷下去。父亲守着他的房间，就像守着他的阵地，不允许任何人随意进入，有时候连小阿姨进去叠被子拖地板他也要大发脾气。

母亲对我们说：“你们的父亲简直太不像话了。他自己不求上进，他还要怎样呢？”母亲这么说，但母亲仅仅是说说而已，她并不是要我们真的附庸她。如果我们不懂事，把母亲的意思弄拧了，表现出对父亲怪异性格的不满，那我们可就自讨没趣。母亲会瞪着惊诧的眼睛盯着我们，仿佛她弄不明白她和我们

的父亲怎么会生下我们这一群不肖的犊子。母亲斥责我们的口气比她说父亲的更激烈。母亲大声说："你们有什么资格批评你们的父亲？你们难道有吗？嘿，别看你们一个个长得骡高马大的，也只有这点你们才多少有点像你们的父亲，别的任何地方，你们半点不如！你们配吗？你还自以为什么似的，你们，连他的一个小拇指也够不上！"母亲这样说。母亲双手叉腰，高高地扬着下颏。母亲在这种时候绝对像极了一头护卫自己伴侣的骄傲的母豹，她的瞳仁闪闪发光，她站在那里训斥我们的样子美丽动人。

一九六七年秋天的时候，记不清是哪一天了，那天父亲匆匆地从外面回来，回来之后便去翻箱倒柜。父亲把十几套充满樟脑味的军装扔得满床都是，黄色和绿色的军装立刻就使父亲呆板的房间充满了生动。父亲在那一大堆压了多年箱底的军装中翻找着，像个小学生一样拿不定主意。他的举动使母亲感到蹊跷，母亲弄不清父亲在干什么。有很长一段时间，父亲都是早出晚归，整天待在由花园开垦出的菜地里，种白菜或者萝卜，父亲挑着晃晃荡荡的粪桶在菜畦里穿过，往手心里吐唾沫，然后捏紧锄柄用力锄地。他仍然穿着军装，那是用结实的咔叽布做成的，上面满是黄泥、汗渍和粪水。锁在衣柜里的军装他原本是用不上的。母亲不明白，母亲便问。父亲抓着一件军装怔怔地盯着母亲，仿佛没有明白母亲问的是什么。好半天父亲才哈哈大笑起来，把军装往母亲怀里一塞，洪亮着嗓门说："什么事？还能有什么事？大喜事！告诉你老婆子，我要进北京去见毛主席了！"

一九六七年秋天真是一个美好的季节，毛主席突然想着要接见中国人民解放军全体军以上干部，这对休息了多年的父亲无疑是一件突如其来的喜事。毛主席是军队的统帅，统帅要接见他的兵了，父亲在如此巨大的喜讯面前无法抑止住他内心的喜悦。父亲也许还下意识地揣测过这次接见的重大意义，是毛主席要重新整顿军队了？是什么地方又要打仗了？是和苏联或者印度干还是要收复台湾？不管怎么样，不管和谁打，新兵蛋子总没有老兵好使唤。父亲激动得要命。他拿不定主意穿什么样的军装去见最高统帅。他吩咐母亲为他找出一副崭新的领章帽徽。他对母亲的针线活不满意得近似挑剔，直到母亲用尺子量好位置屏住呼吸缝好领章帽徽，他又满脸严肃地认真检查了三四遍方才过关。

在那以后有了很长一段时间的不眠之夜，让父亲食不安睡不宁。他连一天也不愿等待，恨不得拔腿就去北京。好在进京之前还有许多的事要做。有关部门组织老干部学习各种文件，大家畅谈对统帅的崇敬之情和幸福感受，回忆当年在统帅的亲自指挥下不断打胜仗的革命历程；被服厂的老师傅来为每位进京人员量尺寸统一制装；军医带着脸蛋红扑扑的小护士来为首长们检查身体，热情而又严格地写下诊断书；宣传队的男女文艺兵们送来一台台文艺节目，让首长们大饱眼福。院子里那些日子就像过节一般充满了喜庆的欢乐，同时呈现着一种让人揣度的神秘感。

父亲在那段日子里变化极大。他开始荒芜菜地，在更多的时间里待在家中。他开始关心报纸上的事情，报纸一送来，他就抢在手中，从一版开始一个字不落地看到四版，然后锁紧眉头自言自语道："台湾风平浪静哪？一个字也没提，会不会是计？要不真是北边？真是和老毛子干？"他变得爱说话了，大声地像个饶舌的孩子，即便在饭桌上也喋喋不休，和送报纸的小干事也聊个没完没了。阳光在那个秋天出奇的温暖和漫长，蛋黄色的太阳在整个下午都耐心地悬在空中，风从安谧的院子通过，抚动开始泛黄的葡萄叶，沙沙作响的声音让人联想起密集的红高粱和挺拔的白桦林前扑后拥的情景。父亲送走了送报纸的小干事，回到他自己房里，不一会儿，房里便传出父亲响亮的歌声：

走上前去，
曙光在前途。
同志们奋斗！
用我们的刀和枪开自己的路，
勇敢向前冲！
……
同志们赶快起来，
赶快起来同我们一起建立劳动共和国！
战斗的工人农友，少年先锋队，
是世界上的主人翁，
人类才能大同。
……

母亲坐在院子里，母亲为父亲缝着衬衣上的扣子。母亲偷偷地抿着嘴笑。父亲在窗户里看见了。父亲越发大声地唱起一支小调：

青年你想去，
妇女来拥护。

参加红军要吃苦，
然后享幸福。
青年你走了，
吃苦又耐劳。
行起军来日夜跑，
红军士气高。
红军莫想家，
马上到黄麻。
占领地盘再请假，
请假看爹妈。
群众应关心，
要代家属耕。
他在前方把命拼，
为的是穷人。

父亲大声地唱着，他的嗓门直直的，丝毫未加修饰，但这并不妨碍他唱下去。父亲的心境就像没有一丝云彩的蔚蓝色天空，他像孩子一样只有纯净的盼望和期待，在那片蔚蓝色的期待下，父亲似乎又有了一次生命的注入。

进京的那一天终于来到了。老干部们一个个容光焕发，身穿崭新的军装，脚蹬锃亮的皮鞋，手拎一式黑色皮箱，依次登上披红挂彩的军用交通车。年轻的士兵们在车下拼命地擂动锣鼓，锣鼓声振聋发聩。而老干部们则全都像新兵入伍一样的兴奋，已经不再年轻的脸上带着一丝羞赧的微笑。人们在他们每个人胸前都戴上了一朵大红花，就像当年他们打了胜仗参加庆功会一样，红花映红了他们的脸庞，使他们显得格外地英姿勃发。

也许还有另外一个疑问，这个疑问就是，如果父亲真的去了北京，如果父亲参加了那次统帅对军队干部的接见，如果统帅和蔼可亲地告诉他的兵，天下大治，形势大好，没有什么仗需要你们打了，你们的任务就是好好休息。如果这样，父亲会怎么样？父亲会感到强烈的失望吗？

我之所以这样设想，纯属是一种好奇，是我对没有发生的事件的一种了解欲望的使然，它仅仅是一个设想，因为父亲并没有得到上述那个答案，因为最高统帅根本就没有对他的老兵们说这些话。实际上，父亲他没有去成北京，事情在最后关头发生了意想不到的变化。

事件的肇事者是休息干部老王。

老王是一九三二年参加革命的，有过爬雪山过草地的经历。延安时期，老王在中央警卫团干过三年，在站岗放哨的时候经常能看见繁忙工作之余出来遛腿的中央首长。据老王说，毛主席当年还和他拉过家常。老王在解放以后戍守祖国的西大门，中印反击战的时候，老王上前线指挥战斗，被印军的一发炮弹从吉普车里炸了出来，丢了一只胳膊，从那以后他就离职养伤了。老王休息后并没有歇着，仍然时不常地被机关工矿学校请去作报告，报告的题目是他自己起的，叫作《我为伟大领袖站岗放哨》，说的是他在延安当兵的那三年经历，为此他被好几所学校聘为校外辅导员。毛主席要接见军队干部的消息传出后，老王激动万分，逢人就说："毛主席还记得我呢！毛主席要接见我了！"人们要是说，中国革命任重道远，世界革命方兴未艾，毛主席那么忙，怎么会记得你？他就急，一本正经说："你以为毛主席是什么？他老人家心中装着全世界，怎么会不记得我！"院里的领导看老王那份喜悦的样子，不忍心告诉他，毛主席这回要见的是军以上干部，作为师职休息的老王不在名单上。老王被蒙在鼓里，一点不知道，整天喜气洋洋，巴心巴肝地盼着去北京见毛主席的那一天。直到出发上京的前一天晚上，院里的领导才去老王家里通知了他。院里的领导懂得委婉，说主席很忙，那么多人一下子见不过来，这拨见了还有下拨，首长你就耐心一点等。老王立时就蒙了，话都说不出来，等到能说话了，反反复复只有一句：我要去见毛主席。我要去见毛主席。院里的领导怎么解释也没用，后来急了，说，首长你怎么这样？我又不是毛主席，我就答应你又管什么用？管用吗？老王听了这话，明白是绝望了，以后再不说什么。等院里领导离去，老王就站到客厅的毛主席绣像前，六十岁的人，竟呜呜地哭出声来。

载着进京人们的军用大交通车驶过院里的大白楼，交通车在人们的一声惊呼中猛地刹住，车上的人都探出头去看，十几层高的白楼顶上，摇摇晃晃地站着一个人，那人是老王。

人们猛抽一口冷气，都屏住了呼吸。

老王迎风站在顶楼平台边上。他穿着五十年代部队发的蓝色观礼服，戴着大檐帽，胸前佩满了大大小小的战功章。强劲的风将他礼服的下摆掀起来，胸前的战功章不停地发出悦耳的撞击声。老王像一个梦游者，目光望着遥远的北方，凄楚的呼喊声随风而至：

"毛主席呀毛主席，你的老兵想见你……"

父亲原来是坐在座位上的，崭新的皮鞋和皮箱都发出悦目的光泽。父亲脸

上的红晕突然消失了，他转过头来冲送行的院领导喊："快去把老王弄下来！没看出他要干什么吗？让他和我们一起进京！"院领导脸都吓白了。但是脸都吓白了的院领导仍然知道什么是原则。院领导说："这是不可能的。老王他没有资格进京。这是规定，我说也不管用。"父亲的声音都变了形。父亲喊道："什么他妈的不可能！打仗的时候也没定这么多破杠杠！"院领导说："首长，你的心情我理解，可是这没有用！"父亲像一头狮子似的从座位上扑出去，一把揪住院领导，声嘶力竭地喊道："你眼瞎了？！他说跳就跳了！"话音刚落，站在十几层楼高处的老王伸出没有断掉的那只独臂，像是要扑进谁的怀抱里似的扑向空中，在人们的一声惊呼里，如同一片枯尽了的叶子晃晃悠悠地飘落下来，片刻之后水泥地上传来一记浊闷的响声。

车上的人全都惊呆了。在他们即将进京去见他们崇敬的统帅的时候，他们当中的一个人却死了，是自杀而死的，因为他没有资格见他想见的统帅，这似乎是一场白日梦。这些经历过太多死亡的老兵，此刻都默不作声。

父亲在那个时候是怎么想的？不远处变成肉泥静静躺在那里的老王让他感受到了什么？在长久的寂静之后父亲推开院领导，他像喝醉了酒似的摇摇晃晃走到车门边，一脚踹开车门，跳下了车。父亲他一把拽下胸前的红花，仰头朝天吼道："我见谁？我他妈谁也不见了！"

父亲回到他一度荒芜了的菜地里。父亲换下了新军装，依然穿上旧军装，即便如此，他的风纪扣仍然扣得严严密密。父亲挑着满当当的粪水穿过菜畦，放下粪桶，抄起粪勺，将粪水泼出一片片均匀的水扇。菜地好些日子无人料理，已经生长出一些杂草了。父亲冲手心里吐一口唾沫，然后捏紧锄柄用力地锄地。秋天最后的时刻，大自然总是消瘦得厉害，青天红地，给人一种被大肆掠夺过的感觉。父亲在秋天最后的阳光里一声不响地埋头劳作，旧军装很快就被汗水浸透了。

父亲把他的菜地收拾得十分出色，有路过的人看了，会不由自主地停下脚步来，和那个种菜的老兵闲呱几句，说上一些夸奖的话，然后走开。

父亲的菜地确实经营得不错。

但是父亲的脸上就是没有笑容。

父亲十六岁时个头就长得很高了，而且父亲的胆子大，富有冒险精神，精力充沛得老是待不下来，很多人都愿意在农忙的季节雇他去做短工。村里人有时候和我爷爷闲聊，就说，这娃要是不当兵，那就亏了。我的爷爷不喜欢听这种话，他对怂恿别人的儿子去当兵这种事情很反感。我的爷爷已经有两个儿子在红军里当了兵了，他才不情愿再多一个儿子去舞枪弄棒呢。但是父亲并没有听爷爷的，他还是当了兵。我的爷爷为此一定伤透了心，所以他决定不等到父亲这个逆子衣锦还乡就先奔黄泉路而去。

很多年之后，父亲休息了，他带着一身的伤痕住进了干休所，做了一名穿军装的寓公。又过了很多年，父亲和干休所的所有老兵们一起脱掉军装，成为地地道道的老百姓。父亲整日在菜地里劳作，他从农民来，又还原成农民，事情就这么简单。还剩下一些什么让父亲固守着呢？父亲在那片菜地里究竟能种出些什么来呢？据我所知，在父亲那口从不开启的老式樟木箱里，还整整齐齐地叠放着一套领章帽徽俱齐的新军装，军装是加大号的，不曾下过水，散发出染剂和樟脑的芬芳，这套从没下过水的军装，它和父亲种出的萝卜白菜，有着什么样的必然联系吗？

父亲已经不是兵了，对我们家来说，这并没有什么，他仍然是丈夫、父亲、爷爷和姥爷，任何时候都没有人能够取消他的这个资格。父亲有一次对家人说：我要死在家乡。我哪里也不死，要死就死在家乡。父亲说了这话之后就带着我们全家迁居回了湖北。搬家那天，院子里有很多人来送行，前来送行的大多是和父亲一样的休息老头，还有父亲的亲家以及吃过父亲种出的那些蔬菜的人们，他们都和母亲握手，说："恭喜乔迁。"有的粗鲁老头还说："妈的，你们倒是回去了。回去等死呀？"父亲没有加入那个依依难舍的告别，他关在自己的房间里没有出来。我私下里猜测，不知父亲是不是在躲避什么。我还想，这大概是我们在父亲意志下最后的一次搬迁了。

父亲习惯性地走出新居，到四周荒野去寻找和开垦他的菜地。在阳光明媚的日子里，父亲把地里的石头瓦片拣出来，把茂盛的野花野草深深地埋入地下，然后种上白菜萝卜。新鲜的泥土气息弥漫在空气里，蚯蚓在阳光的反射下闪着银光，这一切都使父亲有一种归来的真实感。只是父亲再也挑不动粪桶了，骨头老化和静脉曲张使他再不能健步如飞地从菜畦中穿过，更多的时候，父亲只能拄着长锄，站在菜地旁，忧心忡忡地看着菜叶渐渐黄去，心里充满了悲怆。有时候有几只黄嘴麻雀从远方飞来，它们在泛黄的菜叶旁边休息、吵架或者奇怪地打量一番身旁那个呆呆站立着的老人，当它们发现这块正在荒芜下去的土地上并没有什么值得它们留恋之处时，它们便一起飞走了。总之它们一点也用不着害怕那个像稻草人一样的老人。

不管父亲过去曾经怎样过，他如今已经无法阻止地衰老了。

今年夏天的时候，我带着儿子过江南去父亲家度周末。黄昏时分，我和大哥陪母亲在院子里的葡萄架下一边乘凉，一边说一些关于工资物价方面的事。

我的四岁的儿子先是趴在一丛蕙兰边津津有味地观看一队红蚂蚁搬家，另一队黄蚂蚁列队从旁边走过的时候，他就试图挑动两队蚂蚁打仗。蚂蚁被他用小竹棍拨赶到一起，互相用触须嗅了嗅，又迅速分开，安宁地各行其道。儿子对两队蚂蚁表现出的怯懦大为不满，跑进屋里取出他的电动冲锋枪，对着阵脚大乱的蚂蚁群猛烈扫射，其状英勇无比。母亲对我儿子的行为十分欣赏。母亲抛开我们去问儿子。母亲说："笑笑长大以后干什么？"儿子收了枪，毫不犹豫地说："当兵呗！"我们都笑了。我们都觉得这个回答很妙。我们都觉得老邓家下一代再出一个当兵的也不是什么坏事。这个时候，我们突然都停止了笑声。我们突然都停止了说话。母亲、大哥、我、我的儿子，我们听到屋里传来父亲苍老但情有独钟的歌声：

走上前去，
曙光在前途。
同志们奋斗！
用我们的刀和枪开自己的路，
勇敢向前冲！
……
同志们赶快起来，
赶快起来同我们一起建立劳动共和国！
战斗的工人农友，少年先锋队，
是世界上的主人翁，
人类才能大同。
……

父亲在唱。他的嗓子直直的，丝毫没有修饰。父亲真的在唱，他唱的是那支六十年前许多人都在唱着的歌。在炎烈夏季的黄昏，父亲的歌声一直持续着传出很远。

我们愣在那里。我们就愣在那里。过了很久很久，当过兵的大哥才轻轻地说："今天是八一建军节。"

我没有转过头去。是什么东西使我无法转过头去。但是我知道，那个兵就站在他的卧室里。他是站在那里，挺着胸，目光如炬，风纪扣扣得严严实实，他就那么情有独钟地唱着那支歌。

父亲原名邓声连，一九一二年农历五月二十七出生于湖北省黄麻县东冲村。十六岁那年他在河南省光山县参加工农红军，入伍后作战多次，负伤数次，二等甲级残废。曾受红军随营学校、抗日军政大学、党校整风等训练。一九四五年十二月因反抗上级闹独立性，受行政撤职处分一次。一九九二年在湖北脱去军装，时年八十岁。

原载《上海文学》1995 年第 8 期
第一届鲁迅文学奖

生存

尤凤伟

一

深夜赵武被一阵狗叫惊醒，他翻身坐起，支着耳朵倾听街上的动静。这时他心存警惕却不曾想到一桩对他今后命运影响深重的狞厉之灾正向他走拢。他没有预见未来的本领，他的警惕只是一个抗日村长在战乱年月里的通常反应。狗却能先知先觉，夜半狗叫总是与“有情况”连在一起。抗日队伍三令五申要老百姓杀狗，可狗们总是杀不尽绝，就像菜园里的韭菜割了一茬又生出一茬。而狗的存在实际上便标志着他这个村头儿的失职。赵武怀着对狗们无限憎恨的情绪将目光投向窗子。窗纸还黑，腊月的夜晚总是一黑到底。他猜不出是什么时辰，只约莫觉得离天亮还早，据点里的鬼子一般不在夜间行动；二狗子胆更小，大白天出动都心惊胆战；至于抗日队伍，也一般不跑到这偏远地方和日本人交手。他猜不到伴随狗叫究竟会有什么“情况”发生，没准是狗日的狗无事生非吧。他这么想心弦便松弛下来，打个哈欠准备倒头再睡。而就在这一刻，他听到了敲门声。是那种具有暗号特征的敲门，这敲门声如同一场戏剧的开场鼓点，使他由此进入了角色披挂上场，且从此再难脱身。于是他就牢牢记住了“民国三十三年腊月十三”这个于他于石沟村都极其不祥的日子……

赵武跟报信民兵走在街上狗叫便停止了。狗怕仇人赵武，怕得听到他的脚步声便立刻屏声顿息。村子一下子寂静下来。天是阴着的，不见星月。赵武和民兵沿黑乎乎的村街往村中赵家祠堂走去，不久便走到近前。即使在黑下看，这祠堂也很有些气势，壮壮的，像一只巨兽匍匐在那里。赵武推开虚掩着的大门进到院中，看见四五个黑影站在柏树下面，黑暗中看不清这伙人的面目和装束，却看见个个手里都有家伙。民兵低声对他们说村长来了。我是赵武，赵武同样压低声音对他们说。一个手持短枪的黑影走到赵武身前，伸手拍拍他的肩。我们的吴队长，另一个黑影介绍说。赵武说吴队长和同志们辛苦了。吴队长说为抗日辛苦也是应该的。赵武说吴队长有事只管吩咐。他这么说，心里却在嘀咕：可别是来要给养的啊，眼下正是青黄不接，许多户已经断顿，没断顿的也顶多挨过年去，要给养可是难张罗啊。但他的担心很快便被排除了，吴队长未提给养的事。吴队长问这里安全吗？我是说鬼子和二狗子经常来骚扰吗？赵武说咱这地场偏僻，又穷，兔子不拉屎，鬼子和二狗子从村边过了几遭，都没进村。吴队长说这很好。赵武问同志们要住下来吗？那赶紧派房子。吴队长说不住，我们有件重要任务要交给你们完成，交代完就走，天亮前必须赶回山里。赵武说吴队长，有任务你只管交给我们，保证完成。吴队长说好，时间关系只能说简单：我们侦察队抓了一个鬼子和一个汉奸，往根据地带时与鬼子队伍遭遇，鬼子发现抓了他们的人，紧追不舍。仗打得难解难分，俘虏带不回根据地。只好由陈队长带人将鬼子引开，我将俘虏转移，就带到这里。既然你们村一向不被敌人注意，就把俘虏暂交你们看押。这就是你们村抗日政府的任务，清楚了吗？赵武听是听清楚了，可心中不免慌乱：将俘虏押在这里，一旦走漏风声，让鬼子知道，全村百姓就得遭殃；再说他们也缺乏看押人犯的经验，要让人犯走脱便无法向抗日队伍交差。吴队长见赵武不吱声，有些急躁，又问听清楚了没有？赵武说听清楚了。吴队长说有什么困难吗？赵武说没困难。他心里明白即使有困难也是说不出口的。身为抗日村长，接受抗日任务必须是无条件，不能讲价钱，也不能暴露畏难情绪。他说没问题就交给我们吧。赵武说着向四周黑暗中寻觅俘虏，却没看见。吴队长说俘虏未带进村，留在村外的树林里，他让赵武和民兵跟他去那里交接。

吴队长说的地点在村子的东面。他们沿街匆匆走去，天幕显得比先前明亮。赵武忽然止步，向吴队长问询以后咋办。吴队长一时没明白过来，问：什么咋办？赵武说：俘虏，我们看押到啥时为止呢？这个嘛，吴队长想想说：半个月以内我们会派人来解走。赵武问：是半个月吗？吴队长说是，你们要保证不出任何问题，出了问题你们要负全部的责任！吴队长说完，又大步流星朝村外走。赵武理解吴队长的急促心情，若再耽搁下去，他们就无法在天亮前越过敌人的封锁线了。

再往前走过去，赵武就看见被绑在树上的两个黑色人影。都捂了眼。这是

赵武头遭同敌人这么近打照面。不由打个战栗。

曙光里石沟村迎来不凡的一天，揭开村庄抗战史崭新的一页。在这之前，由于此处偏远贫瘠，交战双方都没将这个猴腚大小的地盘看在眼里，将其排斥于战争之外。小村人对于战争的体验仅是遥听天边隆隆炮响以及远眺扛膏药旗的日本鬼子从村外过兵。初时，人们是心惊胆战的，害怕鬼子走着走着一头扎进村里来发疯。可没有，鬼子坚持对小村的无视与轻蔑，一次也没进村。久而久之，人们就宽了心，对过兵就不当回事了。自然，外面战争的消息还是不间断传来，传得最多的是鬼子杀人不眨眼的暴行。小村人对这些耸人听闻的传言将信将疑。早年间，村里在城里做事的人和日本人打过交道，有的就在日本人的洋行里做事。他们说那时见过的日本人和气得很，见人就笑，点头哈腰，老实得像猫似的。不信就是这些人一变脸就成了虎狼，成了恶魔？干出那许多伤天害理的事体？！总之，在这之前的石沟村，是战争汪洋大海的一个小孤岛，人们孤陋寡闻，不谙世情，也无所作为。而今日，一个鬼子的到来便打破了村子固有的沉寂，小村终于和战争沾上了边儿。小村将为自己本来平庸无奇的村史绘出闪光的一笔。

日头从赵武家院墙升起时，夜晚进村的人犯便暴露于光天化日之下了。他们被民兵看守在赵武院中。村里没有现成的牢狱，也没有可临时充做牢狱的空房。祠堂虽说空闲，但那是赵氏列祖列宗的居处，岂能派上这等用场？万般无奈，赵武只好将人犯关押在自己家中。冬日的阳光从院墙上斜照进院子，照在杏树下捆着的日军少尉和汉奸翻译官身上。少尉三十出头年纪，圆脸尖下巴，酷似一个倒置的葫芦，眼光不善，一副桀骜不驯的模样。汉奸翻译官看去比少尉年轻，也英俊些，并排捆着比日本人高出半个头。他没日本人那副神气，惶惶的，没血色的脸像贴了一层糊窗纸。

按照吴队长临别的指示，赵武他们开始对俘虏进行审讯，之后须将口供送往根据地。这本不是村里应承担的任务，他们从未审讯过人犯，没常识也没经验。只因吴队长他们没来得及审讯，这任务便连同人犯一并交给了村抗日政府。

与赵武一起审讯的有村国救会长赵树勋（村人皆称五爷）和民兵连长赵志。记录口供的是小学堂先生孙一更。

审讯就在院子的杏树下。

赵武先审翻译官。

你抬起头。赵武说。

翻译官抬起头，怯怯地望着赵武。

你姓啥？赵武问。

姓周。

叫啥名？

周若飞。

哪里的家？

上庄。

是本县上庄吗？

是。

上庄我熟悉，你爹叫啥名？

周洪业。

大财主周洪业？

是。

恁好日子不过，操蛋给日本人当狗腿子！

我不情愿。日本人刀搁脖子……

你咋不跑？

我家就在日本人炮楼底下，跑了和尚跑不了庙。

你杀了多少中国人？

我没杀过人。

不能。

我要撒谎立马崩了我。

没杀人，坏事都干了啥？

我没干……

你干坏事日本人养着你白吃饭？！

要说干坏事就一样。

说！

就是把日本话翻成中国话和把中国话翻成日本话。

满世上人就属你个鸟嘴能！

我有罪。

他叫啥？

小山万太郎。

他是多大的官？

是少尉。

少尉算个啥官阶？连长、营长还是团长？

顶多算连长。

他杀了多少中国人？

不晓得。

你问他。

他不懂中国话。

你刚才不是说能把中国话变成鬼子话？

是。

周若飞向旁边的小山偏偏头，问他杀过没杀过中国老百姓。

小山把头一扬答：杀过。

周若飞吓白了脸：不能这么招，说没杀。

小山不在乎：说杀了又怎么样！

周若飞恨恨地：你不想活命了？

小山晃晃头：大日本皇军性命是属于天皇的，生为天皇征战疆场，死为天皇捐躯尽忠。

赵武见鬼子叽里哇啦说个没完，有些不耐烦，问：他咋说？

周若飞答话：他说他没杀过中国人。

他胡说。

他是军需官，职责管给养，杀人轮不着他。

哼，喂饱了鬼子兵让他们杀和自己动手没两样。

这……总归是两回事……

王八蛋，你还护着他，他是你姐夫还是你舅子？

别杀他。

不杀留他祸害中国人？

日本人知道我跟他一块去征粮，杀了他我也活不成。

狗日的，你以为杀了他还会留下你？

饶命啊！

我问你，日本人的情报你说不说？

说。我全说。

那你说。

是，我说，可有句话我不知该问不该问。

问啥话？

就是……坦白不坦白一样不一样?

不一样。

那我说。

……

二

问完了周若飞口供，天就快晌了。赵武他们无法证实得到的情报是否属实，无非是据点里鬼子、二狗子多少多少，迫击炮、机关枪、三八大盖多少多少，孙一更做了记录。审完周若飞再回头审小山，小山却顽固对抗，什么也不说，只得作罢，留待以后再审。这时，审人的和被审的肚子都在咕咕叫。

吃饭就遇到了麻烦。

庄稼人在冬闲时一般不吃早饭。这不是风俗习惯，更不是养生之道，只为的省粮。按说省粮最有效的方法是扎了脖梗不吃，可老不吃就要饿死人，于是庄稼人就将自己调理在吃与不吃的半死不活之间。这其实很难掌握，许多人家就因没掌握好提前断了顿，日子就被逼到讨饭、逃荒、死人这条绝路上了。

只因赵武没有吃早饭这种意识，两个俘虏也就没吃早饭。审讯之后，俘虏被关进东厢房里。那是一间磨房，他们用铁链子将俘虏和石磨连在一起。这是一个笨且有效的办法，只要俘虏不能将上千斤的石磨拖跑，逃就没有指望。一切停当后，除留一个民兵在院里站岗，其余的人都回家吃饭了。赵武也回屋做饭。赵武过的是一种很苦的日子，老婆于两年前病死，没再续弦，八岁的儿子送到邻村的丈人家抚养，一村之长就成了“孤家寡人”。

午饭现成，在锅里热热就成，这是赵武几天前做的一锅地瓜面掺萝卜缨杂和饭。他总是做一锅吃上好几天，一为省事，二为省些火。他将饭热了，盛了两大碗端进磨房，放在磨盘上让两个俘虏吃。鬼子小山狐疑地朝碗里黑乎乎的东西看看，大概没看出个究竟，就端碗吃起来。不待咽下，就吐了出来，随之瞪眼朝赵武嗷嗷直叫。赵武一时不明就里，遂问周若飞。周若飞便如实相告，说小山嫌饭不好吃，说是猪狗食。赵武听了火冲头顶，大骂鬼子小山是狗杂种，说老子能吃他个狗日的俘虏倒不能吃！就这，爱吃不吃！告诉他，不吃就等着饿死！周若飞后悔不该把小山的话原样翻给赵武听，惹他发了怒。接受这个教训，他就不将赵武的话原样翻给小山听。他严肃地劝告小山，今年这一带遭灾，

眼下又值青黄不接，粮食奇缺，村里家家都吃这种粗食，没好的给咱们吃，为了活命只能将就。而小山却死硬到底，坚持不吃，并放赖似的躺倒在铺草上。赵武铁青着脸问周若飞吃不吃，周若飞忙说他吃。

这顿饭赵武没吃，他被小山气得肚子疼。他这是头一遭和日本鬼子打交道，以前曾听人说这些畜生很各色，难斗难缠，这遭他领教了。可气的是他们做了俘虏还不服软，还和你作对，真他妈该杀该剐！

石沟村是一座小村，小得没被绘入任何一本地图册里，于是就被以地图为指南的军事忽略。如果不是土地贫瘠，这里就真的是一个世外桃源。从天空向下看去，石沟村像一把泥瓦匠的瓦刀，刀刃向北，砍向村后那座不高的山冈。只是总没砍得出去，长久的闲置就使它蒙上一层鼠皮颜色的锈垢，在冬日下显得了无生机。

赵武亦是了无生机地走在村街上，脸上的颜色比鼠皮也差不了多少。街上空荡荡的，不见一个人影儿，甚至连一样会喘气的东西都不见。自日本俘虏押在村里的消息传开（消息扩散得如此快令赵武深为担忧），村子就像是一个人突然间病倒，恹恹地，没了精神。家家户户都有种大祸临头的感觉，惴惴不安。上岁数的人严厉约束住自己的儿孙晚辈，不许他们出去招惹是非，不到万不得已不许出门。大家普遍在心里埋怨赵武，怪他不该将祸种引进村里。既然鬼子没来招惹过石沟村，就算老天保佑了，何苦再没事找事呢？

赵武往村西头走去，他要去万有家。风贴着地面将雪尘吹上半空，雪尘在日光下呈出一条条五彩缤纷的彩带，真是一幅奇异的景象，美不胜收。赵武对此视而不见，只缩着脖梗走路。他心事重重，烦恼无边。那狗杂种小山竟和他较上劲儿，毫不退让。已经两天不吃不喝，躺在磨道的草堆上一动不动，死猪一般，任你怎样喊叫都不应声。这几天昆嵛山方向枪炮声不断，鬼子正在扫荡，抗日队伍的人近期肯定过不来。如这么挨下去，狗日的真会饿死，以后怎样向抗日队伍交代？何况到现在也没问出口供，怎么说都不能让他死。而要留住他的命，就只有给他换饭，弄些真正的粮食给他吃。可这真正的粮食又到哪里去弄呢？那只有借了。这个借字在脑子里一闪，他立马就想到了万有。

万有家门关得很严，他没推开，就敲门，敲了也没人出来，他就仰脖向院里喊："开门，我是赵武。"赵武这两个字就像一把钥匙，门开了。

开门的正是一家之主的赵万有，他很客气地把赵武往屋里让。他五十多岁，精瘦，眼小却有神。进了院，赵武就站住，不往屋去。他想在院里和万有单独说说。万有瘫在炕上的老爹是出名的小气鬼，叫他掺和进来准砸锅，避开为上策。万有家的日子一进院就摆在眼前：栏里有牛，圈里有猪，地上有鸡，样样齐全，真不亏他叫个万有。当然，你要说他是大财主也是高抬他了，不实际，可他家的日子在石沟村是上数的。赵武和万有是同辈，叫他哥。

赵武说："万有哥你这个勤快人咋也在家闷着呢？"

万有脸上始终挂着惶惑，他晓得有句话叫"夜猫子进宅没好事"。这年月村长就是夜猫子。他的亮眼看看赵武，没吱声。

赵武问："你听说咱村押着一个小鬼子吗？"

万有点点头，说："听说了，赵武你闹啥玄哩，小鬼子死凶死凶。"

赵武说："不怕他死凶，我把他挂在磨上，想凶也没辙。再说眼下也只剩下一口气了。"

万有问："咋？"

赵武说："狗日的歪，不吃地瓜面杂和饭，闹绝食。"

万有说："不吃饿死拉倒。"

赵武说："我也是这么想，可不行，抗日队伍让留活口。"

万有说："那咋办哩？"

赵武说："只好给他换饭。"

万有说："狗杂种。"

万有嘴上在骂，心里已猜到村长这遭是奔着他家的粮囤子来的，心就一下子提到嗓子眼里。

赵武说："换饭就得有粮食，眼下咱村的情况是出人出力没问题，就是出粮食困难。"

万有说："今年天旱歉收，谁家会有存粮呢？"

赵武说："这不就来找你万有哥了吗？"

万有刚要张嘴，让赵武用手势止住，说："你可别说没有啊，我知道你有，说没有我也不信。"赵武先发制人，是担心万有一口回绝就难回脖了，就硬邦邦地堵了他的嘴。

果然万有张开的嘴就僵住，卡在嗓门里的话把脸都憋红了。看他这副可怜相，赵武暗暗想：唉，都知道这年头借粮比借老婆还难，这么逼人家可不应该啊。

这时从正屋传出万有爹老迈的声音："是赵武？进屋里吧，外面冷。"

赵武嘴里应声，却不动。万有爹仍一声连一声地吆，底气很足，像吃足喝

足的人打出的饱嗝。这种感受就让赵武心里有些不自在了，同时也觉出自己的肚子咕噜咕噜叫起来。他开始烦躁，单刀直入地对万有说："村里要向你借粮。"

"不借。"

"咋？"赵武问，"是没粮，还是不借？"

"都不是。"

"咋说？"

"粮食不能说是一点儿没有，刚才你说了，我说没有你也不信。要是你赵武自己揭不开锅，我万有不说熊话，没多还有少。可你是闹歪，弄个小鬼子回来供养着。"

赵武说："这是抗日工作。"

万有说："我不听这个，反正想从我家弄粮食喂小鬼子没门儿。你这是成心糟践人哩。知道的是你村长从我家借的，不知道的是我赵万有通敌，救小鬼子的命。我落汉奸名声，以后谁给我洗刷？"

赵武被诘住了，他没想到万有会抓住这个理由拒绝借粮，也是够滑头的了。他想万有心眼子也是"万有"啊。但是且慢，粮食不论救谁的命，是通过我这个抗日村长的手，有啥罪名也落不到你万有身上啊。赵武盯着万有那双闪动着狡狯的小眼睛，心想他可真是他爹的种。他克制着心里的火气说："有罪名我来顶着。"

万有说："可谁又替你顶着呢？"

赵武说："我的事不用你管。"

万有说："话不能这么说，你自己都洗刷不清，又怎能替我洗刷清呢？"

赵武气更大了，直盯着他的眼说："万有你真的是怕担汉奸干系吗？那你干吗不赶紧把你家全保从莱阳叫回来呢？他在那儿干啥你心里不清楚吗？"

万有的脸刷地变了颜色，像涂了一层鸡屎。他咋会不清楚呢？他二儿子全保在西面赵保原的队伍里当兵，赵部虽不是正宗挂牌伪军，可干的勾当和挂牌的没两样，勾结日本人，袭击抗日队伍，糟蹋老百姓，五毒俱全。赵保原的队伍在胶东地面臭得像泡狗屎，跟他儿沾了一腚狗屎的万有在村里就有点抬不起头来，赵武的话正戳在他的心窝上。

他辩白说："全保干的不是伪事。"

赵武说："你咋知他干的不是伪事？"

万有说："全保说他们吃的是蒋委员长的饷。"

赵武说："可恶就可恶在这里，吃中国人的饭给小鬼子效力。吃红肉拉白屎。”

万有又说：“全保干的不是伪事。”

赵武哼了一声说：“是不是伪事不由你说了算，抗日政府会有定论。万有，我可是先把话给你挑明了，以后要是全保摊上事，你可别来找我这个当村长的啊！”

万有害怕了，脸更灰了，嘴唇开始哆嗦。他早就为这事担忧，几次托人捎信叫全保回来，全保不听，说在外头顿顿饽饽猪肉粉条，享福。气得他直骂，可又不能去把全保拴回来。他想，眼下这码事不能为几斤粮食和村里闹拧了，以后没好果子吃。损失点粮食也只当是破财免灾吧，他仰头看看赵武，说：“家里只剩下点苞米。”

这年月，苞米就是好吃食，可鬼子吃不吃苞米，赵武心里没数，要借了苞米狗日的再不吃还是犯难。他想想问：“除了苞米没别的了吗？”

万有说：“还有星儿半点麦子，得留着过年。”

“行啊，就苞米吧。”赵武说。

“借，借多少？”万有哭丧着脸问。

赵武张嘴刚要喊出二十斤这个数，却又突然停住。他眼前浮现出一张黄瘦的小脸，他的心痛了一下。

“借四十斤。”赵武说。

三

赵武驴子样驮着粮袋径直往玉琴家走去。原本阴着的天有些放晴，风也小多了，这是冬日里难得的好天气。只是街上还很清冷，渺无人影。这也正合适了此时的赵武，他驮着粮食颠颠地走着。玉琴家和他家斜对门儿，她男人死了，一个人带着五岁的闺女单过。赵武和她已相好了一年多。一个是光棍，一个是寡妇，又情投意合，按说两家合成一家是没问题的，可是她的公爹阻拦这门亲事。公爹就是国救会长赵五爷。五爷有自己的算盘，他想让媳妇在自家“换马”，转嫁给因腿残一直没说上媳妇的大儿子忠勇，正恋着赵武的玉琴自是不肯答应，事情就僵持着。因了这种关系，赵武就成了玉琴家的常客，不过多在夜晚登门，像今日这般于光天化日之下进门尚属稀罕。

“你咋这会儿来了呢？”开门的玉琴也很感意外，神情惶惶地赶紧把赵武让进去，又关了门。

“有公事。”赵武说，他将粮袋放在院子地上，“扣儿呢？”

“在屋里睡觉。”玉琴说，“不知是咋的，这几天她老是睡不醒，白天黑夜地睡，我怕是病了。”

赵武有些急，说：“去前夼把冯中医请来给她瞧瞧。”

玉琴叹了口气：“请来就得管饭，咱拿得出啥给人家吃呢？”

赵武就用脚碰碰粮袋，说：“苞米不行吗？”

玉琴问：“哪来的苞米？”

赵武就把小鬼子绝食和去万有家借粮的大致过程说给玉琴听，说得玉琴眼瞪得老大。

赵武又说：“明日我就去请冯中医。”

玉琴点点头。

赵武进屋去看看扣儿，玉琴也跟着进去。屋里有日光照进来，很亮。赵武俯身向前，怜爱地看着睡在炕上的扣儿，伸手摸摸她黄瘦的小脸儿，叫了几声扣儿，没见应，就长叹了口气。

再回到院子，赵武就说了他的来意：他家的石磨拴了小鬼子和汉奸，不能用。请玉琴帮他把苞米磨了，赶紧做粑粑给小鬼子吃，把他喂活了。

玉琴说：“要是小鬼子不吃苞米粑粑咋办哩？”

“他敢！那老子就真宰了他！”赵武动气地说。

“杀了他咋向抗日队伍交代呢？”

“嗨，真叫这狗日的治草鸡了。他要不吃苞米粑粑就真的一点办法没有了。”

玉琴的眼亮了一下，说：“摊煎饼咋样？”

“摊煎饼？就是你娘家那地儿吃的饭食，像纸样的薄饼？”

玉琴点点头，说：“煎饼吃起来像锅巴一样香，俺刚过门那时，整天想煎饼吃，就从娘家拿回个鏊子，现在鏊子还在。”

“这准行。”赵武拍手说，“那狗日的没吃过，吃个新鲜准行。就做这吧。”

女人点点头。

赵武松了口气，脸变得开朗了，他伸手摸摸女人的脸。

女人羞涩地朝后退退：“别，大白天的……”

赵武说：“好多天没靠你啦，真想。”

女人抬头看了他一眼。

这时，从南面传来很沉闷的枪炮声，像春季里在天边滚动的旱雷一样。赵武和玉琴只是侧耳听听，不当回事。战事波及不到他们石沟村，如同旱雷带不来降雨。

“对你说啊玉琴，这粮食一半归小鬼子，另一半归你和扣儿。摊出的第一张煎饼给咱扣儿吃，记住啊！”赵武临出门时向玉琴叮嘱。

玉琴没言语，泪模糊了她的视线，她看不见赵武怎样出门，只听见了门响。

起作用的不知是新摊煎饼的香味儿还是送饭女人柔和的语音，日本俘虏小山万太郎两天来头一次睁开了眼。只觉得眼前模糊，白茫茫一片，如置身于浓雾中。在他的家乡茨城，雾一年四季都笼罩着八沟山以及山下的田野和村庄，使人的视线永远看不出很远。也许正是这局促的视野，导致了人的心性的短浅与偏狭。他的父亲性情暴戾，喜怒无常，整日泡在清酒里。酒醉又使他加倍地狂躁，殴打老婆孩子是他醒酒的良方。十八岁中学毕业时，他对母亲说要走出这讨厌的雾瘴。他走出了，而在若干年后他却又走进另一道更浓厚的雾瘴：侵华战争。

那一时刻，他的神志一如他的视觉，一片迷惘，懵懂中他觉得是置身于日本家中。那香味儿，那女人的话语唤起他遥远的记忆。在父亲偶尔外出或酣睡于酒醉中时，他的家便呈出一种难得的和谐气氛。母亲和她的孩子们围坐在桌边，边吃饭边议论着各种话题。他的大姐吉子总是在大家出现分歧时充当调解人角色，柔声细语地讲述着自己的道理。这种时刻就给他们除父亲之外的一家人带来无限的喜悦。而离家出走后，这一切就成了经常萦绕于他梦境中的温馨的记忆了。

“你行了，小山，这遭行了。”周翻译官的声音，蹩脚的日本语。他听见这话的同时，眼前也渐渐显出了形影。他发现这里不是日本茨城的家，是关押他的肮脏不堪的磨房，面前站着那个审讯过他的中国人，他手里提着一个柳条篮，好闻的香气就是从那里冒出来的。

“周，有女人，她是谁？怎么不见了？”

“小山别管那么多，都什么时候了还存那么多心思。”

赵武问：“你们叽里哇啦个啥？”

周若飞说：“他问是什么饭这么香。”

赵武哼了声，从篮子里拿出一沓黄灿灿的煎饼，递给周若飞，说：“给他，狗日的糟践中国人有功，吃小灶哩。”

“纸？”小山以惊疑的目光盯着从赵武手里传递到周若飞手里的纸样东西。

“不是纸，是饭，叫煎饼，你吃吧。”周若飞把煎饼递在小山手中，小山像

捧刺猬似的怔怔盯着这怪异的会发出香味的纸，没吃的意思。

赵武有些紧张，他担心的事情正在酝酿着。他忍不住朝周若飞吼：“告诉他，这样的饭大财主都不得顿顿吃，他个日本俘虏还挑拣个啥！”

周若飞一边翻译给小山听，一边盯着他手里的煎饼不放，他听见自己的肚子在咕咕叫。虽说这两天他一直吃那种难以下咽的地瓜杂和饭，不敢绝食，也不敢言声。可他吃得很少，基本是处于饥饿状态。眼下闻着这香喷喷的粮米味儿，从身体到精神都备受煎熬。他可怜巴巴地看了赵武一眼，说：“这个日本人从未吃过煎饼，不认，我吃给他看咋样？”

赵武一开始没听明白，明白过来就觉得又好气又好笑。教鬼子吃煎饼，亏你龟儿子能想出这等的好差事。就是有这种好差事也轮不到你啊！这念头在脑袋里一闪，他就觉得自己的肚子不可遏止地翻搅起来，十分难受。他压抑住自己的欲念，朝周若飞点了下头，周若飞心领神会，如同得了圣旨般飞速从小山手里揭了一张煎饼往嘴里塞，边嚼边对小山说：好吃，真好吃。他一连吃了三张才识趣地罢手。

“好吃的纸？”小山仍将信将疑。

周若飞教导他说：“告诉过你这不是纸，是煎饼。煎饼是御膳之一种，御膳就是中国皇帝吃的饭，这个就是黄金饼儿。连中国皇帝都能吃的饭还委屈了你？吃吧吃吧，你不吃我就全吃光。”

小山又踌躇片刻，就吃了。开始吃得很小心，像尝药似的，可等吃出了滋味儿，就大咬大嚼起来，犹如饿狼嗟食。赵武看了，气又不打一处来。可气归气，一块石头总算落了地。他就离开了厢房。

小山吃完煎饼又喝了一大碗水，“完”事大吉，脸上渐渐现出得意之色。“周，我胜利了，胜利了，他们失败了。皇军是战无不胜的。”

周若飞不由打个寒噤，他一下子想到那则著名的《农人和蛇》的寓言，小山就是那蛇，不知好歹忘恩负义的蛇。他断定这个家伙往后还会死硬到底，那就把他连累惨了。想当初自己给日本人做事本不情愿，这遭被俘他希望能借机顺坡滚驴，弃恶从善，可小山一味地胡闹，会在很大程度上影响自己的命运。按中国人的说法，他和小山是一根绳上拴的俩蚂蚱，他心想不能让小山由着性子来，人在屋檐下，哪能不低头！得制止他的不轨行为，警告他，对他晓以利害。他想想说：“小山君，我问你一句话。往后你有什么打算？是想活着回日本老家，还是死在这中国小村庄？”

小山问：“这话是什么意思？”

周若飞说："意思很清楚，是死是活到了需要选择的时刻了。"

"大日本帝国军人没有自己个人的选择。"小山说。刚吃饱饭的小山，似乎增添了力气，话音铿锵有力。"如果要有选择的话，那唯有服从天皇的意旨。"

周若飞问："那么此时此刻，天皇的意旨是什么呢？"

小山诘住，瞪了周若飞一眼。

周若飞继续说："谁都知道天皇对他的将士们的要求是要么凯旋，要么战死。你呢？被俘仍然活着，这实际上已经背叛了天皇。"

"胡说！"小山吼起来，"我没有背叛天皇，我想死，可我做不到，我没有武器，我被捆着，没有自由，无法自杀！周，你帮我，把我结果，行吗？"

周若飞说："行，我可以帮你。"

小山两眼直直地瞪着，眼光透出惶恐。他再问一句："周，你愿意帮我？"

"我愿意，"周若飞说，"但怎样帮得按我的意志行事。我们中国人有句话叫救人一命胜造七级浮屠，还有好死不如赖活着，意思都一样，把人的生命存在视为至高无上，所以我不仅不能帮你死，相反，我要让你活着回日本。"

"不可能，"小山说，"我必须死，懂吗，必须死。"

周若飞哼了声，说："既然你死的决心如此大，就死好了。人真想死是用不着别人帮忙的，没枪没刀也有办法。"小山说你教我。周若飞说："行，我教你。人活一口气，没这口气就完蛋。你停止呼吸，憋住，再憋住，直至心脏停止跳动。"

"这不行。"小山说，"任何人都无法抑制住呼吸而死亡。做不到。完全做不到。"

周若飞问："你知道为什么做不到吗？"小山摇摇头。周若飞说下去："这是因为人的意志归根结蒂是脆弱的，有一定的限度。对于死亡，在最后的一刻，人的求生欲望是不可阻挡的，包括你们的天皇。"

"我不许你亵渎天皇！"小山暴跳如雷，"我不许你亵渎天皇！"

周若飞说："你们天皇将自己做不到或不想做的事强加于他的子民，这有悖于天道。"

"天皇高高在上。"小山说，"他的意志就是神的意志，子民自应唯命是从。"

"你死吧，小山君。"周若飞说，"你死了，天皇才会称心如意，吃得香睡得甜，你死吧。"

"我会死的。"小山说，"你不帮忙会有人帮忙的。"

"没人会帮你的忙。"

“我自有办法。”小山想想说，“我会叫村里的人杀死我。用激将法，骂他们，侮辱他们，他们就会把我杀了。”

周若飞冷笑：“这一招不灵，你的话他们听不懂，你再吼再骂他们也只当是野兽嚎叫，不会理睬。”

小山一怔，随之说：“周，我要你教我中国话。”

周若飞问：“教你辱骂中国人的混账话？”

小山点点头。

周若飞说：“我不会教你的。”

“我要你教。”小山说，“你身为皇军的翻译官，这是你的职责。”

“被俘以前我是你们的翻译官，可现在不是了。”

“不，现在你仍然是的。”小山说，“我是军需官，你已从我手里领了这个月的饷。按规则，这个月以内你还是皇军管辖下的人，皇军的命令你必须执行。”

周若飞十分气愤，也觉得好笑。心想你个小鬼子也欺人太甚，当了俘虏还想朝我发号施令，让我听从你的摆布，真是骑在人头上拉屎。这股火在心里窝着出不去，很难受。最后终于忍不住骂了句：“我操你小鼻子八辈子祖宗啦！”

操八辈子祖宗这话，是当地人愤怒时最解气最顶尖的一句骂了，如果逢上有血性的对手，会以死相拼的。小山自是听不懂什么，眨巴眨巴眼问：“周，你讲的是什么呢？”

周若飞还想再骂，可这时脑子里忽然闪现出一个念头。他想何不将计就计，捉弄一下这混账的鬼子小山呢，一是出出心里的恶气，另外，也是最重要的一点：化解村干部对他和小山的怒气，得以宽大处理，保住性命。他看看小山倒挂葫芦样的脑瓜，说：“我是说我答应教你中国话啦。”

“你答应教吗？”小山问。

“我答应。”

小山向周若飞竖竖拇指：“周，你讲规则，是可以信任的人。”

周若飞说：“我只是服从你的命令。不过中国话是很难学的，你能行吗？”

“我行。”小山说，“我的记忆力很好。再说我也不需要学得太多，你教个十句八句就够了。”

周若飞说：“中国的语言如同汪洋大海般广阔无边，我不知道该怎样从中选择。”

小山说：“周，我已对你讲过，我学中国话的目的是将关押我们的人激怒，让他们杀我。为此，你必须选择最恶劣最污秽最不妥协的言辞，其邪恶其力量张口若枪弹出膛一般，你懂了吗？”

周若飞说：“你可以对我讲一两个例句吗？我是说你先从日语中选择出能与之对应的几句话。”

“那好吧，你听着。”小山说，“头一句话，首先要表现大日本帝国皇军效忠天皇的武士道精神：杀了我也不会向中国人投降。再就是表明我们的大东亚圣战必胜无疑，和大日本帝国皇军作对没有好下场。还有，也是最重要的是侮辱他们的人格，用最肮脏最下流的话谩骂他们，诅咒他们，比如……”

“行啦。”周若飞止住道，“你已经把意思表达得很清楚了。我明白，就是你要在中国人眼里完全成为一个恶棍无赖混蛋卑鄙无耻可杀不可留的魔鬼法西斯，是不是？让他们一刀将你结果，是不是？你就成了一个以死殉节的英武之士，是不是？”

“是的是的。”小山说，“那就仰仗周君啦，请多多关照。”

“我教你。”周若飞说。

他略作思谋便对小山教授起来。他说一句，小山鹦鹉学舌地学一句。小山也算个伶俐学生，一句话念上三遍，也就记住了。到晚霞从西厢房房顶照到东厢房窗上时，小山已学会许多句了。他有些沾沾自喜，当老师周若飞让他将学会的从头朗诵一遍时，他便像小学生背诵课本那般拖腔拉调地朗读起来：

我有罪——
我投降——
饶命啊——
别杀我——
杀我如杀狗——
我怕死，好死不如赖活着——
我是你们的儿，是你们的孙，晚辈小山万太郎——

四

听着鬼子小山磕磕巴巴的认罪告饶声，周若飞先是觉得解气好笑，而后陡地打个战栗，感到身上冷得厉害，阵阵发抖，就像浸泡在冰水中。他深深意识到自己不可饶恕的罪愆。晚霞在他的眼前一下子变暗变黑，他觉得身子跌进了万丈深渊……

为请冯中医的事，赵武一早就去了玉琴家。进门就看见扣儿在院子里逗一只小猫玩，笑得咯咯的。赵武见了十分惊讶，问："扣儿好了吗？"玉琴说："扣儿已经醒过来了，不用再请冯中医了。"赵武朝扣儿走过去，把她抱在怀里问道："扣儿，你咋老是睡觉呢？"扣儿晃晃头，说她不是在睡觉，是在一片大野地里走，一个大人领她往河边去，可老是走不到。玉琴说："这事真是怪，扣儿硬说有个男人把她往河边领，告诉她河那边怎么怎么好。说那边有白面饽饽吃，有猪肉粉条吃，还有洋梨海棠果吃，样样都管够。我问扣儿那人是不是咱村里人，扣儿说不是。我又问她那人长得是啥模样，老天爷，扣儿说的那人的长相和她爹一模一样。可她爹死那年她才两岁，哪会记事儿？你说这事怪不怪呢？"赵武沉吟半晌说："咋会有这种事？"玉琴眼圈红了，说："我知道我没把扣儿养活好，让她受罪，她爹就来领他的孩子。"赵武说："别瞎想，人死如灯灭，哪有啥鬼呀神呀的。再说孩子有病也怪不了你呀。"玉琴说："孩子不是病。"赵武问："不是病是咋？"玉琴说："是饿昏了。"玉琴流下泪。赵武问："你咋知扣儿是饿昏的？"玉琴抽泣说："我知道，是你送来的粮食救了扣儿的命。昨天摊出了煎饼，我叫扣儿起来吃，叫不醒，动了动又呼呼地睡。我就嚼了煎饼往她嘴里喂，她睡着觉还能往下咽，一气吃了五张煎饼。今早鸡叫头遍她就醒了，就说她跟一个大人往河边走，怎样怎样。"玉琴说着已泣不成声。赵武摸摸扣儿的小脸儿，心里酸酸的。他问玉琴家里是不是断顿了。玉琴说："还有点白面得留着过年，这些天扣儿就和我吃一样的，我知道她吃不进去，可真没想到……"

扣儿从赵武怀里下来，又去找她的小猫了。玉琴领赵武进了屋，赵武伸手擦擦玉琴脸上的泪，说："都怪我，我没想到你和扣儿已断了顿。这么小的孩子，吃糠菜怎么能行呢？"玉琴说："怎么能怪你。这年头谁家有宽裕的粮食？"赵武说："再难也不能坏了孩子啊！"玉琴问："你家留根儿在他姥姥家好吗？""还行。"赵武说，"那村比咱村富庶些，他姥姥姥爷也拿他金贵。"玉琴说："留根儿是有福的孩子。"赵武叹口气说："有啥个福，要有福，他妈就死不了。""咳，也是的。"玉琴说，"就要过年了，你该去把留根儿接回来了。"赵武摇摇头，说："不接了。"玉琴说："不接不好，按老辈子的规矩……"赵武打断说："这兵荒马乱的年月，还讲啥规矩不规矩的，能活着就不错了。再说家里还关着两个俘虏，到现在还不知下文，接回孩子咋办呢？"玉琴说："放我这儿吧，让扣儿和他做伴儿。等抗日队伍把小鬼子弄走了，你再接回家过年。"赵武说："要是年前抗日队伍不来人咋办？"玉琴说："你不是说他们讲定是半个月的期限吗？”赵武说：“讲定也难说没有变化啊。”玉琴说：“真那样也不要紧，就叫留根儿在这儿过年，大年三十晚上你过来一块儿吃饺子。”赵武摇头说：“这不行，五爷知道该记恨了。”玉琴说：“说记恨也是早有了的。自他知道咱俩的事就恨上了。要想叫他不恨只有一样，咱俩拉倒，我和他老大成亲。”赵武就不再说话了。其实不用玉琴挑明，他和五爷之间的龃龉也是心照不宣的。他觉得这事很难办，真的很难办。“这事先不说吧。”赵武说，“反正离过年还有十来天，要接也来得及。”玉琴说：“随你了，反正我是拿定了主意的，啥也不在乎了。”赵武抓起玉琴的手握着，说：“咳，要不是当了这么个芝麻粒大小的村头儿，我也会不在乎的。”玉琴说：“那就把这个小官让给别人当，你还稀罕吗？”赵武苦笑一下，说：“要讲稀罕，你也知道我稀罕的是你。可这村长的头衔不是热菜饽饽，想让就让得出去。这年月，精细人谁会来拣这么个苦差事干呢？”玉琴说：“让不出就丢了它。”赵武又苦笑笑：“丢了村长这顶帽子，就要换来另一顶帽子。”玉琴问：“啥帽子？”赵武说：“动摇分子的帽子。”玉琴吃惊地问：“不当村长就是动摇分子啦？那么咱全村百十口子不都成动摇分子了吗？”赵武说：“两码事，从来没当过的不是。当了的撂挑子就是。就像当兵的在战场上后退，就是逃兵，该挨枪毙。老百姓遇上敌人跑得再快也没事。”玉琴说：“这事蹊跷，咱弄不明白。不干没罪，干上不干了就有罪。早知有这规矩，你为啥还要干呢？”赵武说：“不就为打小日本嘛。日本鬼子不打了得？”玉琴说：“这我也懂，可咱俩的事到底该咋办呢？”赵武伸手摸摸她的脸，说：“小鬼子快完蛋了。等赶走了鬼子，咱就成亲。行不？”玉琴就不吱声了。她向赵武靠过去，赵武搂住她，手在后面拍拍她的腰说：“为了你，我也要抗日到底啊！”

赵武离开玉琴家，在街上被几个人堵住，一齐向他反映情况。情况又如出一辙——他们的小孩长睡不醒，像吃了蒙汗药一般，在耳边敲铜盆都醒不过来，要不是还喘一口气，和死了没两样。他们一致怀疑这与小鬼子进村有关，理据是鬼子没进村时都好好的，鬼子一来，孩子就得了这“怪病”。他们要求村长将那狗日的“孽障”驱逐走，以拯救他们的孩子。赵武默默地听他们说完，他对这怪病自是了然于心。扣儿的事刚从眼前过去。只是没想到这怪病在村里蔓延得这么快。他自是清楚，找他的都是村里最贫的人家。他怀着沉重的心情挨家挨户去看望这些一味睡觉的孩子，查询这些孩子吃的什么饭食。答案不是糠菜窝窝，就是糠菜糊糊。尽管各家有各家的做法，可下锅的都不是粮米。到此，赵武已深信不疑，这些孩子的病因和扣儿相同，是饥饿所致，与小鬼子无关。赵武心里这样想，可没将事情说破，那得费很多口舌。何况说破了，他们也未

必肯信，得先救孩子要紧。他一下子便想到了煎饼，那是治这怪病的好药，他急匆匆回到玉琴家。玉琴正在鏊子前忙活，已摊好厚厚的一摞。看他进来，说："我正要过去送，你就来了。"赵武说："现在顾不上鬼子了，又有一拨孩子睡过去了，得赶快去救。"说着，拿起煎饼就走。

赵武走街串巷，把煎饼分送到那些有"睡孩子"的人家。"纸？""纸？"几乎家家都发出与鬼子小山同样的疑问。"不是纸，是煎饼。"尽管赵武一遍又一遍相告，还是有人不信，嚷"纸"不休。"像纸不是纸，"赵武耐心解释，"要说是纸也行，是粮纸、药纸。把这几张药纸嚼了喂孩子吃，孩子就醒了。"庄稼人一向是不肯轻信的。粮食奇缺，谁会败家子似的用它来做纸？说啥药纸，那更离谱了。谁都晓得，药材出自深山老林，金贵的有人参、灵芝，普通的有甘草、黄连，而且都是用药罐熬成药汤服用。像这种纸样的怪药，却是头一遭见识，难以置信。赵武不想再听这些人啰嗦下去，便以村长的威严喝道："要想救孩子的就照我说的做，不想救的拉倒！"说罢，撂下几张煎饼就走，再去另家。毕竟救子心切，各家尽管仍然满腹疑团，可还是按村长的办法做了，也算死马当成活马医。

赵武分发完煎饼，就去找五爷和赵志，商量当前几件要事。走在街上，他抬头看看日头，天已晌午，他又想起两个俘虏的午饭问题。因早饭他仍然让他们入乡随俗免吃，午饭就得及时。他加快步伐，先去赵志家商量了民兵站岗的轮换办法，又去到五爷家商量再次审讯俘虏的事。因吴队长临走时有交代，要尽早把审讯口供送到根据地。汉奸周若飞是有了口供，鬼子小山则没有，得抓紧时间再审。五爷一家人正在吃饭，炕头上坐着五爷、五婶和他们有残疾的大儿子忠勇。"不一块儿吃点吗，赵武？"五婶说。赵武听得出，这说法没真心邀请的意思。便摇摇头，在炕前那把太师椅子上坐了。"不一块吃点吗，赵武？"这遭是五爷出口的同样不含真意的邀请，他再摇摇头。至于忠勇，则连句假话都没有，头不抬眼不睁地吃自己的饭。赵武清楚，自己在忠勇眼里是个不折不扣的仇人敌手。其实，他在心里也有些可怜忠勇，他活得不容易。他想，假若玉琴有一丝想嫁给他的意思，自己也决不会与他争，那样不够仁义。事实是玉琴咬钢嚼铁不同意和忠勇的"换马亲"，他也没有办法。赵武不由向五爷家的饭桌瞅了一眼。庄稼人碰面打招呼一律是问"吃了吗？"可见吃的要紧。他们串门时眼光也一律先瞅瞅人家的饭桌，看看吃的是什么饭食。这种陋习连一村之长的赵武也难以剔免。他却没有看见，饭桌上盛主食的柳条筐被一块布盖住了。这显然是听见有人进门，临时盖起来的。其实，这种做法本身已说明了问题：

他们吃的饭食是需向人隐瞒的——粮食。事实上，赵武一进屋便闻到了真正粮米的沁人肺腑的芳香，致使他在摇头回答“不一块儿吃点吗赵武”的询问时，竟连连咽下好几口口水。五爷在村里是个谁也不敢忽视的角色。他是赵姓一族的尊长，又是村里国救会长。这家族与村政的双重身份，自让人不可等闲视之。连身为村长的赵武遇事也让他三分，许多事须五爷放话他才好定夺。论及家境，五爷在石沟村也是上数的。这主要得益于他经营的赵姓一族的十几亩庙产。大凡庙产皆属好地，收获颇丰，除却年节祭祀的费用，所剩皆归五爷一家所有。这是老辈子传下的规矩，合理也好，不合理也好，谁都不得改变，旁人眼馋也是白搭。其实，五爷大可不必遮盖自家的饭食，显得一族之尊是那么小肚鸡肠。关于俘虏，五爷同意下午再审。他主张无论小鬼子招不招供，都要派人去山里一趟，请求抗日队伍尽早将俘虏带走，继续留在村里会使村民过年过不安稳。赵武同意。这事议完，赵武便说起有些人家的孩子饿得昏睡不醒的事。五爷摇头不信，说从老辈子起没听说过有这种蹊跷事。赵武说：“五爷你去看看你的孙女扣儿吧。她是村里头一个饿昏的孩子。是她妈喂了煎饼才活过来的。”五爷阴沉着脸，半晌不语，后说：“就算是这样，也是她娘儿俩自找的。我早就放话要她们搬过来一块住，可就是不听，那女人对自已家的人生分，对外人亲，胳膊肘往外扭。别说我家粮食不宽裕，就是宽裕也不能送上门，叫她吃饱了好干那些见不得人的勾当！”赵武自然能听出五爷的弦外之音，五爷也相信他能听得出。囿于多种原因，他们之间的这层“窗户纸”一直没有捅破，谁都心照不宣。赵武很后悔刚才不该提扣儿的事。玉琴和他都不指望五爷提供什么帮助，他的帮助必定要有交换条件的。这么想赵武就觉得心沉甸甸的，感到自已对玉琴和扣儿所承担的责任，当然也包括一村之长对全村老少爷们儿所承担的责任。刚才五爷否认村里过早出现的饥饿，事实上便是一种推诿，而他则是推托不掉的。他的比一般庄稼人瘦削得多的肩膀必须担起这副重担。“我走啦，五爷，王婆，忠勇，耽误你们吃饭了。”赵武站起来说。他知道他说的不完全是客套话。他不走，那遮盖饭食的布便不会被掀开，五爷一家人的午饭就如同河水遇到了闸门，停滞在那里。他赵武就是闸门。

下午的审讯令所有在场的人都惊诧不已。一度气焰嚣张的小山突然一反常态说起了认罪的软和话，尽管面目不善眼光凶恶，可那一声连一声的号叫却确凿无疑，声声入耳：“我有罪——饶命啊——我投降——别杀我——杀我如杀狗……”

乍开始谁都以为是耳朵出了毛病。再一看，这些话确是小山那一张一合的

嘴里冒出来的。于是疑惑再起：这畜生咋冷不丁说起中国话？又咋一下子变成了㞞包？百思不得其解。随后，人们一齐把眼光投在汉奸翻译官周若飞脸上，似乎要从他脸上寻找出答案来。

也是找对了人，周若飞是始作俑者，他对这一切心明如镜。这是一出戏剧，周若飞充当了导演。他教给小山台词，还给他打圆场。他对在场的人说："军需官小山确不是那种凶恶的日本人。自吃了煎饼，深感中国百姓的仁慈之心，也认识到他的国家对中国犯下的罪行，他本人愿意认罪求饶。为表示真心忏悔，他觉得非亲口诉说不可，就求我教他中国话。他想要说什么，就叫我教他什么。就这样，请相信。"

大家听了周若飞这番话，都不吱声，心里琢磨周若飞的话有无破绽。

过会儿，赵武问道："他口口声声认罪饶命，可眼里咋还露出凶光，哪看得出丁点儿的和善？"

周若飞赶紧分辩："对了对了，这就是日本男人的德行。他们从小崇尚武士道精神，一味地习武练功，逞凶斗狠，天长日久面目就变得如同石凿铁铸一般，一成不变，是哭是笑都没两样。他们这种面目，要想改变只有毁了另造。"

赵志恨恨地说："那就毁了他狗日的另造。"

周若飞不敢再言。赵志又朝周若飞说："光装㞞包不行，问他招不招供，再不招供就拉出去毙了，连你一块儿。"

周若飞连忙答道："他说他招。"

五爷说："那就叫他招。"

周若飞问："叫他招啥呢？"

这自是废话。他这么问，不过是想拖延一下时间。因他知道已经遇上棘手的事。糊弄小山说几句㞞包话好办，要让他如实说出日军情报可就难办了。要不说，他前面施展的伎俩就要露馅，那样他和小山就真的要被毁了另造的。

赵武打断了周若飞的沉默，说："那天叫你招啥你就叫他招啥。"

周若飞忙说："我懂了，懂了。"他嘴上这样说，脑子却在飞快旋转。周若飞是个心计能跟上趟的主儿，这一转就转出了救急的招法。他思忖：要说日军据点里的情报，五八四十也就那么多，小山知道的自己也大体知道。想要求个精确，就是把据点里的最高长官田原中佐抓来，他也说不清楚。军事行动本是一时一变的事情，无定规。军需装备大者如火炮机枪步枪亦基本与队伍的建制相称，不过随战事增增减减而已。至于再详细如手雷多少，子弹多少，则是任何人也说不出来的，就像种田人谁也说不出地里有多少棵庄稼囤里有多少粒粮食一样。所谓情报，就是这么回事儿。小山不招供，自己就替他招供。反正语言不通，使审人的和被审的中间像隔着一道墙，翻译的人说什么是什么。他主意定了，便放宽了心，转向小山说："人家问你据点里的情报，你到底是说还是不说？"小山说："你告诉他们，我什么也不会说的，当叛徒是皇军最大的耻辱。"

周若飞转向审讯人赵武说："小山交代，上庄据点的日军是一个中队的建制，伪军是一个大队的建制，日军中队长是田原中佐，伪军大队长姓陈，外号叫陈大膘子……"

赵武打断他的话说："这些人人都知道的还算得上是情报吗？再说这些你已交代过，叫他讲有价值的。"

周若飞说是，又转向小山说："小山君，中国有句古语叫'人在矮檐下不得不低头'。咱俩已做了俘虏，不投降只有死路一条啊。"小山晃晃倒置葫芦样的脑瓜说："我们日本也有句话叫'马死疆场驴耕地'，我小山万太郎就是马，是烈马，我就是死也不会投降的。"说到这儿颇有点儿卖弄地重复着周若飞教他的那几句在他认为是至死不投降的中国话。周若飞不由得暗自得意。在这种节骨眼儿上，从小山嘴里冒出尿包话，无形中为这出戏增添了真实性。

他对赵武说："小山说他愿意把最有价值的情报讲出来，完全彻底，不留尾巴。他只是希望你们能根据坦白从宽的政策对他宽大处理，不要杀他这个认罪投降了的日本俘虏。"

赵武想了想说："行，叫他如实讲，我们会根据他的表现考虑怎样处置的。"

"是是是，"周若飞满脸谄媚地说，"我和小山一定好好表现，立功赎罪，争取宽大处理。"

以下，周若飞便使尽浑身解数，在两者间左右逢源，瞒天过海，为小山炮制口供。孙一更老师在纸上刷刷记录，小山的口供就出来了，白纸黑字是最让人放心的事，赵武他们松了口气。

周若飞同样也松了口气。当然，为这次审讯画一个圆满句号的还是小山本人，当审讯他的人走出磨房时，他不失时机地呼叫："我投降——饶命啊……"

赵武不由回头看了他一眼，心里有一种异样的东西在滚动。

愈近年根，石沟村就愈临近灾难的深渊。饥饿使村里的孩子一拨儿接一拨儿睡过去。玉琴家成了一个临时救助医院，大摊煎饼不止。赵武还给玉琴找来几个帮手，磨面的，烧火的，担水的，各负其责，关键环节——分发药饼（小村人独出心裁地将煎饼称为药饼）仍由赵武掌管，为的是避免可能出现的混乱

与不公。尽管如此，可还是不断出现一些疙疙瘩瘩的事。比如有的病孩喂了药饼并不见功效，经详细盘查，原来那家给病孩喂药饼的也是个孩子，忍不住把大半药饼咽进了自己肚里，病孩"剂量"不足，当然治不了病；还有的人家让孩子躺在炕上装睡，谎报病情，冒领药饼。对于这些情况赵武则是十分为难，望着孩子那黄黄的瘦脸终不忍心将其伎俩戳穿，照样发给药饼。使赵武犯难的是，从万有家借来的那点粮食很快在减少，他不知道一旦用完该怎么办？万有家当然还有可以出借的粮食，但要再次向他开口，恐怕就像上刀山下火海那般的艰难。除了万有家，还有余粮的就是五爷。

想到五爷，赵武眼前便现出他家饭桌上用布遮盖的柳条筐子。心想五爷连自己的亲生孙女都不管不顾，怎还会可怜别的与他毫无瓜葛的孩子？作为一族之长，五爷是很让族人心寒的。许多年前，族人便对他将庙产据为己有而提出过异议。并指出别的村子庙产收入除祭祀外，所余为族人所共享。丰收年景村里的庆典以及歉收年景对贫困户的接济都取之于此。村人觉得别村这种做法合情入理，为何至贫至穷的石沟村却抱着老皇历不放，让一家一户独吞？五爷也有自己的说法：别的村族怎样怎样是人家的事情，与石沟村无干，石沟村只能依照自己祖先留传下来的族规行事，不能更改。这是前些年的事。而后日本人打过来，五爷当上国救会长，族人就更不敢多言了。

思前想后，赵武也就断了向五爷借粮的念头。但村里的局面还得由他这个当村长的应付，他无法推脱。他像一头筋疲力尽的牲口拉着石沟村这辆破车向前行走，没有方向，也没有目的地，只为寻找能赖以活命的狗日的吃食。

腊月二十八这天，派去昆嵛山送情报的民兵回了村，说在山里见到了吴队长和比吴队长官更大的首长。他们说石沟村抗日政府已经完成看押俘虏的任务，应予以表扬。但鉴于战争形势，抗日队伍去解押俘虏已无可能，而且也无此必要了，他们指示村抗日政府将在押的人犯就地处死。

听到杀人，在场的赵武、五爷、赵志不由面面相觑，口吐凉气。石沟村自开天辟地以来就从未杀过一个人，不论怎么个杀法都没有。人们的生老病死都遵从着自然，再贫再病也不轻生，再恨再仇也不杀人。在他们看来，将一个活生生的人一刀砍死或者一枪打倒，简直不可思议。但命令就是命令，谁也不敢违背。他们只好商量处决人犯的各项事宜。如行刑时间、地点及行刑方式，等等。既然是杀人，所涉及的一切都不可马虎大意。有一年小村宰牛，屠手一刀没捅准地方，牛疯了，挣断绳子先顶倒了那个背时的屠手，又瞪着血眼满街寻人，吓得村人屁滚尿流地乱奔，关门堵窗不敢动弹。直到那牛血尽而死，这事才了。小村人只要想起那桩事便心有余悸。杀牲口且如此惊险，又何况杀人？

见多识广的五爷对此更是忧心忡忡。他说民国十四年间，他在牟平城西刑场看过一遭秋决。沙滩上一拉溜跪着七个壮汉，一色的“胡子”。刽子手只有一个，手持大刀站在这伙死犯身后。他正琢磨该从哪头下手时，只见其中的一个对他吆喊：别愣着，先拿我开刀。刽子手问为啥？他说我是弟兄们的头儿，我要叫弟兄们看我掉下的脑袋还能骂三声狗官，叫他们明白今生没跟错了人，来世还跟着我干。刽子手说行，成全你。一刀向那匪首后颈挥去，那颗头就落在身前沙滩上。却是也奇，掉下去的头竟转了个方向，正对着那几个还没死的“胡子”，嘴果然张了几张。那伙“胡子”见状叩头不止，齐吆大哥慢走，弟兄们随后跟上。接着又一齐转头向刽子手吆喊：快动手！快动手！那刽子手早被这场面吓住，软软地举不起刀来。监斩的警官见事不好，立马调来一挺机枪从后面将人扫了。果然杀人不犯轻易。

说到这里，赵志问了一句：“五爷，你听见那颗头在骂狗官吗？”

五爷说：“我离得远没听见，可很多人都赌咒发誓说听见了。”

“那胡子头儿着实厉害啊。”赵武说。

“杀人不犯轻易啊。”赵志又说一句。就都不再说话。

好大一会儿，赵武才说：“今天是腊月二十八，再过两天就是年三十。”

赵志说：“可不？眼看着就贴年根了。”他转向送情报的民兵问：“吴队长没交代是年前杀还是年后杀吗？”

民兵说没交代。

赵志说：“没交代咱们就研究定吧。按说早比晚好，早杀咱们能过个安稳年，省得大年五更还得排班站岗。”

五爷说也是。

赵志想了想又说：“可要过年了，杀人是不是不吉利啊！咱石沟村这些年够倒霉的了，天灾人祸不断，可别再叫这码事给丧门了。”

五爷也附和着说：“年前杀人是不好，祖先们回来过年，闻见血腥味儿哪还吃得进祭品？”

赵志点头说：“老祖先一年才请回来一次，可不能冲撞了他们啊。”

赵武问：“那就年后咋样？”

五爷和赵志一齐点点头。

赵武说：“咱都同意年后，就年后吧。”

这事就算定下来了。不知咋的，这结果使赵武从心里松了口气。他并不迷

信，不相信过年杀人会犯什么忌，招什么灾。他只是觉得过年是人生在世的一桩顶顶重要的大事。这对谁都一样。他记得母亲还活着的时候，大年三十煮出了饺子就念念叨叨地说：人过年，畜类也过年啊。边念叨边端碗饺子去到院子，给驴几个，给猪几个，给鸡几个，反正养的牲畜都有份儿。这就使他觉得过年是满世界的事，谁也不例外。那么拉到近前，对于关在他家磨房的两个人犯来说，年应该也有他们的份儿，不论他是中国人还是日本人，都该过个年。让他们过了年再死，两方面（石沟村和待死的人犯）都似乎通顺。这就是赵武在附和五爷和赵志的说法时，自己的真实想法。尽管出自不同的考虑，留下人犯过年，终究取得了一致的意见。既然如此，在哪儿杀，怎样杀这些问题就不必急着商量了。难弄的事还是放一边儿，别让它缠磨得过不好年。赵武表示大年夜那班岗归他，反正是在他家里，两不误。赵志担心会出事，赵武说不会，拴人犯的那盘石磨当年是四个壮汉搬进屋的，落地就像生了根，他俩挪不动半步。赵志说行。五爷也说行，这事又一致了。接着五爷就说起今年过年祭祀的一些事，和往年也没什么两样。五爷说了，赵武、赵志听了，也无非是说了听了，没人再有说道。说到底，过年是活着的人过，老祖先、老老祖先们无非是回来吃点喝点，再当仁不让地领受后人的几个响头罢了。族长五爷将祭品备得好好的，族人们把头磕得好好的，不就能打发个满意了吗？而活着的可要吃要喝，麻烦的事一大堆呢。身为一族之长的五爷，只顾死人，不管活人，也太他妈的了。赵武心里想。

转眼也就到了除夕。庄户人不叫除夕，叫年三十或大年三十，都一样。这天天气很好，有日头没有风。从早晨起，街上便熙熙攘攘，大人来来往往忙年，孩子三五成群地玩耍。谁家孩子（十有八九是像万有家那类富户）炫耀地提前放起了鞭炮。年就在噼噼啪啪的响声和飘浮在天空的硝烟里显出模样。死寂了大半个冬天的小村，像一个久病的汉子，强打精神走出了家门。

赵武没听从玉琴的意见将儿子接回，他实在顾不上，也不愿给玉琴添麻烦。玉琴告诉他，她公公要她带扣儿回去过年，她拒绝了。赵武说："按常规是应该回去的。"玉琴哀怨地说："按常规他应该逼我再嫁他老大吗？"赵武叹了口气。他清楚，她不去公婆家过年，主要是不愿他一人孤孤单单过年，她要和他一块儿。他何尝不这样想呢？那才是像模像样让人心满意足的年哪。说心里话，若不是五爷从中作梗，他也早就和玉琴结成夫妻了，何至于一年到头野狗似的溜门跳墙不得安逸呢？想想这些心里着实不是滋味。

怎么说年还是得过的，不为自己还为玉琴和扣儿哩。赵武和民兵打个招呼就出门了。他要去赶龙泉汤集，置办点年货回来。年三十的集叫半半集，只有一上午的交易，天一晌集就散了。卖的和买的都匆匆赶回家过年。半半集的规模比较小，赵武从集这头就望见了集那头。买卖多是过年现用的货品，鱼、猪肉、粉条、烧纸、香、鞭炮以及水果等。这些也正是赵武要置办的东西。正如俗话说的，挣钱好比羊上树，花钱如同鳖下湾。只一会儿工夫，赵武就把仅有的一点钱花得精光。有的东西还没买齐，有的东西买了双份。比如鞭炮、猪肉和水果，他这是准备回去时绕一下路去一趟丈人家，多的一份就是给儿子过年的。钱了心事了，不齐的也就不齐了。他把东西装进小车篓里，推着离开了集街。

刚走出不远，赵武听见背后有人喊他。认出是小古庄的民兵连长古朝先，就停下脚等他。古朝先小时候放炮仗崩瞎一只眼，日本人打来时他报名参加抗日队伍，人家不收。他不服气，说一只眼打枪瞄准更方便。人家见他决心大，就收了。后来打仗果然显出独眼的优越性，一枪撂一个，成了神枪手。在一次战斗中腿负了伤，没治利索，就回小古村当了民兵连长。他也推着个小车，小车随着他的残腿一瘸一拐，就像一只小船在风浪中颠簸。赵武等了好一会儿，“船”才靠过来。赵武问他也是来买年货吗？古朝先说他是来卖年货的，两人并排往前走着，赵武问他卖啥，古朝先说卖猪肉。赵武朝他的小车篓里扫了一眼，问：“没卖了吗？”古朝先说：“肉卖了了，下水剩下，天晌了，不等了，回家过年了。你的年货置办齐了？”赵武笑笑，心想这人说话就像念“了”歌似的，说：“齐不齐的就这么回事了。”古朝先问买下水了吗？赵武说没。古朝先说：“我这些你要了吧。”赵武说：“我不要。”古朝先问：“咋？”赵武说：“罗锅上山前（钱）上紧哪。”古朝先一笑说：“想要就赊给你。”“真的？”赵武动了心，他想要是有一副猪下水过年，这年可就不一样啦，玉琴见了一准合不上嘴。于是，他赶紧说：“老古，当真能赊给我吗？”古朝先说：“大丈夫一言既出，驷马难追，我信得过你老赵，你不是那种吃了把嘴一抹不认账的主儿。”赵武说：“行，承你老古好意，我要了。不过下来麦子前我没钱还你。”古朝先说：“那就下来麦子还，给钱也行，用麦子折也行，随你。”赵武应了声好，就停脚放下小车，把古朝先车篓里的猪下水搬进自己的车篓里。行了，这遭行了，赵武心里充满由衷的喜悦。

这就走出了镇子，镇子里的温泉那股刺鼻的硫磺味儿渐渐远去。赵武如释重负般大口呼吸着田野里的清新空气，对古朝先说：“这温泉味儿真顶人哪，镇上的人一天到晚怎么受得了？”古朝先说：“习惯了就没事了。我刚打枪那时，

也恶这股硫磺味，呛得头疼，后来就不觉得了，再后来闻不见味儿倒不自在了，就像抽大烟上瘾那样，想闻。”赵武突然想起什么，向古朝先问道：“老古，你杀过人没有？”古朝先笑了，说：“你个老赵装糊涂咋的，远近谁不晓我老古是杀鬼子的神枪手？”赵武说：“我不是指那个。”古朝先问指啥？赵武说：“我是问你枪毙没枪毙过人？”古朝先侧脸看看赵武：“枪毙？你是说处决犯人吗？”赵武说是。古朝先摇摇头说：“我杀人都是在战场上。可这没啥两样，战场也好，刑场也好，都是将敌人结果掉。”赵武说：“一样也不一样。战场上杀红了眼，见了敌人就搂枪机子，想咋样打就咋样打。可在刑场上枪毙人就不能乱来，那有一些套路。”古朝先说：“这倒也是，从古至今这方面都有规矩。像古时候出斩犯人要等到秋天，斩前管一顿酒肉，想骂想吵想唱由犯人的性儿，而且都是一刀之罪，一刀杀不死就得赦免……”赵武打断说：“古时候的事书里戏里都有，我是说现在杀人有些什么规矩。”古朝先说：“我没在刑场上枪毙过人，见是见过不少遭，有的和古时候一样，有的不一样，反正判决文书是要有的；要五花大绑；要插亡命旗，也有不插的；用单发枪不用连发枪；朝后脑打，这样犯人死得快……哎？老赵你咋忽然问起这个来了？”赵武连忙说：“没啥，咱不是拉呱儿拉到这档子事嘛。”古朝先就不再说什么了。不多时就到赵武拐向儿子他姥姥村的路口，两人各走自己的路了。

一种长存千百年的无形力量驱使所有的人（也许还包括那些死去的人的灵魂）于除夕前回归到各自出生的那座小院落过年。这是一种血缘的大归队，宗祖的大聚合。从那一刻——日头落下山去，家就变得神圣不可侵犯了。一律地禁闭大门，自成一体与外界彻底隔绝，专心致志过“自家”的年。如果少了一个家庭成员，心里便充满失落，年就过不圆满。而如果多出了一个两姓旁人，心里就十分地厌烦，不对劲儿，就像一碗醇酒兑上了凉水，年就走了滋味儿。总之，庄稼人的年，极其讲求亲情，又极其排外。一切都约定俗成，不容篡改，不容残缺，也不容走味儿。别的可以通融，唯独过年不行。

以此而论，今年赵武家的年就过得完全不成样子了，不仅不合规矩，简直是乌七八糟。在这座宅院里“过年”的大小五口——玉琴、扣儿、小山、周若飞以及赵武本人，对年而言就完全是些互不搭界的人。他们不仅不同宗同族，甚至也不同国同种。真是东风西雨南辕北辙葫芦搅茄子茄子搅葫芦，混杂不清。这是其一。另外，除却血缘宗祖不论，这伙凑在一块儿过年的人还从属着两个敌对的营垒——鬼子、二狗子和抗日百姓。前者的小山、周若飞仍被拴在厢房的石磨上。他们怀着啥鬼胎也许只有鬼才知道。而后者的赵武从天黑接了民兵的班，就一直顶着寒风在院子里站岗，即使偶尔进屋，眼光也绝不离开厢房门。这就是赵武家不伦不类、稀奇古怪的年。

天已经黑下了许久，时辰正一步一步逼近“年根”。整个村子寂静无声，听不见惯常的狗叫。狗在年前又被打过了。这遭不是赵武的部署，而是买不起猪肉的人家自行对狗们进行一次彻底的扫荡，苍蝇也是肉。用狗肉上供和包饺子总比见不着一点肉星儿强。今年各家炮仗也放得不多，间隔很长的一响，如同人攒足了劲儿放出来的响屁，烘托不出年的热闹气氛。这一是孩童们拥有的炮仗原本不多，即使多些的如同万有家那类宽裕人家的孩子也早跟他们的长辈学会了节俭，深晓在暗中放炮仗完全是一种浪费，是把钱往黑影里扔。等留到大年初一白天在大街上当着众多孩童的面放，才是最值得最风光。于是乎小小孩童的老谋深算就使这本该热闹的年夜变得冷冷清清。

不像过年的赵武家玉琴是唯一真正忙年的人。她天刚擦黑时带着扣儿和过年的东西来到这宅院。一搭上手便忙得团团转，做菜肴，包饺子，收拾屋，俨然是这个家里的利落能干的主妇。她确是幻想着能早日真正走进这一角色中，眼前的一切权当是一种演练。还有扣儿，她同样把这里当成自己的家，把心爱的小猫也带来了。屋里照着一盏很亮的马灯，光线从门射出去又将院子照得很亮。不知从啥时起，又飘起了雪花，站在露天地里的赵武浑身蒙上一层白，像个会动的雪人。厢房门半敞着，这样便于监视人犯的动静。屋里点着一盏油灯，是长明灯，同样作用于对人犯的防范。石磨和油灯是赵武执行看押任务的两大法宝，尽管有点儿“庄户耍”，倒还真是起了作用。此时，鬼子小山和汉奸周若飞默默坐在草堆上，身上盖着一床赵武腾出来的旧棉被，各想着各的心事。经过十几天的关押，囚犯就显出了囚犯相，头发蓬乱，胡子拃挲，面目焦枯，眼光暗淡，映着如豆的灯光，冷不丁看去简直就像是两个活鬼。如在往常，这时辰他们早已埋头睡下。今晚反常，似乎也在惦记着过年。

又不知过了多久，炮仗声兀地变得密集。这是一个信号：年来到了，实实在在地到了。这是人们最兴奋、最紧张的时刻，是三百六十五天中的大高潮。敬神供祖，烧香磕头，摆酒席，下饺子，晚辈给长辈拜年……过年的喜气就从这一应有的仪式中溢出。

赵武家的“怪年”在玉琴的操持下终也见出了模样，几样菜已做好，饺子也下了锅。当炮仗声骤起时，屋里的玉琴和院里的赵武不约而同地互相望望，似在告诉对方：过年了，这遭年是真正来到了。扣儿懂事地奔到院里给她的

“武伯”拜年。赵武怕扣儿在露天地冻着，赶紧催促她回屋。

突然间，赵武的耳朵分明听到一句：“大哥，过年好，给你拜年了。”他怔住，不待脑子转过弯来，紧接着又听到另样的怪异腔调：“拜年拜年！拜年拜年！”这又几乎使他吓了一跳。他赶紧循声望去，看见的是厢房里一齐对着他的两张鬼样的脸。

啊！过年——赵武张嘴说，可年字刚出口就断了下音，他听到自己嗓眼里咯咯咯咯地响了几响，那个本欲出口的“好”字就被咽下去了。哪能给鬼子汉奸拜年？！即使回拜也不可以。赵武庆幸自己话收得快。不然可真要混淆了敌我阵线。他又向厢房里看了一眼，昏暗的油灯下，两张鬼脸上的眼珠还在一眨一眨地盯着他。可怜巴巴，他忽然觉得心里有一种说不出来的滋味儿向外溢出。

年饭摆上了桌，这宅院里的“怪年”就又遇上怪事体：团圆年饭不能团圆吃，赵武不能离开院子回屋。按说人犯用铁链拴在石磨上，很牢固，撤一会儿岗也无大碍。可赵武很警惕，坚持不肯撤岗回屋。他要玉琴和扣儿先吃，而玉琴又不依。若吃年饭时将赵武撇在一边，她又何必和扣儿来这宅院里过年？一个不进屋，一个不先吃，这事就难办。另外还有鬼子和汉奸，既然是过年，吃年饭也自该有他们的份儿。这从一开始，赵武和玉琴就打了他们的谱。可他俩的年饭又该怎样吃？还像以往那样送到厢房里？这又实在不像过年的样儿。再说他俩在屋里吃，让又冷又饿的赵武站在院子里看，玉琴心里过不去。没想到一顿年饭成了一道大难题。

最终还是赵武拿了章程：将年饭分成两份，一份玉琴和扣儿在屋里吃，另一份赵武和小山、周若飞在厢房里吃，这样赵武就吃饭和值勤兼顾了。玉琴本不愿意，但想想实在没有更好的办法，也只好同意了。

“大嫂过年好，给你拜年了！”“拜年拜年！拜年拜年！”在玉琴往厢房送酒菜时，周若飞和小山又及时奉上了拜年词。玉琴始终低着头，不应声，只顾往磨盘上摆菜。她以往来送煎饼时曾和这两个坏蛋打过照面，可没像现在隔得这么近。她心里惶惶地，搁了菜就赶紧抽身出屋。

“拜年拜年，拜年拜年！”玉琴送一次菜过来，小山就不失时机地吆一遍，两只小眼亮亮的。周若飞的确狡猾，他总有办法让小山的狗嘴吐出象牙来。

赵武进厢房入席。

过年了，喝吧。赵武端盅说。似自语又不似自语，他扬脖一口干了。在院里站了大半宿，浑身差不多被冻僵，一盅酒下肚，就觉得有一把火在身上蹿起，舒服极了。

周若飞和小山也端起盅干了，接着就狼吞虎咽地吃起了菜肴。几盘菜一会儿工夫就一扫而光。玉琴又端来了饺子。

吃了饺子，就算过了年的门槛。

原本议定，过了年就对人犯执行死刑。但在日期上没有具体的限定，是过了初三，还是过了初五？没定准。这样，处决的事就一天天地拖下来。这拖，实在是没有理由，没有必要，而且还有危险。在拖的过程中说不上什么时候会出现意外。可一俟村头们凑在一起研究杀人的具体日子，个个都像放枪放了个臭火，没声响。憋急了，又一齐说些着三不着两的话。什么大正月杀人不干净啦，还是交给抗日队伍处置为好啦，等等。总之，谁也不愿在这事上拿章程，一口喊出个杀人的日子。后来五爷干脆提出回避，理由是刑法上的事与国救会的工作无涉，属村长和民兵连的管辖范围，说这事他以后就不参加研究了。五爷有了定规，赵武也无奈，这事也就不再找五爷。这样，剩下的他和民兵连长赵志就成了一根线上拴的俩蚂蚱。

日子最终还是定下来了。正月初七，上午，地点也选定，在村后的山冈前。赵武和赵志也分了工，赵武负责有关杀人文牍方面的事情，也还包括着人犯受刑前的饭食供应。赵志的民兵连负责临场行刑，也还包括着人犯受刑前的看押与警戒。于是就分头行动。赵武先去小学堂找到孙一更老师，让他替抗日政府起草两份死刑判决书。起初，孙一更不甚爽快，认为没这种必要，既然抗日队伍的首长已下达了命令，执行就是。但赵武坚持己见，说杀人毕竟不犯轻易，不可潦草行事。反正还有一整天的准备时间，应尽力而为之。孙一更只得答应。说起来，这孙一更虽为人师长，被称之为先生，可他教授的不过是这穷乡僻壤里的一群毛头孩子。就他的“学问”而言，领着读“羊，大羊大，小羊小，大羊小羊山上跑，跑上跑下吃青草”尚可胜任。真要让他弄出一份符合法律规则的文书，却不是易事。他像憋学生那样将自己憋了好久，眼珠都快掉出来，笔也没往面前的宣纸上掉下一个字来。后来冷不丁想起那句“天下文章一大抄”的至理名言，才使他顿开茅塞。这战乱年月里，处死人犯的布告贴得到处都是，照抄一份换了姓名即可，何苦待在家里绞尽脑汁呢？他对赵武说毛笔用秃了，写不出好字，须找邻村的先生去借，遂出了村。事情总算圆满解决。在天黑前，孙老师将判决布告交到了赵武手中。赵武布置的别的任务，也已就绪。亡命旗如期做出，立在墙根儿剑样地刺向空中；埋死尸的坑也掘就，用不着毙了人现挖。赵武是事情不做便罢，做则不肯马虎。

只是赵志分到手的任务遇到了障碍。他手下的民兵没人愿当行刑枪手，找到谁都无一例外地推脱。理由如出一辙——家里的老人不让。对此，赵志并不怀疑。自古曰“耄耋者至善”，平日他们看儿孙杀鸡也要背过脸去，口中念叨一声：鸡呀鸡呀你别怪，你是盘里一道菜。杀鸡尚且如此，何况杀人。年轻人也并非全无血性，参军出去的，家里都接到过立功喜报。即使这伙在村里当民兵的，一旦有机会和敌人交手，也会向前冲锋，也会向敌人开火。可要叫他们把枪管正对着一个人的后脑勺搂火儿，就没那个胆量。有的人甚至听赵志一说就吓得牙齿捉对儿，脸色如同死人。大家还互相攀比，说几十号人为啥单看准了他，叫他干这个凶差。还有人指出某某人枪法最准，某某次之，故他俩是最合适人选。赵志气愤地抢白：抵着脑袋开枪，还谈个鸟枪法！赵志就这么东家进西家出，磨破了鞋底，磨破了嘴皮，终是无济于事，没找到愿当此任的人。无奈中他想出了一个办法：抓阄。谁抓到是谁，公平合理。赵志就吹哨将民兵集合起来，让人做了阄，放在一只大碗里，让民兵以单兵通过的队列一个接一个地抓。结果，抓到“中”字的是叫赵顺和赵福来的俩民兵。赵志一看，顿时傻了眼。这赵顺和赵福来是民兵连里最怯懦的两个人，每次遇上夜班岗都不敢站，只好找人替换，咋偏偏把这两个屃包推上了英雄路。果然，不待赵志言声，赵顺和赵福来就号啕大哭起来，哭得鼻涕眼泪一把把地甩，那架势让人觉得不是要他俩去枪毙别人，倒是别人要枪毙他俩。整个地颠倒。气得赵志大吼一声：“快滚！解散！”抓阄的办法以失败告终。队伍解散后，赵志站在原地发怔，他想，弄来弄去这狗日的差事只剩下一个人选，那就是他赵志自己。他连帮手都没有，打碎一颗脑袋还得掉转枪口再打碎另一颗。想想那脑花相继喷溅的情景，他便感到不寒而栗。到这时他才明白，自己与英雄也相去甚远。

赵武听了赵志的叙说半晌无语，他也不知该如何是好。枪毙人找不到行刑枪手，就像杀猪找不到屠手一般荒唐！石沟村也委实窝囊了。赵武真的从心底里犯了难。三人中五爷已经抽身，不肯担干系，赵志虽还在，可眼下的事也只能“孩子哭抱给她娘”，唯他赵武没退处，也没“孩他娘”可找。哦！赵武不由暗自叫了一声，说到“孩他娘”，他倒突然想起一个人来。对处决人犯来说，那人确算得上是“孩他娘”的了。那人就是小古庄民兵连长古朝先。就是赶半半集赊给他猪下水的古朝先。那是个使枪的老手，杀敌的勇士，何不把他请来帮帮石沟村这个忙呢？赵武把这想法对赵志说了，赵志赶紧说行，他说他也了解古朝先的底细，能把他请到，别说一两个人犯，就是十个八个也一起办了。接着两人就商量怎样去请古朝先，自是赵武出面为好。今天来不及就等到明天。

这样，原定的行刑日期又得往后拖下去。

五

借刀杀人这话正应在前往小古庄的赵武身上。他天刚亮就起身离村，急匆匆往小古庄赶。走得急，肚里没饭食，到小古庄时出了一身虚汗。让赵武大失所望的是古朝先不在家，走亲戚去了。大正月走亲戚归时无定规，赵武不能等，就悻悻地回了。

刚进村，就有人向他飞奔过来，说村里死了人，正等着他回来处理。赵武问谁死了。那人说是赵先全的两个双棒儿。赵武听了着实吃了惊，问咋死的？那人说这兄弟俩昨晚翻墙进到祠堂里偷吃祭品，吃得太多，就翻不过墙了，直到白天五爷开祠堂门，才发现倒在院子里，一块儿撑死了。赵武果然看见十字街祠堂外聚集了很多人，吵吵嚷嚷，还有哭声。他赶紧奔过去，分开人群进到祠堂院里。院里也挤满了人。他认出仰脸躺在地上的是赵先全的双棒儿连升和连起。死后小哥俩还像活着时那般的酷似。一样的猫似的瘦脸，一样的像高粱秆扎就的胳膊腿儿，一样的破衣烂衫，还有，吃下去的祭品将肚子撑成一样的圆球。他看见赵先全的老婆和两个闺女趴在地上怪腔怪调地恸哭。赵先全没哭，僵尸般地立着，那样子像比他儿还早死了一百年。赵武还看见了站在祠堂门口的五爷。他铁青着脸，一副痛心疾首的样子。赵武猜不透五爷心疼的是死了的孩子还是被他俩糟践了的祭品。

操他妈！赵武在心里骂了一句，不知是冲别人还是冲自己。说起来石沟村死人本是在劫难逃的事，这谁都知道，哪次灾荒年茔地里不添些新坟？可他没想到这刚过了年，人就开始死了，而且不是饿死，是撑死，真是他妈妈的蹊跷。赵武冷不丁想起年前的一件事来，那是他往有“睡孩子”的人家送药饼。走在街上，连升连起兄弟俩跑到他跟前讨吃。他现在还记得两兄弟那副可怜巴巴的样子。当时他就犹豫了一下，可终是没给，药饼实在不够分。现在想起那一幕，心便像刀割般地疼。

人都死了，他这个当村长的又能怎样“处理”呢？不管是饿死还是撑死，都是死，都得埋。处理就是埋。赵先全一家剩下的人做不了这件事，赵武就叫赵志找几个民兵帮忙张罗。人得先抬回家去，再说别的。可要抬人时，赵先全的老婆和闺女紧抱着尸体不放，说什么都不松手。僵持了很久，在场的女人便上前规劝，你一句我一句，说人死了，哭破天也活不转。再说他兄弟也算是有

福之人，临死还吃了个肚儿圆，到阎王那里也是个饱死鬼。凭这点，当爹妈的也该知足才是。说得实在，也占理，赵先全的老婆和闺女似乎被打动，渐渐松了手，人就被抬出了祠堂院。

按照当地的规矩，没成人的孩童死了不能进族里的茔地，只能埋“乱葬岗”里，而且当日死须当日埋，不能过夜。这规矩立在何时，道理何在，现在活着的人怕是谁也说不清楚，只知老辈子延续下来的事理就是事理，不容后人斟酌，也不容更改。双棒儿连升连起没过十四岁生日，划出去的人，赵家茔地没他们的位置。可这两个小死鬼的爹赵先全一反往常的怯懦，找到族长五爷，坚决要求将孩子葬进赵家茔地。五爷不应，除再次向他陈述族规外，又说这两个孩子和祖宗争食，已惹祖宗生气，断不能再把他俩送到祖宗跟前去。赵先全不听，大闹起来，且出言不逊，说他的双棒儿是死在五爷手里，要不是吃了五爷家的祭品，孩子就不会死。这自是歪理，这话勾出那压在五爷肚里的怒火。他说：“那些祭品本可以一直供到正月十五。经双棒儿这么一折腾，吃的吃了，毁的毁了，十五的祭品就得重备，费了东西费了工夫。不让他赵先全包赔已够宽容，还要倒打一耙？”赵先全心想，我儿都死了两个，还惧你五爷个屁！便结结实实地与五爷大吵了一场，然后去找村长赵武给他做主。

本来就一脑门子官司的赵武又添了一桩乱。

赵武又去了五爷家。这时天已近傍晚，原先落在院里的月光正一点一点地收拢，使人觉得阴森森的。五爷蹲在猪圈墙上，面对着猪圈。开始赵武以为他在伺弄猪，仔细一看是在呕吐。

“病了吗五爷？”他站在五爷背后问。

五爷没应，依然呕吐不止。王婆闻声出来，上前为五爷捶背，一边捶一边转脖对赵武说：“你瞧你五爷让人气成什么样子啦！你这当村长的也不管一管！你还算赵家的后人吗？”

赵武没吭声，心想自己真成了风箱里的老鼠，两头受气。直到五爷不再呕吐，从猪圈墙上下来，他才说了句：“五爷，好些了吗？”五爷没接这话茬，抹抹胡子没好气地问：“你来干啥？啊，干啥？！”

赵武是个不会拐弯抹角的人，本来该躲躲五爷的气头再说，可他没有。他说：“五爷，赵先全到现在也不肯埋他的双棒儿，非进茔地不可，你看……”

“不行！就是不行！”五爷不等他说完就咆哮起来，“除非老祖先从坟里出来说行，不然谁说也不中！”

赵武被噎住，心想五爷已将话说绝，怕再讲也没用处了。他想退出去，可一想退出去赵先全还会来找他，他还是不得清闲。想到这，就没挪脚，看着五爷，几乎用哀求的口吻说："五爷，赵先全惹您老生气是他的不对。可你想想他是一下子死了两个儿，他心里难受，他可怜，那双棒儿也可怜……"

五爷又打断他的话，哼声说："有啥可怜的，吃了一肚子鸡鸭鱼肉白面馍，享了大福啦，可怜个啥！"

赵武就不再说什么了，只觉得脊背一阵阵发凉。他快步离开了五爷家。

天黑了。

这一夜，整个石沟村的人都觉得极不寻常。天气变得十分恶劣，没星月，窗上不见一丝光亮，外面飞沙走石，砰砰啪啪作响，一会儿听到兽叫，一会儿又听到呜呜的哭声。连一向睡觉最死的五爷，也被这怪异的声响惊醒。到了半夜时分，全村几乎没有一个还在睡觉的人。所有人心怀恐惧地倾听街上的动静。人们听到街上有说话的声音，开始细声细语，听不清说的是什么。后来话音渐大，听得出是孩子，啊，是双棒儿。耳尖的人首先分辨出来，接着另外的人也确认说话的就是赵先全的双棒儿连升和连起。人们不由联想到白天的事，难道是双棒儿未去的鬼魂？人们加倍地恐慌，又加倍地想听，一齐支起耳朵。他们听见两兄弟互相询问着，反反复复都是那么几句话：饱了吗？饱了。你饱了吗？饱了。饱了吗饱了吗饱了吗？饱了饱了饱了。听得所有的人都毛骨悚然，胆小的赶紧拖被子盖住头。这饱了饱了的声音，一直持续到公鸡打鸣才终止。石沟村度过了一个无限恐怖的夜晚。

如果不是全体石沟村的人作证，这鬼呀魂呀的事简直就是有人凭空的臆造，无稽而荒唐。可石沟村的人不这么想，他们相信亲身经历的事都真实，无可批驳。他们一下子变得虔诚，相信祖先留传下来的禁忌俱不是没来由的。如果双棒儿当天被埋掉了，也就不会出现这种让全村人惊吓的事。这一点连同样听到亲生骨肉在寒夜的大街上絮絮叨叨的赵先全两口，也不存半点怀疑。他们知错改错，不再坚持原先的奇思异想，当天上午就着人将双棒儿抬到村外乱葬岗里埋掉了。

后来的夜晚就果然平静多了，小村人可以安安稳稳一觉睡到大天亮。但这并不是说双棒儿就从此一去不复返了。石沟村毕竟是他俩的出生地，有还活着的他们的一家人，他俩隔三岔五还回来一趟。这时，人们就又会听到他俩打出的响亮饱嗝，以及饱了不饱的相互询问。这自是后话不提。

一场大灾难到来之前，总会伴以某种特殊的征候，给人以提示与告诫。人

的死亡也自是如此。这几天，尽管谋划行刑事宜一概是瞒着当事人小山与周若飞，但他们已感觉到死神正一步一步向他们追逼。岗哨由原来的一个增到两个，还有岗哨望他们时的那种不难破译的眼光，都很说明问题。只是在小山和周若飞之间，周若飞对此的警觉更甚，死亡的巨大阴影将他笼罩，使他夜不成眠。他一遍又一遍推敲着如何能幸免一死，逃脱这场劫难。结果又是一遍又一遍地绝望。一切都不可挽回啦，他对自己说。他知道自己（也包括小山）错过了一次机会，不，更确切地说是放弃了一次机会。那就是大年夜村长和他俩在磨房一起“过年”的时候。那可真是天赐良机，他本可以与小山一起将村长置于死地，然后弄断链锁逃脱。他现在还记得当这机会到来之际，他的心情是何等的兴奋与恐惧。他知道这样的机会绝不会再有第二次。但他最终没有那样做，是因为那一刻他觉得冥冥中有一个神灵不断向他提出告诫：你听着，不能那样做！不能那样做！那个机会就这么放弃了。

在双棒儿连升连起在街上游荡叫喊的那个夜晚，关押在磨房里的周若飞和小山是村中唯一没听到动静的两个人。这或许因为他们是“外人”的缘故，村子的内部事务与他俩无关。然而也就在那个夜晚，他们嗅出了死神的气味儿。因此，那个夜晚于他们同样是极不平静的。夜已深了，两人都没一丝睡意，蜷缩在草堆上，眼光在“长明灯”昏暗的光线里闪烁不定。这时候周若飞对小山生出一种强烈无比的愤恨。从出门征粮到被抓，全部的倒霉都与这狗日的军需官有关。他是勾命的小鬼！唉，当初日本人刀搁脖子逼他就范，他一是怕死，二是怕连累家人，就苟活当了汉奸。这遭又要为当汉奸送命，这因果关系就像月落日出那般明确无疑。他并非不知道自己罪孽深重，也并非不知道汉奸当有的下场。有言道没吃死羊肉，还没见活羊走？那么多汉奸的下场都历历在目，连伪县长都被抗日队伍用计赚出城枪毙了。这些他都心如明镜。可一旦联系到自身，死，就不是他心甘情愿接受的了。他不由想到大年夜放弃的那次逃脱机会。尽管这放弃是受了诸多“综合心理”的引导，但一个重要因素却是客观存在的，即他和小山的命运当时并不明确，起码是他们自己不明确，他们还看到一线的生机。但现在就不同了，他已经像狗一样嗅到自己血的腥味儿了。他想，假若现在那机会再来，他会不会再放弃呢？他难以回答自己。

缘于绝望，周若飞突然起意要与“勾命鬼”小山进行一场较量。要么亲手杀了他（这样的行为说不上会博得人们的好感而饶恕他的死罪），要么在精神上把他击垮，让他在最后的时刻与自己配合（比如真正地认罪，交代有价值的情报），以此将功折罪，求免一死。总之，无论是仇恨还是功利，都令他执意要将这个狗日的日本人制服，打垮！

关押到如今已二十余天，周若飞已完全熟悉了周围的环境。身旁的石磨，石磨上面的油灯，屋角空空见底的粮囤，还有从半敞的屋门看到的在院中不断跺脚驱寒的岗哨。当然还有身旁命运与他系之一处的小山万太郎。日渐一日，他发现小山本来就丑陋不堪的面目变得更加惨不忍睹，像个糜烂了的葫芦。他甚至能嗅到一股刺鼻的糜烂味儿。小山成了一个货真价实的日本“鬼”了。这鬼不住地眨巴着眼皮，故作镇定从容状，这副嘴脸就使周若飞愈发地憎恨。

“小山君，在想什么呢？”周若飞问道，自然是用日语，不论是白天还是夜晚，他和小山交谈，岗哨一般不予干涉，有时甚至还好奇地侧耳倾听。

“你在想什么呢，翻译官？”小山反问道。

“别再叫我翻译官好不好？”周若飞说。他真的感到翻译官这字眼很刺耳，像块一触即疼的疮疤。

“为什么不能这样叫？以前不都是……”

“以前是以前，现在是现在。”

“那好吧，就随你。”小山说，“感谢周君打破这长夜的寂寞。这几天我们一直沉默，沉默对人没有益处。”

“我们中国有句名言叫沉默是金。”

“你们中国的名言太多，我从你这里就学会了不少。可我觉得这句沉默是金不对。至少对我俩不对。要死的人了，话留在肚子里只能带到坟墓里去。”

周若飞听了小山这么说倒真的沉默起来。

“周君，你问我想什么是不？我又问你想什么是不？这说明人都有一种窥视别人内心的欲望。”小山说，“我可以和盘托出我的内心所想，反正就要死，无所顾忌。我希望你也能够同样。这样才对等，也有趣味儿。”

“我同意。”周若飞说。

“那好，那么。”小山显得有些兴奋，说道，“你先问的我，我就先说。我想家，真的很想家，想我的母亲和姐姐，一闭眼她们就在眼前出现。要是能见她们一面再死，也心安了。”

“就这？”

“还有，想喝酒。想喝得酩酊大醉。还想再吃一顿过年吃的饺子、猪肝、猪胃、猪心。我们日本人一向不知道家畜的五脏可以吃，全丢了。这次吃了，才知道好吃，是美味……”

小山絮絮叨叨地往下说着，后面的话周若飞没听见，他在想着自己的心事，

并斟酌着如何回答小山。他惊疑地发现，自己此时此刻的想法与小山所道出的竟然那样相似。在死亡无可奈何的背景下，他同样是刻骨铭心地想自己的家，想在日本人炮楼底下担惊受怕的家人们，除此便是由饥饿而反射出对美味的渴求。他出身于富裕的家庭，从未领受到饥饿的滋味儿，这些时日他是真正领受到了。他感知到饥饿是侵蚀人体最猖獗的一种恶疾，是另外一种意义上的死亡。同时他开始理解那些被饥饿折磨的人何以会做出种种有失理智，有失体面，甚至有失人格的行为。小山的话勾起了他对那顿年饭的美好的遐想。

你怎么啦，周君？小山向发怔的周若飞问。

没什么。他说，你讲到哪里啦？

讲到吃。

哦，还想什么你接着说吧。

你还让我继续往下讲？

是。不是讲好了不许有保留吗？

这个嘛……再往下讲就会把你吓一跳。

咋？

想……想女人。

操你妈！周若飞在心里骂了句。

咳，真想找个中国女人干一场。

操你妈！

中国女人比日本女人强得多。

操你妈！

做年饭的那女人很美丽，撩人心，真想……

住臭嘴！周若飞吼叫起来。

周君你咋啦？！

你混蛋！没那女人你早死了，你不思报，倒想歪！是畜生！

周君你真怪……

别说了，我不听。

行，我住口，你说吧。

我不说。

轮到你说了。

我不说。

你毁约？

我说出来也能叫你吓一跳。

你……想咋？

杀了你！

……

明白吗？杀了你！

这个……我也猜得到，你想将功折罪救自己。

不完全。

还有啥？

想帮你。

帮我死？

帮你成全效忠梦。

这……

我看你苦苦求死而不得，我不帮你实在不忍心。

你想怎样取我命？

用手掐，用棍子敲，抓住脑袋往石磨上磕，样样成，任你拣一样吧。

我不挑拣。

不挑拣我就看着办。窗棂上挂着把镰刀，用它割脖子，死得痛快，不遭罪。

不……我不死。

你不死？

我不死，人死万事空。

这么说你先前的那一套是假的，是虚的。现在我才明白你们劳什子武士道是臭狗屎，是蛆虫……

你住口！

你让我住口就得让我用镰刀砍下你的头！

你……你说吧，你说吧，想怎样说就怎样说，行了吧。小山口气变软了。他权衡一下，觉得宁可忍受羞辱，也要暂时保住这条命。于是一度气焰嚣张不可一世的小山终于低下了那颗倒置葫芦样的头，蔫蔫地没了精神。

六

赵武第二次去小古庄就见到了古连长。听赵武说清了事由，古连长笑了，道："我说上次你干吗老是问枪毙人这样那样的事，原来真有这档子事啊，不过

今日才晓得你们石沟村是个吃斋念佛的庙堂地啊。”赵武被说得很难堪。可挖苦归挖苦，古连长还是答应了赵武的请求，只是说这几天太忙，不是来亲戚就是走亲戚，等一忙过就往石沟村去一趟，办这事。这时候天晌了，古连长挽留赵武吃饭。赵武早觉出了饿，就不再客气，留下了。吃饭间，赵武又提起那副猪下水的事，说收了麦子就来还。古连长说你这人也是太认真了，说到底不就是一口袋麦子的事吗？不还，一家人就扎着脖梗不成？赵武连说不行不行，赊就是赊，有了就得还的，古连长叹息说真是一文钱难倒英雄好汉，你这当村长的也够难了。赵武摇头长吁一声，说难还在后头哩。

赵武却没有说对，难不是在后头，而就摆在他面前。他由小古庄回村，又像上次那样，刚进村就听到死人的凶信。这遭不是孩子，是老人。不是撑死，是饿死。而且一死就是七口，像被一镰砍倒的庄稼。赵武怔在街上，心里一遍一遍地念咕：毁了，石沟村毁了。从眼下到麦收还有三个多月，这三个月石沟村可要不停地出殡，操他妈！

刚回家不久，玉琴就惶惶地进门，说扣儿又睡不醒了。赵武一听，拔腿就往玉琴家跑。扣儿躺在炕上，眼闭得紧紧的。赵武心里一酸，连唤几声，扣儿仍是一味地睡。摊煎饼！赵武吆。不见回应，赵武转头见玉琴在暗自垂泪，就闭口了。他自是清楚的，借的那四十斤苞米年前就用光了，年后鬼子小山也不再有煎饼供应。那鬼东西好像也明白没啥指望了，不声不吭地吃起了地瓜面杂和饭。

说起来也是奇异，扣儿就像是村中孩童的首领，她一行动就一呼百应。上次她开始长眠，别的孩子也随她睡去，这次也是同样。睡孩子的家长走马灯似的一拨儿一拨儿去找赵武讨要“药饼”。可赵武再也拿不出。他告诫睡孩子们的家长，不能再指望村里了，也不能指望别人，各家要想各家自己的办法。他向大家交底：上次发的“药饼”是粮食做的，救治孩子的睡病凡是粮食皆可入药。其实这话等于不说，如果有粮食又何须于今日把粮食当成药物来寻？不过家长们终是救子心切，没别的指望就只好靠自己。女人们结队外出讨饭了，这自是要冒很大的风险。日本鬼子一向将女人视为他们的猎物，只要抓到便不肯放过。女人们用锅底灰将脸抹黑，一村一村地讨要。她们明白，讨要的不是饭食而是她们孩子的命。只要讨到一点用粮米做成的饭食，便飞奔回村，嚼了喂进孩子口中。男人们也在尽自己的所能。有的在村外挖掘鼠穴，以鼠样的行径从鼠口中夺粮；有的从林子里扑刺猬，网麻雀；还有的人在池塘打捞鱼虾，擒拿冬眠的青蛙和蛤蟆。到这种时候，庄稼人才晓悟到天地间可入药之物竟是如此之广泛，可以说整个世界都是一座大药库。睡孩子们在大人不遗余力地救治下开始一个一个苏醒。可另一拨儿孩子又接班似的变成了睡孩子。救治只能再继续下去。就这么睡了救，救了醒，醒了再睡，真是摁倒葫芦起来瓢。

有的人家则是祸不单行，既死了老人又睡了孩子。出殡和救治便在这一家人中同时进行。那份悲苦、艰难自不待言。长久的饥饿使人的体质日渐虚弱。出殡的人家难以请到挖墓坑和抬棺材的青壮年。愿干的人也只为能吃上人家的一顿饭。在从村子到茔地途中，扛夫们踉踉跄跄的行进犹如舞蹈，几里远的路好像永远也走不到头。时而发生扛夫们晕倒的情形，那就得赶紧让后备扛夫顶上。吹鼓手也没有足够的气力吹奏，时断时续，时高时低，弄得腔不成腔调不成调，如同怪兽呜咽。冬天的阳光照耀着一行行穿白衣的出殡队伍，成为这偏远地面上惯常的一景。

人挪活，树挪死。逃荒的人开始陆陆续续离村。到哪里去，能不能再回来，连他们自己都十分茫然。反正食物是召唤，活着是彼岸。走前他们都和赵武说声，算是告别。赵武不加挽留，只说等年景好了就赶紧回来。金窝银窝不如祖先留下的穷窝。说得要走的人泪水涟涟。

在正月十五的前一天，万有在赵保原队伍当兵的儿子全保突然回来了。他没穿军服。腰里却别着匣子，神气活现地在街上转悠。他说这次回家一是探亲，二是从村里为他所在的赵部招募新兵。他把在赵保原队伍里享的福说得天花乱坠，不仅饽饽猪肉粉条管够，还每月关饷。关饷不关饷倒在其次，有饭吃却是对饥肠辘辘的人不可抗拒的诱惑。青壮年中许多人被他说得心旌摇晃，一齐围着追问他说的是真是假。全保赌咒发誓说是真。他让人轮流捏捏他的胳膊和大腿，说不吃猪肉粉条能长出这等坚硬的疙瘩肉吗？这倒也是。许多人当即表示愿随他去莱阳，过了十五就走。这其中许多人是村里的民兵。这事很快传到赵武的耳朵。他没阻拦村人外出逃荒，可对要去参加赵保原队伍的人却表示了坚决的反对。他指出，赵保原的队伍与正宗汉奸队伍没啥两样，谁去谁要沾一腚狗屎，到时候后悔就来不及了。

赵武的这些话传到全保耳里，他大模大样地来找赵武，说："赵武叔你当的这个小小村长不过是井底之蛙，外面的事懂得什么？敢对赵保原司令满嘴的不敬。你赵武叔要算得真正的抗日，咋连杀个日本俘虏都不敢下手？"全保一边说一边从腰里拔出枪，说即刻去将在押的鬼子汉奸结果，叫村里人看看他赵全保在外面是不是抗日。赵武大怒，挥掌朝全保掴去，这才把全保震住。但在过了十五之后，全保还是带着一伙惦记着饽饽猪肉粉条管够的青壮年去了莱阳。

死的死睡的睡走的走，石沟村像一个被风刮落的鸟巢，支离破碎了……

经一拖再拖，村抗日政府终于决定于正月十七这天将两名在押人犯处决。数算起来，人犯押在村中已一个月零四天，大大超过抗日队伍指示的处决期限。年后的拖延主要是等“刀斧手”古朝先的到来。原以为他很快会来，没想到过了十五仍不见他的人影。赵武心里犯疑，猜不透他是忘了还是改了主意。可他不想再去请第三遍。上次古朝先的嘲笑虽没有恶意，可后来一想起心里就发虚，不自在。还有狗日的全保，他说的那混账话更刺痛他的心窝。咱石沟村自己干！他发狠似的对赵志说，不能当屃包让别人耻笑。咱自己干，谁也不用找，你和我一人毙一个，咋样？赵志说行。这事就定了。

这天早晨天气阴晦，冷风嗖嗖刮进院里。赵武起来后破例给两人犯做了早饭。按照“规矩”，这顿饭应准许人犯可着心意讨要。可不行，要了他也拿不出来，依旧是地瓜面萝卜杂和饭。饭端上石磨，赵武想想又将过年剩下的酒倒了两盅，算是补偿。这几天，人犯小山和周若飞已是惊弓之鸟，见今早反常，有饭又有酒，立刻明白今天就是死期，顿时蔫了。饭没动，酒喝了。这时赵志就带着临时成立的行刑队进了院。一色荷枪实弹的民兵，两个人手持白色亡命旗。气氛顿时变得紧张，杀气腾腾。五爷没来，叫过他，他不肯来，理由还是这码事不归他管。孙一更老师来了，由他向人犯宣读死刑判决书。尽管一切都难以正规，可赵武仍坚持按章法行事。他向孙一更老师点点头，孙一更便开始宣读。许是天冷的缘故，孙一更宣读时身子不住地抖，声音也抖，并不时念错。赵武不满，却也无奈。也许孙一更对自己的表现感到无地自容，念完就赶紧退到人后面去了。

赵武冲周若飞问道：“刚才念的你听见了吧？”

周若飞不应，面目和身子都僵如石木，似乎已被那一纸文书杀死。

赵武再问：“你还有什么话要说吗？”

周若飞仍没有动静。

赵武又说：“有话只管说，给你家里人带话也行，让孙老师记记，以后给转过去。”

这时，周若飞的眼珠动了动，“哇”地大哭起来。边哭边嚷：“你们不能杀我！不能杀我！”

赵武说：“你当汉奸罪有应得。”

周若飞哭道：“你说话不算数，头一遭审问，我问过坦白不坦白一样不一样，你说不一样，我就坦白了，什么都交代了，咋还要处死刑？”

赵武一时诘住。那次审讯的过程他是记得的，情况确如周若飞所说，他是那样问的，他也是那样说的。可是……这时，赵志接话说：“告诉你，你和小鬼子的死罪不是村里定的，是抗日队伍定的，我们只是执行。懂吗？”

周若飞闻听止住哭，说：“要是这样，我要求当面向抗日队伍陈述。”

赵志说：“现在连我们都见不到抗日队伍的人，你又怎么能见？”

周若飞说：“我可以等，我可以等……”

赵志哼道：“你能等，我们可不能等。村里的人一个接一个地饿死，拿啥给你吃着等？”

周若飞急急说：“吃的没问题，叫我爹送，我写信……”

赵志打断说：“住嘴，少要些花招吧，事到如今说啥也没有用处了。”

赵武说：“周若飞，你把判决书翻译给小山万太郎听，没啥说的就跟我们走。”

周若飞不肯翻译给小山听，痴痴地瞪着眼。

“走吧。”赵武说。

行刑队伍出村时，天上飘起了雪花，雪花很大，一朵一朵像梅花。没有风，雪落在人身上就站住了，个个成了雪人，变白的行刑队俨然像一个出殡的队伍在行进。事实上这也是出殡，不同的是下葬的人此时还活着，是两具还在行走的活尸。

这是通往村后山冈的道路（山冈前面是他们选定的刑场）。在山冈近侧的谷地，是赵氏一族的茔地。茔地是另一种意义上的村落。这条山路将分属阴阳两界的村落连接。这条路便犹如人生历程的浓缩。路两边都有稀疏的山林，林子里有许多人向这边窥望，那是在捕获猎物的村人。他们看见了村长赵武和民兵连长赵志，也看见了插着亡命旗就要被毙掉的两个人。他们不吭声，默默地望着这支队伍从他们面前过去，然后继续着先前的作业。世界上怕没有任何事能让他们的旨在救治亲生儿女的作业停止。

行刑队伍却停止下来，是鬼子小山首先驻足。他回头向周若飞咕噜了几句，周若飞也和他咕噜了几句。事情蹊跷，队后面的赵武赵志赶忙奔到前边，厉声喝问周若飞弄啥个鬼！周若飞说小山要他的帽子，他害冷。帽子？赵武不由朝小山觑觑，果然发现他光着脑壳。“帽子在哪儿？”他问。“在你家磨房。”周若飞说。“操他妈个巴子。”赵武在心里骂道，脑袋都快掉了还惦记着帽子。他想，狗日的八九是要要伎俩吧。可到底该咋办，他没了章程。他看了赵志一眼，

赵志朝他摇摇头，意思是不管。赵志冲周若飞道：“告诉他，就要到地方了，冷也冷不多会儿。快走快走！”小山执意不走，叽里哇啦地嚷。周若飞成了小山的代言人。他说：“小山说，他的脑袋一向怕凉，一受凉就感冒咳嗽。”赵志说：“你告诉他，这遭不用怕，以后他不会再感冒咳嗽了。”周若飞显然是站在小山一边，横竖是那句小山坚决要帽子，不给帽子就不走。僵住了。赵志向赵武使个眼色，意思是就地行刑，可赵武摇了摇头，说给他取帽子。赵志虽想不通，但还是听从赵武，命令一个民兵跑步回村给小山拿帽子。

行刑队伍就这样停在半路，停在冰天雪地的山野中间。人们身上少衣，肚里缺食，本来就冷，一停下来，更冷得不行，浑身瑟瑟发抖，只好在原地搓手跺脚，往手心里哈气。有的结对相撞，以抵御刺骨的寒气。这难挨的折磨，只为那顶狗日的帽子。说来也真有点荒唐。

约莫一袋烟工夫，小山的军帽取回来了。那个民兵跑得上气不接下气。他将帽子交给赵志，赵志替小山戴在头上。小山咕噜了一句，周若飞说他说这遭暖和了。事情解决了，小山挪步走起来，整个行刑队伍开始向前移动。赵武赵志又回到队尾。赵志压低声说：“掉个帽子，这里头肯定有鬼。”赵武点头说提高警惕，死囚如虎。

走了一会儿，小山又故伎重演，停了下来。赵志从后面怒喝一声：“往前走！”小山不理，和周若飞叽里哇啦说话。

赵武赵志不敢疏忽，快步奔过去，赵武问：“咋又停下来？”

周若飞说：“行了，这遭行了。”

赵武不懂，问什么行了。周若飞说小山说他要投降，彻底投降，他有重要情报要交代。

“你说啥？”赵武一怔，抬眼看看身边的赵志，又看看小山。

赵志凶狠地盯着周若飞：“他不是已经交代了吗？”

周若飞摇摇头。

赵武喝问：“是咋回事的？！”

“是这么回事。”周若飞说，“小山以前的口供都是我编造的，这是为救我自己。”

赵武说：“你撒谎。”

周若飞说：“死到临头我哪还敢撒谎。是真的。日本人死硬，要他们投降可不容易。这遭小山是真心要投降。”

赵武说：“他口口声声说他有罪，他投降，别杀他。先前不真的想投降，咋会这样说？”

周若飞说：“那是我糊弄他，让他反话正说的。”

赵志说：“鬼话鬼话，没人会上当的。早不投降晚不投降，快到刑场要投降！”

周若飞说：“有句话叫不见棺材不落泪，中国人这样，日本人也这样。小山见这遭真要死了，就慌了，他家有八十岁老母……”

赵志愤愤道：“晚了晚了，事到如今说什么也不管用了，叫他走，你也走！”

赵志说着用枪管顶周若飞胸脯，把周若飞顶个踉跄。

周若飞顺势坐在地上，迸着哭腔说：“小山这遭不是耍花招，是真的。我担保，他真的有绝密情报要交代。你们要查出来是欺骗，先杀我。”

赵武想想说：“他想交代就交代。叫他现在说。”

周若飞摇摇头，说：“绝密情报咋能当着这么些人的面讲？”

赵志呵斥说：“得了吧，老子不信这套鬼伎俩。再不起来走，就在这里毙了你！”说时拉开枪栓将子弹推上膛，枪口对着周若飞脑瓜。

说来也奇，从押进村就一直唯唯诺诺怕得要命的周若飞，在死之前竟一反常态，陡然咆哮起来，大呼道：“开枪吧，开枪吧。你们心里只有一个念头，毙人！毙人！！毙人！！！好像把毙人当成了过节！”

赵志吼道：“放你娘的屁。俺们要真像你说的那样，你狗日的早成鬼啦！”

周若飞针锋相对说：“既然是这样，再晚一天有什么要紧！失去该到手的情报你们要后悔的。又怎么向抗日队伍交代？”说着，指指行刑队伍，“他们都是见证人。你们要是在这件事上犯错误，以后他们会向上级报告的。”

这当间，赵武心里一直很矛盾，不知该如何是好。他似乎也听人说过，在刑场上死犯喊冤，或者有话要讲，是不能置之不理的。另外，周若飞的话对他也确有触动。他想，假若小鬼子真的有重要情报要讲，放弃是不应该的。以后真的让抗日队伍知道，也会怪罪。当然，赵武的犹豫还有另一个因素，就是那次审讯他确是对周若飞说过，坦白不坦白不一样。这事理上，他觉得心里有点亏。

行刑队伍停滞在茫茫大雪中，像一条被冻僵的蛇，蜷缩在崎岖的山道上。

“周若飞，”赵武说，“你帮小鬼子欺骗我们不止一遭了，你自己也招认。谁敢保证这次就不是？”

“这次要是欺骗，让天火烧死俺全家人。”周若飞起毒誓。

赵武想想说：“是不是欺骗，得让小山自己证明。”

周若飞赶紧说：“好的，我告诉他，叫他说。”

赵武说："俺们听不懂他的话。"

周若飞说："我翻译。"

赵武说："你翻译俺们信不过。"

周若飞傻了眼。

"这样吧。"赵武说，"你对小山说，他要真的想认罪，必须用实际行动来表示，叫他对着前面的大山跪下。只要他肯跪，俺们就信他的话。"

"这个……"周若飞现出茫然神色。但还是点了点头。他从雪地上爬起来用鹰隼样的眼光逼盯着小山，威严地吼道："跪下，想活命就跪下。听见了吗？！想活命就跪下！跪下！"

如同做出榜样，周若飞率先跪下了。

小山迟疑着，迟疑着。眼光像风中的灯火一明一暗地闪烁，后来一暗便不再明亮。他跪了。并肩跪在周若飞身旁，面对着远处风雪弥漫的山峦……

七

这一晚赵武心乱如麻，大瞪着眼一直到天亮。庄稼人一向不知道什么叫失眠。这情形在赵武三十五年岁月里也是头一遭。白天从刑场踅回村审小山，小山果然交代出一些十分重要的情报。其中关于一个秘密存粮点的情报，令在场的所有人喜不自禁。而出人意料的是，小山利用这些情报做筹码讨价还价。审讯由此改头换面，变成了谈判，变成了一场交易：

那个秘密存粮点总共有多少粮食？

大大的，足够你们全村吃一年。

在什么地方？

在得到你们的答复前我不会说。

那里有军队看守吗？

有。

有人看守你咋样把粮食弄出来？

我是军需官，调运粮秣归我管。你们只要放了我，我保证三天之内把粮食送到村。

这不行，放了你也就放了鹰。

可不放我又怎样给你们弄粮食？

这个嘛……

再说这公平，我用粮食换我这条命。

你妄想。

粮食同样能换回你的命。说到底咱这交易是命换命。

我们饿死也不和你个小鬼子弄啥命换命。

是不是说你们的命不值钱?

你胡说。俺们中国人的命比你小鬼子的命要值钱，要金贵。

这么说就叫人想不通。

你到底交代不交代存粮点?

不放我你们知道存粮点在哪儿也没用。

你想咋?

还是我说的命换命。

这……谁敢担保你不是要伎俩?

这好办，你们扮成运粮民夫跟我一起去存粮点，等粮食到手再放我。就是你们说的不见兔子不撒鹰。

这个么……

你们想想吧，这交易真的很公平。

……

整个晚上，白天的审讯在赵武的脑子里不知过了多少遍。开始还清晰，后来就变得模糊而混乱。到天明时耳边只剩下三个字在轰响：命换命！命换命！！命换命！！！

这真的是一件大事，大到与全村人生死存亡攸关，这也真是一件乖戾事，乖戾得会让人怀疑其真实性。是梦幻？是呓语？却都不是。

像往常一样，每有重要大事赵武便想到五爷和赵志。他先去找赵志，又和赵志一起去到五爷家。五爷刚刚吃过早饭，饭菜的香气还在屋里面弥漫。落座后，赵武将昨天再审小山的情况向五爷做了讲述。五爷听了沉吟无语，过了一会儿方问赵武赵志怎么想。他俩都说还没有个定型意见，来就是要和五爷商量。五爷听了冷笑道："年前队伍首长就下达了处决命令，可如今过了正月十五鬼子汉奸还活得好好的，早毙了咋会冒出这档子事来？我不管，该咋样办你们俩拿章程！"赵武赵志听了哑口无言。既然五爷有了定规，他们就不好再说别的，于是不待板凳坐热，便走出五爷家门。

走在街上，赵武听到一阵凄惨的哭声传来，他的头"轰"地一响。又是出殡。作为一村之长，他自是清楚出殡的是哪一家。照东他爹。他朝赵志说句，

便沿街向东走去。赵志亦跟在后面。

出殡的队伍不走五爷门前的街。响彻村子的哭声渐渐向村东移去。赵武赵志走到村头时就看见出殡队伍已停在村外河边，按惯例在那里进行最后一次祭奠。赵武赵志便不再向前走，默默看着死者的晚辈们依次向棺材下跪叩头。这时候女人们哭得更加悲伤。村外风大，贴着地面刮起的雪尘一阵一阵将祭奠的人淹没。赵武赵志一直望着出殡队伍在风雪中渐渐走远。

刚要回村，赵武看见一个人影一颠一颠地向村子走来，还背着一杆枪。他不由叫了一声，他认出那是古朝先，是姗姗来迟的“刀斧手”古朝先连长。这时他心里说不出是什么滋味儿，他没动，等着，一直等到古朝先船样地摇晃到他跟前。古朝先也认出了他和赵志，连声说对不住，说他一直忙着抽不开身。接着又问人犯是否已经处决。赵武摇摇头。古朝先说这好，我还没来晚，那就在今天执行吧。赵武又摇了摇头。古朝先诧异地问：“咋啦？”赵武说：“一句两句说不明白，到家里再说。”

赵武没将古朝先领到自己家，而是领到玉琴家里。因那日同玉琴说话说起古朝先，玉琴说古朝先是她老姨的干儿子，曾在老姨家见过。这么说也算得上是亲戚了。开门后，玉琴见来了这么一伙人，脸上立刻绽出了笑，忙把大家让进屋。扣儿在炕上，再次醒过来后就一下子掉了精神，整日抱着小猫一声不吭，赵武赵志唤她也不应，也不让抱。古朝先以亲戚自居。给她压岁钱她也不肯接，只瞪眼痴痴地看。赵武难过地摇摇头，对玉琴说：再也不能让扣儿睡过去了，那样就没救了。玉琴眼里闪着泪花。

坐下后赵武就将这些日子村里发生的事情对古朝先一五一十地说了，没一点保留。从小孩子长睡不醒说到双棒儿的死，从找不到行刑枪手说到天天有人家出殡，最后又说到小鬼子提出的命换命交易。赵武说这遭真遇上一个懵头事，既然你古连长来了，就帮帮俺们拿拿章程吧。

古朝先一边听赵武说一边摇头不止，等赵武说完，他长长叹了一口气，说道：“这事可以应。”

赵志听了急道：“古连长，你是说可以和小鬼子成交易？”

古朝先点点头说：“这种事古来有，交换战俘不就是命换命吗？”

赵志说：“小鬼子、汉奸是俘虏，俺石沟村百姓可不是俘虏呀。”

古朝先说：“不是日本人的俘虏，可是阎王老子的俘虏哩。”

古朝先这么一说，赵志便不言声了。屋子里的人互相看，像在梳理古朝先说的这古里古怪的话。

过了会儿赵武说：“老古说的是个理。再这么下去，咱石沟村就毁了。挨到麦收就剩不下几个人。”

古朝先说：“老话说，留得青山在不怕没柴烧，咱保住人，以后不是照样可以杀鬼子汉奸吗？这遭放了两个，下遭咱消灭他们二十个、二百个，你说上算不上算哩？”

古朝先一番话说得赵武赵志连连点头，大有一种拨开乌云见青天的感觉。

赵武以下决心的口吻说：“就这样吧，咱干。”

赵志点点头，说：“赵武，咱干。”

只是玉琴还有些担心，说：“不会出啥事吧？”

古朝先说：“只要定下来要干，具体问题就要仔细讨论了，必须做到万无一失才成。要是你们不嫌我老古腿瘸，我就算一个。”

赵武连忙说：“有你老古参加，俺们心里就踏实了。”

为免夜长梦多，行动定在一两日之内。这当间有许多环节需要准备和斟酌，当夜古朝先留宿在石沟村。

头晌，由石沟村十几个人，古连长以及小山、周若飞组成的运粮队离村上路了。叫运粮队有点不确切，可又找不到更恰当的称谓，好在对此也无人计较，便如此这般地叫了。

天上下着雪，没有风，真正下雪的时刻总是没有风，雪花心平气和地从空中向下洒落。这时候人的视线看不出多远，四周一片白茫茫。今年冬天古怪，雪集在年后下。往年可不是这样，往年大雪封门总是发生在腊月里。无休止的大雪使赵武忧心忡忡，他们已经等了两天。见雪仍没有停下来的迹象，便不再等，也实在不能等，上路了。

队伍出村后向西行走。开始是一片平坦地，没雪的时候，能看见道路一直通向山根底下，现在道路被雪覆没，只能靠两旁稀疏的树木辨认出道路的轮廓。运粮队伍踏雪行进，速度缓慢。从外形上看，这确是一支被日军驱使的运粮队。日军军需官和翻译官走在最前面，后面跟着运粮的民夫，看不出什么破绽。因考虑到古朝先的腿不方便，赵武特备了一辆驴车（驴和车都是从万有家借的），“车夫”古朝先坐在车上，他的枪隐藏在身旁。驴车后面是一色的小推车。

天地间寂寥无声，踏雪行进的队伍亦悄无声息。这沉寂不由使人心生疑云，有种向陷阱坠落下去的不祥预感。铤而走险，巨大的诱惑与巨大的恐惧像两只凶猛的野兽在人们心中撕咬，争斗。赵武紧跟在驴车的后面，两眼一眨不眨地盯着前面的小山和周若飞，白亮的雪刺得他眼疼。他是整个队伍中最不敢松懈

的一个，可以说整个行动的成败系于他一身。说来，计划是十分周密的，每一个可能出现问题的环节都做了应变考虑。出发之前，他和古朝先、赵志一起与小山做了最后一次谈判。他严肃告诫小山，既然双方达成协议，便须信守不贰，他的任何不轨皆需以生命为代价，这一点毫不含糊，确凿无疑。为了使小山感到威慑，出发前在街上，古朝先举枪射杀一只落在房顶上的麻雀，小山看了神色黯然。至于汉奸周若飞，他表示已无退路，唯有按照赵武他们的命令行事。即使如此，赵武心里仍然忐忑不安。

运粮队越过了七八里路远的平坦地，视线中便出现一个村庄的轮廓，如同雪原上凸起的座座相连的大雪堆，这是离石沟村最近的埠后村。晴朗日子，两村可以相望。此时，他们需穿越埠后村再往西去。为防止陡生事端，赵武带队伍绕过村庄。道路开始倾斜，这就走进了山谷的入口。

这是一条东西走向绵延十余里的大峡谷。从空中往下看，峡谷呈喇叭状，中间有一条河，常年流水潺潺。赵武对这里十分熟悉，从小时候起，每年冬季他都跟他爹和村人们进山搂草。一直到现在小村人仍然沿袭进山搂草这个传统，如同村业余剧团演出的保留剧目是《苏三起解》一般。可以说赵武对山里的一草一木都十分熟悉。也正缘于此，当小山详细交代那个秘密存粮点的位置以及周围环境特征，他便不存怀疑。他相信确有此事。小山说的那座山神庙是搂草的村人们打尖的地方。现在那里成了日军据点之外唯一的粮库，存放着日军抢掠而来的粮食，也存放着他儿时许多的回忆。

峡谷里的河已经封冻，冰面覆着很厚的雪。打眼望去，白展展好一条宽阔大道。“大道”一直向上通往风雪弥漫着的大山深处。原本进山的路傍着河边，狭窄、坑坑洼洼，运粮队走在上面跌跌撞撞，不时有人滚进路边的雪坑里，无奈，他们只得放弃了道路，走上了河面，踏冰而行，冰面虽然很滑，但由于覆了一层厚雪，只要稍加小心，也便畅行无碍。这样，队伍渐渐进入被当地人称为枣园山系的腹地。

山里面终归不同，两边的山崖石壁般地矗立，在雪光的折射下有一种摇摇欲坠之势，显得阴森可怖。山里雪大，雪朵也大，落地铮铮有声，气温也比山下地面寒冷。愈往山里走，人们愈觉得寒气刺骨。赵武也感到冷得不行，他看看驴车上的古朝先，见他缩成一团，像个大刺猬，他坐在车上不动，比别人更够呛。赵武紧赶几步傍着驴车，偏头问道：“老古，咋样？”“操他娘。”古朝先说，“还有多远？”赵武说：“顺河再走五六里，再爬一道山梁子就到。咱走得慢，要不差不多快到了。”这时赵志也从后面傍过来，对赵武说：“看不见日头，约莫天快晌了。”赵武说：“晌天不晌天都不能停，按原计划回来时去于家夼吃饭。”古朝先说：“这么冷的天，要命不能停，一停就冻僵了。”赵武说：“老古，俺们只担心你。”古朝先说：“没事，我抗冻，在队伍时练出来了。”赵武便不再说什么，又退到驴车后面走。

山谷渐渐变得狭窄，两边的山势显得更为陡峻。起风了，这是山谷自身形成的大风道，是“小气候”，与外界无关。风将冰面上的雪吹走，露出光滑滑的冰面，行走变得困难。河床的地势也变得复杂，布满着大大小小的石头，这是夏天山洪暴发时从上面冲下来的，有的生根站住，有的有待以后的洪水继续向下游推送。队伍在这些石头中间小心穿行。

小山和周若飞都没有异常，他们徒手行走，步履稳重得有些生硬，像两个木偶似的向前一步一步迈腿。按规定在路上不准交谈，他们也遵守不怠。按照这次行动的要求，临行前赵武让他俩把脸刮净，将衣冠穿戴整齐，这一来倒真使他俩进入了“角色”，露出真面目来。出发前站在街上，竟将过往村人吓得失魂落魄，有的掉头便跑，以为真的来了扫荡的“皇军”。

山谷现出“Y”字形分岔，一条拐向西南，另一条拐向西北，小山显出很熟悉路径的样子，不经指点便向右首拐弯。赵武知道他走得对，没吭声。也就在这一刻，驴子被一块突出冰面的石头绊了下，晃了几晃就摔倒了。古朝先像被人掀了一下那般从倾斜的车辕上骨碌在地上。赵武和另一个民兵赶紧撂下小车去扶。他倒无碍，只是额头撞出个大包。可驴子惨了，几个人把它从地上抬起，接着又倒下去，它的一条前腿折断了，疼得嗷嗷嘶叫。所有的人都傻了眼，无所措手足，队伍便停止在Y形山口。进不得，退不是。

驴子是废了，没驴车拉不得老古，回来也拉不得粮食，即使不拉老古不拉粮食，这头受伤的驴咋办？留在这冰天雪地里活活地冻死？赵武与赵志老古商量，他说唯一的办法是把驴送到附近的村子里，再从村里借一头驴。总之，有了驴车才能多拉一些粮食，还有老古。赵志说：“行是行，可那要耽搁不少时间。”老古说：“也只能这样办了，最近的村子隔这儿有多远？”赵武指指通向另一个方向的山口说：“那边的涝夼村离这儿二里多路。”老古说：“要去就快。”赵武点点头，立刻让人把驴抬到车上。本来想将小山和周若飞留在原地，再留下几个人看守，想想又怕生出事端，便改了主意，让所有人都将小车撂在原地，拉着驴车一齐去往涝夼村。

雪下得愈来愈大了，山谷里积雪足有半尺厚，人拉驴车艰难行走，一步一挪。老古就更惨了，那简直就像在雪地上滚。这时，无论是赵武还是赵志都有

些后悔，心想不该在这种天气出来弄粮食。但，悔之已晚，事到如今只能按计划行事。大约走了一个多时辰才进了涝夼村街。人又饥又寒，十分疲惫。赵武不晓村长是哪一家，便胡乱地敲门，门敲得山响，也不见人出来。他有些急，又让人敲别家的门，同样敲不开，整个村子像一座死村。赵武疑虑的视线从小山身上扫过，他不由啊了一声，他明白自己办了件蠢事，万万不该将小山带进村。老百姓从门缝里看见是日本鬼子进村，哪个还敢开门！赵武将这现实对老古赵志一说，他俩也都是连声叹气，不知该咋办才好。后来赵志想出个主意：向老百姓喊话，告诉他们小鬼子是俘虏，不用怕。叫他们开门出来。赵武想想，觉得不妨试试，便向赵志点点头，赵志便大声呼喊起来，别的人也跟着一齐呼叫。仍然无济于事，仍然家家柴门紧闭，无声无息，只有寒风在村庄上空呼啸。“我们又错了。”这遭是老古说，“鬼怕恶人，我们要是喊皇军来了，哪家不出来迎接就杀他个片甲不留！这般门也就开了。”大家听了都点点头。赵志说：“要不就这么试试？”赵武赶紧摇头否定，说：“这样敌我不分成什么道理，说不准会惹出乱子来。”老古点头称是。赵志便不再言。

无奈只得离村回去，大家商议：将驴留下，待他们一走，村里人出来看见这头伤驴，不管出于哪种考虑都会弄回家医治饲养。别的只能留待以后再做计较。他们将驴抬下车，放在街面的积雪上，他们听着驴一声连一声的哀鸣出了村庄。风雪已将他们来时的脚窝埋没，他们只能重新踏着没膝的雪一步一步地挪。赵武和赵志架着老古的胳膊，像在雪地上拖着一个大包袱。这时人人都已饥饿到极点，很多人早晨没吃一口饭，有的人仅吃了几口糠菜，肚里早已空空。赵武也同样，早晨他热了地瓜面杂和饭给小山和周若飞吃，轮到他吃时见锅底已空，只得作罢。其实他也考虑去弄粮食的这伙人的饭食问题，这样冷的天，肚里没饭食可真是不行。他知道五爷家有十五撤下来的祭品，别的不说，白面饽饽就是在数的那么多，他曾想去向五爷说说，求他将这些饽饽给运粮队带上当干粮。可他又断定五爷不会给，说也白说，也作罢了。不得已才想出个去于家夼吃饭的主意。历尽艰难终于回到“Y”形山谷。几个民兵像到家似的一腚坐在雪窝里，再也不动，有的干脆躺在雪上，大口大口地喘气。像传染，又有许多人坐下或躺下。赵武自己也想坐下歇口气，哪怕一会儿工夫也成，可他没有。他强支着身子。所谓的运粮队只有他、赵志、老古还站着，还有小山周若飞也站着。小山倒有些精神，正朝前方山谷处的山峦凝望，并不时向身旁的周若飞指指点点。赵武知道小山在指那座存粮的山神庙，也顺那方向看去，他什么也没看见，只有满眼的风雪以及遍体披雪的山峦。他心想到山神庙还有好几里远，在这样的天气里不到近前是看不见的。这时他忽然觉得天地间有些异样，雪不再刺眼，像落上一层灰尘，周围山峦的颜色也变得昏暗，他不由心生惊疑，天要黑了吗？咋黑得这么快呢！他大声问赵志是不是天要黑了。赵志说是要黑了。赵武立时恐慌起来，大声吼道：起来！快起来走！有人闻声爬起，有人还不动。赵志火了，破口大骂，边骂边用脚朝地上的人踢，对赵志的粗暴，赵武并不干涉，他知道到了一个生死攸关的时刻，这时刻容不得任何温情。赵志终于将地上的人都驱赶起来了，各人找到自己的小推车，队伍又开始前进了。

冬日天短，又在大山里面，天说黑就黑。这样情况就与原来的计划有变。黑天到存粮点运粮，看守的鬼子会不会发生怀疑？赵武边走边和赵志、老古推敲这个问题，可谁也拿不准。解铃还须系铃人，只得让周若飞去询问小山。小山则一口咬定没问题，一点没问题。好像怕人不相信，又一再地解释，说夜间运粮的情况以前有过多少次，因为经验证明夜晚比白天更安全。接着小山又说起日军在这个山旮旯建存粮点的因由。当初日军扫荡到这里时，一股抗日队伍以山神庙为依托顽强抵抗，致使日军伤亡严重。为除后患，扫荡结束后，要将山神庙炸平。就在炸前的那一晚，站岗的日军说看见山神爷显灵。报上去，上面竟然相信，没敢炸。后来日军打算在这里建一个军事据点。施工前运来大批粮食做后勤保障。但不久，据点移址，粮食就留下没运走，派一股队伍在这里驻扎，任务一是看守粮食，二是担任警戒。其实这些情况小山在交代时已经说过，他旧话重提无非是想进一步说明看守日军是一伙没啥战斗力的郎当兵，对他们用不着担心。此时此地小山不厌其烦地表白这些，倒增加了赵武他们的疑心。狗日的没准是想将他们引入陷阱？形势确是严峻，是进是退须当机立断。赵武的脚步不由自主地停下来，但也就是停了短短一瞬又迈步走了。这一瞬他想明白了一件事情：只能进不能退。进还有一线的生机，退就只有死路一条了。他想想又紧赶两步，让周若飞再次警告小山：耍花招必死无疑！小山诺诺。

山里天黑得早，却黑得慢。暝色笼罩着谷地，似一成不变。队伍在这茫茫暝色中向前移动。谷底已不再有冰，卵石隐藏在厚雪下面，不时听到车轮与石头的撞击声。这时人已不再有饥饿的感觉，甚至也不再有寒冷疲劳的感觉，精神好像已离体而去，只剩下僵硬的躯壳，机械地向前挪动。

一声狼嗥，像骤起的狂风在谷间蹿起，刮向四周。这瘆人的声波令那些僵硬的躯壳冷不丁一颤。接着又是一声长嗥，所有人的眼都在苍茫的雪谷中搜寻。老古眼尖，他首先看见那只立在前方谷地中间的狼，它正瞪眼望人，不肯让路，大有一夫当关万人莫入之势。老古下意识地从车上捞起枪，向狼瞄准。

“不行啊老古。”赵武连忙阻拦。“不打死它，它会招来一大群的。”老古说着推上了枪栓。狼还站在那里不动，见人停下来，它竟示威般又向前走过几步。人们屏声顿息地盯着它，等着老古的枪响。可枪一直不响。“咋啦，老古？”赵武忍不住问道。“操他妈，完啦！”老古生硬地说，“手指僵了，怎么也勾不倒枪机。”“啊！”所有听见老古话的人都不由惊叫起来。小山闻声不知发生了什么事，遂问周若飞。开始周若飞并没意识到事情内中的意义，遂如实相告，说：“那人的手指僵了，压不倒枪机。”昏暗中小山的眼倏地亮了一下，他沉静一下，对周若飞说：“周，你看见前面半山腰的灯光了吗？”周若飞点点头，他看见小山所指的地方有灯光在闪烁，虽然光亮很微弱，但在昏黑的山峦背景下清晰可见。小山不等他回答又说：“那里就是皇军驻扎的山神庙。周，他们的枪没用处了，真是天赐良机！咱们一起往山上跑吧，我们行了。”周若飞听了小山的话，头嗡地一响。这瞬间他的眼前陡现大年夜的情景。那是他和小山失去的一个机会，不想现在机会再来。他的心激动得狂跳，简直要跳出嗓门一般。他不由朝身旁的人群看看，他们都一齐盯着仍然无法射击的老古，对他和小山无所顾及。“周翻译官，跟着我跑，听见了吗？！”小山向他吼叫。他看见小山眼里那久违了的凶光，这凶光像利刃一般刺得他身体一震。“不行！”他说，“我们和他们是有交易的，不能单方面毁约。”“笨蛋。”小山咬牙切齿道，“他们完了，管他傻瓜交易！”小山为赢得时间遂放弃对周若飞的蛊惑，独自拔腿朝前跑去，直冲着那只拦路的老狼。待周若飞呼出一声：“鬼子跑了！”小山已奔到那只狼前面。那狼冷不丁见有人奔它而来，且气势强悍，竟怯懦地向旁边山壁处逃窜。直到小山跑出二十几步远，这边的人才明白发生了什么事情，立时惊恐万状。赵武向古朝先大吼：“老古我操你妈！开枪！快开枪！！”老古嘴里发出要哭的声音，可枪还是不响。赵武一把将枪从老古手里夺过来，一边追鬼子小山，一边瞄准。“完了，这遭完了。”赵武在心里哀号，他的手指同样按不倒枪机。他不停止追赶，鬼子小山跑得很快，瘦小的身影在暝色中一跃一跃，像一只灵巧的狼。赵武紧追不舍，后面的赵志也带着人上来，还有一瘸一拐的老古。老古行为怪异，奔跑时将一根手指含在嘴里，这让人会联想到那类喜欢吃手的孩子。他吃得还很执着，即使摔倒在雪地上，也保持着那一成不变的姿势。渐渐进入山谷的内里，夜的阴影四合，映着雪光，仍可看到那个逃逸鬼子一跃一跃的身影。半山腰山神庙里的灯光已十分清晰，静夜里还听得见里面哇里哇啦的叫喊。这对于鬼子小山无疑是旗帜，是召唤，激励着他向那里疾速投奔。后面的赵武却已经体力不支，十几步开外都能听见他呼哧呼哧的喘息，而且一次又一次地摔倒。爬起时可看到他的身体摇摇摆摆，像另一个老古。“老赵，”他听人在后面喊，“你停下，把枪给我。”是老古。可他不肯停，像没听到老古的呼喊。直到再次摔倒在地，老古才追上他。还有赵志。“我行了，这遭行了。”老古说着从赵武手里夺过了枪，以极其熟练的动作卧倒在地，并迅速向远处已开始爬山的鬼子小山瞄准。接着枪就响了。一缕火花在黑暗的谷地闪电般地耀亮，又闪电般地熄灭。鬼子小山的身体在山坡上凝固了一瞬，随之像一块石头滚落下去……

不知是什么时辰，也不知到了哪里，赵武只是机械地在雪中向前爬行。他的周遭是雪的世界，一个无天无地无边无际的大雪窝。他的神志已不太清醒，只朦朦胧胧记得自己告诉大家不要在雪谷中停留，要拼尽最后一丝气力赶往于家夼。他和于家夼的村长是拜把兄弟，找到他就有饭吃。现在他已不知其他人的去向，茫茫雪夜里各自去寻自己的生路。他也无力顾及别人，此时归他管辖的只是自己那具已接近于僵硬的身体。雪还在不停地下着，过不了多会儿，便将他埋住了。他只能用驴打滚的办法从雪窝里爬出。可这要耗费掉好多的气力，后来他就渐渐爬不动了，他感觉自己的腿、胳膊已失落在雪地上，只剩下一副无法向前挪动的躯干。后来雪又将他覆盖住，他就不再动了。他顿时产生一种全新的感觉，他觉得在雪里面要暖和得多。是的，暖和了，像盖被躺在热炕头上那般。不动了，就这样了。他心满意足地想。这时他本可有充裕的时间想想一些事情，想想死去的老婆，想想儿子留根儿，还有新女人玉琴和早被他视为亲生女儿的扣儿。可没有，他没想这些，稀奇古怪，他想的竟是死了多年的爷爷，他想起自己小时候头一次跟爷爷进山搂草的一桩事。头一次进山使他十分兴奋，也十分卖力。他和爷爷一起搂草，山上的草很厚，全是起硬火的松毛，他和爷爷搂了满满一车。傍晚要下山回家的时候，他对爷爷说要拉屎。爷爷问他能不能憋住回去拉在自家茅坑里。他说憋不住了。爷爷火辣辣地向他吼了句：“败家子。”接着又以长者的身份对他教导：“咱今日吃的是干粮，一点不掺假的粮食，这样的屎是长庄稼的屎，拉在外面真可惜了。可惜了！”他说他真的等不到回家了，不管爷爷怎么阻止，还是拉在山上。他回想这件事时，耳边不住响着爷爷那垂头丧气的话：“可惜了，可惜了，真的可惜了。”他就在爷爷无限痛惜的絮叨声中入睡了。

自正月二十村长赵武带着运粮队离开了村子，从此一去不返，其余的人也一个不见回村。村人大惊。料定是出了事情。特别是失踪了亲人的人家更是大

悲大恸，一齐去找国救会长五爷要人。连古朝先连长的家人也来到石沟村。这场变故之后，五爷成了村里唯一的主心骨，他也十分着急。他从村里挑出几个青壮年，组成一个寻人队伍。为确保寻找成功又忍痛拿出祭祀撤下来的供品让他们饱餐一顿，然后打发他们沿运粮队去时的方向寻找。他们没有白吃五爷的饽饽，尽心尽力搜寻，后来就走进那条喇叭状山谷。经几天几夜大风雪的山谷已完全改变了面目，整个地变成了一个大雪谷。他们在雪谷里几进几出，转悠了整整一天，既没有找到一个活人，也没发现一具死尸。放眼望去，通条山谷都是平展如绸的雪面，雪面之上光光亮亮，生灵无踪杂草不存，干干净净，他们只得失望而归。

春天雪融，山谷由白变黑，当地人在谷中发现了尸体，陆陆续续总共发现了十几具，正是运粮队失踪了的数目。尸体一点也没有溃烂，完好无损，面目栩栩如生。但有心人很快发现了一个奇异的现象，尸体的位置虽很分散，有的相距几里路远，可他们的头都冲着同一个方向，冲着隐于山谷豁口处绿树丛中的一个小村落。当地人自然知道，那村子是于家夼。

原载《当代》1996年第1期

大厂

谈　歌

早上一上班，厂长吕建国就觉得机关这帮人都跟得了鸡瘟似的，这年过得好像还没缓过劲来呢。就恨恨地想，今年一定要精简机关。在走廊里，工会主席王超见面就跟吕建国诉苦，说厂里好几个重病号都住不了院怎么办？吕厂长您得想法弄点钱啊。吕建国含含糊糊地乱点着头说，行行，就往办公室走，心里直骂娘：我他妈的去哪偷钱啊？

进了办公室，吕建国发现窗子没关，早春的寒风呼呼往屋里灌着，窗台上的那两盆月季花都打蔫了。吕建国忙着关上窗子，才发现窗子的插门坏了，就又忙着找铁丝想把窗子拧上。厂里越来越不景气，日子长长短短地瞎过着，已经两个月没开支了。前任许厂长让戴大盖帽的带走了，据说是弄走了厂里好几十万块钱，工人们恨得牙疼。吕建国上台一年多了，也没闹出什么起色来，春节前倒闹出来两件大事。

一件是厂办公室主任老郭陪着河南大客户郑主任嫖妓，让公安局抓了。今年郑主任要跟吕建国订一千多万的合同呢，所以吕建国叮嘱老郭，姓郑的要干什么，你就陪着他干什么，只要哄得王八蛋高兴，订了合同就行。郑主任是个酒色之徒，那天喝多了，非要找鸡玩玩。老郭傻乎乎的就真去找了两个鸡，也闹不清是正嫖着还是刚刚嫖完，公安局的就踹开门进来了。要是乖乖地让人家逮走，关上几天，再罚点钱，也就没什么事了，偏偏那天老郭和姓郑的都喝多了，跟公安局的动手打起来了。那个郑主任可能是练过几下子，还把两个警察给打坏了，一个打成了乌鱼眼，一个打得下巴脱了臼，还一劲瞎嚷嚷哪里有压迫哪里就有反抗。问题就严重了。人到现在还没放出来呢。郭主任的老婆又哭又叫，天天到厂里来找，要求厂里快快把老郭保出来，老郭是为革命工作去陪

客的，是为革命被捕的。闹得吕建国乱藏乱躲，像个地下党。

第二件是厂里唯一的一辆高级轿车丢了。前任许厂长买了不少高级轿车，吕建国一上台都卖了，就留下一辆车为了跑业务，怕被客户们瞧不起。春节前，市里管计划生育的钟科长的儿子结婚，说要用用车。厂里管计划生育的老吴不敢得罪钟科长，就死乞百赖地跟吕建国求情，把车借出去了。谁知道开车的小梁那天接了亲就没回来，让人家留下喝酒，等喝完了酒，晕晕乎乎地出来，车就没了。

不光这两件窝心的事，还有那一大帮要账的，住在厂招待所里不走，嚷着要在沙家浜扎下去了。这帮人吃饱了喝足了睡醒了打够了麻将，就到厂里乱喊乱叫各办公室乱串着找吕建国要钱，有几个还在吕建国家门口盯梢，跟特务似的。吕建国实在藏不住了，就和党委书记贺玉梅在饭店请这帮爷吃了一顿。这帮爷一边吃一边骂，说欠账不还是什么玩意儿啊？贺玉梅赔着笑说：我们已经撒出去大队人马要账了，一回来钱，马上还大家。吕建国也满脸堆着笑说：我姓吕的也是要脸的人，也不愿跟各位耍滚刀肉啊，实在是没钱啊。不瞒各位，我刚刚回来点钱，也得给工人们发工资啊。就快过节了，我要是一分钱不给职工发，我这个厂长还是人吗？求各位替我想想，我给各位磕头了，说着就四下作揖，揖着揖着就泪流满面了。弄得这帮人也说不出什么来了。山东的老刘苦笑道：吕厂长把话说到这个份上了，那就算球的了，我们先回去过年吧。于是，这帮爷们儿就忙着回家了。吕建国算是松了口气，也忙着没头没脑地过年。

吕建国年也没过好。大年初一，郭主任的老婆又找上门，进了门就号，吕建国急不得恼不得，连蒙带劝把她哄走了。大年初二，厂里的总工袁家杰来拜年，又说起他想调走的事情。袁家杰是吕建国的同学，现在是技术上的台柱子。吕建国好话说了一火车，袁家杰阴着一张脸也没说不走的话。吕建国心里起火，就一下子病了好几天，发高烧，厂卫生所还没药，说现在除了量量体温血压什么的，别的都不行。吕建国的老婆刘虹在电厂上班，慌着把电厂的医生请来，给吕建国打了几天针，才算好些了，可嗓子眼还是肿肿的。

好容易过了年，吕建国一上班，就把丢车的事交给秘书方大众办去了。方大众有个同学在派出所，想求那个同学卖卖力气，快点把车找回来。吕建国则去公安局说好话，先得把那位郑大爷弄出来再说啊。本想拉着贺玉梅一块去，可是贺玉梅回老家看老娘了，吕建国只好自己去，可是去了几趟都让公安局的戗回来了，公安局的说：你还是厂长呢，这是什么性质的事情啊？你还有脸找？嫖娼不说，还敢打我们，不好好治治要造反了哩。吕建国没办法，就又到处找关系。昨天晚上，吕建国跑了好几家，可找谁谁都嘬牙花子，都说不好办，吃了什么了？撑得敢打公安局的？弄得吕建国灰溜溜的。昨天贺玉梅上班了，吕建国就让贺玉梅去找找梁局长，请梁局长找人把那两个混蛋弄出来。吕建国最近跟梁局长关系挺紧张，有一次开厂党委会，吕建国说局里就知道天天开会，不干正事。不知道这话让谁捅给了梁局长，还给歪曲了，说吕厂长说梁局长不干正事，梁局长见了吕建国就直翻白眼。局里有跟吕建国不错的就告诉了吕建国，吕建国气得牙疼了好几天，可又不能跟梁局长解释，这种事越描越黑。贺玉梅跟梁局长关系挺好。贺玉梅是工农兵大学生，毕业后跟着当时还是科长的梁局长当科员。后来梁局长当了局长，就把贺玉梅提拔起来当局团委书记，去年厂里换班子，她就来当了党委书记。

吕建国找了根铁丝，把窗子拧上。屁股还没坐稳，财务科长冯志文就苦着一张刀条脸进来了，朝吕建国嚷嚷着：我这个科长不当了，厂长您另派别人吧。

吕建国笑道：你是不是过年吃多了，还没消化呢，乱叫唤什么？

冯科长骂道：赵明不肯交钱，说要钱没有要命一条，我去找他，他还想动手打人呢。我这个财务科长成什么了？我不当了。

吕建国脸上就硬了：他不是说过了年就交钱的吗？说话是放屁呢？这事你别管了，我去找他。

冯科长苦笑：您去？怕是您也要不回来的，他就听齐书记一人的。

吕建国说：我就不相信他赵明没钱。对了，现在有回款的没有？

冯科长摇头叹气：也就是回来仨瓜俩枣，现在谁还钱啊？节前撒出去十几个人，要回万把块钱来，还不够差旅费的呢。这月的工资也还没影呢。

吕建国想了想：催催市里的几家，四海商行该咱们六十多万呢，弄回来够开工资的了。

冯科长摇头笑道：四海商行的赵志高是个地痞，怕是更不好要了。我去了好几趟，连人影也见不到。说完冯科长起身走了。

吕建国就给方大众打电话，想问问那车找得有没有眉目了。方大众不在。吕建国想了想就给袁家杰拨电话，想找袁家杰谈谈。他不想让袁家杰走，现在厂里的技术还真得靠老袁呢。袁家杰办公室也没人，吕建国骂了一句就放了电话。门一推，党委书记贺玉梅进来了，脸上血拉拉的好几道子。吕建国吓了一跳：怎么，又干仗了。

贺玉梅叹口气，眼睛就红了：这日子没法过了。就坐下闷闷地叹气。

贺玉梅两口子最近总干架。爱人谢跃进原来在局里当办公室主任，前几年

下海开了个公司，听说挺挣钱的。谢跃进有了钱就不安分，贺玉梅管不了，两人总打架。她是个挺要强的人，好几回想离婚算了，可又下不了狠心。吕建国也做过工作，说你刚刚当了书记就闹离婚就不怕别人说你什么吗？贺玉梅活得真是挺难的。

吕建国叹口气，他想不出怎么劝贺玉梅。班子里，他跟贺玉梅挺团结，纪委书记齐志远和赵副厂长几个都跟他尿不到一个壶里。老齐和老赵原来都憋着要当书记当厂长的，恨吕建国抢了饭碗，总跟他弯弯绕。贺玉梅家里又是这样一个情况，天天脑袋耷拉着，心不在焉。吕建国就觉得自己挺孤立，就后悔不该当这个球厂长的。

吕建国就问：你去找梁局长了吗？他怎么说？能保出来吗？

贺玉梅苦笑：我昨天晚上找他了，他说给试试。看样子他不想给使劲的，谁让你说他坏话来着。

吕建国骂：就是老齐那家伙乱造谣，我什么时候说过那种话的？

贺玉梅笑道：反正你是洗不清了。你这两天找公安局怎么样？

吕建国叹道：一下半下不好说的，那两个公安局的躺在医院不出来，听医院的偷偷告诉我，两人都不在医院睡觉，早就好了，每天到医院去一趟就是乱开药，什么鳖精啊太阳神啊的乱开一气。昨天又交给我两千多块的药条子，让报销呢。

贺玉梅恨道：真黑啊。

吕建国皱眉道：先不说这个了。老袁找你了吗？他坚持要走，得想办法留下他啊。

贺玉梅苦笑：你留不下他。换我也走，我听说那家乡镇企业一月给他两千块，还不算奖金。现在咱们厂都快开不出支了，有点本事的都想往外蹦呢，袁家杰这算是开了个头啊。

吕建国叹了口气：我想再找他谈谈。

贺玉梅摇头说：谈也没用，别看你俩是老同学，关系又铁，现在这社会都认钱了。

两人就闷闷的，觉得没什么话说了。都感到挺压抑。

贺玉梅站起身：我去车间看看。三车间那点活挺吃紧呢，别误了工期啊！

吕建国想起赵明的事，就说：刚刚老冯来了，说赵明欠承包款还不给，还骂人，这事真是难办了。我想终止这小子的合同，你看呢？

贺玉梅想了想：还是跟他谈谈，咱们得关着点他姐夫的面子啊，总是常常用人家，慎重点的好。

吕建国皱眉道：可这小子也太蹬鼻子上脸了。我去找他谈谈，他要是硬不交钱，就停了他算了。有的是人想承包呢。不然工人们还觉得咱们吃了他多少黑心钱呢。

贺玉梅笑笑：那你可得注点意，那小子是个二百五。说完就走了。

吕建国心说你贺玉梅是不是激我啊，你以为我怕他赵明啊。操蛋的，我偏找他试试。他抬起屁股就要去找赵明，桌上的电话急急地响起来了。

电话是妻子刘虹打来的。刘虹说：咱们村的志河来了，想弄点废钢材，你就给他弄点吧，也算咱们老三届支援贫困地区了。

吕建国苦笑道：你说得容易！我倒是有啊？志河是当年吕建国和妻子下乡那个村的团支部书记，这几年在村里开工厂，闹腾得挺欢实。每年都给吕建国送土特产，什么地瓜干儿啦，玉米碴儿啦，小米啦，绿豆啦，吕建国就有点烦了，集贸市场有的是，还送这干什么啊，还得知他们的人情，这老乡们是越来越精了。

刘虹不高兴道：我就不相信你办不了这事？刘虹要面子，当年的老乡们一找她她就帮人家。

吕建国想了想：他要多少？我这儿可也不好过呢，还到处找米下锅呢。

刘虹笑道：他要不多，看把你吓的。你回来一下吧。跟志河坐坐。咱们找个饭馆吃点得了。

吕建国为难地说：我真是脱不开身啊，现在我正找人忙着往回弄车呢。

刘虹笑道：找回来也没有你一个车轱辘啊，志河可是等着你呢。

吕建国恨不得给妻子磕头了：你就替我解释解释吧。我真是脱不开身啊。

刘虹无奈地说：那我先陪志河喝着吧，你要是有空就来一趟。

放了电话，吕建国就拔脚去找赵明了。

这几年厂里效益不好，在厂门口盖了一个饭馆。来了业务在那儿招待，方便，也比在街上吃便宜。盖好了就让销售科承包了。谁知道，饭馆弄得不像样子，价钱还挺宰人。厂里再来了客人，还是得到市里的饭店去吃，饭馆就冷清了。前年，销售科就又把饭馆转包给了赵明。赵明是个滚刀肉，厂里没人敢惹他。前年的承包费就没交，说是赔了。前任许厂长屁也没敢放一个，就算拉倒了。去年吕厂长上台，就重新找人承包，可是赵明把价钱抬得高高的，几个想承包的都吓跑了，于是还是给赵明承包了，讲好每年向厂里交十万块钱。春节前，赵明赖着说没钱，过了年一定给，这又不给了。吕建国心里蹿火，就准备

亲自去找赵明谈谈。

吕建国走到厂门口，突然又停下了，他想自己去找赵明要是谈崩了怎么办，那小子仗着他姐夫是市委常委，谁的账也不买。这年头反正有点背景的，都鸡巴硬硬的。吕建国就多了个心眼，在门卫给保卫科打电话，保卫科有人接了电话，听出是吕建国，就忙说：我给您找徐科长啊。吕建国听见电话里边吵吵嚷嚷的，心里就烦。这些日子厂里总丢东西，年前四车间还丢了一台电机，保卫科长老徐从各车间抽调上来十几个人，夜里乱转，徐科长的两眼熬成了猴屁股，也没逮住谁。可东西还总是丢。

等了一会儿，徐科长接了电话。吕建国说：你来一趟。就低声说了去赵明饭馆的事情。老徐笑道：行，我就来，这小子欠钱不给，还挺牛的。厂长，这事你是该出马了。

贺玉梅进了三车间，见工人们正在扎堆说什么呢，就笑道：上班扎堆聊天，小心我扣你们的工资啊。工人们就轰地笑起来，有人说：贺书记，您扣什么啊？都两个月不开支了。说着就散了。

车间主任乔亮说：贺书记啊，您来得正好，您看这事怎么办啊？章荣师傅病了，他儿子刚刚找来了，跟我大吵了一通，说厂里卸磨杀驴，他爸爸干不动了，也没人管了。还骂骂叽叽的，讲了些不三不四的话。要不是看在章师傅面上，我真想揍他。

贺玉梅问：章师傅怎么了？

乔亮苦笑道：还是他那老病。去年老汉有两千多块钱的药条子没报销，不是厂里没钱嘛！这回老汉说什么也不去住院了。

贺玉梅就心里乱乱的。章荣是厂里的老劳模，还出席过全国的劳模大会，也是市里的知名人物了，现在弄得药费都报不了。这事传出去，让人家怎么看啊！贺玉梅硬硬地说了一句：你到章师傅家把那药条子要来，我去找吕厂长签字，报销。

乔亮苦笑：厂里不是没钱吗？

贺玉梅说：有钱没钱也得给章师傅治病。他那些年没日没夜地干，累了一身的病，老了老了，连病也看不了，日后谁还干活啊！我听说财务刚刚进了一万多块钱的回款。

乔亮看看贺玉梅，眼睛就潮了：贺书记，我不是当面奉承您，您这话叫话。现在真是没人好好干活。您知道，现在连工人阶级都不叫了，叫什么？叫工薪阶层。厂长不叫厂长，叫老板。真是操他妈的，都成了打工的跟资本家的关系了，还有鸡巴什么主人翁责任感？工人们都骂，说办公室老郭带人去OK，还嫖，给抓起来了。厂里用的这叫什么鸟人？

贺玉梅不耐烦道：行了行了，别乱说了，你那嘴整天没个准头。那个姓郑的想嫖，老郭不带着去行吗？咱们指着人家的合同呢。这个月的活能按时完成吗？

乔亮苦笑道：看看吧，我也吃不准，现在大家都憋着要工资呢，没钱大家不愿干。这半年多，我可是让人骂着过来的啊。

贺玉梅笑道：少哭穷，你上个月卖废铁的钱都哪去了？听说你卖了好几千呢。

乔亮吓了一跳，心说这车间里有汉奸呢，嘴上就叫：冤死了。好几千？我偷去啊？

贺玉梅笑道：你急什么？我又没说没收你的。反正你能让工人干活，我就不管你。

乔亮笑道：您真是个开明领导，不像吕厂长天天黑着个脸。

贺玉梅笑说：你小子当着我骂吕厂长，当着吕厂长骂我。迟早我和吕厂长得当面对质。你忙不忙？要是不忙，跟我去看看章师傅。

两人就骑着自行车出了厂，到了街上，进了一家食品店，买了几听罐头两袋奶粉出来。刚刚上了车，贺玉梅就听到有个女的喊她，回头一看，就跳下车来，笑了：袁雪雪，你打扮这么漂亮干什么啊？

袁雪雪穿得挺洋气，骑着一辆大摩托车，赶过来就停住，笑道：老远看着就像你们。袁雪雪是袁家杰的妹妹，原来是厂里的车工，嫌累，前几年辞了职，跟男人去开饭馆了。听人说她钱都挣海了，还花了几十万买了一套商品房呢，有人去过，说里边装修得跟宫殿似的。袁雪雪看看乔亮手里提的东西，问：你们这是去哪破坏党风啊？

乔亮笑说：章荣师傅病了，我们去看看他。

袁雪雪皱眉道：我听说他病得挺厉害的？就掏出一百块钱说，你替我给章师傅吧。贺玉梅忙说：我可不给你带这个，要去你自己去吧。

袁雪雪就笑：怎么，还怕我脏了谁啊？就骑上摩托嘟嘟地跑了。

贺玉梅看着袁雪雪的背影，就苦笑道：袁总一肚子学问也赶不上他的这个小学没毕业的妹妹啊。

乔亮笑道：现在谁出去干都比在厂里傻干强。要不袁总也要走呢。

贺玉梅看看乔亮：你也听说袁总要走的事情了？

乔亮笑道：这种事还能瞒住谁啊？厂里都嚷嚷动了。

吕建国和徐科长去了赵明的饭馆。进了门，没几个人吃饭，可能是刚刚过了年的原因。两个打扮得花大姐似的服务员正跟一个大胡子男人乱逗呢。那个大胡子吕建国认识，是赵明的一个哥们儿，姓蔡，市委秘书长的外甥。

蔡大胡子起身笑道：吕厂长啊，哟，徐科长也来了。有饭局？

吕建国问：赵明呢？

蔡大胡子笑道：赵老板两天没来了，有事跟我说一声吧。

吕建国说：他去年的承包费还没交呢。什么时候交啊？

蔡大胡子笑道：这事啊，不瞒您说，现在真是没钱。

吕建国冷笑一声：没钱？鬼才相信。你告诉赵明，不交钱，厂里就把这饭馆封了。

蔡大胡子脸上就硬了，恶笑道：吕厂长，你也太凶了点吧。

吕建国火往上撞：凶？我今天就是要凶一凶了。我要是让你们坑厂里，我这个厂长就不是厂长了。老徐，把门给他们封了。

雅间的门就开了，赵明走出来笑道：吕厂长，有话慢慢讲嘛。

吕建国看了他一眼：你好容易露头了。什么时候交钱啊？

赵明嘿嘿笑道：烦不烦啊？不就是那点破钱嘛？都催了几回了？我不是不想交，可眼下真是没钱。这事我已经跟齐书记讲过了。齐书记也答应了。

吕建国一愣，没想到赵明把球踢到齐志远那里去了。

赵明一脸不耐烦：吕厂长，都是公家的事，您真是何必呢？

吕建国道：那好，我跟齐书记核实一下再找你。老徐，咱们走。就转身出来了。走出好远，老徐苦笑道：厂长，就这么算了？吕建国眼一瞪：算了？我先看看老齐是怎么乱答应的！就大步走了。

吕建国去了齐志远的办公室，齐志远不在，在走廊里迎面碰到了袁家杰。吕建国笑道：我一上班就找你，去哪了？

袁家杰皱眉说：我去四车间了，我想走之前把这批活弄完。

吕建国笑道：谁说同意你走了。真事似的。

袁家杰不笑：厂里真要是不同意，那我就辞职。

吕建国怔住，呆了呆，就问道：你真是铁心了？

袁家杰看吕建国一脸凄楚，就叹了口气，动情地说：建国，你跟我一块走吧。这个破厂有什么待头啊？你这个破官有什么当头啊？

吕建国摇摇头，空空地一笑：家杰，我可真不是舍不得这个破官。说实话，自上台那天起，我就后悔得肠子都疼了。我是没脸走，厂里现在这种样子，两千多工人还指着咱们这几块破云彩下雨呢。我现在走了，我算怎么回事啊？就算是今后发了大财，我也没脸见大伙儿了。

袁家杰一愣，冷笑一声：你是说我吧？就生气地转身走了。

吕建国愣愣地看着袁家杰的背影，一时想不出自己哪句话说错了，苦苦一笑，转身回到自己的办公室。

刚坐下，门一开，齐志远笑嘻嘻进来了。吕建国忙说：我正找你呢。

齐志远一屁股坐在沙发上，笑道：找赵明了吧。我刚听老徐说了。

吕建国看了齐志远一眼：我正要问你呢，你答应赵明不交钱了？

齐志远笑道：我是他什么人啊？我替他担保啊。没有的事。

吕建国说：那我今天就停了这小子，把门给他关了。

齐志远忙说：厂长，咱们不能跟他来硬的啊，他姐夫是市委常委，咱们惹不起啊。

吕建国看看齐志远：老齐，咱们都穷成这样了，还怕什么常委不常委的？这十万块钱，够全厂发奖金的了。我去告诉赵明，他要是两天之内不把钱交来，就叫他滚蛋。

齐书记脸一红：你别火，我去跟他说说，也许这小子手里是没钱。

吕建国说：他爱有钱没钱，没钱就去给我借，反正得交。

从章师傅家里出来，已经快中午了。贺玉梅和乔亮半道上分了手，在小饭馆吃了饭，她就去了谢跃进的公司。这几天谢跃进真是给鼻子上脸，有时半夜也有女人往家里打电话，弄得贺玉梅心里起火。昨天晚上两个人吵起来，还动了手。她知道谢跃进的公司里有一个叫方晶的女孩，最近跟谢跃进打得火热，整天黏黏糊糊的。贺玉梅决定去公司看看，顺便问问妹妹贺芳。

贺玉梅想来个突然袭击，轻手轻脚进了谢跃进的办公室，谢跃进正躺在沙发上打呼噜，嘴角还淌着口水，挺难看的睡相。脑门上两道子伤痕，那是昨天晚上让贺玉梅抓的。贺玉梅正要悄悄出去，就听到有人在她背后笑道：姐，你来了。

贺玉梅回头一看，是妹妹贺芳。贺芳手里拿着一张电报，看看躺在沙发上的谢跃进，就把电报放在了谢跃进的办公桌上，回头低声对贺玉梅说：有事啊？

贺玉梅就转身走出去，姐妹俩进了贺芳的办公室。贺芳前几年在农村干得不耐烦，就进城投奔姐姐，贺玉梅给她找了份临时工，又让她上夜大读书。她

读完了夜大，就来姐夫这里当了公关部主任，天天打扮得花大姐似的，跟刚进城那会儿判若两人。贺玉梅常常感慨这城市真是把贺芳同化了。

贺芳给贺玉梅冲了一杯热奶。贺玉梅笑道：我喝不了这东西，你还是给我冲杯茶吧。

贺芳笑道：你总是赶不上潮流，这东西美容。

贺玉梅接过贺芳递过的茶，呷了一口，笑道：你上次见过的那个怎么样啊？也不给个信，人家都等不及了啊。

贺芳笑道：我早就把他忘了。他长得什么样来着？我现在已经回忆不起来了。说着就咯咯地笑起来。

贺玉梅就不大高兴，都二十八岁了，见过的男人快一个排了，没有一个看上眼的，也不知道她心里憋着嫁给谁呢？她好像也不着急，真让人摸不透。刚刚进城几年，就比城里人还城里人啊。为这事贺玉梅跟谢跃进说过好几回了，让他帮着贺芳找一个。谢跃进答应得挺好，可就是没动静，对这个小姨子的终身大事似乎没放在心上。

贺芳问：你找谢总有什么事。

贺玉梅笑道：什么谢总谢总的，他是我男人。

贺芳脸一红，也笑了：我几乎都记不得你们是两口子了。

贺玉梅想问问谢跃进最近的情况，可是张不开口，这种事不好跟妹妹讲的。可要是不问问，心里又放不下，就说：小芳，你姐夫是不是跟你们公司一个叫方晶的挺那个的啊？

贺芳一愣，就笑：挺哪个的啊？你说什么呢？

贺玉梅就皱眉道：你姐夫那人爱花花，你可替我盯着点啊。

贺芳脸一红，说：姐，让我说你什么好啊。姐夫干的是生意，生意场上的事离得开吃喝玩乐吗？你真是的，那个方晶是什么层次啊，亏得你还能想到她身上去，真是抬举她了。

贺玉梅就笑：呵呵，我这才说他几句，你这个当小姨子的就吃劲了。不说了。就站起身说：我今天是有事找他，明明的学习最近下降得厉害，学校找了我好几回了。我想让他去学校一趟，跟老师说点好听的，哄哄人家。

贺芳就笑道：姐夫天天忙得恨不得长出四只手来，这事你还烦他啊！你自己去办办不就行了嘛。

贺芳送贺玉梅下了楼就回去了。贺玉梅拐弯去了百货公司，想去给自己买一件风衣，上次她看中了一件，浅绿色的，一千三百块钱。她想买，又怕穿出去让厂里人说闲话。最近她咬咬牙，还是想买下来。谢跃进开的这个公司，也没见他怎么费劲，可钱就挣得像流水似的了。贺玉梅知道，实际上是市委的头头在后边撑着腰呢。贺玉梅恨得不行，厂里的工人们死干活干，也挣不来多少，钱就都让谢跃进这些人挣了，这世道可真是有点不讲理了啊。谢跃进月月提回好些钱来，开始贺玉梅还挺高兴，后来就害怕了，她担心迟早谢跃进得让抓进去。

贺玉梅到了百货公司二楼，售货员说那种风衣早卖完了。贺玉梅心想这年头有钱的还真是不少呢，就怏怏地出来。走到存车的地方，刚刚把车子推出来，就听到有人喊她的名字。她回头看，就笑了。

吕建国中午在厂食堂吃了点，躲过了饭口。他怕跟志河喝酒，那家伙太能喝，每次都得把吕建国灌醉。吕建国不喝，志河就跟在自己家里一样理直气壮地不高兴，还使性子。儿子吕强背后就骂，说农民都这样，你越对他客气，他就越上脸，就敢在你家地毯上大模大样地吐痰。开始吕建国不爱听，可渐渐地也特别烦村里那帮乡亲，尤其烦志河。进了家，浑身酒气的志河正躺在吕强的床上，四仰八叉地呼呼大睡，大脚片子朝着门，袜子也扒了，一股汗臭在屋里弥散。吕强没在家，一定是躲出去了，大概又跟女朋友跳舞去了。吕强大学没考上，小小年纪开始乱搞对象了，气得吕建国没话说。刘虹还挺惯着吕强，两人就这么一个儿子。

桌上留着刘虹写的一张条子，说她有事到厂里去了。吕建国看了就轻手轻脚地躺到沙发上，闭着眼想厂里的乱事。想着想着，脑袋就沉了起来，刚要睡着，就有人敲门。他迷迷糊糊地应了一声，方大众就满头大汗地跑进来，笑道：厂长，车找到了。

吕建国马上精神了，压着嗓子问：真的？你这个同学还真办事。

方大众朝吕建国伸手：厂长来根烟抽。我的烟扔在派出所了。

吕建国忙打开抽屉，掏出一包红塔山，扔给方大众：奖给你了，快说说。

方大众低声说：妈的，就是结婚时来的那帮人中一个小子偷的，把车卖给下洼村了。真他妈的胆大，把牌子换了就开出来了。也该着，派出所的去调查的时候，那辆车就在村边停着呢。

吕建国说：现在怎么着呢？

方大众说：派出所让去看车呢。

吕建国急道：那你就去一趟吧！

方大众笑：那我就去一趟。不过得请派出所的一顿吧，人家挺辛苦的。

吕建国说：行。你就看着办，也别太那个了，咱们是穷厂，工人们挣点钱血苦的，不容易。财务上也就一万多块钱，还是刚刚追回来的呢。

早春的太阳明晃晃的，可风还是挺寒的。吕建国一路上打了好几个喷嚏，就觉着今天又不顺。他这些日子挺迷信的，总觉得要出点什么倒霉的事。他昨天晚上在家里跟志河喝了一场，又差点被灌趴下。志河一身高档服装，要不是那口土话，真像个城里的大款。志河一劲夸吕建国，说当年村里那些知青，就数吕建国有出息。吕建国听得挺受用，就迷迷糊糊地喝多了。志河就提出要十吨钢材，吕建国就醒了些，说这种事他一个说了不算，得跟书记商量商量。志河就有点不高兴：你当厂长还说了不算啊。刘虹也在一旁说：建国你就给办办嘛！吕建国不好当着志河的面顶刘虹，就说过两天我给你话吧。现在厂里有几件烂事，等我处理出个眉眼来。志河就取出一个大信封，厚厚地往吕建国怀里塞，说是让吕建国买几包烟抽。吕建国酒就全醒了，忙说：咱们不闹这个，还不定办成办不成呢，要是来这个就成经济的事了。志河就尴尬地看刘虹，刘虹笑道：志河啊，建国可不是当年在乡下偷鸡的时候了，现在看不上这几个钱了。吕建国嘻嘻笑，没说话，心里骂刘虹爱小便宜，自己干这个要是传扬出去，在厂里就没法待了。

吕建国早上起来，已经把志河的事扔到脖子后头了，上班的路上就想着今天要拉上贺玉梅去找梁局长。梁局长总不能不给贺玉梅点面子吧。局里的人都知道贺玉梅跟梁局长好得不行，闲话委实不少。梁局长的爱人跑到局里闹过好几回了，为这事，才把贺玉梅放下来当书记的。可跟贺玉梅相处了这一阵子，吕建国又觉得这个人挺正经的，不像传说的那样啊？

一进贺玉梅的办公室，就看到贺玉梅和工会主席王超正在说什么呢，吕建国笑道：说我坏话呢？

贺玉梅抬头看看吕建国，说：正好，要找你呢。五车间一个工人的女儿病了，想借点钱呢。

吕建国连连摇头：不借不借。不是规定了嘛，私人一律不借款。

贺玉梅道：这次特殊。老王，你跟厂长说。

王超就说五车间小魏的女儿得了白血病，要做手术，得好几万块钱。小魏女人的厂子没效益，小半年不开支了。小魏还是车间的生产骨干呢。吕建国听完就闷住了，呆呆地抽烟。

贺玉梅想了想说：老王，工会能不能救济救济啊，你们不是还有工会经费呢吗？

王超苦笑道：那才几个钱啊。下个月就是三八妇女节了，我正在发愁给女工们发点什么呢，还想让厂长赞助我点钱呢。

吕建国摇头叹道：厂里真是没钱啊！这可怎么办啊？

三个人谁也不说话了，空气中有一种让人压抑的味道在弥散着。吕建国看着窗台上，那几盆花实在是该浇水了，叶子都蔫蔫的，好像要枯萎的样子。

王超想了想说：算了，我先跟医院说说，先让孩子住院啊。现在医院没押金不收。我小姨子的婆婆在医院当副院长呢，我先找找她吧。

贺玉梅笑道：太好了，有这个关系你怎么早不说啊。你快去吧。

王超走了。贺玉梅叹了口气：厂长，你看这事该怎么办啊？

吕建国痛苦地摇摇头：玉梅，我最近好像傻乎乎的，什么事都没主意。眼瞅着……算了，先不说这事了。先说怎么把那姓郑的小子弄出来吧，我都愁死了。操他妈的！

贺玉梅苦笑道：你跟我乱骂有什么用嘛。

吕建国也笑了：我是急得不知道怎么好了。咱俩去找找梁局长吧，真得让他说话了。他认识人多，找找人把那混蛋放出来，哪怕破费点呢。我得罪了他，我去跟他说好话。

贺玉梅道：就怕梁局长不管这事。梁局长滑着呢，这种破事他躲还躲不及呢，他肯往泥里踩啊？

吕建国一瞪眼：他是主管领导，不管怕是说不过去吧。

贺玉梅摇头叹道：厂长，你真是实在。行，咱们去一趟。现在就去？

刚刚出门，徐科长急步走来了，喊着：吕厂长，贺书记。

贺玉梅问：什么事？

徐科长说：昨天晚上抓住了，四车间的，六个工人，年前那台电机也是他们偷的。

吕建国大怒：人呢？

徐科长骂：几个王八蛋都让我关在保卫科了。我让人接着审呢。

贺玉梅忙说：老徐，你可不能打人啊！把事情弄清楚再说。

徐科长说：厂长，您是不是去看看啊。开除他们算球了。

贺玉梅说：开除不开除，你说了不算。老徐，你接着问。我得跟吕厂长去找梁局长。有事呢。

梁局长正在开会，吕建国和贺玉梅就在办公室等着。等了一会儿，吕厂长不耐烦，就溜到会议室去扒着门缝听。就听到里边正嘻嘻哈哈地说笑话呢。梁局长有声有色地说他们家楼上的市委宣传部长老孙，天天给老婆按摩，按摩得他老婆性起就乱叫，就跟老孙复习夫妻功课，复习得老孙面黄肌瘦，天天跟犯了大烟瘾似的。众人就乱笑。吕建国听了半天，没一句正经的，就气嘟嘟地回来了，见贺玉梅正看报纸，也拿起一张报纸看，也不知道看的是什么。

过了一会儿，走廊里乱响。吕建国知道散会了，忙站起来。梁局长端着个大茶杯走进来，朝两人笑笑：这会开的，学邓选，学着学着就扯开了不正之风。乱七八糟的，也没学多少。你们喝水不？

贺玉梅忙笑道：不喝。您快坐吧。我们就是那点事，请您去帮着跑跑。您答应了我们马上就走。

梁局长苦笑道：这事情你让我怎么跟人家张嘴啊？

吕建国赔笑道：不管您怎么去讲，反正您得赶快把人帮我们弄出来，那小子手里有咱们一千多万合同呢，不能为这事泡了汤啊。

贺玉梅也说：是啊，局长，厂里今年还指望这一千多万活命呢。

梁局长皱眉道：嫖妓这事就够操蛋的了，还打警察。你们怎么让老郭干这种事啊，找个理由推了就得了嘛，打打麻将什么的，跳跳舞什么的，再不行去洗洗桑拿浴，也挺过瘾的嘛！说着，就嘿嘿地笑。

吕建国红着脸说：您现在说什么不是也晚了嘛。

梁局长叹道：你们总是找麻烦。我去试试，可不一定行。你也别抱太大希望。对了，那车有信了吗？

吕建国答道：派出所说有点眉目了，看看怎么办吧。就说了方大众的消息。

梁局长道：找到了就好，不过，这年头我有个经验，凡事太顺了，就不是什么好事了。不定还出什么妖事呢，你们也别高兴太早了。

吕建国笑道：局长说得是。心里骂，你盼着我们出事才高兴呢。

梁局长看看表，就站起身：就这样吧，我抽时间去公安局找找。你们也别太指着我这块云彩下雨啊，这年头的事情真是不好办呢。再说企业早就转换经营机制了，什么事局里不管了，你们今后别再跟局里找麻烦了。边说边送贺玉梅和吕建国出来，他走在前边，眼角的余光看到梁局长好像在贺玉梅的腰上拧了一把。贺书记脸上笑着没吭气。吕建国就想传说梁局长和贺玉梅有那种事一定是真的了。

从梁局长那里回来，一路上贺玉梅皱眉想着，突然说：老吕，我想起来了，找老齐啊，公安局陈副局长是他党校的同学呢。我这脑子，真是乱了。

吕建国苦笑了：我早就知道，可是找老齐不如不找，他恨不得咱们出点事才好呢。有些人你就别指着他给成事，他不给你坏事你就算是念佛了。

贺玉梅笑道：你这人就是太倔，把人想得太绝对。我去跟他说。

吕建国笑道：你就去试试。

保卫科关着那六个偷铁的，吕建国老远就听见徐科长沙哑着嗓子乱吼乱喊：我操你们八辈祖宗！谁带的头，说！

六个人低着头，谁也不吭气。

说话啊！徐科长又炸雷似的吼了一声。

一个小个子站起来，沮丧地说："徐科长，反正事情犯了，您就看着处理吧，该怎么着就怎么着。"

徐科长一把揪住小个子的脖领子，狠狠打了一个耳光：你他妈的还嘴硬。

小个子栽倒在墙角，血就流下来。老徐怒气不息地冲过去，还要打。这时，吕建国进来了，伸手挡住老徐。

小个子就吼起来：姓徐的，老子犯了法有国家处理，也轮不着挨你小子的黑打。吕厂长，你都看到了吧。

吕建国骂道：怎么，你们不该打是怎么着？厂子穷兮兮的你们还鸡巴偷，偷谁啊？打得你们轻！

有人就低低地说：现在干活也没钱，总不能让人饿死吧。

吕建国冷笑：就你们怕饿死啊？全厂两千多人都不怕啊？你们看看你们自己那样子，送进公安局判个几年也不冤。

几个人就胆小了，领头的问：厂长，还真送啊，我们退赔还不行啊？

吕建国黑下脸来：先把东西弄回来再说。你们……

话没说完，门就开了，方大众探进头来，朝吕建国说：吕厂长，您出来一下。

吕建国吩咐徐科长：让他们每人都写交代材料，等候处理，转身就出来了。徐科长忙跟出来：厂长，怎么处理啊？开除吗？吕建国恨道：往哪开？都开到社会上去？他们找谁吃饭啊？吓唬吓唬算了。徐科长笑笑，就进去了。

方大众正在门口等他，吕建国笑问：弄回来了吗？

方大众气呼呼地骂道：操他妈的，真不像话，车是找到了，可是开不回来。

吕建国纳闷道：你没带司机去啊？

方大众说："司机也没去，老百姓把车轱辘都卸了，还差点把咱们的人给打了。人家说得也有道理，这车是我们花钱买的，我们不知道是偷来的啊。"

吕建国皱眉道：派出所的怎么说？

方大众说：派出所也没办法，李所长跟我说，不行厂里就掏点钱，赎回来算了。吕建国火了：赎？操蛋，我丢了东西还没理了？不赎，就跟公安局要，我就不相信，东西找着了还弄不回来了。跟派出所的去找他们县长。

正说得热闹，宣传部的叶莉一脸惊慌地跑来：厂长，您快去看看吧，四车间的一帮人在财务科乱砸呢。

吕建国急了：怎么回事？

叶莉皱眉道：听说是为小魏借款的事，冯科长说没钱，就吵了起来。四车间就来了一帮人，说为什么有钱让姓郑的去嫖娼，工人的孩子有了病倒没钱了，就动手打起来，把财务科砸了。

吕建国骂道：反了球的了，我看看去。撒腿就跑。方大众忙跟上去。

财务科真是乱套了。几个工人把冯科长推搡到墙角，冯科长挨了几下子，头碰到桌子角上，血都冒出来。工人们开始乱砸，冯科长头上淌着血，嚷着：别乱来，别乱来啊。没人听他的，一会儿工夫，财务科已经一片狼藉。

吕建国赶到的时候，楼道里塞满了人，都是看热闹的。有人还起哄喊着：打啊。吕建国气得心里直哆嗦，眼睛红红地吼了一声：都干活去！有什么好看的！

众人忙让开一条道，吕建国进了财务科。就听到有人喊：厂长来了。

吕建国先把倒在墙角的冯科长拉起来，火冒冒地吼道：你们要造反啊？又对身后的方大众说：你先把老冯送卫生所去包一包。方大众就架着冯科长去了。

工人们都不吭气了。有人悄悄地从地上捡起账本放到桌上。

吕建国红着眼睛喊道：咱们都穷成这样了，你们还折腾？能折腾出钱来也行，我跟大家一块折腾！有事说事，这是干什么？谁带的头？站出来，有汉子做就有汉子当。

没有人吭气。

吕建国冷笑道：刚才的勇气都哪去了？砸了就是砸了，怕个球，站出来！

车间主任于志强红着脸走出来：厂长，是我带的头，你别骂了。该怎么办就怎么办吧，我就是恨有些当官的不能一视同仁。

吕建国看着于志强，就愣了，于志强平常给他的印象挺不错，小伙子干活肯卖力气，刚刚提了车间副主任。

吕建国黑了脸：于志强，你知道这是什么性质的问题吗？

于志强闷在那里。有人嚷嚷起来：这事不能怪于志强，是我们一块来的。

吕建国看着于志强：你要是相信厂里有钱，你要是相信我姓吕的看着小魏的孩子住院不肯掏钱，你就当着众人打我吕建国的耳光！

于志强被吕建国说愣了，呆住了。

吕建国看看大家，难受地说：我这个厂长没本事，你们想打就打，想骂就骂，可别砸东西啊。咱们厂经不起折腾了。小魏的女儿得了白血病，你们以为我心里好受啊？我……可是……

吕建国声音就涩住了。他顿了顿：我说句没出息的话吧，现在大家指望不上厂里，咱们自己帮帮自己吧。于志强，你负责给小魏募点钱。说着，就从兜里乱七八糟地掏出一把钱来，几个钢镚蹦蹦跳跳地跑到桌子下面，吕建国弯腰捡起来，又把手表卸了，放到于志强手里，颤声说：志强，我就这些，算是带个头，大家也捐一点，就算厂里动员大家了。说着，就弯下腰去，深深给大家鞠了个躬。

屋里一片死静。吕建国转身出来，他听到有人哭了，呜呜的。

起风了，这个季节是个刮风的季节。浑浑黄黄的大风生猛地扬起来，烈烈地扑打着窗子。太阳软软的，像一个破了口的西红柿，鲜血般的汁液，在西天上弄得一片狼狈，一片零零乱乱的红。

贺玉梅今天决定继续跟踪谢跃进，看看他到底去哪？

那天他在百货公司门口碰到了贾小芹。贾小芹原来是局团委的干事，跟贺玉梅一起干了好几年，前年放下去当了副厂长。可那破厂子不行，一年多不开支了，厂子就放了长假，贾小芹找贺玉梅说了说，就去谢跃进的公司打工了。贾小芹告诉贺玉梅，公司现在有好几个女人整天缠着谢跃进，让贺玉梅小心些，现在这些小姐们可是不像咱们做姑娘的时候了，疯着呢。贺玉梅听了心里就更乱了。

今天谢跃进早上起来说：我中午不回家吃饭了，有客人。贺玉梅道：你最好天天有客人，我可省饭钱了。谢跃进苦笑道：我现在都吃怕了，真想天天回家吃点素的，贺玉梅心里好笑，就说：我们厂办主任老郭就跟你一样的，天天陪客吃白食，还卖乖。什么吃得太痛苦了，好像让你们去受刑似的。谢跃进笑笑，提着包就下楼了。贺玉梅感觉谢跃进已经出了楼门，就给吕建国打了个电话，说家里有事晚去厂里一会儿。放下电话，就跟了出来。

太阳亮亮的，街上没有风，真是一个好天气，街道两边的柳树都悄悄地抽条了。贺玉梅远远尾着谢跃进，拉开一百多步的距离，就看到谢跃进在路边招手喊住一辆出租车。贺玉梅也忙喊住一辆出租，上了车，司机是个大胡子，问道：小姐去哪？贺玉梅说：跟着前边那辆黄车。大胡子看看贺玉梅，笑笑，就

尾着那辆黄车跑起来。

谢跃进进了一家酒店。贺玉梅急忙下车跟进去。大胡子在后边喊她，她才记起没付钱呢，忙掏出一张五十元的票子让大胡子找。大胡子磨磨蹭蹭地找钱，贺玉梅急道："快点啊师傅。"等大胡子找完了钱，贺玉梅已经看不到谢跃进的影子了，就在酒店里乱转着，转得眼花缭乱，觉得酒店就像一个装满了各种杂物的衣兜，谢跃进被装进去，就很难一把再掏出来。一个服务小姐走过来，朝贺玉梅笑道：您好。找人吗？

贺玉梅忙笑道：请问东方公司的谢跃进经理在哪儿？

服务小姐笑笑：请跟我来。就款款地走进了一个雅间。贺玉梅跟进去一看，一个二十多岁的女人正搂着谢跃进的脖子喝交杯酒呢。贺玉梅气得声音都颤了，怒喝一声：谢跃进！

谢跃进猛地回过头来，惊讶地张大了嘴：你怎么来了？

贺玉梅嘿嘿冷笑道：我怎么就不能来啊？！就看看那个女人，那女人嘴唇抹得刺眼红，满不在乎地看着贺玉梅。一桌人也都呆呆地看着贺玉梅。

贺玉梅恶笑道：谢跃进，我搅了你的兴致了吧。你跟这种臭女人在一起也不怕着上点什么病啊？

那位小姐拉下脸问谢跃进：谢总，这人是干什么的？

贺玉梅骂道：滚一边去，你他妈的算干什么的？

谢跃进气得浑身哆嗦，他吼道：贺玉梅，你还像个有知识的人吗？我这里谈业务呢，你……

贺玉梅嘿嘿笑道：谈业务？我今天就让你业务业务。一伸手，把桌子掀了，响起一片瓶子盘子的碎裂声。满桌子的人都慌得四下散开，谢跃进气急败坏地过来跟贺玉梅抓挠在了一起。人们都傻傻地看着两个人打，这时慌慌地进来一个白胖白胖的男人，使劲把贺玉梅拉开了。贺玉梅认识这个白胖子，这人是这家酒店的老板，姓马，去过贺玉梅家。马老板气喘喘地赔着笑，贺小姐，贺小姐，消消气啊。

贺玉梅冷眼看了一眼马老板：你刚刚叫我什么，小姐？这年头婊子才叫小姐呢。转身就走。

下午一上班，吕建国先去了贺玉梅的办公室。进门就说：玉梅啊，你昨天不是说老齐公安局有熟人吗？咱们去求求他吧。他突然发现贺玉梅脸黄黄的，惊问道：你脸色怎么这么难看啊？病了？

贺玉梅强笑道：没事。

吕建国问：是不是又跟老谢生气了？

贺玉梅笑道：像你这样天天咒我，没事也让你咒出事来的。

吕建国笑了：没事就好。怎么样？咱们是不是去求求老齐啊？

贺玉梅说：就怕他不办事，还看热闹。

吕建国叹道：试试吧。

贺玉梅站起身，突然又想起什么，就开了抽屉，拿出一个纸包递给吕建国。

吕建国问：什么啊？

贺玉梅说：这是一万块钱，我放着也没用，谢跃进能挣。就捐给小魏的孩子看病吧。你别说是我捐的，省得工人们说闲话。

吕建国呆了呆，忙说：这不行，太多了，老谢挣钱也不容易的。

贺玉梅苦笑道：屁，他们挣钱跟玩似的，算了，不说这个了，越说越上火。

贺玉梅说："你只当是打土豪了。"吕建国看看贺玉梅，一时不知道说什么好，就拿着那钱苦笑道：那我就处理了！就转身去办公室把钱锁了，然后两人就去了齐志远的办公室。一进门，齐志远正在给宣传部的叶莉看手相呢。

叶莉这女人长得太妖，总让男人色眯眯的，又特别爱跟男人犯贱，有事没事总往齐志远的办公室跑。她原是车工，上了两年文科函大，毕业后就想进机关，前任许厂长看中了她，调她到宣传部搞党员教育，机关里关于她和许厂长的闲话特别多。许厂长下台后，她又搭上了纪委书记齐志远，两人混得挺热乎。去年宣传部长老李退休了，齐志远就提议让叶莉上，贺书记没同意。吕建国还想着今年机关精简把她减下去呢。

齐志远抬头见厂长书记两人进来，有点不好意思地笑道：我最近正在研究周易，拿小叶练练技术。你们二位不算算？

叶莉忙站起身：齐书记算得真是准哟。

贺玉梅笑道：小叶，你就让齐书记骗你吧。全是胡说八道，没一句是真的。

叶莉笑道：是说得准呢。又对吕建国笑道：厂长，刚刚市委宣传部打电话来，说省报明天有两个记者要来采访，关于国有企业如何走出困境的话题。你见不见啊？

吕建国苦笑道：我现在就困境着呢。你就说我不在。

贺玉梅说：不见。不怕人家笑话，现在咱们真是饭都管不起了。

叶莉笑道：那就算了。转身走了。吕建国就坐在齐志远对面：老齐，我听说公安局陈局长是你的党校同学。你是不是求求他，把那个姓郑的王八蛋弄出来。

贺玉梅笑道：老齐你真得出山了啊。

齐志远笑道：厂长，姓郑的这种鸡巴人，就该抓进去，蹲上几年。咱们还给他跑这事啊？算了吧。

吕建国就苦笑说：老齐，不是我这人犯贱，他手里不是有咱们一千多万的合同吗？

贺玉梅也赔笑：就是，老齐，就找找你的那个老同学吧。

齐志远摇头道：真是，我不想为这件破事去求人。不够丢人的呢。

吕建国看看齐志远一脸不肯通融，就说：那就算球了。转身出去了。贺玉梅走在后面，突然又回过身来，问：老齐，说实话，你是想看老吕的笑话吧。

齐志远窘住了：贺书记，别瞎说啊。

贺玉梅笑道：别不说实话，你和老赵都想让老吕早点滚下台呢。其实，老吕也是瞎操心，要是换上我，就不为这么个半死不活的破厂操心，谁们家的啊，还让别人暗着解气。说完，掉身就走。

齐志远脸就红了，笑骂道：贺书记，你怎么也跟吕厂长学坏了，嘴里也吐不出好话来了啊。

晚上临下班的时候，吕建国给四海商行打电话要钱。一劲在电话里说好听的，最后泄气地把电话放了，骂道：操他姥姥的。

齐志远、贺玉梅一前一后进了吕建国的办公室。

吕建国淡淡地看了齐志远一眼，问道：有事？

齐志远笑道：老吕，我跟我那个同学说了，今天晚上在鸿宾楼谈谈放人的事。

吕建国一怔，喜道：老齐，真是得谢谢你。这事还得你出马。

齐志远笑道：怎么说也是咱们厂的事情。我要是不办，大家都得骂我。再说真是要发不出工资来，我也是一份啊。

吕建国没想到齐志远一下子变得这样，竟怔住了。

齐志远笑道：厂长，你是不是信不过我啊？

吕建国忙笑：看你说的。

贺玉梅苦笑道：老齐，这一桌子得多少钱？咱们厂可是真没钱了。你这个同学好不好打发啊？

齐志远想了想：我去组织部借点党费吧。财务是没钱了，说完就出门走了。

吕建国苦笑：党员们要是知道咱们拿着党费去吃喝，而且还是给嫖娼的去走后门说情，不定骂咱们什么呢。

鸿宾楼是市里一家很有名的餐馆，据说请的是京城的名厨，价钱也很厉害，但是每天仍然食客如云。齐志远带着吕建国、贺玉梅到了鸿宾楼。贺玉梅说：老齐，你来过不少回了吧。

齐志远笑道：反正只要有人请，我就吃。齐志远在市委党校进修过，同学大都是头头脑脑的，平常总爱搞个小聚会，到处乱吃，乱找地方乱报销。进了餐厅，服务小姐好像跟齐志远很熟悉，微微笑着把他们三人让进了一个雅间。

陈局长还没来，三个人就坐着喝茶。吕建国笑道：老齐，这地方来一家伙得多少钱啊？

贺玉梅笑道：厂长你别害怕，钱不够，就把老齐押在这儿。

吕建国就看墙上挂着的一张画，一个外国女人，全身光光的，挺招人的眼神看着他们三个人。吕建国就笑骂：操蛋的，好像是干那个的吧。

齐志远就笑：厂长，您这叫什么眼神啊？这可是艺术品啊。

正要再说笑，就听到外边有人说话。齐志远忙站起身：来了。就迎出门去，引进来陈局长。

吕建国和贺玉梅忙站起来跟陈局长握手。

陈局长看看表，笑道：真是紧赶慢赶，还晚了十分钟。东城下午杀了一个出租车司机。

贺玉梅惊讶道：又杀人了？

陈局长骂道：这两年事出得太多，操蛋的。头春节到现在，我几乎就没睡过一个安生觉。

齐志远笑道：我也没见你瘦了。

一个亭亭玉立的服务小姐进来，微微一笑：几位点菜吗？贺玉梅笑道：点。就把桌上菜谱递给陈局长：陈局长，您点。吕建国也忙说：陈局长，点吧。

陈局长笑道：随便吧。不好让你们破费了，听老齐说，你们厂也太穷了。

吕建国就笑：再穷也不能穷了嘴，再苦也不能苦了胃。点。陈局长，咱们是头一回，一定得好好喝喝。

齐志远笑道：厂长，算了吧，你这话要是让工人听了，非得挨揍不可。老陈总在外面吃，今天就是坐着说说话，我来点。就拿过菜谱点了起来。

贺玉梅笑道：老齐你真是的，让陈局长点几个嘛，你知道他爱吃什么啊？

齐志远笑说：今天听我的。就点了几道便宜的菜，又要了两瓶古井贡。然后对服务小姐说：先吃着，不够再说。

贺玉梅给陈局长倒了杯茶，四个人闲扯社会治安。吕建国就想着怎么开口

讲放人的事。菜上来了，齐志远起身忙着开酒瓶子。贺玉梅说不能喝，想喝饮料。陈局长笑道：不喝饮料，坐在一起就都喝一样的，现在女同志更能喝，都是改革改的。大家就笑。贺玉梅笑道：那我今天就舍命陪陈局长了。

四人连着干了三杯。吕建国就说了求陈局长放人的事。桌上的气氛有些紧张，齐志远看着陈局长：老陈，帮个忙吧。

贺玉梅叹道：真是没办法，我们还指着那小子吃饭呢。

陈局长对吕建国说：这人我们真是不好放，放了他，就等于给社会上的一些王八蛋长了志气，以后我手下的还不得让人随便打啦。换了你，你肯干吗？

吕建国苦笑道：陈局长，我也知道不该来找您，可是我实在没办法。刚刚贺书记也说了，我们厂两千多职工还指着那个王八蛋一千多万的合同过日子呢。现在外面欠我们好几百万，也弄不回来，工人们等着吃饭啊。那天几个工人找到我问，厂长，我们要是没干活也行，可是我们辛辛苦苦干了，还是一分钱也拿不到，这叫什么事啊？吕建国眼圈红了，说不下去，猛地喝了一杯酒。

齐志远赔笑道：老陈，你就给我一点面子吧。我们真是不容易啊。现在都说当企业家的能捞，你是没到吕厂长家去看过，穷兮兮的。他这个破厂长当的，别提多窝囊了。

吕建国心里一热。没想到齐志远能说出这样几句话来，他感激地看了齐志远一眼，接过话头：真是像齐书记说的，陈局长，要说我心里话，我恨不得你们枪毙了那个王八蛋。可我得为厂里两千多口子的嘴发愁啊，这……说着泪就淌下来。吕建国抬手去擦，可流得更猛了。吕建国就转过脸去，贺玉梅的眼睛也红了。

陈局长目光就软下来，叹口气：老吕，我看你这人也是个实在人，不像是那种不管工人死活的东西。你别急了，人，我想办法给你弄出来。掏出无线电话，拨通了，就说：刑警队吗，我是陈志雄，找杜洪。杜洪啊，那天打咱们人的那几个怎么处理的？什么？这么快？嗯，行，我下来再找你吧。陈局长脸灰灰地放了电话。

齐志远忙问：怎么回事？

陈局长叹道：不好说了，案子报到省里去了。怕是……

吕建国怔了怔，苦笑道：陈局长，您尽了心了。您的人情我领了。

陈局长想了想：我再想想办法。吕厂长、贺书记，你们别着急。操蛋，这事也就是晚了一天，我一准给你们办了。就仰脖干了一杯酒。

齐志远苦笑道：老陈，你这酒可不能白喝啊！你还得再想办法啊。

吕建国看看齐志远，心里热了一下，觉得老齐这人还是挺好的，自己不该跟他闹不团结的。

回到家里，刘虹刚刚吃过，见吕建国进了门，就说：志河走了，人家可是放下话了，过两天就来车提货呢。到底有戏没戏啊？

吕建国不耐烦地说：行了行了，快别烦我了。

刘虹不高兴道：全世界就好像你一个人忙似的，不就当了个破厂长吗？

家里的气氛一下子就沉下来，三口人呆呆地吃饭。吃完了，刘虹就进屋了，吕建国就去洗碗。吕强忙过来说：爸，您歇会儿吧，我来干。吕建国一愣，看了吕强一眼，吕强朝他笑着。吕建国心里一动，感觉儿子长大了，懂事了，就笑笑：好，好。就退出来，坐在沙发上看《新闻联播》。还没看出中央领导跟哪国的贵宾亲切友好地谈话呢，桌上的电话就响了。

是方大众从派出所打来的。方大众气呼呼地说：我们刚刚从县里回来，那辆车的事还是挺不好办，跟农民讲不出理来。那个县的县长就向着他们，说是要保护农民利益。那个操蛋的乡长更不讲理。厂长您说这事还怎么办啊？操他妈的地方保护主义！

吕建国恨道：你就别乱操了。明天我去看看吧。把电话放了，又给厂汽车队打了个电话，明天一早要车去县里，先找他们的乡长。

一路上风景真是不错。田野里的麦子都探头探脑地钻出来了，绿绿的让人爽眼。吕建国想起当年下乡帮老百姓拔麦子的情景，就骂出声来：怎么这年头老百姓也都学坏了啊。

方大众笑道：您骂谁啊？老百姓还骂呢。这年头好像谁都不高兴，真是邪了。

吕建国想起来：您带上钱了吗？弄不好咱们得请兔崽子们一顿呢。

方大众苦笑：人家吃不吃你的请还是回事呢！

三十多里路一个多小时就到了。车子拐进了韩庄乡政府，就见一群农民正在乡政府门口吵吵什么呢，一群鸭子呱呱乱叫着，在院子里乱跑。

方大众把吕建国领到乡长办公室，门虚掩着，方大众敲敲门，里边传出一个细细的嗓音：操蛋的，敲鸡巴什么啊？

门开了，一个白胖子一脸不高兴地走出来，见到方大众，就说：你又来了？

方大众忙说：谭乡长，这是我们吕厂长。

吕建国忙上前跟谭乡长握手。谭乡长笑笑：屋里坐吧。

吕建国走进屋里，闻到满屋子酒气，就看到了办公桌下边一堆酒瓶子。屋里挺乱的，墙上挂着几面奖旗，什么先进之类的。

吕建国坐在靠墙的沙发上，笑道：谭乡长，我是来讨我们厂那辆车的，还请您多多帮忙啊。

谭乡长笑道：昨天方主任和两个公安的同志来过了，真是不好办啊。我们那家企业也是受了骗啊。

吕建国说：谭乡长，这车我们一定要带回去的，我们是个穷厂，还指着这辆车干活呢。现在国有企业也真是不容易啊。

门被轻轻推开了一个缝，一个妇女探进头：乡长，还开会不了？

谭乡长嘻嘻笑道：开你娘那脚，都把你们计划了。等着去吧！那妇女就笑着跑了。

谭乡长说：吕厂长，您也不容易，这我知道。可是老百姓也不容易啊，好容易攒俩钱，买辆车，你说是赃物，就弄走，真要是死两口子人咋办啊？您也替我想想。换换个，您能不管不顾去把车弄出来就让人家带走吗？

吕建国看着这个白白净净的乡长，总觉得他像某部电视剧里的太监，直想骂，可是脸上还得赔着笑：谭乡长，真是请您帮帮我们，我们厂真是太穷了。

谭乡长扑哧笑了：不能吧？穷厂还能买这种高级车啊？

吕建国叹口气：这不是图个脸面嘛。人是衣裳马是鞍嘛，不买车，人家看不起你，谁还跟你谈生意啊？

谭乡长看看表，起身说：吕厂长啊，您看这事是不是下来再商量，我还有个会，真是不好意思了。就坐到办公桌前，拉开抽屉乱找，也不知道找什么，嘴里还一个劲骂着脏话。

吕建国强笑道：好的，下来再说，您忙吧。就退出来。

上了车，方大众问：咱们去哪？

吕建国说：上县委，找那个鸡巴县长去。

贺玉梅听吕建国说了去要车的经过，就笑：你真是行，没让人家打一顿就算是便宜了。

吕建国骂：打人？我还想打人呢。那个姓门的县长简直就是个混蛋，你跟他说东他说西，最后还发脾气，说他不管这些破事，说完就躲了。操蛋哩！正说着，王超进来了，笑道：两位领导都在，市工会知道了章荣的病，体谅咱厂的困难，拨下来三千块钱，让给章荣看病。

吕建国高兴道：真是不错。给章荣送去了吗？

王超苦笑道：章师傅不收啊，让把这钱交到卫生所，给卫生所进药。可人家市工会说，这是特批款，专款专用的。

吕建国说：那当然，章师傅是省管劳模。走，咱们一起去看看他。

章荣住的还是厂里的旧宿舍，本来早想把这破楼拆了重盖，可总是没钱。楼道里的墙皮都已经剥落了，露出灰灰的水泥，还用粉笔写着某某小王八大王八之类的骂人话。吕建国记得，章荣早就应该搬进厂里的新宿舍，可是章荣让了几回，就一直没有搬成。吕建国心里酸酸的，现在像章荣这样的老工人真是不多了啊。

进了章荣的家，一股呛人的中药味扑得吕建国要呕。

章荣的儿子章小龙迎出来，懒懒地点头道：领导们来了，屋里坐吧。

屋里光线挺暗，窗帘拉着。章荣正躺着，就睁开眼问：谁来了？章小龙忙说：厂领导来看您了。就过去把窗帘拉开，太阳光软软地漫进来。吕建国看到玻璃坏了两块，用纤维板钉着呢。灰灰的墙上贴着好些奖状，纸都泛着黄，有些已经看不出日期了，吕建国感觉那好像是上一个世纪的故事了。

章荣撑起身子，笑道：快坐啊，小龙，给领导们拿椅子，沏点水来。章小龙就出去了。王超追出去：小章，别忙了，我们不喝。

吕建国凑到床前，笑道：好些了吗？整天瞎忙，也没顾上来看您。

章荣笑道：没事的，让领导操心了。老球的了，不中用了。想起咱们搞大会战的时候，就跟昨天似的。

吕建国笑道：可不是嘛！一眨眼，我都快五十岁了。

章荣笑笑：您那次为了赶活，出了废品还不想返工，我扣你的红旗分，你还哭鼻子哩……说着，章荣剧烈地咳嗽起来，脸立刻涨得通红。

章小龙忙过来给他捶背。吕建国摸摸章荣的额头，吓了一跳：章师傅，你发烧呢。

章荣笑笑：没事，一会儿泡点姜汤就行了。

贺玉梅说：章师傅，还是去住院吧。厂里都联系好了啊。

章荣说：我这病住院也不行了，就在家待着吧。我是真怕死在医院里。说着又咳嗽起来。

王超急道：章师傅，市工会拨给您的特款，让您住院的，您还是去吧。这不，厂长书记都来劝您了。

章荣摇摇头：不去了。我都这样了，干啥还糟蹋那钱啊。

吕建国看看章荣，眼睛就红了，叹道：章师傅，说什么还是要住院的，你

是咱厂的老模范了，你不去，工人们要骂我们的。

章荣叹道：算了，厂长，是我自己不去的，谁骂你们啊。厂里对我挺好的，我满意着呢。现在厂里这么紧张，我这破病还治个什么劲啊？不给厂里添乱了。

吕建国说：您看病这点钱还是能挤出来的，再说市里也给了些钱专门给您看病的。

章荣还是摇头：不行，我知道厂里那点钱，都是工人们一分一分挣来的，我不能全扔在医院的病床上。市里要是真给点钱，就给咱厂的卫生所进点药吧。我听说现在卫生所连感冒药也没了，这怎么行啊？……

章荣说着又剧烈地咳嗽起来。

吕建国再也忍不住了，泪就流了满脸，说了声：章师傅，您歇着吧。就起身告辞。

章荣突然喊住吕建国：厂长，你站下，我、我有话说。

吕建国一脸泪水地回转过身：章师傅，您说。

章荣看看吕建国和贺玉梅：我老了，有今天没明天的，肚子里有句话，你们当领导的比我想得长远，我说得对不对的，就……

贺玉梅忙扶住章荣：您慢慢说，有什么困难就提。

章荣吃力地摆摆手：我没困难。我是说厂、厂里现在挺难的，你们千万顶住这一段困难，什么事情也有个潮起潮落的，别觉得天都要塌了，我说得不好，毛主席怎么说来着……

吕建国心头一阵痛热，他一下子抓住章荣的手，颤声道：章师傅，您说得对。您……吕建国的泪刷刷地流下来。

从章荣家回来，几个厂领导闷闷地坐在办公室，吕建国突然抓起电话，让徐科长来一下。不一会儿，徐科长就颠颠地跑来，一进门看出气氛不对，小心地问吕建国：厂长，有事？

吕建国恶恶地说：老徐，你明天就把赵明的饭馆给封了。告诉他，三天之内把十万块钱交来。

徐科长看看齐志远。齐志远望着窗外，不说话。窗外灰灰的，天渐渐阴死了，太阳胆怯地躲进了云层。

徐科长问：他要是真不交呢？

吕建国恶笑一声：你就让他滚蛋。你告诉他，就说这话是我姓吕的讲的。

徐科长答应一声就出去了。贺玉梅想了想：厂长，四海商行的钱也该再去要要了。

吕建国想了想说：我去一趟四海商行，找找那个姓赵的混蛋。这六十几万不是个小数啊。

贺玉梅叹道：怕是不好要啊！

吕建国说：不行就跟他打官司吧。

齐志远苦笑：赵志高那小子是个人精。他现在有好几个企业，跟咱们有关系的那个四海商行早就是个虚名了，法院就是查封，也掏不出几个子儿来，他盼着跟咱们打官司呢。再者，我听说他表姐夫就是法院院长。

吕建国骂：我操他妈了。这叫什么事啊？

一上班，贺玉梅就进了吕建国的办公室，进门就笑：厂长，你猜我找到谁了，这回准能治了那个姓谭的。

吕建国笑道：除非你找到了他爹。不过他听不听他爹的，也难说哩。

贺玉梅笑道：他不听他爹的，他得听县太爷的。

吕建国摇头苦笑：算球了，那个县长我上次就碰过了，也是个混蛋，根本不讲理。他能向着咱们说话？

贺玉梅坐下喝了口水，笑道：三车间乔亮告诉我，他们车间岳秀秀是那个姓门的县长的亲外甥女，我见岳秀秀了，岳秀秀说没问题，她姨夫肯定给办。她刚刚给姓门的打了电话。

吕建国一下来了精神：操，真这么简单啊。

贺玉梅说：一把钥匙开一把锁，说简单就真简单。

吕建国说：那你去一趟吧，上次我跟姓门的差点吵起来。我一去，别再把事情办砸了。

贺玉梅到县里的时候，正是中午。贺玉梅想，正好把门县长请出来吃顿饭。到了门县长的办公室，门县长正跟几个人说话呢，见到岳秀秀就忙让那几个人走了，跟岳秀秀嘻嘻哈哈笑着，聊着家长里短。岳秀秀说了要车的事，门县长笑道：你怎么管这事啊？岳秀秀说：我在厂里负责呢，我不管谁管啊？门县长笑道：真的啊，早知道是这样一个关系，我早就让他们把车放了。说着，才看到贺玉梅。岳秀秀介绍了贺玉梅，贺玉梅笑着说：真是不好意思，我们办不了，只好麻烦您了。就说了谭乡长的态度。

门县长骂道：操，还挺牛的哩。放心，这事我给你们办了。对了，你们还没吃饭吧，咱们先吃饭去，就喊来一个瘦男人，门县长说：李秘书，你去打电话把老谭给我喊来。李秘书转身走了。贺玉梅笑道：不忙，咱们先吃饭吧。

门县长说：不是我着急，我上次开会听他们念叨了几句这件事，你们厂一

个姓方的和一个姓吕的也来找过我。要是不赶紧找老谭，他们就敢再给你卖了球的。到时上哪找啊？

贺玉梅心里一紧张，脸上笑道：那真得快点，这年月什么都讲改革速度，真要是卖了，我们可就惨了。

门县长就带着岳秀秀贺玉梅去了县委门口的饭店。进了门，老板慌慌地迎上来：县长，您吃饭啊？门县长笑道：临时来了几个亲戚，在你这闹一顿吧。老板忙笑道：平常请也请不到您呢，我说昨天晚上做梦听到喜鹊叫呢，敢情今天有贵客来啊。门县长哈哈笑：操蛋的，你可真会说好话。几个人就进了雅间。门县长也不看菜谱，乱点了一气，老板就让人把菜端上来，又端上两瓶五粮液和两盒红塔山，客气了几句，就退出去了。贺玉梅心里就害怕，怕一会儿结账钱带得不够。小岳撒娇说：姨夫，这事您可真是给办了啊，要不厂长可得扣我的工资啊。

门县长笑道：外甥女的事，我还能不管啊。来，贺书记，喝酒喝酒。我这个外甥女你可得照顾着点啊。贺玉梅忙笑道：您放心好了。

吃过饭，贺玉梅忙去结账。门县长拦住她，笑道：贺书记，到我这地面上还用你结账啊。就对老板说：先记在农业局吧。老板笑道：您甭管了。就忙着送他们几个出来。

贺玉梅觉得喝得有点多了，头晕晕的，就笑着说：看起来，真是当个县长好，一方土地，说了算啊。

门县长笑笑：您是没见我受治的时候呢。

回到县委，刚在门县长屋里坐了，李秘书就进来说：县长，谭乡长来了。门县长点点头：让他进来。

李秘书出去，一会儿，谭乡长就进来了，进门就笑：县长，您真是改革作风啊，连饭也不让我吃好啊，今天您得请我。又朝贺玉梅、小岳笑笑。

门县长哈哈笑了：你小子还用我管饭啊。坐吧，这两位找你有事呢。这是贺书记。就掏出烟来扔给谭乡长一支。

谭乡长点着烟，傻怔怔地笑问：县长，什么事啊？

门县长瞪眼道：什么事？你还好意思说，偷了人家的车，还不给人家。咱们县的脸快让你们丢球的光了。

谭乡长笑道：刚刚李秘书跟我讲了，县长，不大好办啊。谁知道是贼车啊，要知道是贼车，白给也不敢要啊。现在也不能说拿走就拿走啊，吴大水那个愣头青还不得跟我玩命啊？

门县长笑道：谁敢跟你玩命啊，说得吓人乎拉的。

谭乡长说：门县长，这事真是不好办。那车是吴大水花三十万买来的，手续都全，硬给他拿走，他真怕是接受不了。

门县长哈哈笑了：屁话。三十万？哄鬼呀？吴大水那个鬼精，我还怀疑他给钱没给钱呢！别废话了，这事你去办吧。这是我外甥女的车，你去告诉吴大水，他要是不放车，就是不给我老门面子，我还真就不要了。

谭乡长尴尬地站起身，朝贺玉梅笑道：上次您厂里的那位吕厂长找过我的，您能不能出几万？五万行不行？

贺玉梅心想这个姓谭的真够难缠的，笑了笑，刚想说几句没钱的话。门县长就火了：贺书记，你别理他，这小子见谁都想割一刀的。

谭乡长哈哈笑了：县长，我真是斗不过您的。好吧，既然县长发话了，我料定吴大水屁都不敢高声放一个的。我明天把车给您开到县委来。就朝贺玉梅笑笑，出门走了。贺玉梅有点愣，没想到这事就这样有一句没一句开着玩笑就办了。

门县长朝贺玉梅笑道：那您就住一夜吧。明天一早他就送车来。

贺玉梅笑道：还是您面子大。

门县长说：大个屁，我要不是县长，他们才不理我呢。

岳秀秀笑问：姨夫，他们明天要是不来呢？

门县长眼睛一瞪：敢？过明天中午我都饶不了他们。

吕建国正在给那几个要账回来的人开会呢，贺玉梅在门口探头。吕建国忙起身出来，贺玉梅笑道：车开回来了。就把事情跟吕建国说了个大概。

吕建国高兴道：行，真是有你的。你先回去歇歇吧，我看你累得也够呛。

贺玉梅笑说：我真得歇歇了，那个姓门的可真是个酒桶，昨天真把我灌坏了。

贺玉梅进了家，就想躺下睡一觉。躺在床上，又给妹妹打了个电话，问问谢跃进这两天的行踪，自上次在酒店闹了那一回，谢跃进就没回家。

贺芳不在公司，一个女的接的电话，说贺芳住院了，两天了。贺玉梅吓了一跳，忙问贺芳怎么了。那女的说：我知道怎么了？我又不是她妈。你愿去就去看吧，妇产医院。

贺玉梅更是吓坏了，就问：妇产医院，她住妇产医院干什么？

那女的好像跟贺芳有深仇大恨似的，干硬硬地冷笑道：你这人好烦啊，你去看看不就明白了嘛。

贺玉梅一点睡意也没有了，慌慌地跑到街上叫住一辆出租就朝妇产医院去。一路上没头没脑地乱想，越想越怕，直到进了病房，看到谢跃进正坐在贺芳床前，她仍是没有反应过来，脑袋木木的。贺玉梅急急地问贺芳：怎么回事？你怎么住这儿了？

贺芳脸色苍白，朝贺玉梅笑笑：我没事。你怎么知道的？

贺玉梅喘着气说：我出差刚回来，打电话说你住院了。又看看一旁的谢跃进，贺玉梅心里突然跳了一下，似乎明白了些什么。看看贺芳，再看看谢跃进，贺芳头歪向一边，流下泪来。贺玉梅猛地搞清楚什么了。

谢跃进尴尬地站起身，笑笑：玉梅，你待一会儿吧。我还有点事，先走了。

病房里只剩下了姐妹两个了，空气有点发紧。贺玉梅低低地叫了声：小芳。贺芳回过头来，两人呆呆地互相望着。

贺玉梅叹口气：芳芳，你都让我糊涂了。你和谢跃进到底怎么回事？

贺芳突然不哭了，冷笑一声：姐姐，你既然全知道了，还说什么蒙在鼓里。你让我说什么？我喜欢他。但我并不想在你们中间惹是生非，否则，我决不会打掉这个孩子的。

贺玉梅叫起来：什么？你真的有了孩子？

贺芳淡淡地说：你放心，我不会让他跟你离婚的。

贺玉梅只觉得头疼得厉害，全身颤抖。她怒吼起来：你不该这样啊！你知道谢跃进在外面搞着多少女人吗？

贺芳冷冷地说：你别乱吵乱嚷。他没有欺骗我，是我情愿的。你别恨他，是我自己对不住你。

贺玉梅静下来，看看贺芳：好吧，你先住院吧。就往外走。走到门口，又回过头来：小芳，也许他在你眼睛里是个什么了不起的。但是在我眼睛里他很不值钱，你愿意跟他，我拱手让给你。就摔门出去了。听到病房里传出贺芳的哭声，贺玉梅脚步迟疑了一下，还是大步走了。

到了医院门口，看到谢跃进正在那里推着摩托车抽烟呢，似乎是在等她。贺玉梅没理他，取出自行车就要走。谢跃进跟上来：玉梅，你听我说。

贺玉梅哽声道：你还想跟我说什么？

谢跃进苦笑道：事情闹到这一步，我还能说什么？

贺玉梅冷笑：你到底跟芳芳什么时候有的这种关系？

谢跃进道：一年前。你就看着办吧。

贺玉梅冷笑一声：我看着办？你把芳芳毁了，还问我怎么办？说罢，扬手给了谢跃进一个耳光，掉头就走。

就听到谢跃进在她身后冷笑道：别把自己装成修女的样子，你跟姓梁的事谁不知道啊？

贺玉梅身子一颤，她回过头来，盯着谢跃进，突然笑了：你也相信这事。谢跃进，我真是白白跟你过了这些年了！

谢跃进骑着摩托车走了，就剩下贺玉梅呆呆地站在那里。阴阴的天空落下了几丝雨，夹着软软塌塌的雪花，冰冰的。贺玉梅仰起头，看着散散的雨夹雪，就记起上大学时一位老师讲过，这种东西叫作霰。

王超来找吕建国，说小魏的女儿明天要开刀了，问吕厂长是不是去看看？

吕建国说：去，厂领导们都去看看。

王超发愁说：职工们给小魏捐了五万多块钱，可还不够。医院要十万押金啊。怎么办啊？

吕建国叹道：下来再说吧，咱们先去看看。

两人起身出来，就听到楼道里一阵乱吵，赵明骂骂咧咧地走过来。

赵明喝得醉醺醺的，身后跟着蔡大胡子。方大众跟在他身后赔着笑：老赵，有意见慢慢讲嘛。赵明一把推开了方大众：滚一边去。你他妈的就会拍马屁，我找姓吕的说话。

吕建国黑着脸站在走廊里，冷冷地问：赵明，你来交钱了？

赵明抬头看到吕建国，就恶笑道：吕厂长，你凭什么封我的门？

吕建国不想跟他在走廊里吵，就转身进了办公室，赵明跟了进来。吕建国说：我正要找你，正好你来了。我就要你一句话，你到底交不交承包费。

赵明点一支烟，吐了个烟圈：我不是告诉你了嘛，现在没钱，先记着，年底一块算，少不了厂里一分钱。说完就往沙发上一躺，把脚蹬在了沙发扶手上。

吕建国摇头：那我跟你就没什么好说的了，厂里决定，你的承包合同就此终止。

赵明把烟在手里拧死了，狠狠摔在地上，跳起来：你姓吕的两片嘴一碰就完了？你不让我干，要包赔我的损失！

吕建国愤怒地站起来：赵明，你别在这里胡搅蛮缠。

赵明眼睛冒出火来，向前一步，一拳打在吕建国的脸上，吕建国鼻子就冒出血来。

王超和方大众呆住了，扑过去抱住赵明，赵明跳脚骂道：姓吕的，老子今天非打残了你不可。门外冲进来几个人，赶忙去扶吕建国。

吕建国摆摆手，对众人说：放开他，让他过来，我不相信他敢打死我姓吕的。

赵明愣住了，他不明白吕建国为什么不跟他急眼。

吕建国擦擦脸上的血，淡淡道：赵明，你小子用良心想想，如果你真是没钱，就算我姓吕的操蛋了。现在厂里穷得锅都揭不开了，好几个病号都……小魏的女儿白血病就在医院躺着，等着钱用。还有章荣，不说了，这你都知道。你该着厂里的钱不给，你要是有一点人味，你能不能这么干？我怎么也想不透，你也算是在厂里干了二十多年了。你……我告诉你，你今天不就是想惹急了我，让我也动手，你就可以赖账了吗？我就是当着这个厂长就算了，我真是连宰你的心都有了！说完，转身就走，走到门外，又转过身来，恶恶地骂一句：赵明，你是个王八蛋！就啪的一声把门摔上。门又弹开了，走廊里渐渐远去了吕建国生硬的脚步声。

一阵风生猛地刮进来，凉凉的寒风中，已经没有了严冬里那种尖厉的寒气。这是冻人不冻冰的季节了。

众人都愣在那里，呆呆地听着风呼呼地刮着，十分的单调。

赵明呆呆的。蔡大胡子在一旁低声问道：“赵哥，咱们……”赵明低声吼道：明天把钱交给姓吕的！一跺脚转身走了。

吕建国到医院的时候，毛毛刚刚醒过来。厂里好多人都呆呆闷闷地坐在走廊里。吕建国看到袁家杰也来了。

吕建国进了病房，毛毛眼睛艰难地睁开了，看看吕建国他们，笑了：谢谢叔叔们。

吕建国笑道：毛毛，就会好的。就会好的。

毛毛额头上淌着细细的汗珠，她艰难地说：还是让我出院吧。别再让厂里的叔叔阿姨们给我花钱了，治不好了，我知道的。谢谢叔叔阿姨们关心我。我现在一点都不疼了。

吕建国眼睛潮了，他努力克制着自己，不让眼泪掉下来，转身走出了病房。

病房外面，一帮人正在劝慰小魏。小魏两口子呆呆地坐着，傻了一样。吕建国走过来：小魏，先给孩子看病，有什么困难下来再说。

小魏哭着说：吕厂长，说什么也不看了，我不能拿着大家伙的钱往坑里扔啊。我……

于志强火冒冒地说：混账话。你怎么就知道治不好呢？

小魏泪流满面：我什么都明白。大家的心意我领了。真的，厂长，您就别让我难受了。

吕建国拍拍小魏的肩，叹道：别这样。治一定要治。只要咱厂子不垮，毛毛的病就得看。别说十万，就是二十万，厂里也会想办法。

小魏拼命地摇头：厂长，厂长。不能这样，真的不能这样。

齐志远眼泪落下来：小魏啊，你就别再乱说了啊。

小魏和他爱人就扑通跪下了。

吕建国心里一酸，怒声吼道：你这是干什么，混！你给我起来！起来！一把扯起小魏。吕建国的声音颤抖：要骂，就该骂我，打我，我这个厂长无能啊。

走廊里哭声大作。

吕建国中午饭也没吃好，跟刘虹吵了几句就出来了。刘虹一劲追问他志河的事办得怎么样了。吕建国恨不得狠狠骂妻子几句，他感到这帮人十分可恨，在自己倒霉的时候，连句安慰的话也没有，还一个劲的找事儿。他突然觉得自己挺没劲的，来到办公室，就坐在沙发上闷头闷脑地抽烟。

袁家杰走进来，看看吕建国，就重重地坐在沙发上，不说话。

吕建国笑道：又怎么了？看你样子怪怪的。掏出一支烟扔给袁家杰。

袁家杰接过吸了，吐出一团雾，叹道：我知道你挺恨我的。

吕建国抬起头：你说什么呢？我凭什么要恨你啊？

袁家杰苦笑笑，没说话，呆呆地抽烟。抽完了，又伸手朝吕建国要了一支。

吕建国叹道：我想通了，你还是走吧。在哪干好了都是国家的。

袁家杰一怔，迷茫地看着吕建国。吕建国也苦脸看着他。

两人一时没话可说了。风从窗子缝中溜进来，发出嗞嗞的响声。袁家杰呆呆地说：我不走了。今天把我那个专利卖了。

吕建国一怔：卖了？卖给谁了？

袁家杰苦笑道：卖给那个乡镇企业了，一百三十万。我跟他们要的现金，我怕钱汇过来让银行给截住抵了利息。

吕建国心慌地问：那你？……吕建国知道，袁家杰这个项目搞了好几年了，本来厂里想上这个项目，可是前任许厂长跟袁家杰闹不来，就耽误了。吕建国上台后想搞，可是厂里又没钱，银行一个子儿也不贷给了。

袁家杰脸色苍白地站起身：他们这两天就来谈。你接待一下吧。

吕建国站起身，声音有些发涩：家杰，这事是不是你再想想？这可是你十几年的心血啊！

袁家杰苦笑道：还想什么啊？厂里都到了这份上了，唉！转身就走。

吕建国猛地喊了一声：家杰……声音就哽住了。

袁家杰回过头来，也呆呆地看着吕建国。一时屋里静得能听到两人的心跳声。

太阳明晃晃地照进来，吕建国脸上滑下几滴泪，在阳光中跳跃着。

袁家杰涩涩地笑笑：建国……就再无话了。

两个人都呆呆地盯着窗台上那盆月季，浇过水的月季，叶子已经悄悄舒展了。

有人把门撞开了，吕建国一惊，就见章小龙脸色灰灰地跑进来，进门就哭：厂长，我爸过去了。

吕建国一惊，袁家杰颤声道：昨天不是还挺能吃的吗？怎么这么快啊？

吕建国难过地对袁家杰说：咱们去送送章师傅吧。

章荣真是死了。等吕建国几个人赶到医院的时候，章荣已经给推进了太平间了。章荣静静地躺着，眉头却紧紧皱着，似乎有无限的心事还没有放下。吕建国心头一阵凄楚，泪涌下来，就闷着头出来了。走廊里已经站了一大片厂里的工人。十几个过去给章荣当过徒弟的，呜呜呜哭着，哭声在医院里低低地传远了。

门外，春雨下得正紧，啪啪砸在台阶上，让人感觉心里冰冷。吕建国抬头看看，天空白茫茫的，院中的几棵杨树绽出星星点点的绿，就要抽出新条了。

下午快下班的时候，吕建国接到了陈局长的电话。

陈局长在电话里笑道：老吕，人今天就放，你们派人来接一下吧，写个保证，罚五千块钱，不能再少了。

吕建国高兴道：谢谢陈局长了。我什么时候请您喝酒啊？

陈局长哈哈笑道：行了行了，你那个破厂能给工人开支就算念佛了，别把工人们逼得上了街就算照顾我了。最近怎么样啊？

吕建国苦笑道：挣扎吧。

又说了几句，陈局长放了电话。吕建国就打电话喊方大众来。方大众进来问：厂长，有事？

吕建国骂道：你一会儿去把姓郑的那个王八蛋接回来，刚刚陈局长打了电话，说今天放人，你去财务拿上五千块钱的罚款。

方大众笑道：厂长，还是您亲自去一下吧，显得重视啊。

吕建国恼了：你让我重视什么？我坐着车去接那个流氓？我没心思。

方大众笑道：算了算了，看您这么多话，我去吧。在哪给他们接风啊？

吕建国想了想：你随便找个地方吧，就说我不在家。

方大众笑了：那好，反正明天您得见人家啊。就转身走了。

吕建国就去告诉贺玉梅。进了贺玉梅办公室，就看出不对劲了，贺玉梅眼睛红肿着，好像是刚刚哭过。

吕建国就问：又打架了？

贺玉梅恨恨地说：厂长，你别劝我了。我要跟谢跃进离婚。

吕建国惊讶道：你怎么说风就是雨啊？到底怎么了？

贺玉梅叹口气，摆摆手：不提了，我不想说。

吕建国就暗暗想：这个女人挺不容易的啊，就不再问，闷闷地坐着。

吕建国突然又想起志河的那件事来，就对贺玉梅说：有件事我一直忘了跟你说了，我下乡插队的那个村来人找我要几吨废钢材，我不好推出去，先给你打个招呼，日后我老婆要是来问你，你就说党委不同意。

贺玉梅苦笑道：你要是推不开就给人家几吨吧，好歹你在人家那里下过乡呢。

吕建国说：我那天喝酒喝多了，就随口乱答应了。不说了，今后你要是不愿办的事，就往我这儿推，我要是不想办的事，就往你这儿推。

贺玉梅笑道：行啊，互相背黑锅吧。

吕建国看看表：下班了，走吧。

贺玉梅说：你先走吧，我想一个人再待会儿。

吕建国苦笑道：别有什么想不开的吧？

贺玉梅突然问：厂长，都传说我跟梁局长有事，你相信吗？

吕建国一怔，哈哈笑了：你说什么啊？我怎么一点都没听说啊，别瞎想了。就出来了。走出几步，听到贺玉梅在办公室呜呜地哭了。吕建国心里一酸，仰天长叹了一声，大步走出楼去。

吕建国站在厂门口，突然发现厂门口的树一夜之间，已经绿绿的了，恼人的春寒大概就要过去了。

原载《人民文学》1996 年第 1 期

第七届《小说月报》优秀中篇小说“百花奖”

没有语言的生活

东　西

王老炳和他的聋儿子王家宽在坡地上除草，玉米已高过人头，他们弯腰除草的时候谁也看不见谁。只有在王老炳停下来吸烟的瞬间，他才能听到王家宽刮草的声音。王家宽在玉米林里刮草的声音响亮而富于节奏，王老炳以此判断儿子很勤劳。

那些生机勃勃的杂草，被王老炳锋利的刮子斩首，老鼠和虫子窜出它们的巢四处流浪。王老炳看见一团黑色的东西向他扑来，当他意识到撞了蜂巢的时候，他的头部、脸蛋以及颈部全被马蜂包围。他在疼痛中倒下，叫喊，在玉米地里滚动。大约滚了二十多米，他看见蜂团仍然盘旋在他的头顶，像一朵阴云紧追不舍。王老炳开始呼喊王家宽的名字。但是王老炳的儿子王家宽是个聋子，王家宽这个名字对于王家宽形同虚设。

王老炳抓起地上的泥土与蜂群作最后的抵抗，当泥土撒向天空时，蜂群散开了，当泥土落下来的时候，马蜂也落下来。它们落在王老炳的眼睛、鼻子和嘴巴上。王老炳感到眼睛快要被蜇瞎了。王老炳喊家宽，快来救我。家宽妈，我快完蛋啦。

王老炳的叫喊像水上的波澜归于平静之后，王家宽刮草的声音显得愈来愈响亮。刮了好长一段时间，王家宽感到有点儿口渴，便丢下刮子朝他父亲王老炳那边走去。王家宽看见一大片肥壮的玉米被压断了，父亲王老炳仰天躺在被压断的玉米秆上，头部肿得像一个南瓜，瓜的表面光亮如镜照得见天上的太阳。

王家宽抱起王老炳的头，然后朝对面的山上喊狗子、山羊、老黑……快来救命啊。喊声在两山之间盘旋，久久不肯离去。有人听到王家宽尖厉的叫喊，以为他是在喊他身边的动物，所以并不理会。当王家宽的喊声和哭声一同响起来时，老黑感到事情不妙。老黑对着王家宽的玉米地喊道：家宽……出什么事了？老黑连连喊了三声，没有听到对方的回音，便继续他的劳动。老黑突然意识到家宽是个聋子，于是老黑静静地立在地里，听王家宽那边的动静。老黑听到王家宽的哭声掺和在风声里，我爹他快死了，我爹捅了马蜂窝快被蜇死了……

王家宽和老黑把王老炳背回家里，请中医刘顺昌为王老炳治疗。刘顺昌指使王家宽脱掉王老炳的衣裤。王老炳像一头褪了毛的肥猪躺在床上，许多人站在床边围观刘顺昌治疗。刘顺昌把药水涂在王老炳的头部、颈部、手臂、胸口、肚脐、大腿等处，人们的目光跟随刘顺昌的手游动。王家宽发现众人的目光落在他爹的大腿上，他们交头接耳像是说他爹的什么隐私。王家宽突然感到不适，觉得躺在床上的不是他爹而是他自己。王家宽从床头拉出一条毛巾，搭在他爹的大腿上。

刘顺昌被王家宽的这个动作蜇了一下，他把手停在病人的身上，对着围观的人们大笑。他说家宽是个聪明的孩子，他的耳朵虽然听不见，但他已猜到我们在说他爹，他从你们的眼睛里脸蛋上猜出了你们说话的内容。

刘顺昌递给王家宽一把钳子，暗示他把王老炳的嘴巴撬开。王家宽用一根布条，在钳口处缠了几圈，然后才把钳口小心翼翼地伸进他爹的嘴巴，撬开他爹紧闭的牙关。刘顺昌一边灌药一边说家宽是个细心人，我没想到在钳口上缠布条，他却想到了，他是怕他爹痛呢。如果他不是个聋人，我真愿意收他做我的徒弟。

药汤灌毕，王家宽从他爹嘴里抽出钳子，大声叫了刘顺昌一声师傅。刘顺昌被叫声惊住，片刻之后才回过神来。刘顺昌说家宽你的耳朵不聋了，刚才我说的你都听见了，你是真聋还是假聋？王家宽对刘顺昌的质问未作任何反应，依然一副聋子模样。尽管如此，围观者的身上还是起了一层鸡皮疙瘩，他们感到害怕，害怕刚才他们的嘲笑已被王家宽听到了。

十天之后，王老炳的身体才基本康复，但是他的眼睛什么也看不见了，他成了一个货真价实的瞎子。不知情的人问他，好端端的一双眼睛，怎么就瞎了？他总是不厌其烦地回答：是马蜂蜇瞎的。由于他不是天生的瞎子，他的听觉器官和嗅觉器官并不特别发达，他的行动受到了局限，没有儿子王家宽，他几乎寸步难行。

老黑养的鸡东一只西一只地死掉。起先老黑还有工夫把死掉的鸡捡回来拔毛，弄得鸡毛满天飞。但是一连吃了三天死鸡肉之后，老黑开始感到腻味。老黑把那些死鸡埋在地里，丢在坡地。王家宽看见老黑提着一只死鸡往草地走，知道鸡瘟从老黑家开始蔓延了。王家宽拦住老黑，说你真缺德，鸡瘟来了为什么不告诉大家。老黑嘴皮动了动，像是辩解。王家宽什么也没听到。

第二天，王家宽整理好担子，准备把家里的鸡挑到街上去卖。临行前王老炳拉住王家宽，说家宽，卖了鸡后给老子买一块肥皂回来。王家宽知道爹想买东西，但是不知道爹要买什么东西。王家宽说爹，你要买什么？王老炳用手在胸前画出一个方框。王家宽说那是要买香烟吗？王老炳摇头。王家宽说那是要买一把菜刀？王老炳仍然摇头。王老炳用手在头上、耳朵、脸上、衣服上搓来搓去，作进一步的提醒。王家宽愣了片刻，终于啊了一声。王家宽说爹，我知道了，你是要我给你买一条毛巾。王老炳拼命地摇头，大声说不是毛巾，是肥皂。

王家宽像是完全彻底地领会了他爹的意图，掉转身走了，空留下王老炳徒劳无益的叫喊。

王老炳摸出家门，坐在太阳光里，他嗅到太阳炙烤下衣服冒出的汗臭，青草和牛屎的气味弥漫在他的周围。他的身上出了一层细汗，皮肤似乎快被太阳烧熟了。他知道这是一个伸手就可以触摸到阳光的日子，这个日子特别漫长。赶街归来的喧闹声，从王老炳的耳边飘过，他想从那些声音里辨出王家宽的声音。但是他一次又一次地失望。他听到了一个孩童在大路上唱的一首歌谣，孩童边唱边跑，那声音很快就干干净净地消逝了。

热力渐渐从王老炳的身上减退，他知道这一天已接近尾声。他听到收音机里的声音向他走来，收音机的声音淹没了王家宽的脚步声。王老炳不知道王家宽已回到家门口。

王家宽把一条毛巾和一百元钱塞到王老炳手中。王家宽说爹，这是你要买的毛巾，这是剩下的一百元钱，你收好。王老炳说你还买了些什么？王家宽从脖子上取下收音机，凑到王老炳的耳边，说爹，我还买了一个小收音机给你解闷。王老炳说你又听不见，买收音机干什么？

收音机在王老炳手中咿咿呀呀地唱，王老炳感到一阵悲凉。他的手里捏着毛巾、钞票和收音机，唯独没有他想买的肥皂。他想肥皂不是非买不可，但是家宽怎么就把肥皂理解成毛巾了呢？家宽不领会我的意图，这日子怎么过下去。如果家宽妈还活着，事情就好办了。

几天之后，王家宽把收音机据为已有。他把收音机吊在脖子上，音量调到最大，然后走家串户。王家宽走到哪里，哪里的狗就对着他狂叫不息。即便是很深很深的夜晚，有人从梦中醒来，也能听到收音机里不知疲劳的声音。伴随着收音机嘻嘻哈哈的，是王老炳的责骂。王老炳说你这个聋子，连半个字都听不清楚，为什么把收音机开得那么响，你这不是白费电池白费你老子的钱吗？

吃罢晚饭，王家宽最爱去谢西烛家看他们打麻将。谢西烛看见王家宽把收音机紧紧抱在胸前，像抱着一个宝贝，双手不停地在收音机的壳套上摩挲。谢西烛指了指收音机，对王家宽说，你听得到里面的声音吗？王家宽说我听不到但我摸得到声音。谢西烛说这就奇怪了，你听不到里面的声音，为什么又能听到刚才我的声音？王家宽没有回答，只是嘿嘿地笑，笑过数声后，他说他们总是问我，听不听得到收音机里在说什么？嘿嘿。

慢慢地王家宽成了一些人的中心，他们跨进谢西烛家的大门，围坐在王家宽的周围。一次收音机里正在说相声，王家宽看见人们前仰后合地咧嘴大笑，也跟着笑。谢西烛说你笑什么？王家宽摇头。谢西烛把嘴巴靠近王家宽的耳朵，炸雷似的喊：你笑什么？王家宽像被什么击昏了头，木然地望着谢西烛。好久了王家宽才说，你们笑，我也笑。谢西烛说我要是你，才不在这里呆坐，在这里呆坐不如去这个。谢西烛用右手的食指和左手的拇指与食指，做了一个淫秽的动作。

谢西烛看见王家宽脸上红了一下，谢西烛想他也知道羞耻。王家宽悻悻地站起来，朝大门外的黑夜走去，从此他再也不踏进谢家的大门。

王家宽从谢家走出来时，心头像爬着个虫子不是滋味。他闷头闷脑在路上走了十几步，突然碰到了一个人。那个人身上带着浓香，只轻轻一碰就像一捆稻草倒在了地上。王家宽伸手去拉，拉起来的竟然是朱大爷的女儿朱灵。王家宽想绕过朱灵往前走，但是路被朱灵挡住了。

王家宽把手搭在朱灵的膀子上，朱灵没有反感。王家宽的手慢慢上移，终于触摸到了朱灵温暖细嫩的脖子。王家宽说朱灵，你的脖子像一块绸布。说完，王家宽在朱灵的脖子上啃了一口。朱灵听到王家宽的嘴巴啧啧响个不停，像是吃上了什么可口的食物，余香还残留在嘴里。朱灵想，我从来没有听到过这么贪婪动听的咂嘴声。她被这种声音迷惑，整个身躯似乎已飘离地面，她快要倒下去了。王家宽把她搂住，王家宽的脸碰到了她嘴里呼出的热气。

他们像两个落水的人，现在攀肩搭背朝夜的深处走去。黑夜显得公正平等，

声音成为多余。朱灵伸手去关收音机，王家宽又把它打开。朱灵觉得收音机对于王家宽，仅仅是一个四四方方的匣子，吊在他的脖子上，他能感受到重量并不能感受到声音。朱灵再次把收音机夺过来，贴到耳边，然后把声音慢慢地推远，整个世界突然变得沉静安宁。王家宽显得很高兴，他用手不停地扭动朱灵胸前的扣子，说你开我的收音机，我开你的收音机。

村里的灯一盏一盏地熄灭，王家宽和朱灵在草堆里迷迷糊糊地睡去。朱灵像做了一场梦，在这个夜晚之前，她一直被父母严加看管。母亲安排她做那些做也做不完的针线活。母亲还努力营造一种温暖的气氛，比如说炒一盘热气腾腾的瓜子，放在灯下慢慢地剥，然后把瓜子丢进朱灵的嘴里。母亲还马不停蹄地说男人怎么怎么的坏，大了的姑娘到外面去野如何如何的不好。

朱灵在朱大爷的呼唤声中醒来。朱灵醒来时发觉有一双男人的手按在自己的胸前，便朝男人的脸上狠狠地扇了一巴掌。王家宽松开双手，感到脸上一阵阵麻辣。王家宽看见朱灵独自走了，屁股一扭一扭。王家宽说你这个没良心的。朱灵从骂声里觉出一丝痛快，她想今天我造反了，我不仅造了父母的反，也造了王家宽的反，我这巴掌算是把王家宽占的便宜赚回来了。

次日清晨，王家宽还没起床便被朱大爷从床上拉起来。王家宽看见朱大爷唾沫横飞挽袖握拳，似乎是要大打出手才解心中之恨。在看到这一切的同时，王家宽还看到了朱灵。朱灵双手垂落胸前，肩膀一抽一抽地哭。她的头发像一团凌乱的鸡窝，上面还沾着一丝茅草。

朱大爷说家宽，昨夜朱灵是不是和你在一起。如果是的，我就把她嫁给你做老婆算了。她既然喜欢你，喜欢一个聋子，我就不为她瞎操心了。朱灵抬起头，用一双哭红的眼睛望着王家宽，朱灵说你说，你要说实话。

王家宽以为朱大爷问他昨夜是不是睡了朱灵？他被这个问题吓怕了，两条腿像站在雪地里微微地颤抖起来。王家宽拼命地摇头，说没有没有……

朱灵垂立的右手像一根树干突然举过头顶，然后重重地落在王家宽的左脸上。朱灵听到鞭炮炸响的声音，她的手掌被震麻了。她看见王家宽身子一歪，几乎跌倒下去。王家宽捂住火辣的左脸，感到朱灵的这一掌比昨夜的那一掌重了十倍，看来我真的把朱灵得罪了，大祸就要临头了。但是我在哪里得罪了朱灵？我为什么平白无故地遭打？

朱灵捂着脸反身跑开，她的头发从头顶散落下来。王家宽进屋找他爹王老炳。他说她为什么打我？王家宽话音未落，又被王老炳扇了一记耳光。王老炳说谁叫你是聋子？谁叫你不会回答？好端端一个媳妇，你却没有福分享受。

王家宽开始哭，哭过一阵之后，他找出一把尖刀，跑出家门。他想杀人，但他跑过的地方没有任何人阻拦他。他就这样朝着村外跑去，鸡狗从他脚边逃命，树枝被他砍断。他想干脆自己把自己干掉算了，免得硌痛别人的手。想想家里还有个瞎子爹，他的脚步放慢下来。

凡是夜晚，王家宽闭门不出。他按王老炳的旨意，在灯下破篾准备为他爹编一床席子。王老炳认为男人编篾货就像女人织毛线或者纳鞋底，只要他们手上有活，就不会出去惹是生非。

破了三晚的篾条，又编了三天，王家宽手下的席子开始有了席子的模样。王老炳在席子上摸了一把，很失望地摇头。王家宽看见爹不停地摇手，爹好像是不要我编席子，而是要我编一个背篓，并且要我马上把席子拆掉。王家宽说我马上拆。爹的手立即安静下来，王家宽想我猜对爹的意思了。

就在王家宽专心拆席子的这个晚上，王老炳听到楼上有人走动。王老炳想是不是家宽在楼上翻东西。王老炳叫了一声家宽，是你在楼上吗？王老炳没有听到回音。楼上的翻动声愈来愈响，王老炳想这不像是家宽弄出来的声音，何况堂屋里还有人在抽动篾条，家宽只顾拆席子，他还不知道楼上有人。

王老炳从床上爬起来，估摸着朝堂屋走去。他先是被尿桶绊倒，那些陈年老尿洒满一地，他的裤子湿了，衣服湿了，屋子里飘荡着腐臭的气味。他试图重新站起来，但是他的头撞到了木板，他想我已经爬到了床下。他试探着朝四个不同的方向爬去，四面似乎都有了木板，他的额头上撞起五个小包。

王家宽闻到一股浓烈的尿臭，以为是他爹起床小解。尿臭持续了好长一段时间，并且愈来愈浓重，他于是提灯来看他爹。他看见他爹湿淋淋地趴在床底，嘴张着，手不停地往楼上指。

王家宽提灯上楼，看见楼门被人撬开，十多块腊肉不见了，剩下那根吊腊肉的竹竿在风中晃来晃去，像空荡荡的秋千架。王家宽对着楼下喊：腊肉被人偷走啦。

第五天傍晚，刘挺梁被他父亲刘顺昌绑住双手，押进王老炳家大门。刘挺梁的脖子上挂着两块被火烟熏黑的腊肉，那是他偷去的腊肉中剩下的最后两块。刘顺昌朝刘挺梁的小腿踹了一脚，刘挺梁双膝落地，跪在王老炳的面前。

刘顺昌说老炳，我医好过无数人的病，就是医不好我这个仔的手。一连几天我发现他都不回家吃饭，觉得有些奇怪，就跟踪他。原来他们在后山的林子

里煮你的腊肉吃，他们一共四人，还配备了锅头和油盐酱醋。别的我管不着，刘挺梁我绑来了，任由你处置。

王老炳说挺梁，除了你还有哪些人？刘挺梁说狗子、光旺、陈平金。

王老炳的双手顺着刘挺梁的头发往下摸，他摸到了腊肉，然后摸到了刘挺梁反剪的双手。他把绳子松开，说今后你们别再偷我的了，你走吧。刘挺梁起身走了。刘顺昌说你怎么就这样轻轻松松地打发他？王老炳说顺昌，我是瞎子，家宽耳朵又聋，他们要偷我的东西就像拿自家的东西，易如反掌，我得罪不起他们。

刘顺昌长长地嘘了一口气，说你的这种状况非改变不可，你给家宽娶个老婆吧。也许，那样会好一点儿。王老炳说谁愿意嫁他呀。

刘顺昌在为人治病的同时，也在暗暗为王家宽物色对象。第一次，他为王家宽带来一个寡妇。寡妇手里牵着一个大约五岁的女孩，怀中还抱着一个不满周岁的婴儿。寡妇面带愁容，她的丈夫刚刚病死不久，她急需一个男劳力为她耙田犁地。

寡妇的女孩十分乖巧，她一看见王家宽便双膝落地，给王家宽磕头。她甚至还朝王家宽连连叫了三声爹。刘顺昌想，可惜王家宽听不到女孩的叫声，否则这桩婚姻十拿九稳了。

王家宽摸摸女孩的头，把她从地上拉起来，为她拍净膝盖上的尘土。拍完尘土之后，王家宽的手无处可放。他犹豫了片刻，终于想起去抱寡妇怀中的婴儿。婴儿张嘴啼哭，王家宽伸手去掰婴儿的大腿，他看见婴儿腿间鼓胀的鸟仔。他一边用右中指在上面抖动，一边笑嘻嘻地望着寡妇。一线尿从婴儿的腿中间射出来，婴儿止住哭声，王家宽的手上沾满了热尿。

趁着寡妇和小女孩吃饭的空隙，王家宽用他破篾时剩余的细竹筒，做了一支简简单单的箫。王家宽把箫凑到嘴上狠劲儿地吹了几口，估计是有声音了，他才把它递给小女孩。他对小女孩说等吃完饭了，你就吹着这个回家，你们不用再来找我啦。

刘顺昌看着那个小女孩一路吹着箫，一路跳着朝她们的来路走去。箫声粗糙断断续续，虽然不成曲调，但听起来有一丝凄凉。刘顺昌摇着头，说王家宽真是没有福分。

后来刘顺昌又为王家宽介绍了几个单身女人。王家宽不是嫌她们老就是嫌她们丑。没有哪个女人能打动他的心，他似乎天生地仇恨那些试图与他一起生活的女人。刘顺昌找到王老炳，说老炳呀，他一个聋人挑来挑去的，什么时候才有个结果，干脆你做主算啦。王老炳说你再想想办法。

刘顺昌把第五个女人带进王家时，太阳已经西落。这个来自异乡的女人，名叫张桂兰。为了把她带进王家，刘顺昌整整走了一天的路程。刘顺昌在灯下不停地拍打他身上的尘土，也不停地痛饮王家宽端给他的米酒。随着一杯又一杯米酒的灌入，刘顺昌的脸变红脖子变粗。刘顺昌说老炳，这个女人什么都好，就是左手不太中用，其实也没什么，就是伸不直。今夜，她就住在你家啦。

自从那次腊肉被盗之后，王家宽和王老炳就开始合床而睡，这样做的目的，是为了防止再有小偷进入时，他们好联合行动。张桂兰到达的这个夜晚，王家宽仍然睡在王老炳的床上。王老炳用手不断地掐王家宽的大腿、手臂，示意他过去跟张桂兰睡。但是王家宽赖在床上死活不从。渐渐地，王家宽抵挡不住他爹的攻击，从床上爬了起来。

从床上爬起来的王家宽没有去找张桂兰，他在门外的晒楼上独坐，多日不用的收音机又挂到他脖子上。大约到了下半夜，王家宽在晒楼上睡去，收音机彻夜不眠。如此三个晚上，张桂兰逃出王家。

小学老师张复宝、姚育萍夫妇，还未起床便听到有人敲门。张复宝拉开门，看见王家宽挑着一担水站在门外。张复宝揉揉眼睛伸伸懒腰，说你敲门，有什么事？王家宽不管允不允许，径直把水挑进大门，倒入张复宝家的水缸。王家宽说今后，你们家的水我包了。

每天早晨，王家宽准时把水挑进张复宝家的大门。张复宝和姚育萍都猜不透王家宽的用意。挑完水后的王家宽站在教室的窗口，看学生们早读，有时他一直看到张复宝或者姚育萍上第一节课。张复宝想他是想跟我学识字吗？他的耳朵有问题，我怎么教他？

张复宝试图阻止王家宽的这种行动，但王家宽不听。挑了大约半个月，王家宽悄悄对姚育萍说，姚老师，我求你帮我写一封信给朱灵，你说我爱她。姚育萍当即用手比画起来。王家宽猜测姚老师的手势。姚老师的大意是说信不用写，由她去找朱灵当面说说就可以了。王家宽说我给你挑了差不多五十挑水，你就给我写五十个字吧，要以我的口气写，不要给朱灵知道是谁写的，求你姚老师帮个忙。

姚育萍取出纸笔，帮王家宽写了满满一页纸的字。王家宽揣着那页纸，像揣一件宝贝，等待时机交给朱灵。

王家宽把纸条揣在怀里三天，仍然没有机会交给朱灵。独自一人的时候，

王家宽偷偷掏出纸条来左看右看，似乎是能看得懂上面的内容。

第四天晚上，王家宽趁朱灵的父母外出串门的时机，把纸条从窗口递给朱灵。朱灵看过纸条后，在窗口朝王家宽笑，她还把手伸出窗外摇动。

朱灵刚要出门，被串门回来的母亲堵在门内。王家宽痴痴地站在窗外等候，他等到了朱大爷的两只破鞋子。那两只鞋子从窗口飞出来，正好砸在王家宽的头上。

姚育萍发觉自己写的情书未起作用，便把这件差事推给张复宝。王家宽把张复宝写的信交给朱灵后，不仅看不到朱灵的笑脸，连那只在窗口挥动的手也看不到了。

一开始朱灵就知道王家宽的信是别人代写的，她猜遍了村上能写字的人，仍然没有猜出那信的出处。当姚育萍的字换成张复宝的字之后，朱灵的心情变得复杂起来。她看见信后的落款，由王家宽变成了张复宝，不知道这是有意的错误或是无意的？如果是有意的，王家宽被这封求爱信改变了身份，他由求爱者变成了邮递员。

在朱灵家窗外徘徊的人不只是王家宽一个，他们包括狗子、刘挺梁、老黑以及杨光，当然还包括一些不便公开姓名的人（有的是已经结婚的，有的是国家干部）。狗子们和朱灵一起长大，一起上小学读初中，他们百分之百地有意或无意地抚摸过朱灵那根粗黑的辫子。狗子说他抚摸那根辫子就像抚摸新学期的课本，就像抚摸他家那只小鸡的绒毛。现在朱灵已剪掉了那根辫子，狗子们面对的是一个待嫁的美丽的姑娘。狗子说我想摸她的脸蛋。

但是在王家宽向朱灵求爱的这年夏天，狗子们意识到了他们的失败。他们开始朝朱家的窗口扔石子、泥巴，在朱家的大门上写淫秽的句词，画凌乱的人体的某些器官。王家宽同样是一个失败者，只不过他没有意识到。

狗子看见王家宽站在朱家高高的屋顶上，顶着烈日为朱大爷盖瓦。狗子想朱大爷又在剥削那个聋子的劳动力。狗子用手把王家宽从屋顶上招下来，拉着他往老黑家走。王家宽惦记没有盖好的屋顶，一边走一边回头求狗子不要添乱。王家宽拼命挣扎，最终还是被狗子推进了老黑家的大门。

狗子问老黑准备好了没有？老黑说准备好了。狗子于是勒住王家宽的双手，杨光按下王家宽的头。王家宽的头被浸泡进一盆热水里，就像一只即将被扒毛的鸡浸入热水里。王家宽说你们要干什么？

王家宽顶着湿漉漉的头发，被狗子和杨光强行按坐在一张木椅上。老黑拿着一把锋利的剃刀走向木椅。老黑说我们给你剃头，剃一个光亮光亮的头，像一百瓦的电灯泡，可以把朱家的堂屋和朱灵的房间照得锃亮锃亮。王家宽看见狗子和杨光哈哈大笑，他的头发一团一团地落下来。

老黑把王家宽的头剃了一半，示意狗子和杨光松手。王家宽伸手往头上一摸，摸到半边头发，就说老黑，求你帮我剃完。老黑摇头。王家宽说狗子，你帮我剃。狗子拿着剃刀在王家宽的头上刮，刮出一声惊叫。王家宽说痛死我了。狗子把剃刀递给杨光，说你帮他剃。王家宽见杨光嬉皮笑脸地走过来，接过剃刀准备给他剃头。王家宽害怕他像狗子那样剃，便从椅子上闪开，夺过杨光手里的剃刀，冲出老黑家大门，回家找出一面镜子。王家宽照着镜子，自己给自己剃完半个脑袋上的头发。

做完这一切，太阳已经下山了。王家宽顶着锃亮的脑袋，再次爬上朱家的屋顶盖瓦。狗子和杨光从朱家门前经过，对着屋顶上的王家宽大声喊：电灯泡……天都快黑啦，还不收工。王家宽没有听到下面的叫喊，但是朱大爷听得一清二楚。朱大爷从屋顶丢下一块断瓦，断瓦擦着狗子的头发飞过，狗子仓皇而逃。

朱大爷在后半夜被雨淋醒，雨水从没有盖好的屋顶漏下来，像黑夜中的潜行者，钻入朱家那些阴暗的角落。朱大爷担心的事情终于发生了，他抬头望天，天上黑得像锅底。雨水如天上扑下来的蝗虫，在他抬头的一瞬间爬满他的脸。他听到屋顶传来一个声音：塑料布。声音在雨水中含混不清，仿佛来自天国。

朱大爷指使全家搜集能够遮雨挡风的塑料布，递给屋顶上那个说话的人，所有的手电光聚集在那个人身上。闻风而动的人们，送来各色塑料布，塑料布像衣服上的补丁，被那个人打在屋顶。

雨水被那个人堵住，那个被雨水淋透的人是聋人王家宽。他顺着楼梯退下来，被朱大爷拉到火堆边。很快他的全身冒出热气，热气如烟，仿佛从他的毛孔里钻出来。

王家宽在送塑料布的人群中，发现了张复宝。老黑在王家宽头上很随便地摸一把，然后用手比画说张复宝跟朱灵好。王家宽摇摇头，说我不信。

人群从朱家一一退出，只有王家宽还坐在火堆边，他想借那堆大火烤干他的衣裤。他看见朱灵的右眼发红，仿佛刚刚哭过。她的眼皮不停地眨，像是给人某种暗示。

朱灵眨了一会儿眼皮，起身走出家门。王家宽紧跟其后。他听不到朱灵在

说什么，他以为朱灵在暗示他。朱灵说妈，我刚才递塑料布时，眼睛里落进了灰尘，我去找圆圆看看。我的床铺被雨水淋湿了，我今夜就跟圆圆睡。

王家宽看见有一个人站在屋角等朱灵，随着手电光的一闪，他看清那个人是张复宝。他们在雨水中走了一程，然后躲到牛棚里。张复宝一只手拿电筒，一只手翻开朱灵的右眼皮，并鼓着腮帮子往朱灵的眼皮上吹。王家宽看见张复宝的嘴唇几乎贴到了朱灵的眼睛上，只一瞬间那嘴唇真的贴到眼睛上。手电像一个老人突然断气，王家宽眼前一团黑。王家宽想朱灵眨眼皮叫我出来，她是存心让我看她的好戏。

雨过天晴，王家宽的光头像一只倒扣的瓢瓜，在暴烈的太阳下晃动。他开始憎恨自己，特别憎恨自己的耳朵。别人的耳朵是耳朵，我的耳朵不是耳朵，王家宽这么想着的时候，一把锋利的剃头刀已被他的左手高高举，手起刀落，他割下了他的右耳。他想我的耳朵是一种摆设，现在我把它割下来喂狗。

到了秋天，那些巴掌大的树叶从树上飘落，它们像人的手掌拍向大地，乡村到处都是噼噼啪啪的拍打声。无数的手掌贴在地面，它们再也回不到原来的地方，要等到第二年春天，树枝上才长出新的手掌。王家宽想树叶落了明年还会长，我的耳朵割了却不会再长出来。

王家宽开始迷恋那些树叶，一大早他就蹲到村头的那棵枫树下。淡红色的落叶散布在他的周围，他的手像鸡的爪子，在树叶间扒来扒去，目光跟着双手游动。他在找什么呢？张复宝想。

从村外过来一个人，近了张复宝才看清楚是邻村的王桂林。王桂林走到枫树下，问王家宽在找什么？王家宽说耳朵。王桂林笑了一声，说你怎么在这里找你的耳朵，你的耳朵早被狗吃了，找不到了。

王桂林朝村里走来，张复宝躲进路边的树丛，避过他的目光。张复宝想干脆在这树林里方便方便，等方便完了王家宽也许会走开了。张复宝提着裤带从树林里走出来，王家宽仍然勾着头在寻找着什么，丝毫没有离去的意思。张复宝轻轻地骂道：一只可恶的母鸡。

张复宝回望村庄，他看到朱灵远去的背影。他想事情办糟了，一定是在我方便的时候，朱灵来过枫树边，她看见枫树下的那个人是王家宽而不是我，就转身回去了。如果朱灵再耽误半个小时，便赶不上去县城的班车了。

大约过去五分钟，张复宝看见他的学生刘国芳从大路上狂奔而来。刘国芳在枫树下站了片刻，捡起三片枫叶后，又跑回村庄。刘国芳咚咚的跑步声，敲打在张复宝的心尖上，他紧张得有些支持不住了。

朱灵听刘国芳说树下只有王家宽时，她当即改变了主意。她跟张复宝约好早晨九点在枫树下见面，然后一同上县城的医院。但她刚刚出村，就看见王桂林从路上走过来。她想王桂林一定在树下看见了张复宝，我和张复宝的事已经被人传得够热闹了，我还是避他一避，否则他看见张复宝又看见我出村会怎么想。朱灵这么想着，又走回家中。

为了郑重其事，朱灵把路经家门口的刘国芳拉过来。她叫刘国芳跑出村去为她捡三张枫叶。刘国芳捡回三片淡红的枫叶，说我看见聋子王家宽在树下找什么。朱灵说你还看见别人了吗？刘国芳摇摇头，说没有。

去不了县城，朱灵变得狂躁不安。细心的母亲杨凤池突然记起好久没有看见朱灵洗月经带了。杨凤池把手伸向女儿朱灵的腹部。她的手被一个声音刺得跳起来。朱灵怀孕的秘密，被她母亲的手最先摸到。

每一天人们都看见王家宽出村去寻找他的耳朵，但是每一天人们都看见他空手而归。如此半月，人们看见王家宽领着一个漂亮的姑娘走向村庄。

姑娘的右肩吊着一个黑色的皮包，皮包里装满大大小小的毛笔。快要进村时，王家宽把皮包从姑娘的肩上夺过来，挎在自己的肩上。姑娘会心一笑，双手不停地比画。王家宽猜想她是说感谢他。

村头站满参差不齐的人，他们像土里突然冒出的竹笋，一根一根又一根。有那么多人看着，王家宽多少有了一点儿得意。然而王家宽最得意的，是姑娘的表达方式。她怎么知道我是一个聋子？我给她背皮包时，她一边说话一边用手比画，不停地感谢。她刚刚碰到我就知道我是聋子，她是怎么知道的？

王老炳从外面的喧闹声中，判断有一个哑巴姑娘正跟着王家宽朝自家走来。他听到大门被推开的响声，在大门破烂的响声里还有王家宽的声音。王家宽说爹，我带来一个卖毛笔的姑娘，她长得很漂亮，比朱灵漂亮。王老炳双手摸索着想站起来，但他被王家宽按回到板凳上。王老炳说姑娘你从哪里来？王老炳没有听到回答。

姑娘从包里取出一张纸，抖开。王家宽看见那张纸的边角已经磨破，上面布满大小不一的黑字。王家宽说爹，你看，她打开了一张纸，上面写满了字，你快看看写的是什么？王家宽一抬头，看见他爹没有动静，才想起他爹的眼睛已经瞎了。王家宽说可惜你看不见，那些字像春天的树长满了树叶，很好看。

王家宽朝门外招手，竹笋一样立着的围观者，全都东倒西歪挤进大门。王

老炳听到杂乱无章的声音，声音有高有低，有大人的也有小孩的。王老炳听他们念道：

我叫蔡玉珍，专门推销毛笔，大支的五元，小支的二元伍角，中号三元伍角。现在城市里的人都不用毛笔写字，他们用电脑、钢笔写，所以我到农村来推销毛笔。我是哑巴，伯伯叔叔们行行好，买一两支给你的儿子练字，也算是帮我的忙。

有人问这字是你写的吗？姑娘摇头。姑娘把毛笔递给那些围着她的人。围观者面对毛笔仿佛面对凶器，他们慢慢地后退。姑娘一步一步地紧逼。王老炳听到人群稀里哗啦地散开。王老炳想他们像被拍打的苍蝇，哄的一声散了。

蔡玉珍以王家为据点，开始在附近的村庄推销她的毛笔，所到之处，人们望风而逃。只有色胆包天的男人和一些半大不小的孩童，对她和她的毛笔感兴趣。男人们一手捏毛笔，一手去摸蔡玉珍红扑扑的脸蛋，他们根本不把站在蔡玉珍旁边的王家宽放在眼里。他们一边摸一边说他算什么，他是一个聋子是跟随蔡玉珍的一条狗。他们摸了蔡玉珍的脸蛋之后，就像吃饱喝足一样，从蔡玉珍的身边走开。他们不买毛笔。王家宽想如果我不跟着这个姑娘，他们不仅摸她的脸蛋，还会摸她的胸口，强行跟她睡觉。

王家宽陪着蔡玉珍走了七天，他们一共卖去十支毛笔。那些油腻的零碎的票子现在就揣在蔡玉珍的怀里。

秋天的太阳微微斜了。王家宽让蔡玉珍走在他的前面。他闻到女人身上散发出的汗香。阳光追着他们的屁股，他的影子叠到了她的影子上。他看见她的裤子上沾了几粒黄泥，黄泥随着身体摆动。那些摆动的地方迷乱了王家宽的眼睛，他发誓一定要在那上面捏一把，别人捏得为什么我不能捏？这样漫无边际地想着的时刻，王家宽突然听到几声紧锣密鼓的声响。他朝四周张望，原野上不见人影。他听到声音愈响愈急，快要撞破他的胸口。他终于明白那声响来自他的胸部，是他心跳的声音。

王家宽勇敢地伸出右手，姑娘跳起来，身体朝前冲去。王家宽说你像一条鱼滑掉了。姑娘的脚步就迈得更密更快。他们在路上小心地跑着，嘴里发出零零星星的笑声。

路边两只做爱的狗打断了他们的笑容。他们放慢脚步生怕惊动那一对牲畜。蔡玉珍突然感到累，她的腿怎么也迈不动了。她坐在地上津津有味地看着狗。牲畜像他们的导师，从容不迫地教导他们。太阳的余光洒落在两只黄狗的皮毛上，草坡无边无际的安静。狗们睁着警觉的双眼，八只脚配合慢慢移动，树叶在狗的脚下发出轻微的沙沙声。蔡玉珍听到狗们呜呜地唱，她被这种特别的唱词感动。她在呜咽声中被王家宽抱进了树林。

枯枝败叶被蔡玉珍的身体压断，树叶腐烂的气味从她身下飘起来，王家宽觉得那气息如酒，可以醉人。王家宽看见蔡玉珍张开嘴，像是不断地说什么。蔡玉珍说你杀死我吧。蔡玉珍被她自己说出来的话吓了一跳。她想我会说话了，我怎么会说话了呢？也许话根本就没有说出来，只是自己的想象。

那两只黄狗已经完事，此刻正蹒跚着步子朝王家宽和蔡玉珍走来。蔡玉珍看见两只狗用舌头舔着它们的嘴皮，目光冷漠。它们站在不远的地方，朝着他们张望。王家宽似乎是被狗的目光所鼓励，变得越来越英雄。王家宽看见蔡玉珍的眼不是眼，鼻子不是鼻子，它们全都扭曲了，有两串哭声从扭曲的眼眶里冒出来。

这个夜晚，王家宽没有回到他爹王老炳的床上。王老炳知道他和那个哑巴姑娘睡在一起了。

朱灵上厕所，她母亲杨凤池也会紧紧跟着。杨凤池的声音无孔不入，她问朱灵怀上了谁的孩子？这个声音像在朱灵头顶盘旋的蜜蜂，挥之不去避之不及，它仿佛一条细细的竹鞭，不断抽在朱灵的手上、背上和小腿上。朱灵感到全身紧绷绷的没有一处轻松自在。

朱灵害怕讲话，她想如果像蔡玉珍一样是个哑巴，母亲就不会反复地追问了。哑巴可以顺其自然，没有说话的负担。

杨凤池把一件小孩衣物举起来，问朱灵好不好看。朱灵不答。杨凤池说好端端一个孙子，你怎么忍心打掉？我用手一摸就摸到了他的鼻子、嘴巴和他的小腿，还摸到了他的鸟仔。你只要说出那个男人，我们就逼他成亲。杨凤池采取和朱灵截然相反的策略。

就连小孩都能看出朱灵怀孕。朱灵轻易不敢出门。放午学时有几个学生路经朱家，他们扒着朱家门板的缝隙处，窥视门里的朱灵。他们看见朱灵像一只被关在笼子里的笨熊，狂躁不安地走来走去。从门缝里窥视人的生活，他们感到新奇，他们忘记回家吃午饭。直到王家宽和蔡玉珍从朱家门前走过，他们才回过头来。

学生们有一丝兴奋，他们想做点儿什么事情。当他们看见王家宽时，他们一齐朝王家宽围过来，他们喊道：

王家宽大流氓，搞了女人不认账……

蔡玉珍看见那些学生一边喊一边跳，污浊的声音像石头、破鞋砸在王家宽的身上。王家宽对学生们露出笑容，和着学生们的节拍跳起来。因为他听不见，所以那些侮辱的话对他没有造成丝毫的伤害。学生们愈喊愈起劲儿，王家宽越跳越精神，他的脸上已渗出了粒粒汗珠。蔡玉珍忍无可忍，朝那些学生挥舞拳头。学生被她赶远了，王家宽跟着她往家里走。他们刚走几步，学生们又聚集起来，学生们喊道：蔡玉珍是哑巴，跟个聋子成一家，生个孩子聋又哑。

蔡玉珍回身去追那个领头的学生，追了几步她就被一块石头绊倒在地上。她的鼻子被石头碰伤，流出几滴浓稠的血。她趴在地上对着那些学生咿里哇啦地喊，但是没有发出声音。

王家宽伸手去拉她，笑她多管闲事。蔡玉珍想还是王家宽好，他听不见，什么也没伤着，我听见了不仅伤心还伤了鼻子。

在那几个学生的带领下，更多的学生加入了窥视朱灵的行列。学校离朱家只有三百多米，老师下课的哨声一响，学生们便朝朱家飞奔而来。张复宝站在路上拦截那些奔跑的学生，结果自己反被学生撞倒在路上。一气之下，张复宝把带头的四个学生开除了。张复宝对他们说，你们不准再踏进学校半步。

到了冬天，朱灵自己把自己从门里解放出来。她穿着鲜艳的冬装，比原先显得更为臃肿。她走东家串西家，逢人便说我要结婚了。人们问她跟谁结？她说跟王家宽。有人说王家宽不是跟蔡玉珍结了吗？朱灵说那是同居，不叫结婚。他们没有爱情基础，那不叫结婚。

许多人暗地里说朱灵不知道羞耻，幸好王家宽是聋子，任由她作践，换了别人她的戏就没法往下演了。

村庄的桃花在一夜之间开放。桃花红得像血，看到那种颜色，就似乎闻到血的气味。王老炳坐在家门口，说我闻到桃花的味道了，今年的桃花怎么开得这么早？还没有过年就开了。

那个长年在山区照相的赵开应走到王老炳面前，问他照不照相？王老炳说听你的口音，是赵师傅吧，你又来啦。你总是年前这几天来我们村，那么准时。你问我照不照相，现在我照相还有什么用？去年冬天我还看得见你，今年冬天我就看不见你了。照也白照。你去找那些年轻人照吧，老黑、狗子、朱灵他们每年都要照几张。赵师傅，你坐。我只顾说话，忘记喊你坐啦。赵师傅你走啦？你怎么不坐一坐？

王老炳还在不停地说话时，赵开应已走出去老远。他的身后跟着一群孩子和换了新衣准备照相的人们。

桃花似乎专为朱灵而开放。她带着赵开应在桃林里转来转去，那些红色的花瓣像雪，撒落在她的头发上和棉衣上。她的脸因为兴奋变得红扑扑的，像是被桃花染红一般。赵开应说朱灵你站好，这相机能把你喘出来的热气都照进去。朱灵说赵师傅，你尽管照，我要照三十几张，把你的胶卷照完。

朱灵特别的笑声和红扑扑的脸蛋，就留在这一年的桃树上，以至于后来人们看见桃树就想起朱灵。

朱灵是照完相之后走进王家宽家的。从她家遭大雨袭击的那个晚上到现在，她是第一次踏进王家的大门。朱灵显得有些疲惫，她一进门之后就躺到王家宽的床上。她睡王家宽的床，像睡她自己的床那么随便。她只躺下片刻，蔡玉珍就听到了她的鼾声。

蔡玉珍不堪朱灵鼾声的折磨，她把朱灵摇醒了。她朝朱灵挥手。朱灵看见她的手从床边挥向门外。朱灵想她的意思是让我从这里滚出去。朱灵说这是我的床，你从哪里来就往哪里去。蔡玉珍没有被朱灵的话吓倒，她很用力地坐在床沿。床板在她坐下来时摇晃不止，并且发出吱吱呀呀的响声。她想用这种声音，把朱灵赶跑。

朱灵想要打败蔡玉珍必须不停地说话，因为她听得见说不出。朱灵说我怀了王家宽的小孩，两年以前我就跟王家宽睡过了。你从哪里来我们不知道，你不能在这里长期住下去。

蔡玉珍从床边站起来，哭着跑开。朱灵看见蔡玉珍把王家宽推入房门。朱灵说你是个好人，家宽，你明知道我怀了谁的孩子，但是你没有出卖我。我今天是给你磕头来啦。

王家宽看见朱灵的头磕在床边上，以为她想住下来。朱灵想不到她美好的幻想会在这一刻灰飞烟灭。王家宽说你怀了张复宝的孩子，怎么来找我？你走吧，你不走我就向大家张扬啦。朱灵说求你，别说，千万别让我妈知道，我这就去死，让你们大家都轻松。

朱灵把她的双脚从被窝里伸到床下，她的脚在地上找了好久才找到她的鞋子。王家宽的话像一剂灵丹妙药，在朱灵的身上发生作用。朱灵试探着站起来，试了几次都未能把臃肿的身体挺直。王家宽顺手扶了她一把。朱灵说我是聋子，我什么也没听到，我谁也不害怕。

朱灵在王家宽面前轻描淡写说的那句话，被蔡玉珍认真地记住了。朱灵说

我这就去死，让你们大家都轻松。

蔡玉珍看见朱灵提着一根绳索走进村后的桃林，暮色正从四面收拢，余霞的尾巴还留在山尖。蔡玉珍发觉朱灵手里的绳索泛着红光，绳索好像是下山的太阳染红的也好像是桃花染红的。蔡玉珍想她白天还在这里照相，晚上却想在这里寻死。

朱灵突然回头，发现了跟踪她的蔡玉珍。朱灵从地上捡起一块石头，朝蔡玉珍砸过来。朱灵说你像一只狗，紧跟着我干什么？你想吃大便吗？蔡玉珍在辱骂声中退缩，她犹豫片刻之后，快步跑向朱家。

朱大爷正在扫地，灰尘从地上扬起来，把朱大爷罩在尘土里。蔡玉珍双手往颈脖处绕一圈，再把双手指向屋梁。朱大爷不理解她的意思，觉得她影响了他的工作，流露出明显的不耐烦。蔡玉珍的胸口像被爪子狠狠地抓了几把，她拉过墙壁上的绳索，套住自己的脖子，脚跟离地，身体在一瞬间拉长。朱大爷说你想吊颈吗？要吊颈回你家去吊。朱大爷的扫把拍打在蔡玉珍的屁股上，蔡玉珍被扫出朱家大门。

过了一袋烟的时间，杨凤池开始挨家挨户呼唤朱灵。蔡玉珍在杨凤池焦急的喊声里焦急，她的手朝村后的桃林指，还不断地画着圆圈。朱大爷把这些杂乱的动作和刚才的动作联系起来，感到情况不妙。

星星点点的火把游向后山，人们呼喊朱灵的名字。

第五天清晨，张复宝一如既往来到了学校旁的水井边打水。他的水桶碰到了一件浮动的物体，井口隐约传来腐烂的气味。他回家拿来手电，往井底照射，看到了朱灵的尸体。张复宝当即呕吐不止。村里的人不辞劳苦，他们宁愿多走几脚路，去挑小河里的水来吃。而这口学校旁的水井，只有张复宝一家人享用。朱灵死了五天，他家就喝了五天的脏水。

那天早上学校没有开课，在以后的几天里，张复宝仍然被尸体缠绕着，学生们看见他一边上课一边呕吐。而姚育萍差不多把胆汁都吐出来了，她已经虚弱得没法走上讲台。

到了春天，赵开应才把他年前照的那些相片送到村子里来。他拿着朱灵的照片，去找杨凤池收钱。杨凤池说朱灵死了，你去找她要钱吧。赵开应碰了钉子，正准备把朱灵的照片丢进火炕。王家宽抢过照片，说给我，我出钱，我把这些照片全买下来。

一种特别的声音在屋顶上滚来滚去，它像风的呼叫，又像是一群老鼠在瓦片上奔跑。声音总是在夜深人静的时候准时地降落，蔡玉珍被这种声音包围了好些日子。她很想架一把梯子，爬到屋顶上去看个究竟，但是在睁着眼和闭着眼都一样黑的夜晚，她害怕那些折磨她的声音。

白天她爬到屋后的一棵桃树上，认真地观察她家的屋顶，她只看到灰色的歪歪斜斜的瓦片，瓦片上除了阳光什么也没有。看过之后，她想那声音今夜不会有了。但是那声音还是如期而来，总是在她即将入睡的时刻把她唤醒。她不甘心，睁着眼睛等到天明，再次爬到桃树上。一次又一次，她几乎数遍了屋顶上的瓦片，还是没找到声源。她想是不是我的耳朵出了什么毛病？

王老炳同时被这种声音纠缠。开始他对干扰他睡眠的声音做出了适应的反应。他坐在床沿整夜整夜地抽烟，不断地往尿桶里屙尿。但是，慢慢地他就不适应了。他觉得那声音像一把锯子，往他脑子里锯进去。他想如果再不能入睡，我就要发疯啦。他一边想着一边假装平心静气地躺到床上。只躺了一小会儿，他又爬起来，伸手摸到床头的油灯，将油灯砸到地上。油灯碎裂的声音，把那个奇怪的声音赶跑了，但是它游了一圈后马上又回到王老炳的耳边。

王老炳开始制造声音来驱赶声音。他把烟斗当作鼓槌，不停地磕他的床板。他像一只勤劳的啄木鸟，使同样无法入睡的蔡玉珍雪上加霜。

啄木鸟的声音停了。王老炳改变策略，开始不停地说话，无话找话。蔡玉珍听到他在胡话里睡去，鼾声接替说话声。听到鼾声，蔡玉珍像饥饿的人，突然闻到了饭香。

屋顶的声音没有消失。蔡玉珍拿着手电往上照，她看见那些支撑瓦片的柱头、木板，没有看见声音。她听到声音从屋顶转移到地下，仿佛躲在那些箱柜里。她把箱柜的门一一打开，里面什么也没有。她翻箱倒柜的声音，惊醒了刚刚入睡的王老炳。王老炳说你找死吗？我好不容易睡着又被你搞醒了。屋子里忽然变得出奇的静。蔡玉珍缩手缩脚，再也不敢弄出声响来。

蔡玉珍听到王老炳叫她。王老炳说你过来扶我出去，我们去找找那个声音，看它藏在哪里？蔡玉珍用手推王家宽，王家宽翻了个身又继续睡。蔡玉珍走到王老炳床前，拉起王老炳走出大门。黑夜里风很大。

他们在门前仔细听，那个奇怪的声音像是来自屋后。他们朝屋后走去，走进后山那片桃林。蔡玉珍看见杨凤池跪在一株桃树下，用一根木棍敲打一只倒扣的瓷盆，瓷盆发出空闷的声音。手电光照到杨凤池的身上，她毫无知觉，双目紧闭口中念念有词。蔡玉珍和王老炳听到她在诅咒王家宽。她说是王家宽害死了朱灵。王家宽不得好死，王家宽全家死绝……

蔡玉珍朝瓷盆狠狠地踢去，瓷盆飞出去好远。杨凤池睁眼看见光亮，吓得爬着滚着出了桃林。王老炳说她疯啦，现在死无对证，她把屎呀尿呀全往家宽身上泼。我们穷不死饿不死，但我们快被脏水淹死了。我们还是搬家吧，离他们远远的。

王家宽扶着王老炳过了小河，爬上对岸。蔡玉珍扛着锄头、铲子跟在他们的身后。村庄的对面，也就是小河的那一边是坟场，除了清明节，很少有人走到河的那边去。王老炳过河之后，几乎是凭着多年的记忆，走到了他祖父王文章的墓前。他走这段路走得平稳、准确无误，根本不像个盲人。王家宽不知道王老炳带他来这里干什么。

王家宽说爹，你要做什么？王老炳说把你曾祖的坟挖了，我们在这里起新房。蔡玉珍向王家宽比了一个挖土的动作。王家宽想爹是想给曾祖修坟。

王家宽在王文章的坟墓旁挖沟除草，蔡玉珍的锄头却指向坟墓。王家宽抬头看见他曾祖的坟在蔡玉珍的锄头下土崩瓦解，转眼就塌了半边，吓得脸都惨白。他神色庄重地夺过蔡玉珍手里的锄头，然后用铲子把泥巴一铲一铲地填到缺口里。

王老炳没有听到挖土的声音，他说蔡玉珍，你怎么不挖了？这是个好地盘，我们的新家就建在这里。我祖父死的时候，我已经懂事了。我看见我祖父是装着两件瓷器入土的，那是值钱的古董，你把它挖出来。你挖呀。是不是家宽不让你挖，你叫他看我。王老炳说着，比了一个挖土的动作。他的动作坚决果断，甚至是命令。

王家宽说爹，你是叫我挖坟吗？王老炳点点头。王家宽说为什么？王老炳说挖。蔡玉珍捡起横在地面的锄头，递给王家宽。王家宽不接，他蹲在河边看河对面的村庄，以及他家的瓦檐。他看见炊烟从各家各户的屋顶升起，早晨的天空被清澈的烟染成蓝色。有人赶着牛群出村。谁家的鸡飞上刘顺昌家的屋顶，昂首阔步，来来回回。

王家宽回头，看见坟墓又缺了一只角，新土覆盖旧土，蔡玉珍像一只蚂蚁正艰难地啃食着一块大饼。王老炳摸到了地上的锄头，他慢慢地把锄头举起来，慢慢地放下去，锄头砸在石块上，偏离目标，差一点儿锄到王老炳的脚。王家宽想看来他们是下定决心要挖这座坟了。王家宽从他爹手上接过锄头，紧闭双眼把锄头锄向坟墓。他在干一件他不愿意干的事情。他渴望闭上双眼。他想爹的眼睛如果不瞎，他就不会向他烧香磕头的地方动锄头。

挖坟的工作持续了半天，他们总算整出了一块平地。他们没有看见棺材和尸骨。王家宽说这坟里什么也没有。王老炳听到王家宽这么说，十分惊诧。他摸到刚整好的平地上，抓起一把泥土，放到鼻尖前嗅了又嗅。他想我是亲眼看着祖父下葬的，棺材里装着两件精美的瓷器，现在怎么连一根尸骨都没有呢？

时间到了夏末，王家宽和蔡玉珍在对岸垒起两间不大不小的泥房。他们把原来的房屋一点一点地拆掉，屋顶上的瓦也全都挑到了河那边。他们原先的家，完全暴露在光天化日之下。

搬家的那天，王家宽甩掉许多旧东西。他砸烂那些油腻的坛子，劈开几个沉重的木箱。他对过去留下来的东西带着一种天然的仇恨。他像一个即将远行的人轻装上路，只带上他必须携带的物品。

整理他爹的床铺时，他在床下发现了两只精美的瓷瓶。他扬手准备把它扔掉，被蔡玉珍及时拦住。蔡玉珍用毛巾把瓷瓶擦亮，递给王老炳。王老炳用手一摸，脸色刷地变了。他说就是它，我找的就是它。我明明看见它埋到了祖父的棺材里，现在又从哪里跑出来了？帮忙搬家的人说是王家宽从你床铺下面翻出来的。王老炳说不可能。

王老炳端坐在阳光里，抱着瓷瓶不放。搬家的人像搬粮的蚂蚁，走了一趟又一趟。他们看见王老炳面对从他身边走过的脚步声笑，面对空荡荡的房子笑，笑得合不拢嘴。

王老炳一家完全彻底地离开老屋是在这一天傍晚。搬家的人们都散了，王家宽从老屋的火坑里点燃火把，眼泪随即掉下来。他和火把在前，王老炳和蔡玉珍断后。王老炳怀抱两只瓷瓶，蔡玉珍小心地搀扶着他。

过了小木桥，王老炳叫蔡玉珍拉住前面的王家宽，要大家都在河边把脚洗干净。他说你们都来洗一洗，把脏东西洗掉，把坏运气洗掉，把过去的那些全部洗掉。三个人六只脚板在火光照耀下，全都泡进水里。蔡玉珍看见王家宽用手搓他的脚板，搓得一丝不苟，像有老茧和鳞甲从他脚上一层层脱下来。

村庄里的人全都站在自家门口，目送王家宽一家人上岸。他们觉得王家宽手上的火把像一簇鬼火，无声地孤单地游向对岸。那簇火只要把新屋里的火引燃，整个搬迁的仪式也就结束了。一同生活了几十年的邻居们，就这样看着一个邻居从村庄消失。

一个秋天的中午，刘顺昌从山上采回满满一背篓草药。他把草药倒到河边，然后慢慢地清洗它们。河水像赶路的人，从他手指间快速流过，他看到浅黄的

树叶和几丝衰草，在水上漂浮。他的目光越过河面，落到对岸王老炳家的泥墙上。

他看见王老炳一家人正在盖瓦。王老炳家搬过去的时候，房子只盖了三分之二。那时刘顺昌劝他等房子全盖好了再搬走不迟。但王老炳像逃债似的，急急忙忙地赶过那边去住，现在他们利用他们的空余时间补盖房子。

蔡玉珍站在屋檐下捡瓦，王老炳站在梯子上接，王家宽在房子上盖。瓦片从一个人的手传到另一个人的手里，最后堆在房子上。他们配合默契，远远地看过去看不出他们的残疾，看不出他们的破绽。王家宽不时从他爹递上去的瓦片中选出一些断瓦扔下来，有的被他扔到河里。刘顺昌只看到小河里水花飞扬，却听不到断瓦残片砸入河中的声音。这是个没有声音的中午，太阳在小河里静静地走动。王老炳一家人不断地弯腰举手，没有发出丝毫的声响。刘顺昌看着他们，像看无声的电影，也仿佛是自己的耳朵突然失灵。没了声音，他们就像阴间里的人，或画在纸上的人。他们在光线里动作，轻飘、单薄、虚幻。

刘顺昌看见房上的一块瓦片飞落，碰到蔡玉珍的头上，破成四五块碎片。蔡玉珍双手捧头，弯腰蹲在地上。刘顺昌想蔡玉珍的头一定被砸破了。刘顺昌朝那边喊话：老炳，蔡玉珍的头伤得重不重？需不需要我过去看一看，给她敷点儿草药？那边没有回音，他们好像没有听到刘顺昌喊话。

王家宽从房子上走下来，把蔡玉珍背到河边，用河水为她洗脸上的血。刘顺昌喊蔡玉珍，你怎么啦？王家宽和蔡玉珍仍然没有反应。刘顺昌捡起脚边的一颗石子，往河边砸过去。王家宽朝飞起的水花匆匆一瞥，便走进草丛为蔡玉珍采药。他把他采到的药放进嘴里嚼烂，再用右手抠出来，敷到蔡玉珍的伤口上。

蔡玉珍再次趴在王家宽的背上。王家宽背着她往回走。尽管小路有一点儿坡度，王家宽还能在路上一边跳一边走，像从某处背回新娘一样快乐惬意。蔡玉珍被王家宽从背上颠到地面，她在王家宽的背膀上擂上几拳，想方设法绕过王家宽往前跑。但是王家宽张开他的双手，把路拦住。蔡玉珍只得用双手搭在王家宽的双肩上，跟着他走跟着他跳。

跳了几步，王家宽突然反身抱住蔡玉珍。蔡玉珍像一张纸片，轻轻地离开地面，落入王家宽的怀中。王家宽把蔡玉珍抱进家门。王老炳摸索着也进入家门。刘顺昌看见王家的大门无声地合拢。刘顺昌想他们一天的生活结束了，他们看上去很幸福。

秋风像夜行人的脚步，在河的两岸在屋外沙沙地走着。王老炳和王家宽都已踏踏实实地睡去。蔡玉珍听到屋外响了一声，像是风把挂在墙壁上的什么东西吹落了。蔡玉珍本来不想理睬屋外的声音，她想瓦已盖好了，家已经像个家了，应该安安稳稳地睡个好觉。但她怕她晾在竹竿上的衣服被风吹落，于是从床上爬起来。

她拉开大门，一股风灌进她的脖子。她把手电揿亮，看见手电光像一根无限伸长的棍子，一头在她的手上，另一头搁在黑夜里。她拿着这根白晃晃的棍子走出家门，转到屋角看晾在竹竿上的衣服。衣服还晾在原先的位置，风甩动那些垂直的衣袖，像一个人的手臂被另一个人强行地扭来扭去。蔡玉珍想收那些衣服，她把手电筒叼在嘴里，双手伸向竹竿。她的手还没有够着竹竿，便被一双粗壮的手臂搂住了。那双手搂着她飞越一条沟，跨过两道坎，最后一起倒在河边的草堆里。蔡玉珍嘴里的手电筒在奔跑中跌落，玻璃电珠破碎，照明工具瞎了，河两岸乱糟糟的黑。

那人撕开她的衣服，像一只吃奶的狗仔用嘴在她胸口乱拱。蔡玉珍想喊，但她喊不出来。她的奶子被啃得火辣辣地痛。她记住这个人有胡须。那人想脱她的裤子。蔡玉珍双手攥紧裤头，在草堆里打滚。那人似乎是急了，腾出一只手来摸他的口袋，摸出一把冰凉的刀。他把刀贴在蔡玉珍的脸上。蔡玉珍安静下来。蔡玉珍听到裤子破裂的声音，她知道她的裤裆被小刀割破了。

蔡玉珍像一匹马，被那人强行骑了上去。挣扎中，她的裤裆完全彻底地撕开。她想现在攥着裤头已经没有用处。她张开双手，十根手指朝那人的脸上抓去。她想明天，我就去找脸皮被抓破的人。

强迫和挣扎持续了好久，蔡玉珍的嘴里突然吐出几个字：我要杀死你。她把这几个字劈头盖脸吐向那人。那人从蔡玉珍的身上弹起来，转身便跑。蔡玉珍听到那人说我撞上鬼啦，哑巴怎么也能说话？声音含糊不清，蔡玉珍分辨不出那声音是谁的。

当她回到床前，点燃油灯时，王家宽看到了她受伤的胸口和裂开的裤裆。王家宽摇醒他爹，说爹，蔡玉珍刚才被人搞了，她的裤裆被刀子划破，衣服也被撕烂了。王老炳说你问问她，是谁干的好事？王老炳想说也是白说，王家宽他听不到。王老炳叹了一口气，对着隔壁喊玉珍，你过来，我问问你。你不用怕，爹什么也看不见。

蔡玉珍走到王老炳床前。王老炳说你看清是谁了吗？蔡玉珍摇头。王家宽说爹，她摇头，她摇头做什么？王老炳说你没看清楚他是谁，那么你在他身上

留下什么伤口了吗？蔡玉珍点头。王家宽说爹，她点头了。王老炳说伤口留在什么地方？蔡玉珍用双手抓脸，又用手摸下巴。王家宽说爹，她用手抓脸还用手摸下巴。王老炳说你用手抓了她的脸还有下巴？蔡玉珍点头又摇头。王家宽说现在她点了一下头又摇了一下头。王老炳说你抓了他脸？蔡玉珍点头。王家宽说她点头。王老炳说你抓了他下巴？蔡玉珍摇头。王家宽说她摇头。蔡玉珍想说那人有胡须，她嘴巴张了一下，但什么也没有说出来。她急得想哭。她看到王老炳的嘴巴上下，长满了浓密粗壮的胡须，她伸手在上面摸了一把。王家宽说她摸你的胡须。王老炳说玉珍，你是想说那人长有胡须吗？蔡玉珍点头。王家宽说她点头。王老炳说家宽他听不到我说话，即使我懂得那人的脸被抓破，嘴上长满胡须，这仇也没法报啊。如果我的眼睛不瞎，那人哪怕跑到天边，我也会把他抓出来。孩子，你委屈啦。

蔡玉珍哇的一声哭了，她的哭声十分响亮。她看见王老炳瞎了的眼窝里冒出两行泪。泪水滚过他皱纹纵横的脸，挂在胡须上。

无论是白天或者黑夜，王家宽始终留意过往的行人。他手里捏着一根木棒，对着那些窥视他家的人晃动。他怀疑所有的男人，甚至怀疑那个天天到河边洗草药的刘顺昌。谁要是在河那边朝他家多看几眼，他也会不高兴也会怀疑。

王老炳叫蔡玉珍把小河上的木板桥拆掉，王家宽不允。他朝准备拆桥的蔡玉珍晃动他手里的木棒，坚信那只饿嘴的猫一定还会过桥来。王家宽对蔡玉珍说我等着。

王家宽耐心地等了将近半个月，终于等到了报仇的时机。他看见一个人跑过独木桥，朝他家摸来。王家宽还暂时看不清那个人的面孔，但月亮已把来人身上白色的衬衣照得闪闪发光。王家宽用木棒在窗口敲了三下，这是通知蔡玉珍的暗号。

那个穿白衬衣的人来到王家门前，四下望一眼后，便从门缝往里望。大约是什么也没看见，他慢慢地靠近王家宽卧室的窗口，踮起脚尖伸长脖子窥视窗里。王家宽从暗处冲出来，举起木棒横扫那人的小腿。那人像秋天的蚂蚱从窗口跳开，还没有站稳就跪到了地上。那人爬起来试图逃跑，但他刚跑到屋角，王家宽就喊了一声：爹，快打。屋角落下一根木棒，正好砸在那人的头上。那人抱头在地下滚了几滚，又重新站起来。他的手里已经抓住了一块石头。他举起石头正要砸向王家宽时，蔡玉珍从柴堆里冲出，举起一根木棒朝拿石头的手扫过去。那人的手痛得缩了回去，石头掉在地上。

那个人被他们三人合力打趴在地上，再也不能动弹了，他们才拿起手电筒照那个人的脸。王家宽说原来是你，谢西烛。你不打麻将啦？你跑到这里来干什么？谢西烛的嘴巴动了动，说了一句含糊不清的话。王老炳和蔡玉珍谁也没听清楚。

蔡玉珍看见谢西烛的下巴留着几根胡须，但那胡须很稀很软，他的脸上似乎也没有被抓破的印痕。蔡玉珍想是不是他的伤口已经全部愈合了？王家宽问蔡玉珍，是不是他？蔡玉珍摇头，意思是说我也搞不清楚。王家宽的眼睛突然睁大。蔡玉珍看见他的眼球快要蹦出来似的。蔡玉珍又点了点头。

蔡玉珍和王家宽把谢西烛抬过河，丢弃在河滩。他们面对谢西烛往后退，他们一边退一边拆木板桥，那些木头和板子被他们丢进水里。蔡玉珍听到木板咕咚咕咚地沉入水中，木板像溺水的人。

自从蔡玉珍被强奸的那个夜晚之后，王老炳觉得他和家宽、玉珍仿佛变成了一个人。特别是那晚上床前对话给他留下怎么也抹不去的记忆。他想我发问，玉珍点头或摇头，家宽再把他看见的说出来，三个人就这么交流和沟通了。昨夜，我们又一同对付谢西烛，尽管家宽听不到我看不见玉珍说不出，我们还是把谢西烛打败了。我们就像一个健康的人。如果我们是一个人，那么我打王家宽就是打我自己，我摸蔡玉珍就是摸我自己……现在，桥已经被家宽他们拆除，我们再也不跟那边的人来往。

无聊的日子里，王老炳坐在自家门口无边无际地狂想。他有许多想法，但他无法去实现。他恐怕要这么想着坐着终其一生。他对蔡玉珍说如果再没有人来干扰我们，我能这么平平安安地坐在自家的门口，我就知足了。

村上没有人跟他们往来。王家宽和蔡玉珍也不愿到那河边去。蔡玉珍觉得他们虽然跟那边只隔着一条河，但是心却隔得很远。她想我们算是彻底地摆脱他们了。

只有王家宽不时有思凡之心。夏天到来时，他会挽起裤脚涉过河水，去摘桃子吃。一般他都是晚上出动，没有人看见他。他最爱吃的桃子，是朱灵照相时曾经靠过的那棵桃树结出来的桃子。他说那棵桃树结的特别甜。

大约一年之后，蔡玉珍生下了一个活蹦乱跳的男孩。孩童嘹亮的啼哭，使王老炳坐立不安。王老炳问蔡玉珍，是男的还是女的？蔡玉珍抬起王老炳布满老茧的右手，小心地放到孩童的鸟仔上。王老炳捏着那团稚嫩的软乎乎肉体，像捏着他爱不释手的烟杆嘴。他说我要为他取一个天底下最响亮的名字。

王老炳为孙子的名字整整想了三天。三天里他茶饭不思，像变了个人似的。最先他想把孙子叫作王振国或者王国庆，后来又想到王天下、王泽东什么的，他甚至连王八蛋都想到了。左想右想，前想后想，王老炳想还是叫王胜利好。家宽、玉珍和我终于有了一个声音响亮的后代，但愿他耳聪目明口齿伶俐，将来长大了，再也不会有什么难处，能战胜一切，能打败这个世界。

在早晨、中午或者黄昏，在天气好的日子里，人们会看见王老炳把孙子王胜利举过头顶，对着河那边喊王胜利。有时候小孩把尿撒在他的头顶他也不顾，他只管逗孙儿喊孙儿。王家开始有了零零星星的自给自足的笑声。

不过王家宽仍然不知道他爹已给他的儿子取了一个响亮的名字。他基本上是靠他的眼睛来跟儿子交流。对于他来说，笑声是一种永远也无法企及的奢侈品。当他看到儿子咧开嘴角，露出幸福的神情时，他就想那嘴巴里一定吐出了一些声音。如果听到那声音，就像口袋里兜着大把钱一样愉快和美妙。于是，王家宽自个儿给儿子取了个名字，叫王有钱。王老炳多次阻止王家宽这样叫，但王家宽不知道怎么个叫法，他听不到王胜利这三个字的发音，他仍然叫儿子王有钱。

王胜利渐渐长大，每天他要接受两种不同的呼喊。王老炳叫他王胜利，他干脆利索地答应了。王家宽叫他王有钱，他也得答应。有一天，王胜利问王老炳，你干吗叫我王胜利，而我爹却叫我王有钱？好像我是两个人。王老炳说你有两个名字，王胜利和王有钱都是你。王胜利说我不要两个名字，你叫爹他不要再叫我王有钱了，我不喜欢有钱这个名字。王胜利说完，朝他爹王家宽挥挥拳手，说你不要叫我王有钱了，我不喜欢你这样叫我。王家宽神色茫然，不知发生了什么事。王家宽说有钱，你朝我挥拳头做什么？你是想打你爹吗？

王胜利扑到王家宽的身上，开始用嘴咬他爹的手臂。王胜利一边咬一边说，叫你不要叫我有钱了，你还要叫，我咬死你。

王老炳听到叭的一声耳光，他知道那是王家宽扇王胜利发出的。王老炳说胜利，你爹他是聋子。王胜利说什么叫聋子？王老炳说聋子就是听不到你说的话。王胜利说那我妈呢，她为什么总不叫我名字？王老炳说你妈她是哑巴。王胜利说什么是哑巴？王老炳说哑巴就是说不出话，想说也说不出。你妈很想跟你说话，但是她说不出。

这时，王胜利看见他妈用手在他爹的面前比画了几下。他爹点了点头，对爷爷说，爹，有钱他快到入学的年龄了。爷爷闭着嘴巴叹了一口气，说玉珍，你给胜利缝一个书包吧。到了夏天，就送他入学。王胜利看着他的爷爷、爹和妈，像一只受惊的小鸟，头一次被他们古怪的动作和声音吓怕了。他的身子开始发抖，随之呜呜地哭起来。

到了夏天，蔡玉珍高高兴兴地带着王胜利进了学堂。第一天放学归来，王老炳和蔡玉珍就听到王胜利吊着嗓子唱：蔡玉珍是哑巴，跟个聋子成一家，生个孩子聋又哑……蔡玉珍的胸口像被钢针猛猛地扎了几百下，她失望地背过脸去，像一匹伤心的老马大声地嘶鸣。她想不到她的儿子，最先学到的竟是这首破烂的歌谣，这种学校不如不上了。她一个劲儿地想我以为我们已经逃脱了他们，但是我们还没有。

王老炳举起手里的烟杆，朝王胜利扫过去。他一连扫了五下，才扫着王胜利。王胜利说爷爷，你干吗打我？王老炳说我们白养你了，你还不如瞎了、聋了、哑了的好，你不应该叫王胜利，你应该叫王八蛋。王胜利说你才是王八蛋。王老炳说你知道蔡玉珍是谁吗？王胜利说不知道。她是你妈，王老炳说，还有王家宽是你爹。王胜利说那这歌是在骂我，骂我们全家，爷爷，我怎么办？王老炳把烟杆一收，说你看着办吧。

从此，王胜利变得沉默寡言，他跟瞎子、聋子和哑巴没什么两样。

原载《收获》1996年第1期

第一届鲁迅文学奖

被雨淋湿的河

鬼　子

我从城里离婚回家的那一天，阳光好得无可挑剔，可陈村的妻子却在那天去世了。他的妻子是病死的，死前她的眼睛一直是迷迷糊糊的，在医院和家里来往地躺了半年，但临死前的最后一刻，她的眼睛却突然地亮了一下，然后紧紧抓住陈村的双手。她说你能答应我两件事吗？陈村说什么事，你说。她说我那几亩田地你就别再种了，免得光缴税粮就是一个负担。陈村点点头，说了一声好的。她接着说那两个孩子就丢给你了。陈村说你放心吧，再说他们也都长大了。他们的两个孩子正在远处的小镇上读着他们的中学。你把他们的户口也都转了算了，好吗？陈村又说了一声好的，你放心吧。她于是异常悠长地嗨了一声，然后把眼光慢慢地爬到一旁的窗户上，像是要极力地透过窗户，再看一眼那窗外的天空。但她似乎什么也看不清楚。

她说，天是不是就要黑了。

当时的时间只是临近黄昏。

陈村说那我给你把灯点上吧。她说好的，你给我把灯点上吧。谁知陈村刚一脱手，她就随后闭上了眼睛。陈村把灯点回来的时候，她已经石头一般沉静无声了。

陈村在妻子死去的第十个晚上找到我的家里。那是一个漆黑的夜晚，当时我不在屋，等到我回来的时候，只看见门前的泥地上蜷缩着一团黑色的物体。我当即吓了一跳。那团黑物状似一只在呻吟中不断抽搐的动物，谁也不会想到那就是陈村。我赶紧把他扶起，然后搀进我的家中，让他躺在我的床上。

除了那张床，屋里没有了可以躺身的地方。

我的家，那时空空荡荡的。作为一个刚刚离婚的女人，我无心在十天里把家整好。

蜷缩在地上的陈村是因为心疼。他的心每每疼痛起来，身子就禁不住收缩成一团，然后像渔夫手里收拢的一张破网，无情地甩在泥地上。我说你到医院看过吗？他说看过，可医生说他没有什么病，医生的诊断是他的身体太虚、太弱，所以承受不了太大的压力而造成心的绞痛。我说这不就是病吗？我骂了一句现在的医生有些人就是心眼坏，他们就想着如何多拿些奖金。陈村说，那他们就该把我当作大病，那样他们就可以多收一些钱了。我说你这是死心眼，你们是公费医疗你以为他们不知道？但陈村坚持说医生的说法是对的。

他说他的心他自己清楚。

陈村问我，你还回到城里去吗？

我说我已经离完婚了，我不去了。

他说那你要不要田，还有地。如果要就全都送你，如果不要，我就另外找人。

他说，他妻子活着的时候很苦，她死了，他得给她落实一点心愿。我对他深表同情，为了他，也为了我，我说好的，那你就给我吧。他说那就谢谢你了。我说该说谢谢的是我。他说不，应该是我。我妻子病后，那几块田地一直荒着，已经长出了半人高的野草了。我说那我明天先把那些野草割了。他连连地又说了好几声谢谢。

我在他妻子的田地里忙了没有多久，他的晓雷就回家里来了。

我问陈村，你打算给他找个什么事做呢？

陈村说一时没有想好。他说我慢慢地想吧。

我说，要不你就把哪块好点的田或者地，拿回去种吧。

他的晓雷坚决地甩着头，他说不要，我不种。

陈村也说不要，他说他在给他想办法，他在慢慢地想。那一想，陈村竟想了半年多都没有想好。

这天，村里突然发生了一起血案。一个随身带着尖刀的小子，把一个也是村里的青年给活活地杀死了。出刀的缘故是赌钱的时候对一张人民币的真假引起的争吵。那赢钱的小子就是不肯收下，他让换一张。输钱的小子就是不换，他说你说是假的可我说是真的，你要就要，不要就拉倒，反正老子已经给了你了。那把吓人的尖刀就在这时亮了出来。他说这一张老子就是不要，你得给我换一张，不换就对你不客气。旁边站立着很多的人，陈村的晓雷就在其中，所有的眼睛都看到了那把杀气腾腾的尖刀，所有的耳朵都被那句同样杀气腾腾的

话语所震颤。可是，没有一人上去阻拦，都像买了票在认真地看着一场惊心动魄的海外录像，眼睛眨都不眨。输钱的小子也不眨眼，而且面对尖刀，昂着无所畏惧的胸膛。他说，有本事你就捅进来！敢吗？不敢就把这把烂刀收起！那当然不是一把烂刀，他这么说只是表现他的情绪。那把尖刀却因此而激动了起来，哧的一声就捅了进去，只听到一声糊里糊涂的闷响，鲜血便从对方的心胸里飞泻了出来。

血案是下午三点左右发生的。傍晚的时候，站在门边的陈村突然发现归来的晓雷两只眼睛竟像不是肉长的，而像一种空无一物的泥丸。陈村的心思因此突然地紧张了起来，他觉得那样的一种眼睛，也是一种随时都会出事的眼睛。这种眼睛看上去虽然空空洞洞的，好像什么都不在乎，可一旦碰着什么异物，就会当即电闪雷鸣，烈火熊熊，最后把生命匆匆地了结成一段悔恨的故事。

那天晚上的陈村，被儿子的眼睛活活地折磨着，久久无法入眠。

屋外的落叶在夜风中鸟一样鸣叫不停。

晓雷也是久久地没有入睡，他在床上不时地翻动着，弄出许多刺耳的怪响。

难以入眠的陈村最后从床上坐起。他问了一声你睡了吗？他的晓雷没有回话。他说我想跟你说个事，你看怎样？他的晓雷又响亮地翻了个身，然后短短地应了一句什么事？陈村说，明天我上城里一趟，我想让你到师范去插个班。晓雷却没有吭声。师范的校长是陈村的老同学。他决定求他帮忙。

那个落叶如鸟的晚上是一个周末的晚上。

那时候的周末是旧日的星期六，而不是现在的星期五。第二天是星期天，天亮起来，陈村就摸进了城里。

但他的晓雷却不喜欢读书。于是，父子俩在几天后的路上发生了冲突。

那是送晓雷上路的那一天。

那一天的天气相当的不好，浑浑噩噩的毛毛细雨飘飘扬扬的满天都是。冲突的起因是晓雷的行李上没有任何的遮挡。陈村说雨厚着呢，淋湿了晚上你怎么盖？晓雷却不理他。陈村找来了一块塑料布，晓雷也坚决不要。他刚披上去，他就扯了下来。陈村对晓雷的心情不可理解。他为此心里难受。他摇着头，只好自己拿在手上，跟在儿子的身后走。

路上的毛毛雨越走越厚，晓雷的头发上转眼结了白蒙蒙的一层。陈村的心便又忍不住了。他说你这孩子真是，你拗什么呢，淋湿了晚上你怎么睡？

晓雷说那是我的事。

陈村说你就是拗。

晓雷说这也叫拗吗？告诉你，真正的拗你还没看到呢！

陈村知道儿子话里有话。他说我知道你不喜欢读书，可是我们这样的家没有别的办法。晓雷说这不是什么喜欢不喜欢的问题。他说反正你等着吧，我不会帮你读下去的。陈村对儿子的话当然不满，他说让你去读是为你自己，怎么说是帮我呢？晓雷说，是不是帮你，你心里清楚。陈村显得无奈，他说就算是帮我读的吧，那又有什么不好呢？晓雷说反正我没有兴趣。陈村说你对什么有兴趣呢？晓雷说那是我自己的事。陈村的心里越听越难受，他说我是你父亲，你怎么能这样跟我说话呢？

可他的晓雷并没有因此而停止对他的伤害。他说那你想让我对你说些什么呢？说罢猛然停下了脚步。两只空空洞洞的眼睛猴子一样盯着父亲不走了。

他说我不想再听你啰里啰嗦的，你让我一个人走好不好？我知道怎么上车，我也知道怎么找到你的那个师范。

陈村的伤心达到了绝对的无奈。他说好吧，那你就自己走吧。说完把一直拿在手中的塑料布又递到了晓雷的面前，他说你还是披上得好。晓雷没有伸手，他转身朝着雨雾的远处独自走去。

望着渐走渐远的孩子，陈村的眼里漫下了泪来。

那个晚上的陈村又心疼了一个晚上。

而他的晓雷就睡在那床淋湿了的被窝下边。他的同学说你这样怎么睡人呢？都让他到他们的床上来。可晓雷一声不吭，整个晚上都没有回过别人的话。他的同学都觉得奇怪，都以为第二天早上必定把他抬到医院无疑。可是，第二天早上的晓雷竟什么异常的反应也没有。他像是一头睡醒在草地上的黑熊，摇摇头，张开大嘴，哇哇哇地叫了几声，就跟着同学们一起洗脸一起吃早餐一起上课去了。

时间不到两个月，晓雷那双好像不是肉长的眼睛，便受不下黑板上的那些东西了。一个星期六的黄昏，他突然跑回了家里，他问陈村有没有三百块钱？陈村当即吓了一跳。陈村的身上真的没有那么多钱。他说你要这么多钱干什么？晓雷说不干什么。他说你只管给我就是了。陈村说我哪来的三百块给你呢？晓雷觉得惊讶，他说三百块钱都没有吗？陈村说我一个月的工资是多少？你要，你妹妹要，你说我还剩下多少？我在家里不吃啦？

晓雷没有跟他的父亲多说什么，晚上独自响亮地敲开了我的房门。

当时，我正倚着窗户遥望着西落的月亮。那西落的月亮只是一弯半边的月牙，所以那个时候的夜还不是太晚。那月落的去处就是瓦城的方向，那里有我

因为离婚而失去的儿子。也许是我在思念儿子的情绪中还没有冷静下来，我对他的借钱没有产生任何的疑问。我觉得这些当孩子的也不容易！

拿到钱后的晓雷却突然地问了一声，说他父亲把田地给我的时候，是否拿了一些钱？

我告诉他，你父亲当时没有说到要钱。

他说你其实应该给一点的。

我说你现在的意思是什么？

他说也没有什么意思。

我说，你是不是想说这三百块钱就当是你们家那几亩田地的钱？

他沉吟了好久，好像拿不定这个主意。

我说这三百块钱算不了什么，就当是我送你的吧，好吗？

他便圆睁着眼睛望我。他说最好是不要这么说。这样吧，哪一天我有了钱，我就还你，如果没有，如果一直还不起，你再当着是买了我们家的地吧。这样的孩子确实叫人不可思议。但我仍然答应了他，我不情愿给他打击。

临走时他又吩咐了一句，让我千万不能告诉他的父亲。

我说你放心吧，我干吗要告诉他呢。

我心里说不就三百块钱吗？我用不着为这么一点钱出卖一个刚刚成年的孩子。

三个月后的一个晚上，陈村才问起我，说晓雷是不是跟我借过钱？我说没有。陈村当时站在我的窗户外边。那是一个没有月亮的晚上，夜已经很深，窗外黑乎乎的。他说他睡不着，就敲打我的窗户来了。

陈村说，你跟我说的是实话吗？

我当然不能告诉他。我说他真的没有跟我借过钱。

陈村就思忖着那这三个多月里他哪来的钱做生活费呢？

我安慰他，说晓雷也许是一边读书一边给人打工。

黑暗中的陈村没有答话，我也看不出他的脸色反应。

那个晚上的陈村，还为着另一件事情无法入睡。他的晓雨也读完了她的东西回到了家里。他问我，像晓雨这样的女孩，如果到城里去可以找些什么工作？他说她一个女孩子，总不能让她在村上整天地浪荡。

从城里离婚回来的我，对城里自然没有了多少好感。我觉得人世间的丑恶几乎都云集在看上去十分发达而美丽的城市中。城市就像那蜜蜂窝，我承认里边有着许多可口的蜜糖，但也时常叫人被蜇得满身是伤。尤其像晓雨那样的漂亮女孩。但我没有这样告诉陈村，我替他想了想，建议他让晓雨到城里的发廊或美容店做些小工。

陈村说好的，那我明天带她去看一看，顺便去看看晓雷那小子。

窗外仍然十分的黑暗，我始终看不到陈村的脸色。

城里的师范早就没有了晓雷的影子。等着他的只有那床曾经被雨淋得精湿的被子。他的晓雷把那床被子叠得倒是整整齐齐的，他的同学好像也没翻过。陈村抱起的时候，被子的深处已经发出了一股浓烈的霉味。那张席子也星星点点地布满了白花花的毛斑。

当时的陈村不知儿子的去向。

陈村的老同学，那个师范的校长，也不知道晓雷去了哪里。

陈村说，他都没有跟你说过吗?

他的同学说没有。

他的同学也问他，那他也没跟你说过什么吗?

陈村说没有。

陈村的伤心阴黑了整个脸面，他想跟他的老同学说些什么，他觉得对不起他，他给他添了麻烦了。可他说不出来。他那瘦弱的心跟着又一阵阵地绞痛了起来，他极力地忍受着，最终没能忍住，身子一缩，烂网似的蜷缩在了那床晓雷的被子上。

后来是晓雷告诉我，说他拿着我给的三百块钱，第二天就跑到广东那边打工去了。我因此严厉地指责他，我说你怎么能这样呢？你父亲为了你和你的妹妹晓雨，你知道他是如何地劳心劳血吗?

晓雷的回答却令人伤心透顶。

他说我干吗要管他呢?

我说你是他的儿子，他是你的父亲，你不管他可他得管你，你知道吗?

晓雷的嘴里便飞出一声冷笑。他说照你的意思，我应该给他把那师范读下去？我说是的，你应该读下去。他说我要是真的读下去，我读完了，我做什么呢？我说代课呀。那代完了课呢？我说只要好好地代课下去，总有一天会跟你父亲一样成为真正的教师的。他的眼睛便眯缝成了一条细线，目光尖锐地打量着我。他说你的意思是我的一生也应该像我父亲一样?

我说像你父亲一样有什么不好呢?

他就连连地说了好几声好好好。很好!

我只好无奈地问他，那你的想法是干什么呢?

他说我自己出去打工赚我自己的血汗钱，我不用他再养我，他不应该有意见。

我说，可你是否想到过，当你父亲在师范里抱着你留下的那一床被子时，他的心情承受了多大的痛苦吗？

晓雷的眼光便长长地伸向远远的天边，然后猛地回过头来，他问那一天是哪一天？

我说，我哪知道那一天是哪一天呢？你想知道可以去问你的父亲。

他说还是你替我想想吧，那一天到底是哪一天？

我不知道他说的是什么意思，我也想不出他想知道的是什么意思。我说你问那一天是哪一天干什么呢？你知道那一天你的父亲为了你并不好受这就已经够了。

于是他告诉我，他在广东那边曾经杀了一个人。

他说，他杀人的那一天可能就是那一天，也可能不是。也可能是杀人之后，正在逃往另一个地方，正在大街上到处慌里慌张地流浪。

我当时吓了一跳，我说你说什么？你说你杀了人？

他说是呀，我杀了一个人。一个坏人。

我说，你说的是真的还是在跟我说故事？

他说什么叫真的？什么叫故事？

我说真的就是真的，故事可是编的。

他的脸色便放松了下来，然后笑了笑。他说，我说的是真的。

晓雷说他杀人的最初原因，是在火车上遇到一个重庆的小子。

那是一趟重庆开往广州的火车。晓雷没有去过重庆，也没有去过广州。就连坐火车也是头一次。他没有想到火车上的人竟然那么多，所有的车厢都挤满了前往广东打工的农民。挤着上车的时候，外边的人死命一样叫喊着前边的人往里边挤呀挤呀挤呀！晓雷被挤在人群的中间。他觉得那个时候的人已经不再像人，而是一群被人驱赶着的牛群，走与不走根本由不得你，一直到最后被挤到了哪里，这才停在了那里。这时是因为想上车的人都已拼命地挤了上来了，再上来就找不着地方站了。一直到火车摇摇晃晃地开走了，这才摇出一点松动的空间，可那空间很快又被下一站的人给塞紧了。晓雷说，直到那时，他才想到了国家为何要搞计划生育，为何村里的墙上，到处红红黑黑地写着：谁敢超生就让谁倾家荡产！

晓雷是因为一包香烟与那重庆小子相识的。

那重庆小子也没有座位，晓雷就站在他的身边。晓雷还没有上车的时候他就一直地蹲在了那里，蹲了一个晚上了。大约站了一个多两个小时的时候，晓雷突然觉得嘴巴有些异样的难受。晓雷于是掏出了烟来，他把烟叼在嘴上的时候，发现身旁有双眼睛在注视着他。晓雷朝他笑了笑，慷慨地把烟递了过去。那重庆小子朝他笑了笑，扯下了一支，随口问了一声也是到广东打工的吗？晓雷没有回答他，晓雷问他你呢？重庆小子点了点头，说他在广东已经打了两年工了，这一次是回家帮老板招工转去的。晓雷心里不由一动，趁机将那包香烟塞到了重庆小子的手上。晓雷说我身上还有，这包你拿着吧。重庆小子笑了笑就收下了。晓雷告诉他，说自己是头一次出门的，可不可以跟着他们一起去。重庆小子望了望晓雷，又低头望了望手里的那包香烟，最后对晓雷说，给老板找的人已经够了。但他告诉晓雷，另一个地方有个老板也需要工人，只是工资稍微少了一些。晓雷问他多少？他说一个月六百左右，你要愿意我可以带你去。听说一个月有六百块钱，晓雷的心里当即感动了起来，他不仅说了同意，还随后连连地说了好几声谢谢。重庆小子掂着晓雷给的香烟，脸上笑着说不用客气。他说，出门在外的，都是朋友。晓雷的脑子里突然就想念起了中学课文里的一句什么唐诗，但却说不上来，只感到心里暖烘烘的，仿佛照进了一片阳光。可他没有想到，这个重庆小子原来是为了得到三百块钱，而把他卖给了一个地处荒野之上的采石场。

被晓雷杀死的那个人，就是那个采石场的老板。

临走近那个采石场的时候，重庆小子告诉晓雷，他曾在这个采石场打过五个多月的采石工。他说那采石场的老板是一个很有钱的家伙，但在采石工的身上，他的用钱却不是十分的大方，只要找得到理由，他总要千方百计地压住你的工钱，他叫晓雷自己小心。临走时，又悄悄地告诉晓雷，说是千万不要把身份证交给老板，说完他朝晓雷挥了挥手。晓雷知道他那是再见的意思，也朝他挥了挥手。那重庆小子转过身，慢慢就走得没有了身影。

那采石场的老板是一个身材矮黑的广东人，怎么看上去都是一个只念过一二年书的粗人。那老板姓杨，采石工们都叫他杨老板。杨老板也没有问过有关身份证的话，晓雷说也许就因为这一点，所以他被他杀死之后，警察一直找不着凶手。那个重庆小子带着他与杨老板见面的时候，没有多余的旁人，没有人知道他晓雷是从哪里来后来又到了哪里去了。也不知道那重庆小子是怎么介绍的晓雷，杨老板只跟他吩咐了一些如何采石的事情，别的也丝毫没有多说，好像他需要的只是一头劳动的牛，他不需要与牛进行多余的对话。

晓雷是因为工钱的事而怒火中烧的。

头一个月发工钱的时候，杨老板没有给他一分钱。晓雷觉得有些不可理解。他问杨老板不是说好六百块一个月吗？杨老板说是呀，是一个月六百块呀，他说那你自己不会算吗？晓雷不知道怎么算，他只好回头问另外几个采石工。他首先想到的是伙食费。他们告诉他，菜里有肉的话，扣三百五左右。没有肉呢？没有肉就三百。晓雷把一个月里的菜食回忆了一遍。回忆的结果，是没有过肉的影子。他说那这个月应该是三百块。他们说是的，这个月是三百块。晓雷转身就又找到了杨老板。杨老板的眼睛却牛眼一样在晓雷的脸上不停地滚动。他说你知道我是用了多少钱把你买到这里吗？那一个“买”字，晓雷觉得太伤人心。他嘴里暗暗地骂着你他妈的老子又不是牛，我被谁卖给你啦？但他只愣愣地望着杨老板说不出话来。杨老板说，我给了那个小子整整三百块钱你知道吗？晓雷说我不知道。杨老板说你当然不知道啦，你怎么能知道呢？晓雷说，那这个月我是杨白劳啦？杨老板说应该是吧。晓雷只好阴着脸，在心里暗暗地自认倒霉。

可第二个月发钱的时候，还是没有他的！

杨老板说，这是惯例。晓雷问他什么惯例？杨老板说你不知道？晓雷说我没有听你说过。杨老板便呵了一声，他说那你就去问问他们吧。他说他们知道。他自己不告诉晓雷。他懒得告诉晓雷。他觉得他无须告诉他。没等晓雷再问下去，他就转身走人了。

采石工们说，第二个月是得不到工钱的。第三个月也得不到。一直到第四个月，才能得到第二个月的工钱，跟着是第五个月拿第三个月的。

晓雷的情绪不由一阵慌乱。他说那你们为什么还给他这么干下去呢？他们说不干下去那两个月的工钱不就白白地送给他了？那你们永远这么干下去也永远得不到那两个月的工钱呀？他们说，等得到的钱多一点了再走人，到时，前边的那两个月就当是什么也没做。他们说前边的人就是这样走的。晓雷说那你们为什么不早告诉我呢？他们说谁敢告诉你呢？你要是一走他就知道一定是我们有人告诉了你，我们的工钱就会被他往下再扣一个月，你以为我们是傻瓜吗？

晓雷心里说是的，你们都不是傻瓜，可你们哪一个是聪明人呢？

发完了工钱的杨老板，转身就离开了采石场，回他的城里忙他别的事情包括吃喝嫖赌去了。杨老板总是这样。他不担心有人在背后走开，任何一个采石工都有两个月的工钱在他的手中，真要有人走了他也毫不在乎，他可以从他们留下的钱里再买回一个补上。

晓雷那双如同不是肉长的眼睛，一直干燥地等待着杨老板的再现。

杨老板建有一个小房子在采石场上。那房子看上去是一个简易的木板屋，里边却布置得相当温馨。有时在城里住腻了，就带上一个外来的卖身女，用摩托车拉到采石场来。

时间就这样过去了十来天。

这一天的杨老板又带来了一个卖身的女子。晓雷说那是一个四川妹。看着杨老板的摩托车从面前飞奔而过的时候，晓雷气愤地就要冲上去，那几个采石工却把他拖住了。他们说他身上有枪。晓雷只好又忍了一天，但晚上却如何也睡不着觉。他想无论如何也要把工钱拿到手！给钱他就往下干，不给钱就揍他一顿，然后走人。就这样，晓雷被愤怒活活地折磨到了第二天的下午。他想不能再等了，他担心他玩腻了那个女子一转身又会走人。站在采石场上的晓雷，不时地看着头上的太阳，阳光白花花地把人烤得半死。他不住地抹着汗水，抚摸着激动而紧张的胸口，他想让它平静一些，但他做不到。他突然觉得应该找个地方解解手，他觉得憋得难受，于是从人们的眼里一步一步地迈出了采石场，往不远处的一块大石头后走去。就那一去，采石工们就再也看不到他的影子了。

晓雷已经朝着杨老板的木板房大踏步地走去。

杨老板的房门只是虚掩着。这个地方是他的地方，是他用钱从当地的农民手里买下来的，没有哪一个民工敢不吭一声推开他的房门。当时的杨老板正在床上忙得热火朝天。最先看到晓雷的是那四川妹，但她没有发出惊叫。她只是突然间停止了自己的动作。晓雷站在门内看着他们不动。杨老板又忙了一阵之后才发现了问题。他抓了一条毯子包在腰上，朝晓雷暴跳如雷地吼着。他让晓雷马上给他滚出去！

晓雷却不怕。晓雷说我是来要钱的，你把那两个月的工钱给我，我马上就出去。

杨老板没想到有人竟敢顶他。他说你滚不滚？不滚你就找死！

晓雷站在那里就是不滚。他说你不把钱给我，老子今天也不好惹！

杨老板说想要钱你就接着干。他从床上滑了下来，然后去拿椅子上的衣服。他没有想到晓雷已经朝他逼了过来。

晓雷说你不给我钱我就不干了！

杨老板说不干你就马上滚蛋。

晓雷说你先把我的工钱给我！

杨老板说老子就是不给。

晓雷说你再说一遍给还是不!

杨老板说不给就是不给，你想找死?

杨老板的裤子里还空着半条腿，晓雷已经抄起了桌面上的一个酒瓶，闪电般砸在了他的后脑上。晓雷说那是一只又长又大的酒瓶，但却没有发出什么惊人的响声。被打着的杨老板，也没有发出任何非凡的叫喊，他的身子只是默默地往旁一歪，就栽到了地上。床上四川妹眼睁睁地望着晓雷和那倒在地上的杨老板，竟也没有一声惊恐的喊叫。直到晓雷从杨老板的衣服里摸出一沓厚厚的钱来，她的声音才响亮地飞越了起来，她说你把钱留一点给我。她说他把我弄到这里来还没给我钱呢。晓雷朝她过了一眼，她身子一丝不挂地坐在床上。晓雷的眼睛没有多看，他低下头去看了看手里的那沓钱，抽了一撮往床上丢去。那一撮晓雷估计最少也有一千。

我问晓雷，那一沓钱一共多少?

晓雷说，后来逃到树林中的时候，我数了数，一共是五千八百六十七元。那八百六十七元，后来我又给了那个四川的妓女。

我说你不是逃到山上的树林去了吗?

他说是呀，她也跟我一起去了。我们两人在山上的树林里合谋躲到了天黑，然后由她带着我，逃出了那片荒野，最后乘火车离开了那个可恶的地方。

我没有怀疑晓雷的叙述。如今的青年人什么事都干得出来，而且常常干得叫人不敢想象。但我仍然再一次地问他，我说你说的都是真的吗?

他说你以为我是在给你说故事吗?

我说那你怎么没有想到该去报案自首呢?

他说想到过。

我说那你为什么不去?

他说想到这个问题的时候，他已经躺在了旅店的床上。最初的三个晚上他根本睡不着觉。他躺在旅店的床上不停地想着该怎么办呢?最后，他在第四个深夜里爬起了床来，他撕了两片纸，用旅店里的笔，在其中的一片纸上慢慢地打了一个钩，像老师打在学生的作业本上一样，不同的只是那一个钩不是红色的。那是一支蓝色的圆珠笔。他把那两个纸片揉成很小的纸团，散在桌子上。他心里想，如果抓起的那一团是空白的，他就前去自首。如果是打钩的，就不去。

抓起的第一片却是打了钩的。

但他的心中却又不敢落实。他又接连地摸了两次，得到的竟然都是打了钩的。他觉得实在是莫名其妙。他说不清那是因为什么。但他仍然没有因此而睡下。他随之觉得自己的做法不对。他突然觉得那打了钩的不就是布告上枪毙人的那种钩吗？那应该就是自首的意思。于是他决定重来。这次他把旅店里留下的那一便笺全都撕成了数不清的纸片，然后在纸片上分别地写着自首、不自首两种字样。他觉得不能再用符号代替。他觉得符号这个东西，可以这样解释也可以那样解释，叫人心里依靠不住。每一个字他都得十分用心，一笔一画写不敢有半点的潦草。先写了自首，跟着再写不自首；写完了不自首，就又接着写下一张的自首。不让哪一种多，也不让哪一种少。写完了，再一张一张，慢慢地揉好。

一直忙到快凌晨的时候，晓雷才闭上眼睛，让两个手指在自首与不自首的海洋中，听天由命地捞出了五张来。

结果是两张自首，三张不自首。他的心因此而安定了。他觉得五打三胜，他不应该再自己折磨自己了。

我对他说，人命是关天的事，你怎么能用儿童的游戏方式来决定呢？

他说天下的事就是这样，你觉得它是游戏它对你就是游戏，而你觉得它不是游戏，它对你就不是游戏。

我说，话怎么能这么说呢？

他说怎么不能这么说呢？你是在城里住过的人，你没听人家在歌里是怎么唱的吗？说是人生一出戏，何苦太认真。

我说人家那说的是人生，不是游戏。

他说我没觉得有什么不同。

为了他这杀人的事，我失眠了好几个晚上，我想我该不该告诉他的父亲陈村呢？

后来我没有告诉陈村。

我想，他也许是想到过我不会告诉他的父亲才告诉我的，要不他为什么要告诉我呢？那些天里如果我把晓雷杀人的事告诉了陈村，他的痛苦会是什么样子呢？他会不会在地上突然一蹲，转眼就又收缩成一堆可怜的烂渔网，然后昏死在地上？或是连夜摸到警察那里，让警察在一个黑色的夜里偷偷摸到晓雷的床边，最后把晓雷带走？

我没有告诉他。

我没有告诉陈村的另外一个原因，是晓雷同时叙述了另一件事情。

对晓雷来说，那得算是一件了不起的事情。

杀死了杨老板的晓雷，并没有随后回到村上。他想，死了的那个杨老板不会太大惊动警察的愤怒，因为死在地上的杨老板仍然是一副淫荡未酣的状态，那些采石工们也会异口同声地告诉警察，说那是个坏人，说他从外边带回了一个妓女。他们还会齐声地告诉警察，他如何榨取了他们的工钱，而且骂他真他妈的该死！不管怎么说，死了的那个杨老板是一个绝对的坏人，他想不会激起任何一个好人的同情。在警察的手中，一些应该破获以平民愤的案件多如牛毛。杨老板的死顶多只是闪现在他们后脑壳上的一条细微的黑影，他想只要时间过去了，也就无影无踪了。

晓雷与那四川妓女分手的时候，他不知道她叫什么名字，她也不知道他是哪里的人。他曾问过她，你不会把我告给警察吧？那妓女说怎么会呢？她说她也不想回到原来的地方去了，她想也许警察会找到她原来的那个地方去，也许也不会，因为杨老板是在街面上把她拉来的，她与杨老板原来有过一两次的交往。她说如果有一天警察找到了我，我就说，我不认识你。晓雷连连谢了她两句。他说，我真是没有想到你们这种人竟然是人坏心不坏，好吧，那我们就再见吧。那妓女也说好的再见吧。说完朝他扬起了一只轻飘飘的小手，在空中慢慢地挥动着，就像一只受伤的小鸟在空中慢慢地摇晃。晓雷的心中泛起了一阵少有的凄楚，也朝她扬起了自己的手来。两只手在空中相对着晃了几晃，转眼就各奔东西了。

晓雷的脑子里，后来时常浮现着那个妓女。他说那是一个长得确实让人心疼的女孩。她的年龄顶多十七，比他的妹妹晓雨大不了多少。

晓雷没有想到，几天后他竟然与那重庆的小子不期而遇。

那是在另一个城市的大街上。当时的晓雷正在大街上浪荡着想找个工作。在城市里找工作并不太难，难的是找到一个好的工种。所有的大街小巷都隔不远就能看到一个招工的事务所，那些事务所的门前贴满了五花八门的招工消息，看上去就像那些同样贴满了街头巷尾的专治性病的民医广告。晓雷想不明白，莫非得了性病的人与寻找工作的人一样的众多？

与那重庆小子相遇的时候，大街上的阳光格外的灿烂。在强烈的阳光里，双方都有点不肯相信地眯细着眼睛，都很吃惊的样子。重庆小子问他，你不在那里干了？晓雷没有回答他的话。晓雷只冷冷地骂了一声他妈的！那重庆小子便说，我知道你为什么不干，那小子的确太黑了。晓雷说，知道黑你就不该把我卖到那里。就那一个“卖”字，一丝急匆匆的羞涩在重庆小子的脸上水一样流过。他抓了抓额门儿上的头发说，要不我带你到我们厂里试试？他说厂里刚刚开除了两个人。

那重庆小子得意于一家日本老板的服装生产厂。

那老板大约三十来岁，可怎么看上去都不像那些有了钱的外国老板，脸上的肉本来就不是太多，却又紧绷绷地拉着，好像他办的不是一个赚钱的服装厂，而是一家改造人种的犯人收容所。晓雷跟着重庆小子刚走进他的办公室，他右手一挥，就把重庆小子给赶出了门外，像驱赶一只苍蝇。

他没有叫晓雷坐下。他眯细着眼睛，尖锐地打量着晓雷。他问他坐过牢吗？

晓雷没想到老板会这么问话。他愣了愣，回答没有。

老板说，我要的是实话，你不要以为坐过牢就丢脸就不想说。

晓雷说我知道。

老板就又问了一句你真的没有坐过牢吗？

晓雷说真的没有坐过。

老板说没坐过牢做过什么坏事没有？

晓雷说没有。

老板说真的没有？

晓雷说真的。

老板说什么坏事也都没有做过？

晓雷说没有做过。

老板说，比如打过什么群架，耍过什么流氓的？

晓雷说没有。

老板说你是光知道说没有，还是真的什么也没有。

晓雷说是真的没有。

老板便有一点失望的样子，一直眯缝着的眼睛也悄悄地睁大了开来。

他突然问他，难道你是共产党员吗？

晓雷说不是。

老板说那你父亲是吗？

晓雷说也不是。

老板又问那你是共青团员吗？

晓雷说也不是。

老板似乎觉得奇怪，那你怎么没做过坏事呢？

晓雷的心里便暗暗地骂了一句他妈的什么老板。心想，我要是说我杀过人，你肯要我吗？他想不明白这个老板为什么这样考核他要招收的工人。

走出门外的时候，重庆小子才悄悄地告诉他，说那老板并不是真正的日本人，他是从大陆到日本去的。在大陆的时候坐过几年牢，不知怎么后来就到日本去了，而且与日本一家服装生产厂的老板的女儿弄成了夫妻。后来，夫妻俩就带着他岳父佬的钱跑回来办下了这个服装生产厂。晓雷说那你为什么不告诉我呢？重庆小子说不知怎么给忘了。他告诉晓雷，如果你告诉他坐过牢，他马上就会重用你。因为在他手下帮他管事的人，绝大多数都是坐过牢的。他觉得只有坐过牢的人才能帮他管好别人。他有他自己的理论，说是坐过牢的人绝大多数是胆子大而且聪明的人。

晓雷便大着眼睛盯着那位重庆小子，他说那你坐过牢吗？在他看来，那重庆小子是受了重用的。

重庆小子的回答是坐过。晓雷说真的吗？重庆小子说什么真的假的？老子犯的是流氓罪，整整蹲了三年！晓雷因此便大起了胆子，他说，要知道是这样，我他妈的就该对他说，老子杀过人！重庆小子笑了笑，他说算了，反正他收下就算了。

晓雷却低声说了一句，这样的工厂，我不一定干得下去。

重庆小子说，你管他那么多干什么呢，怎么管那是他的事，反正他给的工钱高我们就替他卖命，不就为了钱吗？晓雷问他，一个月正常可以拿多少？重庆小子说最少也有一千多差不多两千吧。

晓雷往咽喉的深处暗暗地吞下一些什么，不再作声。

事情出在三个多月后的一天下午。

那几天可能一直都是阴天，晓雷无法产生确切的回忆。他们已经好几天没有看到白天的天是什么样的天了。为了抢时间按时交货把钱赚回来，老板没日没夜地让他们加班。老板把饭菜都送到他们的身边，任他们吃任他们喝，那些饭菜也做得比任何时候的都好，但工人们全都吃得味同嚼蜡，他们需要的并不只是那些好饭好菜，而是希望能尽快把身骨放松下来，但老板总是绷着脸，让他们吃完了接着干，碗也不用他们洗。能够偷闲的只是饭后上厕所的时间。于是吃过饭的人都想在那个时候往里挤。但卫生间里，每次只能进出一个人。唯一的希望还是尽快地干活。干完活天色早已黑了四五个小时了。走出厂门前往宿舍去的路上，一个个迷迷糊糊的，就像漂泊在没有方向的湖水之中。

出事的那个时间大约是差五分钟四点，当时的车间突然陷入了一种从未有过的寂静。寂静的前边是老板猛然三声穷凶极恶的怒吼，他叫民工们站起来！通通地给我站起来！你们！没命般忙碌着的工人们，都不知道出了什么事了，都朝着发出怒吼的地方望了过去。老板那副瘦得猴样的身子已经站在了车间的中央，他的身边分别站立着两个目光铁锈的保安。晓雷说，那是老板手下两条喂得毛光闪亮的狼狗！通往车间的门一共三个，不知道他们从哪个门内冲杀了出来。正想着出了什么事了？老板吼声又爆发了，他说通通给我站到中间来！

人们慌乱地挤到了过道上，站成了一条畸形的队伍。

就在这时，高挂在墙上的挂钟当当地敲响了四下。

老板扫视着眼前的民工们，目光恶毒如狼，接着久久地不发声音。那样的寂静是十分伤人的。大约两三分钟过后，老板才咧嘴吼了起来。他说谁偷了我的衣服自己站出来！谁？谁偷了我的衣服？民工们都像没有听懂老板的话，都以为是谁暗里偷了他老板脱下的衣服，都觉得与己无关，没有人给老板站出队来。

老板转个眼又连连吼了两遍。

但受惊的人们只是不停地绷着紧张的情绪，仍然无人站出队来。

老板显然等不下去了。他朝身边的两个保安甩了一个眼色。两个保安朝人群中扑了过来。

遭受劫难的竟是一位怀孕将近五个月的女工。所有的民工全都震惊了！那女工当时正低头拉扯着身上鼓胀鼓胀的衣服，两个扑上来的保安呼一声把她的两条胳膊架了起来。随着她嘴里的一声尖叫，受惊的队伍河流一般乱成了一个空洞的旋涡，人们从两头哗地卷了上来。

那女工叫到第三声的时候，两个保安已将她架到了不远的一根水泥柱下。遭遇从天而降，把她吓得早已魂不附体，随着一阵阵直钻人心的号叫，从她那张抽搐的脸上不停地飞扬而起。

她说我没有偷，我没有偷，我没有偷……

两个保安全然不顾她的哀号，接着，他们揪住她的裤身，然后往下猛拉。那女工本来是背靠柱子站着的，随着一声更为刺耳的惨叫，她与跌落的裤子同时坐在了地上。两个保安刚要把手伸进她的裤子深处，却被她本能而飞快地提了起来。可是，没有等她顺着柱子爬起，那两个保安又把她的裤子给扯脱了。

四周的民工全都骇呆了。谁也没有见过这等的情景。谁也不知如何是好？

只有晓雷突然一步抢了上去，左右猛力一推，把那两个保安推倒在了地上。

与此同时，人们都吃惊地看到了那女工裤子里藏着的东西。那不是老板身

上穿的衣服，而是一件还没有车好的衬衣。

晓雷问她这是怎么回事?

那女工早已泣不成声。她说她这不是偷的，是她把衬衣上的一根线给车坏了，她要拿回宿舍去偷偷地把线拆了，然后再拿回来重新车好。晓雷心想她的身体现状与众不同，她是被这没日没夜的劳累给弄迷糊了，所以把衬衣给车坏了。晓雷觉得他应该帮她跟老板解释解释。可晓雷拿着那件衬衣刚要站起，身后的不远处突然炸起了一声巨大的声响。

老板愤怒地推翻了一台机子!

民工们在机器倒地的声音里更加惨白了脸色。

老板像头张狂的野兽，朝混乱的人群凶猛地扑了过来，他一边推着他们，一边不停地吼叫着站好！站好！通通地给我站好!

像一群左冲右突的牛群，民工们又给老板站成了一支奇形怪状的队伍。

老板随后跳到了一台机车的桌上，他顺着一脚又踢翻了旁边的一台机子。就在这时，他朝民工们吼出了跪下，通通地给我跪下!

民工们一时都愣了，所有的人脸都惊慌失措地转动着，你望望我，我望望你。

老板随后又踢翻了一台机子。他的嗓门里像在冒血，他不停地吼叫着跪下！通通地给我跪下！谁不跪下谁就从我这里滚出去!

惊慌的情绪以狂风的姿态在人们的脸上变幻着。但仍然没人跪下。

老板突然将手指向身旁的两个保安。

跪下，你们也给我跪下!

那两个保安一下呆住了，但他们无须等到老板的第二声吼叫，就老老实实地把身子弯曲了下去。

转眼间，那条畸形的队伍像一堵挡不住黑风的破墙，纷纷牵连地倒了下去。

只有晓雷依然站立着。

晓雷身旁的那名女工刚要跪下的时候，被他猛地提了起来。他朝她吼着，跪什么跪！大不了不赚他那几个臭钱。但他刚一放手，那名女工又软了下去，而且响亮地号啕了起来。随着，她的号啕将车间感染成了一场瓢泼的大雨。

老板没有想到竟然有人没有给他跪下。他指着晓雷厉声地问道，你为什么不跪?

晓雷圆睁着那双好像不是肉长的眼睛凝望着老板，他说我为什么要下跪?

老板那张无肉的瘦脸因此乱抽乱扭了起来，他说你还想在我这里赚钱，你就得给我跪下！

晓雷不跪。他说我就是不跪。

老板说不跪你就马上给我滚出去！说完朝两个保安晃去了一个眼色，他说你们给我把他轰出去！

那两个保安顺势站了起来。晓雷却从腰后猛地抽出了一把尖刀。那是一把寒光逼人的尖刀，刀把上到处镶满了红红绿绿的宝贝。那是晓雷在采石场那个杨老板的裤带上取下来的。当时，如果不是他手中的酒瓶及时地敲打下去，杨老板要是穿好了另一条裤腿，晓雷也许难逃那把尖刀的伤害。

晓雷严厉地晃着那把尖刀，他说我告诉你们，老子杀过人，你们要敢靠近一步，我就把你们当成野狗，一刀一个！

天黑前，晓雷和那名女工离开了那个服装厂。

那名女工的工钱是那重庆小子替老板拿来的，但被老板扣去了好几百。晓雷问了一声我的呢？重庆小子说，你的钱在老板那里，让你自己去拿。晓雷骂了一声，他说，他现在在哪儿？重庆小子说在他的办公室里。晓雷问，他是不是想要什么花招？重庆小子说我不知道。而且学着外国人的模样耸了耸他那矮小的肩膀。晓雷的嘴上就又骂了一句，他想我要是不去，就证明我晓雷怕他。我为什么要怕他？钱是我的，那是我的血汗，他就是咬在牙根上，我也要把它敲下来。

老板独自坐在办公室里。晓雷想，他一定两脚高傲地架在办公桌上等着他的进入。可是没有。他很平常地坐着。看见晓雷进来连忙迎了上去，他让晓雷坐在一边的沙发上。他的手里拿着晓雷的那一沓工钱。可晓雷不坐。晓雷说你把我的钱给我。老板没有递给他。老板说，我想跟你说个事。

晓雷瞪着那双仿佛不是肉长的眼睛，盯着老板。

老板说我刚才想了很久，我觉得你是一个少有的人才。

晓雷随之敷衍一笑，他说你是不是想留下我，而且给我加薪？

老板点了点头。他说像你这样的人是可以做大事情的，我需要你这样的人。

晓雷把脸色一沉，他说，我要是答应了你，那不证明我最终还是给你跪下了吗？

老板说这是两码事，我让你留下是为了重用你，对你来说这是一个难得的机会。

晓雷说我不干！再说了我也不能这样干。

老板希望他想一想。他说我一个月可以给你四千。

晓雷说四千是不少，可问题是，给你这样的老板干活却是做人的一种羞辱。

老板惨然地笑了笑，他并没有感觉到太多的意外。他说，问题是过着没有钱的日子也是一种羞辱，这你应该知道。

晓雷说当然知道。可那种羞辱只是短时间里的羞辱，而给你干活则是一种终生的羞辱。

老板说这是你的观念问题，他说你知道我刚到日本的时候是怎么混的吗？为了找到活路，我就曾不止一次地给日本人跪过。

晓雷说那是因为你没有人格。

老板说，人格那东西有时并不值钱，值钱的是你如何找到门路生存下去，而且生存得像个人样，就像那些卖淫的妓女，你说她们有没有人格？你没有钱你日子都过不好，你整天被别人小看，你说你有人格吗？

晓雷说反正我不会当妓女。

老板说我那是给你打个比方。我的意思是你不要以为我刚才叫他们跪下是对他们人格上的侮辱。我要管理好我的工厂我就得这样，再说你知道，他们那些工人都是一些什么样的人？他们跟你不一样，他们不需要你说的那么多的什么人格，他们只知道如何在我的工厂里多赚一些钱，你说，我要是不给他们来这么一下，他们如何才能老老实实地给我做事呢？

晓雷说我告诉你，像你这样的人，我不管你是外国人还是中国人，如果现在我们是站在一条独木桥上，我一定杀了你！可话刚说完，那名刚刚被开除的女工突然推门扑了进来，她哭丧着脸直直奔往老板的面前，然后扑通一声就跪在了老板的脚下。她并不是为了老板扣下的那几百块工钱，她是要求老板给她再做一个月的工。当时的晓雷因此气愤到了极点，他往前抢了一步，将她愤怒地提了起来。晓雷想不明白是因为他的愤怒还是因为那名女工本来就那么轻飘飘的，只像是一只没有骨肉的布娃娃。晓雷骂她，我是因为你才离开这个鬼地方的，我都没有给他跪下，你还给他跪下？你求他什么呢？你的脸就这么不值钱？说完，从老板的手里抢过自己的钱，拖着她愤怒地走出了门外。

那女工却一路哭得凄凄惨惨，嘴里不断地呢喃着一大串怎么也听不清楚的东西。走出工厂没有多远，她的肚腹就突然一阵绞痛，然后昏倒在了地上。

晓雷架着她艰难地走了一段，最后招了一辆过路的板车，送进了医院。

晓雷说，当他架着那位女工走在工厂外边的路上时，他是真真地哭了，他哭得并没有声音，但眼泪一串一串的，一直流了很久。

我问晓雷，那名女工后来是你送她回家的吗？他说没有。住院的第二天早上，医院里的好人就把电报发到了她的家里。她的弟弟和她的哥哥，带着两张惊恐的脸面，在第四天的晚上赶到了医院。

晓雷问我，想不想看看她那可怜的模样？说着从腰后拿出了一张折叠得只有巴掌大的报纸，然后指着图片上的一个女子，他说这就是她。

而我却最先看到了他晓雷。

他瞪着那双好像不是肉长的眼睛，正在报纸上激怒无比地对谁说话。图片的顶上，是一行充满力量的大字：

又一个不跪的打工仔

我说，这么说你可是出了大名啦！

他说出什么大名啦，要不是因为这个，我还可以再到别的工厂找找别的活路。可是一上了这个报纸了，我就不得不离开那城市了。

我觉得不可理解。我说为什么呢？

他说有什么不可理解的呢？你想想，那个采石场的杨老板如果没有被我打死，他要是看到了这张照片，你说他难道不会去找警察吗？

我说那你不是说他被你给打死了吗？

他说如果不死呢？

他说也许是死了也许又不死。他心里不知怎么突然有了点怀疑。于是就在大街边上买了几张有他照片的报纸，悄悄地离开了那个城市。

我说那这报纸是怎么回事？他说，那女工住进医院的当天晚上，他们的故事震撼了整个医院。第二天早上，电视台和报纸的记者们就蜂拥而至，把他和那名躺在床上的女工，围得熊猫一般喘不过气来。

晓雷回到家里的那个黄昏，他的父亲陈村却被吓掉了半颗门牙。

晓雷到家的时候，外面的天还不是太黑，但屋里早已昏暗了下来。那一天是陈村到镇上领回工资的日子。当时的陈村正在残灯的下边往一个本子上记着当月没有领到的数目。那个本子如今我还替他完好地收藏着，那些数目也一直歪歪斜斜地曲蜷在上面，就像记忆中一串一串被风干在野地上的红薯片，但瘦弱的陈村却永远也吃不上了。陈村活着的时候，一直压在他的枕头底下。那个晚上的陈村没想到他的晓雷会突然地回到家里，而且已经悄悄地站立在了他的身后。他刚要把本子放回原处，身后的晓雷猛然地叫了一声爸爸！那声音像一根突如其来的棍子，响亮地敲击在陈村的脑后，陈村吓得往前一磕，嘴巴撞在

了桌子的边上。那是一张苍老而坚硬的铁木桌。陈村的牙根一阵疼痛，那半颗门牙便不知了去向。

落到地上的还有陈村手中的那一个本子。当时的晓雷并没有看到。因为屋里已经突然间黑暗了下来。那盏可怜的残灯，在陈村磕下的时候猛地跳了一下，那火苗便在震惊中逃亡了。

那灯原来是有着一个灯筒罩着的，虽然顶上长年破烂着一个拇指大的缺口，但埋下妻子的那个晚上，人们出出进进的，不知被谁突然地碰了一下，便飞身落到了地上，清脆地摔成了无数的碎片。

晓雷看到那个本子的时候，时间已是回家第五天的晚上。

那个晚上的陈村先是到了我的家里一趟，他问我晓雷回来后是不是到过我家。我知道我不能瞒着他。我说他来过。陈村便问他都跟你聊了一些什么？我说没聊什么。我心想他陈村是认真的。但我又不能把晓雷杀人的事告诉他。于是我说，他拿回来了一张报纸，你看了吗？他说看见过。我说他就说了那个事，别的没说什么。陈村便枯坐在那里，情绪忧伤得无可救药的样子。我想，我得找些话安慰安慰他，于是我告诉陈村，说晓雷是因为不喜欢当老师才悄悄离开师范的。我说，他没有告诉你是怕你会与他吵架，他不愿伤你的心。

陈村说，我心里负担的已经不是这个问题，我是在想，他出去也才六七个月，他哪里来的那么多的钱呢？我无法回答陈村的猜疑。晓雷到底带回了多少钱，我当时不知道，晓雷也没跟我说过。晓雷敲开我房门的头一个晚上，一进门就朝我递上了三百块钱。我说你这是什么意思。他说还你的。我说，我没说让你还呀。他说，我说过，没钱就不还。从他的话里可以知道，他是赚了几个钱的。但在我们后来的话里，再没提起钱的事情。

晓雷把带回的钱收藏在床脚下的一个空罐里，这是陈村无意中发现的。我问他一共有多少？陈村说一共一万多。这个数目对于长年贫穷的陈村来说，当然不是小数。他说他哪来的这么多钱呢？我说我不知道。陈村坐了不到半个小时，就忧心忡忡地回去了。

晓雷正在那盏可怜的残灯之下，偷看他父亲收藏在枕头下的那个可怜的本子。他没有想到父亲出门没有多久就又突然地回到了家里。

陈村的情绪因此被破坏得发起了火来。他说你怎么乱翻我的东西呢？就把本子夺到了手上，塞回了枕头下的席子底。但随之又拿了起来。他一时想不出应该换个什么地方收藏才好。他说你怎么乱翻我的东西呢？

晓雷却毫不在乎，他问父亲，他们为什么欠了你们这么多的工资不发？

陈村知道为什么。

但那个时候的陈村不愿回答他的晓雷。他说这关你什么事呢？

晓雷说你们可以到上边告他们去。

陈村的内心便愈加地不满。他为晓雷随口而出的话感到十分的惊讶。他觉得他太轻狂了。

他说你知道什么呢？告谁？你说告谁？

晓雷说谁扣留了你们的工资就告谁呗！你管他是谁呢！

陈村说你知道是谁吗？

晓雷说我怎么知道他是谁呢，反正工资是不能克扣的。谁扣了就可以告谁。人家电视台和报纸就是这样告诉我们的。

陈村说我们？你的那些我们都是谁？你们是谁？

晓雷奇怪地问，什么我们是谁？

陈村说是呀，你们是谁？

晓雷被父亲问住了。他不知道如何回答他的父亲。

陈村说，你们不就是出卖劳力给人家打工的吗？你们的目的就是赚钱，可我们呢？我们是谁？

你们是谁？晓雷朝父亲反问了一句。

陈村说，我们是国家干部，我们是给我们的政府干活。你们呢？你们那是给外国老板打工，知道吗？陈村不知道那个外国老板本来是中国人。晓雷没有告诉他。那张报纸也没有告诉他。记者的用意也许是对的，那样更能激起国民极度的愤慨，更能宣扬晓雷作为英雄的民族气节。

晓雷说给政府干活又怎么样？给外国老板干活又怎么样？我没觉得有什么不同。

陈村猛然地骂出了一句，他说我白白养了你这么大！一个是自己的政府一个是外国的老板，你说怎么相同呢？相同在哪里？

晓雷也朝父亲板起了面孔，他说，那你说有什么不相同呢？

陈村说不同就是不同。你给外国的老板打工他要是克扣了你们的工资他那是对你们的剥削你们当然要告他，你们要是不告他，他就会不停地剥削你们。可我们呢？

晓雷说我知道，你们是国家干部对不对？可国家干部又怎么样？国家干部就可以像老黄牛一样挤的是牛奶吃的是草吗？问题是你连该吃的草都吃不到，你不觉得你们可怜吗？晓雷觉得他没有办法与父亲再争论下去，他觉得他父亲

的脑子太老实太傻了。他恨恨地骂了一句他父亲是一个傻蛋。他说我没看见哪里还有像你们这样的傻蛋。然后站起身往外边的黑暗里走去。

那个晚上的陈村又因此整整心疼了一夜。第二天早上，上不到两节课，就又烂渔网似的收缩在教室的讲台一角。而当晓雷把他弄到担架上，要把他抬到医院去的时候，他却死活不去。

他说我没有钱。

晓雷想说你不是国家干部吗？上医院治病还用得着你自己掏钱？但晓雷没有说。晓雷从腰里掏出自己的钱来。他说我给你出钱好了吧，一千？两千？全都由我来出，好了吧？

但陈村还是坚决不去。

他一看到晓雷手上的那些钱就心里发怵，他说你哪来的这么多钱？

晓雷说你管我哪来的，能治好你的病就是好东西。

陈村说，你不把你那些钱的来历说清楚，我不会用你的钱。用了我心里也得不到安宁。

因为本子上的那些数字，晓雷时常当着我的面，骂他的父亲是个傻蛋。我有些于心不忍，却又找不到更能说服晓雷的话，最后把真相告诉了他。我说你父亲他们的工资不是被人扣的，而是城里的教育局搞了一个教育勤俭服务公司，因为缺乏投资的资金，就把老师们的部分工资先拿去当作投资了，说是到年底的时候再还给他们，还同时付给投资的分红。

晓雷听完却又大骂了一声傻蛋！

晓雷说这样的事我听过多了，几乎每天都可以听到。他说工资是肯定会还给他们的，但分红肯定得不到。

我说，说好了的事，不会有人想反悔就敢反悔的。我说他们不敢。

他说怎么不敢？是我我就敢！到时我就说没有赚到钱，你们能把我怎么样？而实际上，他们自己早就肥得流油了。

我说什么事情都不能想得那么黑暗，要相信世界上还是有着好人的。

他说这年月你以为是哪年月？话说得最好听的人往往是最坏的人，你信不信？

我说我承认有坏人，但也不是那么绝对。

他说绝对当然不能绝对，但这年月坏人已经越来越多而不是越来越少，你不能胡乱相信谁是好人。

我对这样的晓雷感到不可思议，觉得无法跟他对话。

几天后一个月色模糊的晚上，晓雷拿着两千块钱突然敲开了我的房门。

他说他想出去一些日子。我问他去哪？他不肯马上告诉。他只连连地说了几次我想出去一下。

我问他你拿这钱是什么意思，是不是想让我转给你父亲？

晓雷点点头，他说如果他需要钱的时候，你就帮我给他，只是别说是我的就行了，好吗？他的眼光当时异常的纯净而感人。

我心里为此一热。我说好的。但他仍然站着不走。我知道他心里还有话要说。但不知道他想说的是什么。我说还有什么事你就说吧，我不会胡乱告诉你父亲和别的什么人的，你完全可以信任我。

沉默了片刻之后，他抬起了眼睛，静静地凝望着我。他说有个事我想跟你说说，你看行不行。我说你说吧。他说，我想到城里去摸摸底。我没听懂他的话。我说摸什么底呢？他说就是我父亲他们的工资问题。我说你是担心他们有蒙骗的行为？他很肯定地点了点头。他问我你说呢？我为他的提问埋下了头去。我不敢贸然地回答。而当我抬起头来的时候，他的眼光还一直十分企盼地望着我。我不由又迟疑了一下。我说这事怎么说呢？他说你怎么想就怎么说吧，我想听听你的看法。我觉得这事情有点过于尖锐，而且容易叫人为之胆寒。可他却一直那样地望着我，等着我的回答，那模样就像秋天里守候在地坎上的小男孩。

我说这事最好是别管。

他的声音便突然地飞越而起，他说你怎么这样说呢？

我说，如果他们的行为真的带有某种蒙骗的性质，到时候总会有人去管理他们的，用不着我们去操这份心思。他问我，你说谁会去管呢？我说这我不知道，但我想总会有人去管的。他为此低头沉默不语。我说，再说了，如果他们是真的为着老师们的利益着想的呢？他说我不相信。他说那些人首先想到的一定是他们自己，绝对不会是别人。我说你也是凭空想象的，你有什么理由吗？他说我是凭空想象，但我相信我的直觉。我说直觉这东西有时不一定就对。可他说，在这个事上，他的直觉一定是对的。我说为什么？他说道理很简单，因为老师们是最善良的，也是最怕事的。他说你别看他们都嘴巴顶硬的，真要是吃了什么亏了，往往只是嘴巴上说了一通，随后就死了一样吞往肚里，接着便不了了事了。我说反正这个事情不好弄。

我说你是真的要去了吗？

他说当然是真的。

我说那你有什么打算呢？

他没有告诉我。

也许，他本来是想告诉我的，而且想从我的嘴上得到一些鼓励性的东西，但是没有得到我的支持。

他说反正我有我的手段。

我一定让他们这些傻蛋开开眼界，他说。

我知道他那说的是他的父亲他们。

第二天早上，他一声不吭地离开了家，往城里闯去。

一个星期后的晓雷，在城里请人用电脑打了一份致乡下全体教师的公开信，然后买了一大扎的信封，蹲在旅馆里一封一封地装进去，然后一封一封地寄给乡下各地的中小学校的负责人。晓雷以一个乡村小学教师儿子的身份，措辞激烈地告诉所有的老师叔叔伯伯阿姨，他说你们的工资都到哪里去了？他把教育局的一些头头儿们的新建的房屋地址，详尽地描写在给他们的公开信上。他说你们只要前来看一看，你们就什么都清楚了。因为那些房屋全都是漂亮崭新的楼房，有的两三层，有的竟达四层五层。他给他们留了一个聚集在城里的时间，那是一个星期天的中午一点，他说到时他负责带着他们到实地去参观参观，看一看他们的血汗是不是流失在了那些高楼的红墙白砖之中，看一看那些高楼里，有没有他们的工资伤心出没的影子。

晓雷的年纪毕竟与成熟还有着一段的距离，他竟然将那样的信同样地寄给了他的父亲陈村。信封上的收信人当然不是他父亲的名字，他写的是学校的负责人收，可他父亲的那个学校就他父亲一个人。也许，他曾事先想到应该回避他的父亲，后来却因激动便忘了所有的禁忌了。可以想象，他埋头抄写信封的时候，情绪是何等的激愤。

那封信到达村里的时候，却最先落在了我的手上。

那是一个阳光极好的中午，我从地里出来正走在回家的路上，迎面就碰着了送信下来的乡邮员。那是一个与我十分相熟的小伙子，因为每一个星期都有一封我儿子寄自瓦城的信。但那一天没有我的信。他递给我的只有陈村的那一封。他说你帮我把这信转给陈老师好吗？我说好的。他说那我就不到学校去了。其实那里距离学校已经没有多远。但他不愿多走。我说你放心吧。他笑了笑，说了一声辛苦你啦，转身就往回走了。

年轻的乡邮员在前边的大树后刚一消失，我就在阳光下把信拆开了。我并非事先想到信的内容。我只是猜测着那可能是晓雷寄给全县教师的什么信，因为那是一种普通的信封，任何来自官方的公函是绝对不会那样随意的，而且信封上没有任何具体的落款，只是潦潦草草地歪着内详两个小字。我想如果不是来自晓雷的信，陈村也不会怪我。因为那些日子里的陈村几乎都在我屋里吃饭。

看完信后我当即恐慌在了路上。一种说不出的胆寒在周身流窜。我想这小子看来要惹事了！但我想不出我该怎么办。我把那信收藏了起来。我不敢交给陈村。我担心陈村的那颗心承受不了，担心他看不到一半，就又烂渔网似的收缩在地上。

晓雷写在信上的那一天当时是四天之后。那四天在我的脑子里异常的漫长。

那四天里，我时常暗暗地看着陈村发呆。

等到第四天早上的时候，我却突然地受不了了。我的脑子乱哄哄地鸣响个不停。我想还是把信给他为好，否则，那晓雷真要出了什么事，我无法对他解释。当时的时间是十点左右，陈村正要出门到山上弄回一些柴火。我说有封信你先看一下。他问什么信？我说看了你就知道。他便把信接了过去。我在旁边惊恐地望着他，我担心他会倒在地上。可是，看完信后的陈村竟然没有倒下。我只发现他的眼睛像在冒火。他闷闷地说了两句完了完了，这小子要完蛋了！然后丢下东西往门外飞奔。

陈村出门的时候，我仍愣愣地站在屋里，像置身于一场没有结束的噩梦中无法醒来，等到我随后追去的时候，陈村在前边的山路上早就没有了影子。我担心怒气冲冲的陈村没有走到搭车的大路口，就把身子收缩在路边的野草丛里。可那天的陈村却跑得飞快。我追到大路口时，他已经抢先上车去了。我迟疑了半刻，也搭上了一辆小面包，紧张地往城里追去。

下了车，我直直地奔往晓雷指定的地点。那是城里广场一角的大榕树下。那棵大榕树早已阅尽人间沧桑，少说也有好几百年的历史了，上了年纪的人，都能说出下边发生过的无数惊天动地的事情。

但后来的情景却不在大榕树下。

可怜的陈村，双膝单薄地跪在大街中央，死死地拦住了晓雷和他身后的那群来自四下乡里的教师。

最初的跪下是什么样的情形，我不清楚。我在大街上急促地疾走着，前边的大街上突然被涌动的人群黑压压地堵住了。我心里琢磨可能是晓雷在前边出事了，就拼命地从街边钻了进去。当时的陈村，早已经结束了任何话语的表达，他只是瞪着两只血红的眼睛，伤心地凝视着眼前的人群和他的儿子。我的心里当时害怕得一塌糊涂，我朝着跪着的陈村就扑了上去。我想把陈村扶将起来，

却怎么也扶他不动。我因此狠狠地瞪了晓雷一眼。晓雷没有说话，然后猛地转过了头去，愤愤地丢开身后的人群，朝大街的另一个方向独自走了，就像一头在丛林里穿越远去的黑熊。

跪在地上的陈村，就那么望着他的晓雷慢慢地走远，随后，他的筋骨里像是突然地被人抽掉了什么东西，整个身子猛然脆弱无比地颤抖了起来，就像废弃在荒地里的稻草人。

扶着陈村在大街上站立之后，我们找了一个僻静的酒家坐了下来。除了我和陈村，酒店里没有任何吃饭的人。但陈村却什么也吃不下，他只浅浅地喝了几口清凉的柠檬茶，然后说，他想去看一看他的晓雨。我说应该去的。他说你能陪我一起去吗？我说可以，先吃一点东西吧。但他仍然什么也不吃，摆在面前的筷子动也不动，好像我点在桌面的那些菜，全是摆在坟墓前的一堆供品。他吃不下，我又如何能吃呢？人心都是肉长的。就那么默默地坐了大约半个小时，只好离开了那个冷落而凄清的酒家。

那是一家很有档次的美容店，店名是请了城里有名望的书法家写的，一笔一画都飘逸着金黄金黄的光彩。

门是陈村推进去的。我跟在陈村的身后。但陈村没有开口问话。他的眼光只是长长地四下横飞着，找寻着他的晓雨。

美容店里却没有他晓雨的影子。

一个中年女人从里边漂亮地走了出来，她的靓丽确实让人吃惊，怎么看上去都知道她的年纪已经不小，但她的脸色却鲜嫩得像要滴水。她看了看陈村，然后把眼光停在我的脸上。她问你们找谁？陈村说我找晓雨。说完又添了一句陈晓雨。那女人立即呵了一声，眼光如水地流到了陈村的脸上。她说我忘了，你就是晓雨的父亲吧？陈村点了点头，他说是的，我是她的父亲，她人呢？那女人说她没有告诉你吗？她已经不在这里了。陈村的脸面当即泛出了一层惊疑，他说她到哪里去了？那女人思忖了一下，然后回答说，她到别的地方去了。陈村说，是不是在你这里出了什么事了？那女人说那倒没有。陈村说那她为什么要到别的地方去呢？她说这个我就不太清楚了。她说，她是有她的想法吧。陈村问那你知道她去了哪里吗？那女人又思忖了一下，然后说这个我也不知道。陈村便示意着里边的那些女孩，他说她们知道吗？那些女孩们的双手正在别人的头上或脸上各种各样地忙碌着。那女人便象征性地问了一声，谁知道晓雨去了哪个店吗？他的父亲来找她。女孩们都相继地摇着头，说她们不知道。陈村便长长地叹了一口气，然后低声地呢喃着这孩子这孩子，到哪里去了呢？看着陈村的那副样子，我觉得不好在里边多待，就低声地对他说，那我们出去吧。陈村木然地转过身子，就悻悻地走了出来。

刚跨出门外，里边的那个女人就又追了出来。她说你们先等一等。随后，一个女孩从里边抱出一个大包。那女人对陈村说，这是你晓雨的东西，你给拿走吧。

那是用席子包着的一床棉被。陈村后来告诉我，那就是他的晓雷离开师范时丢下的那床东西，他从师范拿出来后就把它给了晓雨，可他没有想到，他的晓雨也把它丢下了。

当时的陈村，心酸和气愤全都达到了极端。他看着那床东西迟疑了一下，没有上前接住。他对那女人说，我要她留下的这床东西干什么？他说我不要。

那女人说你不要我也不要呀，我要来干什么呢？

陈村说那你就给她丢了算了。

那女人说，要丢也是你拿去丢吧，我要是丢了，她有一天突然来找我，我怎么给她回答？不知道的还会说我欺负了小工。

那是一个异常精明的女人，而现实对于陈村自然也是一个难处，我只好上去替他接住。我问陈村你到底还要不要？不要我就丢进垃圾桶里算了。捧着那一床沉甸甸的棉被，我有一种捧着晓雨的感觉，我的心里也是无比的愤慨。

陈村却望也没有多望，他说丢吧丢吧！你帮我丢了吧。然后伤心地走了。

从城里回到家中，陈村突然之间像是变得无脸见人。他的头上，仿佛什么沉重的东西死死地压迫着，走路的时候总是抬不起头来，眼见就要碰着前边的人时，才呵呵呵地亮出几声莫名其妙的歉意，抬起的半张脸转眼就又埋没了下去。直到有一天，他又突然烂渔网似的收缩在了教室的一角，我才突然想起，在城里的那一天，应该到医院给他买些药物。第二天正碰着是个好天气，我就进城给他买药去了。

医生问我是什么样的心病。我说我说不清楚。我说，反正一旦受到什么打击，他的心只要想不过去他就会随即地感到心疼，就会像一张烂渔网似的收缩在地上，跟着就要随时死去的样子。我极力把他的病情说得重一点，我担心不能替他拿到好药。医生说这样的病需要检查，你应该叫他自己来。我说，我是因为他自己来不了才替他来的。医生说没有看到病人，我知道怎么给你开药呢？我说你就给他开一些吃进去马上止痛的药吧。医生见我磨着不走，就说那就开一些西药吧。我说西药容易止痛吗？医生点了点头。他说好吧，那我给你开一些吧。我说要开就多开一些，到城里一次不容易。医生说那你看开多少钱

的合适呢？我说只要是治心痛的药你都开一些吧，这样吃不好再换一样吃。医生说那要花不少钱的。我说六七百七八百够不够？医生就很奇怪地望了我一眼。那医生的心思当时十分好懂，既然有钱就给你多开一些吧。他说那就给你开八百块左右吧。说完低下头去，乱七八糟地写了好几张药单。取药的时候，拣药的姑娘也禁不住瞪大了双眼，她说你是开药店的吗？

我没有回答她的话。

看着一大堆的药物，我心里却是十分的清楚，我知道陈村最最需要的，其实并不是那堆东西。这些东西除了给他暂时性的止疼，不会带来任何根本性的希望。

也就是那天，我替陈村又跑了一趟那家美容店。一个二十出头模样的女孩，看着我把晓雨的父亲说得十分可怜，就好心地把我带到了门外的一棵大树下。她告诉我，说是晓雨早已经给别人当包身女去了。

晓雨所当的包身女，不同那种蝙蝠一般出没在娱乐场所里的色情女郎，她是一次性地投进了一个男人的怀中。那男人是一个外来的老板。他给她在湖心别墅里租了一套商品房住着。出门的时候就把她带上，不出门时就让她留在屋里，然后时不时地往她的床头拨回一个电话。听那女孩叙述的时候，我的脑子里当即闪过一种花花狗，狗的脖子上紧紧地系着一串不时发出响声的铃铛。那女孩说，其实那样的日子比在美容店里好不了多少，但晓雨情愿那样。人的所有的问题都在于“情愿”二字。

我谢过那位姑娘，叫了一辆三轮，就独自摸到湖心别墅去了。

那里并不是什么湖，而是一个很大的水库，在城郊一个不到四里路的地方。那水库是毛主席活着的时候号召修的，当年的老百姓们整天高举着红旗，学着愚公的精神，为毛主席的号召日夜奋战，他们为的是子孙后代不为水的问题而诅咒他们无能。但他们没有想到，他们给后人解决的不仅仅只是水的问题，同时也给了后来的人们开发一些新的生活提供了许多的方便。水库里浮着几个永远不被淹没的山坡，山坡上，被聪明的人们建造了好几个大小不等的酒家、旅馆和别墅。但谁都知道，那样的地方没有钱的人是进不去的，只有有钱的人才能在那样的地方，玩出一些别人做梦都玩不出的故事。

可我没有找到晓雨。

一位牵着小狗正在溜达的姑娘，也许是心里正郁闷着没有人跟她说话，远远地就把我拦在了别墅前边的卵石道上。她问我你是在找人吗？我说找一个叫作晓雨的姑娘，知道她住在哪吗？她便轻轻地呵了一声，然后告诉我两三天前晓雨已经退掉了房子了。那是一个长得比晓雨还要漂亮一些的女孩。无须猜测，也是被人养在那里的。我说这不是好好的吗，又清静又有风景，而且空气这么新鲜，还有哪里比这里更好的呢？她说好是一回事，晓雨退掉房子是另一回事。我问她是因为什么呢？那姑娘说，她被她哥哥发现了，她哥哥追到了这里来，所以她只好悄悄地走了，到别的地方去了。我说既然情愿做了这种事了还怕什么呢？那女孩的眼光就十分奇怪起来。她说瞧你说得轻巧，谁活在世上不是要脸的呢？她说不管做什么，只要还是人，就都是要脸的。最后，她还说了我一句，她说这种事你不会懂的。她说我不懂，于是就悻悻地往前遛她的小狗去了，一副后悔跟我说话的样子。

回来后，我没有告诉陈村。

我不敢告诉陈村。

买回的药就堆在床头的桌面上，可陈村吃不到多少，遭遇就又随风来到了头上。

那是一个飘着细雨的星期天，我正在地里忙着活路，陈村抱着一大堆的作业本和课本，突然朝我踉踉跄跄地奔来。我猜不出他那是因为什么，他还远远地没有走近，我就朝他走，出了地里他没有马上对我说话。他把身上的塑料布拿下来，包着捧来的一大堆作业和课本，放在我的地头上。

我说出了什么事啦？

他说晓雷这孩子，出事了。

那些日子里，我已经很久没有听到他把晓雷称之为这孩子了，他每次说起他的时候，总是把他骂做那小子或者这小子。

我说出了什么事啦？

他说，这孩子跑到一家煤场打工，在煤井下让瓦斯给烧了。

陈村的身后跟着一个煤场的来人。那人说，昨天吃过晚饭，他和晓雷两人要到一个小窑井下弄一个小水泵上来，井是晓雷先下的，他还在上边撒尿，晓雷就在下边出事了。他说，他没有想到晓雷的身上竟然带着火机和香烟。陈村的嘴里便不停地嘟哝着他的晓雷，他说这孩子就是不听话，说是晓雷从广东打工回来的那些日子里，晚上也是时常地躺在床上烧烟。他曾担心地劝过他，要烧你到外边烧，你别在床上烧，要是烧了蚊帐，烧了房子你怎么办？可你知道他是怎么说的？他对我说，烧了就烧了，你喊什么喊！这孩子这孩子，他就是这样！

话是这么说，陈村的脸上却是忧伤遍地，泪水一片模糊。

我说那我跟你一起去吧。

他说你就别去了，你在家里代我上一两天课吧，好吗？

我点点头，从头上摘下帽来，戴到他的头上。他却不要。他就那么光着头，跟着那个煤场的来人走了。

躺在医院的晓雷却断断续续地告诉他的父亲，说他是被人谋害的。他说，他并没有带着火机和香烟。陈村说那瓦斯怎么会爆炸呢？晓雷说瓦斯爆炸是因为火机的事，但他身上的火机和香烟不是他的。父亲说你身上的火机不是你的是谁的呢？晓雷说，我说的你不明白吗？我是被人谋害的。陈村说你别乱说话，谁会害你？害你干什么呢？晓雷告诉他的父亲，说是那个煤场的老板是教育局长的一个远房外孙，那是一个外乡人，他的那个煤场，用的就是教育勤俭服务公司的名义。晓雷说，你们的工资最初就是跑到那里去的。

那是一个很大的煤场，在城外二三十里远的一个野坡上。陈村为着晓雷留下的一些东西，第二天往那里去了一趟。临走的时候晓雷告诉他，说是他的火机和香烟就放在枕头下边的干草里。另外，他还在下边藏着一个小本子，里边记着许多有关煤场和局长们的事情，他让父亲一定好好地寻找。他说，等你拿到了你就什么都明白了。

晓雷的床铺下垫着厚厚的一堆干草，可是陈村几乎翻遍了每一根干草，却丝毫不见任何晓雷说过的东西。

直到他守候着晓雷的第三个晚上，才突然收到了一包东西。

那是值班的护士转给他的。护士说，是一个中年人送来的，说是煤场来的一位民工。而当陈村追出去的时候，那人早已经没有了影子。

当时的时间已是深夜临近两点。

那一包东西里，藏着一张字条、一个火机、一包烧了一半的红塔山香烟，还有，就是一个写字本。写字本上的字迹告诉陈村，那就是他晓雷的本子。

但那字条却是别人写的。

字条上的字歪歪扭扭地告诉陈村，说那些东西是他在晓雷刚被抬上煤井的时候，抢先在枕头下拿到手，然后收藏起来的，因为晓雷每一次下井，他都发现他把身上的火机和香烟收在枕头的下边。他想晓雷的被烧肯定不是他自己的事情。

陈村的眼睛，在那一个后半夜里被愤怒烧得血红！

晓雷死于第四天临近黄昏的时分，煤老板请了医院的车子，要把晓雷拉去火葬场火化，可陈村死活不给。他坐在太平房一旁的石头上，给教育局长写了一张十分简单的字条。他希望局长能到他儿子躺着的太平房来一下，他有话要对他说。他想那个煤场老板之所以有着那么大的胆子逞凶作恶，全都是因为他这么一个局长在后边撑着。他在太平房的旁边，找好了一块尖利的石头，放在他晓雷的身边，他想等到局长来到他晓雷身边的时候，就猛地砸死他。

那张字条，是求了一个年老的女护士给他送去的。

但谁也不会想到，没有等到局长的到来，陈村却把那一个本子给烧掉了，原因是他突然地想起了一件有关一千多块钱的事情。

那是他妻子要出院的那一天。他妻子的住院，一共花了三千多元，可他把屋里能卖的都卖了，还不到两千。他没有办法，只好去找局长，请局长让局里帮点钱算是照顾照顾。可局长告诉他，你缺钱我们可以想办法帮你，但局里不能出这个钱，也没有这个先例，要是给了你陈村，以后别的人也有了这样的困难，局里就不好做事了。局长说完就从自己的钱包里掏出了所有的钱来。局长的钱包里当时只有八百多，而陈村的妻子欠下的医疗费则是一千六百三十八块八毛。陈村说，医疗费医院一分也不让少。局长便带着他一个办公室一个办公室地走，让办公楼里的干部们，能帮多少就帮多少，有的给一百，有的给两百，有的只有不到十块，也整整齐齐地塞到陈村的手上。陈村便一个一个地给他们不停地叩头道谢，满眼的泪水不停地跌落着，从这个办公室的门口一直滴到另一个办公室的角落。

我对陈村说这可是两码事。

陈村说，事是两码事，可是人的心却就那么一颗。

我说你儿子都被别人害死了，你怎么还有那么多的良心留着干什么呢？我说你想告他们谋害了你的晓雷，你不留下那一个本子你怎么告他们呢？陈村说谋害晓雷的肯定是煤场老板，留着那一个本子也告不倒他局长的。大不了因为那煤场老板是他的外孙，而把他的局长给撤了，那又怎么样呢？他原来就是在别的地方犯了错误才调到教育局来的。

陈村他们的局长确也不是平庸之辈，他也许早就看透了陈村的这一点，依照平常的想象，看了那一张纸条之后，他是不会来的，可他偏偏来了，而且就他一个人。他在太平房里看了一眼死去的晓雷后，便回头问了一声陈村，你不是说有事要跟我说吗？陈村苦着脸指着刚刚烧在地上的那一个本子，对局长说，那是我晓雷在煤场上记下的，我已经把它给烧了。

局长眨了眨眼，当即就明白了陈村的意思，但他仍然蹲了下去，捡起地上的一根树枝，十分认真地翻看了一遍那个已经烧成了一团黑灰的本子。

陈村最后对他说，还有一个事我想让你给帮个忙。

局长说，说吧，什么事？

陈村说，我的晓雷告诉我，说是他的妹妹晓雨跟了一个不知哪个外地来的老板，租了房子住在湖心别墅里，那地方不是我能随便去的地方，我也不想去，可我想，你一定是时常去的，你就当是我求你帮的，你抽个时间帮我去问问，看看她跟的是个什么样的人，帮我劝她回家去，你就说她的哥哥已经不在人世了，家里如今就剩了我和她两人，希望她回到家里，你就说我不能没有她。

局长点头答应了他。他说你还有什么需要我帮忙的吗？

陈村说没有了。

局长说，车子他们帮你联系好了没有？

陈村知道局长说的什么，他回答说联系好了。他说天黑后车子就过来。

局长说了一声那你多保重身体。说完就转身回家去了。

陈村根本没有叫过车子。他也不想把自己的晓雷送去火化。局长走后，他独自蹲在晓雷的身边，再次无声地痛哭了一场。天黑之后，就背起了他的晓雷，踉踉跄跄地走回了往山里的路上。

死人是比什么东西都要沉重的，何况那是他自己的儿子！

那夜的月亮却是十分的明亮，但夜里的路，却是十分的遥远。陈村就那么背着，或者说是拖着，一步一步地走着。

走累了，他放下他的晓雷，自己坐在路边歇歇，但他总是让他的晓雷把头冰凉地枕在他的膝盖上，好像他的晓雷也仅仅是累了然后枕着父亲的身子歇下。那个晚上，他说不清在路上歇了多少次。他离开太平房的时候，月亮就圆圆地升起来了。在陈村的脑子里，那月亮是一直地跟着他的。每次坐下来的时候，他总是眼光蒙眬地望着天空，那月亮就总是静静地停在他的头上，像是在等着他，好像它知道天亮前他是回不到村上的，它得慢慢地陪着他走。

然而，没有等到陈村把晓雷拖回到村上，两个不知冒自何处的歹徒，就在半路上把他给劫了。那是从前边的路上走来的两个黑影，当时的陈村正靠着路边的一块石头歇着，正点燃着一支他的晓雷没有烧完的那一包香烟。那是一包红塔山。也许那两个黑影一下就闻着了烟的味道非同寻常，他们在几步外的地方停了下来。

在明朗的月光下，歹徒的眼里当然不是一个人。所以他们喝道你们是干什么的？

但陈村没有回答他们的话。他的心当时已经完全麻木了，他望了他们一眼，依旧不停地烧着他的香烟。那样的香烟他从来没有烧过，就连摸都没有摸过。他只知道那样的香烟在乡下是卖十四块钱一包的。

歹徒在他的面前早已摆出了架势。他们的手里都拿着铲子。陈村想，他们也许是要去哪里盗墓的，或者是从哪里盗墓已经回来。或者，是从哪里干活回家去的山民。他们接着问他身上有没有钱？有钱就快点拿出来，要不就对你们不客气了！陈村的身上当时有钱，但他没有想到要交给他们。他只是麻木地望着他们一味地烧着他的香烟。那两个歹徒便不再说话了，挥着铲子就朝他扑了上来。陈村的头部被飞来的铲子像是揹着了一下，当即就昏了过去了。

等他醒来的时候，月亮竟然还在头上，他的脸上流着血，他的晓雷被推翻到了一旁的地上。陈村努力把他的儿子从地上扶起来，但却如何也背不动了。刚要站起的身子，晃了晃就又无情地倒了下去。

最后，他只好把晓雷埋在了石头后边的一个窝坑里。那两个歹徒把他身上的钱全部掳走了，他们只给他丢下了那两把铁铲。陈村说，那两个歹徒肯定是文盲，不是文盲是不会将那铁铲丢下的。

陈村依靠着一把歹徒的铁铲，一步一撑地回到了山里，他每每经过一个村头，都把看到的人吓得大惊失色。他们的目光全都惊讶无比地落在他的头发上。在他们的记忆里，他们的陈老师，头发可是黑的，但他们看到的却是白花花的一丛！他们都纷纷地走到路上来，都像是在怀疑那不是他们的老师陈村。但谁都没有作声。谁都没有挡住陈村的路。当陈村走到面前的时候，他们又悄悄地站到了一旁，一动不动地看着陈村摇晃着那一头白花花的头发，从他们的眼里一步一步地往前走去。陈村不知道他们的眼睛盯着的是他的头发。他想人们那是在同情他，可怜他。因为他已没有办法站直身子，他每往前迈出一步，都得依靠铁铲的帮忙。

当时的时间已是下午，吃过午饭的学生正走在回学校的路上。一个很容易流泪的女学生禁不住哇哇地叫喊了起来。

她说陈老师，你的头发怎么全白了呢？

陈村这才猛然地站住了。他惊奇地看着那位女同学。他说你说什么？

那女学生又重复了一句说是你的头发。

陈村问你说我的头发怎么啦？

她说你的头发全白了。

陈村赶忙丢掉了手中的铁铲。他双手深深地插进了头发的深处，他只是轻轻地一抓，那指缝间的头发就像长在沙地里的野草，毫无疼痛地离开了他的脑

壳。被他抓下来的头发，他说不清有多少根，但很少有几根保留着原有的黑色。

陈村的眼睛不肯相信。

陈村的心也不肯相信。

那头发是在哪一天的夜里突然变白的，还是一夜一夜慢慢地变白的？陈村一点也说不上来。他只知道，前前后后仅仅只是五个晚上！

就在那天晚上，陈村说他的心已经完全的干枯了，干枯得就像一片被太阳烘干了的树叶。

后来的每一个晚上，陈村都被同情的人们围得喘不过气来。所有的人都用自己的声音反复地给他壮胆，都苦苦地求着他一定要给晓雷告状，这样的状不告，就永远也对不起冤死而去的儿子。

本来，我也是有些看透了陈村的，我觉得让他去给他的晓雷告状，无异于是叫他双手捧着他的心，就像捧着一片树叶去接受火炉的烧烤。陈村有生以来就不是那样的人。陈村经不起那种折磨。但最后，我还是不得不劝动了他，我说有这么多的村人帮你说话，你就去吧。有一位都快走不动路的大爷，从家里牵来了一头大水牛，说是拿去卖了，然后用钱陪着陈村一同前去。我把晓雷给他留下的两千块钱拿出来。还另外给他添了三千，我说你还是去吧，不去你的心将会永远无法安宁。

陈村迟疑了几天几夜之后，最终在一个满天飘洒着细雨的早上迈出了家门。那一天是一个星期天，四下村里的孩子们，全都拉着他们的家长，一大清早就纷纷地跑到了陈村的家门口，拥护着陈村一步一步地走出村头。人们想把他一直送到搭车的那个大路口，但陈村坚决不让。刚刚走出村头，陈村就把人们给拦住了。

他说你们别送了，别送了好吗？

陈村的眼神就像那迷茫而凄楚的天空。

人们只好战战兢兢地停下了脚步。

就连我，他也不让送。

他闪着那双迷迷蒙蒙的泪眼对我说，孩子们上课的事就让你辛苦了。

我没有说话，我只是替他拉了拉披在身上的塑料布。

他转过身就慢慢地往前走去。

村头上那是一个高高突出的土台，人们拥挤在那个高高的土台上，目光聚集成一片，随着陈村的身影，慢慢地往前移，呈现着一种少有的庄严和凄楚。

走去的陈村没有多远就迎面碰上了几个人。

那是一条干涸了的河床上边。

迎面走来的人里，有几个是穿着绿衣绿帽的警察。他们与陈村对面地站在河床上，不走了。

村头的人们想不出是怎么回事，声音乱七八糟地猜测着。可是，没有等到猜出结果，陈村在人们的眼里突然晃了晃，像一根枯朽的树桩倒在了脚下的河床上。

村头的人们哗的一声轰动，牛群似的朝着陈村跑去。

那几个警察是前来抓晓雷的。说的就是他在广东打工的时候，打死了那名姓杨的采石场的老板。

倒身在河床上的陈村就那样再也起不来了！

那是一条曾经在岁月里流水汹涌的河，可是这几年，河里的水渐少渐小，最后竟没有了。警察们都觉得很是奇怪。都以为陈村是脚下没有站好而滑倒的。因为河床上的卵石，早被细碎的雨水淋得湿滋滋的。

原载《人民文学》1997 年第 5 期

第二届鲁迅文学奖

永远有多远

铁　凝

你在北京的胡同里住过吧？你曾经是北京胡同里的一个孩子吧？胡同里那群快乐的、多话的、有点缺心少肺的女孩子你还记得吧？

我在北京的胡同里住过，我曾经是北京胡同里的一个孩子。胡同里那群快乐的、多话的、有点缺心少肺的女孩子我一直记着。我常常觉得，要是没了她们，胡同还能叫胡同么？北京还能叫北京么？我这么说话会惹你不高兴——什么什么？你准说。

是啊，如今的北京已不再是从前，她不再那么既矜持又恬淡、既清高又随和了。她学会了拥抱，热热闹闹、亦真亦假的拥抱，她怀里生活着多少多少北京之外的人啊。

胡同里那些带点咬舌音的、嘎嘣利落脆的贫北京话也早就不受待见了——从前的那些女孩子，她们就是说着这样的一口贫北京话出没在胡同里的。她们头发干净，衣着简朴（却不寒酸），神情大方，小心眼儿不多，叫人觉得随时都可能受骗。二十多年过去了，每当我来到北京，在任何地方看见少女，总会认定她们全是从前胡同里的那些孩子。北京若是一片树叶，胡同便是这树叶上蜿蜒密布的叶脉。要是你在阳光下观察这树叶，会发现它是那么晶莹透亮，因为那些女孩子就在叶脉里穿行，她们是一座城市的汁液。胡同为北京城输送着她们，她们使北京这座精神的城市肌理清明，面庞润泽，充满着温暖而可靠的肉感。她们也使我永远地成为北京一名忠实的观众，即使再过一百年。

当我离开北京，长大成人，在B城安居乐业之后，每年都有一些机会回到北京。

我在这座城市里拜访一些给孩子写书的作家，为我的儿童出版社搜寻一些有趣的书稿，也和我的亲人们约会，其中与我见面最多的是我的表妹白大省（音 xǐng）。

白大省经常告诉我一些她自己的事，让我帮她拿主意，最后又总是推翻我的主意。

她在有些方面显得不可救药，可我们还是经常见面，谁让我是她表姐呢。

现在，这个六月的下午，我坐在出租车上，窗外是迷蒙的小雨。我和白大省约好在王府井的“世都”百货公司见面，那儿离她的凯伦饭店不远。她大学毕业后就分配在四星级的凯伦，在那儿当过工会干事，后来又到销售部做经理。有一回我对她说，你不错呀，刚到销售部就当领导。她叹了口气说哪儿呀，我们销售部所有的人都是经理，销售部主任才是领导呢，主任。我明白了，不过这种头衔印在名片上还是挺唬人的：白大省，凯伦饭店销售部经理。

出租车行至灯市西口就走不动了，前方堵车呢。我想我不如就在这儿下来吧，“世都”已经不远。我下了车，雨大了，我发现我正站在一个胡同口，在我的脚下有两级青石台阶；顺着台阶向上看，上方是一个老旧的灰瓦屋檐。屋檐下边原是有门的，现在门已被青砖砌死，就像一个人冲你背过了脸。我迈上台阶站在屋檐下，避雨似的。也许避雨并不重要，我只是愿意在这儿站会儿。踩在这样的台阶上，我比任何时候都更清楚我回到了北京，就是脚下这两级边缘破损的青石台阶，就是身后这朝我背过脸去的陌生的门口，就是头上这老旧却并不拮据的屋檐使我认出了北京，站稳了北京，并深知我此刻的方位。“世都”“天伦王朝”“新东安市场”“老福爷”“雷蒙”……它们谁也不能让我知道我就在北京，它们谁也不如这隐匿在胡同口的两级旧台阶能勾引出我如此细碎、明晰的记忆——比如对凉的感觉。

从前，二十多年前那些夏日的午后，我和我的表妹白大省经常奉我们姥姥的吩咐，拎着保温瓶去胡同南口的小铺买冰镇汽水。我们的胡同叫驸马胡同，胡同北口有一个副食店，店内卖糕点罐头、油盐酱醋、生熟肉豆制品、牛羊肉鲜带鱼。店门外卖蔬菜，蔬菜被售货员摆在淡黄色竹板拼成的货架上，夜里菜们也那么摆着不怕被人偷去。干吗要偷呢？难道有人急着在夜里吃菜么？需要菜，天一亮副食店开了门，你买就是了。胡同南口就有我说的那个小铺。如果去北口副食店，我们一律简称“北口”；要是去南口小铺，我们一律简称“南口”。

“南口”其实是一个小酒馆，台阶高高的，有四五级吧，让我常常觉得，如果你需要登这么多层台阶去买东西，你买的东西定是珍贵的。南口不卖油盐酱

醋，它卖酒、小肚、花生米和猪头肉，夏天也兼卖雪糕、冰棍和汽水。店内设着两张小圆桌，铺着硬挺的、脆得像干粉皮一样的塑料台布的桌旁，永远坐着一两位就着花生米或小肚喝酒的老头。我觉得我喜欢小肚这种肉食就是从“南口”开始的。

你知道小肚什么时候最香吗？就是售货员将它摆上案板，操刀将它破开切成薄片的那一瞬间。快刀和小肚的摩擦使它的清香“噗”地迸射出来，将整间酒馆弥漫。

那时我站在柜台前深深吸着气，我坚信这是世界上最好闻的一种肉。直到售货员问我们要买什么时，我才回过神儿来。

“给我们拿汽水！”这是当年北京孩子买东西的开场白，不说“我要买什么”，而说“给我们拿……”“给我们拿汽水！”“冰镇的还是不冰镇的？”“给我们拿冰镇的，冰镇杨梅汽水！”我和白大省一块儿说，并递上我们的保温瓶。

我已从小肚的香气中回过神儿来了，此时此刻和小肚的香气相比，我显然更渴望冰凉甘甜的杨梅汽水。在切小肚的柜台旁边有一只白色冰柜，一只盛着真冰的柜。

当售货员掀开冰柜盖子的一刹那，我们及时地奔到了冰柜跟前。嗬，团团白雾样的冷气冒出来，犹如小拳头一般打在我们的脸上痛快无比，冰柜里有大块大块的白冰，一瓶瓶红色杨梅汽水就东倒西歪地埋在冰堆里。

售货员把保温瓶灌满汽水，我和白大省一出小酒馆，一走下酒馆的台阶——那几级青石台阶，就迫不及待地拧开保温瓶的盖子。通常是我先喝第一口，虽然我是白大省的表姐。以后你会发现，白大省这个人几乎在谦让所有的人，不论是她的长辈还是她的表姐。这样，我毫不客气地先喝了第一口，那冰镇的杨梅汽水，我完全不记得汽水是怎样流入我的口中在我的舌面上滚过再滑入我的食道进入我的胃，我只记得冰镇汽水使我的头皮骤然发紧，一万支钢针在猛刺我的太阳穴，我的下眼眶给冻得一阵阵发热，生疼生疼。啊，这就是凉，这就叫冰镇。

没有冰箱的时代人们知道什么是冰凉，冰箱来了，冰凉就失踪了。冰箱从来就没有制造出过刻骨的、针扎般的冰凉给我们。白大省紧接着也猛喝一大口，我看见她打了一个冷战，她的胖乎乎的胳膊上起了一层鸡皮疙瘩。她有点喘不过气似的对我说，她好像撒了一点尿出来！我哈哈笑着从白大省手中夺过保温瓶又喝了一大口，一万支钢针又刺向我的太阳穴，我的眼眶生疼生疼，人就顿时精神起来。我冲白大省一歪头，她跟着我在僻静的胡同里一溜小跑。我们的脚步惊醒了屋顶上的一只黄猫，是九号院的女猫妞妞，常串着房顶去找我们家的男猫小熊的。我们在地上跑着，妞妞在房顶上追着我们跑。妞妞呀，你喝过冰镇汽水么？哼，一辈子你也喝不着。

我们跑着，转眼就进了家门。啊，这就是凉，这就叫冰镇。

白大省从来也没有抱怨过在路上我比她喝汽水喝得多，为什么我从来也不知道让着她呢？还记得有一次为了看电影《西哈努克访问中国》，我和白大省都要洗头，水烧开了，我抢先洗，用蛋黄洗发膏。那是一种从颜色到形状都和蛋黄一样的洗发膏，八分钱一袋，有一股柠檬香味。我占住洗脸盆，没完没了地又冲又洗，到白大省洗时，电影都快开演了。姥姥催她，洗好头发的我也煞有介事地催她，好像她的洗头原本就是一个无理的举动。结果她来不及冲净头发就和我们一道看电影去了。

我走在她后边，清楚地看到她后脑勺的一绺头发上，还挂着一块黄豆大的蛋黄洗发膏呢。她一点儿也不知道，一路晃着头，想让风快点把头发弄干。我心里知道白大省后脑勺上的洗发膏是我的错误。二十多年过去，我总觉得那块蛋黄洗发膏一直在她后脑勺上沾着。我很想把这件往事告诉她，但白大省是这样一种人：她会怎么也弄不明白这件事你有什么可对她不起的，她会扫你要道歉的兴。所以你还是闭嘴吧，让白大省还是白大省。

我就这样站在灯市西口的一条胡同里，站在一个废弃的屋檐下想着冰镇汽水和蛋黄洗发膏，直到雨渐渐停了，我也该就此打住，到“世都”去。

我在“世都”二楼的咖啡厅等待白大省。我喜欢“世都”的咖啡厅。临窗的咖啡座、通透的落地玻璃使你仿佛飘浮在空中，使你生出转瞬即逝的那么一种虚假的优越感。你似乎视野开阔，可以扬起下颏看远处夕阳照耀下的玻璃幕墙和花岗岩组合的超现实主义般的建筑，也可以压着眼皮看窗外那些出入“世都”的人流在脚下静静地淌。我的表妹白大省早晚也会出现在这样的人流里。

现在离约定时间还早，我有足够的时间在这儿稳坐。喝完咖啡我还可以去二楼女装区和四楼的家庭用品部转转，我尤其喜欢各种尺寸和不同花色的毛巾、浴巾，一旦站在这些物质跟前，便常有不能自拔之感。我要了一份“西班牙大碗”，这厚敦敦的大陶杯一端起来就显得比“卡普契诺”之类更过瘾。我喝着“西班牙大碗”，有一搭无一搭地看身边过往的逛“世都”的人，想起白大省告诉过我，她看什么东西都喜欢看侧面，比如一座楼，比如一辆汽车、一双鞋、一只闹钟，当然也包括人，一个男人或一个女人。白大省的这个习惯有点让我心里发笑，因为这使她显得与众不同。其实她有什么与众不同呢，她最大的与

众不同就是永远空怀着一腔过时的热情，迷恋她喜欢的男性，却总是失恋。从小她就是一个相貌平平的乖孩子，脾气随和得要死。用九号院赵奶奶的话说，这孩子仁义着哪。

一

白大省在七十年代初期，当她七八岁的时候，就被胡同里的老人评价为“仁义”。

在七十年代初期，这其实是一个陌生的、有点可疑的词，一个陈腐的、散发着被雨水洇黄的顶棚和老樟木箱子气息的词，一个不宜公开传播的词，一个激发不起我太多兴奋和感受力的词，它完全不像另外一些词汇给我的印象深刻。有一次我们去赵奶奶家串门，我读了她的孙女、一个沉默寡言的初中生的日记。当时她的日记就放在一个黑漆弓腿茶几上，仿佛欢迎人看的。她在日记中有这样几句话：“虽然我的家庭出身不好，但我的革命意志不能消沉……”是的，就是那“消沉”二字震撼了我，在我还根本不懂消沉是什么意思时，我就断定这是一个奇妙不凡的词，没有相当的学问，又怎能把这样的词运用在自己的日记里呢。我是如此珍视这个我并不理解的词，珍视到不敢去问大人它的含义。我要将它深埋在心，让时光帮助我靠近它明白它。白大省仁义，就让她仁义去吧。

白大省也确实是仁义的。她上小学一年级的时候，就曾经把昏倒在公厕里的赵奶奶背回过家（确切地说，应该是搀扶）。小学二年级，她就担负起每日给姥姥倒便盆的责任了。我们的姥姥不能用公厕的蹲坑，她每天坐在屋里出恭。我们的父母当时也都不在北京，那几年我们与姥姥相依为命。白大省小学三年级的时候，中国很多城市都在放映一部名叫《卖花姑娘》的朝鲜电影，这部电影使每一座电影院都在抽泣。我和白大省看《卖花姑娘》时也哭了，只是我不如她哭得那么专注。因为我前排的一个大人一边哭，一边痛苦地用自己的脊梁猛打椅子背，一副歇斯底里的样子。他弄出的响动很大，可是没有人抱怨他，因为所有的人都在忙着自己的哭。

我左边那个大人，他两眼一眨不眨地盯着银幕，任凭泪水哗哗地洗着脸，一条清鼻涕拖了一尺长他也不擦。我的右边就是白大省，她好像让哭给呛着了，一个劲儿打嗝儿。就是从看《卖花姑娘》开始，我才发现我的表妹有这么一个爱打嗝儿的毛病。

单听她打嗝儿的声音，简直就像一个游手好闲的老爷们儿。特别当她在冬天吃了被我们称为“心里美”的水萝卜之后，她打的那些嗝儿呀，粗声大气的，又臭又畅快。

“老爷们儿”这个比喻使我感到难过，因为白大省不是一个老爷们儿，她也不游手好闲。可是，就在《卖花姑娘》放映之后，白大省的同学开始管她叫“白地主”了，只因为她姓白，和《卖花姑娘》里那个凶狠的地主一个姓。有时候一些男生在胡同里看见白大省，会故意大声地说：“白地主过来喽，白地主过来喽！”

这绰号让白大省十分自卑，这自卑几乎将她的精神压垮。胡同里经常游走着一些灰色的大人，那是一些被管制的“四类分子”。他们擦着墙根扫街，哈着腰扫厕所。自从看过《卖花姑娘》，白大省每次在胡同里碰见这些人，都故意昂头挺胸地走过，仿佛在告诉所有的人：我不是白地主，我和他们不一样！她还老是问我：哎，除了和白地主一个姓，你说我还有哪儿像地主啊？白大省哪儿也不像地主，不过她也从未被人比喻成出色的人物，比如《卖花姑娘》里的花妮，那个善良美丽的少女。

我相信电影《卖花姑娘》曾使许多年轻的女观众产生幻想，幻想着自己与花妮相像。

这里有对善良、正义的追求，也有使自己成为美女的渴望。当我看完一部阿尔巴尼亚影片《宁死不屈》之后，我曾幻想我和影片中那个宁死不屈的女游击队员米拉长得一样，我唯一的根据是米拉被捕时身穿一件小格子衬衣，而我也有一件蓝白小格衬衣。我幻想着我就是米拉，并渴望我的同学里有人站出来说我长得像米拉。在那些日子里我天天穿那件小方格衬衣，矫揉造作地陶醉着自己。我还记住了那电影里的一句台词，纳粹军官审问米拉的女领导、那个唇边有个大黑痦子的游击队长时，递给她一杯水，她拒绝并冷笑着说：“谢谢啦，法西斯的人道主义我了解！”我觉得这真是一句了不起的台词，那么高傲，那么一句顶一万句。我开始对着镜子学习冷笑，并经常引逗白大省与我配合。我让她给我倒一杯水来，当她把水杯端到我眼前时，我就冷笑着说：“谢谢啦，法西斯的人道主义我了解！”

白大省吃吃地笑着，评论说“特像特像”。她欣赏我的表演，一点儿也没有因无意之中她变成了“法西斯”就生我的气，虽然那时她头上还顶着“白地主”的“恶名”。她对我几乎有一种天然生成的服从感，即使在我把她当成“法西斯”的时刻她也不跟我翻脸。“法西斯”和“白地主”应当是相差不远的，可是白大省不恼我。为此我常做些暗想：因为她被男生称作了“白地主”，日久天长

她简直就觉得自己已经是个地主了吧？地主难道不该服从人民么？那时的我就是白大省的“人民”。并且我比她长得好看，也不像她那么笨。姥姥就经常骂白大省笨：剥不干净蒜，反倒把蒜汁沤进自己指甲缝里哼哼唧唧地哭；明明举着苍蝇拍子却永远也打不死苍蝇；还有，丢钱丢油票。那时候吃食用油是要凭油票购买的，每人每月才半斤花生油。丢了油票就要买议价油，议价花生油一块五毛钱一斤，比平价油贵一倍。

有一次白大省去北口买花生油，还没进店门就把油票和钱都丢了。姥姥骂了她一天神不守舍。“笨，就更得学着精神集中，你怎么反倒比别人更神不守舍呢你！”姥姥说。

在我看来，其实神不守舍和精神集中是一码事。为什么白大省会丢钱和油票呢，因为九号院赵奶奶家来了一位赵叔叔。那阵子白大省的精神都集中在赵叔叔身上了，所以她也就神不守舍起来。这位姓赵的青年，是赵奶奶的侄子，外省一家歌舞团的舞蹈演员，在他们歌舞团上演的舞剧《白毛女》里饰演大春的。他脖颈上长了一个小瘤子，来北京做手术，就住在了赵奶奶家。“大春”是这胡同里前所未有的美男子，二十来岁吧，有一头自然弯曲的卷发，乌眉大眼，嘴唇饱满，身材瘦削却不显单薄。他穿一身没有领章和帽徽的军便服，那本是“样板团”才有资格配置的服装。

他不系风纪扣，领口露出白得耀眼的衬衫，洋溢着一种让人亲近的散漫之气。女人不能不为之倾倒，可与他见面最多的，还是我们这些尚不能被称作女人的小女孩。

那时候女人都到哪儿去了呢，女人实在不像我们，只知道整日聚在赵奶奶的院子里，围绕着“大春”疯闹。那“大春”对我们也有着足够的耐心，他教我们跳舞，排演《白毛女》里大春将喜儿救出山洞那场戏。他在院子正中摆上一张方桌，桌旁靠一只略矮的杌凳，杌凳旁边再摆一只更矮的小板凳，这样，山洞里的三层台阶就形成了。这场戏的高潮是大春手拉喜儿，引她一步高似一步地走完三层“台阶”，走到“洞口”，使喜儿见到了洞口的阳光，惊喜之中，二人挺胸踢腿，做一美好造型。

这是一个激动人心的设计，这是一个激动人心的场面，是我们的心中的美梦。胡同里很多女孩子都渴望着当一回此情此景中的喜儿，洞口的阳光对我们是不重要的，重要的在于我们将与这卷发的“大春”一道迎接那阳光，我们将与他手拉着手。我们躁动不安地坐在院中的小板凳上等待着轮到我们的时刻，彼此妒忌着又互相鼓励着。这位“大春”，他对我们不偏不倚，他邀请我们每人至少都当过一次喜儿。唯有白大省，唯有她拒绝与“大春”合作，虽然她去九号院的次数比谁都多。

为了每天晚饭后能够尽快到九号院去，白大省几次差点和姥姥发火。因为每天这时候，正是姥姥出恭的时刻。白大省必得为姥姥倒完便盆才能出去。而这时，九号院里《白毛女》的“布景”已经搭好了。啊，这真是一个折磨人的时刻，姥姥的屎拉得是如此漫长，她抽着烟坐在那儿，有时候还戴着花镜读大32开本的《毛主席语录》。这使她显得是那么残忍，为什么她一点儿也不理会白大省的心呢？站在一边的我，一边庆幸着倒便盆的任务不属于我，又同情着我的表妹白大省。“我可先走了”——每当我对白大省说出这句话，白大省便开始低声下气而又勇气非常地央求姥姥：“您拉完了吗？您能不能拉快点儿？”她隔着门帘冲着里屋喊。她的央求注定要起反作用，就因为她是白大省，白大省应当是仁义的。果然门帘里姥姥就发了话，她说这孩子今天是怎么啦，有这么跟大人说话的吗，怎么养你这么个白眼儿狼啊，拉屎都不得消停……

白大省只好坐在外屋静等着姥姥，而姥姥仿佛就为了惩罚白大省，她会加倍延长那出恭的时间。那时我早就一溜烟似的跑进了九号院，我内疚着我的不够仗义，又盼望着白大省早点过来。白大省总会到来的，她永远坐在一个不起眼的角落，虽然她是那么盼望“大春”会注意到她。只有我知道她这盼望是多么强烈。有一天她对我说，赵叔叔不是北京户口，手术做完了他就该走了吧？我说是啊，很可惜。这时白大省眼神发直，死盯着我，却又像根本没看见我。我碰碰她的手说，哎哎，你怎么啦？她的手竟是冰凉的，使我想起了冰镇杨梅汽水，她的手就像刚从冰柜里捞出来的。那年她才十岁，她的手的温度，实在不该是一个十岁的温度，那是一种不能自已的激情吧，那是一种无以言说的热望。此时此刻我望着坐在角落里的白大省，突然很想让“大春”注意一下我的表妹。我大声说，赵叔叔，白大省还没演过喜儿呢，白大省应该演一次喜儿！赵叔叔——那卷发的“大春”就向白大省走来。他是那么友好那么开朗，他向她伸出了一只手，他在邀请她。白大省却一迭声地拒绝着，她小声地嘟囔：“我不，我不行，我不会，我不演，我不当，我就是不行……”这个一向随和的人，在这时却表现出了让人诧异的不大随和。她摇着头，咬着嘴唇，把双手背到身后。她的拒绝让我意外，我不明白她是怎么了，为什么她会拒绝这久已盼望的时刻。我最知道她的盼望，因为我摸过她的冰凉的手。我想她一定是不好意思了，我于是鼓动似的大声说你行你就行，其他几个女孩子也附和着我，我们似乎在共同鼓励这懦弱的白大省，又共同怜悯这不如我们的白大省。“大春”仍然

向白大省伸着手，这反而使白大省有点要恼的意思，她开始大声拒绝，并向后缩着身子。她的脑门沁出了汗，她的脸上是一种孤立无援的顽强。她僵硬地向后仰着身子，像要用这种姿态证明打死也不服从的决心。这时“大春”将另一只手也伸了出来，他双臂伸向白大省，分明是要将她从小板凳上抱起来，分明是要用抱起她来鼓励她上场。我们都看见了赵叔叔这个姿态，这是多么不同凡响的一个姿态，白大省啊你还没有傻到要拒绝这样一个姿态的程度吧。白大省果然不再大声说“不”了，因为她什么也说不出来了，“咕咚”一声她倒在地上，她昏了过去，她休克了。

很多年之后白大省告诉我，十岁的那次昏倒就是她的初恋。她分析说当时她恨透了自己，却没有办法对付自己。直到今天，三十多岁的白大省还坚持说，那位赵叔叔是她见过的最好看的中国男人。长大成人的我不再同意白大省的说法，因为我本能地不喜欢大眼睛双眼皮的男人。但我没有反驳白大省，只是感叹着白大省这拙笨之至又强烈之至的“初恋”。那个以后我们再也未曾谋面的赵叔叔，他永远也不会知道，当年驸马胡同那个十岁的女孩子白大省，就是为了他才昏倒。他也永远不会相信，一个十岁的女孩子，当真能为她心中的美男子昏死过去。他们那个年纪的男人，是不会探究一个十岁的女人的心思的，在他眼里她们只是一群孩子，他会像抱一个孩子一样去抱起她们，他却永远不会知道，当他向她们伸出双臂时，会掀起她们心中怎样的风暴。他在无意之中就伤了胡同里那么多女孩子的心，当他和三号院西单小六的事情发生后，那些与他“同台”饰演喜儿的小女孩才知道，他其实从来就没有注意过她们，他倾心的是胡同里远近闻名的那个西单小六。为什么一个十岁的小女孩能为一个大男人昏过去呢，而西单小六，却几乎连正眼都不看一下那“大春”，就能弄得他神魂颠倒。

二

西单小六那时候可能十九岁，也可能十七岁，她和她的全家前几年才搬到驸马胡同。她们家占了三号院五间北房，北房原来的主人简先生和简太太，已被勒令搬到门房去住。谁让简先生解放前开过药铺呢，他是个小资本家，而西单小六的父亲是建筑公司的一名木匠。

西单小六的父母长得矮小干瘪，可他们是多么会生养孩子啊，他们生的四男四女八个孩子，男孩子个个高大结实，女孩子个个苗条漂亮。他们是一家子粗人，搬进三号院时连床都没有，他们睡铺板。他们吃得也粗糙，经常喝菜粥，蒸窝头。

可他们的饮食和他们的铺板却养出了西单小六这样一个女人。她的眉眼在姐妹之中不是最标致的，可她却天生一副媚入骨髓的形态，天生一股招引男人的风情。

她的土豆皮色的皮肤光润细腻，散发出一种新鲜锯末的暖洋洋的清甜；她的略微潮湿的大眼睛总是半眯着，似乎是看不清眼前的东西，又仿佛故意要用长长的睫毛遮住那火热的黑眼珠。她蔑视正派女孩子的规矩：紧紧地编结发辫，她从来都是把辫子编得很松垮，再让两鬓纷飞出几缕柔软的碎头发，这使她看上去胆大包天，显得既慵懒又张扬，像是脑袋刚离开枕头，更像是跟男子刚有过一场鬼混。其实她很可能只是刚刷完熬了菜粥的锅，或者刚就着腌雪里蕻吃下一个金黄的窝头。

每当傍晚时分，她吃完窝头刷完锅，就常常那样慵懒着自己，在门口靠上一会儿，或者穿过整条胡同到公共厕所去。当她行走在胡同里的时候，她那蛊惑人心的身材便得到了最充分的展示。那是一个穿肥裆裤子的时代，不知西单小六用什么方法改造了她的裤子，使这裤子竟敢曲线毕露地包裹住她那紧绷绷的弹性十足的屁股。

她的步态松懈，身材却挺拔，她就用这松懈和挺拔的奇特结合，给自己的行走带出那么一种不可一世的妖娆。

她经常光脚穿着拖鞋，脚指甲用凤仙花汁染成恶俗的杏黄——那时候，全胡同、全北京又有谁敢染指甲呢，唯有西单小六。她就那么谁也不看地走着，因为她知道这胡同里没什么人理她，她也就不打算理谁。她这样的女性，终归是缺少女朋友的，可她不在乎，因为她有的是男朋友。

她加入了一个团伙，号称西单纵队的，“西单小六”这绰号，便是她加入了西单纵队之后所得。究其本名，也许她应该被称为小六吧，她在兄弟姐妹中排行老六。

“西单小六”的这个团伙，是聚在一起的十几个既不念书（也无书可念），又不工作的年轻人，都是好出身，天不怕地不怕的，专在西单一带干些串胡同抢军帽、偷自行车转铃的事。

然后他们把军帽、转铃拿到信托商店去卖，得来的钱再去买烟买酒。那个时代里，军帽和转铃是很多年轻人生活中的向往，那时候你若能得到一顶棉制栽绒军帽，就好比今日你有一件质地精良的羊绒大衣；那时候你的自行车上若

能安一只转铃，就好比今日你的衣兜里装着一只小巧的手机。“西单小六”在这纵队里从不参加抢军帽、偷转铃，据说她是纵队里唯一的女性，她的乐趣是和这纵队里所有的男人睡觉。

她和他们睡觉，甚至也缺乏这类女人常有的功利之心，不为什么，只是高兴，因为他们喜欢她。她最喜欢让男人喜欢，让男人为她打架。

她的种种荒唐，自然瞒不过家人的眼，她的木匠父亲就曾将她绑在院子里让她跪搓板。这西单小六，她本该令她的兄弟姐妹抬不起头，可她和他们的关系却出奇的好。当她跪搓板时，他们抢着在父亲面前替她求情。她罚跪的时间总是漫长的，有时从下午能跪到半夜。每一次她都被父亲剥掉外衣，只剩下背心裤衩。兄弟姐妹的求情也是无用的，他们看着她跪在搓板上挨饿受冻，心里难受得不行。终于有一次，她的那些同伙，西单纵队的哥们儿知道了她正在跪搓板，他们便在那天深夜对驸马胡同三号搞了一次“偷袭”。他们翻墙入院，将西单小六松了绑，用条红白相间的毛毯裹住扛出了院子。然后，他们骑上每人一辆的凤凰18型锰钢自行车，再铆足了劲，示威似的同时按响各自车把上那清脆的转铃，紧接着就簇拥着西单小六在胡同里风一样地消失了。

那天深夜，我和白大省都听见了胡同里刺耳的转铃声，姥姥也听见了，她迷迷瞪瞪地说，准是西单小六她们家出事了。第二天胡同里就传说起西单小六被“抢”走的经过。这传说激起了我和白大省按捺不住的兴奋、好奇，还有几分紧张。我们奔走在胡同里，转悠在三号院附近，希望能从方方面面找到一点证实这传说的蛛丝马迹。后来听说，给西单纵队通风报信的是西单小六的三哥，西单小六本人反倒从不向她那些哥们儿讲述她在家里所受的惩罚。谁看见了他们是用条红白相间的毛毯裹走了西单小六呢，谁又能在半夜里辨得清颜色，认出那毛毯是红白相间呢？这是一些问题，但这样的问题对我们没有吸引力。我们难忘的，是曾经有这样一群男人，他们齐心协力，共同行动，抢救出了一个正跪在搓板上的他们喜爱的女人。而他们抢她的方式，又是如此地震撼人心。西单小六仿佛就此更添了几分神秘和奇诡，几天之后她没事人似的回到家中，又开始在傍晚时分靠住街门站着了。她手拿一只钩针，衣兜里揣一团白线，抖着腕子钩一截贫里贫气的狗牙领子。很可能九号院赵奶奶的侄子、那卷发的“大春”就是在这时看见了西单小六吧，西单小六也一定是在这样的时候用藏在睫毛下的黑眼珠瞟见了“大春”。

这一男一女，命中注定是要认识的，任什么也不可阻挡。听赵奶奶跟姥姥说，那鬼迷心窍的“大春”手术早就做完了，单位几次来信催他回去，他理也不理，不顾赵奶奶的劝阻，竟要求西单小六嫁给他，跟他离开北京。西单小六嘻嘻哈哈地不接话茬儿，只是偷空跟他约会。后来，西单纵队的那伙人，就是在赵奶奶的后院把他俩抓住的。照例是个夜晚，他们照例翻墙进院，用毛毯将裸体的西单小六裹了走，又把那“大春”痛打一顿，以匕首威胁着将他轰出了北京。

胡同里有传说，说这回西单纵队潜入赵奶奶家后院，是西单小六故意勾来的。

她一挑动，男人就响应。她是多么乐意让男人在她眼前出丑啊。这传说若是真的，西单小六就显得有点卑鄙了。美丽而又卑鄙，想来该是伤透了“大春”的心。

赵奶奶哭着对姥姥说，真是作孽啊，咱们胡同怎么招来这么个狐狸精。姥姥陪着赵奶奶落泪，还嘱咐我们，不许去三号院玩，不许和西单小六家的人说话。她是怕我们学坏，怕我们变成西单小六那样的女人。

我就在这个时期离开了北京，回到了B城父母的身边。那时我的父母刚刚结束在一座深山里的“五七干校”的劳动，他们回家之后第一件事就是把我从姥姥家接回来，要我在B城继续上学。他们是那样重视与我的团聚，而我的心，却久久地留在北京的驸马胡同了。我知道胡同里那些大人是不会想念我这样一个与他们无关的孩子的，可我却总是专心致志地想念胡同里一些与我无关的大人：卷发的“大春”，西单小六，赵奶奶，甚至还有赵奶奶家的女猫妞妞。我曾经幻想如果我变成妞妞，就能整日整夜与那“大春”在一起了，我还能够看见他和西单小六所有的故事。我听说西单纵队的人去赵奶奶家后院抓“大春”和西单小六时，妞妞在房顶上好一阵尖叫。

她是喊人救命呢，还是幸灾乐祸地欢呼呢？而我想要变成妞妞，究竟打算看见“大春”和西单小六的什么故事呢？以我那时的年龄，我还不知道一个男人和一个女人在一起要做什么事。我的心情，其实也不是嫉妒，那是一团乱七八糟的惆怅和不着边际的哀伤。因为我没像白大省那样“爱”上赵奶奶的侄子，我也不厌恶被赵奶奶说成狐狸精的西单小六。我喜欢这一男一女，更喜欢西单小六。我不相信那天夜里她是有意让“大春”出丑，就算是有意让“大春”出丑又怎样？我在心里替她开脱，这时我也显得很卑鄙。这个染着恶俗的杏黄色脚指甲的女人，她开垦了我心中那无边无际的黑暗的自由主义情愫，张扬起我渴望变成她那样的女人的充满罪恶感的梦想。十几年后我看伊丽莎白·泰勒主演的《埃及艳后》，当看到埃及艳后吩咐人用波斯地毯将半裸的她裹住扛到凯

撒大帝面前时，我立刻想到了驸马胡同的西单小六，那个大美人，那个艳后一般的人物，被男男女女口头诅咒的人物。

在很长的时间里我都没把对西单小六的感想告诉我的表妹白大省，我以为这是一个忌讳：当年是西单小六“夺”走了白大省为之昏过去的“大春”。再说，到了八十年代初期，三号院那五间大北房又回到了住门房的简先生手中，西单小六一家就搬走了。她已经消失在驸马胡同，我又有什么必要一定要对白大省提起西单小六呢。直到有一次，大约两年前，我和白大省在三里屯一个名叫“橡木桶”的酒吧里见到了西单小六。她不是去那儿消遣的，如今她是“橡木桶”的女老板。

那是一间竭力模仿异国格调的小酒吧，并且也弥漫着一股异国餐馆里常有的人体的膻气和肉桂、香叶、咖喱等调料相混杂的味道。酒吧看上去生意不错，烛光幽暗，顾客很多——大都是外国人。墙上挂着些兽皮、弓箭之类，吧台前有两个南美模样的女歌手正弹着西班牙吉他演唱《吻我，吉米》。我就在这时看见了西单小六。

尽管二十多年不见，在如此幽暗的烛光下我还是一眼就把她认了出来。我为此一直藐视那些胡编乱造的故事，什么某某和某某十几年不见就完全不认识了并由此引出许多误会什么的，这怎么可能呢，反正我不会。我认出了西单小六，她有四十多岁了吧？可你实在不能用“人老珠黄”来形容她。

她穿一条低领口的黑裙子，戴一副葵花形的钻石耳环；她的身材丰满却并不臃肿，她依旧美艳并对这美艳充满自信；她正冲着我们走过来，她的行走就像从前在驸马胡同一样，步态悠然，她的神情只比从前更多了几分见过世面的随和。她看上去活得滋润，也挺满足，虽然有点俗。我对白大省说，嗨，西单小六。

这时西单小六也认出了我们，她走到我们跟前说，从前咱们做过邻居吧。她笑着，要侍者给我们拿来两杯“午夜狂欢”——属于她的赠送。她的笑有一种回味故里的亲切，不讨厌，也没有风尘感。我和白大省也对西单小六笑着，我们的笑里都没有恶意，我们对她能一下子认出从前胡同里的两个孩子感到惊异。我们只是不知道怎样称呼她，只好略过称呼，客气又不失真实地夸赞她的酒吧。她开心地领受这称赞，并扬扬手叫过了一个正在远处忙着什么的宽肩厚背的年轻人。那年轻人来到我们面前，西单小六介绍说这是她的先生。

那个晚上我和白大省在“橡木桶”过得很愉快。西单小六和她那位至少小她十岁的丈夫使我们感慨不已。我们感叹这个不败的女人，谜一样的不败的女人。白大省就在那个晚上告诉我，她从来就没有憎恨过西单小六。她让我猜猜她最崇拜的女人是谁，我猜不着，她说她最崇拜的女人是西单小六，从小她就崇拜西单小六。那时候她巴望自己能变成西单小六那样的女人，骄傲，貌美，让男人围着，想跟谁好就跟谁好。她常常站在梳妆镜前，学着西单小六的样子松散地编小辫，并三扯两扯扯出鬓边的几撮头发。然后她靠住里屋门框垂下眼皮愣那么一会儿，然后她离开门框再不得要领地扭着胯在屋里走上那么几圈。她看着镜子里的自己，亢奋而又鬼祟，自信而又气馁。她是多么想如此这般地跑出家门跑到街上，当然她从来就没有如此这般地跑出过家门跑到过街上，也从没有人见过她模仿西单小六的怪样，包括我。

那个晚上我望着走在我身边显得人高马大的白大省，我望着她的侧面，心想我其实并不了解这个人。

三

我的这位表妹白大省，她那长大之后仍然傻里傻气的纯洁和正派，常常让我觉得是这世道仅有的剩余。在中学和大学里她始终是好学生，念大三时她还当过校学生会的宣传部长。她天生乐于助人，热心社会活动，不惜为这些零零碎碎的活动耽误学习。我窃想也许她本来就不太喜欢学习本身。她念的是心理系，有时候她会在上课时溜回宿舍睡大觉，不过这倒也没有妨碍她顺利毕业。她毕了业，进了四星级的凯伦饭店，后来就一直固定在销售部。在那儿得卖房，单凭散客和旅行社的固定客户是不够的，得主动出击寻找客源。她的目标是京城的合资、独资企业以及外国公司的代表处，她须经常在这些企业的写字楼里乱窜，登门入室，向人家推销凯伦的客房，并许以一些优惠条件。凯伦的职员把这种业务形式统称为“扫楼”。听上去倒是有一种打击一大片的气势，扫视或者扫射吧，这可不是闹着玩儿的。我简直想不出白大省拿什么来作为她“扫楼”的公关资本，或者换个说法，白大省简直就没有什么赖以公关的优势。她相貌一般，一头粗硬的直短发，疏于打扮，爱穿男式衬衫。个子虽说不矮，但是腰长腿短，过于丰满的屁股还有点下坠，这使她走起路来就显得拙笨。可是她的“扫楼”成绩在她们销售部还是名列前茅的，凭什么呢白大省？难道她就是凭了由小带到大的那份“仁义”么？凭了她那从里到外的一股子莫名其妙的待人的真情？

我领教过白大省待人的真情。那年她念大二，到我们B城一所军事指挥学

院参加封闭式的大学生军训。军训结束时，我给她打电话，让她先别回北京，在B城留两天，到我家来住。那时我刚结婚，幸福得不得了，我愿意让白大省看看我的新家，认识我对她说过一百遍的我的丈夫王永。白大省欣然答应，在电话里跟王永姐夫长姐夫短的好不亲热。我们迎她进门，给她做了一大堆好吃的。回想起小时候在驸马胡同南口买冰镇汽水的时光，我还特意买来了小肚，这曾经是我和白大省小时候最爱吃的东西。我的父母——白大省的姨父和姨妈也赶来我家和我们一起吃饭。大家异口同声地说军训使白大省黑了，也结实了。话题由此开始，白大省就对我们说起了她的军训时光。毫无疑问她是无限怀恋这军训的，她详细地向我们介绍她每天的活动，从早晨起床到晚上睡觉，背包怎么打，迷彩服怎么穿，部队小卖部都卖些什么，她们的排长人怎么怎么好，对她们多么严格，可是大家多么服他的气，那排长是山东人，有口音，可是一点儿也不土，你们不知道他是多么有人情味儿啊，别以为他就会"立正""稍息""向右转"，就会个匍匐前进，就会打个枪什么的，那个排长啊，他会拉小提琴，会拉《梁祝》，噢，对了，还有指导员……

整整一顿饭，白大省沉浸在军训的美妙回味中。她看不见眼前的饭菜，看不见我特意为她买来的小肚，看不见她的姨父姨妈，看不见她的姐夫王永，看不见我们明快、舒适的新家。除了军训、排长、指导员，她对一切都视而不见。此时此刻仿佛她身在何处、与谁在一起都是不重要的，哪怕你就是把她扔到街上，只要能允许她讲她的军训，她也会万分满足。到了晚上，白大省去卫生间洗澡时，我给她送进去一块浴巾，谁知这浴巾竟引得她把自己关在卫生间里哭了一场。我隔着门问她怎么啦怎么啦，她也不答话。一会儿，她红头涨脸、眼泪汪汪地出来了，她说我告诉你吧，我现在见不得绿颜色，什么绿颜色都能让我想起部队，想起解放军。话没说完，她把脸埋在那块绿浴巾里又哭起来，好像那就是她们排长的军服似的。

白大省这种不加克制的对几个军人的想念，实在叫人心烦，也使她看上去显得特别浑不知事。我不想再听她的军训故事，我也担心王永不喜欢我的这位表妹。第二天早饭后我提议和白大省上街转转，她还不知道B城什么样呢。白大省答应和我一起上街，可是紧接着她就问我附近有邮局么，她说她昨天夜里给排长他们写了几封信，她要先去邮局把信发出去。她说告别时她答应了他们一回去就写信的，她说要说话算数。我说可是你还没有回到北京啊，她说在当地发信他们不是收到得更快么——唉，这就是白大省的逻辑。幸亏不久以后驸马胡同发生了一系列变化，要不然她对亲人解放军的思念得持续到何年何月啊。

先是我们的姥姥去世了，姥姥去世前已经瘫痪了三年。姥姥一直跟着白大省的父母，也就是我的姨父和姨妈生活，可是因为姨父和姨妈八十年代初才从外地调回北京，所以姥姥和白大省在一起的时间最长。在我的记忆里，她指责、呲打白大省的时间也就最长。特别当她瘫痪之后，她就把指责白大省当成了她生活中一项重要的乐趣。她指责的内容二十多年如一日，无非是我从小就听惯的“笨”呀，“神不守舍”什么的，而这些时候，往往正是白大省壮工似的把姥姥从床上抱上抱下给她接屎接尿的时候。白大省的弟弟白大鸣从不伸手帮一帮白大省，可是姥姥偏袒他，几个舅舅每月寄给姥姥的零花钱，姥姥全转赠给了白大鸣。白大鸣什么时候往姥姥床前一栖乎，姥姥就从枕头底下掏钱。有一次我对白大省说，姥姥这人最大的问题就是偏心眼儿，看把白大鸣惯的，小少爷似的。再说了，他要真是小少爷，你不还是大小姐么。白大省立刻对我说，她愿意让姥姥护着白大鸣，因为白大鸣小时候得过那么多病。可怜的大鸣！白大省眼圈儿又红了，她说你想想，他生下来不长时间就得了百日咳；两岁的时候让一粒榆皮豆卡住嗓子差点憋死；三岁他就做了小肠疝气手术；五岁那年秋天他掉进院里那口干井摔得头破血流；七岁他得过脑膜炎；十岁他被同学撞倒在教室门口的台阶上磕掉了门牙……十一岁……十三岁……为什么这些倒霉事儿都让大鸣碰上了呢，为什么我一件都没碰上过呢，一想到这些我心里就一阵阵地疼，哎哟疼死我了……

白大省的这番诉说叫人觉得她一直在为自己是个健康人而感到内疚，一直在为她不像她的弟弟那么多灾多病而感到不好意思。我还有什么可说的呀，我再说下去几乎就成了挑拨他们姐弟的关系了，尽管我一百个看不上白大鸣。

姥姥死了，白大省哭得好几次都背过气去。我始终在猜想她哭的是什么呢，姥姥一生都没给过她好脸子，可留在她心中的，却是姥姥的一万个好。有一回她对我说，姥姥可是个见过大世面的老太太。那会儿，七十年代末，商店的化妆品柜台刚出现指甲油的时候，白大省买了一瓶，姥姥就说，你得配着洗甲水一块儿买，不然你怎么除掉指甲油呢？白大省这才明白，洗指甲和染指甲同样重要。她又去商店买洗甲水，售货员说什么洗甲水，没听说过。白大省对我说，哼，那时候她们连洗甲水都不知道，可是姥姥知道。你说姥姥是不是挺见过世面？我心说这算什么见过世面，可我到底没说，我不想扫白大省的兴。我只是觉得一个人要想得到白大省的佩服太容易了。

姥姥死后，姨妈的单位——市内一所重点中学又分给他们一套两居室的单元房，属于教师的安居工程。全家做了商量：姨父姨妈带着白大鸣搬去新居，

驸马胡同的老房留给白大省。从今往后，白大省将是这儿的主人，她可以在这儿成家立业，结婚生子（或女），永远永远地住下去。在寸土寸金的北京西城商业区，这是招人羡慕的。白大省就在这时开始了她的第二场恋爱（如果十岁那次算是第一场的话）。那时她念大四，她的很多同学都知道她有两间自己的房子。有时候她请一些同学来驸马胡同聚会，有时候外地同学的亲戚朋友也会在驸马胡同借住。同班男生郭宏的母亲来北京治病，就在白大省这儿住了半个月。后来，郭宏就和白大省谈恋爱了。郭宏是大连的家，这人我见过，用白大省的话说，“长得特像陈道明或者陈道明的弟弟”。这人话不多，很机灵，凭直觉我就觉得他不爱白大省。可我怎么能说服白大省呢，那阵子她像着了魔似的。你只要想一想她怀念军训的那份激情，就能推断出在这样的一场恋爱里她的情感会有怎样的爆发力。

四

那时候白大省经常问我，要是你和一个男人结婚，你是选择一个你们俩彼此相爱的呢，还是选择一个他爱你比你爱他更厉害的呢，还是选择一个你爱他比他爱你更厉害的呢？——当然，你肯定选择彼此相爱，你和王永就是彼此相爱。白大省替我回答。我问她会选什么样的，她说，也许我得选择我爱他比他爱我更……更……她没再往下说。但我从此知道，事情一开始她给自己制定的就是低标准，一个忘我的、为他人付出的、让人有点心酸的低标准。她仿佛早就有一种预感，这世上的男人对她的爱意永远也赶不上她对他们的痴情。问题是我还想接着残忍地问下去，问我自己，这世上的男人又有谁对白大省有过真的爱意呢？郭宏和白大省交朋友是想确定了恋爱关系毕业后他就能留在北京。我早就看出了这一层，我提醒她说郭宏在北京可没家，她说我们结了婚他不就有家了么。

也许郭宏本是要与白大省结婚的，他们已经在一块儿过起了日子。白大省把伺候郭宏当成最大的乐事，她给他买烟，给他洗袜子，给他做饭，招一大帮同学在驸马胡同给他开生日 party，让所有的人都知道他们的恋爱是认真的，是往结婚的路上走的那种。郭宏家的人来北京她是全陪，管吃管住还管掏钱买东西。她开始厚着脸皮跟家里多要钱，有一次为了给郭宏的小侄子买一只“沙皮狗”，她居然背着姨父和姨妈卖了家里一台旧电扇。真是何苦呢！可是忽然间，就在临近毕业时，郭宏又结识了学校一个女日本留学生，打那儿以后郭宏就不到驸马胡同来了。他是想随了那日本学生到日本去的，郭宏一好友曾经透露。这是一个打定了主意要吃女人饭的男人，当他能够去日本的时候，为什么还要留在北京呢？用不着留在北京，他就不必和白大省结婚。

直到今天我还记得白大省向我哭诉这一切时的样子，她膀眉肿眼，奓着头发，盘腿坐在她的大床上，咬着牙根（我刚发现白大省居然也会咬牙根）说我真想报复郭宏啊我真想报复他，让他留不成北京，让他回他们东北老家去！接着她便计划出一大串报复他的方式，照我看都是些幼稚可笑没有力量的把戏。说到激动之处她便打起嗝儿来，凄切而又嘹亮，像是历经了大的沧桑。可是，当我鼓动她无论如何也要出这口恶气时，她却不说话了。她把自己重重地往床上一砸，扯过一条被子，便是一场蒙头大睡。我看着眼前的这座“棉花山”，想着在有些时候，棉被的确是阻隔灾难的一件好东西，它能抵挡你的寒冷，模糊你的仇恨，缓解你的不安，掩盖你的哀伤。白大省在棉被的覆盖下昏睡了一天，当她醒来之后就再也不提报复郭宏的事了。遇我追问，她就说，唉，我要是有西单小六那两下子就好了，可我不是西单小六啊，问题是——我要真是西单小六也就不会有眼前这些事儿了。郭宏敢对西单小六这样么？他敢！这话说的，好像郭宏敢对她白大省这样反倒是应当应分的。

白大省就在失去郭宏的悲痛之中迎来了她的毕业分配，在凯伦饭店，她开始了人生的又一番风景。她工作积极，待人热诚，除了在西餐厅锻炼时（去餐厅锻炼是每个员工进店之后的必修课）长了两公斤肉，别处变化不大。她还是像个学生，没有沾染大酒店假礼貌下的尖刻和冷漠之气。偶尔受了同事的挤对，她要么听不出来，要么哈哈一笑也就过去了。她赢了个好人缘，连更衣室的值班大妈都夸她：别看咱们饭店净漂亮妞儿，我还就瞧着白大省顺眼。多咱见了我们都打招呼，大妈长大妈短，叫得人心里热乎乎的。不怕您笑话呀，现如今我儿媳妇叫我一声妈都费老劲了，哎，我说白大省，今儿个你干吗往衬衫领子下头围一块小绸巾呀，绸巾不是该往脖子上系的吗……更衣室大妈不拿白大省当外人，逮着她就跟她穷聊。

过了些时候，白大省开始了她的又一次恋爱。这一回，对方名叫关朋羽，凯伦饭店客房部的，比白大省小一岁，个子和白大省差不多。他俩是在饭店圣诞晚会的排练时熟起来的，关朋羽演唱美声的《长江之歌》，白大省的节目是民歌《回娘家》。这首《回娘家》白大省大学时就唱熟了。她还有一个优点就是不怵台，这跟在学生会做过宣传部长有关。只是在排练过程中她总是出一些小麻烦，比如当唱到“左手一只鸡，右手一只鸭，怀里还抱着一个胖娃娃”时，她

理应先伸左手再伸右手，她却总是先伸右手后伸左手。麻烦虽不大，但让人看着别扭。那时坐在台下的关朋羽就悄悄地冲她打手势，提醒她“先左，先左”。白大省看见了关朋羽的手势，也听见了他的提醒，他的小动作使她心中涌起一种莫可名状的感动，也就像有了靠山有了仗势一样地踏实下来，她遵照关朋羽的指示伸对了手——“先左”。到了后来，再遇排练，还没唱到“左手一只鸡，右手一只鸭”时她就预先把眼光转向了台下的关朋羽，有点像暗示，又有点像撒娇。她暗示关朋羽别忘了对她的暗示：我可快要出错儿了呀，你可别忘了提醒我呀。到了伸手的关键时刻，她其实已经可以顺利地“先左”了，可她却还假装着犹豫，假装着不知道她的手该怎么伸。台下的关朋羽果真就急了，他腾地向她伸出了左手。白大省就喜欢看关朋羽着急的样子，那不是为别人着急，那是专为她白大省一人的着急。白大省乐不可支，她的“调情”技巧到此可说是达到了一个小高潮——也仅此而已，她再无别的花招。

关朋羽和郭宏不同，他是一种天生喜欢居家过日子的男人，注意女性时装，会织毛衣，能弹几下子钢琴，还会铺床。第一次随白大省到驸马胡同，他就向她施展了来自客房部的专业铺床和“开床”技术。他似乎从未厌烦过他平凡的本职工作，甚至还由此养成了一种职业性的嗜好：看见床就想铺它、“开”它。他吩咐白大省拿给他一套床单被单，他站在床脚双手攥住床单两角，哗啦啦地抖开，清洁的床单波浪一般在他果断的手势下起伏涌动，瞬时间就安静下来端正地舒展在床垫上。然后他替白大省把枕头拍松，请她在床边坐下，让她体味他的技术和劳动。他们——关朋羽和白大省，此刻就和床在一起，却谁也没有意识到他们能和这床发生点什么事情，叫人觉得铺床的人总是远离床的，就像盖房的人终归是远离房。白大省只从关朋羽脸上看到了一种劳动过后的天真和清静，没有欲望，也没有性。

他们还是来往了起来。饭店淘汰下一批家具，以十分便宜的价格卖给员工，三件套的织锦缎面沙发才一百二十块钱。白大省买了不少东西，从沙发、地毯、微波炉，到落地灯、小酒柜、写字台，关朋羽就帮她重新设计和布置房间。白大省想到关朋羽喜欢弹琴，还咬咬牙花五百块钱买了饭店一架旧钢琴（外带琴凳）。白大省向父母要钱或者偷着卖老电扇的时代过去了，她远不是富人，可她觉得自己也不算缺钱花。她在新布置好的房间里给关朋羽过了一次生日，这回她多了个心眼儿，不像给郭宏过生日那回请一堆人。这回她谁也没请，就她和关朋羽两个人。她从饭店西餐厅订了一个特大号的“黑森林”蛋糕，又买了一瓶价格适中的“长城干红”。那天晚上，他们吃蛋糕，喝酒，关朋羽还弹了一会儿琴。关朋羽弹琴的时候白大省就站在他身边看他的侧面。她离他很近，他的一只耳朵差不多快要蹭到她胸前的衣襟。他的耳朵红红的，像兔子。白大省后来告诉我，当时她很想冲那耳朵咬一口。关朋羽一直在弹琴，可是越弹越不知自己在弹什么。身边的一团热气阻塞了他的思维，他不知道是一直看着琴键，还是应该冲那团热气扭一下头，后来他还是冲白大省扭了一下头。当他扭头的时候，不知怎么的，他的头连同他那只红红的耳朵就轻倚在白大省的怀里了。这是一个让白大省没有防备的姿势，也许她是想双手搂住怀中这个脑袋的，可是她膝盖一软，却让自己的身子向下滑去，她跪在了地上。她的跪在地上的躯体和坐在琴凳上的关朋羽相比显得有点肉大身沉，尽管这样看上去她已经比他显得低矮。她冲他仰起头，一副要承接的样子。他也就冲她俯下身子，亲了亲她的嘴，又不着边际地在她身上抚摸了一阵。她双手勾住了他的不算粗壮的脖子，她是希望一切继续的，他应该把她抱起来或者压下去。可是他显然有点胆怯，他似乎没有抱起她的力气，也没有压住她的分量。很可能他已经后悔刚才他那致命的一扭头了。他好像是再也没事干了才决定要那么一扭头的，又仿佛正是这一扭头才让他明白眼前的白大省其实是如此巨大，巨大得叫他摆布不了。或者他也为自己的身高感到自卑，为自己的学历感到自卑？白大省是大本文凭，他念的是旅游中专。也许这些原因都不是，关朋羽，他始终就没有确定自己是不是爱上了白大省。他终于从白大省的胳膊圈儿里钻了出来。他坐回到桌旁，白大省也坐回到桌旁，两个人看上去都很累。

忽然白大省说，要是咱们俩过日子，换煤气罐这类的事肯定是我的。

关朋羽就说，要是咱们俩过日子，换灯泡这类的事肯定是我的。

白大省说，要是咱们俩过日子，我什么都不让你干。

关朋羽就说，你真善良，我早看出来了。

他说的是真话，他明白并不是每个男人都能碰见这份善良的。就为了他早就发现的白大省这份赤裸裸的善良，他又亲了她一次。然后他们平静、愉快地告了别。

他们还没有谈到结婚，不过两人都是心照不宣的样子。销售部的同事问起白大省，她只是笑而不答。白大省到底积累了点经验，她忍耐住了她自以为的幸福。要是我们的另一位表妹小玢不来北京，我判断关朋羽会和白大省结婚的。可是小玢来了。

小玢是我们舅舅的女儿，家住太原。一连三年没考上大学，便打定主意到北京来闯天下。她的理想是当一名时装设计师，为此她选择了北京一家没有文

凭、不管食宿，也不负责分配的服装学校。她花钱上了这学校，并来到驸马胡同要求和白大省同住。她理直气壮，不由分说。

五

小玢没来过北京，她却到哪儿也不怵，与人交往，天生的自来熟。她先是毫不忸怩地把驸马胡同当成了自己的家，她打开白大省的衣橱，唰啦啦地把白大省挂在衣杆上的衣服“赶”到一边，然后把自己带来的“时装”一挂一大片。她又打量了一阵写字台，把白大省戳在桌面上的几个小镜框往桌角一推，接着不同角度地摆上了几只嵌有自己玉照的镜框；其中一帧二十四寸大彩照，属于影楼艺术摄影那种格调的，她将它悬在了迎门，让所有人一进白大省家，先看见墙上被柔光笼罩的小玢在做妩媚之笑。最后她考虑到床的问题，她看看里屋唯一一张大床，对白大省说她睡觉有个毛病，爱睡“大”字，床窄了她就得掉下去。她要求白大省把大床让给她，自己再另支折叠床。白大省没有折叠床，只好到家具店现买了一张。剩下吃饭的问题，小玢也自有安排：早饭自己解决；晚饭谁早回来谁做（小玢永远比白大省回家晚）；中饭呢，小玢说她要到凯伦饭店和白大省一块儿吃，她说她知道白大省她们的午饭是免费的。白大省对此有些为难，毕竟小玢不是饭店的员工，这是个影响问题。小玢开导白大省说，咱们不要双份，咱俩合吃你那一份就行，难道你不觉得你该减肥了么，再不减肥，以后我给你设计服装都没灵感了。白大省看看自己的不算太胖，可也说不上婀娜的身材，一刹那还想起了比她文弱许多的关朋羽，就对小玢做了让步。女为悦己者瘦啊，白大省要减肥，小玢的中饭就固定在了凯伦饭店。说是与白大省合吃，实际每顿饭她都要吃去一多半，饿得白大省顶不到下午下班就得在办公室吃饼干。

凯伦饭店的中饭开阔了小玢的视野，她认识了白大省所有的同事，抄录下他们所有的电话、BP机号码。到了后来，她跟他们混得比白大省跟他们还熟。她背着白大省去饭店美容厅剪头发做美容（当然是免费）；让客房部的哥们儿给她干洗毛衣大衣；销售部白大省一个男同事，自己有一辆“富康”轿车的，居然每天早上开车到驸马胡同接小玢，然后送她去服装学校上学，说是顺路。这样，小玢又省出了一笔乘坐中巴的钱。她心安理得地享受着这些方便，当然她也知道感谢那些给她提供方便的人。她的习惯性感谢动作是拍拍他们的大腿，之后再加上这么一句：“你真逗！”男人被她拍得心惊肉跳的，“你真逗”这个含意不清的句子也使他们乐于回味，可他们又决不敢对她怎么样。动不动就拍男人大腿本是个没教养的举动，可是发生在小玢身上就不能简单地用没教养来概括。她那一米五五的娇小身材，她那颗剪着“伤寒式”短发的小脑袋瓜，她那双纤细而又有力的小手，都给人一种介乎于女人和孩子之间的感觉，粗鲁而又娇蛮，用意深长而又不谙世事。她人小心大，旋风一般刮进了驸马胡同，她把白大省的生活搅得翻天覆地，最后她又从白大省手中夺走了关朋羽。

那是一个下午，白大省和福特公司的客户在民族饭店见面之后没再回到班上，就近回了驸马胡同。这次见面是顺利的，那位客户，一个谢顶的红脸美国老头已经答应和凯伦签合同，他们代表处将在凯伦饭店包租一年客房。这也意味着白大省可以从租金中得到千分之二的回扣。白大省这天的确用不着再回班上了，白大省实在应该回家好好庆祝庆祝。她回家开了门，看见小玢和关朋羽躺在她的大床上。

不能用鬼混来形容小玢和关朋羽，真要是鬼混，事情倒还有其他的一些可能。问题是小玢不想和关朋羽鬼混，关朋羽也觉得他应该娶的原来是小玢。这样，本来可能是白大省丈夫的关朋羽，没出两个月就变成了白大省的表妹夫。

想来想去，白大省不像恨郭宏那样恨关朋羽，让她感到揪心疼痛的是，她和关朋羽交往一年多了都没打过床的主意，可关朋羽和小玢没见过几次面就上了床。那是她的床啊，她白大省的床！

小玢搬出了驸马胡同，一句道歉的话也没跟白大省说，只给她留下一件她亲自为遮掩白大省那下坠的臀部而设计制作的圆摆衬衫，还忘了锁扣眼儿。倒是关朋羽觉得有些对不住白大省，有一天他跟小玢要了驸马胡同的钥匙——还没来得及还给白大省的钥匙，趁白大省上班，他找人拉走了白大省的旧床，又给白大省买来一张新双人床，还附带买了床罩、枕套什么的。他认真为她铺好床，认真到比铺他和小玢的婚床更多一百分的小心。他不让床单上有一道褶痕，不让床裙上有一粒微尘。接着他又为她开了床，就像他在饭店客房里每天都做的那样，拍松枕头，把罩好被单的薄毯沿枕边规矩地掀起一角，再往掀起的被角上放一枝淡黄色的康乃馨。就像要让白大省忘却在这个位置上发生的所有不快，又像是在祝福白大省开始崭新的日子。

白大省下班回来看见了新床和床上的一切，那是关朋羽技术和心意的结合，是他这样一个男人向她道歉的独特方式。白大省坐在折叠床上遥望这新大床一阵阵悲伤，因为她怀念的其实正是关朋羽让人搬走的那张旧床，那张深深伤害了她的旧床。倘若她能重返旧床，哪怕夜夜只她单独一人，至少她也能体味关

朋羽曾经在过这床上的那一部分——就算不是和她。另一部分，小玢占据的那一部分她甚至可以遮起来不想。在旧床上她的心和身体都会感到痛的，可那是抓得住的一种伤痛，纵然痛，也是和他在一起的。眼前的新床又算什么呢，一堆没有来历的木头罢了。

关朋羽的新床带给驸马胡同的是更多的凄清。好比一个男人，早就打定了主意要背离爱他的女人，告别之前却非要给这女人擦一遍桌子，拖一拖地板，扶正墙上的一个镜框，再把漏水的龙头修上一修。这本是世上最残忍的一种殷勤，女人要么在这样的殷勤里绝望，要么从这样的殷勤里猛醒。

我的表妹白大省，她似乎有点绝望，却还谈不上就此猛醒，她只是久久不在那新床上睡觉就是了。第一次睡她那新大床的是我。那次我来北京参加一个少儿读物研讨会，有天晚上住在了驸马胡同。我躺在白大省的新床上，她躺在那张折叠床上，脸朝天花板跟我讲着小玢和关朋羽。她说小玢和关朋羽结婚后就不念那个服装学校了，两人也没房，就和关朋羽的父母一起住。他家住在一幢旧单元楼的一楼，辟出一间临街开了个门，小玢开起了成衣店，生意还挺不错。白大省说他们结婚时她没去，她是想一辈子不搭理他们的，那时候天天下班回家就发誓。白大鸣为了支持白大省，自己先做了姿态，他不与他们来往。可也不知怎么的，临近婚礼时白大省还是给他们买了礼物，一只消毒碗柜，托客房部的人转给了关朋羽。白大省说关朋羽又托客房部的人给她送了一袋喜糖。她说你猜我把那喜糖放哪儿去了，我说你肯定没吃。她指指房顶说我告诉你吧，让我站在院里都给扔到房上去了。

我闭眼想着我们头上那滋生着干草的灰瓦屋顶，屋顶依旧，只是女猫妞妞和男猫小熊早已不在了，不然那喜糖定会引起他们的一阵欢腾。最后白大省又埋怨起自己，她说全怪她警惕性不高啊，一不留神啊……我说这和留神不留神有什么关系。白大省说那究竟和什么有关系呢？

我没法回答白大省的问题，我于是请她看电影。那次我们看了一个没有公演的美国电影《完美的世界》，研讨会上发的票。看电影时我们都哭了，虽然克制但还是泪流满面。我们尽量默不作声，我们都长大了，不像从前看《卖花姑娘》的时候那么抽抽搭搭的。白大省偶尔还打一个嗝儿，憋成很细小的声音，只有我这么亲近的人才能觉察出她是在打嗝儿。《完美的世界》，那个罪犯和充当人质的孩子之间从恐惧憎恨到相亲相近的故事使白大省激动不已，仅在销售部，她就把这部电影给同事讲了四遍。我回B城后还接到过她一个长途电话，她说她从来没有像看了《完美的世界》以后那样热爱孩子，她第一次有点从心里羡慕我的职业了，她问我有没有可能托关系把她调到一个儿童出版社，她已经开始考虑改行了。我劝她说别神神经经的，出版社的活儿也不是那么好干。白大省后来没再坚持改行，她不是听了我的劝，那是因为，她仿佛又开始恋爱了。

六

白大省认识夏欣是在驸马胡同，夏欣骑车拐弯时撞了正在走路的白大省。撞得也不重，小腿擦破了一点皮，夏欣一个劲儿向白大省道歉，还从衣兜里掏出一片创可贴，非要亲手按在白大省小腿上不可。后来白大省听夏欣说，那天他是去三号院看房的，三号院的简先生要把他那间八平方米的门房租出去。本来夏欣有意要租，希望简先生在租金上做些让步，但简先生分毫不让，他也就放弃了。

夏欣认为自己是一个才华横溢的人，只是生不逢时，社会上的好机会都让别人占了去。他毕业于一所社会大学，多年来光跟人合伙办公司就办过八九个，开过彩扩店，还倒腾过青霉素。样样都没长性，干什么也没赚了钱，跟父母的关系又不好，索性就想从家里搬出来。他让白大省帮他物色价格合理的房，他说他简直一天也不想再看见他父母的脸。白大省给夏欣提供了几则租房信息，有两次她还陪他一道去看房。看完了房，夏欣要请白大省吃饭，白大省说还是我请你吧，以后你发了财再请我。

白大省把夏欣领进了驸马胡同，从此夏欣就隔长补短地在白大省那儿吃饭。他吃着饭，对她说着他的一些计划，做生意的计划，发财的计划，拉上两个同学到与北京相邻的某省某县开化工厂的计划……他的计划时有变化，白大省却深信不疑。比方说到开化工厂缺资金，白大省甚至愿意从自己的积蓄里拿出一万块钱借给夏欣凑个数。后来夏欣没要白大省的钱，因为他忽然又不想开化工厂了。

我非常反感白大省和夏欣的交往，我不喜欢一个大老爷们儿坐在一个无辜的女人家里白吃白喝外加穷“白话”。我对白大省说夏欣可不值得你这么耽误工夫，白大省说我不如她了解夏欣，说别看夏欣现在一无所有，她看中的就是夏欣的才气。噢，夏欣居然有才气，还竟然已被白大省“看中”。我让白大省将夏欣的才气举出一二例，她想了想说，他反应特快，会徒手抓苍蝇。我向她说，你们俩现在究竟是一种什么关系呢？她说还谈不上什么关系，夏欣人很正派，

有天晚上他们聊天聊到半夜，夏欣就没走，白大省在里屋睡大床，夏欣在外屋睡折叠床，两人一夜相安无事。

这样的相安无事，可以说洁如水晶，又仿佛是半死不活。是一男一女至纯的友谊呢，还是更像两个男人的哥们儿义气？白大省也许终生都不会涉足这样的分析。她渴望的，只是得到她看中的男人的爱。夏欣无疑被她看中了，她却怎么也拿不准他那一方的态度。有了郭宏和关朋羽的教训，加上我对她的毫不掩饰的警告，她是要收敛一下自己的，很可能她也假模假式地伪装过矜持。她告诫过自己吧：要慢一点慢慢的斯斯文文的；她指点过自己吧：要沉稳千万别显出焦急；她也打算像个会招引人的女人那样修饰自己吧：小玢的娇蛮、西单小六的风骚，都来上那么一点……可惜的是，理论与实践的结合总是不妥帖的时候居多。当她想慢下来的时候她却比从前更快；当她打算表演沉稳的时候她却比从前更抓耳挠腮；当她描眉打鬓、涂胭脂抹粉时，她在镜子里看见的是一个比平常的自己难看一千倍的自己。她冲着镜子“温柔”地一笑，类似这样的“温柔”并非白大省与生俱来，它就显得突兀而又夸张，于是白大省自己先就被这突兀的温柔给吓着了。

转眼之间，白大省和夏欣已经认识了大半年。就像从前对待郭宏和关朋羽一样，她又在驸马胡同给夏欣过了一次生日。白大省这人是多么容易忘却，又显得有点死心眼儿。谁也弄不清她为什么老是用这同一种方式企图深化她和男性的关系。这次和前两次一样，是她要求给夏欣过生日，夏欣是一个答应的角色，他答应了，还史无前例地对她说了一声：“你真好。”“你真好”使白大省预感到当晚的一切将至关重要，她暗中给自己设计了一个从容、懂事、不卑不亢的形象，可事到临头，她却比以往更加手忙脚乱并且喧宾夺主。没准儿正是“你真好”那三个字乱了她的手脚。那是一个星期六，她几乎花了一整天给自己选择当晚要穿的衣服。她翻箱倒柜，对比搭配。穿新的她觉得太做作；穿旧的又觉得提不起精神；穿素了怕夏欣看她老气；穿艳了又唯恐降低品位。她在衣服堆里择来择去，她摔摔打打，自己跟自己赌气。最后她痛下决心还是得出去现买。燕莎、赛特都太远无论如何去不成，最近的就是西单。她去了西单商场，选中一件黑红点儿的套头毛衣才算定住了神。她觉得这毛衣稳而不呆，闹中有静，无论是黑是红，均属打不倒的颜色。哪知回家对着镜子一穿，怎么看自己怎么像一只“花花轿”。眼看着夏欣就要驾到了，饭桌还空着呢。她脱了毛衣赶紧去开冰箱拿蛋糕，拿她头天就烹制好的素什锦，结果又撞翻了盛素什锦的饭盒，盒子扣在脚面上，脏污了她的布面新拖鞋。她这是怎么了，她想干什么？

疯了似的。

好不容易餐桌上的那一套就了绪，她才发现原来自己一直带着个胸罩在屋里乱跑。她就顺便低头看了一眼自己的胸，她总是为自己的胸部长成这样而有些难为情。不能用大或者小来形容白大省的乳房，她的乳房是轮廓模糊的那么两摊，有点拾掇不起来的样子。猛一看胸部也有起伏，再细看又仿佛什么都没有。这使她不忍细看自己，她于是又重返她那乱七八糟的衣服堆，扯出一件宽松的运动衫套在了身上。

那个晚上夏欣吃了很多蛋糕，白大省喝了很多酒。气氛本来很好，可是，喝了很多酒的白大省，她忽然打乱自己那“沉着、矜持”之预想，她忽然不甘心就维持这样的一个好气氛了。她的焦虑，她的累，她的没有着落的期盼，她的热望，她那从十岁就开始了的想要被认可的心愿，宛若噼里啪啦冒着火花的爆竹，霎时间就带着响声、带着光亮释放了出来。她开始要求夏欣说话，她使的招数简陋而又直白，有点强迫的意思。仿佛过生日的回报必是夏欣的表态，而且刻不容缓。她就没有想到，这么一来，他人并不曾受损，而她自己却已再无退路。

说点什么吧，白大省对夏欣说，总得说点什么。夏欣就说，我有一种预感，我预感到你可能是我这一生最想感谢的人。白大省追问道：还有呢？夏欣就说，真的我特感谢你。他的话说得诚恳，可不知怎么总透着点儿不吉利。白大省穷追不舍地又发问道：除了感谢你就没有别的话要说了么？夏欣愣了一会儿说，本来他不想在生日这天说太多别的，可是他早就明白白大省想要听见的是什么。本来他也想对他们的关系做个展望什么的，不是今天，可能是明天、后天……可是他又预感到今天不说就过不去今天，那么他也就顾不了许多了干脆就说了吧。这时他一反吞吐之态，开始滔滔不绝。他说他和白大省的关系不可能再有别的发展，有一件事给他留下的印象太深刻了：那天他来这儿吃晚饭，白大省烧着油锅接一个电话，那边油锅冒了烟她这边还慢条斯理地进行她的电话聊天；那边油锅着了她仍然放不下电话，结果厨房的墙熏黑了一大片，房顶也差点着了火。夏欣说他不明白为什么白大省不能告诉对方她正烧着油锅呢，本来那也不是什么重要的电话。她也可以先把煤气灶闭掉再和电话里的人聊天。可是她偏不，她偏要既烧着油锅又接着电话。夏欣说这样一种生活态度使他感觉很不舒服……白大省打断他说油锅着火那只不过是她的一时疏忽和生活态度有什么关系啊。夏欣说好吧就算这是一时的疏忽，可我偏就受不了这样的疏忽。还有，他接着说，白大省刚跟他认识没多久就要借给他一万块钱开化工厂，万一他要

是个坏人是想骗她的钱呢？为什么她会对出现在眼前的陌生男人这样轻信他实在不明白……夏欣的话匣一开竟难以止住，他历数的事实都是事实，他的感觉虽然苛刻却又没错儿。他，一个连稳定的工作都没有的男人，一个连养活自己都还费点劲的男人，一个坐在白大省家中，理直气壮地享用她提供的生日蛋糕的男人，在白大省面前居然也能指手画脚，挑鼻子挑眼。那可怜的白大省竟还执迷不悟地说：我可以改啊我可以改！

他们到底无法谈到婚姻。夏欣在这个生日之后就离开了白大省。白大省哭着，心里一急，便冲着他的背影说，你就走吧，本来我还想告诉你，驸马胡同快要拆迁了，我这两间旧房，至少能换一套三居室的单元，三居室！夏欣没有回头，聪明的男人不会在这时候回头。白大省心里更急了，便又冲着他的背影说，你就走吧，你再也找不到像我这么好的人了！你听见了没有？你再也找不到像我这么好的人了！听了这话，夏欣回头了，他回过身来对白大省说："其实我怕的也是这个，很可能再也找不到了。"这是一句真话，不过他还是走了。白大省这叫卖自己一般的挽留只加快了夏欣的离开。他不欠她什么，既不属于说了买又不买的顾客，也不属于白拿东西不给钱的顾客，他连她的手都没碰过。

很长一段时间，白大省既不收拾饭桌也不收拾床，她和夏欣吃剩的蛋糕就那么长着霉斑摆在桌上，旁边是两只油渍麻花的脏酒杯。夏欣生日那天她翻腾出来的那些衣服也都在里屋她的床上乱糟糟地摊着，晚上下班回来她就把自己陷在衣服堆里昏睡。有一天白大鸣来驸马胡同找白大省，进门就嚷起来："姐，你怎么啦！"

七

白大鸣对白大省当时的精神状态感到吃惊，可他并无太多的担心。他了解他的姐姐白大省，他知道他这位姐姐不会有什么真想不开的事。白大省当时的精神只给白大鸣想要开口的事情增设了一点小障碍，他本是为了驸马胡同拆迁的事而来。

白大鸣已经先于白大省结了婚，女方咪咪在一所幼儿师范教音乐，白大省是两人的介绍人。白大鸣结婚后没从家里搬出去，他和咪咪的单位都没有分房的希望，两人便打定主意住在家里，咪咪也努力和公婆搞好关系。虽然这样的居住格局使咪咪觉出了许多不自如，可现实就是这样的现实，她只好把账细算一下：以后有了孩子，孩子顺理成章得归退休的婆婆来带，她和白大鸣下班回家连饭也用不着做，想来想去还是划算的，也不能叫作自我安慰。要是没有驸马胡同拆迁的信息，白大鸣和咪咪就会在家中久住下去，咪咪已经摸索出了一套与公婆相处的经验和技巧。偏在这时驸马胡同面临着拆迁，而且信息确凿。白大省已经得到通知，像她这样的住房面积能在四环以内分到一套煤气、暖气俱全的三居室单元。一时间驸马胡同乱了，哀婉和叹息、兴奋和焦躁弥漫着所有的院落。大多数人不愿挪动，不愿离开这守了一辈子的北京城的黄金地段。九号院牙都掉光了的赵奶奶对白大省说，当了一辈子北京人，老了老了倒要把我从北京弄出去了。白大省说四环也是北京啊赵奶奶。赵奶奶说，顺义还是北京呢！

三号院的简先生也是逢人就说，人家跟我讲好了，我们家能分到一梯一户的四室两厅单元房，楼层还由着我们挑。可我院里这树呢，我的丁香树我的海棠树，我要问问他们能不能给我种到楼上去！简先生摇晃着他那一脑袋花白头发，小资本家的性子又使出来了。

白大省对驸马胡同深有感情，可她不像赵奶奶、简先生他们，她打定主意不给拆迁工做出一点难题。新的生活、敞亮的居室、现代化的卫生设备对白大省来说，比地理方位显得更重要。况且她在那时的确还想到了夏欣，想到他四处租房，和房东讨价还价的那种可怜样儿，白大省在心中不知说了多少遍呢：和我结婚吧，我现在就有房，我将来还会有更好的房！

驸马胡同的拆迁也牵动了白大鸣和咪咪的心，准确地说，最先反应过来的是咪咪。有天晚上她翻来覆去睡不着觉，就把白大鸣也叫醒说，早知道驸马胡同会这样，不如结婚时就和白大省调换一下了，让白大省搬回娘家住，她和白大鸣去住驸马胡同。这样，拆迁之后的三居室新单元自然而然便归了他们。白大鸣说现在说什么也晚了，再说咱们这样不也挺好吗。咪咪说好与不好，也由不得你说了算。敢情你是你爸妈的儿子，我可怎么说也是你们家的外人。你觉得这么住着好，你知道我费了多少心思和技巧？一家人过日子老觉着得使技巧，这本身就让人累。我就老觉着累。我做梦都想和你搬出去单过，住咱们自己的房子，按咱们自己的想法设计、布置。白大鸣说那你打算怎么办呀，咪咪说这事先不用和爸妈商量，先去找白大省说通，再返回来告诉爸妈。就算他们会犹豫一下，可他们怎么也不应该反对女儿回家住。白大鸣打断咪咪说，我可不能这么对待我姐，她都三十多岁了，老也没谈成合适的对象，咱们不能再让她舍弃一个自己的独立空间啊。咪咪说，对呀，你姐一个人还需要独立空间呢，咱们两个人不更需要独立空间么。再说，她老是那么一个人待着也挺孤独，如果

搬回来和爸妈住，互相也有个照应。白大鸣被咪咪说动了心，和咪咪商量一块儿去找白大省。咪咪说，这事儿我不能出面，你得单独去说。你们姐弟俩说深了说浅了彼此都能担待，我要在场就不方便了。白大鸣觉得咪咪的话也对，但他仍然劝咪咪仔细想想再做决定。咪咪坚决不同意，她说这事儿不能渗着，得赶快。她那急迫的样子，恨不得把白大鸣从床上揪起来半夜就去找白大省。又耗了几天，白大鸣在咪咪的再三催促下去了驸马胡同。

白大鸣坐在白大省一塌糊涂的床边，屁股底下正压着她那团黑红点点的毛衣。他知道他的姐姐遭了不幸，他给她倒了一杯水。白大省喝了水，按捺不住地对白大鸣说起了夏欣。她说着，哭着，眼泪像断了线的珠子，白大鸣看着心里很难过。他想起了姐姐对他几十年如一日的疼爱，想起小时候有一次他往院子里扔了一根香蕉皮，姥姥踩上去滑了一跤，吓得他一着急，就说香蕉皮是白大省扔的。姥姥骂了白大省一整天，还让白大省花了一个晚上写了一篇检讨书。白大省一直默认着自己这个“过失”，没有揭穿也没有记恨过白大鸣对她的“诬陷”。白大鸣想着小时候的一切，实在不知道怎么把换房的事说出口。后来还是白大省提醒了他，她说大鸣你是不是有什么事来找我?

白大鸣一狠心，就把想和白大省换房的事和盘托出。白大省果然很不高兴，她说这肯定是咪咪的主意，一听就是咪咪的主意，咪咪天生就是个出这种主意的人。她说她早就后悔当初把咪咪介绍给白大鸣，让咪咪变成了她们白家的人。她质问白大鸣，问他为什么与咪咪合伙欺负她——难道没看见她现在的样子吗，还是假装不知道她从前的那些不如意？她说大鸣你真可恶真没良心你真气死我了你是不是以为我这人从来就不会生气呀你！她说你要是这么想你可就大错特错了现在我就告诉你我会生气我特会生气我气性大着呢，现在你就回家去把咪咪给我叫来，我倒要看看她当着我的面敢不敢再重复一遍你们俩合伙捏鼓出的馊主意!

白大省的语调由低到高，她前所未有地慷慨激昂滔滔不绝，她就像换了一个人似的言辞尖刻忘乎所以。她不知道什么时候白大鸣已经悄悄地走了，当她发现白大鸣不见之后，才慢慢使自己安静下来。白大鸣的悄然离去使白大省一阵阵地心惊肉跳，有那么一会儿她觉得他不仅从驸马胡同消失了，他甚至可能从地球上消失了。可他究竟犯了什么错误呢她的亲弟弟！他生下来不长时间就得了百日咳；两岁的时候让一粒榆皮豆卡住嗓子差点憋死；三岁他就做了小肠疝气手术；五岁那年秋天他掉进院里那口干井摔得头破血流；七岁他得过脑膜炎；十岁他摔在教室门口的台阶上磕掉了门牙……可怜的大鸣！为什么这些倒霉事儿都让他碰上了呢，从来没碰上过这些倒霉事儿的白大省为什么就不能让她无比疼爱的弟弟住上自己乐意住的新房呢。白大省越想越觉得自己对不住白大鸣，她是在欺负他是在往绝路上逼他。她必须立刻出去找他，找到他告诉他换房的事不算什么大事，她愿意换给他们，她愿意搬回家去与父母同住……

她在白大鸣的单位找到了白大鸣，宣布了她的决定。想到数落咪咪的那些话她也觉得不好意思，就又给咪咪打电话，重复了一遍她愿意和他们换房的决定。她好言好语，柔声细气，把本来是他们求她的事，一下子变成了她在央告他们，甚至他们答复起来若稍有犹豫，她心里都会久久地不安。

她献出了自己的房子，驸马胡同拆迁之日，也就是她回到父母身边之时。这念头本该伴随着阵阵凄楚的，白大省心中却常常升起一股莫名的柔情。每天每天，她走在胡同里都能想起很多往事，从小到大，在这里发生的她和一些“男朋友”的故事。她很想在这胡同消失之前好好清静那么一阵，谁也不见，就她一个人和这两间旧房。谁敲门她也不理，下班回家她连灯也不开，她悄悄地摸黑进门，进了门摸黑做一切该做的事，让所有的人都认为屋里其实没人。有一天，当她又打着这样的主意走到家门口时，一个男人怀抱着一个孩子正站在门口等她。是郭宏。

郭宏打碎了白大省谁也不见的预想，他已经看见了她，她又怎么能假装屋里没人？她把他让进了门，还从冰箱里给他拿了一听饮料。

这么多年白大省一直没有见过郭宏，但是她知道他的情况。他没去成日本，因为那个日本女生忽然改变主意不和他结婚了。可他也没回大连，他决意要在北京立足。后来，工作和老婆他都在北京找到了，他在一家美容杂志社谋到了编辑的职务，结婚几年之后，老婆为他生了一个女儿。郭宏的老婆是一家翻译公司的翻译，生了女儿之后不久，有个机会随一个企业考察团去英国，她便一去不复返了，连孩子也扔给了郭宏。这梦一样的一场婚姻，使郭宏常常觉得不真实。如果没有怀里这活生生的女儿，郭宏也许还可以干脆假装这婚姻就是大梦一场，一切都可以重新开始，作为一个男人他还算不上太老。可女儿就在怀里，她两岁不到，已经认识她的父亲，她吃喝拉撒处处要人管，她是个活人不是梦。

此时此刻郭宏坐在白大省的沙发上喝着饮料，让半睡的女儿就躺在他的身边。他对白大省说，你都看见了，我的现状。白大省说，我都看见了，你的现状。郭宏说我知道你还是一个人呢。白大省说那又怎么样。郭宏说我要和你结婚，而且你不能拒绝我，我知道你也不会拒绝我。说完他就跪在了白大省眼前，

有点像恳求，又有点像威胁。

这是千载难逢的一个场面，一个仪表堂堂的大男人就跪在你的面前求你。渴望结婚多年了的白大省可以把自己想象成骄傲的公主，有那么一瞬间，她心中也真的闪过一丝丝小的得意，一丝丝小的得胜，一丝丝小的快慰，一丝丝小的晕眩。纵然郭宏这"跪"中除却结婚的渴望还混杂着难以言说的诸多成分，那也足够白大省陶醉一阵。从没有男人这样待她，这样的被对待也恐怕是她一生所能碰到的绝无仅有的一回。一时间她有点糊涂，有点思路不清。她低头看着跪在地上的郭宏，她闻见了他头发的气味，当他们是大学同学时她就熟悉的那么一种气味。这气味使此刻的一切显得既近切又遥远，她无法马上作答，只一个劲儿地问着：为什么呢这是为什么？

跪着的郭宏扬起头对白大省说，就因为你宽厚善良，就因为你纯、你好。从前我没见过、今后也不可能再遇见你这样一种人了你明白么。

白大省点着头忽然一阵阵心酸。也许她是存心要在这晕眩的时刻，听见一个男人向她诉说她是一个多么美丽的女人，多么难以让他忘怀的女人，就像很多男性对西单小六、对小玢、对白大省四周很多女孩子表述过的那样，就像我的丈夫王永将我小心地拥在怀中，贪婪地亲着我的后脖颈向我表述过的那样。可是这跪着的男人没对白大省这么说，而她终于又听见了几乎所有认识她的男人都对她说过的话，那便是他们的心目中的她。就为了这个她不快活，一种遭受了不公平待遇的情绪尖锐地刺伤着她的心。她带着怨忿，带着绝望，带着启发诱导对跪着的男人说，就为这些么！你就不能说我点别的么你！

跪着的男人说，我说出来的都是我真心想说的啊，你实在是一个好人……我生活了这么些年好不容易才悟透这一点……白大省打断他说，可是你不明白，我现在成为的这种"好人"从来就不是我想成为的那种人！

跪着的男人仍然跪着，他只是显得有些困惑。于是白大省又说，你怎么还不明白呀，我现在成为的这种"好人"根本就不是我想成为的那种人！

跪着的男人说，你说什么笑话呀白大省，难道你以为你还能变成另外一种人么？你不可能，你永远也不可能。

永远有多远？！白大省叫喊起来。

我坐在"世都"二楼的咖啡厅等来了我的表妹白大省。我为她要了一杯冰可可，我说，我知道你还想跟我继续讨论郭宏的事，实话跟你说吧，这事儿很没意思，你别再犹豫了，你不能跟他结婚。白大省说，约你见面真是想再跟你说说郭宏，可你以为我还像从前那么傻吗？哼，我才没那么傻呢，我再也不会那么傻了。噢，他想不要我了就把我一脚踢开，转了一大圈，最后怀抱着一个跟别人生的孩子又回到我这儿来了，没门儿！就算他给我跪下了，那也没门儿！

我惊奇白大省的“觉悟”，生怕她心一软再变卦，就又加把劲儿说，我知道你不傻，人都会慢慢成熟的。本来事情也不那么简单，别说你不同意，就是你同意，姨父姨妈那边怎么交代？再说，你把自己的房都给了大鸣，就算你真和郭宏结婚，姨父姨妈能让你们——再加上那个孩子在家里住？白大省说，别说我们家不让住，郭宏他们一直住他大姨子的房，他大姨子现在都不让他们爷儿俩住。所以，我才不搭理他呢。我说，关键是他不值得你搭理。白大省说，这种人我一辈子也不想再搭理。我说，你的一辈子还长着呢。白大省说，所以我要变一个人。她说着，咕咚咕咚将冰可可一饮而尽，让我陪她去买化妆品。她说她要换牌子了，从前一直用“欧珀莱”，她想换“CD”或者“倩碧”，可是价格太贵，没准儿她一狠心，从今往后只用婴儿奶液，大影星索菲娅·罗兰不是声称她只用婴儿奶液么。

我和白大省把“世都”的每一层都转了个遍，在女装部，她一反常态地总是揪住那些很不适合她的衣服不放：大花的，或者透得厉害的，或者弹力紧身的。我不断地制止她，可她却显得固执而又急躁，不仅不听劝，还和我吵。我也和她吵起来，我说你看上的这些衣服我一件也看不上。白大省说为什么我看上的你偏要看不上？我说因为你穿着不得体。白大省说怎么不得体？难道我连自己做主买一件衣服的权利也没有啊！我说可是你得记住，这类衣服对你永远也不合适。白大省说什么叫永远也不合适？什么叫永远？你说说什么叫永远？永远到底有多远！

我就在这时闭了嘴，因为我有一种预感，我预感到一切并不像我以为的那么简单。果然，第二天中午我就接到白大省一个电话，她告诉我她是在办公室打电话，现在办公室正好没人。她让我猜她昨晚回家之后在沙发缝里发现了什么。她说她在沙发缝里发现了一块皱皱巴巴、脏了吧唧的小花手绢，肯定是前两天郭宏抱着孩子来找她时丢的，肯定是郭宏那个孩子的手绢。她说那块小脏手绢让她难受了半天，手绢上都是馊奶味儿，她把它给洗干净了，一边洗，一边可怜那个孩子。她对我说郭宏他们爷儿俩过的是什么日子啊，孩子怎么连块干净手绢都没有。她说她不能这样对待郭宏，郭宏他太可怜了太可怜了……白大省一连说了好多个可怜，她说想来想去，她还是不能拒绝郭宏。我提醒她说别忘了你已经拒绝了他，白大省说所以我的良心会永远不安。我问她说，永远

有多远？电话里的白大省怔了一怔，接着她说，她不知道永远有多远，不过她可能是永远也变不成她一生都想变成的那种人了，原来那也是不容易的，似乎比和郭宏结婚更难。

那么，白大省终于要和郭宏结婚了。我不想在电话里和她争吵或者再规劝她，我只是对她说，这个结果，其实我早该知道。

这个晚上，我和我丈夫王永在长安街上走路，他是专门从B城开车来北京接我回家的。我从来也没有像今天这样渴望见到王永，我对我丈夫心存无限的怜爱和柔情。我要把我的头放在他宽厚沉实的肩膀上告诉他“我要永远永远待你好”。我们把车存在民族饭店的停车场，驸马胡同就在民族饭店的斜对面。我们走进驸马胡同，又从胡同出来走上长安街。我们没去打搅白大省。我没有由头地对王永说，你会永远对我好吧？王永牵着我的手说我会永远永远疼你。我说永远有多远呢？王永说你怎么了？我对王永说驸马胡同快拆了，我对王永说白大省要和郭宏结婚了，我对王永说她把房也换给白大鸣了，我还想对王永说，这个后脑勺上永远沾着一块蛋黄洗发膏的白大省，这个站在水龙头跟前给一个不相识的小女孩洗着脏手绢的白大省是多么不可救药。

就为了她的不可救药，我永远恨她。永远有多远？

就为了她的不可救药，我永远爱她。永远有多远？

就为了这恨和爱，即使北京的胡同都已拆平，我也永远会是北京一名忠实的观众。

啊，永远有多远啊。

原载《十月》1999年第1期

第二届鲁迅文学奖

周渔的喊叫

北　村

一

东西搬空之后，房子就像被一只狼拖走了内脏的身体，显得空空荡荡。这就是周渔的家，在黄昏后的阳光余晖中，所有的影子都拉得很长。自从陈清死后，周渔就不停地搬家，一年下来搬了五次。好像要用迁徙的河水冲刷每一块悲伤的石头，可是石头还很多，其中有一块正卡在周渔的心中。中山起劲地指挥工人搬这搬那。小心衣柜的柜角，他吆喝的声势俨然男主人。这个出租汽车司机追求周渔也差不多一年了。女儿穗子用奇怪的眼神打量他，她事不关已地坐在高高的凳子上晃荡双腿，与其说她对搬家漠不关心，莫如说她对这个新来的即将成为她爸爸的男人充满怀疑。

中山拍拍手斜斜地跑过来，可以上车了，他说，老王坐大车，你们坐我的车。穗子说，我不喜欢坐小车，我要坐大车。中山有点尴尬，说，你是不喜欢坐小车还是不喜欢我？穗子看了中山一眼，径直走向大车。中山望了周渔一眼，笑了笑，我是一头牛，不干点活就会生病，如果今天再不来帮你搬家，就要病倒了。

两辆车沿二环路奔驰。周渔从市中心搬到东门，又从东门搬到南门，再从南门搬到西门，然后从西门又搬回东门。这一次跑得更远，搬到乡下去了。中山都跟在身旁，他相信城郊花乡种植的鲜花能涤荡周渔浓得化不开的悲伤。车往建新花乡开去，沿途渐渐有织锦似的花圃展开在田野。中山问周渔，你闻到花香了吗？周渔摇摇头，我什么也没闻到。中山也摇头，这一年，你什么也闻不到，除了坟墓的气味。周渔立刻大喊，拍打着车门：停车！让我下去！

中山立即放低了声音恳求，好好好，我错了，我又一次玷污了你心目中神圣的东西，求求你别喊了，别开车门，好吗？

周渔这才渐渐冷静下来，车子重新开动了。

中山长长出一口气：我这是自找的。

陈清是个英俊的家伙，眼下他的遗像正握在周渔手里。中山笨得像一头牛，他不应该在周渔手握遗像时发出抱怨。陈清其实也不比中山英俊，中山还要强壮有力一些，但陈清的遗像与众不同，他的遗像是他打网球跃起接球的一刹那。他对周渔说，有一天我死了，你就拿这张照片作我的遗像。结果，这句话成了咒语，三个月后，这个准网球运动员、市建筑设计院电工被电死在配电房里。

陈清天分不高资质平平，否则他就不会只考了个电力技工学校。有一天，对面艺校京剧班的周渔经过技校操场时，立刻被一个人吸引住了。周渔被陈清吸引并不是因为他在球场上的英姿，当时陈清在球场上高歌，唱的是《桑塔·露琪亚》。歌声像南美悬崖上突然飞起的鹰，把周渔的心叼走了。周渔在球场铁网外面停下不走了，手抓着铁网看着陈清。歌声渐渐低下来，陈清也看见她了。他们奇怪地对视了好久，然后陈清有点紧张地看了一下他的同伴，径直走过来。周渔突然感到心已经冲破胸膛，掉到草地上了。

陈清隔着铁丝网抓住了她的手指：你是谁？

周渔紧张得一句话也说不出来。

陈清就慢慢地笑了：你这样——好像探监一样。

周渔也笑了：探监？探谁啊。

陈清注视她的眼睛：探我。

周渔不说话了。陈清说，你等一下，我爬到你那边去。

周渔转身就走。陈清在众目睽睽之下翻越铁网，摇摇欲坠的铁网晃荡着，球友们起哄大喊：桑塔·露琪亚！桑塔·露琪亚！

当晚周渔就躺到了陈清的怀中。周渔相信一见钟情的奇遇。尤其是陈清在球场上唱那首歌时悲怆的声调让她怦然心动，她不知道陈清好在哪里，但她能肯定自己可以立即完全托付给他，或者毋宁说她从此难以离开他了。陈清并不强壮，个儿也不算高，一米七二左右，但看上去很飘逸。他的学习成绩也平平，只是身边永远带着个乐器，不是提琴就是一把小号，插在裤兜里，有时左手还提着一瓶啤酒。他有一个本领，可以不换气把一瓶啤酒一次倒入喉咙。

他把周渔抱在怀里，他接吻的技术空前绝后。或许他深谙接吻对于女性的重要，周渔和陈清接吻可持续十分钟或者更长，陈清就有那么多花样，把周渔深深吸入，然后把她的五脏六腑一样一样掏空。周渔感到所有的灵魂都在嘴唇上了，愉悦和幸福的潮水一波又一波卷上来又冲刷下去。她说，你除了接吻好像什么也不会!

陈清说，这还不够吗？为了你，会接吻也就够了。

二

周渔爱听这样的话。的确，周渔找不出陈清还有什么优点，或者作为未来丈夫和家庭幸福的依据，除了唱歌，但这并不能成为他的职业。周渔感到他俩的相遇除了爱情这个简单的原因外，就再也没有什么了。

陈清说，对了，我还会打网球。

那时打网球的人还不多。不久，周渔果然欣赏到了陈清打网球的英姿。他身子跃起双腿弯曲奋臂扣球的姿势，他横跃出去像鱼一样接球的姿势，种植在周渔的记忆里。周渔荒废了在京剧班的学业，天天往技校跑，终于错过了分配到省京剧团的机会，费了好大周折留在了省城。不过是待在图书馆里，成了一名管理员。但周渔在所不惜。她天天希望见到陈清，有时她的目的竟然具体到一次接吻，有时陈清有事走不开，他们就躲到学校后门的墙角，紧紧抱着接一个很长很长的吻，然后周渔就心满意足地哭着回家。那是幸福的哭泣。

事后周渔对中山说，那时，我只要一碰到他的嘴唇，就忘记我是谁了。

中山一听，立刻感到自己毫无希望。因为他认识周渔一年了，连她的嘴唇是凉是热都不知道。

新居是建新乡农民盖的一幢二层小楼，周渔租了楼上的三间，还有一个大阳台，阳台上摆满了鲜花。周渔是看中了这满屋子的鲜花，她不许房东把它卖了，房东笑着说，我会帮你拾掇，但不会卖它，要卖还轮不到这些呢。周渔说，不用你操心，我自己会拾掇。

中山指挥工人三下两下就把家具搬上楼，家具很简单所以很快就搬完了。中山打发工人回家后，站在阳台上发愣。远处的落日正在渐渐消退它的光芒，好像他正在消失的热情一样。工人一走，剩下他和周渔母女在一起，中山反倒不自在起来。他始终没有找到做这个家男主人的感觉，或者说周渔没有让他找到这种感觉。他走进屋里，周渔在铺床，但他看见她把头埋在被子里。中山知道她又想起什么伤心事了。

果然，她把头埋在陈清的遗像上。

中山走到屋外去抽烟。他不明白为什么一个死人能让一个活人悲痛不止达一年之久，而且还不只是怀念，是完完全全浸泡在悲伤中。中山不明白陈清好在哪里，当然他也没有证据说他不好，但这无休止的悲痛让中山感到心烦意乱。

一年前的一个夏天，中山正汗水淋淋地拉完最后一个乘客准备回家，他遇到了周渔。这个被悲伤完全击倒的妇人租他的车到公墓去。

中山能记得这个东倒西歪的女人穿着一袭深蓝色西装，中山从没有见过这么蓝的衣服，蓝得像深海一样，里面穿着洁白的衬衣。她的脸被悲伤洗劫得干干净净，使她看上去不像个活人倒像个死去已久让人深深怀念的人。中山被吸引住了。周渔上山时让他的车在山下等，可是中山左等右等，不见她回来。中山坐不住了，他来到墓区，看见一个悲恸欲绝的妇人在哭泣，她整个人被抛进了哭泣的海洋，公墓的千万束白玉兰和百合花被风吹得齐刷刷地颤动起来，仿佛和她同声哀哭。中山被震慑在那里。他就在那一刻爱上她了。他突然明白了，女人什么时候最美丽。中山从墓园管理室买了一大束鲜花，飞奔到周渔身边时，他看见周渔好像已变成泪水，流到他身上了。中山用力地抱她，她的身体却慢慢地移出去。

你叫什么名字？中山问。

啊？周渔如大梦初醒，又像恍若隔世。

中山又问了一遍，周渔还是茫然无知。

你哭了好久。

我哭了么？……周渔呆呆地问道。

中山这才知道，悲伤能使一个人变成那样。

当晚，中山把周渔带回了家，他把她弄上床时，她已经睡着了。他为她脱去鞋子，却不忍心脱去那深蓝的衣裳。那一夜，中山没睡，他不停地一边看着她，一边吸烟。看到最后，中山感到自己在她面前吸烟近乎是一种罪恶了，才知道自己完完全全爱上了她。

他把最后一包烟扔掉，成功地戒了烟。中山对此十分惊愕，他戒了十几次烟未果，这一天他却在一个瞬间把它扔了，从此他一闻烟味就像闻到了烂稻草。重新吸上已到了这年年底。

中山守着周渔坐到了天亮。中山还不能完全理解自己为什么会爱上这个女人，自己甚至连她的名字也不知道。但他能够朦胧地看见，他已经被卷入那个女人的悲伤之中，悲伤竟也能使一个人那么美呵，他想，尤其是一个女人。奇妙的是，中山守着熟睡的周渔过了整整一夜，这种感觉有点像守灵。虽然他知道这想法不好，但只有守灵时，和躺着的人的感情才达到了最纯粹的境界。中山觉得是的，是这样的。

中山把这种想法告诉了周渔，周渔先是一愣，后来，她笑了。这是她自从丈夫死后，露出的第一个笑容。

这个笑容意味着，中山进入了周渔的生活。

我打算跟你交往不是因为我想结婚。周渔说，是因为我已经差不多死了，需要一个人守灵。

中山原先以为周渔这句话是随意说的，随着时光渐渐逝去，他才感到周渔没有在开玩笑。死人是不会说话的，周渔也不说话。可是她看上去并不像那种沉默寡言的人。中山想，也许要给她一点时间恢复。可是几个月过去了，周渔依然如故。中山收工来到她这里，时常带回一些菜，周渔爱吃的鳕鱼、穗子爱吃的香酥鸭。三个人一起吃饭，话还是很少。幸亏中山也不爱多说话，他浑身是劲儿，收车回来还能帮周渔干上一大堆活儿，比如打扫房间、换煤气、刷墙，给吊灯换灯泡。

三

你就歇歇吧。周渔常常说，看来她对生活并无太大热情。

日子总得过呗。中山说，面包会有的，一切都会有的。

这是中山会说的唯一一句幽默话。他干完活儿，还是不会表达爱情，他的方式是慢慢地走到周渔面前去抱她，这时候周渔不会拒绝，但他很笨拙，姿势非常别扭。你把我弄得很痛。周渔说，压了我的头发。中山说，是你不理我。周渔回答，抱都抱了，还不理你？中山就说，吻一个吧。周渔不干了。

吻有什么不同吗？中山问。你要把吻留给谁呢？一百年以后，你会的，会跟他在一起。周渔用一种奇怪的眼神看他，对，还不要一百年，我相信，很快就会在一起了。

晚上六点，大排档里，中山和一个女的坐在那里呷啤酒。这个女人叫秀，也是出租司机，追求中山两年了。她给中山倒满了酒。

你别再倒，中山说，你看你都倒溢出来了。

你很难请啊。秀说，我们好久没有在一起吃饭了。她瞟了他一眼，喂，最近进展怎么样？

中山只顾喝酒，什么怎么样？

秀说，人家不爱你，你就别热脸贴个冷屁股直往上凑。

中山把杯一放：我就讨厌你这样说话。

好好好。秀说，我话不好听，可心肠热，我比那寡妇实在，信不？我疑心她犯了——什么病？

中山皱着眉头想了一会儿，她没病——可是，秀，你说一个人对另一个人太好——不成吧？

秀说，看来我也不能对你太好。

中山打断她，我说正经的，你帮我看看，我这苦追了一年了，她为什么还想着那死人，我有哪点比不上他？

秀用一种奇怪的眼神看他：中山，你要问我就实话告诉你，想不想听？中山，你还真不如他，有一点你恐怕真不如他。

中山疑惑地注视秀：什么？你说嘛。

因为他是死人。秀吐出几个字。

中山愣了半天没吱声。秀也不说话。

过了一会儿，中山说，我——总不能去死吧？秀笑了，你干吗就要一棵树上吊死呢？我看你是进了她的迷魂阵了，一个寡妇有啥好？

中山喃喃地：——你不懂，她哭的时候有多好看——她爱那个人有多深——秀说，可她爱的不是你！她吹了一下头发，得，中山，别想了，今晚我也收车，我们一起去迪吧玩个痛快，怎么样？

别别，改天吧。中山没心思吃下去了，站起来，你别耽误我事儿，我先走一步。

说完扔下五十块钱，钻进汽车，秀捡起钱朝他扔去，他的车一溜烟跑了。

中山没有把车立即开往周渔家，有些事他要想一想，追求了一年，中山突然好像有些清醒了，他要做一件事之前先想一想，见她之前也想一想。中山把车开到江堤上停住，让风吹向自己，他打了个寒战。中山躺在放倒的车椅上，吸烟。一个月前，他突然感到了孤独，于是又吸上了烟。本来一年下来，中山从来没感到孤独，追求周渔使他很充实。可是一个多月前，他不像过去那么鲁莽那么没头脑了，过去他见到周渔爱说什么就说什么，想了就上前抱她一下。可他意识到这样永远不会有结果之后，中山想改变自己了，或许他能使自己稍微有点像陈清。可是当中山一旦要求自己深思熟虑地对待周渔时，他就会全身僵硬了，突然就孤独了。过去有周渔就够了，现在有周渔不够了，还要有烟。中山买了一年之后的第一包烟，慢慢点上时眼泪都流出来了，他觉得自己可怜。

他没让周渔知道他又抽了烟，他感到内疚。每一次见周渔中山都要刷牙，他怕她闻出来，他还用指甲锉锉掉烟味。

周渔，我爱你！中山在江风中哆嗦着呻吟道。

他顾不上回去刷牙了，扔了烟驾车就往建新跑，中山的身上积蓄着高涨的愿望，甚至可以说欲望。中山没办法把这二者做太大的区别。他现在只想见到周渔，见到周渔。

四

周渔和穗子已经吃完了饭，穗子在黑暗中唱歌，周渔在浇花。中山走到她面前，周渔问他为什么不出车，中山不说话，突然拦腰将她抱起，冲进卧室，掉下的花壶的声音使穗子的歌声戛然而止。中山把周渔放在床上，关上门。周渔也不反抗，她的眸子在暮色中闪亮。中山俯身抱她，他的语调突然变得极其无助和悲哀：——周渔教教我！他吻着她的脸——周渔，我要吻你的嘴唇，教教我！——中山的恳求中连哭声都带出来了——答应我，吻我好吗？

中山终于把嘴唇压到了周渔的嘴唇上。周渔直直地看着他，好像有一些感动了。她双手捧起中山的脸：——中山，你真的那么想吻我？

中山点点头。周渔终于点点头：那你就吻吧——可是中山突然没信心了，他自己也觉得非常奇怪，他不知道该怎样去吻她。

周渔疑惑地问：——你怎么啦？

中山语无伦次地：——周——渔，告——诉我，他——是怎么吻你的？

周渔：他？

中山毫无信心：教我——他——是怎么吻你的，告诉我——周渔慢慢明白了，她的脸色突然变得非常阴晦。她的嘴唇颤抖着，突然推开他，大声道：不会接吻就不要来！

中山眼看机会又要失去，他像疯牛一样不顾一切地抱住周渔，紧紧地不松手。周渔不停地挣扎，喊，你在干什么？

中山立刻惶恐了。因为他知道他冲动了。周渔感到有东西抵着她的下部。周渔立即变得屈辱，她用力一推，终于把中山推开。

周渔的目光使他魂飞魄散。她喘着气说，你每一次都这样吗？你都是这样开始爱的吗？

你只不过想和我做爱罢了。周渔说。

不对。中山摇头。我是爱你的。

可是我感觉不到。周渔说，我感到你就是只想在床上，你总是把我抱到床上。

不对。中山悲伤地摇头，你误解我了。

我也不相信。周渔说，可我只感到这些。

……中山待了一刻，站起来。他突然感到凉风吹过，陈清在遗像上微笑着。死人比活人好。中山说。

你不要说陈清了好不好。周渔说，中山，你吻我我没拒绝，是你在谈陈清，是你要把死人拖出来教你如何接吻。

……我没有信心。中山道。我怕你不高兴，周渔，就是太爱你了才这样，陈清未必比我更爱你——住口！周渔吼道，我不想你谈论陈清！

中山愣住了。他干干地咽了一口，出门走了。穗子站在门口，冷漠地看着周渔。

他是在跟爸爸吵架么？穗子问。

死人是不会吵架的。周渔说。

可我听见爸爸在吵。穗子说，他不喜欢你。

你说什么？周渔惊异地问。爸爸不喜欢我？

他不喜欢你结婚。穗子皱着眉。你就那么想结婚吗？

周渔呆呆地看着女儿。穗子用一种奇怪的眼神和她对视，周渔觉得好像是陈清在看自己。穗子转身走到阳台上，缥缈的歌声由童声缓慢地唱出，缭绕在暮色里。周渔一阵孤单，抱紧了身体。

图书馆。这里永远是安静的，即使有一些谈论声也是压抑的。周渔坐在窗边发愣，她已经四天没来上班了，主任也没责怪她。自从陈清死后，她就有一天没一天的，大家都习惯了。旁边几个管理员在议论怎样才能买到好衣服。教你们一个诀窍。小华说，专找名牌专卖店买打折的衣服。

五

这个主意不错啊。秀琴说，我今天还看见艾格专卖店打三折，五百块钱的卖一百五十。

小华说，名牌有型，衣服一样，三折价。

红芳说，安诺基的也不错，不过，成本也就一折左右，衣服这东西，暴利。

秀琴说，可惜男装很少打折，我想给老公买一件。

说到老公，大家都朝周渔看了一眼，周渔也恰巧看过来，大家有些尴尬。小华缓和气氛说，我们这儿对老公最好的，数周渔。

周渔笑了一下。秀琴、红芳去整理刊物了，小华和周渔沉默着。突然小华说，周渔，陈清也走一年了，你也不能老这样。死人不能复生。

死人不能复生，但活人可以死啊。周渔说。

这句话让小华听上去心慌慌的。她换了个话头，问，那个司机怎么样？我看他对你挺好的。

好到什么程度？周渔问。

打着灯笼难找。小华道。

周渔注视着小华，没说话。

你真的那么爱陈清？小华看着她问，还是躲避一点什么？

周渔警惕地问，你怀疑我爱陈清？

不不不。小华连忙说，就只是——看你很不喜欢——怎么说呢？你不爱逛街，不关心外面发生的事，从来不跳舞，也不泡吧，那你整天干什么？真的——就在想一个人？你整天就在想一个死去的人？

你以为我们有什么好玩？周渔问，你不觉得——很无聊？

所以才去泡吧呀。小华说。

昨天看电视采访女性择偶，十个人都把经济放在第一位，没有一个把感情放在第一位的。

小华说，现在人都不好意思谈感情了，又不是真的没感情。

周渔说，谈感情还有不好意思的？

小华笑：不够潇洒呗，电视上是不是没一个谈感情的？

周渔说，有，不过全放在第二位，约好似的。

小华叹了一口气：也对，经济基础决定上层建筑嘛。不过周渔，我也劝你一句，结婚吧，结了婚好好上班，你再不上班——小华停了一下，我给你透一句，明年初裁员一半，你肯定给裁掉。

周渔愣愣地，没吱声。后来她说，裁掉好了，更清净了。

小华看了她一眼：我明白了，有一个地方，最清净，没有比它更清净的地方了。

周渔意识到她说的那“地方”是什么，小华走了，周渔仿佛看到陈清坐在最远的一张桌子上，从报纸上慢慢抬起头来，看着自己。

周渔立刻回过头去，不看他。她的胸脯起伏着，似乎空气不够呼吸。帮帮我，陈清。她在内心喊道，我害怕，我越来越害怕可你不在我身边。我怕上班，怕工作，怕跳舞，怕泡吧，我怕竞争上岗，它们使我没有快乐，陈清，你真无情，你让我刚尝了一口美酒，就把它倒掉了。

陈清和周渔的爱情开始于那年夏天，痛苦也开始于那年夏天。陈清一死，爱情留下来，痛苦他带走了。

毕业分配那年，周渔留在了省城，陈清回三明市设计院当了一名电工。周渔抱怨陈清不想办法留下来和她在一起，不过她也知道陈清没办法。周渔哭干了眼泪，抱住陈清不让走，他们在火车站紧紧拥抱在一起，旅客纷纷探出头来看他们，因为他们动情的情形只会在电影里出现，以为在拍戏。陈清说，别人都在看我们呢。周渔说，我不管。陈清说，我走了，你不要老上街，老上街你就要变了，周渔说，我不上街。陈清又说，不要去跳舞，去跳舞你就把我忘了。周渔说我决不让别人碰我一个小指头。陈清说，周渔，我还是没有信心，要不我们分手吧？周渔就当众哭起来，陈清，你这人这么无情，这种话说得出口。陈清说，我是没有办法，我觉得现在跟过去不一样了，没有人在这样热闹的城市为乡下一个穷电工守身如玉。周渔绝望地说，我怎么才能让你相信呢？这时陈清突然说，死。死？周渔惊异地止住了哭泣。陈清改口说，我是说——我去死，那就好了。我去铺铁路。

铺铁路？周渔问。

陈清说有两个办法，一是我躺在铁轨上铺铁路，这样你就会永远爱我了。要不我用钱铺铁路，我会拼命地赚钱，赚来的所有的钱都用作路费来看你，一周两趟，怎么样？

周渔一把把他抱住：你就用钱铺铁路吧。

这一铺铺了三年，陈清果然一周两次来回两地跑。一个电工想调到省城是困难的，陈清只好省吃俭用，把钱都花在铁路上。周二下午提早下班，刚好赶到车站最后一分钟买票上车，他能每次掐得那么准。在省城过一夜周三上午回三明；周五傍晚再来一趟，周日深夜坐上海的过路车回三明。每当分别的时候，周渔都要哭，有时就哭得死去活来。陈清总是拖到最后一分钟才赶到车站，为了能和周渔多待一分钟，他学会了这个本领，毫厘不爽。列车长都跟他混熟了，逗他：采购员吧？一周两趟，还舍不得坐卧铺？赚来的钱留着干什么，塞棺材缝呀？

我不是采购员。

不是采购员搞推销，你发神经啊？列车长笑他，坐火车好玩？为什么不去坐飞机。

我是去看我妻子，两地分居。

列车长恍悟点头，好久不说话。把他带到列车员休息室，看你累的，打个盹吧，就此一次下不为例，唉，总这样下去也不是办法。

陈清美美地睡了个好觉。陈清把故事讲给周渔听，周渔哭成个泪人儿。她非得让陈清坐卧铺不可，陈清只好坐了一两回，再坐就吃不消了，两人都要没饭吃。列车长给他想了个办法：不困时坐硬座，人少时还可以躺下睡觉；人多时去坐茶座；茶座人多，就去买卧铺。可是，陈清坐硬座还是多，睡卧铺少。就这样，他一个月就得吃半个月快餐面了。

六

三年下来，陈清铺了六万里铁路，长征才二万五千里。陈清花光了钱，结识了一大批火车上的朋友。三年下来，陈清去过无数趟省城，但他的记忆还是旧的省城，他们没时间逛大街，利用每一分钟拥抱在那间租来的小屋子里。他最熟悉的是小屋到火车站的路，然后是三明车站回设计院的路。

我都不知道省城变什么样了。他说。

来。周渔拿出一件为他买的西服试穿，陈清吃了一惊，这得多贵呀，够我跑好几趟的。

周渔哭了，抱住陈清说，你不能一辈子这么跑下去呀，为什么不想办法调来。陈清道，你看你，能调不早就来了嘛，这样大的城市谁会要一个电工。

周渔说，铺铁路的钱拿去送礼，买也买到省城来了。

陈清说，我死也不干这种事。

周渔就不再说了。给他试好了衣服，又说，陈清，你来我养活你。

陈清说，我来省城能干吗？我什么也不会，省城里比我强的电工多的是，喏，我只会唱歌，也唱不好，唱给你一个人听的；我打网球，也打不好，打给你一个人看的。周渔，我这人真是笨透了，我什么也不会，我对别人没用，我好像是专为你一个人生的，为你一个人活着的，只对你一个人有用。

周渔依偎他胸前：这就足够了。

不。陈清说，我不能让你为了我也去吃快餐面，我还想学好技术赚钱让你过上好日子呢。

我已经在吃快餐面了。周渔说。

陈清叫起来，你想当木乃伊吗？

什么意思？周渔不明白。

等你吃上几年喝饱了防腐剂，就成木乃伊了。陈清说，可以永垂不朽了。

两人笑成一团，拥抱着在床上打滚。然后他们突然又被悲伤击倒，紧紧抱在一起，生怕渐渐滑走的时光用更有力的手把他们分开。陈清唯一的办法是给她又长又温暖的吻。周渔陶醉了，她觉得陈清似乎是专为接吻而生的，他的吻极其温柔，先吻她的眉毛，用舌尖把它重新画一遍；再吻她的眼睛，好像他唇间的明珠；他吻她的脸颊时令她有忧伤感，感到他的贴近既像爱人又像兄长，她的脸是冰凉的，他的脸是温热的。然后陈清吻到了她的耳尖，这一吻，足以让周渔惊心动魄，常常是这一吻使周渔激动的，她立即湿润如刚接受浇灌的花蕾，陈清把她的耳垂含在嘴唇好长时间，终于吻上了她温热的嘴唇。

这时候的周渔真正陶醉了。陈清的吻是那么温柔，周渔舌尖上的花蕾全部开放。她想不到一个如此刚劲的男人竟也有如此柔软的嘴唇，这是美妙不可言的。周渔感到了他的唇轻轻地夹住她的唇，吮吸花中的露水；他的整个人都在舌尖上了，她的所有感受也都在舌尖的味蕾上了。她哭了。

她不愿从这样的吻中抽出，她不愿从这样的温柔乡中走出来，回到冰冷的世界上，那里的离别是真实的，那里的思念使这个花花世界变得索然寡味。周渔害怕从中醒来。

陈清能使周渔继续沉醉下去。他好像是一个好琴手，在周渔的身上弹出了旷野佳音，虽然只存于两人世界，但足以使他们抗拒窗外大街上真实的痛苦。他们互相脱去了衣服，深深地进入了对方。陈清是温柔的陈清，是温暖的陈清，周渔感到充实，感到满足。他们做爱与众不同，常常达一小时或更长的时间。他们真的在做爱，有时会哭，幸福得流泪，悲伤得流泪，有时会笑，常伴以含情的抚摸，从上到下从头发到脚趾，如珍爱的器皿，让人爱不释手。与众不同的是，他们在整个做爱过程中，常常停下来看对方，吻她（他）！然后再开始，周渔相信只有真正的爱情能创造出这么绵长的情爱。大部分的做爱其实只是做性，但周渔相信这才是做爱。因为性已被爱完全包裹、吸收了。因此陈清才可能做得那么长，使整个漫漫长夜渐渐被填满、充实和温暖起来。

结束后，周渔都不让他马上离开，她害怕回到那个冰冷的世界。陈清还是抱着她，问她好不好？周渔说，我现在明白了，为什么古书上说，爱如死之坚强。

陈清问，你刚才像死一样吗？周渔摇摇头，因为死是没人可以撼动或者改变的，爱也一样。

陈清说，那什么时候我死给你看。

周渔立刻捂住他的嘴。陈清说，你不要怕，人不都要一死吗？

周渔说，要死也要死在一起，你要先去，我无法想象继续活在这世上的孤单。

陈清的表情突然灰暗下来。

你怎么啦？周渔问。

死这么容易就把爱分开了。他说。

周渔无言以对。陈清说，不过，如果我死了，你可不能死，首先我保证不了你也死我们能不能见面，再说，你还是再留一点时间好，帮我弄明白这爱跟死究竟是怎么一回事，想我的时候就把我打网球的照片当遗像看看吧，想明白了再死也不迟嘛，反正死又不会跑掉，人人都有一死嘛。

你说些什么呀！周渔打他，乱七八糟的。

糟了，我要来不及了！陈清跳起来，一边穿衣服一边往外跑，他回过头抱着周渔亲一下，冲出门去。周渔好像看见一张网从她身上活生生地撕开，走出门去。

她哭了，扶着门。她觉得老天太不公平，她已经可以舍弃世上的一切了，只剩下可怜的爱情了，他还要抢回一把。

她已经受不了了，她决定辞职，回三明和他待在一起。

七

下午六点，周渔下班。一出图书馆大门，就看见中山的车停在那里，他靠着车门站着，歪歪的身体显得异常疲惫。这可不是那个生龙活虎的中山。

你不上工啦？周渔知道六点钟正是赚钱的时间。

没劲。中山摇摇头，周渔，你不理我，我干什么有劲？没劲！

周渔看看左右：中山，别这样说话，她顿了一顿，说，我没有不理你。

那你跟我走，好不好？就听我一次。

中山，不要站在这里让人看。周渔说。

中山把车停在天鹅酒店，带周渔上了十七楼他开好的一个房间里。周渔说，你干什么？你疯了？这得花多少钱！

中山说，不多，也就八百元钱！

周渔喃喃：这得够陈清跑上十几趟了——中山隐忍地：是呵，可是他来不了了——周渔就不说话了。中山说，今天我在这里开房间，我们好好吃顿饭，我想我是必须弄明白了，我们今后怎么办？

周渔低声说，中山——你得给我时间。

中山坐下来：是的，一年并不算长，但这一年我摸不到你，就像在水里抓鳗鱼，好像抓了一大把，到头来一尾也没有。周渔，是不是人一辈子只有一次爱情，如果是这样，我立马就走。

说完转身就走，周渔喊一声：站住！

中山疑惑地回过头，看见周渔的神情是惶惑的，甚至有一丝惊恐。他慢慢走回去，在周渔的膝旁跪下来，感到无比辛酸：——干吗让我爱上你，我这是没事找事——周渔摸了摸他的头发，说，爱一个人难道是那么难受的事情吗？你爱我，应该感到幸福，就像我爱陈清。

当然，死人总是没有错误的。中山说，只要我活着，是永远也比不上他了。

中山，你这种话让我听了很难受，知道吗？

那你让我怎么办？离开你？还是这样无休止地干耗下去？

周渔奇怪地看他，你把爱情说成是干耗？我就烦你不懂爱，你把我刚刚培养的好心情又弄糟了，你怎么能把爱情说成干耗？我和陈清分居两地，那也是干耗？你什么也不懂，所以你别怪我，中山！我永远也不会跟你结婚……中山愣在那里，难耐的沉默过后，中山说，周渔，别吵了，我们喝点酒吧。

服务生把订的菜和酒送进了房间，有龙虾、象拔蚌、生牡蛎，还有法国干红。

周渔说，是我们的告别宴吧？

中山叹了口气，这口气好像是从他的脚底慢慢升上来的：周渔，没人会抛弃你，除了他，陈清。总有一天，我也要用死来抛弃你，干杯！

周渔觉得那酒液像一只手慢慢探进她的身体，抓住了她的心。她记得她和陈清也喝过一次干红，不过没那么贵。周渔决定辞职后去了一趟三明，当她赶到陈清住处后，他似乎刚刚睡醒。陈清对周渔的突然到来十分吃惊，问她为什么不先打个电话。周渔说，我没别的意思，只是省钱罢了。陈清愣了一下，低声说，我没说有什么意思。当晚，他们喝了张裕干红。

这天晚上他们破天荒没有做爱。陈清不同意她辞职，周渔很伤心。她伤心的不是陈清不同意她辞职，而是陈清好像根本没在意她的苦心，便急着反对，他不像那种不细腻的男人。陈清缓过神来之后才向周渔解释：我不是不想和你在一起，不想在一起我隔三岔五往省城跑干吗？周渔气就消了。陈清说，我工作好不好不要紧，要紧的是你，只要你好，就一切都好。

八

周渔感激地看着陈清。

陈清道，再说，我习惯了两地跑，我还喜欢上了这浪漫的爱情之旅呢。说着他笑了。

周渔也笑了一下，但马上恢复了忧虑：陈清，你这样跑我很感动，可是我——我真的有点害怕——我有点害怕了，这样跑下去——陈清问，你害怕什么？

周渔一下子没有说话。陈清露出一种奇怪的笑容：害怕？——什么？怕失去我？还是我失去你……

周渔连忙说，不，不不，我不是这个意思。

难道我这样来回跑——还让人不放心？陈清说，我们一定非得在一起吗？

周渔皱着眉问：难道你不喜欢在一起？

陈清答道，难道非得在一起？——他低下头，又说，我这样来回跑，你还说我不想在一起。

他们又喝了点酒。不过那天晚上没有做爱。此后陈清没再提调往省城或者周渔辞职的事。周渔觉得有一种感觉在慢慢生长：像一根草，本来长在地上，有一天突然被风吹离，据说吹到另一地落下后，仍会成为种子生长起来。但什么时候落地什么时候生长，周渔一点把握也没有，幸福的周渔好像渐渐变成了一个忧郁的周渔。

陈清在周渔再次来三明后发现了她的忧郁。那天晚上刮台风，暴雨将至。周渔缩在陈清怀里，两人紧紧依偎。望着窗外的暴雨，陈清说，从小时候开始我就觉得，在暴雨时躺在被窝里更舒服。周渔问，为什么呢？陈清想了想，说，更显得温暖呀。

周渔说，我看是因为害怕。

害怕？陈清奇怪地问，谁害怕？

你呗。周渔说。这时一记响雷，窗外好像有人的喊叫声。周渔说，有人在喊你吧？陈清说，没有，雷声把你的耳朵炸糊涂了。他拉上被子把两人盖住。

在电闪雷鸣中，周渔品尝了自从他们相遇以来最甜蜜的一次做爱。

大雨过后，周渔看见陈清睡着了。以前做爱后陈清从来没有独自先睡过，他不是那种男人。周渔定定地看着他，渐渐也感到疲劳。正当她似乎要沉入梦乡时，窗户玻璃上好像印着一个女人苍白的脸。周渔惊叫一声，陈清一下子坐起来，周渔说窗户外有人，陈清一看，什么也没有。你今天怎么啦？陈清道。不知道。周渔用手捂住胸口：我胸闷得慌。

这是天气的原因。陈清下床穿靴子。

你要干吗？周渔问，不要离开我。

陈清穿衣服：我去配电房看一下。雨这么大，我得看看线路。

周渔穿衣服：那我也去！

陈清笑了：我一会儿就回来——配电房有什么好看的。

不，我一定要去。

陈清把她揽在怀里，看她的眼睛：周渔，你真的那么爱我？唉，你真的爱我。

陈清看着又渐渐加大的骤雨说，其实我更喜欢在暴雨中相偎的感觉。

为什么？周渔说，我倒希望平和的生活。

因为暴雨中抱在一起那种感觉更真实，更实在。陈清说，你还是别去了吧。

他们走入了风雨。他们果然在雨中紧紧拥抱着前行。雷电大作，风把雨吹斜了。

到了配电房门口，陈清说，你在门口等着。周渔喘着气说，陈清，我们回去吧，我胸口痛得很。

陈清笑了：来都来了，我进去看一眼就出来。

说着他向配电房走去，周渔的心一阵绞痛。陈清站在配电房门口还回了一下头，一记闪电突然来临，白光照亮了陈清的脸。他突然变成了一个白胡子老头那样的脸，周渔从未见过这张脸。白白的陈清向周渔笑了一笑，挥挥手进了配电房。但他一踏进配电房的积水中就扑倒在地。

陈清被抬出来的时候，半边身子是黑的。电线掉进了配电房的水里，陈清是触电而死的，他的耳根处也是黑的，像被人抽打过。三天的守灵中，周渔没掉一滴眼泪，倒是穗子端着爸爸的遗像一直哭。周渔没哭，陈清打网球的相片不像遗像，周渔哭不出来。她一点也没觉得陈清走了。倒是寿衣穿在他身上让周渔感到怪异，特别是棉球塞在陈清的耳眼里让她不舒服，还有没鞋底的简易寿鞋穿在一个威猛的男人脚上，那种感觉极其怪异。

三天后，陈清火化掉了。他成为一罐子灰后，周渔才放声痛哭出来。她不理解的是，一个活生生的人，一个刚刚还会表达爱情的人，会突然变成一把灰。周渔泪水滂沱。

九

几天周渔一直是这样，到骨灰盒下葬之后，周渔已经淹没在哭泣的河中。刚刚止住哭，稍稍一点刺激就又把她抛入河里。她好像哭上了瘾。小华劝她不能再这样下去，你哭人哭不回来，你自己也要哭死过去。周渔说，不哭就想死，一哭就好了。

小华叹道，这样看，哭倒是一种幸福了，我就没有一个能让我这样哭的人，还真想有一个。

周渔叫了一辆出租车上了山，趴在陈清的墓前哭了。不知哭了多久，天渐渐暗了，身上渐渐冷了。周渔望着偌大而寂寥的墓园，想，要是能来当一个守墓人，多好。

一个男人出现在她面前，手里拿着一大束花。是中山，那个出租车司机。

他望着她，眼里浸着忧伤。看来，这种东西是能传染的，起码，这个男人被征服了。

其实，我很想做你和陈清做的事。中山呷了一口酒说，别看我一开车大老粗，我挺爱幻想。

谁都能幻想，但各不一样。周渔说，一个人如果在备受摧残之后还能幻想，那么这个理想是真的。

什么意思！

如果你真想听，我就告诉你。看来不告诉你也不行了。周渔的脸被酒烧红了，看上去她陷入迷茫。你想知道我和陈清为什么那么相爱吗？这不是无缘无故的。知道为什么吗？你知道爱情是什么？是责任吗？不是，是关心吗？也不是，爱情就是爱情，是感觉。老实说，陈清不算是一个在生活上很体贴的男人，他连自己的生活都料理不清楚。他唯一做的事就是两地跑，这就足够了，有几个男人肯这样跑？他这样在爱我，所以我爱他。我为他买衣服，从内衣到外套、鞋子到袜子整套行头都是我给他买的，我喜欢这样打扮我所爱的男人。只要我在场，他的领带总是我系的。

我帮他做完这些事，然后他就吻我。我想这就是爱情。我不需要别人为我

做事，我需要的是爱，是那种很容易就让我能感觉到的爱，我喜欢那种把爱都表达出来的男人。如果这爱是隐藏的，我就会疑惑，就会害怕，就会怀疑这爱可能是没有的，我已经没有能力去发现它了，你知道为什么吗？

十一岁那年，我和母亲终于调到父亲所在的矿山。他们分居已经十几年了。我的姐姐和父亲在矿山住，我和妈妈在坡下乡住，妈妈是小学教师。他们俩分居时还好，一调到一起就不停地吵。我姐姐长得像父亲，我长得像母亲，父母吵了两三年，我也慢慢长大了。

搬到矿山后，我发现父亲好像不怎么喜欢我，我的零用钱都是母亲给我的，父亲脾气不好，爱喝酒，一喝醉就把我叫到跟前，悄悄问我母亲在坡下教书时跟什么男人来往。我说没有，他不相信，骂我是母亲的跟屁虫，说他再也不会给我零用钱了。我感到委屈，我真的没看见母亲有别的男人，可是他不相信。我不知道为什么他不直接去问母亲，这是他们之间的事。

可是后来我渐渐发现，父亲越来越少跟我说话了，却常常在打量我。他的眼神是很奇怪的，哀哀的有点可怜的那种。有一天，妈妈带姐姐去姥姥家，我在洗澡，让父亲再提一桶热水来。父亲把热水提到门口，突然把门打开，我尖叫起来。我长这么大从来没发出过这样的尖叫。父亲直直地看着我，说，我来替你洗，孩子。我哆嗦着，父亲说，你从小没跟我在一起，我没关心到你，我来帮你洗。

那一年我十四岁，一个对一切都似懂非懂的年龄。父亲果真帮我洗完了澡，他的手在我身上摸一下，我就颤抖一回。我什么都不敢说，但我感到那天下午的一切都是古怪的，热水、空气、父亲的眼神都渐渐变了味道。搬到矿山两年多，我刚刚捕捉到的父亲的爱在那个下午像天气一样突然变了。父亲帮我洗完澡后用毯子裹着把我抱到了床上，开始更仔细地摸我的身体。我阻止他，他说，伢妹，我知道你来潮了，你是大人了，女儿长成以后要嫁人，嫁人之前让你明白人世，让父亲教你怎么做，你不要害怕。

可是我害怕了。他折腾了我整整一下午。我还小，找不出什么谴责父亲的理由，但我非常难过，抱住父亲恳求他放手。可是他突然从衣服里抽出十块钱来，说，从今天开始，我给你零用钱，你妈给你的也是我的钱，不过你不必还我，你就拿双份好了，但今天的事不要跟你妈说，也不要跟你姐说，永远不能说。

那天以后，父亲就再也没跟妈吵过架了，他们好像变得好了起来。我知道一切都是因为什么。每次我看见母亲因为父亲不跟她吵后为了表示感激，做好菜款待父亲的讨好神情，我心中有一股火焰升起来。后来我才知道，这股火焰叫仇恨。

父亲教会了我一课，这世上是没有真爱的。连父亲都可以如此这般，还有什么天理。可我的仇恨丝毫没有使父亲收敛，他越发猖狂，好像吃什么东西上了瘾，母亲一有事出去，他就走进我的房间闩上门。我哭着求他不要这样，他叫我不要哭，说我一哭他也想哭，我把他的心哭碎了。我说，爸，你也知道这是不对的，你就放过我吧。父亲突然露出可怜的表情：……伢妹，可是我忍不住啊。我问：你就这么忍不住吗？你有妈啊。

父亲说：她不理我，她一点不感兴趣。

我说：可我是你的女儿啊。

父亲立刻用手捂住耳朵。

我大声喊：你就那么喜欢做吗？你不做就会死了吗？连女儿都不放过吗？

十

父亲呆在那里。我以为他害怕了，谁知他越发疯狂了，我哭喊：父亲真坏，太坏了！

他用手捂住我嘴巴，我看见他下垂的肚皮和起皱的后脖梗子，只觉得这是我见到的最丑陋的人体，我一点儿想不到人的身体会这么丑，而我就是从这个人体中降生出来的。

我忍不住恶心，吐了出来。经历过这一天，我知道，这个世界上什么都是可以发生的。

这是我一生最耻辱的时刻。

我用这五十块钱，买了乐果和安眠药。可我还没下决心。那天我没去上学，从早到晚坐在池塘边直愣愣地看对岸的一只鹅。

更可怕的事情还在后头。我从池塘边回到家，听见母亲在房间里哭，我大约明白了。回到房间听见母亲还在哭，一阵伤心蹿上来，我忍不住也大哭起来。母亲听见我哭，她倒止住了哭。她好像在朝我这边走过来。我想我似乎看到了即将到来的结局：母亲和父亲离婚，然后带着我远走高飞，我会丢下安眠药，长出翅膀，擦去眼泪，把一切都忘记掉，然后飞到很远很远的地方。那里没有痛苦，没有眼泪，眼泪都变成了清泉，整日哗哗地流淌，那里也没有人，因为人让我害怕，只有我和母亲——母亲推门进来，止住了我的想象。我缩在床角，

看见母亲坐到了床上，慢慢往我这边挪。我的委屈倾泻而出，大声哭起来，但母亲却出乎意料地阻止了我的哭泣：别哭！你想让街坊邻居都听见吗？我被吓得噤了声，恐惧地望着她，因为母亲的表情很严厉，她问我父亲的话让我惊呆了。母亲最后严厉警告我不得把这事露出去。别把我的脸都丢尽了！她说。

我彻底绝望了，尤其是母亲的态度，使我怀疑活着的意义。我终于下了决心。

一个晚上，我向池塘走去。

走到同学阿珍家门外，我突然哭了，蹲在阿珍的窗户底下流着泪，不敢出声，心想，阿珍，同学们，永别了。这时我听见里面传出说话声。我趴在窗户上，看见阿珍的父母正在切鸭肉，桌上摆了好多菜。阿珍的父亲对阿珍说，阿珍，你要好好念书，我和你母亲这么爱你，你要懂事，你看隔壁伢妹，她父亲老打她，整天叫，多苦，所以阿珍你要珍惜。

我听了哇的一声痛哭出来，阿珍一家走出来。当晚，他们把我留下了，我没有提自杀的事。从此，我也没自杀过，但我的心死了。直到两年后，我考上了艺校，终于离开了父亲。

所以中山，你现在该明白了，为什么我和陈清那么好，因为他使我觉得这个世界上爱没有死绝，还值得活下去。中山，你为什么不流泪？那次我也是这样讲给陈清听，他一听完就流泪了，发誓要好好爱我，一辈子不分离。中山，你呢？你为什么不流泪？

中山掏出烟来抽。他沉默了好久，说，想不到你真可怜。可是我看你一点感动也没有。周渔说。

这——中山说，因——为我见过比这更操蛋的事，尽管我是孤儿，什么都见过。

你是说你习以为常了吗？周渔问，你不觉得经历过这些之后，还有理想，这理想才可贵吗？

中山点点头，所以，我觉得……我只是不像陈清那么会说话，但我实在，我会为你做一切。我觉得做点实事的好。

周渔把酒杯重重放下，站起来：你以为陈清只是会说话吗？

中山说，至少他应该做到一点，干脆搬去跟你住一起好了，干吗搞得那么复杂，两地跑？这事儿我整不明白，反正我觉得有问题。

周渔大声道：中山！你不爱我就算了，别这么说陈清！

我说他什么啦？中山辩解道，我到底说他什么啦？我一提到他你就对我发火，对我公平不公平？——我同情你的遭遇，但这样的父亲也是少有，全国也算不出几个，周渔，你还是不能这么想不开，好人多。

周渔冷冷地：但它毕竟发生了，只要发生过一次，这个世界就让人痛苦得绝望。

两人都沉默了——中山好久才抬起头来，说，你没有发现我抽烟？

周渔疑惑地摇摇头。

你没注意？见到你后我就戒了烟，可最近不知怎么，又抽上了。

周渔摇摇头。

中山又问：你不在意我抽烟？我记得你是不喜欢男人抽烟的。

周渔说，我只是没注意——中山摁灭烟头，疲惫不堪地站起来，说，周渔，我该走了。

中山！周渔叫住了他，你要到哪里去？

中山勉强笑了一下：放心，总不会到坟墓里去，还没到时候。

中山在秀家里吃饭。中山是秀硬拖来的，中山本来并不想来，秀拖他来的时候，他心中空虚，就跟着来了。中山觉得周渔抛弃了他，她一年下来跟他扯不清，最终还是抛弃他了。中山的脑子没有能力理清楚周渔那渔网似的心情，反而，他觉得他被抛弃了。

十一

秀做了丰盛的菜，有中山爱吃的糖醋鱼，还有酒。中山喝了很多酒，秀劝他不要喝太多，可中山不依。秀说，中山，你多吃点菜，都是我特意为你做的。你看，我对你多好，我为你做菜，可是你却宁愿去为别人做菜，中山，你这脑子想想，哪一样好？放着舒服不要，宁愿去当奴才。

中山道：——那——爱谁就是为谁做菜，那——互相爱——得——互相做菜？

秀夺下他的酒杯：你醉了，中山。

中山说，我明白了，爱情就是做菜——可——可人家不领这个情。秀说，对呀，这叫单相思，单相思有什么意思？中山，让别人爱那才叫有意思，我爱你，还不好吗？中山：那——你告诉我，什么是爱情？

秀愣了一下：爱情——就是帮他做菜，关心他呗！

中山摇摇头，不对！——你别蒙我，那不叫爱情，那——叫感情。

秀说，感情不就是爱情吗？中山，你都把我搅糊涂了。

我问你。中山拍拍她的肩，说，按你这么说，两个没意思的人在一起生活，一辈子互相——做做菜，这爱情就出来了？

秀说，这有什么奇怪？多少人都这样吗。中山摇头，不对。

秀说，要是两个人有意思，天天盯着对方看，都不想给对方做菜，喝西北风，成吗？

中山摆摆手，还是不对，照你这么说，天底下随便找两人，一男一女，都能成喽？

秀也摆手，中山，我给你越搅越糊涂了，咱不是周渔陈清那种人，咱是开车俩大老粗，想简单点好。中山，你别再喝了，你已经醉了。

秀又去夺他酒杯，中山不让她夺，酒杯掉地上碎了。中山愣愣地看着地上的杯子，突然狠狠踩了一脚：——操他的，我是想醉，可他妈的——就不醉！偏醉不了！

说完眼角挤出两滴眼泪。

秀上前抱他。中山蜷缩在床上像婴儿一样。秀抱住了中山，他的身体在发抖。

秀问他，你想吐吗？中山摇摇头，打着寒战说，我……我不想吐。秀把他冷冰的手牵进自己怀中，牵进了胸脯。中山闭了一下眼。秀轻轻问，她——让你碰了吗？中山仍紧闭眼睛，摇摇头。秀说，那叫什么爱情，连碰都不让你碰，中山。中山开始揉捏她的乳房。秀也闭上了眼睛，说，中山，我好舒服。中山更快地抚摸。秀说，中山，这才叫爱情，做爱做爱，爱得做出来才叫爱情。

两人飞快地宽衣解带，像惊慌的兔子。然后狂风暴雨了几分钟就结束了。中山疲惫地趴在了秀身上。

秀推推他，说，你出汗了。她摸摸自己额头说，我也有汗。中山慢慢睁开眼。

秀紧抱着中山不让他起来：你像——狮子一样。今天——快了点儿，还是很好，中山，我喜欢你。

你快乐吗？秀问。

嗯。中山道。

我也很快乐。秀把头都埋进中山的胸脯。

你放手，我要去穿衣服。中山说。

秀不放：不要嘛，抱久一点嘛，第一次嘛——中山，我——秀低下头，我还有点不好意思呢。

中山说，嘿，又不是处女，还不好意思。

秀嘟囔道，人家和你是——第一次嘛。

我现在明白了，爱情就是做菜和做爱，这是你说的。中山点燃一支烟。

秀说，哎，我给你买了十几条烟，五条中华，十条三五，都放在这儿，等会儿你带走。

别。中山挣脱她的手，我还是把衣服穿上，待会儿被烟灰烫着。他下了床，快速地穿衣，似乎要掩饰在秀面前暴露的难堪。

……中山穿好了衣服。秀看着中山的眼睛说，中山，你不爱我。

中山愣了一下，叹了口气，去接另一支烟。

中山，你别躲我的话，我可把什么都给你了。秀说，告诉你，自从我离婚以后，没人碰过我的身子，你是第一个。

秀——这——中山猛吸烟，在床上坐下来。

你不喜欢我就不要碰我。

中山拥了拥她，说，不是那个——意思，我——是在想事儿，我想，无论如何，陈清和周渔那——更像爱情一些，我想是这个道理。

你别打花腔了，你就是一点也不喜欢我。

中山在心里承认，他不爱秀。所以，刚做爱完毕，秀钻进他怀中撒娇说她跟他是第一次时，中山非但没有快乐，反而身上起了鸡皮疙瘩，他知道这是对她没有爱情的表现。所以他用冷冰的口气讥讽她说，嘿，你又不是处女，还不好意思。中山想，这句话是很尖刻的，像是对敌人说的，不该是对情人说的。由此可见，两个没有感情的人硬要扯在一起，其结果就是变成敌人。

中山想到这里，对秀说，说实在的，秀，我还是羡慕周渔和陈清，我虽然没什么文化，但我想，爱情这东西……总得跟生活里别的东西有点不一样，是吧？生活嘛天天在变，总要有一种东西是……不变的，是吧？这样人才活得踏实。你看陈清他们，人都死了一年了，还是没变……秀听了好久没有说话。后来她说，给我来支烟。

秀是不抽烟的。不过中山还是为她点上了一支。秀吸了两口，说，如果我对你说点什么，你不会抛弃我吧？

中山道，抛弃什么呀，你说吧。

本来不想告诉你，因为怕周渔对陈清失望，投入你的怀抱。秀又吸了几口，好像下了决心。今天就告诉你吧，你说的那个爱情神话全他妈是鬼话！世上哪

有什么爱情！我能为你中山做这一桌的菜就算不错了。

你到底要说什么呀？

陈清有情人。秀说。

中山就呆在那里。过了半晌他才问：陈清的情人不是周渔？

你怎么连老婆跟情人都分不清呢！秀摁灭烟头，站起身来说，我也是上周才知道的，陈清的情人叫李兰，是我嫂的妹妹，现在还住在我嫂家呢。哼，这陈清也真有能耐，死了那么久还能让两个女人为他疯，八成是借尸还魂了。好了，中山，该讲的我都讲了，现在你可以去找周渔领赏了，她要知道了没准会投入你怀抱，你这回满意了吧？滚吧。

中山穿上外衣就走。秀急忙叫道，你还真去呀！妈的我算瞎了狗眼！

我去找李兰。中山说。

秀笑了：得，去吧，赶紧，你就说是我让你去的，去晚了人家可回三明了，六点的火车。

十二

李兰是那种让人一看就难以忘记的女人。她的一双眼睛大得出奇，类似小孩的眼睛。这使得她的表情似乎时时充满了对世界的疑惑。

李兰对中山的到来好像一点也不吃惊，抑或是那双又黑又深的眼睛掩饰了这一疑惑。当她听到中山对陈清拥有情人一事表示惊奇时，那双眼睛才表现出奇怪：他为什么不能有情人？他也是人哪。中山不知怎么解释，说——我不是这个意思——李兰说，我知道你的意思，不就是因为周渔吗？陈清在周渔那里没有爱情，为什么不能去寻找爱情？

中山大吃一惊：你说陈清和周渔没有爱情？

李兰说，也许开始有，但后来没有了。

中山呆呆地站在那儿……李兰补充了一句：至少对于陈清，是这样。好了，我没有时间给你解释，我要上火车了。

中山说，对不起，我们的谈话不能这样结束，我还有很多事情想知道……

可是我要赶火车了。

中山提起她的行李：我买票和你一起上车。我们路上谈。

李兰看着他：这事对你就那么重要……随你吧，你爱跟着就跟着，我也缺个伴，不过你得向我解释，你为什么那么迷周渔，她到底有什么好？她好在哪里？

周渔有什么好？她好在哪里？男人刚开始都喜欢这种多愁善感的女人。李兰取出一支七星烟，递给中山一支，两人点上。可是不久男人就会省悟，这不是他们要的女人。

车缓缓开出了城市，穿过错综的电杆网线，开始渐渐加速。远处拾矿泉水瓶的农民呆愣地看着火车，迅速从左移到右。

中山说，我听说，开始陈清和周渔爱得死去活来。李兰露出一丝迷惘的笑意：一时的爱情不是爱情，不能永远地持续下去的爱情只是一种感觉，可感觉是靠不住的。

中山不同意她的说法：你怎么能说他们是一时的感觉呢？

李兰的回答是：那就不会有我。她望着中山的眼睛说，你不要吃惊，陈清和周渔早就完了，只是她不知道。可我和陈清的爱情才是稳固的，至少持续到他死——如果他不死，我们的爱情还会持续下去，是周渔害死了他。

中山有些尴尬，他看出李兰有些激动了。他想了一下，说，你说了你和陈清的爱到他死为止，可——可周渔和陈清的爱到他死后还没有结束——李兰打断他：那不过是周渔一个人的想象罢了！她语气中明显的讥讽意味让中山吓了一跳。

中山。李兰凝视着他，好像下了决心把内心隐藏的秘密和盘托出。中山，你听着，有两种女人，或者说有两种爱，一种人的爱她自己以为是爱，其实是占有，她是很爱这个东西，所以她必须拥有他，如此而已。这种女人只能得到想象的爱情，因为男人的心在她那里得不到安慰；另一种爱，是爱到对方的心灵，和他共悲同欢，并不一定是占有他，即使他不能跟她在一起，甚至不爱她，她也不会改变对他的爱，因为爱不是等价交换的，这种女人的爱是真爱，她得到的回报是真爱。

我第一次认识陈清是在牛角咖啡馆。我向你承认我内心空虚。我有文化，看了很多的书，我有硕士文凭，但这都改变不了我的状况。从小时候开始我在学校从没得过第二名，我比班上的所有男生学得都好，高考后上了北大学核物理。在大学成绩又是最好的，本来要分去中科院再读博士，可父母要我回三明。在三明是造不了原子弹的，但我二话没说就回来了。人家都很可惜我这种选择，我却认为亲情比核物理重要，我就是这种性格。父母亲觉得影响了我的前途心里内疚，急着给我找个好男人，想让我在家庭幸福上有个补偿。可是男人我见了一打，没一个满意的，不是我眼高，这吹了的一打男人中，一半是看见

我的聪明和学历自己吓跑的，一半是要钱有钱要个头有个头，但没有一点让我动心的十全十美的男人。有一个研究染料的化学博士对我说，我是博士你是硕士，可以了吧？我学化学你学物理，正好。我说，你还是到中科院找个院士配种去吧！

没有男人，就没有爱情。没有爱情我十分空虚，我学会了喝酒泡吧。其实我也不太喜欢酒吧，但我内心一空虚，那些知识呀书呀都帮不了我的忙，我晓得我内心的这一处空虚是很深很深的，这深不见底的空虚不是一般东西所能填满的。我去酒吧听到震耳欲聋的音乐，会暂时排遣我的空虚。于是，我在别人眼中变成了一个另类的女孩，完全不是贤惠的淑女，而是一个疯狂的毫无女性感的女人，其实他们不知道，我内心有一个很深很深的洞，它把深深的烦恼给了我。

在牛角咖啡馆我第一次遇见了陈清。牛角是静吧，不像迪吧那么闹。陈清就坐在墙边那个硕大牛角的阴影里，抽烟又喝酒。啊，陈清不是你描述的那个绅士，或者烟酒不沾的好男人，幸福男人。不是，他不但抽烟，还喝酒，不但喝酒，还酗酒。

十三

那不是一个泡在爱情蜜罐里的男人形象，那是一个空虚的被烦恼击垮了的男人。我注目他好久，大约十一点半的时候，他端着酒杯站起来，摇摇晃晃地向我走过来。

他拍拍我的肩，问我过一夜多少钱？

我吓一跳，马上明白了。他对我的羞辱是我从小到大从未经历过的。按我的性子，真想抡起酒瓶对他的脑袋来一下子，让这个无耻的男人上西天。但我改变了主意。我问他：你觉得过一夜应该多少钱？我——不知道，你说吧！他显然醉了。

依我看，一分钱也不要，只要我愿意，我们俩尽可以找个狗窝鬼混一下，如何？

听到“鬼混”一词他怔了一下，然后就愣愣地呆在那里，我看见他好像在霎间变了一个人，大梦初醒，低声说，我错了。

我笑了，问：怎么，不想鬼混了？

小姐，我向你道歉。他的下巴抖着：对不起，小姐，我很烦恼。

说完一放酒杯，从门口狂奔而出。

我马上追了出去。从刚才的一瞬间我已经看出他不是嫖客，他的一句“我很烦恼”扎了我的心。我跟出去的时候，天打起雷来，天边有一片红，好像疲倦的人的眼。大雨下来的时候，我看见那个男人在前边跑，他一边跑一边回头看我，向我摆手。你不要追我。他说，我错了。

我叫住了一辆出租车，他也站住了。我示意他上车，他就上了车，他显得疲惫不堪，对我说，小姐，我错了。你要把我带到哪里？

我不吱声。他咽了一口，喃喃地：我错了！

车在我的住处停下来，他跟我上了楼。进了门他打量着房间。我让他坐下，说，你不必认错，在一个妓女面前，嫖客是不需认错的。

“嫖客”两个字仍刺痛了他。他看了我一眼，低下头：不管你是不是妓女，我真的错了，我不是这样的。他双手抱头，肩膀抖一下，好像打了个寒战。

你不要这么难过。我说，我只不过是因为下雨搭你一程罢了。

他突然低头饮泣起来，双手掩面。我十分吃惊。他哭着哭着就大声哭了起来，非常伤心的样子。

我不能区别他是喝醉了酒，还是真的难过。我说，你不要这样子，我看了难受，现在这种事也见得多了，有句话叫死猪不怕开水烫，只要心一硬，干什么都不会难受的。

他听了我这话，似乎更痛苦了。我是看不得一个男人哭泣的。他抬起头，脸上爬满了泪珠：你说的“鬼混”刺痛了我，人是不能鬼混的。

我的心弦突然被他拨动了，就在那一刹那。我感动于这个男人的坦白。人是有缺陷的，人不可能那么伟大，人是有弱点的，就像我的空虚一样，所以，人宝贵的地方是人还能认错，忏悔。

这个男人真的打动我了。

他说，我错了。这是我听到的最美丽的语言，无论这个人抽烟、酗酒，甚至跑到我面前找我过夜，但他真的很快就后悔了。其实，我跟他是一样的。在这个世上，人都不过如此。

我们很快就同居了。后来我也知道他有妻子，也听过他那惊心动魄的爱情，但我毫不在意。因为我知道那个女人得到的只是一个虚幻的陈清，而我则得到了一个真实的陈清。那种看起来非常伟大的爱情是经不起轻轻一碰的。

只有死毁灭了我的爱情，是的，毁灭了。我现在又抽起了烟，我没有爱情了，因为我们分离了。告诉你，我现在不过在苟活。告诉你，我毫无希望。

陈清和我过了第一夜。他的温柔是我从未见过的。他那么细致，那么呵护他面前的女人，他的手轻轻抚过我胴体上的每一寸肌肤，我想我们都充分享受了这一切。

现在我非常相信：女人是一架钢琴，哪怕是一架好琴，也需要好琴手。陈清的手是艺术家的手，在我身上像按在琴键上，抚到哪里那里就发出了准确的琴声。准确就是美的。

我立即意识到，他是我一直在寻找的男人。就是他。就是这个人。我还要说，我对于他，也是一样。我的相遇以及后来发生的一切都准确无误。——可是到我们心满意足地抱在一起时，陈清突然显得心神不宁起来。我敏感的直觉立即告诉我这是怎么一回事。老实说，当时我的确感到一阵空虚涌上来，跟我遇见陈清之前的空虚一样，我好害怕。但后来我马上把它压抑并清除出去了。我觉得我没有理由这样，我相信我已经得到了一个完整的陈清。

李兰，有一件事我——陈清说。

别——我制止他。我全明白。我说，我其实已经想到了，但我把它忘了。

十四

陈清低下头说，我是不是——对不起她，我们已经结婚了。

我就笑了：结婚有什么用？要是真有爱情，没有那张纸也是不可以背叛的。

李兰！陈清突然大声起来，我被他这一声吼吓坏了。他很快地穿上衣服，走到茶几旁抽烟。他哆嗦着，抽到半根就抽不下去了。

……在我的注视下，陈清从头到尾讲了一遍他和周渔的爱情，讲到动情处他潸然泪下。奇怪的是，我也掉了泪。因为这个故事的确是感人的。可是随着故事的推进，陈清的叙述越来越干巴，越来越简要，最后三言两语潦草地结束在一个无谓的细节上。

陈清仿佛还停留在其中。他的眼中仍饱含眼泪，他说，李兰，我不该这么做，我真的对不起她，我……

我看着他的眼睛，说，陈清，你不要流泪，也不要难过，因为你们已经没有爱情了。

陈清抬起头：你怎么能这样说！我说，不要这样看着我。也许——不，过去你们肯定有爱情，而且是一种少见的爱情，你两地奔波，是因为爱。但现在，你肯定不爱她了。

陈清问：为什么？难道我不知道自己爱谁吗？

我沉吟了一下，说，陈清，如果你真的爱她，是绝对不可能和我做爱的。

陈清愣在那里，直直地看着我。

我这人相信这样一种道理，爱情是唯一的，如果你还爱她，那就绝对不理我。

我注视他仿佛在后退的深深的眼睛，说，只有一种例外，你完全泯灭了良心，是一人彻头彻尾的流氓，那就无话可说。可是你不是，所以，你一定是不爱周渔了！

……陈清呆呆地愣在那里，好像很久了，他才用发颤的声音说，李——兰，我好像很饿……

我说，不是饿，是空虚吧？

陈清盯着我说，李兰，你这个人说话，那么残酷，你说的不是真的，我自己的事我——陈清突然说，李兰，我是一时冲动，你知道，人有时会冲动的……

我说，对，但你这是冲动吗？你究竟是不是那种冲动的人，回去问问你自己吧。

陈清，我不想再谈你们的事了。当然，我不敢说你已经爱上了我，但我可以说，你已经不爱周渔了。

回去吧陈清。我站起来，我不想你还不清不楚的时候就和我在一起，你先回去，掘个坟，把你们的爱情埋了再来找我。顺便再想一想，你是一个流氓呢？还是一个爱冲动的人？或者两者都不是。

李兰！陈清走到门口突然爆发出来，吼道：李兰！我决不会爱你！你毁了我和周渔。

陈清走后，我哭了一夜。我还从来没被人这样骂过。但我在等待。

我买好一条中华烟，一瓶干红，等待他的出现。一天过去了，第二天又过去了，第三天，他还是没有出现。

我的眼前闪过他坐在列车上向省城疾驰的画面，心中痛楚——我甚至想象了他和周渔在那里团聚——我对自己说，你错了，你可能错了！他还爱着周渔，人有时是会冲动的。我对自己说，如果这样，至少应该祝贺爱情的胜利。周渔能容忍丈夫和别的女人过一夜，而我不行，就让我这个可怜虫在角落里哭泣吧。也许这就是对一个破坏别人家庭的人的惩罚，可是我历来不承认家庭是能被别人破坏的，首先是爱情，然后才有家庭。想到这些，我心情烦躁，走到九峰桥

去散步。摇晃的吊桥让我的心无比慌乱。

我回到住处时，陈清坐在我门口。他蓬头垢面，耷拉着头。

我开了门，他一进屋就抱住我，把头埋在我胸前。一会儿，我感到热热的泪渗进我肌肤。

干吗，陈清？我问，但却紧紧地抱住他。

你没错，李兰。他说，我和周渔完了。我想了三天三夜，哭了三天三夜。

我问：你哭了三天三夜之后，如果留下的是思念，那你流的是忏悔的泪，那我们在一起就错了；如果哭了三天之后，你和周渔之间的石头还在，那么这不是忏悔的眼泪。

李兰，那块石头还在。他抬起头说。

我拿出那瓶酒，倒了两杯；又开了一包中华烟，说，陈清，喝一口酒，抽一支烟，慢慢说吧，把那块石头搬开。

李兰，我在周渔面前不是这样的，不像在你面前这样，我不抽烟，也不喝酒，连说话都是轻轻的。我不是坏男人，在周渔面前我是一个打着灯笼难找的好男人，光靠我一个人是做不成好丈夫的，是周渔使我这样的，是她把我塑造成这样。可怜的是，到末了我还是失败，我在你面前失败得一塌糊涂，我到你面前找你过夜，现在你看清我的嘴脸了，我不是一个好男人，这人世间没有一个天生的好人，一个也没有，现在我相信这个了。

十五

我是一个极平凡的人，这种人在街上一抓就是一把，论个头我没个头，长相一般，学历平平，能力平平，不过是个电工。不是因为我优秀周渔找上我，而是因为她非常需要爱。

周渔比我条件好吧？至少她是个美人胚子。老实说，在网球场的铁网后面她第一次注视我时，我并没有爱上她，我对她一点也不了解，我惊异的只是她的美丽。

一个漂亮女人那么看我一眼我就投降了，足以证明我轻浮的本性。所以我向她走过去说，你是谁？奇怪的是，没过多久我就疯狂地爱上了她。她向我讲述了她悲惨的童年和少年，我没法不感到一种可怕的震动，我无法相信这个美丽的女孩竟然被父亲凌辱。我记得她在我怀中把这个故事讲完时，身体渐渐发软，我的衬衫前襟都被她的泪水浸透了。她蓬头垢面，漂亮的面孔被洗劫一空。

她泣不成声地说，陈清，好好爱我吧，我什么人都没有了，好好爱我吧，否则我就要死了——我两手空空。

我也流泪了。从那一刹那起，我知道我爱上她了，不再为她的美貌，而是为她的处境。我不能不屈服于这样一个画面：一个美丽的女孩站在苦难的烈火中。美丽加苦难是掳走一个男人的心的法宝，或许这就叫什么怜香惜玉吧。我发誓要一辈子爱她，我觉得没能及时出现在她面前是一个错误，我来得太迟了。所以我感到内疚，是的，是内疚。这种奇怪的内疚就是我爱情的开始，其实我还不了解她。

不久就显示出她的性格和我不一样。她是那种过于细腻和敏感的人，一件事堵心会难过好几天；而我是B型血的人，什么都容易忘却，也比较马大哈和粗疏。奇怪的是，和她在一起，我这些毛病都不翼而飞了，我和她越来越相似，也变得柔和、细致甚至有点婆婆妈妈，但你知道，我不是这样的。也许这正是爱情的力量吧。我对自己说，要好好爱她，这种爱的含义在这里成了奉献，无条件的奉献，甚至顺从。

当然周渔从来没有要求我这么做，当我一见到她那无助的深水一样的眼神，我就自然而然地顺从她的一切了。她毕业分配时我有一个关系，先用到她身上，让她分在了省城；然后我选择了漫长的“铺铁路”的生涯。有一次没钱了，我吃了一个星期的方便面，同事说我成木乃伊了，因为防腐剂吃得多。我警告自己，无论如何不能和周渔吵架，因为她受伤害太大了。也因为我欠她的，是的，我是欠她的了，因为我对她的爱竟是从一种莫名其妙的内疚开始的，好像在她小时候给她带来伤害的不是她父亲，而是我。至少现在该由我来偿还。

周渔像水蛭一样紧紧吸附在我身上，很紧，很温暖，当然有时有一点疼痛，但我想，爱情应该就是这样子的吧。每一次我来省城，都尽量和她待到最后一分钟。

我们抱着不想分开，啊，周渔，她可抱得真紧，她更喜欢做爱后紧紧拥抱的感觉，她对做爱本身倒不像是非常投入，或许说她还太年轻，性的愉悦不像年纪更大的人那样。反正我记得，她着迷的是接吻和拥抱。我对她的爱抚是何其小心、细致，好像怕惊动她，这也是她所满意的。

陈清，你真好，你是世界上最温柔的男人，你最爱我。

每一次她说话的末了总是加上一句“你最爱我”，或者她有疑惧时就问“你不爱我啦”。她常说的是这两句话。我有时到她工作的图书馆，会受到热烈欢迎，她那些女同事把我当成了爱情王子或者模范丈夫，是的，像我这样一周至

少跑两趟，几乎把全部精力拿来探望爱人的男人确实不多。爱周渔成了我的主要生活。当我受到她同事的夸奖时，最高兴的是周渔，她比我还满足。有一天她居然对我说，陈清，你要是抛弃我，我就把你身上的肉一块块撕下来，等你走到门口，已经变成一副骨头架子了。

我听了半天不敢说话，这句话的突然出现，听上去感觉古怪。我说，我成了骨头架子，那你怎么办？

周渔说，我就去自杀。

我哭了，说，我还是舍不得把你孤单地留在世上。

我感觉我整个人都变了，从一个大大咧咧的人变成了一个细致的人，从一个粗疏的人变成了一个温柔的人。开始时我感到无比幸福，因为我对周渔的爱是真的。

当周渔对着别人夸耀我并依偎我时，我感到了前所未有的自豪。我甚至于迷恋这种自豪，忘却了两样东西：一是周渔。我好像浸在这种高涨的爱情感觉中，有一次我的一位同事问我，你女朋友是一个怎样的人？我竟无言以对。只好把她小时受凌辱的事讲了一遍，好像我对她的了解永远停留在这件事上，这件事成了她的全部，我似乎就是仅仅因为这一点而爱上她的。换句话说，我爱她好像只是因为她受过侮辱，其余的我一无所知，比如她平时的性格、她的能力、爱好，等等，我真的知之甚少。我和她真的没有一天天地连续在一起生活过，我们一直处于约会的状态中。

其次，我也忘却了我自己。我变了一个人，不仅不再抽烟喝酒，连唱歌打网球也没有了，过去我还有时去钓鱼，现在渔竿都找不着了，我成了一个彻头彻尾的爱情电影的主角，思念成了我唯一的事务。我变得越来越像周渔，连她撒娇时说的“不嘛”也成了我不知不觉的口头禅。难怪她的同事小华说我们夫妻相像。我完全把我的工作忘在脑后，天天想往省城跑。说我思念周渔这没错，但我心里清楚，我还有一种感觉，就是我的所有好像都被周渔拿走了，我的幸福感似乎只有在省城那里才能体会到，我迷恋那种感觉，以至我一回三明就空虚，无事可干，六神无主。常常是一回三明刚下火车又想往回走，因为在三明我不知道自己该干什么。我知道这至少不是完全由于周渔，是因为我自己。

我仿佛来到了幸福的巅峰，然后一切慢慢开始变化。第一个变化是空虚。你相信吗？我这样一个沉浸在幸福的蜜罐里的人竟然会感到空虚。先是独自在三明时感到空虚，就是无事可干的感觉；然后是在省城时也感到空虚，那是在她上班去之后。

有一天下午她去图书馆，我突然被一阵孤独感击倒，非常想抽烟。我已经几年没有碰那东西了，可就在那个下午我突然渴望起它来，我强烈地想吸它。我一反常态地奔下楼，来到一家烟摊前，烟贩问我买什么烟，我站在那里前后摇晃，我极力控制那股冲动，后来我终于控制住了。等我睁开眼，周渔站在我面前，奇怪地看我：你站在烟摊面前干什么？我……我说，买打火机，点蚊香，晚上蚊子多。

十六

这是几年来我第一次对周渔撒谎。

我的第三次空虚发生在夜里，周渔躺在我怀里，那种空虚和孤独感照样袭来。

我看见周渔已沉入梦乡，而且在梦中笑，她不但在梦中笑，而且笑出声来。我知道她的笑一定跟我们的幸福有关。但奇怪的是，她笑的时候我却正迎接一场空虚的袭击，她沉睡在美梦中而我却醒着，我夜不成寐。我极力想使自己睡着，却越来越清醒，而且我的一条臂被周渔枕着，它完全被她牵制了，我不得动弹，我越不得动弹就越想动，但我不能动，我一动就要把她弄醒，打破她的美梦。于是我只好这么僵着，直到整条手臂麻木，不再属于我自己。这时我强烈渴望的不是抽烟，是喝酒，我疯狂地想喝酒，我想，我只要喝上满满一瓶酒，就能睡到天亮。和周渔相拥在一起仍感到空虚，这种感觉让我无比恐惧。

天亮了，赶火车的时间又到了。周渔睡得很沉。我悄悄起身，她还是醒了，蒙眬中她拉住我的手不让我走，我让她再睡，她说起来送我，我说不要。她好像很困，又睡去了。她说过五分钟叫她。我没有叫，一个人赶到了火车站。

上了火车，列车长认识我。他看我低头在吃一碗快熟面，说，这水没开吧？等一会儿水开了再吃。我说无所谓，习惯了。车长说，爱情的力量真伟大啊。过了一会儿，他想起什么似的说，你朋友没给你准备早饭吃了来？

我愣了一下，说，太早了，麻烦。

他也一笑，说，是太早了。

车长临走时说，等一下跟我们一起吃早饭，不要吃快熟面了。

车长走后，我对着窗外愣了半天，快熟面一口也咽不下了。

陈清讲完这个细节就怔在那里，突然他看着我的眼睛说，我不是说周渔不起来给我做饭。

我说，我也没有这样说啊。

陈清咽了一口，说，周渔是爱我的。

我没吱声，突然陈清把头伏在桌上哭了。

我抚摸着他的手。他的手那么冰凉。

陈清，我去买一根好的渔竿，星期天我们去钓鱼吧。我说。

陈清抬起脸：李兰，我完了，又抽烟又喝酒。还找女人。

我说，陈清，我们是半斤八两，抽烟酗酒是不好，但人不是圣贤，我们慢慢一起改吧。

那我现在还要一根烟。他用疑惧和探询的目光看着我。我替他点上了一支。他贪婪地吸，然后问我：李兰，我那么爱周渔，还会去找女人，这是怎么回事？我摇摇头说，我也不明白。

他说，我越爱她，就越想躲开她，去找另一个女人，这是怎么回事？

我说，这我也不明白。也许，有一天，我们会全明白。

陈清走了。

你们的故事就到此为止吗？中山问道。

李兰望着窗外，说，故事没完，但三明到了。

火车缓缓进站。李兰问中山：现在你往哪里去？没地方去我给你找个地方。中山皱着眉说，我有个战友在三明，我去找他。

李兰说，走之前还是跟我走一段吧，我带你去一个地方。

李兰带中山去的地方离火车站一站地，就是陈清死的那个配电房，它裸露在倾圮的围墙外。配电房的木板已经变黑，腐朽的木头上附着水渍和霉斑，一袭青苔延伸到水沟里。门虚掩着，里面非常阴暗。中山恍惚间好像看见陈清的身影在里面晃动了一下。

李兰说，他死的时候，听说是脚踩进水里，水里有电线。

中山说，我知道，周渔跟我讲过。

李兰望着中山：如果当时我在他身边，我也死了。

中山奇怪地问：为什么？

李兰说，我不会像周渔那样，看见他倒下了还站在那里不动，我一定会上前，然后把脚踩进水里。中山，你说，周渔怎么会站在那里不动呢？

中山望着李兰那双极黑极深的大眼睛。

十七

中山从三明回来的第二天就给周渔打了电话，约她下午到半月湖钓鱼。周渔说我不喜欢钓鱼，中山就问：你不喜欢，陈清就一定不喜欢钓鱼吗？周渔一愣，什么意思？——陈清喜欢打网球。中山在电话那头笑了：他还喜欢钓鱼，你连这个都不知道，做人家什么老婆！下午两点半月湖见，我刚从三明回来，有话跟你说。

下午两点，周渔准时来到半月湖。她到的时候中山已经在那里坐着了，手里摆弄一根渔竿。中山打量着周渔，她今天穿了一身很蓝很蓝的西服，比黑色的衣服更让人感到肃穆，看上去好像马上要离开这个世界似的。周渔坐下来望着湖面，说，有什么话就快说吧。

中山一甩手，渔线落入水中：你知道这是谁的渔竿吗？陈清的渔竿。

周渔愣了，一动不动地注视中山。中山却不看她：他用这根渔竿钓了不少大鱼。

周渔打断他：别在这里诳我，陈清他从不钓鱼。

是吗？中山笑了，点了一支烟。过去，中山还不敢当着周渔的面点烟。他说，周渔，你怎么知道陈清不钓鱼？你记不记得，有一次他对你说，周渔，我很想去钓鱼。

我记不清了。周渔道。

你当然记不清了，因为你连理也不理睬陈清为什么想去钓鱼就拒绝了。

周渔似乎在回忆：后来他也没再提——他敢提吗？

周渔打断中山：够了中山！这是我和陈清的事，我们从没吵过架，更没为钓鱼的事吵架，他不会为这种事生气的，他不像你，他心里只有爱情。

那是你把他塑造成那样的！中山也打断她。对，他没钓鱼，但他用这渔竿钓了个女人，她的名字叫李兰。

……

周渔注视着中山。老实说，有好一段时间她好像还没反应过来，脑中一片空白。中山问，你看着我干什么？她才恍悟过来，身上发冷，一块一块往下塌陷。湖变成黑的。周渔极力想向自己证明这可能是个幻觉，或者中山在信口胡诌，但无论是理性还是直觉都告诉她，这一切是真的。

中山奇怪地看她：——你干吗不说话？

周渔张着嘴，不会说话了，傻傻的样子。中山才意识到自己的消息对于周

渔已过分残酷了。他说，你要挺住，周渔，其实这也没什么，人都会犯错，真的，人怎么能不犯错呢？你要把陈清看成一个也会犯错的人，也许他反而不会犯错了。

我听不懂你的意思。周渔呆呆地看中山，用近乎哀求的口吻说，你给我讲讲，到底怎么回事？

中山就把陈清和李兰的事简要地讲了一遍，周渔刚听完就晕倒了。中山连忙把她抱进车子，往市里疾驰。一路上周渔一动不动，好像已经死去一样。中山摸她的气息，十分微弱。中山把车开往省立医院，车刚在门诊大楼门口停住，周渔醒了过来。

中山把周渔接到了家里。上楼的时候，周渔看上去很清醒，但身子发软，中山是把她抱上楼的，然后她就躺下了，什么话也不说。中山摸她的身体，她的身子很软，中山曾轧死过一条狗，不见血，摸上去身子热热的，也是这么软。

……一直到了傍晚，周渔才睁开眼。中山说，你吃点东西吧？周渔说，我动不了，中山，让我在这里睡吧。中山说，你愿意睡到什么时候就睡到什么时候。不过……你要冷静。

周渔摇摇头，我没事的，我不会出什么事。我只是身子发软，没有什么力气。

中山说，陈清他其实——周渔突然尖叫一声，哆嗦地抱住中山：你不要提他——然后，她的眼泪才无声地涌出来，一层又一层地涌现。这是下午以来她第一次流泪。她没有大声哭泣，但她一个劲地颤抖，双肩发冷似的哆嗦。中山听到的只是很轻微的啜泣，低声而压抑。他用完了一卷纸还擦不干周渔的眼泪，只好拿来毛巾。看她如此悲痛的样子，中山几乎怀疑李兰的存在和她讲述的是不是一场骗局，陈清根本没有情人，甚至李兰这个人可能也只是中山的幻觉。

十八

中山说，周渔，也许——周渔再次打断他：你什么也不要说，我要睡觉。

后来周渔果然睡着了，但睡得很不踏实。中山点上一支烟，在边上守护她。中山在想一些问题，看来周渔是真的爱陈清，可为什么这爱情还是留不住他，反而把他推给了李兰呢？中山的确无法否认他们的爱情，但也无法否认李兰说的，陈清和李兰短暂相处的日子多么愉快。陈清到底爱谁？这是中山永远不可能知道的。想到这里，中山的头开始隐隐作痛，渐渐滋生了一种知难而退的感觉。他想起了秀。

再看看周渔，仿佛睡得很熟，但惊慌的乌云尚未从她身上退去。她睡得很不安分，会突然一哆嗦，或者打个冷战；有时还会吃惊地发出“啊！啊！”的惊叫。中山看见她突然睁开惊恐的眼睛，以为她醒了，但马上她又合上了眼睛。中山想，周渔完了。中山迷迷糊糊睡着了。他做了一个梦，梦见自己徜徉在爱情的幸福海洋中，那真是一个海洋，到处是幸福的海水，可以游泳。爱情主要就是游泳，他自由自在地上下翻覆，像一只海豚那样游，左边是周渔，右边是李兰，他有两个爱人，分别挽着他的手，正游得畅快，突然中山不安起来：我怎么能有两个爱人呢？中山立刻觉得一阵愧疚、自责和空虚一同袭来，这时就看见不远处游来一个人，是陈清。中山在水中慌乱地扑腾，幸福的海洋变成了呛人的海水，他被呛得快喘不过气来了，然后他就醒了。

他看见周渔坐在床沿上，抽烟。

这是周渔第一次抽烟。她醒来好久了，烟抽到了尽头。

中山。周渔问，他们会有爱情吗？

……我不知道。中山摇摇头。

你不知道？周渔又问，如果他们有爱情，那我和陈清算什么呢？

我还是不知道。

你还是不知道？……我认为人不可能同时有两次爱情的，对不对？这是怎么一回事，中山？你去山上，把陈清从坟墓里挖出来，问他是怎么回事？

我不能去。

你不能去？……他背着我去跟那个女人睡觉，为什么不先告诉我一声？我不会不让他去，看来跟别的女人睡觉是很舒服的，就像我现在抽烟一样，并不像想象的那么难受，堕落是很舒服的。

周渔，你不要这样讲。中山说，我把他们相处的情形给你说一说，也许事情并不如你想象的那样。

行，你讲一讲堕落的故事，我想听，我也准备堕落了。

要讲李兰和陈清的故事，还是得先从你这里讲起，因为，陈清实际上是你拱手送给李兰的一件礼物。陈清的确是爱你的，尤其是在遇见李兰之前。在你们毕业刚分开时，陈清心中只有你，他逢人就讲你，夸耀你的可爱、纯洁。只有他自己知道，你小时候受过的凌辱使陈清对你的感情，由同情、内疚转变为爱，他本无须内疚的，但他却对一个好友说，奇怪，我就是感到内疚，我为什么不在她十四岁时遇上她。只有真爱一个人时才会这么想。但你注意，他的爱

是从内疚开始的。

他爱上了你。但他对你还不了解，这需要时间。可你不给他时间，只要有机会你总是揪住他的胳臂问，你爱不爱我？他说我爱你。你还是不放心，问，你真的爱我吗？你是不是说假话？你好像在说假话。陈清只好一笑，说，你要我怎么说？你说，看上去你好像在应付我，你在应付人时总是这样笑一笑的。陈清于是无话可说，他真的不知道说什么了。可是你依然不屈不挠，非得要陈清把爱证明出来。陈清想了半天，好不容易说，我不爱你，天天来回在火车上奔波干什么？你一听有道理，才放下心来。你放下了心，陈清却已疲惫不堪。他坐了几个钟头的火车，很困了。现在他却睡不着了。后来他对李兰说，周渔为什么一定要我表白呢，她难道看不出来吗？她要真爱我，就让我睡觉。

十九

我相信陈清日后日益加强的孤独感就是从这时开始的。但陈清还是一如既往地爱你。

有一次，他刚到省城，顾不上疲劳，陪你上街买衣服，到东街口的时候，有一个女孩站在广告牌前，她长得很漂亮，也很丰满，她的头发染成金黄色。陈清看了一眼，这一眼被你看在眼里。回家以后你问他为什么看那女孩？陈清笑起来说，她很性感。这句话使你一晚上睡不着了，你睡不着陈清也不敢睡了，他知道是因为那句话，但没想到那么严重。陈清小心翼翼地劝你，问你，你一言不发，只是流泪。

他宁愿你发一通脾气吵一场，事情更容易解决。陈清害怕你这样静静地流泪，因为这样使事情变得异常严重。陈清惊恐极了，一遍又一遍地说，我再也不这样了。可是没有用，你还是流泪。你说，陈清，你是不爱我的，否则你就不会去注意另一个女人是否性感。陈清解释：我这人爱乱说，其实我真是信口胡说的。你悲怆地反问道：一个对我真有爱情的人，会想到另一个女人的性感吗？你能感觉到她性感，你就是想跟她做爱，你想跟另一个女人做爱，你还敢说你爱我？陈清一听愣在那里，他那电工的头脑一下子还分不清这么多的曲折，只呆呆地喊了一句：周渔，我是爱你的！就不会说了。你又用一种极其悲哀的口吻说，陈清，我们的爱情到底是不是真的？这句话让陈清无比恐惧，他喃喃地胆怯地说——周渔，你不知道——我从小就爱信口胡说的，现在我已经改了很多了，真的，你要相信我——跟你在一起，我改了很多了。你用一种绝望的口气回答他：陈清，大家都当你是爱情王子，爱情王子是不会去看一个女人的大腿的。陈清听完就什么话也说不出来了，僵在那里，你的话让他无比羞愧，让他羞耻，一个堂堂的大汉就这样当场流下泪来。

直到他流下泪了你才软下心，抱住他说，你流泪了陈清？那么你真是爱我的。你给他下的辉煌结论并没有使陈清平静，他的身体在发抖。他不敢正视你，因为他太羞愧了，以至于短时间无法恢复。

事后陈清对李兰说，我太羞愧了，太难过了，从小到大，好像从没有这么难过过，在周渔面前，我感到罪孽深重，万劫不复。周渔，周渔，是一个多么特别的人啊，只有她能让我这样羞愧，她一针见血，使我无地自容。

次日清晨，你醒来看见陈清直着双眼看天花板。你抱他时他仍哆嗦了一下，说，周渔，你让我感到自己在你面前像一团抹布，对谁都没有用。我一无是处。

你抱着他的头说，只要你爱我，就好。

上午，你去图书馆上班。陈清坐在空荡荡的房中，这个上午是他最茫然的一个上午，他失去了方向。陈清已经吃饱了，但好像仍然很饥饿。他突然想起了那个广告牌下的女孩，本来他是绝对不会再想起这个人的，但经过一夜折腾之后，陈清突然产生了要找这个人的欲望。

他知道这种想法是荒唐无稽的，但他真的想再仔细看看这个女孩，看看她究竟有什么好，能让他和他的爱人折腾一整夜。陈清被这个怪诞的念头所牵引，下了楼，乘公共汽车来到了东街口。令他大为吃惊的是，他竟然又在那张广告牌下看见了那个女孩。

他就站在离她不远处看她。这回他看清楚了，她长得并不漂亮，身材也说不上非常性感，可能是那天穿了条黄色超短裙的缘故。可是今天看来，她非常平常，缺乏足够的魅力让陈清神魂颠倒。

陈清望着她想：你是谁？你怎么能让我和我的爱人流泪一晚上？这是我闹不明白的。这时女孩转身拐进小巷，陈清突然产生跟踪的欲望，也折进那条偏僻的小巷。女孩发现有人跟，加快了脚步，陈清也加快了脚步。女孩停下了，那是一条死胡同，她不安地望着陈清，说，你别跟我。陈清莫名其妙地冒出一句：我就跟你。女孩问：你干吗跟我？陈清的脑海中迅速闪过昨夜的画面，说，你——性感。女孩骂道：流氓。陈清大声说，我不是流氓！女孩说，你不是流氓跟我干什么？臭流氓！说完折身跑出了巷子。陈清感到眼前发暗，他软软地靠着墙坐下来，一屁股坐到地上。刚才说的话像做梦一样，他不知道自己为什么会说那样的话。他更想不到自己怎么会去跟踪一个女孩子。让他费解的还有，

正当很多人把他奉为爱情王子时，在这阴暗的巷子深处，一个女孩骂他臭流氓！中午回家，你问他上午干什么去了，打电话没人接。陈清回答说睡觉睡沉了，没听见。这是陈清第二次对你撒谎。

从此以后，陈清在你面前变得沉默了。虽然他仍然在三明和省城两地奔波，但他说的话越来越少。你应该能记得起来，他在你面前越来越客气，他开玩笑说这是相敬如宾，你就给他解释什么叫举案齐眉，那是古代女子把茶放在夫君面前上举至眉说，夫君，请用茶。

可陈清恐怕再也不敢接受你这样端过来的茶了。

周渔，你怎么哭了？其实这都是你们之间的事，我只不过把它复述了一遍。

陈清对李兰说，从此以后，他在你面前有了畏惧，有了沉重。陈清除了在别人面前显示他是个好丈夫之外，其余的都隐藏了起来。这别人包括你，周渔。陈清在你面前越来越少地提及他内心的真正想法。有一次你们经过渔具店，陈清忍不住瞧了一眼说，其实我有点想钓鱼哩。你立刻说，钓鱼有什么好？纯粹玩物丧志罢了。其实你也并非有意要拒绝他的要求，也许你是不经意的，但你就这样不经意地轻轻松松地把他否决了。话说完后你没在意，仍然有说有笑，陈清却感到一种怅然的孤独。陈清是一个爱情楷模，但这个楷模有烦恼，他的烦恼流过爱情之河，使它浑浊。直到你们有了穗子，他的烦恼也达到了高峰。陈清的烦恼是：爱情竟使他疲惫不堪，竟使他不敢把内心真实的想法和他最爱的人交流，因为这样不够高尚，因为在他一天的无数想法中有许多是污秽不洁的念头，也有很多是不正确的念头，还有很多是与爱情楷模不相和谐的念头，为了避免再说那句“性感”的失误，陈清决定少说为妙，言多必失。但陈清是否真的能做到呢？不能，因为他不是那种人，他想做到的和他里面那个真实的人相去甚远。他用克制的办法维持形象，这个办法就是，不在你面前说话，你说什么，他就说什么。

二十

有一天晚上，陈清突然非常想抽烟。你看他心神不宁的样子，并没在意。这是第二次了，比第一次更强烈，陈清急切地渴望手指间夹个东西，以驱赶那潮水般越来越迫近的孤独。他又对你撒了个谎，说要买瓶风油精。然后他下了楼，坐公共汽车来到很远的江堤，买了一包红塔山，抽第一口时呛了一下，有点头晕，第二口就极其畅快舒服了。一支烟抽完后，风大起来，陈清迎着风慢慢蹲下来，流泪了。

回三明后陈清去看了一回医生。医生检查了一番后说，你没有什么问题。陈清问，那为什么我不行呢？医生说，你再回去试试。陈清说，不要试了，我知道不行，从年初就开始了，后来越来越厉害，最后完全不行了。医生看着陈清，说，这种病有两种，功能性障碍和器质性障碍，器质性的比较麻烦，不好恢复，你不是那种，你是功能性的，有时是一次性的，后来就好了。心理上不要有压力，有时太爱对方，以至对女方过于崇敬，也会造成失败。

过于崇敬？陈清说。

还有嘛，就是选择性阳痿，在老婆身上不行，一到别的女人那里，不治自愈。医生笑起来了：不要问太多，小伙子，没事的，回去吧。

从医院出来，陈清头脑里浮荡着一个词：选择性阳痿。天色渐渐暗了下来，他望着慢慢沉郁的夜色，心里仿佛被黑暗逐渐填满，以至于他失去了方向，不知该往何处去。回单位只有独守空房，抽烟；去轧钢厂开下流玩笑，让他痛苦。其实他最想见到的还是你，但他不知道去到你那里，他到底能干什么，话不敢讲，做爱又不行，还算个丈夫吗？还算个爱人吗？陈清想到这里，感到了前所未有的孤独。他呻吟道：做一个好人太难了！我现在越来越糟了，我已经不是原来的陈清了，我已经浑浊了，周渔，我真想跪在你面前痛哭流涕，说我错了，我有罪，我担当不起那爱情楷模的名声，我承认我彻底失败了，我太普通了，我根本当不了爱情王子，我这种人哪还配做你的丈夫、爱人，我一无是处，不齿于人类的狗屎堆，你看我抽烟酗酒说下流话赌博，像我这种人还编了个爱情神话，真是越描越黑！周渔，你能做到，可是我不行，可我最初真的是爱你的，不知怎么就坚持不下去了，我用尽了力量来克制自己，可是一点用也没有。周渔，你一定有一套办法，可是我做不到。亲爱的，我真想抱着你痛哭一场，把什么都告诉你，然后你就唾弃我吧！

周渔，我还是爱你！只是感到恐惧。帮帮我。

这时，一个挎着红色小包的小姐走过他身旁。陈清知道她是什么人。他问都没问就跟她走了。

这一次他没有阳痿，果然如医生所言，他患的是选择性阳痿。

干完事出来，陈清并没有感到有多大罪恶感的折磨，风呼呼地吹着他的嘴唇，他只是感觉自己的头很坚硬，心很淡漠。此后，他的口对你永远紧紧地闭上了。

他觉得他说出来的结果是，死。

陈清没想到自己不鸣则已，一鸣惊人。平时斯斯文文，一犯就犯个大罪。有了第一次，就有第二次，但当他走进牛角咖啡馆想来个第二次的时候，他遇见了李兰。

很快，他就和李兰同居了。

当然，这一切都是秘密的。李兰根本不在乎陈清有老婆，她说她相信的是真正的爱情，不是那张破纸。她也从来不问陈清爱不爱她，她觉得爱一个人自然会想和她在一起，没有爱情问了也没用。陈清很奇怪她的这种性格，有点不相信地问她：你真的什么也不在乎？李兰说，不是不在乎，而是在乎也没有用。陈清突然感到了卸去重负之后的彻底自由，他对李兰说，这好像就是幸福吧？李兰不答。

陈清想抽烟，李兰就买烟；他想喝酒，李兰就买酒。不过她自己却不再吸烟了。有一天，陈清对李兰说，我不想抽烟，也不想喝酒了。

随后，陈清也不去轧钢厂吹牛了，更没有找过别的女人。倒是去钓过几次鱼。他有一天突然对李兰说，我背叛了周渔，不过，背叛得可真专一，跟你过起家庭生活来了。

李兰说，这难道不是个家吗？

陈清说，那周渔怎么办？

李兰笑了：没有怎么办，她还是你的妻子嘛，你也还是她的丈夫。现在，你不抽烟了，不酗酒了，不撒谎了，不找女人了，也不害怕了，好了，这就足够了。我满足了，陈清，我非常满足。

陈清呆呆地看着李兰。

李兰说，我知道你过上了这日子，又开始怀疑这是不是爱情，没关系。我知道你还不能保证你爱我，但我可以肯定，我爱你，陈清，我非常爱你。

陈清，我现在相信这个世界有真正的爱情了，惊天动地的爱情。在这块土地上什么浪漫的事都可能发生。

二十一

三个月后，周渔南下三明，专程去找李兰。李兰已经好久没有上班了。陈清死后的周年纪念日后，她开始深居简出。

不过周渔见到她的时候，李兰并不像传说的那样憔悴，只是脸色有些苍白罢了。人们都在议论李兰和周渔哪一个更爱陈清，或者说陈清到底爱的是谁。

李兰对周渔的到来并不诧异，她很有礼貌地说“你好”，把周渔让进了客厅。

客厅里满是陈清生活过的痕迹，他的渔竿、网球拍、鞋、夹克、工具箱、帽子。尤其是十几张挂在墙上的照片，记录着陈清各个生活侧面：修理电器、洗车、钓鱼、打球、煮菜、献血，还有一张他蒙着花毯装萨达姆的滑稽照片。这些状态都是让周渔感到陌生的，她好像走进了另一对夫妇的家中。

我很想他。李兰微笑地对周渔说，她的坦率让周渔有点接受不了。

你不要生气。李兰说，你不要看了这些照片和东西，就生气，你不要生气，周渔。他没有什么对不起你的，其实他还是爱你。我跟他过了一年，除去他三天两头去你那里，就算剩下半年几个月吧，我认认真真地爱了他，我们也过得很平静，甚至很普通。有一回他老问我，这是不是爱情？我说我也不知道。问烦了，我叫他问你去，他小声说，不，我不敢问她。我想起了川菜，吃过川菜的人，只有辣才是味儿了。

有一天他对我说，李兰，我想调去省城。

我立即明白发生了什么事情。就什么话都没说就同意了。他拉着我的手说，李兰，你不要生气。

我说，我生气干什么啊。

他摸着我的手，说，我……想周渔了。

我没吱声。他说，我还是觉得……那，两地跑的，更像是爱情。不过李兰，我还是喜欢你的。

我听了这句话就火了，甩了他的手说，我讨厌在爱和喜欢上做区别，不过，随你便吧。

陈清惊愕地看着我，然后流泪了。他把我抱在怀里，哽咽着说，天哪，人怎么会有两个爱情，这是怎么搞的！

我为他擦去眼泪。他呆了片刻，问：李兰，你会不会因为做我的情人生气？

这句话说得不错。我说，能做情人，还不够吗？没情可就不妙了，陈清。

我问他，那你准备去省城吗？什么时候走？

过几天有暴雨，我可能走不开。他说，周渔明天要来三明，我就把调动的事跟她说……在他最后要离开的时候，我的心跳突然加剧起来，胸膛像要被胀破了。我问了一个愚蠢的我这种人不会问的问题：陈清，我和周渔，你爱哪一个？

他吃惊地看着我，好久才低下头说，周渔。

我说，好，但求你把你的东西和照片留下吧。

他点点头，打开门就走了。

这是我们的永诀。三天后，他死在你面前。

周渔，你不应该生气。他在这间房子里留下的最后两个字，是你的名字。

那么，他死前对你说的是什么？李兰问。

他说，周渔，你知道我有多坏吗？我非常坏，抽烟喝酒赌博，还养了个女人。我听了说我不相信。他又说，我真的很坏，坏到头了，所以我现在不敢骄傲了，现在可以知道怎么爱你了，周渔，我们可以重新开始了。

可是，他死了。没法重新开始了。

周渔从三明回来参加了中山的婚礼，他要了秀。他说，那三个人的事把我的头都搅昏了，我整不明白，还是开我的车吧。自从去年初在公墓看见周渔恸哭入了魔之后，他开车蚀了老本。人一辈子总有一回两回要走火入魔的。他说，也算爱过一场。他和秀结婚后三天两头吵架，不过吵完就和好了。一年后秀竟然生下个四胞胎，像猪崽一样满地爬，烦了他们又吵，吵架成了家常便饭。每当这时候中山就会回忆起他追周渔那段日子，说，还是周渔和陈清人家有爱情，好。秀随他去说，只当是个传说故事罢了。

你倒是跟人家陈清比一比呀。她说。

……又过了一年，周渔认认真真嫁了个美国的华裔工程师，出国了。半年后，穗子也带走了。

李兰倒是出了事情，自杀了。让人不安的是，她是手执电线电死的。

中山这样评价：在阳间，陈清周渔是一对。在阴间，李兰陈清是一对。我自己，狗屁不是。

原载《大家》1999年第2期

神木

刘庆邦

一

冬天。离旧历新年还有一个多月。天上落着零星小雪。在一个小型火车站，唐朝阳和宋金明正物色他们的下一个点子。点子是他们的行话，指的是合适的活人。他们一旦把点子物色好了，就把点子带到地处偏远的小煤窑办掉，然后以点子亲人的名义，拿人命和窑主换钱。这项生意他们已经做得轻车熟路，得心应手，可以说做一项成功一项。他们两个是一对好搭档，互相配合默契，从未出过什么纰漏。按他们的计划，年前再办一个点子就算了。一个点子办下来，每人至少可以挣一万多块。如果运气好的话，也许会突破两万块大关。回老家过个肥年不成问题。

火车站一侧有一家敞篷小饭店，饭店门口的标牌上写着醒目的广告，卖正宗羊肉烩面、保健羊肉汤、烧饼和多种下酒小菜。唐朝阳对保健羊肉汤产生了兴趣，他骂了一句，说："现在什么都保健，就差搞野鸡不保健了。"一位端盘子的小姑娘迎出来，称他们"两位大哥"，把他们请进篷子里坐下。他们点了两碗保健羊肉汤和四个烧饼，却说先不要上，他们还要喝点酒。他们的心思也不在酒上，而是在车站广场那些两条腿的动物上。两人漫不经心地呷着白酒。嘴里有味无味地咀嚼着四条腿动物的杂碎，四只眼睛通过三面开口的敞篷，不住地向人群中睃寻。离春节还早，人们的脚步却已显得有些匆忙。有人提着豪华旅行箱，大步流星往车站入口处赶。一个妇女走得太快，把手上扯着的孩子拖倒了。她把孩子提溜起来，照孩子屁股上抽两巴掌，拖起孩子再走。一个穿红皮衣的女人，把电话手机捂在耳朵上，嘴里不停地说话，脚下还不停地走路。人

们来来往往，小雪在广场的地上根本存不住，不是被过来的人带走了，就是被过去的人踩化了。待着不动的是一些讨钱的乞丐。一个上年纪的老妇人，跪伏成磕头状，花白的头发在地上披散得如一堆乱草，头前放着一只破旧的白茶缸子，里面扔着几个钢镚子和几张毛票。还有一个年轻女人，坐在水泥地上，腿上放着一个仰躺着的小孩子。小孩子脸色发白，闭着双眼，不知是生病了，还是饿坏了。年轻女人面前也放着一只讨钱用的搪瓷茶缸子。人们来去匆匆，看见他们如看不见，很少有人往茶缸里丢钱。唐朝阳和宋金明不能明白，元旦也好，春节也罢，只不过都是时间上的说法，又不是人的发情期，那些数不清的男人和女人，干吗为此变得慌里慌张、骚动不安呢！

这二人之所以没有发起出击，是因为他们暂时尚未发现明确的目标。他们坐在小饭店里不动，如同狩猎的人在暗处潜伏，等候猎取对象出现。猎取对象一旦出现在他们的视野之内，他们会马上兴奋起来，并不失时机地把猎取对象擒获。他们不要老板，不要干部模样的人，也不要女人，只要那些外出打工的乡下人。如果打工的人成群结帮，他们也会放弃，而是专挑那些单个儿的打工者。一般来说，那些单个儿的打工者比较好蒙，在二对一的情况下，用不了多大一会儿工夫，被利诱的打工者就如同脖子里套上绳索一样，不用他们牵，就乖乖地跟他们走了。他们没发现单个儿的打工者，倒是看见三几个单个儿的小姐，在人群中游荡。小姐打扮妖艳，专拣那些大款模样的单行男人搭讪。小姐拦在男人面前嘀嘀咕咕，搔首弄姿，有的还动手扯男人的衣袖，意思让男人随她走。大多数男人态度坚决，置之不理。少数男人趁机把小姐逗一逗，讲一讲价钱。待把小姐的热情逗上来，他却不是真的买账，撇下小姐扬长而去。只有个别男人绷不住劲，迟迟疑疑地跟小姐走了，到不知名的地方去了。唐朝阳和宋金明看得出来，这些小姐都是野鸡，哪个倒霉蛋儿要是被她们领进鸡窝里，就算掉进了黑窟窿，是公鸡也得逼出蛋来。他们跟这些小姐不是同行，不存在争行市的问题。按他们的愿望，希望每个小姐都能赚走一个男人，把那些肚里长满板油的男人好好宰一宰。

端盘子的小姑娘过来问他俩，这会儿上不上羊肉汤。

唐朝阳回过眼来，把小姑娘满眼瞅着，问："你们这里有没有保健野鸡汤？"

宋金明听出唐朝阳肚子里在冒坏汤儿，也盯紧小姑娘的嘴唇，看她怎样回答。小姑娘腰身瘦瘦的，脖子细细的，看样子是刚从乡下雇上来的黄毛丫头，还没开过胯，还没经过大阵仗。正是这样的生坯子，用起来才有些意思。女人身上一旦起了软肉，就不再是柴鸡的味道，而是用化学饲料催长的肉鸡的味道。

小姑娘好看的嘴唇动了动，说她不知道有没有保健野鸡汤。

“你们饭店里有保健羊肉汤，难道就没有保健野鸡汤吗？野鸡汤本钱也不高，比卖羊肉汤来钱快多了。”唐朝阳说。

小姑娘说，她去问一问老板，转身进屋去了。

宋金明朝唐朝阳脚杆子上踢了一下：“去你妈的，别想好事儿了。要想弄成事儿，恐怕五百块都说不下来。”

“一千块我也干！”

老板从屋里出来了，是一位少妇。少妇身前身后都起了不少软肉，比小姑娘逊色多了。少妇说：“两位大哥真会开玩笑，你们把羊肉汤喝足了，还愁喝不到野鸡汤吗！”少妇把红嘴往旁边的洗头泡脚屋一努，说那里面就有，想喝多久喝多久，口对口喝都没人管。

唐朝阳看出老板娘不是个善茬儿，不再提要野鸡汤的事，说：“把羊肉汤端上来吧。”

他俩注意到了，小饭店的左侧是一个挂着黑漆布帘子的放像室，一男一女堵在门口卖票收钱，四块钱放进去一位，时间不限。门口立着一个黑色立体声音箱，以把录像带上的声音同步传播出来作为招徕。音箱里一阵一阵传出来的大都是女人的声音，她们像是被什么东西塞住了音道，发音吐字一点也不清晰。右侧是一家美容美发兼洗头泡脚的小屋门面，门面的大玻璃窗上写着两行红字：“低位消费，到位服务。”这样的小屋唐朝阳和宋金明都进去过，别看小屋门面不大，里面的世界却深得很，往往要七拐八拐，进了旁门，还有左道，有时还要上楼下楼。等到了单间，小姐转出来，一对一的洗和泡就可以进行了。当然了，他们洗的是第二个头，泡的是第三只脚。

小姑娘把保健羊肉汤端上来了。羊肉汤是用砂锅子烧的，大概因为砂锅子太烫手，小姑娘是用一个特制的带手柄的铁圈套住砂锅子，才分两次把热气腾腾的羊肉汤端上桌的。唐朝阳和宋金明一瞅，汤汁子白浓浓的，上面洒了几珠子金黄的麻油，酽酽的老汤子的香气直往鼻腔子里钻。二位拿起调羹，刚要把“保健”的滋味品尝一下，唐朝阳往车站广场瞥了一眼，说声：“有了！”几乎是同时，宋金明也发现了他们所需要的人选，也就是来送死的点子。二人很快地对视了一下，眼里都闪射出欣喜的光点。这种欣喜是恶毒的。他们不约而同地把调羹放下了。一个点子就是一堆大面值的票子，眼下，票子还带着两条腿，还会到处走动，他们绝不会放过。由于心情激动，他们急于攫取的手稍稍有些发抖，调羹放回碟子时发出了微响。宋金明站起来了，说：“我去钓他！”

如同当演员做戏一样，宋金明从敞篷小饭店出来时，没忘了带着他的一套道具，这就是一个用塑料蛇皮袋子装着的铺盖卷儿，一只式样过时的、坏了拉锁的人造革提兜。提兜的上口露出一条毛巾。毛巾脏污得有些发黑，半截在提兜里，半截在兜外耷拉着。这样的道具容易被打工者认同。

二

被宋金明跟踪的目标走过车站广场，向售票厅走去。目标的样子不是很着急，目的性似乎也不太明确。走过车站广场时，他仰起脸往天上看了一会儿，像是看一下天阴到什么程度，估计一下雪会不会下大。看到利用孩子讨钱的那个妇女，他也远远地站着看了一会儿。他没有走近那个妇女，更没有给人家掏钱。目标到售票厅并没有买票，他到半面墙壁大的列车时刻表下看看，到售票窗口转转，就出去了。目标走到门外，有一个人跟他搭话。宋金明顿时警觉起来，他担心有人撬他们的行，把他们选中的点子半路劫走。宋金明紧走两步，想接近目标，听听那人跟他们的目标说什么，以便见机行事，把目标夺过来。宋金明的担心多余了，他还没听见两人说什么，两人就错开了，一人往里，一人往外，各走各的路。

目标下了售票厅门口的水泥台阶，看见脚前扔着一个大红的烟盒，烟盒是硬壳的，看上去完好如新。目标上去一脚，把烟盒踩扁了。他没有马上抬脚，转着脖子左右环顾。大概没发现有人注意他，他才把烟盒捡起来了。他伸着眼往烟盒里瞅，用两个指头往烟盒里掏。当证实烟盒的确是空纸壳子时，他仍没舍得把烟盒扔掉，而是顺手把烟盒揣进裤子口袋里去了。

这一切，宋金明都看在眼里。目标左右环顾时，他的目光及时回避了，装作什么都没看见。目标定是希望能从烟盒里掏出一卷子钱来，烟盒空空如也，不光没钱，连一根烟卷也不剩，未免让他的可爱的目标失望了。通过这一细节，宋金明无意中完成了对目标的考察，他因此得出判断，这个目标是一个缺钱和急于挣钱的人，这样的人最容易上钩。事不迟疑，他得赶快跟他的目标搭上话。

车站广场一角有一个报刊亭，目标转到那里站下了，往亭子里看着。报刊亭三面的玻璃窗内挂满了各类花里胡哨的杂志，几乎每本杂志封面上都印有一个漂亮女人。宋金明掏出一支烟，不失时机地贴近目标，说："师傅，借个火。"

目标回过头来，看了宋金明一眼，说他没有火。

既然没有火，宋金明就把烟夹在耳朵上走了，像是找别人借火去了。他当然不会真走，走了几步又折回来了，对目标说：“我看着你怎么有点面熟呢？”还没等目标对这个问题做出反应，他的第二个问题跟着就来了：“师傅这是准备回家过年吧？”

目标点点头。

“离过年还有一个多月呢，回家那么早干什么！”

“不回家去哪儿呢？”

“我们联系好了一个矿，准备去那里干一段儿。那里天冷，煤卖得好。那儿回来的人说，在那个矿干一个月，起码可能挣这个数。”说着弯起一个食指勾了一个九。他见目标的眼睛亮了一下，随即把代表钱数的指头收起来了。这时，有个吸烟的人从旁边路过，他过去把火借来了。他又掏出一支烟，让目标也点上。目标没有接，说他不会吸烟。宋金明看出目标心存戒心，没有勉强让他吸，主动与目标拉开距离，退到一旁独立吸烟去了。一旁有一个长方形的花坛，春夏季节，花坛里当有花儿开放，眼下是冬季，花坛里只剩下一些枯枝败叶。有些带刺的枯枝子上，挂着随风飘扬的白塑料袋，像招魂幡一样。花坛四周，垒有半腿高的水泥平台。宋金明的铺盖卷儿放在地上，在台面上坐下了。对于钓人，他是有经验的。钓人和钓鱼的情形有相似的地方，你把钓饵上好了，投放了，就要稳坐钓鱼台，耐心等待，目标自会慢慢上钩。你若急于求成，频频地把钓饵往目标嘴边送，很有可能会把目标吓跑。

果然，目标绕着报刊亭转了一圈，磨蹭着向宋金明挨过来。目标向宋金明接近时，眼睛并没有看宋金明，像是无意之中走到宋金明身边去的。

宋金明暗喜，心说，这是你自己送上门来找死，可不能怨我。他没有跟目标打招呼。

目标把一直背在肩上的铺盖卷放下来了，他的铺盖卷也是用蛇皮塑料袋子装的。并没人做出规定，可近年来，外出打工的人几乎都是用蛇皮袋子装铺盖。若看见一个人或一群人，背着臃肿的蛇皮袋子在路边行走，不用问，那准是从乡下出来的打工族。蛇皮袋子仿佛成了打工者的一个标志。目标把铺盖卷放得和宋金明的铺盖卷比较接近，而且都是站立的姿势。在别人看来，这两个铺盖卷正好是一对。宋金明注意到了目标的这一举动。他拿铺盖卷做道具，他的道具还没怎么耍，有人就跟他的道具攀亲家来了。有那么一瞬间，他产生了一点错觉，仿佛不是他钓人家，而是打了颠倒，是人家来钓他，准备把他钓走当点子换钱。他在心里狠狠打了一个手势，赶紧把错觉赶走了。

目标咳了咳喉咙，问宋金明刚才说的矿在哪里。

宋金明说了一个大致的地方。

目标认为那地方有点远。

“那是的，挣钱的地方都远，近处都是花钱的地方。”

“你是说，去那里一个月能挣九百块？”

“九百块是起码数，多了就不敢说了。”

“你一个人去？”

“不，还有一个伙计，在那边等我。我来买票。”

目标不说话了，低着头，一只脚在地上来回擦。他穿的是一种黑胶和黑帆布黏合而成的棉鞋，这种鞋内膛较大，看上去笨头笨脑。宋金明知道，一些缺乏自信的打工者，都愿意把有限的钱藏在这种棉鞋里。他不知道这个家伙鞋膛里装的是不是钱。宋金明试探似的把目标的棉鞋盯了盯，目标就把脚收回去了，两只脚并在了一处。宋金明看出来了，他选定的目标是一个老实蛋子。在眼下这个世界，是靠头脑和手段挣钱。像这种老实蛋子，虽然也有一把子力气，但到哪里都挣不到什么钱，既养活不了老婆，也养活不了孩子。这样的笨蛋只适合给别人当点子，让别人拿他的人命一次性地换一笔钱花。

目标开始咬钩了，他问宋金明：“我跟你们一块儿去可以吗？”

宋金明没有答应，他还得继续拿钓饵吊目标的胃口，让自愿上钩者把钢钩咬实，他说：“恐怕不行，人家只要两个人，一下子去三个人算怎么回事。”

目标说：“我去了，保证不跟你们争活儿，要是没我的活儿干，我马上回家。我说话算话，你要是不信，我可以赌咒。”

宋金明制止了他的赌咒。赌咒是笨人才用的办法。笨人没办法让别人相信他，只有采取精神自残的赌咒作践自己。赌咒算个狗屁，现在都什么时候了，谁还相信咒语？宋金明说：“这事儿我说了不算，活儿是我那个伙计联系的，只能跟他说一下试试。”

宋金明领着目标往小饭店走。走到那个头一直磕在地上的老妇人跟前，宋金明让目标等等，从口袋里掏出一把钱，抽出一张一块的，丢进老妇人的茶缸里去了。老妇人这才抬起头来，但很快又把头磕下去，说：“好人一路平安，好人一路平安……”宋金明走到那个抱孩子的年轻女人面前，一下子往茶缸里放了两块钱。年轻女人说的话跟老妇人的话是一个模子，也是“好人一路平安”。

跟在宋金明身后的目标想跟宋金明学习，也给乞丐舍点钱，但他的手在口袋里摸索了一会儿，到底没舍得掏出钱来。

唐朝阳看见了宋金明带回的点子，故意装作看不见，只问宋金明买票了没有。

宋金明说："还没买。这个师傅想跟咱一块儿去干活。"

唐朝阳登时恼了，说："扯鸡巴蛋，什么师傅！我让你去买票，你带回个人来，这个人是能当票用，还是能当车坐！"

宋金明嗫嚅着，做出理亏的样子，解释说："我跟他说了不行，他还是想见见你。不信你问问他，我说了不行没有？"

点子说："不能怨这位师傅，他确实说过不行。我一听他说你们准备去矿上干，就想跟你们搭个伴，去矿上看看。"

"怎么，你在矿上干过？"

"干过。"

唐朝阳和宋金明很快地交换了一下眼神，唐朝阳的口气变得稍微缓和些。他要借机把这个点子调查一下，看他都在哪个地方的矿干过，凡是他去过的矿，就不能再去，以免露出破绽，留下隐患。唐朝阳说："看不出你还是个挖煤的老把式，你都在什么地方干过？"

点子说了两个矿名。

唐朝阳把两个矿名默记一下，又问点子："这两个矿在哪个省？"

点子说了省名。

调查完毕，唐朝阳还向点子问了一些闲话，比如这两个矿怎么样？能不能挣到钱？点子一一作了回答。这时，唐朝阳还不松口，还在玩欲擒故纵的把戏，他说："不行呀，我看你岁数太大了，我怕人家不要你。"

点子说："我长得老相，显得岁数大。其实我还不到四十岁。连虚岁才三十八。"

唐朝阳没有说话，微笑着摇了摇头。

点子不知是计，顿时沮丧起来。他垂下头，眼皮眨巴着，看样子要把眼睛弄湿。

唐朝阳看出点子在做可怜相，真想在点子面门上来一记直拳，把点子捅一个满脸开花。这种人没别的本事，就会他妈的装装可怜相，让人恶心。这种可怜虫生来就是给人做点子的，留着他有什么用，办一个少一个。唐朝阳已经习惯了从办的角度审视他的点子，这好比屠夫习惯一见到屠杀对象就考虑从哪里下刀一样。这个点子戴一顶单帽子，头发不是很厚，估计一石头下去，能把颅顶砸碎。即使砸不碎，也能砸扁。他还看到了点子颈椎上鼓起的一串算盘子儿一样的骨头，如果用镐把从那儿猛切下去，点子也会一头栽倒，再也爬不起来。

不过，在办的过程中，稳准狠都要做到，一点也不能大意。他同时看出来了，这个点子是一个肯下苦力的人，这种人经过长期劳动锻炼，都有一股子笨力，生命力也比较强。对这种人下手，必须一家伙打蒙，使他失去反抗能力，然后再往死里办。要是不能做到一家伙打蒙，事情办起来就不能那么顺利。想到这里，唐朝阳凶歹歹地笑了，骂了一句说："你要是我哥还差不多，我跟人家说说，人家兴许会收下你。"

宋金明赶紧对点子说："当哥还不容易，快答应当我伙计的哥吧。"

点子见事情有了转机，慌乱不知所措，想答应当哥又不敢应承。

"你到底愿意不愿意当我哥？"唐朝阳问。

"愿意，愿意。"

"哪你姓什么？叫什么？"

"姓元，叫元清平。"

"还有姓元的，没听说过。那，老元不就是老鳖吗？"

"是的，是老鳖。"

"要当我的哥，你就不能姓元了。我姓唐，你也得姓唐。"

唐朝阳对宋金明说："宋老弟，你给我哥起个名字。"

宋金明早就准备好了一串名字，但他颇费思索似的说："我这位老兄叫唐朝阳，这样吧，你就叫唐朝霞吧。"

唐朝阳说："什么唐朝霞，怎么跟个娘儿们名字似的。"

宋金明说："先有朝霞，后有朝阳，他是你哥，叫朝霞怎么不对！"

点子已经认可了，说："行行，我就叫唐朝霞。"

唐朝阳对宋金明说："操你妈的，你还挺会起名字，起的名字还有讲头。"他冷不丁地叫了一声："唐朝霞！"

叫元清平的人一时没反应过来，好像不知道凭空而来的唐朝霞是代表谁，有些愣怔。

"操你妈的，我喊你，你怎么不答应！"

元清平这才愣过神来，"哎哎"地答应了。

"从现在起，那个叫元清平的人已经死了，不存在了，活着的是唐朝霞，记清楚了？"

"记清楚了！"

"哥！"唐朝阳又考验似的喊了一声。

这次改名唐朝霞的人反应过来了，只是他答应得不够气壮，好像还有些羞怯。

唐朝阳认为这还差不多，“这一弄，我们成了桃园三结义了”。他招呼端盘子的小姑娘：“来，再上两碗羊肉汤，四个烧饼。”

宋金明知道唐朝阳把刚才要的两碗羊肉汤都用了，却明知故问：“你呢？你不吃了？”

唐朝阳说他刚才饿得等不及，已吃过了。这是给他们两个要的。

唐朝霞说他不吃，他刚才吃过饭了。

唐朝阳说：“我们既然成了兄弟，你就不要客气。”

“吃也可以，我是当哥的，应该我花钱，请你们吃。”

唐朝阳又翻下脸子，说：“你有多少钱，都拿出来！”

唐朝霞没有把钱拿出来。

“再跟我外气，你就不是我哥，你走你的阳关道，我钻我的黑煤窑！”

唐朝霞不敢再外气了。从唐朝阳野蛮的亲切里，他感到自己遇上够哥们儿的好人了。他哪里知道，喝了保健羊肉汤，一跟人家走，就算踏上了不归之路。

三

他们三人坐了火车坐汽车，坐火车向北，然后坐长途汽车往西扎，一直扎到深山里。山里有了积雪，到处白茫茫的。这里的小煤窑不少，哪里把山开肠破肚，挖出一些黑东西来，堆在雪地里，哪里就是一座小煤窑。一些拉煤的拖拉机喘着粗气在山区路上爬行。路况不太好，拖拉机东倒西歪，像是随时会翻车。但它们没有一辆翻车的，只撒下一些碎煤，就走远了。山里几乎看不见人，也没什么树木。只能看见用木头搭成的三角井架，和矮趴趴的屋顶上伸出的烟筒。还好，每个烟筒都在徐徐冒烟，传达出屋子里面的一些人气。唐朝阳往来路打量了一下，嫌这里还不够偏远，带着宋金明和唐朝霞继续西行。他胸有成竹的样子，说快到了。他们还拦了一辆拉煤的空拖拉机，爬上了后面的拖斗。司机说：“小心把你们冻成肉棍子！”唐朝阳说：“冻得越硬越好，用的时候就不用吹气了。”他们又往西走了几十里，唐朝阳选了一处窑口堆煤比较少的煤窑，他们才下了路，向小煤窑走去。接近窑口一侧的房子时，唐朝阳让宋金明和唐朝霞在外面等一会儿，他去找窑主接头。

宋金明和唐朝霞找到屋后一个背风的地方，冻得缩着脖，揣着手，来回乱走。按以往的经验，唐朝霞没几天活头了，顶多不会超过一星期。于是，宋金

明就想跟唐朝霞说点笑话，让他在有限的日子里活得愉快些。他问："唐朝霞，你老婆长得漂亮吗？"

"不漂亮。"

"怎么不漂亮？"

"大嘴叉子。"

"嘴大了好哇，听人说女人嘴大，下面也大，生孩子利索。你老婆给你生了几个孩子？"

"两个，一个男孩儿，一个女孩儿。"

"男孩儿大女孩儿大？"

"男孩儿大。"

"女孩多大了？"

"十四。"

"让你闺女给我当老婆怎么样，我送给她一万块钱当彩礼。"

唐朝霞恼了，指着宋金明说："你，你……你骂人！"

宋金明乐了，说："操你大爷，跟你说句笑话你就当真了。我老婆成天价在家里闲着，我还娶你闺女干什么。说实话，我现在最担心的就是我老婆跟别人睡。我问你，你长年在外面跑，你老婆会不会跟别的男人干？"

"不会。"

"你怎么敢肯定不会？"

"我们那儿的男人都出来了。"

"噢，原来是这样，拔了萝卜净剩坑了。哎，你给我写个条，我去找嫂子干一盘怎么样？"

这一次唐朝霞没恼，说："想去你去呗，写条干什么！"

大约有一袋烟的工夫，唐朝阳从窑主屋里出来了，站在门口喊："哥，哥。"

宋金明和唐朝霞赶紧从屋子后面转出来，向唐朝阳走去，这时窑主也从屋里出来了。窑主上身穿着皮夹克，下身穿着皮裤，脚上还穿着深靿皮鞋，从上到下全用其他动物的皮包装起来。窑主的装束全是黑的，鼓鼓囊囊，闪着漆光。有一种食粪的甲虫，浑身上下就是这般华丽。窑主出来并不说话，嘴里咬着一个长长的琥珀色的烟嘴，烟嘴上安着点燃的香烟。唐朝阳把唐朝霞介绍给窑主，说："这是我哥。"

窑主瞥了一眼唐朝霞，没有说话。

唐朝霞往唐朝阳身边贴了贴，说："这是我弟弟，亲弟弟。"

窑主说："废话！"

唐朝阳又把宋金明介绍给窑主，说："他是我们的老乡，跟我们一块儿来的。"

窑主把牙上咬着的烟嘴取下来，弹了一下烟灰，问："你们真的下过窑？"

三个人都说真的下过。

"最近在哪儿下的？"

唐朝阳说了一个地方。

"为什么不在那儿下了？"窑主问话的声音并不高，但里面透出步步紧逼的威严，仿佛要给外面闯进山里来的陌生人来一个下马威。

这当然难不住唐朝阳和宋金明，他们有一整套对付窑主的办法，或者说，他们干的营生就是专门从窑主口袋里挖钱，对每一个装腔作势的窑主，他们都从心里发出讥笑。但他们表面上装得很谦卑，甚至有些委琐，跟没见过任何世面的土包子一样。唐朝霞就是这种样子。不过，他的样子不是装出来的，是真的。他已经被窑主的威严吓住了。

唐朝阳答："那个矿冒了顶，砸死了两个人。"

窑主说："死两个人算什么！吃饭就要拉屎，开矿就要死人，怕死就别到窑上来！"

唐朝阳连连点头称是。他确实很赞成窑主的观点，心里说："你狗日的说得真对，老子就是来给你送死人的，你等着吧！"

宋金明补充说："按说死两个人是不算什么，可是，死人的事不知怎么走漏了消息，上面的人坐着小包车到那个矿上一看，马上宣布停产整顿。"

窑主不爱听这个，他的手挥了一下，说："整顿个蛋，再整顿也挡不住死人！"

宋金明还有话要说，这些话都是经过他精心构思的，是经过实践证明行之有效的。他把这些话说出来，是要刺激一下窑主，让窑主把信息储存在脑子里。这样，就等于为下一步和窑主讲条件时埋下了伏笔，到时他把伏笔稍微利用一下，窑主就得小心着，他就可以牵着窑主的鼻子走。他说："我们在那里等了几天，想跟矿主算一下账。干等长等也见不到矿主的面。后来才知道，矿主也被人家上面的人……"

窑主打断了宋金明的话。他果然受到了刺激，有些存不住气，说："咱丑话说在前面，我也不能保证我这个矿不死人。有句话说得好，要奋斗就会有牺牲，死人的事是经常发生的。当然了，谁开矿也不希望死人。这样吧，你们干两天

我看看。我说行，你们就接着干。我看着不是那么回事，你们马上卷铺盖走人。这两天先不发钱，算是试工。按说我应该收你们的试工费，看你们都是远地方来的，挣点钱不容易，试工费就免了。”

三个人连说“谢谢矿主”。

下窑第一天，唐朝阳和宋金明没有动手消灭代号为唐朝霞的点子，他们把力气暂时用在消灭煤炭上了。他们一到窑底，就起了杀人的心，就想把点子办掉。但窑主要试工，他们就得先忍着。等试工结束，窑主签下一份使用他们的字据，再把点子办掉，窑主就赖不掉账了。唐朝阳和宋金明不时地交换一下眼色，他们的眼睛在黑暗里仍闪闪发光。在他们看来，窑底下太适合杀人了，简直就是天然的杀人场所。把矿灯一熄，窑底下漆黑一团，比最黑暗的夜都黑，在这里出手杀个把人，谁都看不见。别说人看不见，窑底下没有神，没有鬼，离天和地也很远，杀了人可以说神不知，鬼不知，天不知，地不知。就算杀人时会发出一些钝声，被杀者也许会呻吟，但窑底和上面的人间隔着千层岩万仞山，谁会听得见呢！窑底是沉闷的，充满着让人昏昏欲睡的腐朽和死亡气息，人一来到这里，像服用了某种麻醉剂一样，杀人者和被杀者都变得有些麻木。不像在地面的光天化日之下，杀一个人轻易就被渲染成了不得的大事。更主要的是，窑底自然灾害很多，事故频繁，时常有人竖着进来，横着出去。在窑底杀了人，很容易就可以说成天杀，而不是人杀。唐朝阳和宋金明以前就是这么干的，他们很好地利用了窑底下的自然条件，把杀人夺命的事毫无保留地推给了窑下的压力、石头，或木头梁柱。这一次，他们也准备照此办理。

他们三个包了一个采煤掌子，打眼，放炮，用镐刨，把煤放下来，然后支棚子。他们三个人都很能干。特别是唐朝霞，定是为了表现一下自己，以赢得两个伙伴的信任，他冲在放煤前沿，干得满头大汗，一会儿都不闲着。如果单从干活的角度看，点子唐朝霞的确算得上一位挖煤的好把式。可是，挖出的煤再多，卖的钱都让窑主得了，他们才能挣多少一点钱呢！宋金明在心里对他们的点子说，对不起，只好借你的命用用。

负责往外运煤的是另外两个窑工，他们领来一辆骡子拉着的带胶皮轱辘的铁斗子车，装满一车，就向窑口底部拉去。把煤卸在那里，返回来再装再拉。每当空车返回来时，唐朝霞就抄起一张大锨，帮人家装车。当着运煤工的面，唐朝阳愿意表现一下对唐朝霞的亲情，他夺过唐朝霞手中的大锨，说：“哥，你歇会儿，我来装。”手中没有了大锨，唐朝霞仍不闲着，用双手搬起大些的煤块往车上扔。唐朝阳对哥的爱护进一步升级，他以生气的口气说：“哥，哥，你歇一会儿行不行！你一会儿不磨手，手上也不会长牙！”唐朝霞以为唐朝阳真的在爱护他，也承认唐朝阳是他弟弟，说：“老弟，你放心，累不着你哥。”

这一天，全窑比平常日子多出了好几吨煤，窑主感到满意。

第二天，唐朝阳和宋金明仍没有打死点子。兄弟和哥哥的关系似乎更亲密了。窑主到他们所在的采煤掌子悄悄观察时，唐朝阳仿佛长着第三只眼睛，窑主往掌子边一站，他就知道了。但他装作什么也不知道，只是不离唐朝霞身边，左一个哥右一个哥地叫。唐朝霞正用一只铁镐刨煤帮，他一把将唐朝霞拖开了，说：“哥，小心片帮！”他夺住哥手中的铁镐，要自己去刨。哥不松铁镐，说：“兄弟，没事，片不了帮！”兄弟说：“没事也不行，万一出点事就晚了。咱爹对咱们是咋说的，说钱挣多挣少没关系，千万要注意安全！”兄弟一提“咱爹”，当哥的也得随着往“咱爹”上想。当哥的爹已经死了，眼下要重新认一个“咱爹”，他脑子里还得转一个弯子。他转弯子时，手稍有放松，他的好兄弟就把铁镐夺过去了。唐朝阳身手矫健，镐尖刨在煤帮上像雨点一样，而落煤纷纷流泻下来，汇积如雨水。

宋金明心里明镜似的，暗骂唐朝阳真他妈的会演戏，戏越演越熟练了。他的戏演得越熟练，越充满亲情味，点子越死得不明白，窑主也会进到戏里出不来。

窑主说话了：“看来你们真在别的矿上干过。”

“是矿主呀，你老人家是不是检查我们的工作来了？”唐朝阳说。

“说不上检查，随便下来看看。什么矿主矿主的，我听着怎么跟称呼地主一样，我姓姚。”

唐朝阳改称他姚矿长。

窑主身边还站着一个人，大概是窑主的随从或保镖一类的人物。窑主到窑下来，牙上还咬着那根琥珀色的长烟嘴，只是烟嘴上没有安烟。窑主把烟嘴取下来指点着他们说：“我记住了，你们俩姓唐，是弟兄俩；你姓宋。没错吧？”

“姚矿长真是好记性。怎么样，姚矿长能给我们一碗饭吃吗？”宋金明问。

“吃饭好说，关键是泡妞儿。你们挣那么多钱，泡妞儿不泡？”

对这个突如其来的问题，三个人的反应不尽一致，宋金明的回答是：“不泡，泡不起。”唐朝霞不知没听清还是没听懂，他问：“泡什么？”唐朝阳理解，窑主这是在跟他们说笑话，透露出对他们的认可，愿意跟他们打成一片，他问：“上哪儿泡？”

窑主说：“哪儿不能泡！哪儿有水，哪儿就有妞儿，哪儿能洗脚，哪儿就能

泡妞儿。”

唐朝阳说：“妞儿谁不想泡，人生地不熟的，我们不敢哪。”

窑主笑了，说：“那有什么可怕的，见妞儿就泡，替天行道。替天行道你们懂不懂，这是老天爷交给你们的光荣任务。你们要是完不成任务，或者任务完成得不好，老天爷下辈子就把你们的家伙剜掉，把你们变成妞儿，让人家泡你们。”

唐朝阳虚心地说：“姚矿长这么一说，我们就懂了。等姚矿长给我们发了饷，我们争取完成任务。”

唐朝霞像是这才把泡妞儿的话听懂了，他嘿嘿地笑着，显得很开心。

这天上了窑，窑主就着人通知他们，试工结束，他们可以在本矿干了，多劳多得，实行计件工资。工资一月一发。希望他们春节期间也不要回家，春节期间工资翻倍。

宋金明和唐朝阳找到窑主，问能不能签一个正式的用工合同。

窑主说：“签什么合同，我这里从来不兴签那玩意儿。石头凿的煤窑，流水的窑工。想在我这儿挣钱，就挣。不想挣了，自有人挤着脑袋来挣。”

二人只好作罢。

四

事情不宜再拖，第四天，唐朝阳和宋金明做出决定，在当天把他们领来的点子在窑下办掉。

唐朝阳和宋金明都听说过，不管哪朝哪代，官家在处死犯人之前，都要优待犯人一下，让犯人吃一顿好吃的，或给犯人一碗酒喝。依此类推，他们也要请唐朝霞吃喝一顿，好让唐朝霞酒足饭饱地上路。这种送别仪式是在第三天晚上从窑下出来时举行的。他们三个人，乘坐一个往上拉煤的敞口大铁罐从窑底吊上来时，上面正下大雪。冬日天短，他们每天上窑，天都黑透了。今天快升到窑口时，觉得上头有些发白，以为天还没黑透呢。等雪花落在脖子里和脸上，他们才知道下大雪了。宋金明说：“下雪天容易想家，咱们喝点酒吧。”

唐朝阳马上同意：“好，喝点酒，庆贺一下咱们顺利留下来做工的事。咱先说好，今天喝酒我花钱，我请我哥，宋老弟陪着。你们要是不让我花钱，这个酒我就不喝。”

不料唐朝霞坚持他要花钱，他的别劲上来了，说：“要是不让我花钱，我一滴子酒都不尝。我是当哥的，老是让兄弟请我，我还算个人吗！”他说得有些激动，好像还咬了牙，表明他花钱的决心。

唐朝阳看了宋金明一眼，做出让步似的说：“好好好，今天就让我哥请。长兄比父，我还得听我哥的。反正手心手背都是肉，我弟兄俩谁花钱都是一样。”

他们没有洗澡，带着满身满头满脸的煤粉子，就向离窑口不远的小饭馆走去。窑上没有食堂，窑工们都是在独此一家的小饭馆里吃饭。小饭馆是当地一家三口人开的，夫妻俩带着一个女儿，据说小饭馆的女老板是窑主的亲戚。等走到小饭馆门口，他们全身上下就不黑了，雪粉覆盖了煤粉，黑人变成了白人。女老板热情地迎上去，递给他们扫把，让他们扫身上的雪。雪一扫去，他们又成了黑人，只是眼白和牙齿还是白的。唐朝阳让唐朝霞点菜。唐朝霞说他不会点。唐朝阳点了一份猪肉炖粉条，一份白菜煮豆腐，一份拆骨羊头肉，还要了一瓶白酒。唐朝霞让唐朝阳多点几个菜，说吃饱喝饱不想家。点好了菜，唐朝霞说他去趟厕所，出去了。宋金明估计，唐朝霞一定是借上厕所之机，从身上掏钱去了，他的钱不是缝在裤衩上，就是藏在鞋里。宋金明没把他的估计跟唐朝阳说破。

宋金明估计得不错，唐朝霞到屋后的厕所撒了一泡尿，就蹲下身子，把一只鞋脱下来了。鞋舌头是撕开的，里面夹着一个小塑料口袋。唐朝霞从塑料口袋里剥出两张钱来，又把钱口袋塞进棉鞋舌头里去了。

菜上来了，酒倒好了，唐朝霞说喝吧，那二人却不端杯子。唐朝阳看着唐朝霞说：“你是当哥的，今天又是你花钱，你不喝谁敢喝。”宋金明附和唐朝阳说：“你是朝阳的哥，就等于是我的哥，千里来走窑，这是咱们的缘分哪！大哥，你说两句吧。”

唐朝霞眨巴眨巴黑脸上的眼白，喉咙里吭哧了一会儿才说：“我不会说话呀，我说啥呢，你们两个都是好人，我遇上好人了，天底下还是好人多呀。从今以后，咱弟兄们同甘苦，共患难，来，咱们一块喝，喝起。”唐朝霞把一杯酒喝干了，摇摇头，说他不会喝酒，喝两杯就上头。

唐朝阳和宋金明计划好了要“优待”他们的点子一下，用酒肉给点子送行，他们当然不会放过点子唐朝霞。于是，这两个笑容满面的恶魔，轮番把点子喊成大哥，轮番向点子敬酒。等不到明天这个时候，他们的点子就该上西天去了，他们已提前看到了这一点。在敬酒的时候，他们话后面都有话，像是对活人说的，又像对死人的魂灵说的。一个说：“大哥，我敬你一杯，喝了这杯你就舒服了。”另一个说：“大哥，我敬你一杯，喝了这杯，你就能睡个踏实觉，就不想家

了。”一个说：“大哥，我再敬你一杯，喝了这杯，我有什么做得不对的地方，你就可以原谅我了。”另一个说：“大哥，我再敬你一杯，我祝你早日脱离苦海，早日成仙。”唐朝霞的舌头已经发硬，他说：“喝，死……死我也要喝……”唐朝霞提到了死，跟那两个人心中的阴谋对了点子，两个人不免吃了一惊，互相看了一下。

唐朝阳突然抱住唐朝霞的一只手，很动感情地对唐朝霞说：“哥，哥，我对你照顾得不好，我对不起你呀！”

唐朝霞大概受到了感染，加上他喝多了酒，真把唐朝阳当成自己一娘同胞的亲兄弟了，他说：“兄弟，我看你是喝多了，不是兄弟你对不起哥，是哥对你照顾不周，对不起你呀！”唐朝霞说着，两眼竟流出了泪水。泪水把眼圈的煤粉冲洗掉了，眼肉显得特别红。

女老板和女儿见他们说着外乡话，交谈得这么动感情，站在灶间门里向他们看着。女老板对女儿说：“这弟兄俩真够亲的。”

唐朝阳和宋金明把唐朝霞架着拖进做宿舍用的一眼土窑洞里，唐朝霞往铺着谷草垫子的地铺上一瘫软，就睡去了。雪停了，灰白的寒光一阵阵映进窑洞。唐朝阳也睡了。宋金明担心唐朝霞因用酒过度会死过去，那样，他们千里迢迢弄来的点子就作废了，他们就会空欢喜一场。他把点子的脸扭得迎着门口的雪光，用巴掌拍着点子死灰般的脸，说：“哎，哥们儿，醒醒，起来脱了衣服睡，你这样会着凉的。”点子没有反应。他又把点子看了看，看到了点子脚上穿着的棉鞋。他心生一计，脱下点子的棉鞋试一试，看看点子的钱是不是藏在棉鞋里。他先给点子盖上被子，说：“盖上被子睡。来，我帮你把鞋脱掉。”他两手抓住点子的一只鞋刚要往下脱，点子脚一蹬，把他蹬开了。点子嘴里还含糊不清地说了一句什么。宋金明顿时有些激动，他试出来了，点子没有死。更重要的是，点子的钱藏在鞋里是毫无疑问的了。这个秘密他不能让唐朝阳知道，等把点子办掉后，他要相机把点子藏在鞋里的钱取出来，自己独得。这时，唐朝阳说了一句话，唐朝阳说：“睡吧，没事儿。”宋金明的一切念头正在鞋里，唐朝阳猛地一说话，把他吓了一跳。在那一瞬间，他产生了一点错觉，仿佛他正从鞋里往外掏钱，被唐朝阳看见了。为了赶走错觉，他问唐朝阳：“你还没睡着吗？”唐朝阳没有吭声。他不能断定，刚才唐朝阳说的是梦话，还是清醒的话。也许唐朝阳在睡梦里，还对他睁着一只眼呢，他对这个阴险而歹毒的家伙还是多加小心才是。

说来他们把点子办掉的过程很简单，从点子还是一个能打能冲的大活人，到办得一口气不剩，最多不过五分钟时间，称得上干脆，利索。

人世间的许多事情都是这样，准备和铺垫花的时间长，费的心机多，结果往往就那么一两下子就完事了。十月怀胎，一朝分娩，说的就是这个意思。

在打死点子之前，他们都闷着头干活，彼此之间说话很少。唐朝阳没有再和生命将要走到尽头的点子表示过多的亲热，没有像亲人即将离去时做的那样，问亲人还有什么话要说。他把手里的镐头已经握紧了，对唐朝霞的头颅瞥了一次又一次。在局外人看来，他们三个哥们儿昨晚把酒喝兴奋了，今天就难免有些压抑和郁闷，这属于正常。

宋金明还是想把心情放松一下，他冒出了一句与办掉点子无关的话，说："我真想逮个女人操一盘！"

前面说过，唐朝阳和宋金明的配合是相当默契的，唐朝阳马上理解了宋金明的用意，配合说："想操女人，想得美！我在煤墙上给你打个眼，你干脆操煤墙得了。要不这么着也行，一会儿等运煤的车过来了，咱瞅瞅拉车的骡子是公还是母，要是母骡子的话，我和我哥把你送进骡子的水门里得了！"

宋金明说："行，我同意，谁要不送，谁就是骡子操的。"

二人一边说笑，一边观察点子，看点子唐朝霞笑不笑。唐朝霞没有笑。今天的唐朝霞，情绪不大对劲，像是有些焦躁。唐朝阳打了一个眼，他竟敢指责唐朝阳把眼打高了，说那样会把天顶的石头崩下来。唐朝阳当然不听他那一套，问他："是你技术高还是我技术高？"

唐朝霞倔头倔脸，说："好好，我不管，弄冒顶了你就不能了。"

"我就是要弄冒顶，砸死你！"唐朝阳说。

宋金明没料到会出现这种局面，唐朝阳这样说话，不是等于露馅了吗！他喝住唐朝阳，质问他："你怎么说话呢？有对自己的哥哥这样说话的吗？你说话知道不知道轻重？不像话！"

唐朝霞赌气退到一边站着去了，嘴里嘟囔着说："砸死我，我不活，行了吧！"

唐朝阳的杀机被点子的话提前激出来了，他向宋金明递了个眼色，意思是他马上就动手。他把铁镐在地上拖着，在向点子身边接近。

宋金明制止了他，宋金明说："运煤的车来了。"

唐朝阳听了听，巷道里果然传来了骡子打了铁掌的蹄子踏在地上的声响。亏得宋金明清醒，在办理点子的过程中，要是被运煤的撞见就坏事了。

运煤的车进来后，唐朝霞就不赌气了，抄起大锨帮人家装煤。这是这个人

的优点，跟人赌气，不跟活儿赌气，不管怎样生气也不影响干活儿。如此肯干的好劳动力，撞在两个黑了心的人手里，真是可惜了。

骡子的蹄声一消失，两个人就下手了。宋金明装着无意之中把点子头上戴的安全帽和矿灯碰落了。他这是在给唐朝阳创造条件，以便唐朝阳直接把镐头击打在点子脑袋上，一家伙把点子结果掉。唐朝阳心领神会，不失时机，趁点子弯腰低头捡安全帽，他镐起镐落，一下子击在点子的侧后脑上。他用的不是镐尖，镐尖容易穿成尖锐的伤口，使人怀疑是他杀。他把镐头翻过来，使用镐头的铁库子部分，将镐头变成一把铁锤，这样怎样击打出现的都是钝伤，都可以把责任推给不会说话的石头。当铁镐与点子的头颅接触时，头颅发出的是一声闷响，一点也不好听。人们形容一些脑子不开窍的人，说闷得敲不响，大概就是指这种声音。别看声音不响亮，效果却很好，点子一头拱在煤窝里了。

点子唐朝霞没有喊叫，也没有发出呻吟，他无声无息地就把嘴巴啃在他刚才刨出的黑煤上了。他尽力想把脸侧转过来，看一看究竟发生了什么事，但他的努力失败了。他的脸像被焊在煤窝里一样，怎么也转不动。还有他的腿，大概想往前爬，但他一蹬，脚尖那儿就一滑。他的腿也帮不上他的忙了。

紧接着，唐朝阳在他“哥哥”头上补充似的击打了第二镐，第三镐，第四镐。当唐朝阳打下第二镐时，唐朝霞竟反弹似的往前蹿了一下，蹿得有一尺多远，可把唐朝阳和宋金明吓坏了。不过他们很快发现，这不过是唐朝霞在做垂死挣扎，连第三镐、第四镐都是多余。因为唐朝霞在蹿过之后，腿杆子就抖索着往直里伸，当直得不能再直，突然间就不动了。正如平常人们说的，他已经“蹬腿”了。

尽管如此，宋金明还是搬起一块石头，重重地砸在唐朝霞头上了。这一石头，他是在为自己着想，是为下一步的效益平均分配打下更坚实的基础。石头砸下去后，就压在唐朝霞头上没有弹起来。有血从石头底下流出来了，静静地，流得不慌不忙，看样子血的浓度不低。血的颜色一点也不鲜艳，看上去不像是红的，像是黑的。在矿灯的照耀下，血流的表面发出一层蓝幽幽的光。在不通风的采煤掌子，一股腥气迅速弥漫开来。

唐朝阳和宋金明对视了一下，脸上露出胜利的微笑。

这是他们联手办掉的第三个点子。

不知出于何种心理，宋金明上去把压在唐朝霞后脑上的石头用脚蹬开了，并把唐朝霞的身子翻转过来。刚把唐朝霞的身子翻得仰面朝上，宋金明就有些后悔，他看见，唐朝霞的双眼是睁着的，睁得比平时要大。他说：“看什么看，再看你也不认识我们。”他抓起煤面子往唐朝霞两只眼睛上撒。奇怪，煤面子撒在唐朝霞眼上，唐朝霞的眼睛不光眨都不眨，好像睁得更大了。唐朝霞的眼球上好像有一层玻璃质，煤面子一落上去就自动滑脱了。无奈，宋金明只得又把唐朝霞翻得眼睛朝下。

这时，唐朝阳跟宋金明开了一个不合时宜的玩笑，他说：“我哥记住你了，小心我哥到阴间跟你算账！”

宋金明骂了唐朝阳一句狠的，还说：“闭上你那不长牙的竖嘴！”

为了使事情做得更逼真，他们又往顶板上轰了一炮，轰下许多石头来，让石头埋在唐朝霞身上。这样一制造，不管让谁看，都得承认唐朝霞是死于冒顶事故。

五

运煤的车返回来后，唐朝阳刚听到一点骡子的蹄声，就嘶声喊叫起来：“哥，哥，你在哪儿呀？……”

宋金明迎着运煤的车跑过去，说：“快快，掌子面冒顶了，唐朝阳的哥哥埋进去了！”

两个运煤的窑工二话没说，丢下骡子车，让骡子自己拉着走，他们跑着，随宋金明到掌子面去了。

唐朝阳一边扒石头，一边哭喊：“哥，哥，你千万别出事！哥，哥，你听见了吗？你一定要挺住！”

宋金明和两个运煤的窑工也扑上去帮着扒。其中一个窑工安慰唐朝阳说：“别哭别哭，你哥哥兴许还有救。”

骡子自己拉着铁斗子车到掌子面来了，到了掌子面它就站下了。骡子似乎对人类之间的小伎俩早就看透了，它不愿多看，也不屑于看。它目光平静，一副超然的神态。

唐朝霞被扒出来了，唐朝阳把他扶得坐起来，晃着他的膀子喊：“哥，你醒醒！哥，你说话呀！哥，我是朝阳，我是你弟弟朝阳呀……”

这趟车没有装煤，他们把喊不应的唐朝霞抬到车斗子里，由唐朝阳怀抱着，向窑口方向拉去。把唐朝霞放进铁罐里往地面上提升时，唐朝阳和宋金明都同时上去了。铁罐提到半道，宋金明捅了唐朝阳的肚子一下，提醒他注意流眼泪。唐朝阳说：“去你妈的，你还怪舒服呢！”

铁罐一见天光，唐朝阳复又哭喊起来，他这次喊的是“救命啊，快救命——”在窑上的人听来，像是唐朝阳自己的生命受到了严重威胁。

窑主听见呼救跑过去了，问怎么回事。窑主并不显得十分慌张，手里还拿着烟嘴和烟。

宋金明从铁罐里翻出来了，唐朝阳搂抱着唐朝霞的脖子，一时还没出来。唐朝阳弄得满身是血，脸上也有血。在光天化日之下，血显得比较红了。唐朝阳没有立即回答窑主的问话，而是把唐朝霞搂得更紧些，哭着对唐朝霞说话：“哥，你醒醒，矿长来了，救命恩人来了！”他这才对矿长说：“我哥受伤了，赶快把我哥送医院，救救我哥的命！”

窑主转向问宋金明怎么回事。

宋金明受冻不过似的全身哆嗦着，嘴唇子苍白得无一点血色，说：“掌子面冒顶了，把唐朝霞埋进去了。我和唐朝阳，还有两个运煤工，扒了好大一会儿才把唐朝霞扒出来。我们是一块儿出来的，要是唐朝霞有个好歹，我们怎么办呢！”他声音颤抖着，流出了眼泪。

唐朝阳和宋金明是交叉感染，互相推动。见宋金明流了眼泪，唐朝阳做悲做得更大些：“哥，哥呀，你这是怎么啦？你千万不能走呀！你赶快回来，咱们回去过年，咱不在这儿干了……”他痛哭失声，眼泪流得一塌糊涂。

听见哭声，窑上的其他工作人员，在窑洞里睡觉的窑工，还有小饭馆的一家人，都跑过来了。窑主让人快拿副担架来，把受伤的人抬出来，放到担架上。他挥着手，让别的人都散开，该干什么干什么，这里没什么可看的。围观的人都没有散开，他们退后了一两步，又都站下了。

唐朝霞被放置在担架上之后，唐朝阳还是嚷着赶快把他哥送医院抢救。一个围观的人说：“不行了，肯定没救了，头都砸得瘪进去了，再抢救也是白搭。”

小饭馆的女老板看见唐朝霞大睁着的眼睛，吓得惊叫一声，急忙掩口，说：“哎呀，吓死我了，还不赶快把他的眼皮给他合上。”

窑主猛吸了两口烟，蹲下身子，颇为内行似的给唐朝霞把脉，同时看了看唐朝霞的眼睛。把完脉，看完眼睛，窑主站起来了，说：“脉搏一点儿也没有了，瞳孔也放大了，看来人是不行了。”窑主着两个人把死者抬到澡塘后面那间小屋里去。

唐朝阳像是不同意窑主做出的结论，哭嚷着：“不，不，我哥昨天还好好的，我们还一块儿喝酒，怎么说不行就不行了呢？”

窑主说：“这要问你们自己，你们说自己技术多么高，结果怎么样？刚干几天就冒了顶，就给我捅了这么大的娄子。”

唐朝阳和宋金明都听见了，窑主把他们的说法接过去了，也说事故是冒顶造成的。这说明，他们已经初步把自以为是的窑主蒙住了，窑主没有怀疑唐朝霞的死因。这使他们甚感欣慰和踏实。

宋金明把冒顶的说法又强调了一下，他说：“谁愿意让冒顶呢，谁也不愿意让冒顶。矿长对我们不错，我们正想好好干下去，谁想到会出这么大的事呢！”

澡塘后面的小屋是一间空屋，是专门停尸用的，类似医院的太平间。唐朝霞被放在停尸间后，那些围观的人也跟过去了。窑主发了脾气，说：“你们谁他妈的不走，我就把谁关进小屋里去，让谁在这里守灵！”那些人这才退走了。

小屋有门无窗，屋前屋后都是雪。门是板皮钉成的，发黑的板皮上写着两个粉笔字：天堂。门口下面也积有一些雪。小屋够冷的，跟冰窖也差不多，尸体在这里放几天不成问题。

窑主让一个上岁数的人把死者的眼睛处理一下，帮死者把眼皮合上。那人把两只手掌合在一起快速地搓，手掌搓热后，分别捂在死者的两只眼睛上暖，估计暖得差不多了，就用手掌往下抿死者的眼皮。那人暖了两次，抿了两次，都没能把死者的眼皮合上。

唐朝阳借机又哭：“我哥这是挂念家里亲人，挂念俺爹俺娘，挂念俺嫂子，还有侄子侄女儿。我哥他死得太惨了，他这是死不瞑目啊！”他对宋金明说：“你快去找地方打个电报，叫俺爹来，俺嫂子来，俺侄子也来。天哪，我怎么跟家里人交代，我真该死啊！”

宋金明答应找地方去打电报，低着头出去了。他没看窑主，他知道窑主会跟在他后面出来的。果然，他刚转过小屋的屋角，窑主就跟出来了，窑主问他准备去哪里打电报。宋金明说他也不知道。窑主说只有到县城才能打电报，县城离这里四十多里呢！宋金明向窑主提了一个要求，矿上能不能派人骑摩托车把他送到县城去。他看见一个大型的红摩托天天停在窑主办公室门口。窑主没有明确拒绝他的要求，只是说：“哎，咱们能不能商量一下。你看有必要让他们家来那么多人吗？”窑主让宋金明到他办公室去了。

宋金明心里明白，他们和窑主关于赔偿金的谈判已正式拉开了序幕，谈判的每一个环节都关系到所得赔偿金的多寡，所以每一句话都要斟酌。他把注意力重新集中了一下，说：“我理解唐朝阳的心情，他主要是想让家里亲人看他哥最后一眼。”

窑主还没记清死者的名字叫什么，问：“唐朝阳的哥哥叫什么来着？”

"唐朝霞。"

"唐朝阳作为唐朝霞的亲弟弟，完全可以代表唐朝霞的亲属处理后事，你说呢？"

"这个事情你别问我，人命关天的事，我说什么都不算，你只能去问唐朝阳。"

说话唐朝阳满脸怒气地进来了，指责宋金明为什么还不快去打电报。

宋金明说："我现在就去。路太远，我想让矿长派摩托车送送我。"

"坐什么摩托，矿长的摩托能是你随便坐的吗！你走着去，我看也走不大你的脚。你还讲不讲老乡的关系，死的不是你亲哥，是不是？"

窑主两手扶了扶唐朝阳的膀子，让唐朝阳坐。唐朝阳不坐。窑主说："小唐，你不要太激动，听我说几句好不好。你的痛苦心情我能理解，这事搁在谁头上都是一样。事故出在本矿，我也感到很痛心。可是，事情已经出了，咱们光悲痛也不是办法，总得想办法尽快处理一下才是。我想，你既然是唐朝霞的亲弟弟，完全可以代表你们家来处理这件事情。我不是反对你们家其他成员来，你想想，这大冷的天，这么远的路，又快该过年了，让你父亲、嫂子来合适吗？再累着冻着他们就不好了。"

唐朝阳当然不会让唐朝霞家里的人来，他连唐朝霞的家具体在哪乡哪村还说不清呢。但这个姿态要做足，在程序上不能违背人之常情。同时，他要拿召集家属前来的事吓唬窑主，给窑主施加压力。他早就把一些窑主的心思吃透了，窑上死了人，他们最怕张扬，最怕把事情闹大。你越是张扬，他们越是捂着盖着。你越是要把事情闹大，他越是害怕，急于把大事化小，小事化了。别看窑主一个二个牛气哄哄的，你牵准了他的牛鼻子，他就牛气不起来，就得老老实实跟你走。更重要的是，他们这一闹腾，窑主一跟着他们的思路走，就顾不上深究事故本身的细节了。唐朝阳说："我又没经过这么大的事，不让俺爹俺嫂子来怎么办呢！还有我侄子，他要是跟我要他爹，我这个当叔的怎么说！"唐朝阳又提出一个更厉害的方案，说："不然的话，让我们村的支书来也行。"

窑主当即拒绝："支书跟这事没关系，他来算怎么回事，我从来不认识什么支书不支书！"窑主懂，只要支书一来，就会带一帮子人来，就会说代表一级组织如何如何。不管组织大小，凡事一沾组织，事情就麻烦了。窑主对唐朝阳说："这事你想过没有，你们那里来的人越多，花的路费越多，住宿费、招待费开销越大，这些费用最后都要从抚恤金里面扣除，这样七扣八扣，你们家得的抚恤金就少了。"

唐朝阳说："我不管这费那费，我只管我哥的命。我哥的命一百万也买不来。我得对得起我哥！"

"你要这么说，咱就不好谈了！"窑主把吸了一半的烟从烟嘴上揪下来，扔在地上，踏上一只脚碾碎，自己到门外站着去了。

唐朝阳没再坚持让宋金明去打电报，他又到停尸的小屋哭去了。他哭得声音很大，还把木门拍得山响："哥，哥呀，我也不活了，我跟你走。下一辈子，咱俩还做弟兄……"

窑主又回到屋里去了，让宋金明去征求一下唐朝阳的意思，看唐朝阳希望得到多少抚恤金。宋金明去了一会儿，回来对窑主说，唐朝阳希望得到六万。窑主一听就皱起了眉头，说："不可能，根本不可能，简直是开玩笑，干脆把我的矿全端给他算了。哎，你跟唐朝阳关系怎样？"

"我们是老乡，离得不太远。我们是一块儿出来的。唐朝阳这人挺老实的，说话办事直来直去。他哥更老实。他爹怕他哥在外边受人欺负，就让他哥俩一块儿出来，好互相有个照应。"

"你跟唐朝阳说一下，我可以给他出到两万，希望他能接受。我的矿不大，效益也不好，出两万已经尽到最大能力了。"

宋金明心里骂道："去你妈的，两万块就想打发我们，没那么便宜！四万块还差不多。"他答应跟唐朝阳说一下试试。宋金明到停尸屋去了一会儿，回来跟窑主说，唐朝阳退了一步，不要六万了，只要五万块，五万块一分也不能少了。窑主还是咬住两万块不涨价，说多一分钱也没有。事情谈不下去，宋金明装作站在窑主的立场上，给窑主出了个主意，他说："我看这事干脆让县上煤炭局和劳动局的人来处理算了，有上面来的人压着头，唐朝阳就不会多要了，人家说给多少就是多少。"

窑主把宋金明打量了一下说："要是通过官方处理，唐朝阳连两万也要不到。"

宋金明说："这话不该我说，让上面的人来处理，给唐朝阳多少，他都没脾气。这样你也省心，不用跟他费口舌了。"

宋金明拿出了谈判的经验，轻轻几句话就打中了窑主的痛处。窑主点点头，没说什么。窑主万万不敢让上面的人知道他这里死了人，上面的人要是一来，他就惨了。九月里，他矿上砸死了一个人，不知怎么走漏了消息，让上面的人知道了。小车来了一辆又一辆，人来了一拨又一拨，又是调查，又是开会，又是罚款，又是发通报，可把他吓坏了。电视台的记者也来了，扛着"大口径冲

锋枪”乱扫一气，还把“手榴弹”捣在他嘴前，非要让他开口。在哪位来人面前，他都得装孙子。对哪一路神，他都得打点。那次事故处理下来，光现金就花了二十万，还不包括停产造成的损失。临了，县小煤窑整顿办公室的人留下警告性的话，他的矿安全方面如果再出现重大事故，就要封他的窑，炸他的井。警告犹在耳边，这次死人的事若再让上面的人知道，花钱更多不说，恐怕他的矿真得关张了。须知快过年了，人人都在想办法敛钱。县上的有关人员正愁没地方下蛆，他们要是知道这个矿死了人，不争先恐后来个大量繁殖才怪。所以窑主做的第一件事就是封锁消息。他给矿上的亲信开了紧急会议，让他们分头把关，在死人的事做出处理之前，任何人不许出这个矿，任何人不得与外界的人发生联系。矿上的煤暂不销售，以免外面来拉煤的司机把死人的消息带出去。特别是对唐朝阳和宋金明，要好好“照顾”他们，让他们吃好喝好，一切免费供应。目的是争取尽快和唐朝阳达成协议，让唐朝阳早一天签字，把唐朝阳哥哥的尸体早一天火化。

六

当晚，唐朝阳和宋金明不断看见有人影在窑洞外面游动，心里十分紧张，大睁着眼，不敢入睡。唐朝阳小声问宋金明：“他们不会对咱俩下毒手吧？”宋金明说：“敢，无法无天了呢！”宋金明这样说，是给唐朝阳壮胆，也是为自己壮胆，其实他自己也很恐惧。他们可以把别人当点子，一无仇二无冤地把无辜的人打死，窑主干吗不可以一不做二不休地把他们灭掉呢！他们打死点子是为了赚钱，窑主灭掉他们是为了保钱，都是为了钱。他们打死点子，说成是冒顶砸死的。窑主灭掉他们，也可以把他们送到窑底过一趟，也说成是冒顶砸死的。要是那样的话，他们可算是遭到报应了。宋金明起来重新检查了一下门，把门从里面插死。窑洞的门也是用板皮钉成的，中间裂着缝子。门脚下面的空子也很大，兔子样的老鼠可以随便钻来钻去。宋金明想找一件顺手的家伙，作为防身武器。瞅来瞅去，窑洞里只有一些垒地铺用的砖头。他抓起一块整砖放在手边，示意唐朝阳也拿了一块。他们把窑洞里的灯拉灭了，这样等于把他们置于暗处，外面倘有人向窑洞接近，他们透过门缝就可以发现。

果然有人来了，勾起指头敲门。唐朝阳和宋金明顿时警觉起来，宋金明问：“谁？”

外面的人说：“姚矿长让我给你们送两条烟，请开门。”

他们没有开门，担心这个人是个前哨，等这个人把门骗开，埋伏在门两边的人会一拥而进，把他们灭在黑暗里。宋金明答话：“我们已经睡下了，我们晚上不吸烟。”

送烟的人摸索着从门脚下面的空子里把烟塞进窑洞里去了。

宋金明爬过去把塞进去的东西摸了摸，的确是两条烟，不是炸药什么的。

停了一会儿，又过来两个黑影敲门。唐朝阳和宋金明同时抄起了砖头。

敲门的其中一人说话了，竟是女声，说：“两位大哥，姚矿长怕你们冷，让我俩给两位大哥送两床褥子来，褥子都是新的，两位大哥铺在身子底下保证软和。”

宋金明不知窑主搞的又是什么名堂，拒绝说：“替我们谢谢姚矿长的关心，我们不冷，不要褥子。”二人悄悄起来，蹑足走到门后，透过门缝往外瞅，见门外抱褥子站着的果真是两个女人。两个女人都是肥脸，在夜里仍可以看见她们脸上的一层白。

另一个女人说话了，声音更温柔悦耳：“两位大哥，我们姐妹俩知道你们很苦闷，我们来陪你们说说话，给你们散散心，你们想做别的也可以。”

二人明白了，这是窑主对他们搞美人计来了，单从门缝里扑进来的阵阵香气，他们就知道了两个女人是专门吃男人饭的。要是放她们进来，铺不铺褥子就由不得他们了。宋金明拉了唐朝阳一下，把唐朝阳拉得退回到地铺上，说：“你们少来这一套，我们什么都不需要！”

那个说话温柔的女人开始发嗲，一再要求两位大哥开门，说：“外面好冷哟，两位大哥怎忍心让我们在外面挨冻呢！”

宋金明扯过唐朝阳的耳朵，对他耳语了几句。唐朝阳突然哭道：“哥，你死得好惨哪！哥，你想进来就从门缝里进来吧，咱哥俩还睡一个屋……”

这一招生效，那两个女人逃跑似的离开了窑洞门口。

夜长梦多，看来这个事情得赶快了结。宋金明和唐朝阳商定，明天把要求赔偿抚恤金的数目退到四万，这个数不能再退了。

第二天双方关于抚恤金的谈判有进展，唐朝阳忍痛退到了四万，窑主忍痛涨到了两万五。别看从数目上他们是一个进一个退，实际上他们是逐步接近。好比两个人谈恋爱，接近到一定程度，两个人就可以拥抱了。可他们接近一步难得很，这也正如谈恋爱一样，每接近一步都充满试探和较量。到了四万和两万五的时候，唐朝阳和窑主都坚守自己的阵地，再次形成对峙局面。谈判进展不下去，唐朝阳就求救似的到停尸间去哭诉，历数哥死之后，爹娘谁来养老送

终，侄子侄女谁来抚养，等等。功夫下在谈判外，不是谈判，胜似谈判，这是唐朝阳的一贯策略。

第三天，窑主一上来就单独做宋金明的工作，对他俩进行分化瓦解。窑主把宋金明叫成老弟，让“老弟”帮他做做唐朝阳的工作，今后他和宋金明就是朋友了。宋金明问他怎么做。窑主没有回答，却从口袋里掏出一沓钱来，说：“这是一千，老弟拿着买烟抽。”

宋金明本来坐着，一看窑主给他钱，他害怕似的站起来了，说：“姚矿长，这可不行，这钱我万万不敢收，要是唐朝阳知道了，他会骂死我的。不是我替唐朝阳说话，你给他两万五抚恤金是少点。你多少再加点儿，我倒可以跟他说说。”

窑主把钱扔在桌子上说：“我给他加点儿是可以，不过加多少跟你也没关系，他不会分给你的，是不是？”

宋金明心里打了个沉，说：“这是他哥的人命钱，就是他分给我，我也不会要。”

他问窑主：“你打算给他加到多少？”

窑主伸出三个手指头，说：“这可是天价了。”

宋金明的样子很为难，说：“这个数离唐朝阳的要求还差一万，我估计唐朝阳不会同意。”

窑主笑了笑，说：“要不怎么请老弟帮我说说话呢，我看老弟是个聪明人，唐朝阳也愿意听你的话。”

窑主这样说，让宋金明吃惊不小，窑主怎么看出他是聪明人呢？怎么看出唐朝阳愿意听他的话呢？难道窑主看出了什么破绽不成！他说：“姚矿长的话我可不敢当，看来我应该离这个事远点。要不是唐朝阳非要拽着我等他两天，我前天就走了。”

窑主让宋金明坐下，说：“老弟多心了，我不是那个意思。”

宋金明刚坐下，窑主又从口袋里掏出一沓钱，把放在桌子上的钱拿起来合在一块儿，说：“这是两千，算是我付给老弟的受惊费和辛苦费，行了吧。我当然不会让唐朝阳知道，也不会让任何人知道，你放心就是了。”说着，扯过宋金明的衣服口袋，把钱塞进宋金明口袋里去了。

这次宋金明没有拒绝。他在肚子里很快地算了一个账，三万加两千，实际上是三万二。三万他和唐朝阳平均分，每人可得一万五。他多得两千，等于一万七，这样离预定的两万的目标相差不太远了。让他感到格外欣喜的是，这两千块钱是他的意外收获，而唐朝阳连个屁都闻不见。上次他们办掉的一个点子，满打满算一共才得了两万三千块，平均每人才一万多一点。这次赚得钱比上次是大大超额了。宋金明已认同了这个数，但他不能说，勉强答应帮窑主到唐朝阳那里做做工作。

宋金明把唐朝阳的工作做通了，唐朝阳只附加了一个要求，火化前给他哥换一身新衣服，穿西装，打领带。窑主答应得很爽快，说："这没问题。"窑主握了宋金明的手，握得很有力，仿佛他们两个结成了新的同盟，窑主说："谢谢你呀，宋老弟。"宋金明说："姚矿长，我们到这里没做出什么贡献，反而给矿上造成了损失，我们对不起你呀！"

窑主骑上他的大红摩托车到县里银行取现金，唐朝阳和宋金明在窑洞里如坐针毡，生怕再出什么变故。窑主是上午走的，直到下午太阳偏西时才回来。窑主像是喝了酒，脸上黑着，满身酒气。窑主对唐朝阳说："上面为防止年前突击发钱，银行不让取那么多现金。这些钱是我跑了好几个地方跟朋友借来的。"他拿出两捆钱排在桌子上，说："这是两万。"又拿出一沓散开的钱，说："这是八千，请你当面点清。"

唐朝阳把钱摸住，问窑主："不是讲好的三万吗，怎么只给两万八？"

窑主顿时瞪了眼，说："你这个人讲不讲道理？考虑不考虑实际情况？就这些钱还是我借来的，不就是他妈的短两千块钱吗！怎么着，把我的两根手指头剁下来给你添上吧！"说着看了旁边的宋金明一眼。

宋金明一听就知道上了窑主的当了，窑主先拿两千块钱堵了他的嘴，然后又把两千块钱从总数里扣下来了。这个狗日的窑主，真会算小账。宋金明没说话，他说不出什么。

唐朝阳看宋金明，似乎在征求他的意见。

宋金明在心里骂唐朝阳："你他妈的看我干什么！"他把脸别到一边去了。

唐朝阳从口袋里掏出一团脏污的手绢，展开，把钱包起来了。

火化唐朝霞的时候，唐朝阳和宋金明都跟着去了。他们就手把钱卷进被子里，把被子塞进蛇皮袋子里，带上自己的行李，打算从火葬场出来，带上唐朝霞的骨灰盒，就直接回老家去了。

唐朝霞的尸体火化之前，火葬场的工作人员从唐朝霞的口袋里掏出一个透明的小塑料袋，里面放着一张照片。隔着塑料袋看，照片上是四个人，后面是唐朝霞两口子，前面是他们的两个孩子，一个男孩儿，一个女孩儿。唐朝阳把照片收起来了。唐朝霞的衣服被全部换下来了，在地上扔着。宋金明只把一双

鞋捡起来了，说这双鞋他带走吧，做个留念。唐朝阳没说什么。

唐朝阳把唐朝霞的骨灰盒放进提包里，他们二人在这个县城没有稍作停留，当即坐上长途汽车奔另一个县城去了。他们没有到县城下车，像是逃避人们的追捕一样，半路下车了。这里还是山区，他们背着行李向山里走去。在别人看来，他们跟一般打工者没什么两样，他们总是很辛苦，总是在奔波。走到一处报废的矿井旁边，他们看看前后无人，才在一个山洼子里停下了。他们各自坐在自己的行李卷儿上，唐朝阳对宋金明笑笑，宋金明对唐朝阳笑笑。他们笑得有些异样。唐朝阳说："操他妈的，我们又胜利了。"宋金明也承认又胜利了，但他的样子像是有些泄气，打不起精神。唐朝阳问他怎么了。他说："不怎么，这几天精神紧张得很，猛一放松下来，觉得特别累。"唐朝阳说："这属于正常现象，等见了小姐，你的精神头马上就来了。"宋金明说："但愿吧。"

唐朝阳把唐朝霞的骨灰盒从提包里拿出来了，说："去你妈的，你的任务已经彻底完成了，不用再跟着我们了。"他一下子把骨灰盒扔进井口里去了。这个报废的矿井大概相当深，骨灰盒扔下去，半天才传上来一点落底的微响。这一下，这位真名叫元清平的人算是永远消失了，他的冤魂也许千年万年都无人知晓。唐朝阳把那张全家福的照片也掏出来了撕碎了。撕碎之前，宋金明接过去看了一眼，指着照片上的唐朝霞问："这个人姓什么来着？"唐朝阳说："管他呢！"唐朝阳夺过照片撕碎后，扬手往天上撒了一下。碎片飞得不高，很快就落地了。有两个碎片落在唐朝阳身上了，他有些犯忌似的，赶紧把碎片择下来。

还有一样东西没处理。唐朝阳对宋金明说："拿出来吧。"

"什么？"

"你是真糊涂还是装糊涂？"

宋金明摇头。

"我看你小子是装糊涂。那双鞋呀！"

这狗娘养的，他一定也知道了唐朝霞的钱藏在鞋里。宋金明说："操，一双鞋有什么稀罕，你想要就给你，是你哥的遗物嘛。"宋金明从提包里把鞋掏出来了，扔在唐朝阳脚前的地上。

唐朝阳说："鞋本身是没什么稀罕，我主要想看看鞋里面有多少货。"他拿起一只鞋，伸手就把鞋舌头中间夹藏的一个小塑料袋抽出来了，对宋金明炫耀说："看见没有，银子在这里面呢！"

宋金明嗤了一下鼻子。

唐朝阳把钱掏出来了，数了数，才二百八十块钱，说："操他奶奶的，才这么一点钱，连搞一次破鞋都不够。”他问宋金明：“你说，这小子怎么就这么一点钱。”

宋金明说：“我哪儿知道！”

唐朝阳把钱平均分开，其中一半递给宋金明。宋金明不要，说：“这是你哥的钱，你留着自己花吧。”

唐朝阳勃然变色道：“你他妈的少来这一套，我不会坏了规矩。”他把一百四十块钱扔进宋金明开着口子的提包里了。“我还纳闷呢，窑主讲好的给咱们三万块，数钱的时候少给两千，这是怎么回事？”

这次轮到宋金明恼了，他盯着唐朝阳骂道：“操你妈的，你这是什么意思？你说，你是什么意思？你不说清什么意思，老子跟你没完！”

唐朝阳赖着脸笑了，说：“你恼什么，我又没说你什么。我是骂窑主个狗日的说话不算话，拉个屎橛子又坐回去半截儿。”

“你还以为窑主是好东西呢，哪个窑主的心肠不是跟煤窑一样，一黑到底！”

坐了汽车坐火车，两天之后，他们来到了平原上的一座小城。按照原来的计划，他们没有急于找新的点子。但他们也没有马上分头回家，着实在城里享乐了几天。他们没有买新衣服，没有进舞厅，也很少大吃大喝。说他们享乐，主要是指他们喜欢嫖娼。住进小城的当天晚上，他俩就在一家宾馆包了一个双人间。宾馆大厅一角，有桑拿浴室、按摩室和美容美发厅，不用问，里面肯定有娼妇。果然，他们进房间刚打开电视，刚在席梦思床上用屁股蹾了蹾，试了试弹性，就有电话打进来了，问他们要不要小姐。宋金明在电话里问了行情，跟人家讲了价钱，就让两个小姐到房间里来了。宋金明把房间让给了唐朝阳，自己把另一个小姐领进卫生间里去了。他们二话没说，就分头摆开了战场。唐朝阳完事了，给小姐付了钱，还不见宋金明出来。他到卫生间门口听了听，听见里面战事正酣，不免有些嫉妒，说：“操他妈的，他们怎么干那么长时间？”小姐说：“谁让你那么快呢？”唐朝阳一把将小姐揪起来，要求再干。小姐把小手一伸，说再干还要再付一份钱。唐朝阳与小姐拉扯之间，宋金明从卫生间出来了，唐朝阳只得放开小姐，对宋金明说：“你小子可以呀！”

宋金明显得颇为谦虚，说：“就那么回事，一般化。”

分头回家时，他俩约定，来年正月二十那天在某个小型火车站见面，到时再一块儿合作做生意。他们握了手，还按照流行的说法，互相道了“好人一生平安”。

七

宋金明又坐了一天多长途汽车，七拐八拐才回到了自己的家。他没有告诉过唐朝阳自己家里的详细地址，也没打听过唐朝阳家的具体地址。干他们这一行的，互相都存有戒心，干什么都不可全交底。其实，连宋金明的名字也是假的。回到村里，他才恢复使用了真名。他姓赵，真名叫赵上河。在村头，有人跟他打招呼："上河回来了？"他答着"回来了，回来过年"，赶紧给人家掏烟。每碰见一位乡亲，他都要给人家掏烟。不知为什么，他心情有些紧张，脸色发白，头上出了一层汗。有人吸着他给的烟，指出他脸色不太好，人也没吃胖。他说："是吗？"头上的汗又加了一层。有个妇女在一旁替他解释说："那是的，上河在外面给人家挖煤，成天价不见太阳，脸捂也捂白了。"

赵上河心里抵触了一下，正要否认在外边给人家挖煤，女儿海燕跑着接他来了。海燕喊着"爹，爹"，把爹手里的提包接过去了。海燕刚上小学，个子还不高。提包提不起来，她就两个手上去，身子后仰，把提包贴在两条腿上往前走。赵上河摸了摸女儿的头，说："海燕又长高了。"海燕回头对爹笑笑。她的豁牙还没长齐，笑得有点害羞。赵上河的儿子海成也迎上去接爹。儿子读初中，比女儿力气大些，他接过爹手中的蛇皮袋子装着的铺盖卷儿，很轻松地就提起来了。赵上河说："海成，你小子还没喊我呢！"

儿子不好意思地笑了一下，才说："爹，你回来了？"

赵上河像完成一种仪式似的答道："对，我回来了。有钱没钱，都要回家过年。你娘呢？"赵上河抬头一看，见妻子已站在院门口等他。妻子笑模笑样，两只眼都放出光明来。妻子说："两个孩子这几天一直念叨你，问你怎么还不回来。这不是回来了吗！"

一家来到堂屋里，赵上河打开提包，拿出两个塑料袋，给儿子和女儿分发过年的礼物。他给儿子买了一件黑灰色西装上衣，给女儿买了一件红色的西装上衣。妻子对两个孩子说："快穿上让你爹看看！"儿子和女儿分别把西装穿上了，在爹面前展示。赵上河不禁笑了，他把衣服买大了，儿子女儿穿上都有些框里框荡，像摇铃一样。特别是女儿的红西装，衣襟下摆长得几乎遮了膝盖，袖子也长得像戏装上的水袖一样。可赵上河的妻子说："我看不赖。你们还长呢，一长个儿穿着就合适了。"

赵上河对妻子说："我还给你买了个小礼物呢。"说着把手伸到提包底部，摸出一个心形的小红盒来。把盒打开，里面的一道红绒布缝里夹着一对小小的金耳环。女儿先看见了，惊喜地说："耳环，耳环！"妻子想把耳环取出一只看看，又不知如何下手，说："你买这么贵的东西干什么，我哪只耳朵称戴这么好的东西。"女儿问："耳环是金的吗？"赵上河说："当然是金的，真不溜溜的真金，一点都不待假的。"他又对妻子说："你在家里够辛苦了，家里活地里活都是你干，还要照顾两个孩子。我想你还从来没戴过金东西呢，就给你买了这对耳环。不算贵，才三百多块钱。"妻子说："我怕戴不出去，我怕人家说我烧包。"赵上河说："那怕什么，人家城里的女人金戒指一戴好几个，连脚脖子上都戴着金链子，咱戴对金耳环实在是小意思。"他把一只耳环取出来了，递给妻子，让妻子戴上试试。妻子侧过脸，摸过耳朵，耳环竟穿不进去。她说："坏了，这还是我当闺女时打的耳朵眼，可能长住了。"她把耳环又放回盒子里去了，说："耳环我放着，等我闺女长大出门子时，给我闺女做嫁妆。"

门外走进来一位面目黑瘦的中年妇女，按岁数儿，赵上河应该把中年妇女叫嫂子。嫂子跟赵上河说了几句话，就提到自己的丈夫赵铁军，问："你在外边看见过铁军吗？"

赵上河摇头说没见过。

"收完麦他就出去了，眼看半年多了，不见人，不见信儿，也不往家里寄一分钱，不知道他死到哪儿去了。"

赵上河对死的说法是敏感的，遂把眉头皱了一下，觉得嫂子这样说话很不吉利。但他没把不吉利指出来，只说："可能过几天就回来了。"

"有人说他发了财，在外面养了小老婆，不要家了，也不要孩子了，准备和小老婆另过。"

"这是瞎说，养小老婆没那么容易。"

"我也不相信呢，就赵铁军那样的，三锥子扎不出一个屁来，哪有女人会看上他。你看你多好，多知道顾家，早早地就回来了，一家人团团圆圆的。你铁军哥就是窝囊，窝囊人走到哪儿都是窝囊。"

赵上河的妻子跟嫂子说笑话："铁军哥才不窝囊呢，你们家的大瓦房不是铁军哥挣钱盖的！铁军哥才几天没回来，看把你想得那样子。"

嫂子笑了，说："我才不想他呢。"

晚上，赵上河还没打开自己带回的脏污的行李卷，没有急于把挣回的钱给妻子看，先跟妻子睡了一觉。他每次回家，妻子从来不问他挣了多少钱。当他拿出成捆的钱时，妻子高兴之余，总是有些害怕。这次为了不影响妻子的情绪，

他没提钱的事，就钻进了妻子为他张开的被窝。妻子的情绪很好，身子贴他贴得很热烈，问他："你在外面跟别的女人睡过吗？"

他说："睡过呀。"

"真的？"

"当然真的了，一天睡一个，九九八十一天不重样。"

"我不信。"

"不信你摸摸，家伙都磨秃了。"

妻子一摸，他就乐了，说："放心吧，好东西都给你攒着呢，一点都舍不得浪费，来，现在就给你。"

完事后，赵上河长长地叹了一口气，妻子问他怎么了。他说："哪儿好也不如自己的家好，谁好也比不上自己的老婆好，回到家往老婆身边一睡，心里才算踏实了。"

妻子说："那，这次回来，就别走了。"

"不走就不走，咱俩天天干。"

"能得你不轻。"

"怎么，你不相信我的能力？"

"相信。行了吧。"

"哎，咱放的钱你看过没有？会不会进潮气？"

"不会吧，包着两层塑料袋呢。"

"还是应该看看。"

赵上河穿件棉袄，光着下身就下床了。他检查了一下屋门是否上死，就动手拉一个荆条编的粮囤，粮囤里还有半囤小麦，他拉了两下没拉动。妻子下来帮他拉。妻子也未及穿裤衩，只披了一件棉袄。粮食囤移开了，赵上河用铁铲子撬起两块整砖，抽出一块木板，把一个盛化肥用的黑塑料袋提溜出来。解开塑料袋口扎着的绳子，从里面拿出一个小瓦罐。小瓦罐里还有一个白色的塑料袋，这个袋子里放的才是钱。钱一共是两捆，一捆一万。赵上河把钱摸了摸，翻转着看看，还用大拇指把钱抿弯，让钱页子自动弹回，听了听钱页子快速叠加发出的声响，才放心了。赵上河说，他有一天做梦，梦见瓦罐里进了水，钱沤成了半罐子糨糊，再一看还生了蛆，把他气得不行。妻子说："你挂念你的钱，做梦就胡连八扯。"

赵上河说："这些钱都是我一个汗珠子掉在地上摔八瓣儿挣来的，我当然挂念。我敢说，我干活流下的汗一百罐子都装不完。"他这才把铺盖卷儿从蛇皮袋子里掏出来了，一边在床上打开铺盖卷儿，一边说："我这次又带回一点钱，跟上两次带回来的差不多。"他把钱拿出来了，一捆子还零半捆子，都是大票子。

妻子一见"呀"了一下，问："怎么又挣这么多钱？"

赵上河早就准备好了一套话，说："我们这次干的是包工活儿，我一天上两个班，挣这点钱不算多。有人比我挣的还多呢。"他把新拿回的钱放进塑料袋，一切照原样放好，让妻子帮他把粮食囤拉回原位，才又上床睡了。不知为什么，他身上有些哆嗦，说："冷，冷……"妻子不哆嗦，妻子搂紧了他，说："快，我给你暖暖。"

暖了一会儿，妻子说："听人家说，现在出去打工挣点钱特别难，你怎么能挣这么多钱？"

赵上河推了妻子一下，把妻子推开了，说："去你妈的，你嫌我挣钱多了？"

"不是嫌你挣钱多，我是怕……"

"怕什么，你怀疑我？"

"怀疑也说不上，我是说，不管钱多钱少，咱一定得走正道。"

"我怎么不走正道了？我在外面辛辛苦苦干活，一不偷，二不抢，三不赌博，四不搞女人，一块钱都舍不得多花，我容易吗！"赵上河大概触到了心底深藏的恐惧和隐痛，竟哭了，"我累死累活图的什么，还不是为了这个家。连老婆都不相信我，我活着还有啥意思！"

妻子见丈夫哭了，顿时慌了手脚，说："海成他爹，你怎么了？都怨我，我不会说话，惹你伤了心，你想打我就打我吧！"

"我打你干什么！我不是人，我是坏蛋，我不走正道，让雷劈我，龙抓我，行了吧！"他拒绝妻子搂他，拒绝妻子拉他的手，双手捂脸，只是哭。

妻子把半个身子从被窝里斜出来，用手掌给丈夫擦眼泪，说："海成他爹，别哭了好不好，别让孩子听见了吓着孩子。我相信你，相信你，你说啥就是啥，还不行吗！一家子都指望你，你出门在外，我也是担惊受怕呀！"妻子也哭了。

两口子哭了一会儿，才又重新搂在一起。在黑暗里，他大睁着眼，突然产生了一个念头，做点子的生意到此为止，不能再干了。

第二天，赵上河备了一条烟两瓶酒，去看望村里的支书。支书没讲客气就把烟和酒收下了。支书是位岁数比较大的人，相信村里的人走再远也出不了他的手心，他问赵上河："这次出去还可以吧？"

赵上河说："马马虎虎，挣几个过年的小钱儿。"

"别人都没挣着什么钱，你还行，看来你的技术是高些。"

赵上河知道，支书所说的技术是指他的挖煤技术，他点头承认了。

支书问："现在外头形势怎么样？听说打闷棍的特别多。"

赵上河心头惊了一下，说："听说过，没碰见过。"

"那是的，要是让你碰上，你就完了。赵铁军，外出半年多了，连个信儿都没有，我估计够呛，说不定让人家打了闷棍了。"

"这个不好说。"

"出外三分险，害人之心不可有，防人之心不可无，以后你们都得小心点儿。"

赵上河表示记住了。

过大年，起五更，赵上河在给老天爷烧香烧纸时，在屋当门的硬地上跪得时间长些。他把头磕了又磕，嘴里吾吾囔囔，谁也听不清他祷告的是什么。在妻子的示意下，儿子上前去拉他，说："爹，起来吧。"他的眼泪呼地就下来了，说："我请老天爷保佑咱们全家平安。"

年初二，那位嫂子又到赵上河家里来了，说："赵铁军还没回来，我看赵铁军这个人是不在了。"嫂子说了不到三句话，就哭起来了。

赵上河说："嫂子你不能说这样的话，不能光往坏处想，大过年的，说这样悲观的话多不好。这样吧，我要是再出去的话，帮你打听打听。要是打听到了，让他马上回来。"赵上河断定，赵铁军十有八九被人当点子办了，永远回不来了。因为做这路生意的不光是他和唐朝阳两个人，肯定还有别的人靠做点子发财致富。他和唐朝阳就是靠别人点拨，才吃上这路食的。有一年冬天，他和唐朝阳在一处私家小煤窑干活，意外地碰上一位老乡和另外两个人到这家小煤窑找活干。他和老乡在小饭馆喝酒，劝老乡不要到这家小煤窑干，累死累活，还挣不到钱。他说窑主坏得很，老是拖着不给工人发工资，他在这里干了快三个月了，一次钱也没拿到，弄得进退两难。老乡大口喝着酒，显得非常有把握。老乡说，一物降一物，他有办法把窑主的钱掏出来。窑主就是把钱串在肋巴骨上，到时候狗日的也得乖乖地把钱取下来。他向老乡请教，问老乡有什么高招，连连向老乡敬酒。老乡要他不要问，只睁大两眼跟着看就行了，多一句嘴别怪老乡不客气。一天晚间在窑下干活时，老乡用镐头把跟他同来的其中一个人打死了，还搬起石头把死者的头砸烂，然后哭着喊着，把打死的人叫成叔叔，说冒顶砸死了人，向窑主诈取抚恤金。跟老乡说的一样，窑主捂着盖着，悄悄地跟老乡进行私了，赔给老乡两万两千块钱。目睹这一特殊生产方式的赵上河和唐朝阳，什么力也没掏，老乡却给他们每人分了一千块钱。这件事对赵上河震动极大，可以说给他上了生动的一课。他懂得了，为什么有的人穷，有的人富，原来富起来的人是这么干的。大鱼吃小鱼，小鱼吃蚂虾，蚂虾吃泥巴。这一套话他以前也听说过，只是理解得不太深。通过这件事，他才知道了，自己不过是一只蚂虾，只能吃一吃泥巴。如果连泥巴也不吃，就只能自己变泥巴了。老乡问他怎么样，敢不敢跟老乡一块干。他的脸灰着，说不敢。他是怕老乡换个地方把他也干掉。后来，他和唐朝阳形成一对组合，也学着打起了游击。唐朝阳使用的也是化名，他的真名叫李西民。他们把自己称为地下工作者，每干掉一个点子，每转移到一个新的地方，他们就换一个新的名字。赵上河手上已经有三条人命了。这一点他家埋在地下罐子里那些钱可以作证，那是用三颗破碎的人头换来的。但赵上河可以保证，他打死的没有一个老乡，没有一个熟人。像赵铁军那样的，就是碰在他眼下，他也不会做赵铁军的活儿。这叫兔子不吃窝边草。

嫂子临离开他家时，试着向赵上河提了一个要求："大兄弟，过罢十五，我想让金年跟你一块走，一边找点活儿干，一边打听他爹的下落。"

"你千万不要有这样的想法，金年不是正上学吗，一定让孩子好好上学，上学才是正路。金年上几年级了？"

"高中一年级。"

"一定要支持孩子把学上下来，鼓励孩子考大学。"

"不是怕大兄弟笑话，不行了，上不起了，这一开学又得三四百块，我上哪儿给他弄去。满心指望他爹挣点钱回来，钱没挣回来，人也不见影儿了。"

赵上河对妻子说："把咱家的钱先借给嫂子四百块，孩子上学要紧。"

嫂子说："不不不，我不是来给你们借钱的。"

赵上河面带不悦，说："嫂子，这你就太外气了。谁家还不遇上一点难事，我们总不能眼看着孩子上不起学不管吧。再说钱是借给你们的，等铁军哥拿回钱来，再还给我们不就结了。"

嫂子说："你们两口子都是好人哪，我让金年过来给你们磕头。"这才把钱接下了。

八

正月十五一过，村上外出打工的人又纷纷背起行囊，潮流一样向汽车站、火车站涌去。赵上河原想着不外出了，但他的魂儿像是被人勾去了一样，在家

里坐卧不安。妻子百般安慰他，他反而对妻子发脾气，说家里就那么一点地，还不够老婆自己种的，把他拴在家里干什么！最终，赵上河还是随着潮流走了。他拒绝和任何人一路同行，仍是一个人独往独来。有不少人找过他，还有人给他送了礼品，希望能跟他搭伴外出，他都想办法拒绝了。实在拒绝不掉的，他就说今年出去不出去还不一定呢，到时候再说吧。他是半夜里摸黑走的。土路两边的庄稼地里的残雪还没化完，北风冷飕飕的。他就那么顶着风，把行李卷儿和提包用毛巾系起来搭在背上，大步向镇上走去。到了镇上，他也不打算坐公共汽车，准备自己租一个机动三轮车到县城去。正走着，他转过身来，向他的村庄看了一下。村庄黑沉沉的，看不见一点灯光，也听不见一点声息。又往前走时，他问了自己一句："你这是干吗呢？偷偷摸摸的，跟做贼一样。"他自己的回答是："没什么，不是做贼，这样走着清静。"他担心有人听见他的自言自语，就左右乱看，还蹲下身子往路边的一片坟地里观察了一下。他想好了，这次出来不一定再做点子了。做点子挣钱是比挖煤挣钱容易，可万一有个闪失，自己的命就得搭进去。要是唐朝阳实在想做的话，他们顶多再做一个就算了。现在他罐子里存的钱是三万五，等存够五万，就不用存了。有五万块钱保着底子，他就不会像过去一样，上面派下来这钱那钱他都得卖粮食，不至于为孩子的学费求爷爷告奶奶地到处借。到那时候，他哪儿都不去了，就在家里守着老婆孩子踏踏实实过日子。

赵上河如约来到那个小型火车站，见唐朝阳已在那里等他。唐朝阳等他的地方还是车站广场一侧那家卖保健羊肉汤的敞篷小饭店。年前，他们就是从这里把一个点子领走办掉的。车站客流很多，他们相信，小饭店的人不会记得他们两个。唐朝阳热情友好地骂了他的大爷，问他怎么才来，是不是又到哪个卫生间玩小姐去了。一个多月不见面，他看见唐朝阳也觉得有些亲切。他骂的是唐朝阳的妹子，说卫生间有一面大玻璃镜，他一下子就把唐朝阳的妹子干到玻璃镜里去了。互相表示亲热完毕，他们开始说正经事，唐朝阳说，他花了十块钱，请一个算卦的先生给他起了一个新名字，叫张敦厚，赵上河说，这名字不错。他念了两遍张敦厚，说"越敦越厚"把张敦厚记住了。他告诉张敦厚，他也新得了一个名字，叫王明君。"你知道君是什么意思吗？"张敦厚说："谁知道你又有什么讲究。"

王明君说："跟你说吧，君就是皇帝，明君就是开明的皇帝，懂了吧？"

"你小子是想当皇帝呀！"

"想当皇帝怎么着，江山轮流坐，枪杆子里出政权，哪个皇帝的江山不是打出来的。”

“我看你当个黑帝还差不多。”

“这个皇不是那个黄，水平太差，朕只能让你当个下臣。张敦厚！”

“臣在！”张敦厚垂首打了个拱。

“行，像那么回事。”王明君遂又端起皇帝架子，命张敦厚，“拿酒来！”

“臣，领旨。”

张敦厚一回头，见一位涂着紫红唇膏的小姐正在一旁站着。小姐微微笑着，及时走上前来，称他们“两位先生”，问他们“用点什么”。张敦厚记得，原来在这儿端盘子服务的是一个黄毛小姑娘，说换就换，小姑娘不知到哪儿高就去了。而眼前这位会利用嘴唇做招徕的小姐，显见得是个见过世面的多面手。张敦厚要了两个小菜和四两酒，二人慢慢地喝。其间老板娘出来了一下，目光空空地看了他们一眼，就干别的事情去了。老板娘大概真的把他们忘记了。在车站广场走动的人多是提着和背着铺盖卷儿的打工者，他们像是昆虫界一些急于寻找食物的蚂蚁，东一头西一头乱爬乱碰。这些打工者都是可被利用的点子资源，就算他们每天办掉一个点子，也不会使打工者减少多少。因为这种资源再生性很强，正所谓取之不尽，用之不竭。

有一个单独行走的打工者很快进入他们的视线，他俩交换了一下眼色，张敦厚说：“我去看看。”这次轮到张敦厚去钓点子，王明君坐镇守候。

王明君说：“你别拉一个女的回来呀！”

张敦厚斜着眼把那个打工者盯紧，小声对王明君说：“这次我专门钓一个女扮男装，花木兰那样的，咱们把她用了，再把她办掉，来个一举两得。”

“钓不到花木兰，你不要回来见我。”

张敦厚提上行李卷儿和提包，迂回着向那个打工者接近。春运高峰还没过去，车站的客流量仍然很大。候车室里装不下候车的人，车站方面把一些车次的候车牌插到了车站广场，让人们在那里排队。那个打工者到一个候车牌前仰着脸看上面的字时，张敦厚也装着过去看车牌上的车次，就近把他将要猎取的对象瞥了一眼。张敦厚没有料到，在他瞥那个对象的同时，对象也在瞥他。他没看清对象的目光是怎样瞥出来的，仿佛对象眼睛后面还长着一只眼。他赶紧把目光收回来了。当他第二次拿眼角的余光瞥被他相中的对象时，真怪了，对象又在瞥他。张敦厚感觉出来了，这个对象的目光是很硬的，还有一些凛冽的成分。他心里不由得惊悸了一下，他妈的，难道遇上对手了，这家伙也是来钓点子的？他退后几步站下，刚要想一想这是怎么回事，那个打工者凑过来了，

问：“老乡，你这是准备去哪儿？”

张敦厚说：“去哪儿呢？我也不知道。”

“就你一个人吗？”

张敦厚点点头。他决定来个将计就计，判断一下这个家伙究竟是不是钓点子的，看他钓点子有什么高明之处，不妨跟他比试比试。

“吸颗烟吧。”对象摸出一盒尚未开封的烟，拆开，自己先叼了一颗，用打火机点燃。而后递给张敦厚一颗，并给张敦厚把烟点上。“现在外头比较乱，一个人出来不太好，最好还是有个伴儿。”

“我是约了一个老乡在这里碰面，说好的是前天到，我找了两天了，都没见他。”

“这事儿有点麻烦，说不定人家已经走了，你还在这儿瞎转腰子呢。”

“你这是准备去哪儿？”

对象说了一个煤矿。

“那儿怎么样，能挣到钱吗？”

“挣不到钱谁去，不说多，每月至少挣千把块钱吧！”

“那我跟你一块儿去行吗？”

“对不起，我已经有伴儿了。”

这家伙大概在吊他的胃口，张敦厚反吊似的说：“那就算了。”

“我们也遇到了一点麻烦，人家说好的要四个人，我们也来了四个人，谁知道呢，一个哥们儿半路生病了，回去了，我们只得再找一个人补上。不过我们得找认识的老乡，生人我们不要。”

“什么生人熟人，一回生，两回熟，咱们到一块儿不就熟了。”

对象作了一会儿难，才说：“这事我一个人说了不算，我带你去见我那两个哥们儿，看他们同意不同意要你。要是愿意要你呢，算你走运；要是不同意，你也别生气。”

张敦厚试出来了，这个家伙果然是他的同行，也是到这里钓点子的。这个家伙年龄不太大，看上去不过二十五六岁，生着一张娃娃似的脸，五官也很端正。正是这样面貌并不凶恶的家伙，往往是杀人不眨眼的好手。张敦厚心里跳得腾腾的，竟然有些害怕。他想到了，要是跟这个家伙走，出不了几天，他就得变成人家手里的票子。不行，他要揭露这个家伙，不能让这个家伙跟他们争生意。于是他走了几步站下了，说：“我不能跟你走！”

“为什么？”

“我又不认识你们，你们把我弄到煤窑底下，打我的闷棍怎么办？”

那个家伙果然有些惊慌，说：“不去拉鸡巴倒，你胡说八道什么，我还看不上你呢！”

张敦厚笑得冷冷的，说：“你们把我打死，然后说你们是我的亲属，好向窑主要钱，对不对？”

“你是个疯子，越说越没边了。”那家伙撇下张敦厚，快步走了。

张敦厚喊：“哎，哥们儿，别走，咱们再商量商量。”

那家伙转眼就钻进人堆里不见了。

九

张敦厚领回一个中学生模样的小伙子，令王明君大为不悦，王明君一见就说：“不行不行！”鱼鹰捉鱼不捉鱼秧子，弄回一个孩子算怎么回事。他觉得张敦厚这件事办得不够漂亮，或者说有点丢手段。

张敦厚以为王明君的做法跟过去一样，故意拿点子一把，把点子拿牢，就让小伙子快把王明君喊叔，跟叔说点好话。

小伙子怯生生地看了王明君一眼，喊了一声“叔叔”。

王明君没有答应。

张敦厚对小伙子指出：“你不能喊成叔叔，叔叔是普遍性的叫法，得喊叔，把王叔叔当成你亲叔一样。”

小伙子按照张敦厚的指点，把王明君喊了一声叔。

王明君还是没答应。他这次不是配合张敦厚演戏，是真的觉得这未长成的小伙子不行，一点也不像个点子的样子。小伙子个子虽长得不算低，但他脸上的孩子气还未脱掉。他唇上虽然开始长胡子了，但胡子刚长出一层黑黑的绒毛，显然是男孩子的第一茬胡子，还从来没刮过一刀。小伙子的目光固定地瞅着一处，不敢看人，也不敢多说话。这么大的男孩子，在老师面前都是这样的表情。他大概把他们两个当成他的老师了。小伙子的行李也带着中学生的特点。他的铺盖卷儿模仿了外出打工者的做法是不假，也塞进一个盛粮食用的蛇皮袋子里，可他手上没有提提包，肩上却背了一个黄帆布的书包。看他书包里填得方方块块的，往下坠着，说不定里面装的还有课本呢！这小伙子和年龄差不多的男孩子相比，也有不同的地方，就是他的神情很忧郁，眼里老是泪汪汪的。说得不好听一点，好像他刚死了亲爹一样。王明君说小伙子“一看就不像个干活儿的

人。”问：“你不是逃学出来的吧？”

小伙子摇摇头。

“你摇头是什么意思，是就说是，不是就说不是。”

小伙子说：“不是。”

“那，我再问你，你出来找活儿干，你家里人知道吗？”

“我娘知道。”

“你爹呢？”

“我爹……”小伙子没说出他爹怎样，眼泪却慢慢地滚下来了。

“怎么回事？”

“我爹出来八个多月了，过年也没回家，一点音信都没有。”

“噢，原来是这样。”王明君与张敦厚对视了一下，眼角露出一些笑意，问：“你爹是不是发了财，在外面娶了小老婆，不要你们了？”

“不知道。”

张敦厚碰了王明君一下，意思让他少说废话，他说：“我看这小伙子挺可怜的，咱们带上他吧，权当是你的亲侄子。”

王明君明白张敦厚的意思，不把张敦厚找来的点子带走，张敦厚不会答应。他对小伙子说：“带上你也不是不可以，只是挖煤那活儿有一定的危险性，你怕不怕？”

“不怕，我什么活儿都能干。”

“你今年多大了？”

“虚岁十七。”

“你说虚岁十七可不行，得说周岁十八，不然的话，人家煤矿不让你干。另外，你一会儿去买一支刮胡子刀，到矿上开始刮胡子。胡子越刮越旺，等你的胡子长旺了，就像一个大人了。你以后就喊我二叔。记住了，不论什么人问你，你都说我是你的亲二叔，这样我就可以保护你，别人就不敢欺负你了。你叫一声我听听。”

“二叔。”

“对，就这么叫，你爹是老大，我是老二。哎，你叫什么名字来着？”

“元凤鸣。”

王明君眼珠转了一下说：“你以后别叫这个名字了，我给你改个名字，叫王风吧。风是刮风的风，记住了？”

小伙子说：“记住了，我叫王风。”

就这样，这个点子又找定了。他们一块儿喝了保健羊肉汤，二人就带着叫王风的小点子上路了。上次他们是往北走，这次他们坐上火车再转火车，一直向西北走去，比上次走得更远。王风哪里知道，带他远行的两个人是两个催命的魔鬼，两个魔鬼正带他走向世界的末日。他一路往车窗外面看着，对外面的世界他还觉得很新奇呢。在火车上，王风还对二叔说了他家的情况。他正上高中一年级，妹妹上初中一年级。过了年，他带上被子和够一星期吃的馒头去上学，因带的书本费和学杂费不够，老师不让他上课，让他回家借钱。各种费用加起来需要四百多块钱，而他带去的只有二百多块钱。就这二百多块钱，还是娘到处借来的。老师让他回家借钱，他跟娘一说，娘无论如何也借不到钱了。娘只是流泪。他妹妹也没钱交学费，因为他妹妹学习特别好，是班长，班主任老师就动员全班同学为他妹妹捐学费。他背着馒头，再次到学校，问欠的钱可以不可以缓一缓再交。班主任老师让他去问校长。校长的答复是，不可以，交不齐钱就不要再上学了。于是，他就背着被子和馒头回家了，再也不能去学校读书。一回到家，他就痛哭一场。说到这些情况，王风的眼泪又涌满了眼眶。

王明君说："其实你不应该出来，还是应该想办法借钱上学。你这一出来，学业就中断了。"他亲切地拍了拍王风的肩膀，"我看你这孩子挺聪明的，学习成绩肯定也不错，不上学真是可惜了。"

"没办法，我得出来挣钱供我妹妹上学，不能让我妹妹再失学。我已经大了，应该分担我娘的负担。我还想一边干活儿，一边打听我爹的下落。"

"你爹的下落恐怕不好打听，中国这么大，你到哪儿打听去！"

"村里人让我娘找乡上的派出所，派出所让我娘印寻人启事。我娘一听印寻人启事又要花不少钱，就没印。"

"不印是对的，印了也没用，净是白花钱。印寻人启事花一百块，人家让你们家出三百，人家得二百。印了寻人启事，也没地方贴。你贴得不是地方，人家罚款，你们家又得花钱。这叫花了钱又找不到人，两头不得一头。你说二叔说的是不是实话？"

"是实话。二叔，我娘叫我出来一定要小心。你说，社会上是好人多还是坏人多？"

"你说呢？"

"让我看还是好人多，二叔和张叔叔都是好人。"

"我们当然是好人。"

张敦厚插了一句："我们两个要不是好人，现在社会上就没好人了。"

十

来到山区深处的一座小煤窑，由王明君出面和窑主接洽，窑主把他们留下来了。窑主是个岁数比较大的人，自称对安全生产特别重视。窑主把王风上下打量了一下，说："我看这小伙子不到十八周岁，你不是虚报年龄吧？"王风的脸一下白了，望着王明君。

王明君说："我侄子老实，说的绝对是实话。"

下窑之前，窑主说是对他们进行一次安全教育，把他们领到灯房后面的一间小屋里去了。小屋后墙的高台上供奉着一尊窑神，窑神白须红脸，身上绘着彩衣。窑神前面摆放着一口大型的香炉，里面满是香灰纸灰。还有成把子的残香没有燃尽，缕缕地冒着余烟。门里一侧的小凳子上坐着一位中年妇女，专卖敬神用的纸和香。她的纸和香都比较贵，但窑主只让买她的。张敦厚和王明君一看就明白了，这位妇女肯定是窑主的人，他们在借神的名义挤窑工的钱。这没有办法，到哪儿都得敬哪儿的神。神敬不到，人家就有可能不给你活儿干，使你想受剥削都受不到。张敦厚买了一份香和纸，王明君也买了一份。该王风买了，他却拿不出钱来，他的钱已经花完了。王明君只得替他买了一份。三人烧香点纸，一齐跪在神像前磕头。窑主要求他们祷告两项内容："一、你们要向窑神保证，处处注意安全生产，不给矿上添麻烦；二、你们请窑神保佑你们的平安。"王明君心里打了几下鼓，难道有人在这个窑上办过点子了？窑主已经出过血了？不然的话，老窑主为什么老把安全挂在嘴上，看来办点子的事要谨慎从事。

王风一边磕头，一边看着王明君。王明君磕几个，他也磕几个。见王明君站起来，他才敢站起来。

窑主说："不管上白班夜班，你们每天下井前都要先拜窑神，一次都不能落。这事要跟过去的天天读一样。你们知道天天读吗？"

三个人互相看看，都说不知道。

连天天读都不知道，看来你们是太年轻了。

窑上给每人发了一顶破旧的胶壳安全帽，也要交钱。这一次，王风不好意思让二叔替他交钱了，问不戴安全帽行不行。发安全帽的人说："你他妈的找死呀！"

王明君立即发挥了保护侄子的作用，说："我侄子不懂这个，你好好跟他说不行吗！”他又对王风说：“下井不戴安全帽绝对不行，没钱就跟二叔说，别不好意思，只要有二叔戴的，就有你戴的。”他把自己头上戴的安全帽摘下来，先戴在侄子头上了。

王风看看二叔，感动得泪花花的。

这个窑的井架不是木头的，是用黑铁焊成的。井架也不是三角型，是方塔型。井架上方还绑着一杆红旗。不过红旗早就被风刮雨淋得变色了，差不多变成了白旗。其中一根铁井架的根部，拴着一条黑脊背的狼狗。他们三个走近窑口时，狼狗呼地站起来了，目光恶毒地盯着他们，喉咙里发出呜呜的声音。狼狗又肥又高，两边的腮帮子鼓着，头大得跟狮子一样。张敦厚、王明君有些却步，不敢往前走了。王风吓得躲在了王明君身后。张王二人走过许多私家办的煤窑了，还从没见过在井架子上拴大狼狗的，不知这个窑主的用意是什么。这时窑主过来了，把狼狗称为“老希”，把“老希”喝了一声，介绍说：“我这个伙计名字叫‘希特勒’，来这里干活儿的必须向它报到，不然的话，它就不让你下窑。”窑主抱住狗头，顺着毛捋了两把，说：“你们过来，让‘希特勒’闻闻你们的味，它一记住你们的味，对你们就不凶了。”张敦厚迟疑了一会儿，见王明君不肯第一个让“希特勒”闻，就豁出去似的走到“希特勒”跟前去了。“希特勒”伸着鼻子在他身上嗅了嗅，放他过去了。王明君听说狗的鼻子是很厉害的，有很多疑难案件经狗的鼻子一嗅，案就破了。他担心这条叫“希特勒”的狼狗嗅出他心中的鬼来，一口把他咬住。他身子缩着，心也缩着，故作镇静地走到“希特勒”面前去了。还好，“希特勒”没有咬他。“希特勒”像是有些乏味，它嗅完了王明君，就塌下眼皮，双腿往前一伸，趴下了。当王风把两手藏在裤裆前，侧着身子，小心翼翼地走到“希特勒”跟前时，“希特勒”只例行公事似的嗅了一下他的裤腿就放行了。

他们三人乘坐同一个铁罐下窑。铁罐在黑乎乎的井筒里往下落，王风的心在往上提。王风两眼瞪得大大的，蹲在铁罐里一动也不敢动，神情十分紧张。铁罐像是朝无底的噩梦里坠去，不知坠落了多长时间，当铁罐终于落底时，他的心也差不多提到了嗓子眼。大概因为太紧张了，他刚到窑底，就出了满头大汗。

王明君说：“你小子穿得太厚了。”

王风注意到，二叔和张叔叔穿着单衣单裤，外加一件棉坎肩，就到窑下来了。而他原身打原身，穿着毛衣绒裤、秋衣秋裤，还有一身黑灰色的学生装，怪不得这么热呢。

窑底有两个人，在活动，在说话。他们黑头黑脸，一说话露出白厉厉的牙。王风一时有些发蒙，感觉像是掉进了另外一个世界。这个世界跟窑上的人世完全不同，仿佛是一个充满黑暗的鬼魅的世界。正蒙着，一只黑手在他脸上摸了一把，吓得他差点叫出声来。摸他的人嘻嘻笑着，说："脸这么白，怎么跟个娘儿们一样。"王风的两个耳膜使劲往脑袋里面挤，觉得耳膜似乎在变厚，听觉跟窑上也不一样。那个摸他的人在面前跟他说话，他听见声音却很远。

王明君对窑底的人说："这是我侄子，请师傅们多担待。"他命王风："快喊大爷。"

王风就喊了一声大爷。王风听见自己嘴里发出的声音也有些异样，好像不是他在说话，而是他的影子在说话。

在往巷道深处走时，从未下过窑的中学生王风不仅是紧张，简直有些恐怖了。巷道里没有任何照明设备，前后都漆黑一团。矿灯所照之处，巷道又低又窄，脚下也坑洼不平。巷道的支护异常简陋，两帮和头顶的岩石面目狰狞，如同戏台上的牛头马面。如果阎王有令，说不定这些"牛头马面"随时会猛扑下来，捉他们去见阎王。王风面部肌肉僵硬，瞪着恐惧的双眼，紧紧跟定二叔，一会儿低头，一会儿弯腰，一步都不敢落下。他很想拉住二叔的后衣襟，怕二叔小瞧他，就没拉。二叔走得不慌不忙，好像一点也不害怕。他不由得对二叔有些佩服。他开始在心里承认这个半路上遇到的二叔了，并对二叔产生了一些依赖思想。二叔提醒他注意。他还不知道注意什么，咚的一声，他的脑袋就撞在一处压顶的石头上了，尽管他戴着安全帽，他的头还是闷疼了一下，眼里也直冒碎花。

二叔说："看看，让你注意，你不注意，撞脑袋了吧？"

王风把手伸进安全帽里搓了两下，眼里又含了泪。

二叔问："怎么样，这里没有你们学校的操场好玩吧！"

王风脑子里快速闪过学校的操场，操场面积很大，四周栽着钻天的白杨。他不知道同学们这会儿在操场里干什么。而他，却钻进了一个黑暗和可怕的地方。

二叔见他不说话，口气变得有些严厉，说："我告诉你，窑底下可是要命的地方，死人不当回事。别看人的命在别的地方很皮实，一到窑下就成了薄皮子鸡蛋。鸡蛋在石头缝儿里滚，一步滚不好了，就得淌稀，就得完蛋！"

王明君这样教训王风时，张敦厚正在王风身后站着。张敦厚把镐头平端起来，做出极恶的样子在王风头顶比画了一下，那意思是说，这一镐下去，这小子立马完蛋。王明君知道，张敦厚此刻是不会下手的，点子没喂熟不说，他们还没有赢得窑主的信任。再说了，按照“轮流执政”的原则，这个点子应该由他当二叔的来办，并由他当二叔的哭丧。张敦厚奸猾得很，你就是让他办，让他哭，他也不会干。

张敦厚和王明君要在挖煤方面露一手，以显示他们非同一般的技术。在他们的要求下，矿上的窑师分配给他们在一个独头的掌子面干活儿。所谓独头儿，就像城市中的小胡同一样，是一个此路不通的死胡同。独头掌子面跟死胡同又不同。死胡同上面是通天的，空气是流动的。独头掌子面上下左右和前面都堵得严严实实。它更像一只放倒的瓶子，只有瓶口那儿才能进去。瓶子里爬进了昆虫，若把瓶口一塞，昆虫就会被闷死。独头掌子面的问题是，尽管巷道的进口没被封死，掌子面的空气也出不来，外面的空气也进不去。掌子面的空气是腐朽的，也是死滞的，它是真正的一潭死水。人进去也许会把“死水”搅和得流动一下，但空气会变得更加混浊，更加黏稠，更加呼吸不动。这种没有任何通风设备的独头掌子面，最大的特点就是闷热。煤虽然还没有燃烧，但它本身固有的热量似乎已经开始散发。它散发出来的热量，带着亿万年煤炭生成时那种沼泽的气息、腐植物的气息，和溽热的气息。一来到掌子面，王风就觉得胸口发闷，眼皮子发沉，汗水流得更欢。

张敦厚说：“操他妈的，上面还是天寒地冻，这里已经是夏天了。”

说着，张叔叔和二叔开始脱衣服。他们脱得光着膀子，只穿一件单裤。二叔对王风说：“愣着干什么，还不把衣服脱掉！”

王风没有脱光膀子，上身还保留着一件高领的红秋衣。

二叔没有让王风马上投入干活儿，要他先看一看，学着点儿。

二叔和张叔叔用镐头刨了一会儿煤，热得把单裤也撕巴下来了，就那么光着身子干活儿。刚脱掉裤子时，他们的下身还是白的，又干了一会儿，煤粉沾满一身，他们就成黑的了，跟煤壁乌黑的背景几乎融为一体。王风不敢把矿灯直接照在他们身上，这种远古般的劳动场景让他震惊。他慢慢地转着脑袋，让头顶的矿灯小心地在煤壁上方移动。哪儿都是黑的，除了煤就是石头。这里的石头也是黑的。王风不知道这是在哪里，不知上面有多高，下面有多厚；也不知前面有多远，后边有多深。他想，煤窑要是塌下来的话，他们跑不出去，上面的人也没法救他们，他们只能被活埋，永远被活埋。有那么一刻，他产生了一点幻觉，把刨煤的二叔看成了他爹。爹赤身裸体地正刨煤，煤窑突然塌了，爹就被埋进去了。这样的幻觉使他不寒而栗，几乎想逃离这里。这时二叔喊他，

让他过去刨一下煤试试。他很不情愿，还是战战兢兢地过去了。煤壁上的煤看上去不太硬，刨起来却感到很硬，镐尖刨在上面，跟刨在石头上一样，震得手腕发麻，也刨不下什么煤来。他刚刨了几下，头上和浑身的大汗就出来了。汗流进眼里，是辣的。汗流进嘴里，是咸的。汗流进脊梁沟里，把衣服溻湿了。汗流进裤裆里，裤裆里湿得跟和泥一样。他流的汗比刨下的煤还多。他落镐处刨不下煤来，上面没落镐的地方却掉下一些碎煤来，碎煤哗啦一响，打在他安全帽上。他以为煤窑要塌，惊呼一声，扔下镐头就跑。

二叔喝住了他，骂了他，问他跑什么，瞎叫什么！“你的胆还没老鼠的胆子大呢，像个男人吗！像个挖煤的人吗！要是怕死，你趁早滚蛋！”

王风惊魂未定，委屈也涌上来，他又哭了。

张敦厚打圆场说：“算了算了，谁第一次下窑都害怕，下几次就不怕了。”他怕这个小点子真的走掉。

二叔命王风接着刨，并让他把衣服都扒掉。王风把湿透的秋衣脱下来了。二叔说：“把秋裤也脱掉，小鸡巴孩儿，这儿没有女人，没人咬你的鸡巴！”

王风抓住裤腰犹豫了一下，才把秋裤脱下来了。但他还保留了一件裤衩，没有彻底脱光。裤衩像是他身体上最后的防线，他露出恼怒和坚定的表情，说什么也不放弃这最后的防线了。

一个运煤的窑工到掌子面来了，二叔替下了王风，让王风帮人家装煤。二叔跟运煤工说：“让我侄子帮你装煤吧。”

运煤工说：“不用不用，我自己来。你侄子岁数不大呀。”

“我侄子是不大，还不到二十岁。”

王风看见，运煤工拉来一辆低架子带轱辘的拖车，车架子上放着一只长方形的大荆条筐。他们就是把煤装进荆条筐里。王风还看见，车架子一角挂着一个透明的大塑料瓶子，瓶子里装着大半瓶子水。一看见水，王风感到自己渴了，喉咙里像是在冒火。他很想跟运煤工商量一下，喝一口他的水。但他闭上嘴巴，往肚子里干咽了两下，忍住了。

运煤工问他：“小伙子，发过市吗？”

王风眨眨眼皮，不懂运煤工问的是什么意思。

张敦厚解释说：“他是问你跟女人搞过没有。”

王风赶紧摇摇头。

运煤工笑了，说：“我看你该发市了，等挣下钱，让你叔带你发发市去。”

王风把发市的意思听懂了，他像是受到了某种羞辱一样，对运煤工颇为不满。

荆条筐装满了，运煤工把拖车的绳袢斜套在肩膀上，拉起沉重的拖车走了。运煤工的腰弯得很低，身子贴向地面，有时两只手还要在地上扒一下。从后面看去，拉拖车的不像是一个人，更像是一匹骡子，或是一头驴。

十一

他们上的是夜班。头天下窑时，太阳还没落山。第二天出窑时，太阳已经升起来了。

当王风从窑口出来时，他的感觉像是做了一个长长的噩梦，终于醒过来了。为了证实确实醒过来了，他就四下里看。他看见天觉得亲切，看见地觉得亲切。连窑口拴着的那只狼狗，他看着也不似昨日那么可怕和讨厌了。也许是刚从黑暗里出来阳光刺目的缘故，也许他为窑上的一切所感动，他的两只眼睛都湿得厉害。

窑工从窑里出来，洗个热水澡是必须的。澡塘离窑口不远，只有一间屋子。迎门口支着一口特大号的铁锅。锅台后面，连着锅台的后壁砌着一个长方形的水泥池子。水烧热后，起进水泥池子里，窑工就在里面洗澡。这样的大锅王风见过，他们老家过年时杀猪，就是把吹饱气的猪放进这样的大锅里退毛。锅底的煤火红通通的，烧得正旺。大铁锅敞着口子，水面上走着缕缕热气，刚到澡塘门口时，由于高高的锅台挡着，王风没看见里面的水泥池子，还以为人直接跳进大锅里洗澡呢！这可不行，人要跳进锅里，不把人煮熟才怪。等他走进澡塘，看见水泥池子，并看见有人正在水泥池子里洗澡，才放心了。

洗澡不脱裤衩是不行了。王风趁人不注意，很快脱掉裤衩，迈进水泥池子里去了。池子里的水已稠稠的，也不够深，王风赶紧蹲下身子，才勉强把下身淹住。他腿裆里刚刚生出一层细毛，细毛不但不能遮羞，反而增添了羞。这个时候的男孩子是最害羞的。比如刚从蛋壳里出来不久的小鸟，只扎出了圆毛，还没长成扁毛，还不会飞，这时的小鸟是最脆弱的，最见不得人的。王风越是不愿意让人看他那个地方，在澡塘里洗澡的那些窑工越愿意看他那个地方。一个窑工说：“哥们儿，站起来亮亮，咱俩比比，看谁的棒。”另一个窑工对他说：“哥们儿，你的鸟毛还没扎全哪！”还有一个窑工说：“这小子还没开过壶吧！”他们这么一逗，王风臊得更不敢露出下身了。他蹲着移到水池一角，面对澡塘的后墙，用手撩着水洗脸搓脖子。

一个窑工向着澡塘外面，大声喊："老马，老马！"

老马答应着过来了，原来是一个年轻媳妇。年轻媳妇说："喊什么喊，这多好的水还埋不住你的腚眼子吗！"

喊老马的窑工说："水都凉了，你再给来点热乎的，让我们也舒服一回。"

"舒服你娘那脚！"年轻媳妇一点也不避讳，说着就进澡塘去了。

那些光着肚子洗澡的窑工更有邪的，见年轻媳妇进来，他们不但不躲避，不遮羞，反而都站起来了，面向年轻媳妇，把阳具的矛头指向年轻媳妇。他们咧着嘴，嘿嘿地笑着，笑得有些傻。只有王风背着身子，躲在那些窑工后面的水里不敢动。他不知道会发生什么样的事。

当年轻媳妇从大锅里起出一桶热水，泼向他们身上时，他们才一起乱叫起来。也许水温有些高，泼在他们身上有点烫。也许水温正好，他们确实感到舒服极了。也许根本就不是水的缘故，而是另有原因，反正他们的确兴奋起来了。他们的叫声像是欢呼，但调子又不够一致。叫声有的长，有的短，有的粗，有的细，而且发的都是没有明确意义的单音。如果单听叫声，人们很难判断出他们是一群人，还是一群别的什么动物。

"瞎叫什么，再叫老娘也没奶给你们吃！"年轻媳妇又起了一桶水，倒进水池里。

一个窑工说："老马，这里有个没开壶的哥们儿，你帮他开开壶怎么样？"

窑工们往两边让开，把王风暴露出来。

"什么？没开过壶？"老马问。

有人让王风站起来，让老马看看，验证一下。

王风知道众人都在看他，那个女人也在看他，他如针芒在背，恨不得把头也埋进水里。

有人动手拉王风的胳膊，有人往后扳王风的肩膀，还有人把脚伸到王风屁股底下去了，张着螃蟹夹子一样的脚指头，在王风的腿裆里乱夹。

王风恼了，说："谁再招我，我就骂人！"

二叔说话了："我侄子害羞，你们饶了他吧。"

年轻媳妇笑了，说："看来这小子真没开过壶。钻窑门子的老不开壶多亏呀，你们帮他开开壶吧！"

一个窑工说："我们要是会开壶还找你干什么，我们没工具呀！"

年轻媳妇说："这话稀罕，我不是把工具借给你了吗？"

那个窑工一时不解，不知年轻媳妇指的是什么。别的窑工也在那个窑工身上乱找，不明白年轻媳妇借给他的工具在哪里。

年轻媳妇把题意点出来了，说："你们往他鼻子底下找。"

众人恍然大悟似的笑了。

王风睡觉睡得很沉，连午饭都没吃，一觉睡到了半下午。刚醒来时，他没弄清自己在哪里。眨眨眼，他才想起来了，自己睡在窑工宿舍里。这个宿舍是圆形的，半截在地下，半截在地上。进宿舍的时候先要下几级台阶，出宿舍也要先低头，先上台阶。整个宿舍打成了地铺，地铺上铺着碎烂的谷草。宿舍没有窗户，黑暗得跟窑下差不多。所以宿舍里一天到晚开着灯。灯泡上落了一层毛茸茸的东西，也很昏暗。王风看见，二叔和张叔叔也醒了，他们正凑在一起吸烟，没有说话。二位叔叔眉头皱着，他们的表情像是有些苦闷。宿舍还住着另外几个窑工，有的还在大睡，有的捏着大针缝衣服，有的把衣服翻过来在捉虱子。还有一个窑工，身子靠在墙壁上，在看一本书。书已经很破旧了，封面磨得起了毛。隐约可以看见，封面上的人物穿的是大红大绿的衣服，好像还有一把闪着光芒的剑。王风估计，那个窑工看的可能是一本武侠小说。

王风欠起身来，把带来的挎包拉在手边打开了。他从挎包里拿出来的是他的课本，有英语、物理、政治、语文等。每拿出一本，他翻了翻，放下了。翻开语文课本时，他从课本里拿出一张照片看起来。照片是他们家的全家福，后面是他爹和他娘，前面是他和妹妹。看着看着，他就走神了，心思就飞回老家去了。

"王风，看什么呢？"二叔问。

王风抽了一个冷战，说："照片，我们家的照片。"

"给我看看。"

王风把照片递给了二叔，指着照片上的他爹介绍说："这个就是我爹。"

二叔虎起脸子，狠瞪了他一眼。

王风急忙掩口。他意识到自己失口了，哪有当弟弟的不认识哥哥的。

二叔说："我知道，这张照片我见过。"说了这句，他意识到自己也失口了，差点露出一个骇人的线索。为了掩饰，他补充了一句："这张照片是在咱们老家照的。"

张敦厚探过头来，把照片看了一下，他只看了一下就不看了，转向看王明君的眼睛。

王明君也在看他。

两个人同时认定，这张照片跟张敦厚上次撕掉的那张照片一模一样，照片

上的那个男人正是他们上次办掉的点子，不用说，这小子就是那个点子的儿子。

二叔把照片还给了王风，说：“这张照片太小了，应该放大一张。”王风刚接到照片，他又把照片抽回来了，说：“这样吧，我正好到镇上有点事，顺便给你放大一张。”说着就把照片放进自己口袋里，站起来出门去了。往外走时，他装作无意间碰了张敦厚一下。张敦厚会意，跟在他后面向宿舍外头走去。来到一条山沟里，他们看看前后无人，才停下来了。王明君说：“坏了，在火车站这小子一说他姓元，我就觉得不大对劲，怀疑他是上次那个点子的儿子，我就不想要他。看来真是那个点子的儿子，操他妈的，这事儿怎么这么巧呢！”

张敦厚说：“这有什么，只要是两条腿的，谁都一样，我只认点子不认人！”

“咱要是把这小子当点子办了，他们家不是绝后了吗！”

“他们家绝后不绝后跟咱有什么关系，反正总得有人绝后。”

“我总觉得这事儿有点奇怪，这小子不是来找咱们报仇的吧？”

“要是那样的话，更得把他办掉了，来个斩草除根！”他的手向王明君一伸：“拿来！”

“什么？”

“照片。”

王明君把照片掏出来了，递给了张敦厚。张敦厚接过照片，连看都不看，就一点一点撕碎了。他撕照片的时候，眼睛却瞅着王明君，仿佛是撕给王明君看的。

王明君没有制止他撕照片，说：“你看我干什么？”

“不干什么，你不是要给他放大吗？”

“去你妈的，你以为我真要给他放大呀，我觉得照片是个隐患，那样说是为了把照片从他手里要过来。”

张敦厚把撕碎的照片扔在地上，一只脚踩上去使劲往土里拧。拧不进土里，他就用脚后跟蹬出一些碎土，把照片的碎片埋上了。

十二

第二次从窑里出来，王风有了收获，带到窑上一块煤。煤块像一只蛤蜊那么大，一面印着一片树叶。发现这块带有树叶印迹的煤时，王风显得十分欣喜，马上拿给二叔看，说：“二叔二叔，你看，这块煤上有一片树叶，这是树叶的化石。”

二叔说："这有什么稀罕的。"

王风说："稀罕着呢。老师给我们讲过，说煤是森林变成的，我们还不相信呢。有了这块带树叶的煤，就可以证明煤确实是亿万年前的森林变成的。"

"煤就是煤，证明不证明有什么要紧。煤是黑的，再证明也变不成白的。好了，扔了吧。"

"不，我要把这块煤带回老家去，给我妹妹看看，给老师看看。"

"你打算什么时候回老家？"

"我也不知道。听二叔您的，您说什么时候回，咱就什么时候回。"

王明君牙齿间冷笑了一下，心说："你小子还惦着回老家呢，过个三两天，你的魂儿回老家去吧。"

王风把煤块拿到宿舍里，又在那里反复看。印在煤上的树叶是扇面形的，叶梗叶脉都十分清晰。王风不知道这是什么树的叶子，也许这样的树早就绝种了。他用手指的肚子把"扇面"轻轻摸了一下，还捏起两根指头去捏树叶的叶梗。他想，要是能从煤上揭下一片黑色的树叶，那该多好呀。

同宿舍有一位岁数较大的老窑工问他："小伙子，看什么呢？"

"树叶，长在煤上的树叶。"

"给我看看行吗？"

王风把煤块给老窑工送过去了。老窑工翻转着把煤块端详了一下，以赞赏的口气说："不错，是树叶。这树叶就是煤的魂哪！"

王风有些惊奇，问："煤还有魂？"

老窑工说："这你就不懂了吧，煤当然有魂。以前这地方不把煤叫煤，你知道叫什么吗？"

"不知道。"

"叫神木。"

"神木？"

"对，神木。从前，这里的人并不知道挖煤烧煤。有一年发大水，把煤从河床里冲出来了。人们看见黑家伙身上有木头的纹路，一敲当当响，却不是木头，像石头。人们把黑家伙捞上来，也没当回事，随便扔在院子里，或者搭在厕所的墙头上了。毒太阳一晒，黑家伙冒烟了，这是怎么回事，难道黑家伙能当木头烧锅吗？有人把黑家伙敲下一块，扔进灶膛里去了。你猜怎么着，黑家伙烘烘地着起来了，浑身通红，冒出的火头蓝莹莹的，真是神了。大家突然明白了，这是大树老得变成神了，变成神木了。"

王风听得眼睛亮亮的，说："我这块煤就是带树叶的神木。"

王明君不想让王风跟别人多说话，以免露了底细，说："王风，我让你刮胡子你刮了吗？"

"还没刮。"

"你这孩子就是不听话，要是这样的话，下次我就不带你出来了。马上刮去吧。"

王风从书包里拿出刮胡子刀，开始刮胡子。他把唇上的一层细细的绒毛摸了摸，迟疑着下不了刀子。他这是平生第一次刮胡子，心里不大情愿。他也听说过，胡子越刮长得越旺。他不想让胡子长旺。男同学们都不想让胡子长旺。胡子一长起来，就不像个学生了。可是，二叔让他刮，他不敢不刮。二叔希望他尽快变成一个大人的样子，他不能违背二叔的意志。把刀片的利刃贴在上唇上方，他终于刮下了第一刀。胡子没有发出什么声响，第一茬胡子就细纷纷地落在地铺的谷草上。他是干刮，既没湿水，也没打肥皂。刮过之后，他觉得嘴唇上面有点热辣辣的，像是失去了什么。他不由得生出了几分伤感。

下午睡醒后，王风拿出纸和笔，给家里人写信。他身子靠着墙，把课本搁在膝盖上，信纸垫着课本写。娘不识字，他把信写给妹妹了。他以前没写过信，每写一句都要想一想。想起妹妹，好像是看见了妹妹。问起娘，好像是看到了娘。提到尚未找到的爹，他像是看到了爹。不知怎么留下的印象，他想到每一位亲人，那位亲人就以一种特定的形象出现在他的脑海里，妹妹是在娘面前哭，怕娘不让她上学。娘是满头草灰、满头大汗地在灶屋里做饭。爹呢，则是背着铺盖卷儿刚从外面回家。亲人的形象在他脑子里闪过，他的鼻子酸了又酸，眼圈红了又红。要不是他揉了好几次眼，他的眼泪几乎打在信纸上了。

张敦厚碰碰王明君，意思让他注意王风的一举一动。王明君看出王风是给家里人写信，故意问道："王风，给女同学写信呢？"

王风说："不是，是给我妹妹写。"

"你在学校里跟女同学谈过恋爱吗？"

王风的脸红了，说："没有。"

"为什么？没有女同学喜欢你吗？"

"老师不准同学们谈恋爱。"

"老师不准的事儿多着呢，你偷偷地谈，别让老师发现不就得了。跟二叔说实话，有没有女同学喜欢过你。"

王风皱起眉想了一下，还是说没有。

“再到学校自己谈一个，那样我和你爹就不用操你的心了。”

王风写完了信，王明君马上把信要过去了，说他要到镇上办点事，捎带着替王风把信送到邮局发走。王风对二叔深信不疑。

王明君拿了信，就到附近的一条山沟里去了。张敦厚随后也去了。他们找了一个背风和背人的地方，坐下来看王风的信。王风在信上告诉妹妹，他现在找到了工作，在一个矿上挖煤。等他发了工资，就给家里寄回去，他保证不让妹妹失学。他要妹妹一定要努力学习。说他放弃了上学，正是为了让妹妹好好上学，希望妹妹一定要争气啊！他问娘的身体怎么样，让妹妹告诉娘，不要挂念他。他用了一个词，好男儿志在四方。他也是一个男儿，不能老靠娘养活，该出来闯一闯了。还说他工作的地方很安全，请娘不要为儿担心。他说，他还没有打听到爹的下落，他会继续打听，走到哪里打听到哪里。有了钱后，他准备到报社去，在报纸上登一个寻人启事。他不相信爹会永远失踪。王明君还没把信看完，张敦厚捅了他一下，让他往山沟上面看。王明君仰起脸往对面山沟的崖头上一看，赶紧把信收起来了。崖头上站着一个居高临下的人，人手里牵着一条居高临下的狗，人和狗都显得比较高大，几乎顶着了天。人是本窑的窑主，狗是窑主的宠信。窑主及其宠信定是观察过他们一会儿了，窑主大声问：“你们两个干什么呢？鬼鬼祟祟的，不是在搞什么特务活动吧？”

狼狗随声附和，冲他们威胁似的低吠了两声。

王明君说：“是矿长呀！我让侄子给家里写了一封信，我给他看看有没有错别字。”

“看信不在宿舍里看，钻到这里干什么！”

“我要把信送走，不知道路，一走就走到这里来了。”

“我告诉你们，要干就老老实实地干，不要给我捣乱！”

狗挣着要往山沟下冲，窑主使劲拽住了它，喝道：“哎，老希，老希，老实点儿！”窑主给老希指定了一个方向，他和老希沿着崖头上沿往前走了。老希在前面挣，窑主在后面拖。老希的劲很大，窑主把铁链子后面的皮绳缠在手上，双脚戗地，使劲往后仰着身子，还是被老希拖得跌跌撞撞，收不住势。

王明君一直等到窑主和狗在崖头上消失，才接着把信看完。王风在信的最后说，他遇到了两个好心人，一个是王叔叔，一个是张叔叔。两个叔叔都对他很关心，像亲叔叔一样。王明君把信捏着，却没有说信的事儿。对窑主的突然出现，他心里还惊惊的，吸了一下牙说：“我看这个窑主是个老狐狸，他是不是发现咱们有什么不对劲的地方了？”

张敦厚说:“不可能，他是出来遛狗，偶尔碰见我们了。狗不能老拴着，每天都要遛一遛。你不要疑神疑鬼。”

王明君不大同意张敦厚的说法，说:“反正我觉得这个窑主不一般，不说别的，你听他给狗起的名字，‘希特勒’，把‘希特勒’牵来牵去的人，能是好对付的吗！”

“不好对付怎么的，窑上死了人他照样得出血。你只管把点子办了，我来对付他！”张敦厚把信要过去，看了一遍。他没把信还给王明君，冷笑一下，就把信撕碎了，跟撕毁照片一样。

王明君不悦:“你，怎么回事？”

“我怎么了？”

“我自己不会撕吗！”

“会撕是会撕，我怕你舍不得撕。”

“这是什么意思？”

“什么意思这要问你，你是不是同情那小子了？”

王明君打了一个愣，否认说:“我干吗要同情他！我同情他，谁同情我？”

张敦厚说:“这就对了，你想想看，这信要是发出去，就等于把商业秘密泄露出去了，咱们的生意就做不成了。就算咱硬把生意做了，这封信捏在人家手里，也是一个祸根。”

“就你他妈的懂，我是傻子，行了吧！我把信要过来为什么，还不是为了随时掌握情况，及时堵塞漏洞。我主要是想着，这小子来到人世走一回，连女人是什么味都没尝过，是不是有点亏？”

“这还不好办，把他领到路边饭店，或者发廊，找个女人让他玩一把不就得了。”

“把这个任务交给你，你带他去玩吧。”

张敦厚不由得往旁边躲了一下，说:“那是你侄子，干吗交给我呀！有那个钱，我自己还想玩呢。再说了，咱们以前办的点子，从来没有这个项目，谁管他日不日女人。”

王明君指着张敦厚:“这就是你的态度？你不合作是不是？”

“谁不合作了？我说不合作了吗？”

“那你为什么斤斤计较，光跟我算小账？”

张敦厚见王明君像是恼了，做出了妥协，说:“得得得，钱你先垫上，等窑主把钱赔下来，咱哥儿俩平摊还不行吗！”

张敦厚主张当天下午就带王风去开壶，王明君坚持明天再去。两个人在这个问题上又产生了分歧。张敦厚认为，解决点子要趁早，让点子多活一天，就多一天的麻烦。王明君说，今天他累了，没精神，不想去。要去，由张敦厚一个人带点子去。张敦厚向王明君伸手，让王明君借钱给他。王明君在他手上狠抽了一巴掌，说："借给你一根鸡巴，拿回去给你妹妹用吧！"

不料张敦厚说："拿来，拿来，鸡巴我也要，我炖炖当狗鞭吃。"

"没有你不要的东西，我看你小子完了，不可救药了。"

十三

这天下班后，他们吃过饭没有睡觉，王明君和张敦厚就带王风到镇上去了。按照昨天的计划，在办掉点子之前，他们要让这个年轻的点子尝一尝女人的滋味，真正当一回男人。

走出煤矿不远，他们就看见路边有一家小饭店。饭店门口的高脚凳子上坐着两个小姐。阳光亮亮的，他们远远地就看见两个小姐穿得花枝招展，脸很白，嘴唇很红，眉毛很黑。张敦厚对王风说："看，鸡。"

王风往饭店门前看了看，说："没有鸡呀。"

张敦厚让他再看看。

王风还是没看见，他问："是活鸡还是死鸡？"

张敦厚说："当然是活鸡。"

王风摇头，说："没看见。只有两个女的在那儿嗑瓜子儿。"

"对呀，那两个女的就是鸡。"

王风不解，说："女的是人，怎么能是鸡呢！"

张敦厚笑着拍了一下王明君，说："你二叔对鸡很有研究，让你二叔给你讲讲。"

王风求知似的看着二叔。

二叔说："别听你张叔叔瞎说，我也不懂。女人是人，鸡是鸡。鸡可以杀吃，女人又不能杀吃，干吗把人说成鸡呢！"

张敦厚想了想说："谁说女人不能杀吃，只是杀法不太一样，鸡是杀脖子，女人是杀下边。"

这话王风更不懂了，说："怎么能杀人呢！"

杀人的话题比较敏感了，二叔说："你张叔叔净是胡扯。"

王明君本想把这家小饭店越过去，到镇子上再说。到了跟前，才知道越过去是不容易的。两位小姐一看见他们，就站起来，笑吟吟地迎上去，叫他们"这几位大哥"，给他们道辛苦，请他们到里面歇息。

王明君说："对不起，我们吃过饭了。"

一位小姐说："吃过饭没关系，可以喝点茶嘛。"

王明君说："我们不渴，不喝茶。我们到前边看看。"

另一位小姐说："怎么会不渴呢，出门在外的，男人家没有一个不渴的。"

张敦厚大概想在这里让点子解决问题，问："你们这里都有什么茶，有花茶吗？"

一位小姐说："有呀，什么花都有，你们想怎么花就怎么花。"

两位小姐说着就上来了，样子媚媚的，分别推王明君和张敦厚的腰窝。

二人经不起小姐这样推法，嘴当家腿不当家，说着不行不行，腿已经插入饭店的门口里了。饭店里空空的，没有别的客人。

只有王风站在饭店门外没动。他没见过这样的阵势，不知会发生什么事情。

一个小姐回头关照他，说："这个小哥哥，进来呀，愣着干什么！我们不是老虎，不吃人。"

二叔说："进来吧，咱们坐一会儿。"

王风这才迟疑着进去了。

他们刚坐定，站在柜台里面的女老板过来了，问他们用点什么。女老板个子高高的，姿色很不错，看样子岁数也不大，不会超过三十岁。关键是女老板笑得很老练，很有一股子抓人的魅力，让人不可抗拒。

王明君问："你们这里有什么？"

女老板说："我们这里有小姐呀，只要有小姐，就什么都有了，对不对？"

王明君不由得笑了笑，承认女老板说得很对，但他还是问了一句："你们这里有按摩服务吗？"

"当然有了，你们想怎么按就怎么按，做爱也可以。"

"啊，做爱！"做爱的说法使张敦厚激动得嘴都张大了，"这个词儿真他妈的好听。"

王风的脸红了，眼不敢看人。他懂得做爱指的是什么。

王明君让女老板跟他到一边去了，他小声跟女老板讨价还价。女老板说做一次二百块。他说一百块。后来一百五成交。女老板说："你们三个人，我这里只有两个小姐，你们当中的一个人还要等一下。"

王明君把女老板满眼瞅着，说："加上你不是正好吗，咱俩做怎么样？"

女老板微笑得更加美好，说："我不是不可以做，不过你至少要出五百块。"

王明君说："开玩笑开玩笑。"他把王风示意给女老板看，小声说："那是我侄子，今天我主要是带他来见见世面，开开眼界。"

女老板似乎有些失望。

王明君回过头做王风的思想工作，说："我看你这孩子力气还没长全，干起活儿来没有劲。今天呢，我请人给你治治。你不用怕，一不给你打针，二不让你吃药，就是给你做一个全身按摩。经过按摩，你的肌肉就结实了，骨头就硬了，人就长大了。"

女老板指派一个小姐过来了，小姐对王风说："跟我来吧。"

王风看着二叔。二叔说："去吧。"

跟小姐走了两步，王风又退回来了，对二叔说："我不想按摩，我以后加强锻炼就行。"

二叔说："锻炼代替不了按摩，去吧，听话。我和张叔叔在这里等你。"

饭店后墙有一个后门，开了后门，现出后面一个小院，小院里有几间平房。小姐把王风领到一间平房里去了。

不大一会儿，王风就跑回来了，他满脸通红，呼吸也很急促。

二叔问："怎么回事？"

王风说："她脱我的裤子，还，还……我不按摩了。"

二叔脸子一板，拿出了长辈的威严，说："混蛋，不脱裤子怎么按摩。你马上给我回去，好好配合人家的治疗，人家治疗到哪儿，你都得接受。不管人家用什么方法治疗，你都不许反对。再见你跑回来我就不要你了！"

这时那位小姐也跟出来了，在一旁吃吃地笑。王风极不情愿地向后院走时，王明君却把小姐叫住了，向小姐询问情况。

小姐说："他两手捂着那地方，不让动。"

"他不让动，你就不动了，你是干什么吃的！把你的技术使出来呀！我把丑话说到前面——"说到这里，他看了一眼回到柜台里的老板娘，意思让老板娘也听着，"你要是不把他的东西弄出来，我就不付钱。"

张敦厚趁机把小姐的屁股摸了一把，嘴脸馋得不成样子，说："我这位侄子还是个童男子，一百个男人里边也很难遇到一个，你吸了他的精，我们不跟你要钱就算便宜。"

小姐到后院去了，另一个小姐继续到门外等客，王明君和张敦厚就看着女

老板笑。女老板也对他们笑。他们笑意不明，都笑得有些怪。女老板对王明君说："你对你侄子够好的。"

王明君却叹了一口气说："当男人够亏的，拼死拼活挣点钱，你们往床上一仰巴，就把男人的钱弄走了。有一点我就想不通，男人舒服，你们也舒服，男人的损失比你们还大，干吗还让男人掏钱给你们！"

女老板说："这话你别问我，去问老天爷，这是老天爷安排的。"

说话之间，王风回来了。王风低头走到二叔跟前，低头在二叔跟前站下，不说话。他脸色很不好，身上好像还有些抖。

二叔问："怎么，完事儿了？"

王风抬起头来看了看二叔，嘴一瘪咕一瘪咕，突然间就哭起来了，他咧开大嘴，哭得呜呜的，眼泪流得一塌糊涂。他哭着说："二叔，我完了，我变坏了，我成坏人了……"哭着，一下子抱住了二叔，把脸埋在二叔肩膀上，哭得更加悲痛。

二叔冷不防被侄子抱住，吓了一跳。但他很快明白了这是怎么回事，男孩子第一次发生这事，一点也不比女孩子好受。他搂住了王风，一只手拍着王风的后背，安慰王风说："没事儿，啊，别哭了。作为一个男人，早晚都要经历这种事儿，经历过这种事儿就算长成人了。你不要想那么多，权当二叔给你娶了一房媳妇。"这样安慰着，他无意中想到了自己的儿子，仿佛怀里搂的不是侄子，而是自己的亲生儿子。他未免有些动感情，神情也凄凄的。

那位小姐大概被王风的痛哭吓住了，躲在后院不敢出来。女老板摇了摇头，不知在否定什么。张敦厚笑了一下又不笑了，对王风说："你哭个球呢，痛快完了还有什么不痛快的！"

王风的痛哭还止不住，他说："二叔，我没脸见人了，我不活了，我死，我……"

二叔一下子把他从怀里推开，训斥说："死去吧，没出息！我看你怎么死，我看你知不知道一点好歹！"

王风被镇住了，不敢再大哭，只抽抽噎噎的。

十四

他们三人回到矿上，见窑主的账房门口跪着两个人，一个大人和一个孩子。大人年龄也不大，看上去不过二十七八岁。他是一个断了一条腿的瘸子，右腿连可弯曲下跪的膝盖都没有了，空裤管打了一个结，断腿就那么直接杵在地上。大概为了保持平衡，他右手扶着一支木拐。孩子是个男孩，五六岁的样子。孩子挺着上身，跪得很直。但他一直塌蒙着眼皮，不敢抬头看人。孩子背上还斜挎着一个脏污的包袱。王明君他们走过去，正要把跪着的两个人看一看，从账房里出来一个人，挑挑手让他们走开，不要瞎看。这个人不是窑主，像是窑主的管家一类的人物。他们往宿舍走时，听见管家喝向断腿的男人："不是赔过你们钱了吗，又来干什么！再跪断一条腿也没用，快走！"

断腿男人带着哭腔说："赔那一点钱够干什么的，连安个假腿都不够。我现在成了废人，老婆也跟我离婚了，我和我儿子怎么过呀，你们可怜可怜我们吧！"

"你老婆和你离不离婚，跟矿上有什么关系。你不是会告状吗，告去吧。实话告诉你，我们把钱给接状纸的人，也不会给你。你告到哪儿也没用！"

"求求你，给我儿子一口饭吃吧，我儿子一天没吃饭了，我给你磕头，我给你磕头……"

他们下进宿舍刚睡下，听见外面人嚷狗叫，还有人大声喊救命，就又跑出来了。别的窑工也都跑出来看究竟。

窑口煤场停着一辆装满煤的汽车，汽车轰轰地响着。两个壮汉把断腿的男人连拖带架，往煤车上装。断腿的人一边使劲扭动，拼命挣扎，一边声嘶力竭地喊："放开我！放开我！还我的腿，你们还我的腿！我儿子，我儿子！"

儿子哇哇大哭，喊着："爸爸！爸爸！"

狼狗狂叫着，肥大的身子一立一立的，把铁链子抖得哗哗作响。

两个壮汉像往车上装半布袋煤一样，胡乱把断腿的人扔到煤车顶上去了，把他的儿子也弄上去了。汽车往前一蹿开走了。断腿的人抓起碎煤面子往下撒，骂道："你们都不得好死！"

汽车带风，把小男孩儿头上的棉帽子刮走了。棉帽子落在地上，翻了好几个滚儿才停下。小男孩儿站起来看他的帽子，断腿的人一把把他拉坐下了。

窑主始终没有露面。

回到宿舍，窑工们蔫蔫的，神色都很沉重。那位给王风讲神木的老窑工说："人要死就死个干脆，千万不能断胳膊少腿。人成了残废，连狗都不待见，一辈子都是麻烦事。"

张敦厚悄悄地对王明君说："咱要狠狠地治这个窑主一下子。"

王明君明白，张敦厚的言外之意是催他赶快把点子办掉。他没有说话，扭

脸看了看王风。王风已经睡着了，脸色显得有些苍白。这孩子大概在梦里还委屈着，他的眼睫毛是湿的，还时不时地在梦里抽一下长气。

下午太阳落山的时候，他们从狼狗面前走过，又下窑去了。这是他们三个在这个私家煤窑干的第五个班。按照惯例，王明君和张敦厚应该把点子办掉了。窑上的人已普遍知道了王风是王明君的侄子，这是一。他们的劳动也得到了窑主的信任，窑主认为他们的技能还可以，这是二。连狼狗也认可了他们，对他们下窑上窑不闻不问，这是三。看来铺垫工作已经完成了，一切条件都成熟了，只差把点子办掉后跟窑主要钱了。

窑下的掌子面当然还是那样隐蔽，氛围还是那样好，很适合杀人。镐头准备好了，石头准备好了，夜幕准备好了，似乎连污浊的空气也准备好了，单等把点子办掉了。可是，时间在一分一秒地过去，运煤的已经运了好几趟煤，王明君仍然没有动手。

张敦厚有些急不可耐，看了王明君一次又一次，用目光示意他赶快动手。他大概觉得用目光示意不够有力，就用矿灯代替目光，往王明君脸上照。还用矿灯灯光的光棒子往下猛劈，用意十分明显。然而王明君好像没领会他的意图，没有往点子身边接近。

张敦厚说："哥们儿，你不办我替你办了！"说着笑了一下。

王明君没有吭声。

张敦厚以为王明君默认了，就把镐头拖在身后，向王风靠近。

王风已经学会刨煤了。他把煤壁观察一下，用手掌摸一摸，找准煤壁的纹路，用镐尖顺着纹路刨。他不知道煤壁上的纹路是怎样形成的。按他自己的想象，既然煤是树木变成的，那些纹路也许是树木的花纹。他顺着纹路把煤壁掏成一个小槽，然后把镐头翻过来，用镐头铁锤一样的后背往煤壁上砸。这样一砸，煤壁就被震松了，再刨起来，煤壁就土崩瓦解似的纷纷落下来。王风身上出了很多汗，细煤一落在他身上，就被他身上的汗水黏住了，把他变成了一个黑人，或者是一块人形的煤。不过，他背上的汗水又把沾在身上的煤粉冲开了，冲成了一道道小溪，如果把王风的脊背放大了看，他的背仿佛是一个浅滩，浅滩上淙淙流淌着不少小溪，黑的地方是小溪的岸，明的地方是溪流中的水。中间那道溪流为什么那样宽呢，像是滩上的主河道。噢，明白了，那是王风的脊梁沟。王风没有像二叔和张叔叔那样脱光衣服，赤裸着身子干活，他还是坚持穿着裤衩干活。很可惜，他的裤衩已经看不出原来的颜色了，变成了黑色的。而且，裤衩后面还烂了一个大口子，他每刨一下煤，大口子就张开一下，仿佛是一个垂死呼吸的鱼嘴。这就是我们的高中一年级的一个男生，他的本名叫元凤鸣，现在的代号叫王风。他本来应该和同学们一起，坐在教室里听老师讲课。听老师讲数学讲语文，也跟老师学音乐学绘画。下课后，他应该和同学们到宽阔的操场上去，打打篮球，玩玩单双杠，或做些别的游戏。可是，由于生活所逼，他却来到了这个不为人知的万丈地底，正面临着生命危险。

张敦厚已经走到了王风身后，他把镐头拿到前面去了，他把镐头在手里顺了顺，他的另一只手也握在镐把上了，眼看他就要把镐头举起来——

这时王明君喊了一声："王风，注意顶板！"

王风应声跳开了，脱离了张敦厚的打击范围。他以为真的是顶板出了问题，用矿灯在顶板上照。

王风跳开后，张敦厚被暴露在一块空地里。他握镐的手松垂下来了，镐头拖向地面。尽管他的意图没有暴露，没有被毫无防人之心的王风察觉，他还是有些泄气，进而有些焦躁。他认为王明君喊王风喊的不是时候，不然的话，他一镐下去就把点子办掉了。他甚至认为，王明君故意在关键时候喊了王风一嗓子，意在提醒王风躲避。躲避顶板是假，躲避打击是真。他不明白这是为什么？为什么？难道王明君不愿让他替他下手？难道王明君不想跟他合作了？难道王明君要背叛他？他烦躁不安地在原地转了两圈，就气哼哼地靠在巷道边坐下了。坐下时，他把镐头的镐尖狠狠地往底板上刨去。底板是一块石头，镐尖打在上面，砰地溅出一簇火花。亏得这里瓦斯不是很大，倘是瓦斯大的话，有这簇火花做引子，窑下马上就会发生瓦斯爆炸，在窑底干活的人统统都得完蛋。

张敦厚坐了一会儿，气不但没消，反而越生越大，赌气变成了怒气。他看王风不顺眼，看王明君也不顺眼。他不明白，王风这点子怎么还活着，王明君这狗日的怎么还容许点子活着。点子一刻不死，他就一刻不痛快，好像任务没有完成。王明君迟迟不把点子打死，他隐隐觉得哪里出了毛病，出了障碍，不然的话，这次合作不会如此别扭。王明君让王风歇一会儿，他自己到煤壁前刨煤去了。他刨着煤，还不让王风离开，教王风怎样问顶。说如果顶板一敲当当响，说明顶板没问题。如果顶板发出的声音空空的，就说明上面有了裂缝，一定要加倍小心。他站起来，用镐头的后背把顶板问了问。顶板的回答是空洞的，还有点闷声闷气。王风看看王明君。王明君说，现在问题还不大，不过还是要提高警惕。张敦厚在心里骂道："警惕个屁！"看着王明君对王风那么有耐心，他对他们二人的关系产生了怀疑，难道王明君真把王风当成了自己的亲侄子？难道他们私下里结成了同盟，要联合起来对付他？张敦厚顿时警觉起来，不行，

一定要尽快把点子干掉。于是他装出轻松的样子，又拖着镐头向王风走过去。他喉咙里还哼哼着，像是哼一支意义不明的小曲儿。他用小曲迷惑王风，也迷惑王明君。他在身子一侧又把镐头握紧了，看样子他这次不准备用双手握镐把儿了，而是利用单手的甩力把镐头打击出去。以前，他打死点子时，一般都是从点子的天灵盖上往下打，那样万一有人验伤时，可以轻易地把受伤处推给顶板落下的石头。这次他不管不顾了，似乎要把镐头平甩出去，打在王风的耳门上。就在他刚要把镐头抡起来时，王明君再次干扰了他，王明君喊："唐朝阳！"

提起唐朝阳，等于提起张敦厚上次的罪恶，他一愣，仿佛自己头上被人击了一镐，自己手里的镐头差点松脱了。他没有答应，却问："你喊谁？谁是唐朝阳？"

王明君没有肯定他就是唐朝阳，过去抓住他的一只胳膊，把他拉到掌子面外头的巷道里去了。张敦厚意识到王明君抓他的胳膊抓得有些狠，胳膊使劲一甩，从王明君手里挣脱了。他骂了王明君，质问王明君要干什么。

王明君说："咱不能坏了规矩。"

"什么规矩？"

王明君刚要说明什么规矩，王风从掌子面跟出来了，他不知道两个叔叔之间发生了什么事。

王明君厉声喝道："你出来干什么？回去，好好干活！"

王风赶紧回掌子面去了。

王明君说出的规矩是，他们还没有让王风吃一顿好吃的，还没有让王风喝点上路的酒。

张敦厚不以为然，说："小鸡巴孩儿，他又不会喝酒。"

"会不会喝酒是他的事儿，让不让喝酒是咱的事儿，大人小孩儿都是人，规矩对谁都一样。"

张敦厚很不服，但王明君的话占理，他驳不倒王明君。他的头拧了两下，说："明天再不办咋说？"

"明天肯定办。"

"你啃谁的腚？我看没准儿。"

"明天要是办不成，你就办我，行了吧！"

张敦厚没有说话。

这个时候，张敦厚应该表一个态，指出王明君是开玩笑，他不说话是危险的，至少王明君的感觉是这样。

等张敦厚觉出空气沉闷应该开一个玩笑时，他的玩笑又很不得体，他说："你是不是看中那小子了，要留下做你的女婿呀！"

"留下给你当爹！"王明君说。

十五

最后一个班，王明君在掌子面做了一个假顶。所谓假顶，就是上面的石头已经悬空了，王明君用一根点柱支撑住，不让石头落下来。需要石头落下来时，他用镐头把点柱打倒就行了。这个办法类似用木棍支起筛子捉麻雀，当麻雀来到筛子下面时，把木棍拉倒，麻雀就被罩在下面了。不对，筛子扣下来时，麻雀还是活的，而石头拍下来时，人十有八九会被拍得稀烂。王明君把他的想法悄悄地跟张敦厚说了，这次谁都不用动手，他要制造一个真正的冒顶，把点子砸死。

张敦厚笑话他，认为他是脱下裤子放屁，多此一举。

王明君把假顶做好了，只等王风进去后，他退到安全地带，把点柱弄倒就完了。那根点柱的作用可谓千钧一发。

在王明君煞费苦心地做假顶时，张敦厚没有帮忙，一直用讥讽的目光旁观他，这让王明君十分恼火。假顶做好后，张敦厚却过去了，把手里的镐头对准点柱的根部说："怎么样，我试试吧？"

王明君正在假顶底下，如果张敦厚一试，他必死无疑。"你干什么？"王明君从假顶下跳出来了，跳出来的同时，镐头阻挡似的朝张敦厚抡了一下子。他用的不是镐头的后背，而是镐头的镐尖，镐尖抡在张敦厚的太阳穴上，竟把张敦厚抡倒了。天天刨煤，王明君的镐尖是相当尖利的，他的镐尖刚脱离张敦厚的太阳穴，成股的鲜血就从张敦厚脑袋一侧滋冒出来。这一点既出乎张敦厚的意料，也出乎王明君的意料。

张敦厚的眼睛瞪得十分骇人，他的嘴张着，像是在质问王明君，却发不出声音。但他挣扎着，抱住了王明君的一只脚，企图把王明君拖到假顶底下，他再把点柱蹬倒……

王明君看出了张敦厚的企图，就使劲抽自己的脚。抽不出脚来，他也急眼了，喊道："王风，快来帮我把这家伙打死，就是他打死了你爹，快来给你爹报仇！"

王风吓得往后退着，说："二叔，不敢……不敢哪，打死人是犯法的。"

指望不上王风，王明君只好自己抡起镐头，在张敦厚头上连砸几下，把张敦厚的头砸烂了。

王风捂着脸哭起来了。

"哭什么，没出息！不许哭，给我听着！"王明君把张敦厚的尸体拖到假顶下面，自己也站到假顶底下去了。

王风不敢哭了。

"我死后，你就说我俩是冒顶砸死的，你一定要跟窑主说我是你的亲二叔，跟窑主要两万块钱，你就回家好好上学，哪儿也不要去了！"

"二叔，二叔，你不要死，我不让你死！"

"不许过来！"

王明君朝点柱上踹了一脚，磐石般的假顶骤然落下，烟尘四起，王明君和张敦厚顿时化为乌有。

王风没有跟窑主说王明君是他的亲二叔，他把在窑底看到的一切都跟窑主说了，说的全部是实话。他还说，他的真名叫元凤鸣。

窑主只给了元凤鸣一点回家的路费，就打发元凤鸣回家去了。

元凤鸣背着铺盖卷儿和书包，在一道荒路茫茫的土梁上走得很犹豫。既没找到父亲，又没挣到钱，他不想回家。可不回家又到哪里去呢！

原载《十月》2000年第3期

第七届《十月》文学奖

生活秀

池　莉

一

过夜生活的人最恨什么？最恨白天有人敲门。

谁都知道，下午三点钟之前，千万不要去找来双扬。来双扬已经在多种场合公然扬言，说：她迟早都要弄一支手枪的；说：她要把手枪放在枕头底下睡觉；说：如果有人在下午三点钟之前敲响她的房门；说：她就会摸出手枪，毫不犹豫地，朝着敲门声，开枪！

这天下午一点半，来双扬的房门被敲响了。来双扬睡觉轻，门一被敲响，她就无可救药地醒了。来双扬恨得把两眼一翻，紧紧闭上，躺着，坚决不动。第二下的敲门来得很犹豫，这使来双扬更加恼火，不正常的状态容易让人提心吊胆，人一旦提心吊胆，哪里还会有睡意？来双扬伸出胳膊，从床头柜上摸到一只茶杯。她把茶杯握在手里，对准了自己的房门。

当敲门声再次响起来的时候，来双扬循声投掷出茶杯。茶杯一头撞击在房门上，发出了绝望的破碎声。门外顿时寂静异常。

正当来双扬闭上眼睛准备再次进入睡眠的时候，门外响起了来金多尔稚嫩的声音。

“大姑。”来金多尔怯怯地叫道，“大姑。”

来双扬说：“是多尔吗？”

来双扬十岁的满脸长癣的侄子在门外说：“是……我们。”

来双扬只好起床。

来双扬扣上睡觉时候松开的乳罩，套上一件刚刚能够遮住屁股的男式T恤，

在镜子面前匆忙地涂了两下口红，张开十指，大把梳理了几下头发。

蓬着头发，口红溢出唇线的来双扬，一脸恼怒地打开了自己的房门。

来双扬的门外，是她的哥哥来双元和来双元的儿子来金多尔。父子俩都哭丧着脸，僵硬地叉开两条腿，直直地站立在那里。

一个小时之前，来双元父子在医院拆线出院，他们同时做了包皮环切手术。小金在得知来双元也趁机割了包皮之后，发誓绝对不伺候他们父子。小金是来双元的老婆，来金多尔的妈妈。本来小金是准备照顾儿子的，可是她没有准备照顾丈夫。来双元事先没有与小金商量，就擅自割了包皮，这种事情小金不答应。不是说小金有多么看重来双元的包皮，而是她没有时间全天候照顾家里的两个男人。小金白天炒股，晚上跳广场舞，近期还要去湖南长沙听股票专家的讲座，她不可能全天候在医院照顾来双元父子俩。

小金明确告诉来双元，他们父子出院之后，家里肯定是没有人，她要去湖南长沙了。到时候，来双元父子就自己找地方休养吧。

来双元非常了解老婆小金。但凡是狠话，她一定说话算话。来双元在离开医院之前，怀着侥幸心理往自己家里打了一个电话，果然没有人接听。来双元只好带着儿子，投奔大妹妹来双扬。

来双扬坐在床沿上，两手撑在背后，拖鞋吊在脚尖上，睡眠不足的眼睛猩红地死剜着哥哥来双元。

来双元和儿子来金多尔，面对来双扬，坐一只陈旧的沙发，父子俩撇着四条腿，尽量把裤裆打得开开的。来双元气咻咻地控诉着老婆小金，语句重复，前后混乱，词不达意，白色的唾沫开始在嘴角堆积。随着来双元嘴唇的不断活动，白色唾沫堆积得越来越多，海浪一样布满了海岸线。

“扬扬，”来双元最后说，“我知道你要做一夜的生意，知道你白天在睡觉，可是多尔怎么办？我只有来找你。”

来双扬终于眨巴了几下眼睛，开口说话了。

“崩溃！只有来找我？请问，我是这家里的爹还是这家里的妈？什么破事都来找我，怎么不想想我受得了受不了？你是来家的头男长子，凡事应该是你挑大梁，怎么连自己的老婆都搞不定？既然老婆都没有搞定，你割那破包皮干什么？割包皮是为了她好，她不求你，不懂得感恩，你还去割不成？让她糜烂去吧！你这个人做事真是太离谱了！不仅主动去割，还和多尔同一天割，你这不是自讨苦吃是什么？崩溃吧，我管不了你们！我白天要睡觉，晚上要做生意！”

来双扬是暴风骤雨，不说话则已，一开口就打得别人东倒西歪。来双扬的语气助词是“崩溃”。她一旦使用了“崩溃”，事情就不会简单收场。来双扬之所以这般恼怒，除了她的睡眠被打断之外，更因为她根本就不相信来双元的鬼话。小金这女人一贯损人利己，来双元也经常与她狼狈为奸。来家父子一块儿割包皮这种事情，一定是他们事先商量好了的。

来双元结巴着解释说：“本，本来，我是没有打算和多尔一起做手术的。”

来双扬说：“废话。这不是已经做了。”

来双元继续解释：“因为，因为那天遇上的医生脾气好。现在看病，遇上一个好脾气的耐心细致的医生多不容易。既然遇上了，我就不想轻易放过机会。我只是问医生说我可以不可以割，医生热情地说，那就做了吧。”

来双扬说：“不做又怎样？危及你的性命了吗？”

来双元说：“我还不是为了小金。你知道，她总说我害了她。她的宫颈糜烂了，她对你唠叨过的。”

来双扬说：“那又怎么样？‘鸡’们都有糜烂，职业病，难道还能够要求世界上所有的嫖客都事先去割包皮？”

来双元理屈词穷。他低声下气地说：“好吧。事情都这样了，不说了。我错了好不好？让我和多尔在你这里休养两三天，就两三天。”

来双扬说：“真是崩溃！我这里就一间半房。我白天要睡觉，晚上要做生意。下午三点以后要做账，盘存，进货，洗衣服，洗澡，化妆。我吃饭都是九妹送一只盒饭上来，盒饭而已。你说得轻巧，就住几天！谁来伺候你？走吧走吧！”

来双元不走，赖着。他发现了妹妹厌恶眼神的所在，便赶紧用舌头打扫唇线一带的白色唾沫。他狠狠看了儿子几眼，示意来金多尔说话。

来金多尔不肯说话，刚刚露出水面的小小喉结艰难地上下运动着，结果话没有说出来，眼泪倒是快要出来了。男孩子显然羞于在人前流泪，他竭力地隐忍着，脸上的癣一个斑块一个斑块地粉红起来。来双元着急地捅起儿子来了。突然，来金多尔站起身来，冲向房门，小老虎下山一般。

来双扬动若脱兔。在来金多尔冲出房门之前，来双扬拽住了她的侄子。

来金多尔在来双扬手里倔强地扭动挣扎着，眼皮抹下，死活不肯与来双扬的视线接触。姑侄俩闷不吭声地搏斗着，就像一大一小两只动物。慢慢地，情况在转变，来双扬的动作越来越柔韧，来金多尔的动作逐渐失去了力量和协调。一会儿，来双扬将侄子抱进了怀里。

来金多尔的眼泪悄悄地流了下来。

来双扬的眼泪也无声地流了下来。

来金多尔不能走。来金多尔是来家的希望之星。来金多尔今年十岁，读小学四年级，成绩在班级里一直名列前茅，打一手漂亮的乒乓球，唯一的爱好就是阅读，只要是文字，抓到手里都要读。他妈去朋友家打一天麻将，带了来金多尔去，来金多尔在别人家里看了一天的书和报纸。大堆的书报是他节省自己的午饭钱买的，因为那家里没有什么书报。大家都说来金多尔这孩子将来一定了不得。小金自己都很奇怪，说恐怕我们家这只破鸡窝里要出金凤凰了。母亲的这一辈子看见字就头晕，做儿子的却做梦都在看书。小金闹不懂儿子的性格随谁，因为来双元也不喜欢看书。

只有来双扬知道来金多尔随谁，来金多尔随她。来双扬也没有看多少书。一个在吉庆街大排档夜市卖鸭颈的女人，能够看多少书？但是来双扬心里却喜欢书，也知道尊重读书的人。用来双扬的话说，她不是不喜欢读书，是没有福气没有机会没有那个命。来双扬说来金多尔随她，这话是有来由的。当年来双扬和小金几乎同时有孕，前后几天生产。来双扬的婴儿因为医疗事故夭折了，小金这边婴儿挺好，她却完全没有奶水。来金多尔便被抱过来吃来双扬的奶。这一吃，就吃了三个多月。女人的奶水，不是随便可以给人吃的，她奶了谁谁就是她的亲人了；想不是亲人也不成，母爱随着奶水流进血液里了。来双扬对来金多尔亲，来金多尔对来双扬亲，就跟天生的一样。来双扬没有办法，她知道小金不乐意，她也没有办法。来双扬不能不在心里把来金多尔当作儿子看待。更加上来双扬不能生育了，婚姻也烟消云散了，来双扬怎么能够不把来金多尔当自己的儿子看呢？

别管来金多尔脸上的癣斑，癣斑是暂时的。来金多尔是一个长相英俊的小哥儿，一点不像塌鼻子苞谷牙的小金，也不像连自己的唾沫都管不住的来双元。来金多尔活像他的叔叔来双久，因此眼睛就酷像来双扬了。来家的兄弟姐妹四个，大哥来双元和二妹来双瑗相像，大妹来双扬和小弟来双久相像。久久是来家最漂亮的人物，脸庞那个周正，体态那个风流，眼睛那个妩媚，简直没有挑剔的。谁都叫他久久，谁都不忍心叫他的全名，因为只有久久叫得出亲昵、爱慕与私心来，久久是爱称。来双扬用自己的血汗钱，盘下一爿店铺，叫作久久酒店，送给没有正经职业的久久，让他做老板。可是久久到底还是吸上毒品了。久久进戒毒所三次了。久久的复吸率百分之百。漂亮人物容易自恋，容易孤僻，容易太在乎自己，久久就是这样的一种漂亮人物。久久现在骨瘦如柴，意志消沉，没有固定的女朋友了。指望久久正常地结婚生子，大概只是来双扬的痴心妄想了。现在大家都只能生育一个孩子，来家便只有来金多尔这棵独苗苗了！

用汉口吉庆街的话来说，来金多尔是来双扬的心肝宝贝坨坨糖。任何时候，来双扬都会把来金多尔放在第一位。因此，在父子俩都割了包皮的关键时刻，来双元就把儿子推到第一线了。来金多尔其实已经懂事了。一个小时之前，在医院，来金多尔就与他爸别扭着，他不愿意三点钟之前来敲大姑的门。来金多尔明白来双扬有多么宠爱他，他不想滥用她的宠爱。来金多尔是被父亲强迫的，他的小眼睛里，早就委屈着一大泡泪水了。

爱这个东西，真是令女人智昏，正如权力令男人智昏一样。来双扬在瞬间完全变了一个人，一下子是个毫无原则毫无脾气的慈母了。来双扬抚摸着来金多尔的头发，不知不觉使用了乞求的语气，她说："多尔，大姑不是冲你的。你知道大姑永远都不会冲你的。大姑就怕你不来呢。"

来金多尔说："大姑，我会来的。我会三点钟以后来。"

来双扬说："好孩子！"

来双扬带来金多尔洗脸去了。她会替来金多尔张罗好一切的。她会让他舒舒服服地躺下，递给他一本新买的书。

事情进行到这里，来双元吁出了一口长气。他调整了一下身体，换了一个比较轻松的姿态，点燃了一支香烟，用遥控器打开了电视机。

电视里面有足球！足球最能缓解割过包皮的难受劲儿，足球也最能够让时间快速地过去。足球太好了！

来双元忽然领悟到了小金的英明。他为什么不应该到来双扬这里休养几天呢？来双扬居住的是他们来家的老房子呀！这房子应该有他的份呀！再说了，来双扬既然把来金多尔当成她的儿子，难道她就不应该给他这个做父亲的一点回报吗？再说小金下岗两年了，基本生活费连她自己吃饭都不够，而来双扬在吉庆街做了十好几年了，有一家久久酒店，自己还摆了一副卖鸭颈的摊子，脖子上戴着金项链，手指上戴着金戒指，养着长指甲，定期做美容，衣服总是最时髦的，吃饭是九妹送上楼。盒饭？自己餐馆里聘请的厨师做的盒饭，还会差到哪里去？来双元非常乐意吃这种盒饭，还非常乐意让九妹送上楼。九妹从乡下来汉口好几年了，丑小鸭快要变成白天鹅了，她懂得把胸脯挺高，把腹部收紧了，还懂得把眉毛修细把目光放开了。九妹有一点城市小姐的模样了。九妹是做不成久久的老婆的，久久不吸毒也不会娶九妹。有多少小富婆整夜泡在吉庆街，以期求得久久的青睐。既然九妹不可能是久久的老婆，那么九妹是可以让大家实行"共产主义"的。自己家餐馆里雇的丫头，给大哥送送饭，让大哥看一看，摸一摸，这不是现成的吗？小金真是对的。这小娘儿们真不愧出生在

吉庆街的商贩世家，真正的城市人，为家里打一副小算盘，打得精着呢！来双元可要懂得配合老婆啊，他们要默契地过日子，能够为家里节省一点就节省一点。大家不都是这么在过吗？不杀熟杀谁？哪一户人家，面子不是温情脉脉的，可实质上呢？不都是打着自己的小算盘。来双元又不是傻子。

人人都说来双扬厉害。来双扬不就是那张嘴巴厉害吗？来双元太了解大妹妹来双扬了，典型的刀子嘴，豆腐心。只要赖着，顶过她那一阵子尖酸刻薄，也就成了。自己的亲妹妹，又不是外人，让她刻薄一下无所谓，只要有利可图。

来双扬为什么就不能够帮帮自己的哥哥？不就是割了包皮有几天行动不方便吗？一个男人一生也就割一次包皮，难道来双元还会老来麻烦她？这个来双扬，也真是太不像话了一点。

这一次，来双元在汉口吉庆街来家的老房子里，住定了。

二

来双扬的夜晚是一般人的白天，她的白天是一般人的夜晚。说不清为什么来双瑗到现在也还闹不懂来双扬为什么要黑白颠倒地生活。别人不管闲事，来双瑗喜欢管闲事。偏偏来双瑗还闹不懂，这让来双扬说什么才好？

在吉庆街，来双扬的一张巧嘴，是被公认了的。只有她的妹妹来双瑗不服气，来双瑗读了一个中专之后又读了成人自学高考的大专，学的就是广播专业，出落了一口比较纯正的普通话。所到之处，来双瑗总是先声夺人。有事没事，来双瑗都会找一个话题大肆争辩。有时候，她会把大家搞得莫名其妙，以为她的性格就是如此偏激。其实来双瑗并不是为了表现她性格的偏激，而是为了表现她的机智和雄辩。来双瑗常常在公开场合出口伤人之后，背地里又去低声下气地求和。久而久之，来双瑗的目的也达到了，大家觉得来双瑗还是一个很好的人，就是有一张雄辩的利嘴。姐姐来双扬，与谁说话都占上风，唯独就怕妹妹来双瑗。来双瑗为此，一直暗自得意。她认为，来双扬说是嘴巧，不过就是婆婆妈妈，大街小巷的那一套罢了。在来双扬这里，她简直懒得与来双瑗说话。世界上的道理，没有来双瑗不懂的，可现实生活中的道理，来双瑗没有一条是懂的。比如来双瑗居然就是不懂来双扬的生活方式。

就在最近，姐妹之间又有过一次重要的对话。

来双瑗自然还是规劝和质询姐姐。她说：“扬扬，其实现在已经有好多种选择了，我始终不明白，你干吗一定要过这种不正常的生活？”

来双扬瞅着妹妹，翘起眉梢，半晌才开口。她懒洋洋地说：“你装什么糊涂？”

来双瑗激昂地说：“我没有装糊涂，是你在装糊涂！”

来双扬说：“崩溃！”

来双扬这里的“崩溃”表达一言难尽的感叹。她不再说话了。她懒得说话了。她不知道对妹妹说什么才好。

来双瑗却是不肯放过姐姐的，她得挽救她的姐姐。来双瑗目前受聘于一家电视台的社会热点节目，她正在筹备曝光吉庆街大排档夜市的扰民问题。她不希望到时候她姐姐的形象受到损害。来双扬为什么就不能另找一种职业呢？像来双瑗，她的个人档案和工作关系都还留在远郊的兽医站，可她已经跳槽了十来家单位了。现在就是已经有好多种人生选择了，一个人大可不必非得死盯在一个地方，死做一件事情。来双瑗十年前就放弃了兽医职业，一直应聘于各种新闻媒体，做了好几次惊世骇俗的报道。十年的历练下来，来双瑗在本市文化界树立了独特的个人形象。甚至有著名的评论家，评价来双瑗有鲁迅风格。如此，来双瑗更是不会容忍来双扬的沉默的。

来双瑗下意识地模仿着鲁迅的风格说话，她眉头紧紧挤出一个“川”字，沉痛地说：“扬扬，我推心置腹地告诉你，我是你的亲妹妹，我非常非常地爱你。但是，我实在不能够理解和接受你现在的生活方式，在吉庆街卖鸭颈，一坐就是一夜，与那些胡吃海喝猜拳行令的人混在一块儿，有什么意义？‘久久’完全可以转租给九妹或者别人。吉庆街的房子产权问题，也不是说非得要住在吉庆街才能够得到解决。老房子的产权问题是一个非常复杂的问题，牵涉到一系列的国家政策，几十年的旧账了，不是一朝一夕可以解决的。难道我就不想要回老祖宗的房产吗？NO！只是我没有那么幼稚，这不是三天两头找找房管所，房管所就可以解决的事情。”

来双扬抢白说：“难道要找江泽民？”

来双瑗说：“你这就太不严肃了。反正靠你赖在吉庆街住着，跑跑房管所，肯定是不管用的。好了，这件事情倒是次要的，我们国家的历史上发生了太多的社会变革，房产问题也不是我们来家一家人的问题，是一个历史问题，我们暂时不要去管它了。关键的是，扬扬，我真的要动吉庆街了。现在你们的吉庆街大排档太扰民了。我收到的周边居民的投诉，简直可以用麻袋装。你们彻夜不睡觉，难道要居民们也都彻夜不睡觉？你们彻夜地油烟滚滚，难道让周边居民也彻夜被油烟熏着？你们彻夜唱着闹着，难道也要周边居民彻夜听着？”

来双扬说："来双瑗！你这话我的耳朵都听出茧子来了。是的是的是的，吉庆街夜市与居民是一个矛盾，可是我解决不了！你这话得去说给市长听！市长市长市长！我说过一百次了，真是崩溃！"

来双瑗站起来把手挥动着："扬扬，我讨厌你说'崩溃'！你这个人怎么这么糊涂！我是在替你着想，在说你呢！你退出这种生活就不行吗？你从自己做起就不行吗？你不和卓雄洲眉来眼去就找不到其他的男朋友吗？你害久久害得还不够吗？如果不是在吉庆街混，他会吸毒？你为什么非得日夜颠倒，非得甘于庸俗呢？对不起，扬扬，我今天太激动了，有一些话可能说重了，比如久久，我知道你对他感情最深，照顾最多，但是你的感情太糊涂太盲目了。作为你的妹妹，也许我不要动吉庆街的好，可是我的职业我的良心我的社会责任感，使我不能不做我应该做的事情。我要警告你的是，我们的热点节目，会促使政府取缔你们的。到时候，我会非常痛苦的，你知道吗？"

来双扬点了一支香烟，夹在她的长指甲之间，白的香烟，红的指甲，不在乎的表情，慵懒的少妇。她说："崩溃呀，我是害了久久，我是和卓雄洲眉来眼去，你动吉庆街吧，吉庆街又不是我的！吉庆街又不是没有取缔过的，而且还不止一次。你动吧。"

来双瑗说："扬扬，我真是不明白。我们现在和吉庆街有什么关系？"

来双瑗是不会慵懒的。来双瑗穿着藏青色的职业套裙，披着清纯的直发，做着在电视主持人当中正在流行的一些手势。来双瑗说："扬扬啊，既然你这么固执，这么不真诚，那我就不多说了，你好自为之吧。我实在闹不懂，吉庆街，一条破街，有什么好的呢？小市民的生活，又有什么好的呢？"

来双扬举双手投降，她连她的语气词"崩溃"都不敢说了。来双扬说："行了，我怕你。我天不怕地不怕，就怕来双瑗找我谈话。"

来双扬怎么回答妹妹的一系列质问呢？来双瑗所有的质问只有主观意识，没有客观意识，教导他人的愿望是如此强烈，真把来双扬累着了。

来双扬没有认为吉庆街好，也没有认为小市民的生活好。来双扬没有理论，她是凭直觉寻找道理的。她的道理告诉她，生活这种东西不是说你可以首先辨别好坏，然后再去选择的。如果能够这么简单地进行选择，谁不想选择一种最好的生活？谁不想最富有，最高雅，最自由，最舒适，等等，等等。人是身不由己的，一出生就像种子落到了一片土壤，这片土壤有污泥，有脏水，还是有花丛，有蜜罐，谁都不可能事先知道，只得撞上什么就是什么。来双扬家的所有孩子都出生在吉庆街，他们谁能够要求父母把他们生到帝王将相家？

现在来双瑗很起劲地选择生活，可是这并不表示命运已经认同了她的选择。兽医站的公函，还是寄到吉庆街来了。人家警告说：如果再继续拖欠原单位的管理费，原单位便要将来双瑗除名。来双瑗可以傲慢地说："不理他们！"现在来双瑗是电视台社会热点的特约编辑，胸前挂着出入证自由地出入电视台，有人吹捧她是女鲁迅，她的自我感觉好得不得了，才是懒得去理睬她的兽医站。来双扬却不可以这样，来双扬赶紧设法替妹妹把管理费交清了。来双扬非常明白：来双瑗现在年轻，可是她肯定要老的；现在健康，可是她肯定会生病的。人无千日好，花无百日红。来双扬对于将来的估计可不敢那么乐观。现在来双瑗到处当着特约特聘，听起来好听，好像来双瑗是个人才，人家缺她不可。来双瑗可以这么理解问题，来双扬就不可以了，她要看事情的本质，事情的本质就是：这种工作关系松散而临时，用人单位只发给特聘费或者稿费，根本不负责其他社会福利。如果兽医站真的将来双瑗除了名，那么来双瑗的养老保险，公费医疗，住房公积金等社会福利都成问题了。来双瑗学历低，起点低，眼睛高，才气低，母亲早逝，父亲再婚，哥哥是司机，姐姐卖鸭颈，弟弟吸毒，一家不顶用的普通老百姓，而且祖传的房产被久占不归还，自己又是日益增长着年龄的大龄女青年，在竞争日益激烈的今天，到吉庆街跑新闻的小伙子貌不惊人，可人家都是博士生。来双瑗将来万一走霉运，来双扬不管她谁管她？

来双扬不在吉庆街卖鸭颈，她去做什么？卓雄洲追求她，买了她两年的鸭颈，她不朝他微笑难道朝他吐唾沫？

来双扬实在懒得对来双瑗说这么多话。况且有许多话，是伤害自尊心的，对于敏感高傲又脆弱的来双瑗，尤其说不得。说来双扬是一张巧嘴，正是因为她知道哪些话当说，哪些话不当说；什么话可以对什么人说，什么话不可以对什么人说。要不，她的生意会一直做得那么好？

是人，便有来历，谁都不可能扑通一声从天上掉到自己喜欢的地方。其实来双瑗也在来历里面。来双瑗一直竭力地要从那发黄的来历里挣脱出去，那也情有可原，可是来双瑗怎么就失去了对这来历的理解能力呢？

现在的吉庆街，一街全做大排档小生意。除了每夜努力挣一把油腻腻的钞票之外，免不了喜欢议论吉庆街的家长里短、典故传说。对于那些蛰伏在繁华闹市皱褶里的小街，家长里短、典故传说就是它们的历史，居民们的口口相传就是它们的博物馆。在吉庆街的口头博物馆里，来家的故事是最古老的故事之一。

吉庆街原本是汉口闹市区华灯阴影处的一条背街。最初是在老汉口大智门

城门之外，是云集贩夫走卒，荟萃城乡热闹的地方。二十世纪初，老汉口是大清朝的改革开放特区，城市规模扩展极快，吉庆街就被纳入了市区。那时候正搞洋务运动，西风盛行，城市中心的民居，不再遵循传统的样式，而是顺着街道两边，长长一溜走过去，做的是面对面的两层楼房了。每间楼房都有雕花栏杆的阳台，每扇窗户眉毛上都架设了条纹布的遮阳篷。家家户户的墙壁都连接着，两边的人家说话都不敢大声。妙龄姑娘洗浴过后，来到阳台上梳头发，好看得像一副西洋油画。来双扬的祖父，也就是在那时候赶时髦在吉庆街买了六间房子。来双扬的祖父不能算是有身世的人，他是吉庆街附近一洞天茶馆的半个老板，跑堂出身，勤劳致富了，最多算个比较有钱的人。真正有身世的人，真正有钱的人，不久还是搬走了。花园洋房，豪院大宅的价值和魅力都是永恒的，公寓毕竟是公寓，何况像吉庆街这种老早的、不成熟的、土洋参半的公寓。最终居住下来的，还是普通的市民。当房子开始老化和年久失修的时候，居民的成分便日益低下，贩夫走卒中的佼佼者，也可以买下一间两间旧房了。过时的名妓，年老色衰的舞女，给小报写花边新闻的潦倒文人，逃婚出来沦为暗娼的良家妇女，也都纷纷租住进来了。小街的日常生活里充斥着争吵，呻吟，哭诉和詈骂，还有廉价的胭脂和一团团废弃的稿纸。

这样的小街是没有什么大出息的，只不过从中活出来的人，生命力特别强健罢了。来双扬就是吉庆街一个典型的例子。来双扬十五岁丧母，十六岁被江南开关厂开除。那是因为她在上班第一天遇上了仓库停电，她学着老工人的做法用蜡烛照明。但是人家老工人的蜡烛多少年都没有出问题，来双扬的蜡烛一点燃，便引发了仓库的火灾。来双扬使国家和人民财产遭受了巨大损失，本来是要判刑的。结果工厂看她年幼无知，又看她拼命批判自己，跪在地上哀求，工厂便只是给了她一个处分：除名。在计划经济时代，除名，对于个人，几乎就是绝境了。顶着除名处分的人，不可能再有单位接受。没有了再就业的机会和权利，几乎等同于社会渣滓。来双扬的父亲来崇德，一个老实巴交的教堂义工，实在不能面对来双扬、来双瑗和来双久三张要吃饭的嘴，再婚了。一天夜里，他独自搬到了寡妇范沪芳的家里，逃离了吉庆街。那时候，来双瑗刚读小学，来双久还是一个嗷嗷待哺的幼儿。于是，在一个饥寒交迫的日子里，来双扬大胆地把自家的一只小煤球炉拎到了门口的人行道上。来双扬在小煤球炉上面架起一只小铁锅，开始出售油炸臭干子。

来双扬的油炸干子是自己定的价格，十分便宜，每块五分钱，包括提供吃油炸臭干子必备的作料红剁椒以及简易餐具。流动的风，把油炸臭干子诱人的香味吹送到了街道的每一个角落，人们从每一个角落好奇地探出头来，来双扬的生意一开张就格外红火。城管、市容、工商等有关部门，对于来双扬的行为目瞪口呆。来双扬的行为到底属于什么行为？他们好久好久反应不过来。

来双扬是吉庆街的第一把火。是吉庆街有史以来，史无前例的第一例无证占道经营。安静的吉庆街开始热闹，吃油炸臭干子的人，从武汉三镇慕名而来。来双扬用她的油炸臭干子养活了她和她的妹妹弟弟。可是她的历史意义远不在此，有记载，来双扬是吉庆街乃至汉口范围的第一个个体经营者。自来双扬开始，餐饮业的个体经营风起云涌。用来双元的老婆小金的话说：来双扬是托了邓小平的福。不是邓小平搞改革开放，来双扬胆量再大，也斗不过政府。

总而言之，在吉庆街，来双扬是名人。来双扬是吉庆街最原始的启蒙。来双扬是吉庆街的定心丸。来双扬是吉庆街的偶像。虽说来双扬只卖鸭颈，小不丁点儿的生意，但是她的小摊一直摆在吉庆街的正中央，并且整条街道就她一个人专卖鸭颈。来双扬自己不用说什么的，不用与人家争吵和抢夺地盘。新来做生意的，或者血气方刚的愣头青企图挤走来双扬的小摊，老经营户们不答应，老食客们也不答应。这就是偶像的待遇。众人对来双扬的尊重和维护是自觉的，无须来双扬付出什么。来双扬以她的人生经验来衡量，她认为这就是世界上最来之不易的东西了。

来双扬的鸭颈十块钱一斤，平均一个晚上可以卖掉十五斤。假如万一卖不动，到了快打烊的时候，就会有卓雄洲之类的男子汉出面，将鸭颈全部买走。

来双扬不在吉庆街做，她在哪里做？

来双扬不在吉庆街居住，来双元父子割了包皮怎么办？哪里会有这么好的条件，两个大活人的一日三餐，都有九妹免费送上楼来？难道来双扬真的可以不管来双元父子？她不能！

三

来双瑗的社会热点节目，动到吉庆街的头上，吉庆街大排档很可能再一次被取缔。这一点来双扬丝毫不怀疑。来双扬自己也坦率地承认，吉庆街实在太扰民了。彻夜的油烟，彻夜的狂欢，彻夜的喧闹，任谁居住在这里，谁都受不了。整条街道完全被餐桌挤满，水泄不通，无论是不是司机，谁都会因为交通不方便而有意见。可是，来双扬有什么办法？就像她说的，她又不是市长。如果她是市长，大约她就要考虑，对于吉庆街，光有取缔是不够的。还要有什

么？来双扬就懒得去想了，因为她不是市长，她要操心她自己和他们来家的许多许多事情。

即便是吉庆街被取缔，来双扬不着急。取缔一次，无非她多休息几天而已。前年夏天的取缔，已经是够厉害的了。出动的是政府官员，戴红袖标的联防队员，穿迷彩服的防暴警察和消防队的高压水龙头。吉庆街大排档，不过四百米左右的一条街道，取缔行动一上来，瞬间就被横扫。满满一街的餐桌餐椅，顿时东倒西歪，溃不成军。卖唱的艺人，擦皮鞋的大嫂，各种小姐，纷纷抱头鼠窜。没有证照的厨师，早就从灶间狭小油腻的排风扇口爬了出去，工钱也不要了。来双扬从来不与取缔行动直接对抗。她待在自己家里，坐在将近百年的老阳台上，抓一把葵花子嗑着，从二楼往下瞧着热热闹闹的取缔过程。她眼瞅着久久酒店被贴上封条，眼瞅着她卖鸭颈的小摊子被摔坏，来双扬真是一点不着急。因为战斗毕竟是战斗，来势凶猛但很快就会结束。在取缔结束之后的某一个夜晚，在居民们好不容易获得的安睡时刻，卖唱的艺人，擦皮鞋的大嫂，自学成才的厨师，各种小姐，等等，又会悄悄地潜了回来。啤酒开瓶的声音“砰”的一声划破夜的寂静，简直可以与冲动的香槟酒媲美。

转瞬间，吉庆街又红火起来，又彻夜不眠，又热火朝天，整条街道，又被新的餐桌餐椅摆满。南来北往的客人，又闻风而来，他们吃着新鲜的便宜的家常小炒，听着卖唱女孩的小曲或者艺校长头发小伙子的萨克斯，餐桌底下的皮鞋被大嫂擦得锃亮，只需付她一元钱。卖花的姑娘是宁静的象征，缓缓流动的风景，作为节奏，点缀着吉庆街的紧张的喧闹。她们手捧一筐玫瑰，布衣长裙，平底灯芯绒布鞋，两条辫梢垂在胸口，眼神定定的，自顾自地坚持一种凄楚又哀怜的情调，这情调柔弱但是坚韧，不在乎穿梭算卦的巫婆，不在乎说荤段子的老汉和拍立时得快照的小伙子；也不在乎军乐队吹奏得惊天动地，二胡的“送公粮”拉得欢快无比和“阿庆嫂”的京剧唱得响彻云霄；她们移动的方向受情歌的暗示：

“九妹九妹，可爱的妹妹……”

“妹妹你坐船头，哥哥在岸上走……”

“你到底有几个好妹妹？为何每个妹妹都那么憔悴？”

“已经牵了手的手，来生还要一起走……”

“对面的女孩看过来，看过来看过来……”

“爱就一个字，我只说一次……”

情歌是一条无际的河流，说它有多长它就有多长；有多少玫瑰花，也是送不够的。

还有另外的一种歌，表现吃客的阶级等级：

“月儿弯弯照九州，几家欢乐几家愁，几家高楼饮美酒，几家流落在呀吗在街头。”

“手拿碟儿敲起来，小曲好唱口难开，声声唱不尽人间的苦，先生老总听开怀。”

只要五元钱，阶级关系就可以调整。戴足金项链的漂亮小姐，可以很乐意地为一个民工演唱。二十元钱就可以买哭，漂亮小姐开腔就哭，她们哀怨地望着你，唇红齿白地唱着，双泪长流，真的可以把你的自我感觉提高到富有阶级那一层面。

吉庆街大排档就是这样，野火烧不尽，春风吹又生。一次又一次，取缔多少次就再生多少次。取缔本身就是广告，每次取缔，上万的人挤满大街看热闹。第二天，上万张嘴巴回去把消息一传，吉庆街的名气反而更大了。天南海北的外地人，周末坐飞机来武汉，白天关在宾馆房间睡大觉，夜晚来吉庆街吃饭，为的是欢度一个良宵。吉庆街实际上已经不仅仅是一个吃饭的大排档。在吉庆街，二十三十元钱，也能把一个人吃得撑死；菜式，也不登大雅之堂，就是家常小炒，小家碧玉邻家女孩而已。在吉庆街花钱，主要是其他方面，其他随便什么方面。有意味的就在于“随便”两个字，任你去想象。吉庆街是一个鬼魅，是一个感觉，是一个无拘无束的漂泊码头，是一个大自由，是一个大解放，是一个大杂烩，一个大混乱，一个可以睁着眼睛做梦的长夜，一个大家心照不宣表演的生活秀。

这就是人们的吉庆街。

卓雄洲，一位体面的成功男士，在某一个夜晚，便装前来，仅仅花了五十元钱，就让一个军乐队为他演奏了十次打靶歌。卓雄洲再付五十元，军乐队便由他指挥了，又是十次打靶歌。卓雄洲请乐队所有乐手喝啤酒，大家一起疯狂，高唱：“日落西山红霞飞，战士打靶把营归，把营归；胸前红花映彩霞，愉快的歌声满天飞，咪嗦啦咪嗦，啦嗦咪哆来，愉快的歌声满天飞。一，二，三——四！”这个在军营里度过了人生最可留恋的青春时光的中年人，每一个大白天

都必须西装革履正襟危坐，到专门的吸烟区才能够吸烟。晚上他来到吉庆街，放开嗓门大喊“一，二，三——四！”该是多么舒畅和惬意。那夜，卓雄洲在久久酒店喝得酩酊大醉，一眼看上了来双扬，把来双扬的鸭颈全部买了下来。

那夜，恰巧有月亮。起初，来双扬试图与卓雄洲对视。经过超常时间的对视之后，来双扬没有能够成功地逼退卓雄洲。来双扬只好撤退。来双扬从卓雄洲强大的视线里挣脱出自己的目光，随意地抬起了头。就是这个时刻，来双扬看见了那轮满月。那满月的光芒明净温和，纯真得与婴儿的眸子一模一样，刚出生的来金多尔是这样的眼睛，幼年的久久也曾经拥有这样的眼睛。来双扬从来没有在吉庆街看见过这轮月亮，浮华闹市里从来没有这样的月亮。这月亮似乎是为了来双扬的目光有所寄托，才特意出现的。这是恋爱情绪支配下的感动，来双扬的心里莫名其妙地翻涌着一种温暖与诗意。尽管来双扬不可能被卓雄洲一眼就打倒，可她不能不被月亮感动。来双扬毕竟是女人。被人爱慕是女人永远的窃喜，以及所有诗意的源泉。

久久酒店是来双扬送给弟弟来双久的，久久是老板，来双扬是经理。十来平方的小餐馆，什么经理？帮着张罗就是了。久久长成了一个英俊小伙子，葡萄黑眼，英雄剑眉，小白脸，身边美女如云。久久喜欢穿梦特娇丝质T恤，把手机放在面前，端一把宜兴紫砂茶壶，无所事事的样子，小口小口抿茶，眼睛找到了姐姐来双扬，就对她贴心贴肺地一笑，这种笑，久久只给来双扬一个人，谁都不给。吉庆街的空气中有一条秘密通道，专门传递来双扬姐弟的骨肉深情。

这就是来双扬的吉庆街。

来双扬早先是吉庆街的女孩，现在是吉庆街的女人。吉庆街这种背街没有什么大出息，真正有味道的女人也出不了几个。民间的女子，脸嘴生得周正一些的，也就是在青春时期花红一时。青春期过了，也就脏了起来，胳膊随便挥舞，大腿随便岔开，里头穿着短短的三角内裤，裙子也不裹起来，随便就蹲在马路牙子边刷牙，春光乍泄了自己还浑然不觉。来双扬和来双瑗，原先倒也是这般的状况，一点廉耻不懂，很小就蹲在马路牙子边刷牙。后来来双瑗一读书，就乖了起来，懂得羞涩了，憎恨起吉庆街来了。来双扬这方面的知识，开得比她妹妹晚多了。来双扬卖油炸臭干子的时候，还不懂得女人的遮掩，里头不戴乳罩，穿一件领口松弛的衬衣，不时地俯下身子替吃客拿佐料，任何吃客都可以轻易地看见她滚圆的乳房。反而到了后来，来双扬也没有离开吉庆街，却逐渐出落得有味道了。到吉庆街吃饭的男人，毛头小伙子，自然懵里懵懂，只看卖花姑娘，穿超短裙的跑堂小姐和艳装的陪吃女郎。有一点年纪的男人，经过一些风月的男人，最后的目光总是要落到来双扬这里。

来双扬现在很有风韵。来双扬静静地稳坐在她的小摊前，不咋呼，不吆喝，眼睛不乱睃，目光清淡如水，来双扬的二郎腿翘得紧凑服帖，虽是短裙，也只见浑圆的膝盖头，不见双腿之间有丝毫的缝隙。来双扬腰收着，双肩平端着，胸脯便有了一个自然的起落，脖子直得像棵小白杨。有人来买鸭颈，她动作利索干脆，随便人挑选，无论吃客挑选哪一盘，她都有十二分的好心情。钞票，她也是不动手去点收的，给吃客一个示意，让吃客自己把钞票扔在她小摊的抽屉里，如果要找零，吃客自己从抽屉里找好了。来双扬的手不动钞票。来双扬就是一双手特别突出，青春期早已过去，它们依然修长白嫩。现在，来双扬懂得手的美容了，进口的蜜蜡，八十块钱做一次，她也毫不犹豫。她为这双手养了指甲，为指甲做了水晶指甲面，为夹香烟的食指和中指各镶了一颗钻石。当吉庆街夜晚来到的时候，来双扬出摊了。她就那么坐着，用她姣美的手指夹着一支缓缓燃烧的香烟。繁星般的灯光下，来双扬的手指闪闪发亮，一点一滴地跃动，撒播女人的风情，足够勾起许多男人难言的情怀。

卓雄洲最初就是被来双扬的手指吸引过去的。

来双扬在吉庆街的一大群女人中间，完全是鹤立鸡群。吉庆街一般的女人，最多也就是在出门之前，把头发梳光溜一点，把脸洗干净一点。连她们自己家的男人，也都埋怨自己的女人:“做什么生意呀，弄得像一个去铁路上捡煤渣的婆子！没有吃过肉，也看见过猪在地上走吧？学学人家来双扬啊！”来双扬是好学的吗？女人的风韵，难道就是一件两件新衣服穿得来的吗？太不是了。所以说，也就活该来双扬生意兴隆，活该来双扬独自卖鸭颈了。来双扬作为吉庆街的偶像，谁心里都无法不服气的，都说：我操！这女人，跟妖精一样，真把她没有办法！

来双扬青春正好的时候还是邋里邋遢的，能够在吉庆街修炼出这么一番身手，也亏了她的悟性好。来双瑗早早逃离吉庆街，还比来双扬年轻十岁，也不就会长裙套装披肩发扮演清纯？女人二十五岁一过，说你清纯那就是骂你了，清纯就跟人体的某些器官一样，比如胸腺，那都是随着成熟而必然消失的东西。来双瑗却不懂这些。披肩发也不是随便年龄和随便什么头型都能够采用的，来双瑗的额发生得那么低，头发质量枯瘦如麻，怎么能够让它随风飘舞呢？不就是一个小疯婆子吗？来双扬心里明白来双瑗为什么总是站在她的对立面，总是批评她和教导她，与她无休止地斗气；因为来双扬是太招男人喜欢了。太招男人喜欢的女人很容易引起同类的嫉恨，这种嫉恨是天生的，本能的，隐私的，

动物的，令自己羞恼的，死活都不肯承认的，一定要寻找另外的冠冕堂皇的理由来攻击她的，哪怕是姐妹呢，也不例外。来双扬对妹妹的攻击只有一笑了之。不一笑了之怎么办？来双瑗听不得来双扬评价她的举止行为和穿着打扮。一个卖鸭颈的女人，知道什么！来双瑗比她姐姐有文化。

来双扬对来双瑗所谓的文化嗤之以鼻。她心里说：做人都没有做像，还做什么文化人？来双扬没有什么文化，不是什么大人物，但她也懂得如何珍惜成就感。人人都需要成就感。大人物的成就感来得还容易一些，卖鸭颈的来双扬取得一点成就感实在太不容易了，来双扬只能在吉庆街拥有成就感。所以来双扬是不会离开吉庆街的，就算过日夜颠倒的生活，那有什么关系呢？就算来双瑗的社会热点节目再次调动了防暴队，那又有什么关系呢？

四

来双扬有一个理想，很简单，那就是：她的全部生活就只是卖鸭颈。

在灯光灿烂的夜晚，来双扬光鲜地、漂亮地坐在吉庆街中央，从容不迫地吸着她的香烟，心里静静的，卖鸭颈。

可是，来双扬的理想几乎没有实现的可能性。生活不可能只是单纯地卖鸭颈。买鸭颈只是吉庆街的一种表面生活，吉庆街还有它纵横交错的内在生活。

眼下就有一桩事情。说起来是小事一桩，不办还不行，办起来还很麻烦。这不，来双元已经在来双扬这里住了一个星期了。来金多尔三天以后就上学了，蹦蹦跳跳的。来双元却依然叉开两条腿，装着很痛苦的样子，继续休病假。原先说好在来双扬这里休养两三天的，一个星期过去，来双元还没有离开的意思。小金人没有来，电话也没有来，这就不对劲了。来双元是一个有家有口有老婆有工作单位的正常人，怎么可以在妹妹这里一住就是一个星期？怎么可以白吃白喝白要人伺候一个星期？来双扬感觉情况不对劲了。

来双扬在吉庆街长大，在吉庆街打出江山来，她就绝对不是一盏省油的灯。来双元是她的哥哥，哥哥做事情也不能这么没谱的。来金多尔上学以后，来双扬就知道哥哥也基本恢复了。不过来双扬还是继续容留着来双元父子。来双扬等待着哥哥自己开口。过了一个星期，来双元没有开口的迹象，反倒越住越起劲了。来双扬夜晚卖鸭颈并不轻松，看她消消停停地坐在那儿，眼睛冷冷地定着，心里的事情却在翻腾。她得琢磨如何对哥哥开口。这个口其实是不好开的，哥哥一定会难过，也一定会难堪，会觉得她这个妹妹太小气了。来双扬还不好直截了当地说哥哥与小金有默契，人家夫妻之间的默契，你没有证据，不能瞎说的。说得不好，前功尽弃，你伺候了他，招待了他，最后还欠了他的人情。来双扬想着想着，心里陡生委屈：这做人，怎么这么苦啊！

纵然心里有千般委屈万般烦恼，事情总归是要处理的。正好九妹过来，说她绝对不再给来双元送饭了。来双扬瞪九妹一眼，说："你不送饭谁送？"

九妹不送饭谁送？吉庆街白天不做生意，就跟死的一样。久久酒店，便只有九妹一个人。晚上蝴蝶一般穿梭飞舞的姑娘，都是临时工，她们黄昏才来，九妹给她们每人扎一条"久久"的花边围裙，跑起堂来，显得人气升腾。其实来双扬真正能够使唤的，也就是九妹一个人。久久酒店自然还有一个厨师。厨师不送饭。虽说吉庆街的厨师没有文凭没有级别，炒菜也还是有一套的，蔬菜倒进铁锅里，也是要噗的一声冒起明火来的。所以行内也形成了规矩，厨师一般不离开灶台；离开灶台，要么是下班了，要么就得加工钱。九妹也曾央求过厨师给来双元送饭，厨师哪里肯送？吉庆街没有这个规矩的！

一般情况下，来双扬瞪了九妹，九妹就会服从。这一次九妹没有服从来双扬。九妹没有表情地说："反正我不送。"

来双扬再看一眼九妹的脸色，立刻就明白了。来双扬问："告诉我，来双元怎么你了？"

九妹眼皮往下一耷拉，半晌才说："怎么也没有怎么。"半晌又加了一句："反正我死也不给他送饭。"

来双扬心里有数了。她安抚地拍了一把九妹的臀部，说："干活去吧。"

来双扬找到与哥哥开口的由头了。

来双扬进屋就直奔电视机遥控器，抓住它就把电视机关了。来双元在来双扬这里居住的一个星期，来双扬的电视机永远开着。电视机好像是来双元身体的一部分。

来双元说："干什么干什么？"

来双扬说："哥哥，有一句话你知道不知道？"

来双元说："什么话？"

来双扬说："兔子不吃窝边草。"

来双元说："怎么啦？"

来双扬说："怎么啦？你不知道九妹是久久的人？不知道久久是你的亲弟弟？"

来双元说："那个小婊子说我怎么她了？我没有把她怎么样啊！再说，久久

还不是玩她的。久久的女朋友一大堆。久久现在的状况，也结不了婚了，吸毒到他这种程度的人都阳痿了。那个小婊子以为她是谁？金枝玉叶？不就是咱们家养的丫头吗？大公子我摸她一把那还是看得起她呢！”

“崩溃！”来双扬说，“我的哥哥，亏你说得出口！你还是共产党员哪！省直机关车队的司机哪！有妇之夫哪！你害臊不害臊？久久是在谈恋爱，人家两相情愿，你臭久久干什么？九妹也不是咱们家养的丫头，是‘久久’的副经理，人家是有股份的，你别狗眼看人低！”

来双元不耐烦了，说：“好了好了，把电视机打开。现在的男人怎么回事？你在吉庆街做的，还不知道？卓雄洲不也是共产党员吗？不也是有妇之夫吗？你怎么不说他去？别学着来双瑗，教导别人上瘾。你也少给我扣大帽子了，我告诉你，共产党员也是人，也有七情六欲。”

来双元提到卓雄洲，来双扬就被噎住了。卓雄洲专门买她的鸭颈，她对卓雄洲客气有加。这有什么呢？应该是没有什么。可是在吉庆街上，一切都是公开的透明的，一对男女彼此产生了好感，便不由自己辩解你们有没有什么。卓雄洲在持续两年多的时间里，坚持来“久久”吃饭，坚持购买来双扬的鸭颈，谁都不认为卓雄洲疯了，只能认为卓雄洲是对来双扬有意思了。有意思就比较严重了。男女睡觉的勾当，日夜都在发生，大家不以为然，也懒得关注，那是生意；满意不满意，公道不公道，在人家买卖双方。卓雄洲对来双扬有意思，大家就感到有情况了。吉庆街一街的人，在忙着做自己生意的同时，都用眼睛的余光罩着卓雄洲和来双扬的举止行动。卓雄洲的个人情况，已经被大家打听得清清楚楚。来双扬这里，已经无数次受到提醒与警告。别人的事情，旁观者都是心明眼亮的，都知道来双扬应该怎么做：拒绝卓雄洲；或者应该首先要求卓雄洲离婚；或者每天提高鸭颈的价格，直到卓雄洲知难而退。

情况从这种角度被展现，来双扬想解释她与卓雄洲的关系，也是没有办法解释的了。因为她与卓雄洲的关系没有什么可以解释的。

来双元以为自己很厉害，捏住了妹妹的短处。他不禁面露得色，要去拿过双扬手里的遥控器。

来双扬把手一扬，退了两步，没有让来双元拿走遥控器。

来双扬终于把问题提出来了。她说：“我的事情你就别瞎操心了。我自己知道怎么办。我是一个单身女人，我好办。哥哥，九妹死活不肯给你送饭了，你是不是可以回家了呢？”

来双元立刻蔫了，捧住太阳穴，很难过的样子，说：“我就知道你想找借口赶我走。”

来双扬说：“什么叫作赶？你有你自己的家呀！”

来双元说：“那能算家吗？回去吃没有吃的，衣服没有换洗的，小金成天就知道找我要钱炒股，从来没有见她拿过一分钱回来。她一个下岗工人，我还不能说她，人家就等着和你吵架。你看这么多天，她给我们父子打过一个电话没有？要是在家里养病，多尔能够恢复得这么快？”

话题无意中就被来双元转移到了儿子身上。一说到来金多尔，来双扬就被母爱蒙住了心眼。母爱是世界上唯一兼备伟大与糊涂的激情。母爱来了，小事也是大事，大事也是小事。总之，顶顶重要的就是来金多尔，而不是来双元在这里住了多久了。来金多尔，多么好的一个孩子啊！可别被这种家庭环境把心理扭曲了，把学习耽误了，把性格弄坏了。来双扬果真愁肠百结，说：“哥哥，多尔是多好的一个孩子！是多么少有的一个孩子！为了多尔，你千万不要和小金争吵，夫妻感情不和最容易给孩子留下阴影的。”

来双扬丢开让来双元回家的话题了。峰回路转，来双元很是高兴。他也不想对妹妹说狠话。不到某一地步，他也不愿意说吉庆街这老房子也应该有他的一份产权。来双元只是谈谈儿子就够了。他说：“就是啊。我是在尽量避免与小金闹矛盾。这不，她说去长沙听课，我就同意了。其实她听什么课都没有用，现在炒股，大户赚钱的都不多，她们这种小户不就是被人吃吗？”

来双扬的思路完全顺着来双元操纵的方向走了。

来双扬说：“哥哥，你们夫妻的事情，我本来不应该多嘴。可是为了多尔，我还是要多说几句。小金这种人，念书时候的数学课，从来就没有及格过，还炒什么股呢？你得劝她退出股市，找一个适合她的工作，把家里的家务料理好，给多尔创造一个良好的学习环境。只要多尔爱学习，将来送他出国深造，费用我来承担，这是我再三许诺过的。现在我整夜地卖鸭颈做什么？就是为了多尔的将来呀！”

吉庆街的来双扬，卖鸭颈的女人来双扬，她简单的理想是达不到的。她爱谁就为谁着想，爱谁就对谁负责，看见别人都纷纷送孩子出国念书，她也准备将来送侄子出国留学。她的事情多得很呢。

来双元已经是在与妹妹敷衍了。被驱逐的危险已经过去了。他的老婆应该怎么办，那不是来双扬的事情。小金不是没有找过工作，是找不到合适的工作。合适的工作现在都要年轻漂亮高学历的年轻人。如果小金有一份好工作，来双元也不会在来双扬这里蹭饭吃了。这话还有什么说头呢？事情不是明摆着的

吗？来双元打着哈欠，又要遥控器。

来双扬与哥哥来双元的思路完全不一样。她看不见明摆着的事情。她不给来双元遥控器，她更加认真地说："怎么没有适合小金的工作？小金原本就是一个工人，还是做工啊。就是吉庆街，也很缺人手的。"

来双元说："我们小金不洗盘子的。"

来双扬说："不洗盘子就不洗。那我给她介绍一户人家做家务吧。"

来双元说："扬扬！小金怎么能够去做用人呢？"

来双扬说："哥哥啊，什么用人？难听死了。现在叫作家政服务，叫作巾帼家政服务公司。一个工人出身的中年妇女，没有任何一技之长，做家务不是很好吗？肯吃苦的，多做几家，每月上千块的钱也是赚得来的。"

来双元的脸色不好看了。他说："扬扬，你是不是有一点傻？先不说小金愿意不愿意干，就是我这里，也通不过！我堂堂一个省直机关小车队的司机，省委书记和省长都不敢小看我，都要对我客客气气的，否则我的车在半路上出了故障，说请他下车他就得下车。我的老婆，饿死也不会去做用人！"

来双扬说："到了没有饭吃的那一天，我看她做不做？"

来双元说："她要是去做，我就先把她掐死算了，免得丢我的人！"

"崩溃！"来双扬说，"哥哥，你怎么是这样的一个人？你以为你是谁？你以为你们省直机关车队会永远是社会主义大锅饭？你以为你真的整得了省委书记和省长？你少在那儿自以为是好不好？说穿了，你不就是一个车夫吗？你不就是伺候人的吗？"

这一下，来双元就不客气了。他站起来，逼到来双扬的面前，抢走了遥控器。来双元指着妹妹的鼻子说："你侮辱我，那，我也就只好打开窗户说亮话了——我住在这里是理所当然的！你是没有权利赶我走的！这间老房子，是祖辈传下来的。按老规矩，这房子应该传给儿子；就算按现在的法律，我也有份。你凭什么不让我住在这里呢？"

来双元说完，狠劲按了一下遥控器，电视机轰然展开了一个另外的天地，来双元只顾进入那个天地里去了。

来双扬狠狠地念叨着"崩溃崩溃"，她算是领教了哥哥的自私、愚昧和横蛮。真是一娘养九子，九子九个样。闹了半天，来双元的目的就是要住在这里白吃白喝。来双扬忽然明白了：对付哥哥来双元这样的人，她还是太客气了。

"好！"来双扬说，"来双元，你是来家的儿子！你住吧！住吧住吧住吧！"

来双扬自己住到久久酒店去了，挤在九妹的暗楼上，昏天黑地痛哭了一场。

五

来双扬这个女人，哭是要哭的，倔强也是够倔强的，泼辣也是够泼辣的；做起事情来，只要能够达到目的，脸皮上的风云，是可以随时变幻的，手段也是不要去考虑的。

第二天，卖了一整夜鸭颈的来双扬，连睡觉都不要了。一大早，她出门就招手，叫了一辆三轮车，坐了上去，直奔上海街，找她父亲去了。

来双扬的父亲来崇德，居住在上海街他的老伴家里。他的老伴范沪芳，对于来崇德，是没有挑剔的，可就是不喜欢来崇德的四个子女。其中最不喜欢的就是来双扬。

当年来崇德擅自来到上海街，带着私奔的意味与范沪芳结了婚。来崇德的子女，个个都恨父亲。但是，胆敢打上门来的，也就是来双扬一个人。来双扬堵在范沪芳的家门口，叉腰骂街，口口声声骂来崇德的良心叫狗吃了，居然抛弃自己的亲生儿女；口口声声骂范沪芳骚婆娘老妖精，说她在结婚之前就天天缠着来崇德与她睡觉。偏偏范沪芳呢，的确是一个性欲旺盛的女人，年纪轻轻的就守寡，时间长了熬不住，曾经与抢刀磨剪的街头汉子，闹出过一些花边新闻，在上海街一带有一些不好的名声。范沪芳与来崇德恋爱，一方面是看上来崇德为人老实脾气温和，一方面也是看中了来崇德床上的力气。来崇德与范沪芳，两人对于睡觉的兴趣，都是非常的浓烈。要不然，老实人来崇德也不会断然离开吉庆街。在吉庆街，与四个孩子住在一起，做事实在不能尽兴。加上来双扬已经是一个大姑娘，又没有工作，成天守在家里，像一个警察，逼得来崇德和范沪芳偷偷摸摸的。所以，来崇德和范沪芳，在性生活方面，都很心虚。来双扬，年纪正是黄毛丫头青果子，只知道她们兄弟姐妹张口要吃饭，不知道男女之事也要人的命。她半点不体谅，打人偏打脸。来双扬的叫骂，在上海街引起轰动，万人空巷地看热闹，大家都捂着嘴巴吃吃地笑。硬是把范沪芳羞得多少年都低着头走路，不好意思与街坊邻居碰面。幸亏后来，世道变了，中国改革开放，夜总会出现了，三陪小姐也出现了；到处是夜发廊，野鸡满天飞；离婚的，同居的，未婚先孕的，群奸群宿的，各种消息，报纸上每天都有；中央一级的大干部，因为腐败暴露出来，生活一曝光，也总是少不了情人的。来崇德和范沪芳的那一点贪馋，又发生在夫妻之间，大家终于不觉得是什么重要的事情了。范沪芳的头，这才逐渐抬起来了。尤其到了近几年，社会舆论总是

不厌其烦地鼓励老年人坚持正常的性生活。许多信息台的热线电话，热情怂恿在半夜失败的老人们打他们的热线，他们承诺：接线小姐一定会通过电话，帮助老头子们勃起。在这种社会形势下，范沪芳还怕什么呢？

真是此一时彼一时。一切都时过境迁了。范沪芳毕竟是长辈，表面上，与来双扬，也不好计较。可是范沪芳心里的大是大非，还是非常地旗帜鲜明。要说她对谁有深厚的感情，那就是对邓小平；要说对谁有深厚的仇恨，那还是对来双扬。如果邓小平不搞改革开放，来双扬就会让她这辈子都别想抬头做人。近二十年来，范沪芳是不允许来崇德主动与来双扬联络的。每年大年三十的团年饭，来崇德也是必须与范沪芳及其子女一起吃的。不过，后来，来双扬也没有再打上门来了，她起先是忙着卖油炸臭干子，后来是忙着卖鸭颈去了。团年饭这么原则性的事情，倒是来双元找范沪芳谈了两次。来双元不是范沪芳的对手。过招三句话，范沪芳就看出了双元的小气、自私和糨糊脑袋，比起来双扬，来双元差远了。来崇德与范沪芳婚姻关系稳定下来之后，来双扬就不再说什么了，她知道说什么都没有道理了，难道来崇德的团年饭不应该与自己的妻子一起吃吗？日常生活的伦理道德，来双扬心里明镜似的，她不说废话。只有来崇德生病了，来双扬才来一下，来了也只是与范沪芳点点头，问一问来崇德的病况，眼睛漫游在别处。范沪芳的眼睛，自然也故意在别处漫游。两人的关系，似乎淡得不能再淡了。

随着改革开放的深入发展，也随着范沪芳的年近古稀，现在，范沪芳更多的是藐视和可怜来双扬。来双扬现在不也离婚了？不也独守空房了？来崇德的女儿，从遗传的角度来猜测，她的性欲大约也是很强的。没有了男人，也知道梨子的滋味了吧？看着来双扬日益丰满，又看着来双扬日益地妖娆，又看着来双扬成熟得快要绽开——绽开之后便是凋谢——这是女人在自己体内听得见的声音——类似于豆荚爆开的残酷的声音。范沪芳真是希望听一听来双扬这个时候的心声与感慨——作为一个女人的心声与感慨。来双扬，原来你也有这么一天的啊！遗憾的是，范沪芳就是见不着来双扬。来双扬就是不肯进入来崇德和范沪芳的生活。

突然在这么一天，来双扬来了。

来双扬出现在范沪芳的眼前，叫了她一声“范阿姨”。

范沪芳意外地怔在那里了，她正在给她的一盆米兰浇水，浇水壶顿时偏离了方向。来双扬来得太早，她父亲在江边打太极拳还没有回家。来双扬当然知道她父亲现在还没有回家，她来这么早是来见范沪芳的。范沪芳太激动了。

聪明人之间不用虚与委蛇。来双扬也从范沪芳失控的浇花动作里，明白了范沪芳对她多年的仇恨与期待。来双扬今天是有备而来的，她就是冲着范沪芳来的，自然归她首先开口说话了。

来双扬的眼睛不再在虚空漫游，她正常地看着范沪芳，坦坦率率地说："范阿姨，今天我特意看您来了。没有什么别的原因，就是人到中年了，有过婚姻也有过孩子了，心里什么都明白了。这么多年来，您把我爸爸照顾得这么好，这不光是我爸爸有福气，其实也是我们子女的福气了。这不，快过端午节了。我做餐饮生意，过节更忙，到了那天也没有时间来看望你们，今天有一点空当儿，就来了。可能我来得冒昧了一点。"

范沪芳是老艺人出身，小时候跟着班子从上海来汉口唱越剧，唱着唱着就在汉口嫁人生根了。越剧在汉口，不可没有，但也不能成气候。舞台与人生，人生与舞台，范沪芳是一路坎坷，饱经沧桑的了。可是作为艺人，范沪芳的局限也是很明显的，只是她自己不觉得罢了。艺人最大的局限就是永远把舞台与人生混为一谈，习惯用舞台感情处理现实生活。这样，她们的饱经沧桑便是一种天真的饱经沧桑，她们逢场作戏的世故也是一种天真的世故，恩恩怨怨，喜怒哀乐，全都表现在脸上，关键时刻，感情不往心里沉淀，直接从眉眼就出去了。来双扬面对面地把这番满含歉意的话一说，范沪芳的感动简直无法自制，这是多少年的较量，多少年的等待啊！

范沪芳有板有眼地摇动着她的头，眼睛里热泪盈眶，她双手的颤动就是那典型的老旦式的颤动。范沪芳用她那依然好听的嗓音感人肺腑地叫了一声："扬扬啊——"

来双扬还给范沪芳带来了礼物，它们是：一条十八K金的吊坠项链，芝麻糕绿豆糕各两盒，红心咸鸭蛋一盒，五芳斋的粽子一提，还有一只饭盒里装的是透味鸭颈，是来双扬自己的货色，送给父亲喝啤酒的。

来双扬巧嘴巧舌地说："鸭颈不是什么山珍海味，但是是活肉，净瘦，性凉，对老人最合适了。再说，要过节了，图个口彩，我们吉庆街，有一句话，说是鸭颈下酒，越喝越有。范阿姨，你和我爸爸，吃了鸭颈，就有福有寿了。"

范沪芳的眼泪，终于含不住，骨碌骨碌就滚下来了。

"谢谢你谢谢你谢谢你！"范沪芳擦着眼泪说，握住了来双扬的手，一下一下地抚摸着她的手背。

女儿与后母，一笑泯恩仇。两人坐在一起，吃了丰盛的早餐。范沪芳楼上楼下地跑了两趟，买来了银丝凉面、锅贴和油条，自己又动手做了蛋花米酒，

煮了牛奶，还上了小菜，小菜是一碟宝塔菜，一碟花生米，一碟小银鱼，一碟生拌西红柿，这是现在时兴的营养生菜。范沪芳历来是讲究生活的，她十六岁就红过，吃过天下的好东西。

来崇德回来，简直不敢相信自己的眼睛。范沪芳笑眯眯地看着他，要他相信。来双扬前嫌尽弃，赶着叫“爸”。来崇德终于转过弯来，顿时年轻了许多岁。

在来崇德送女儿回去的路上，来双扬与她爸手挽手地漫步街头。父女俩商量了来家老房子的事情。来家的六间老房子，解放之后，政府不认它们是私有财产了，这就收去了两间。这两间房子，不谈了，就算爷爷的钱，被土匪抢过一回了。一九五六年，政府搞公私合营，又有两间房子，被房管所登记，搞经济出租，租金就是政府得大头，来家得小头。来崇德不愿意出租，愿意自家居住宽敞一点，可是他胳膊拗不过大腿，人家政府不同意。这两间房子，也不提了，就算给国家作贡献了。七十年代初，政府提倡城市人口下放农村，口号是：我们都有两只手，不在城里吃闲饭。家庭成分不太好的来家，被动员下放农村了。来家的两间房，一间借给了邻居，老单身刘老师；一间是爷爷住着，他瘫痪在床，死也不肯离开他的房子。几年以后，来家返城。刘老师已经故世，居住人是刘老师的侄子。在重新登记换发房产证的时候，这个侄子把来家的房产登记到了自己的名下。这一间房子，就不能让人颠倒是非，混淆黑白了。而来家唯一保留下来的一间房，房产所有者是爷爷，继承人自然就是来崇德了。不过，谁都知道，返城以后，来崇德在吉庆街居住的时间不长，更长时间的居住者是来双扬。来双扬在这里，开始卖油炸臭干子，将她的妹妹弟弟抚养成人。这一间房子，现在仍然是来双扬居住。现在的问题是，来双扬需要父亲的协助，将这间老房子的房产证更换成她的名字。来双扬这辈子恐怕就不会离开吉庆街了。她的责任没有尽头，她将继续养活弟弟来双久，包括为他提供吸毒的毒资——只要他没有完全戒毒，她就不能一下子彻底掐断他的毒瘾，那样会要他的命的。来双扬已经部分负担并且还将更多地负担来金多尔的教育经费，因为来双元夫妇无力也无心培养来金多尔，可是来金多尔是一个多么好的孩子啊！他很有可能是来家唯一的香火啊！房子的产权，大家都很敏感。来双元已经多次提出他的继承权利，来双瑗也曾多次暗示过她的继承权利。可是一间房子不是一块饼干，掰成四瓣是不可能的。现在来双元和来双瑗都有各自的宿舍，久久肯定是归来双扬养一辈子的，所以来双扬希望父亲在有生之年，能够明确指定她作为老房子的继承人，免得来家的几个子女，将来闹得不可开交，伤害亲情，反目为仇，那是何苦呢？

来双扬手挽父亲漫步的街道是她事先设想好了的南京路，这里两边都是鲜花店，令人赏心悦目。环境也许不起决定性的作用，但是环境对于决定的做出是非常重要的。假如来崇德老人心烦了，来双扬这次就白跑了。来双扬不能白跑！

来双扬与父亲坐在了中山大道少儿图书馆门前的花园里，眼前是一条整旧如旧的西洋建筑老街，看着就舒服。来崇德听着女儿款款道来，觉得她说的条条都在理。来双扬有时候轻轻捶一捶父亲的背，来崇德心里很滋润。来崇德老了，他是不会再回吉庆街去了。来双扬这么多年来，也是极其不容易的了。尤其难得的是，来双扬懂事了，向范沪芳道歉了也等于是向来崇德道歉了。来崇德也满足了。剩下的，是来崇德对来双扬的歉意了。来崇德的四个孩子，也只有来双扬一个人有能力要回借给刘老师的那间房子，也只有她一个人在为来家操心和操劳。来双扬一直居住的这间房子，也是应该归她的了。以前范沪芳与来双扬有过节，来崇德没有办法来处理这件事情，现在范沪芳对来双扬亲得像自己的女儿，来崇德没有任何心理障碍了。

来崇德太了解范沪芳了，这女人心地非常善良。一张巧嘴的来双扬哄好她，那是绰绰有余。来崇德生命中两个最重要的女人和好了，这比什么都好。人活着，不就是图个开心吗？吉庆街的老房子，就是来双扬的了。

来双扬回来对九妹说："唉，这个世界上，没有什么女人比得上我妈。"

来双扬之所以对九妹发出这样的感叹，是因为来双扬一回来，九妹便兴高采烈地告诉她："老板，你哥哥走了。"

九妹走过来，仰望着来双扬说："老板，谢谢你！老板，你是我在这个世界上最佩服的女人，你是最了不起的女人！"

九妹是被饥饿从农村驱赶到城市里来的少女，现在她很像城市少女了，染了栗色的短发，脖颈上戴黑色骷髅项链。但是她的偶像是来双扬，而绝对不是还珠格格，不是王菲，更不是张惠妹。九妹的奋斗目标是将来有一间自己的酒店；自己可以在吉庆街最重要的位置安详地坐着，只卖鸭颈；许多男人都被她深深吸引，而她只爱她的丈夫来双久。

来双扬被九妹的赞颂引发了感慨，她想起了她的母亲。来双扬的意思是：范沪芳怎么能够与她的母亲相比呢？

六

吉庆街的夜晚，夜夜沸腾。卖唱的麻雀，因为在电视剧《来来往往》中有激情表演，也成了吉庆街的名人。只听见吃客们一片声地点名叫道：“麻雀呢？麻雀呢？”大家都想听麻雀唱歌，还想听麻雀说说拍电视剧的感想，还想知道拍电视能够赚多少钱。著名影星濮存昕，舆论戏称他是大陆师奶杀手，这话还真不假，吃客中有一些中青年妇女，也点名道姓要麻雀，说：“麻雀，把你在《来来往往》中唱给濮存昕他们听的歌，给我们唱三遍。”

麻雀是一个一刻不停的闹人的汉子。一把二胡，自拉自唱。他的歌肯定是不专业的，他就是会闹人。他煽情，装疯，摇头晃脑，针对吃客的身份，即席修改歌词，好像天下所有的流行歌曲，都是为吃客特意写的。被百般奉承的吃客，听了麻雀的歌，个个都会忍俊不禁。

在这沸腾的夜里，来双扬不沸腾。她司空见惯，处乱不惊，目光从来不跟着喧嚣跳跃。她还是那么有模有样地坐着，守着她的小摊，卖鸭颈；脸上的神态，似微笑，又似落寞；似安静，又似骚动；香烟还是慢慢吸着，闪亮的手指，缓缓地舞出性感的动作。

这一夜，卓雄洲是与他从前的几个战友聚会。他们彼此之间，可以无话不谈。卓雄洲当然还是“久久”的吃客。两年来，卓雄洲从来不坐别家的桌子，只坐“久久”的桌子。结账也是经常不要找零的。卓雄洲对九妹说的最多的一句话就是：“不用找了。”九妹最爱这句话。九妹看见卓雄洲来了，一定亲自出面接待。

卓雄洲与他的一群战友刚刚走进吉庆街，九妹就迎上来了。九妹一脸谄媚与甜蜜的笑容，说：“卓总啊，今天有刚从乡下送来的刺猬，马齿苋也上市了，还有一种新牌子的啤酒，很好喝的。”

卓雄洲说：“好啊好啊，九妹推荐什么我们一定吃什么，九妹没有错的。”

卓雄洲的战友们就开他的玩笑，说：“红尘知己啊，这么肉麻啊，给我们介绍介绍吧。”

卓雄洲便笑着说：“是知己呀，是肉麻呀。过来！九妹，认识一下你的大哥哥们，以后他们就是你的回头客了。”

九妹大大方方地跑过来，一一地叫道某哥某哥，以后请多多关照；倒是卓雄洲的战友们，一个个不好意思，也不答应，光是笑嘻嘻说好好好。

卓雄洲一行刚刚坐下，九妹带着扎花围裙的姑娘们翩翩而至，把啤酒和赠送的小碟就送上来了。小碟无非是油炸花生米，凉拌毛豆和油浸红辣椒，鲜红与翠绿的颜色，煞是好看，其实是勾引吃客腹中馋虫的。大家眼睛一看，口腔里的味腺就有液体分泌出来，由不得人的。

九妹说："卓总，鸭颈总是要的了？"

九妹的意思，是今天的人多，鸭颈的份数一定就不少，光是卓雄洲一个人去端，怕要跑几趟，九妹想去帮忙，不知道卓雄洲愿意不愿意。卓雄洲放眼去望来双扬，点了点头，但是对九妹还是做了一个不要帮忙的手势。卓雄洲还是愿意自己去来双扬的小摊子上，一碟一碟地端过鸭颈来。去来双扬那里多少趟，卓雄洲也不嫌多。九妹心领神会，咬着嘴唇暗笑，给厨师下菜单去了。

卓雄洲穿过一张张餐桌，来到来双扬面前。

来双扬温和地说："来了。"

卓雄洲说："来了。"

卓雄洲对来双扬，与对九妹完全不同，态度显得拘谨，语言也短促。来双扬帮卓雄洲掀起纱罩，卓雄洲端了两盘鸭颈。卓雄洲说："几个战友聚会，不知要吃多少鸭颈，待会儿一起结账。"

来双扬说："你与我，客气什么，只管吃。"

来双扬故意说了一个"你与我"，把谢意与亲昵埋在三个字里头。她不能太摆架子了，她毕竟只是一个卖鸭颈的女人，而卓雄洲，人家是一家大公司的老总。来双扬不是那种给脸不要脸的夹生女人，她不想得罪和失去卓雄洲这样的吃客。卓雄洲来吉庆街吃饭两年了，来双扬对于他，也就是三言两语，卓雄洲的焦躁和绝望就像大海上的风帆，在来双扬眼里，已经时隐时现了。凡事都有一个度，来双扬凭她的本能，把握着这个度。今夜，是该给卓雄洲一点柔情了。

卓雄洲回到餐桌上，脸庞放着光彩。酒还没有开始喝呢，怎么就放光彩了？卓雄洲的战友们，把目光放远了，引颈去瞅卖鸭颈的来双扬。卓雄洲仓皇地指着餐桌上的鸭颈说："这鸭颈好吃，好吃啊。鸭颈下酒，越喝越有啊。"

卓雄洲的战友都瞧着卓雄洲做贼心虚的样子，卓雄洲越发惊慌失措，指点着鸭颈说："哎哎，你们看看吧，这鸭颈，烧得多好，光是看着就有性欲——哦不——有食欲，有食欲！"

当过兵的一群男人喷发出响彻云霄的大笑。卓雄洲也只得笑了，笑得很是有几分尴尬。

来双扬听到了卓雄洲他们的笑声。来双扬知道这种样子的笑声，一定与她有关。一定是卓雄洲露馅了。卓雄洲啊卓雄洲，你有老婆孩子呢！

来双扬自然还是声色不动地卖她的鸭颈。

来双扬是一个单纯卖鸭颈的女人。

来双扬却不是一个卖鸭颈的单纯女人。

来双扬现在没有工夫考虑卓雄洲的事情，她在酝酿对于九妹的计划。今年九妹已经满二十三周岁了。九妹的母亲每一次来看望女儿，都要央求来双扬替九妹操心一下她的婚姻大事。不管现在的九妹表面有多么城市化，不管时代变化得如何现代，男大当婚女大当嫁总归是绝大多数人的生活规则。九妹本质上还是一个乡下丫头，她这一辈子，本质是不会改变的了。在乡下生活了二十年，只读了三年的书，农民的本性已经入骨了。只要吃客舍得花钱，你看九妹的笑容讨好到了什么地步？恨不得把笑容从脸上摘下来送给别人。对于卓雄洲，九妹几乎是在飞媚眼了，处处都遮掩不住地说卓雄洲如何如何好，如何如何帅，有意无意地怂恿来双扬与卓雄洲相好。九妹这丫头啊！没有办法的。从前太穷了，穷破胆了！

在这个问题上，来双元说得对，久久不会娶九妹的。久久这个家伙，是在玩九妹。久久生得太俊俏了，俊俏的男子不风流好像对不起自己似的。久久这个不成器的鬼东西啊！把九妹弄得神魂颠倒，弄得痴心妄想。久久不吸毒，也不会娶九妹，何况现在久久的毒瘾到了这种地步，还能够娶谁呀！

来双扬再也不能袖手旁观了。九妹年纪到了，迟早要嫁人了。对于九妹，爱情是最不重要的，因为她的爱情不在她现在的人生状态里。九妹的母亲，对于女儿幸福生活的憧憬便是：有钱，有城市户口，有饱暖的日子，有健康的后代。九妹的母亲对来双扬说："如果你能够帮九妹过上这种日子，老板，你就是我们全家的大救星！"九妹的母亲用她一生的经验获得了质朴的生活观，她是对的。然后，九妹的后代，便可以从九妹的肩头站起来，开始更高质量的人生追求，便可以讲究爱情什么的了。这就是为什么来双瑗可以做单身贵族，待价而沽，但是九妹却不可以这么做的道理。假如九妹不趁年轻饱满的时候嫁出去，熬到二十八九就尴尬了，就只好回乡下种地去了，就还是回到她母亲的人生老路上去了，不到四十岁就成了一个干瘦的老太婆，晚上睡觉浑身骨头疼。

现在，来双扬想通了。接下来，她要做的事情，她认为是没有损害九妹的。她是在利用九妹，可九妹也利用了她。如果不是她，九妹将来的幸福生活很难说有多大保障。女人老起来多快呀，不就一眨眼的工夫？

来双扬的计划、构思一旦成熟，她立刻开始了行动。

来双扬很日常地对九妹说："九妹，你一直吵着要去戒毒所看望久久，我没有让你去，这次探望，我带你去吧。”

九妹听了，乐得一蹦三尺高，赶紧过去给来双扬捶背，口里胡乱奉承道：“好老板！好姐姐！”

来双扬说：“行了。去戒毒所又不是什么好事。你去买一挂香蕉来。”

九妹说：“一定要那种大大的洋香蕉吗？”

来双扬说：“一定要。跑遍汉口也要买到。”

九妹说：“真是亏了你，老板。你对弟弟这么好。不过我就是不明白，为什么久久一进戒毒所，就一定要吃这种洋香蕉？平时他是最不喜欢吃香蕉的。”

来双扬说：“不要问了。只管去买吧，待会儿你就知道了。”

来双扬一定要洋香蕉做什么？当然不是来双久爱吃。谁也不会一进戒毒所，突然就喜欢吃他平时最讨厌的水果。这一次，来双扬要把一切内幕都展示给九妹看看。一挂硕大的洋香蕉买回来了。来双扬带九妹进了自己的房间，关紧了房间的几道门，窗户的窗帘也都闭得密不透风。来双扬虎着脸警告九妹：“你给我看着！不许动也不许尖叫！”

台灯打开了。来双扬在台灯底下，用细小而锋利的手术刀，细心地把香蕉蒂部，呈凸凹状地切割开来。然后，把一种喝饮料的细塑料吸管，从保险柜取出一小捆来。这些吸管里面已经被灌好了白粉，两头也已经用火烫过，封死了。来双扬把这些吸管，一根一根地戳进了香蕉里面，然后再将香蕉的蒂部对接上去。来双扬的活儿做得绣花一般精细。九妹这里，早就捂着自己的嘴巴，大惊失色了。

香蕉还原了。装在一只水果篮里，不用拎起来检查，就可以分分明明地看出这是一大挂新鲜的结实的洋香蕉，确确实实地可以蒙骗戒毒所的检查人员。

来双扬让九妹提上水果篮，她们这就去戒毒所。

九妹不敢去提水果篮子。她抽泣着说：“我不去！你这是在害他！说是在戒毒，还不如说是让他躲在戒毒所吸毒！这还是犯法的事情！”

来双扬厉声道：“慌什么？遇上一点点事情就慌了？在生活中，这算什么！你放心好了，出了事情，责任全是我的。有什么要指责我的，看完了久久回来再说吧。还说爱他呢，这算爱么？真是崩溃！”

九妹便擦干了眼泪，提上水果篮，跟在来双扬身后，坐上出租车，来到了戒毒所。走进戒毒所的时候，九妹还是激动起来。她掏出化妆镜，看了看自己的脸。来双扬冷冷地说：“不用看。他根本就不会看你！”

来双久果然根本就没有注意九妹。来双久形容枯槁，目光发直，与所有的

戒毒者一样，穿着没有颜色没有样式的衣服，活像劳改犯，昔日的风采荡然无存。来双扬说："久久，九妹看你来了。"

来双久却焦急地说："给我带香蕉来了吗？"

九妹嗷的一声哭了起来。

当来双久踏踏实实看见一大挂香蕉之后，他朝来双扬露出了甜蜜的微笑，也冲九妹打了一个招呼，极其敷衍地说："九妹，越来越漂亮了。"

九妹把脸一扭。来双久根本就不在乎谁对他扭脸。他只是热切地对来双扬说："大姐，你要是再不来看我，我就要死掉了。"

来双久把手腕抬起来给来双扬看，手腕包扎着新鲜的绷带。来双久说："昨天夜晚，我割腕了。我实在受不了了。"

来双扬就那么看着弟弟，石雕一般。来双久抓起来双扬的手疯狂地亲了起来。来双扬任由弟弟亲着她的手，说："久久，你就不能不吃香蕉吗？姐姐我实在买不起了！"

来双久说："对不起！对不起！大姐我实在对不起你！我不是一个人！我是猪是狗！我真是悔不当初啊！可是……可是……大姐，你就当我是猪是狗吧，我从生下来就爹妈不管，是你把我养大的，就你心疼我，你就把我当个畜生养到那一天吧。大姐，我来生一定报答你！"

来双久鼻涕眼泪都下来了，声音跟动物的哀叫差不多。来双久从小就嘴巴甜，讨人喜欢，现在还是。不过现在只对来双扬一个人嘴巴甜了，现在久久对其他人都很冷漠。来双久对来双扬的讨好卖乖令来双扬忍不住伸出手去，摸了摸他的头，来双久立刻破涕为笑，说："大姐你赶快回去睡觉，你晚上还要卖鸭颈呢。大姐你不要太累了，要保重自己，争取能够跟卓雄洲结婚。等我回去，我首先就要找他谈谈。我要把香蕉拿进去放好了。你们走吧，走吧。"

来双久急得抓耳挠腮，说话飞快。他仅有的理智，只是存在于香蕉和来双扬身上。

来双扬说："久久啊，我就等你找卓雄洲谈了。"

来双久说："没有问题。姐姐，你的事情就是我的事情。"

来双久走了。他忘记了来双扬身边的九妹，回到他那到处是铁栅栏的宿舍里去了。那是什么宿舍，完全是关动物的铁笼子。九妹看着那铁笼子，狠命跺了一下脚，捂住脸呜呜哭起来。

回到吉庆街，来双扬还是把九妹带进了她的房间。现在，来双扬对九妹很柔情了，说："哭吧。痛哭一场吧。我妈生下他就去世了。他是我这个大姐一把屎一把尿养大的，我丢不下他。他是我的孽障，我逃不出自己的命了。你呢，从今天开始，死了这条心，走自己的路吧。”

这是吉庆街的白天。平静的白天。大街通畅，有汽车正常地开过。

七

一个下午，来双扬走进了房管所。

这是房管所快要下班的时刻，或者说实质上已经下班了。政府机构的末梢，还是社会主义大锅饭，总是紧张不起来。

来双扬是来请张所长吃饭的。但是办公室还有两三个人，来双扬没有直接地说请张所长吃饭，也没有鬼鬼祟祟地说请张所长吃饭。来双扬不能让张所长难堪。来双扬把她随身的包往房管所的办公桌上一甩，一屁股坐在办公椅上，蹬掉自己的高跟皮鞋，做出累极的样子说：“哎呀把我累死了。”

张所长在看报纸。他还是坚持看报，没有改变姿态。张所长知道来双扬经常跑他们房管所的目的是什么，她想要回他们家从前借出去的那间老房子，还想尽快办理她目前居住的这间房子的过户手续。来家四个子女，就她跑得勤，就她理由充足，她想独吞房产，这个女人不简单。

房管员哨子说：“逛商店去了？买什么好东西了？”

来双扬说：“现在有什么好东西，什么东西都打折，给人的感觉东西都贱。”

哨子说：“打折还不好？我就是喜欢打折。现在不打折的东西我都不买，就等着它打折。”

来双扬不能再让哨子胡扯了。哨子是一个喜欢胡扯的中年妇女，说话嗓音尖厉如哨，家常谈起来，尽是鸡毛蒜皮，没完没了。来双扬巧妙地把话题绕到了自己的思路上，来双扬说：“哨子你是对的。哨子你做的事情没有不对的，以后我要向你学习。现在，我的包里有一点零食，拿出来大家分享。接下来我要托你们的福，在这里休息一下。咱们邀请张所长来一场‘斗地主’怎么样？闲着也是闲着，无聊啊。”

“斗地主”是一种扑克牌的玩法，目前正风靡武汉三镇。张所长对于“斗地主”的酷爱，来双扬是早就知道的。当哨子从来双扬的包里拿出了一堆袋装的牛肉干、薯片和南瓜子以后，张所长放下了报纸。张所长也是一个聪明人。张所长看报纸的时间够长了，架子端足了，是给来双扬一个台阶的时候了。张所长没有必要得罪来双扬，来双扬在吉庆街那还是相当有本事的。张所长在吉庆

街吃饭，也够受照顾的了。张所长也快退休了，他不想退休以后走在街上，邻居街坊都不理睬。再说，张所长实在是喜欢“斗地主”，也实在是喜欢有来双扬参与的“斗地主”，这个女人出手大方，有牌德，并且还比较漂亮。

张所长放下报纸，说话了。他说：“还是扬扬有钱啊，又给我们派救济来了。”

来双扬说：“哨子你看你们张所长，崩溃吧？带一点零嘴来吃吃玩玩，也要被他奚落一番。”

哨子不是聪明人，丝毫感觉不出来双扬与张所长的暗中较量，跑过去打了张所长一巴掌，教训人说：“不要欺负扬扬好不好？像扬扬这么关心我们的住户有几个？”

张所长不与哨子这种不聪明的人斗心眼，连忙平易近人地说：“好好好，我官僚，我检讨。”

来双扬说：“张所长真是一个平易近人的好干部。”

“斗地主”就这么开始了。牌这么一打，关系也就贴近了。大家互相嘲笑，指责和埋怨，说话也就没有分寸了，动不动，手指就戳到别人的额头上去了。张所长的手指也戳了来双扬几下，来双扬也回敬了几下。来双扬手指上是镶了钻石的，张所长就说自己挨了“豪华”的一戳，大家便敞开嘴巴笑。坐到一起打牌，气氛来了，机会也就来了。趁哨子去上厕所，来双扬对张所长说：“对不起，今天我赢你太多了，不好意思啊。”

其实来双扬并没有赢太多，她就是来输钱的。她的策略是先赢一点点，后输多一些，这样输得就像真的。

张所长说：“光说不好意思就行了？”

来双扬说：“我请你吃晚饭好不好？你这么廉政，敢不敢和我出去吃饭？”

牌场与酒场一样，是斗智斗勇斗气的地方，输家是不能对赢家服软的。张所长说：“有什么不敢？廉政就不吃饭了？江泽民还宴请克林顿呢。不就是吃个饭吗？”

来双扬说：“那好。那就说定了。”

来双扬的第一步成功了。其实来双扬今天没有逛什么商店，高跟皮鞋也没有把脚磨疼。如果来双扬不来这么一场精心的铺垫，只怕张所长不肯受她一请。不是张所长不爱吃饭，张所长爱吃饭。房管所在“久久”的挂账，也有几十笔了。张所长是太聪明了，他知道来双扬的目的。他不愿意得罪一大堆人，成全来双扬一个人。再说刘老师的侄子，对他也不薄，他不能随便就把他赶出房子，让人家住到大街上去？来双扬不是已经有房子住吗？一个单身女人，迟早要在吉庆街傍一个大款的女人，要那么多房子做什么？张所长在房管部门工作了一辈子，积累了非常丰富的经验：首先，我们的干部，做工作不是要立竿见影地解决什么问题，而是要搞平衡，和稀泥，维护安定团结的大好局面。其次，不给当事人弄得难度大一些，以后谁都爱生事；再说，难度大了，跑断当事人的腿了，到时候当事人只会更加感激你。

张所长的这一套工作方式，来双扬太了解了。来双元都不太了解。来双元当兵那么多年，复员回来还在省直机关车队，但是他依然思想简单，说话牛气，他曾经质问张所长："你办事拖拉，阳奉阴违，专门为难老百姓，这是我们共产党作风吗？"

张所长一句话就把来双元顶了回去。他说："那你以为我们房管所是国民党？"

吉庆街长大的来双扬，绝对不会像来双元这么行事和说话。她不会找张所长据理力争的，不会用大话压人，不会查找各种政策作为依据。她常来坐坐，只谈家常，展示展示跑断腿的苦模样，同时小恩小惠不断。见机行事地逮住张所长，一旦逮住，她就用尽天下的软话哀求。今天来双扬逮住了张所长。今天来双扬不上哀求的套路了，今天来双扬要使用杀手锏。

张所长以为来双扬请的晚饭，不过是在吉庆街罢了。可是没有料到，来双扬让出租车司机把车开到了香格里拉饭店。在五星级饭店进餐，张所长还是很喜欢的。但是来双扬这么隆重，张所长就有一点心慌了，是不是来双扬又有什么新的过分的要求呢？

一进饭店大堂，张所长就说要上一回洗手间。在洗手间里，张所长洗了一把脸，面对洗手间华丽的大镜子，张所长自己给自己打气了一番：不就是香格里拉吗？来双扬难道不应该请？多年来，他们房管所为来双扬们维修这些上百年老房子，投入了多少经费，花费了多少心血？来双扬是应该请的。香格里拉这种饭店，如果不是住户请客，像张所长这种房管所的干部，进来的机会极少，张所长又不是傻子，他当然没有必要放弃这个机会。来双扬能够有什么新的要求呢？不就是两间房子的产权问题吗？工作上的事情，张所长知道怎么办。来双扬想要拥有两间老房子的产权，多麻烦的事情啊！别说请张所长吃香格里拉，就是吃北京钓鱼台国宾馆，也不过分。现在的人们都要求别人替他着想，为他服务，他能够反过来考虑一下别人的利益吗？来双扬这个女人还算不错，还是比较懂事的。她已经说了，她今天请客是因为她赢得太多了。牌场上的请客，

好玩而已。去吃吧！

张所长自己做通了自己的思想工作，坐在铺着雪白桌布的餐桌旁边，神情就很自然了。来双扬请张所长点菜，张所长不肯点，推说对菜式没有研究，不会点。张所长怎么能够点菜呢？毕竟他是所长，来双扬是一个卖鸭颈的女人。张所长与比他地位低的人出去吃饭，向来都是别人点菜。他只是超然地说："我吃什么？我吃随便。"况且，来双扬请客，张所长点菜，他就不好意思点太昂贵的菜了，可是既然吃香格里拉，就应该吃一点昂贵的菜，要不然，还不如在吉庆街吃呢。

张所长不肯点菜，来双扬也不坚持了。来双扬请张所长点菜，也是一种姿态，表示尊重而已。来双扬像黑夜里的蜡烛，心里亮着呢，这菜，当然是由她自己来点了。

既然来了香格里拉，既然今晚要用杀手锏，那就豁出去了。来双扬点了一道日本北海道的鳕鱼，点了北极贝，点了虫草红枣炖甲鱼，这是一道药膳，滋阴益气，补肾固精的。张所长在读菜谱，听到这里，着实有点感动了，他又不是什么大干部，来双扬也这么下本钱点菜，他的面子也足够光辉了。张所长连忙打断了来双扬，说："行了行了。两个人，吃不了那么多。再说，这些菜的蛋白质也太高了，我这个年纪吃不消的，还是清淡一点好。把甲鱼换成冬瓜皮蛋汤吧，我最喜欢喝这种清淡的汤。"

来双扬说："张所长，别别别！甲鱼一定要的，咱们人到中年，就是要注意滋补，再来一个冬瓜皮蛋汤不就行了。"

有服务生在一边，张所长不好意思坚持。他只得告诉服务生说："小姐够了！小姐够了！"

话题就是从这个时候，顺水推舟开始的。来双扬的语言表达，有一个了不起的本事，这就是：显得特别真诚。要论嗓音的好听，要论形体与语言的配合，来双扬都不及她的妹妹来双瑗。武汉有一句民谣，说：十个女人九个嗲，一个不嗲有点傻。女人的关键是要会嗲。来双扬就在于她非常会嗲。会嗲的女人不是胡乱撒娇，是懂得在什么场合使用什么姿态。来双扬深谙嗲道，她说话时候的真诚感便是来自于对嗲的精通。来双扬说鸭颈好吃，可以说得谁都相信。现在来双扬说话了。她说："张所长，我说句良心话，你真是一个好干部。你真是太廉政了。一般干部吃饭，他怎么会嫌好菜多了呢，又不是他自己掏钱。菜太多，吃不了，人家光是尝一筷子，见识见识一下也好啊。张所长，我这才点了几个菜，看你替我急的，生怕把我吃穷了。张所长，像你这样的干部，现在是太少太少了！我来双扬，有运气住在你的管段，想想真是我的福气。来，我敬你一杯！”

来双扬真诚的话语，把张所长说得泪珠子都快掉出来了。他就是这样的一个人，当了这么多年的房管所长，替大家做了多少好事，到现在快退休了，还不是两袖清风？家里也就是一个三居室，老伴也就在居委会上班，不是什么有油水的单位；儿子还是一个精神病人，靠他们老两口养活，不发病的时候也只能待在家里，发病了就糟糕了，满大街地追姑娘，夜里还往他妈床上爬，只好雇请一个身强力壮的男保姆专门看管他。雇请男保姆，现在一天得二十五块钱，真是要张所长的命啊！作为一个基层干部，张所长做得够好的了，他从来没有因为家庭困难叫过苦。可是这么多年来，他没有得到什么提拔，也没有得到什么荣誉。被提拔被树立的那些个优秀党员，张所长太了解他们了，就是会做一些表面文章，沽名钓誉。其实他们的实惠一点没有少得，张所长在某个桑拿屋，三次碰到了某个优秀党员。这让张所长心里如何平衡得了呢？

张所长眨巴着眼睛，与来双扬把酒杯一碰，一口就抽干了一杯酒。张所长动情了。他说：“扬扬，我相信群众的眼睛是雪亮的。你今天对我的评价，比上级对我的表扬更使我感到高兴。工作了一辈子，有群众的满意和支持，我就满足了。来，我敬你一杯。”

吃饭吃到这种心心相印的程度，来双扬与张所长几乎无话不谈了。使张所长一步一步放松警惕的是，来双扬没有提出什么新的过分的要求。来双扬几乎没有谈她房子的事情，与他大谈的是世道，是做人，是家常，他们一同愤世嫉俗着，吃得好不畅快。

话题，被张所长缠绕在他最大的心病上面。张所长最大的心病就是他的儿子。张所长用巴掌抹着脸，害臊地说：“你看他爬他妈的床，这是多么难堪的事情。我恨不得把这个杂种杀了，免得他有朝一日做出伤天害理的事情来！”

这时候，对张所长一直深表同情的来双扬忽然自己灌了一杯酒，将她镶着钻石的手指互相一个拳击。来双扬使出她的杀手锏了。来双扬说：“张所长，我简直都替你受不了了！这样吧，我就豁出去了，我来帮你解决这个问题！”

张所长说：“你？”

来双扬说：“你儿子这叫花痴不是？如果有了一个好老婆，他自然就好了。即便偶尔发病，也有老婆管着。小两口关在家里闹一闹，你老伴也就不存在危险了。”

张所长苦笑说：“哎呀扬扬，办法是好，可是谁愿意做他的老婆？再说，他

还有文化，还晓得不要乡下女人，只要漂亮姑娘。这是不可能的事情啊！”

来双扬说：“张所长，天下没有不可能的事情。你这个忙，我帮定了！保管给你找一个年轻漂亮的媳妇。”

聪明人张所长立刻推开椅子，站了起来，对着来双扬，使劲地打恭作揖，说：“扬扬，只要你真的能够替我解决这个心腹大患，我和我老伴，来生做牛做马都要报答你。”

来双扬扶张所长坐下，说：“张所长啊，别说得那么可怕。什么来生？我们不都只盼望今生能够过得顺心一点吗？”

张所长正色道：“扬扬，聪明人之间，不用多说话。我工作上分内的事情，就是你和我没有任何朋友关系，我一样按政策办理。你的房子问题，大家有目共睹，你的要求是非常合情合理的，我一直在积极地办理。只是因为历史遗留问题太多，解决的时间需要长一点。不过现在已经快办好了。”

来双扬当然就不再多说什么了。只说了谢谢！谢谢！然后为自己和张所长满上了酒，然后两人轻轻一碰，都干了。

来双扬说：“张所长，你知道九妹是我的干妹妹吧？我把九妹嫁给你做儿媳妇怎么样？”

张所长喜出望外地说：“九妹？！”

八

九妹居然同意了。

来双扬有这个本事，硬是说服了九妹。

来双扬说服九妹并没有费太多口舌。因为来双扬事先已经彻底粉碎了九妹对久久的幻想。除了久久，九妹没有可能亲密接触其他的城市青年。九妹正是惶然不知所终呢。

来双扬用平静的语气，把九妹的人生状况给她作了一个客观的分析。客观事实很残酷，九妹明白了她在城市的处境和艰难，况且九妹还有狐臭，天天用香水遮掩着呢。来双扬建议九妹嫁给张所长的儿子。

九妹说：“张所长的儿子是花痴！”

来双扬说：“不是花痴，能够和你这个乡下妹子做夫妻？人家一个体体面面的，干部家庭的大学毕业生。花痴怕什么？你不就是一朵花吗？对你痴一点有什么不好。现在的女人，就是嫌自己的男人对自己不够痴情，恨不得他们成了花痴才好，关在家里，只看老婆一个人。再说了，花痴这种病，一般结婚以后就会好的。万一不好，也就是春天发发病，别的季节跟好人一模一样，你是看见他来吉庆街吃饭的，多少女孩子喜欢他，你也是见过的。”

九妹说：“万一发病了怎么办？”

来双扬说：“万一发病了我会不管你？不发病，皆大欢喜，等于你捡了一个天大的便宜，英俊女婿，城市住房，城市户口，公婆当菩萨供着你，你什么都得到了。万一发病，治疗呗。现在医学这么发达，怕什么？”

九妹说：“假如病得更厉害了呢？”

来双扬说：“崩溃！送精神病院呀！实在不成还可以离婚呀！到那时候再离婚，你该得到的都已经得到了。九妹呀九妹，现在做什么生意没有风险？人生也是一样的呀！你还在这里犹豫，人家张所长家里，成天都有哭着喊着送上门的乡下女孩，就是咱们吉庆街的，也不少。张所长为什么选择你，因为首先是他儿子喜欢你，看上你好久好久了。再是我没有把你当丫头，我当你是自己的妹妹，吉庆街都知道，你是‘久久’的副经理。你是有身份有靠山的人，你出嫁，我是要置办彩电冰箱全套嫁妆的；‘久久’的股份，也是要给你提到百分之三十的。九妹啊，你是有娘家的人啊！我来双扬这里就是你的娘家啊！你以为人家张所长不看重这个？一个干部家庭，谁不看重身份和地位呀！”

来双扬说完，接电话去了。一个电话，故意说了将近一个小时。九妹独自坐了将近一个小时，抱着脑袋前思后想。

来双扬打完电话，过来，也不再劝说，疲乏地歪着身子，仿佛为九妹操碎了心的样子，眼睛呢，只是征询地看了九妹一眼，然后慢条斯理地去磕烟灰。

九妹揉着眼睛哭道：“老板啊，大姐啊，你要说话算话啊，以后千万不要不管我啊！”

来双扬轻轻杵了一下九妹的脑袋，说：“我是说话不算话的人吗？真是崩溃！”

事情就这样办成了。九妹将要成为一个花痴的新娘了。来双扬忽然一阵心酸。来双扬挨着九妹坐下，抚摸着九妹的头发，说：“九妹啊！我何尝不愿意你嫁给久久呢？久久命不好，你的命也不好，我的命也不好。咱们都是苦命人，就这么互相帮着过吧。做人不是一件容易的事情，来生我不要做人了，我宁愿做一只鸟。”

正好有一只鸽子歇在来双扬的窗口，来双扬看着鸽子说：“我宁愿做一只鸟，想飞哪里就飞哪里，父母兄弟，一家老少的事情全都不用管，多好啊！”

九妹泪眼蒙眬地也去看那鸽子，说："我来生也不做人！随便做什么也不做人！"

来双扬说："九妹，大姐对不起你了！"

九妹说："大姐，不要这么说。这是我最好的出路，我反复想过了。"

来双扬说："结了婚，安定了。张所长的儿媳妇，也没有人敢小看的了。到时候，你要放开胆量和手脚，把'久久'的生意搞得更红火。大姐老了，有做不动的时候，'久久'迟早是你的。"

九妹被来双扬感动得一塌糊涂，说："'久久'永远都是大姐你的、久久的和我的。以后，我心中珍藏的最宝贵的东西，就是'久久'了。我会拼命把生意做大的，我要尽量多赚钱，我要替你分担一部分久久的费用。我想穿了，只要久久能够活着，他要吃'货'我们就尽力让他吃吧。"

提到久久，来双扬流泪了。汹涌的泪水，把眼睫毛上涂的黑色油膏，淌了一脸。她揽过了九妹的头，依偎在自己怀里。她喃喃地说："久久活不长的。他要是活得长，我就只好卖房子养活他。来家的这两间老房子，就是最牢靠的两笔财产，一笔是久久的，一笔是来金多尔的。我自己和其他人过活，只有靠我卖鸭颈和'久久'的生意。我这辈子不如你呀，九妹，我就是一个卖鸭颈的命了。"

来双扬这个样子，九妹还有什么话说，两个人竟是肝胆相照的亲姐妹一般了。

日子过得很快。说话间，一个月过去了，九妹的婚期也到了。张所长的儿子，一听要替他完婚，高兴得比正常人还要正常。张所长的儿子与九妹一同去薇薇新娘影楼拍婚纱照，影楼的小姐都嫉妒九妹了。一个乡下妹子，怎么把这么一个一表人才的青年弄到手了？她们对张所长的儿子卑躬屈膝，把刻薄的冷淡藏在虚伪的热情里对待九妹。张所长的儿子居然觉察出来了，说："你们不要这样好不好？否则，我和我女朋友就要换一家影楼了！"

九妹听了兴奋得实在忍不住，提着婚纱跑到街头，给来双扬打了一个电话。在电话里，把未婚夫的话，逐字逐句地讲给来双扬听。

来双扬在电话那头说："好哇。这是我早就料到的。"

来双扬说完就把电话挂了。来双扬高兴当然是高兴，但是她已经把九妹的事情放下了，她要去忙别的事情。生活中的事情真的是很多很多。

来双扬把来家的两间老房子收归到了自己名下。除了久久，来双元肯定是有意见的，来双瑗也肯定是有意见的。来双元与来双瑗，来双扬不怕他们。他们的思想工作，来双扬都可以做通。谁要是来硬的，来双扬就要问问他们，谁能够把久久和来金多尔负责起来？谁能够把吉庆街的久久酒店负责起来？来双元不能够，来双瑗也不能够。这是明摆着的事情。

只是来双扬必须把小金解决一下。

来双元的背后主要是他的老婆小金在挑唆。小金下岗两年多，想钱想得要命，现在是穷凶极恶了。来家的长子没有得到房产，小金绝对饶不了来双元。小金下岗之后迷上跳广场舞，据说在舞场结识了一个律师。现在她动不动就说要诉诸法律。如果不解决小金，来双扬的哥哥来双元，后半辈子就没有安宁日子过了，来金多尔受到的干扰就太大了，来家谁都没有好日子过了。来双扬必须解决她的嫂子小金。

与小金这样的女人较量，来双扬便要使用她的另一套本领了。这就是泼辣。小金泼，来双扬要比小金更泼。出发迎战小金之前，来双扬换下了裙子和高跟鞋，穿上一身廉价的紧身衣服，黑色的；手上却戴了一副白色腈纶手套，这手套是来双扬夏天骑自行车用来保护手指的，今天她是晚上去找小金，没有太阳紫外线，她是怕小金把她镶钻的手指抓挠坏了。虽然是人造钻石，也是八十元一颗的。来双扬这样的一身打扮，完全是一个江湖侠客。

琴断口广场成了来双扬的嫂子小金终生难忘的伤心之地。

来双扬到了琴断口广场之后，暗中观察了小金很久。小金是那种年轻小巧玲珑中年发胖的身材，骨骼小，肉多，整个人成了一个圆滚滚的树桩，这种身材没有什么关系，人到了年纪都会发胖的。问题是小金年轻的时候朴朴素素，看上去令人舒服，现在却爱俏起来。小金不懂得，一个中年妇女，爱俏是一定要有身材本钱的，还要有经济实力的，还要有见识和悟性的。不然，就应当取本色的风格，穿得干净整洁，大方朴实也就很好了。小金真是要命！穿的什么？居然敢穿黑纱！里面紧身吊带背心，外面罩一件半长黑纱，下面是今年最流行的两边开衩短裙，脚尖上是松糕凉鞋，头发呢？吹起来挂在头顶如僵硬的快餐面，还染有一撮金色的黄发。这居然是一个胖墩墩的中年妇女的打扮！真是丢来家的人！在大喇叭猛放的流行歌曲声中，小金涂脂抹粉，做出一脸的表情，用一种以为自己很亭亭玉立风情万种的感觉，与那位相貌委琐，瘦得腰都挂不住裤子的律师，亲密地相拥起舞。

并且，小金只和那位律师跳舞。一个老头子过来请她，她还撇嘴！喇叭里放出“真的好想你，我在夜里呼唤黎明”这种抒情曲的时候，小金与律师几乎跳贴面舞了。他们的眼睛，还碰来碰去，在光线黯淡的地方，向对方放电。他

们一定以为，广场这么大，跳舞的人好几百，看上去都是胳膊在扭动，仿佛一窝乱蛆，令人眼花缭乱，一定不会有谁注意到他们的。来双元还为他的老婆辩解，说她晚上出去跳舞只是为了锻炼身体。来双扬才不相信呢！为了身体健康，每天坚持在自己的楼道里爬楼梯就足够了！

来双扬径直走到舞场中间，把她的嫂子小金拽了出来。当来双扬大叫一声“嫂子！”的时候，律师飞快地钻进人群，不见了。

小金的块头不大，劲头却不小。她用力甩掉了来双扬的手，大声叫喊道：“我又不认得你！你拉我做什么！”

小金这一手果然厉害，周围不少的人就围了过来，警惕地打量来双扬。小金长期在这里跳舞，人们是认识她的。而且来双扬还不能指责小金的打扮，也不能戳穿小金跳舞的居心，因为舞场上的大部分人，都是小金的同类。来双扬一棍子打翻一船的人，在这里肯定是要吃亏的。来双扬见势不妙，机智地转换了话题。来双扬在吉庆街练就的就是一张巧嘴。

来双扬说：“嫂子，你这是干什么？我偶尔路过这里，看见了你，想托你给我哥哥和侄儿捎带一点营养费回去，他们手术以后，还是要多补养补养的。我不是看你下岗了，想帮帮你们吗？”

周围的人，把来双扬的话一听，顿时对她好感倍增。

小金可不是一个好打发的女人，她说：“说得比唱得好听！钱呢？给我吧。”

来双扬没有退路，只好拿出了一张百元的钞票，递给了小金。她想：舍不得孩子套不到狼。

小金拿了钱就要走，来双扬说：“嫂子，这就做得不地道了吧？我还有话要说呢。”

小金说：“有话就说，有屁就放。”

来双扬对周围的人无奈地笑笑，说：“我嫂子好像吃了炸药呢。”

小金迫于众人的压力，将戾气收敛了许多。说：“有什么话，说吧说吧，你这个人，我又不是不知道。汉口吉庆街的，老辣得很。没有事情，是不会来找我的。”

来双扬也就变了脸，说：“那好。那你就听着。你是一个当妈的，你儿子动手术割包皮，你跑到哪里去了？你是一个做老婆的，你丈夫也动了手术，你跑到哪里去了？你本来就是一个工人，却怕吃苦，不肯做工。你下岗之后，我给你介绍了多少工作，你都不肯做。巴不得每天早上一开门，天上就在下钞票。你从前上班，就是在厂里混点。有哪一个工厂，能够不被你这样的人混垮？还有脸骂政府，怪国家，埋怨丈夫。像你这种懒婆娘，不肯劳动，不管儿子不管丈夫不顾家庭，还有什么嘴巴说别人？”

小金的嗓子也敞开了。她说：“我家里的事情，要你管什么！不就是你哥哥和侄子在你那儿住了几天吗？你就邀功来了。谢谢你！行了吧？你妈屄自己一个孤老，把老子的儿子拉拢过去当自己的儿子，还不肯出一点血，天下哪里有这么美的事情！”

小金骂来双扬“孤老”，这一下就把来双扬的恶胆勾引出来了。来双扬甩出胳膊，手指都指点到小金的鼻子尖了。来双扬说道：“你骂我孤老？你的脑袋是不是有毛病？你张开眼睛看看是你年轻还是我年轻？你崩溃呀！我他妈的又不是没有生过孩子！老子现在要生育，是分分钟的事情，要找男人，也是分分钟的事情。姓金的，我告诉你，话说早了不好，咱们走着瞧，将来谁是孤老，咱们看得见的！什么你的儿子，你管过他吗？那么好的一个孩子，那么爱学习爱读书，你妈的 ×，你一打麻将就是整天整夜，那孩子，连一口饱饭都吃不上。给两个钱让孩子自己上街买烧饼，孩子烧饼都舍不得吃，都去买书报了。这么糟蹋孩子，你还有什么资格当妈？这孩子是吃我的奶水长大的，是我一直在关心他爱护他，给他买书买杂志，是我花钱送他去俱乐部打乒乓球。他动了手术，是在我家里休养，我给他熬骨头汤，做肉做鱼给他吃。‘生不如养’这句老话你知道吗？我要抢你的儿子？我有钱不知道自己多穿几件好衣裳？我有病啊！是孩子他愿意啊！你让多尔站在我们中间，看他愿意跟谁走！我是心疼这孩子啊！你是在害性命你知道不知道！”

来双扬的一番话，倾泻如高山流水，势不可挡。小金几次试图打断她，结结巴巴着，就是说不出任何有力的语言来。小金恼羞成怒，扑将上来冲撞来双扬，一边叫嚷：“来双扬！你这个婊子养的！看我不把你的嘴撕了！是我惹你了，还是我铲了你们家的祖坟，你凭什么跑到这里来败坏我！”

来双扬的个子比小金高多了，又是有备而来的，所以一下子就捉住了小金的双手。来双扬说：“今天我来，就是要教你学乖一点。教你尽到做老婆做母亲的本分，不要无事生非地掺和我们来家的任何事情。我哥哥养活了你，爱护着你，你要知趣，要感恩，不要给他气受，不要在他面前絮絮叨叨，不要怂恿他与我们兄弟姐妹争家产闹矛盾占小便宜。如果你乖，多尔的生活费和教育费，从现在起，我都包了。你他妈的就是打麻将打死，跳舞跳死，懒惰得骨头生蛆，我来双扬再也不干涉你一个字！假如你臭不懂事，那就怪不得我了！”

小金听了来双扬的话，愣了半晌，突然奋力地跳起来，在来双扬脸上抓了

一把。来双扬一躲闪，小金的手抓到她嘴角了，当时就有血花绽开。来双扬眼疾手快，顺势就给了小金一个凶猛的耳光。小金脚跟没有站稳，踉跄了一下，跪倒在来双扬面前。

来双扬抓住小金的头发，说："今天咱们就这么说定了。最后还有一个小小的警告，你要是再和那个律师眉来眼去，是卸胳膊还是卸腿，随便你挑。你知道吉庆街是有黑社会的，也知道我是吉庆街长大的。"

小金扛不住了，一摊烂泥泄在地上，杂乱无章地哭嚷叫骂着。

来双扬一把掀开小金，钻进一辆出租车，扬长而去。

九

与天下的日子一样，吉庆街的日子，总是在一天一天地过去。

早上，太阳出来了，人也出来了，各式各样的，奔各自要去的地方，脸上的表情，都让别人猜不透；黄昏，太阳沉没在城市的楼群里面，人也是各式各样，又往各处奔去，脸上的表情，除了多出一层灰尘和疲倦，也还是让人猜不透。若是抽象地这么看着芸芸众生，只能觉得日子这种东西，实在是无趣和平庸。也只有日子是最不讲道理的，你过也得过，你不想过，也得过。人们过着日子，总不免有那么一刻两刻，也不知道为了什么，口里就苦涩起来，心里就惶然起来，没着没落的。吉庆街的夜晚，便也因此总是断不了客源了。

吉庆街是夜的日子，亮起的是长明灯。没有日出日落，是不醉不罢休的宴席。人们都来聚会，没有奔离。说说唱唱的，笑笑闹闹的，不是舞台上的演员，是近在眼前的真实的人，一伸手，就摸得着。看似假的，伸手一摸，真的！说是真的，到底也还是演戏，逗你乐乐，挣钱的！挣钱就挣钱，没有谁遮掩，都比着拿出本事来，谁有本事谁就挣钱多，这又是真的！用钱作为标准，原始是原始了一点，却也公平，却也单纯，总比现在拿钱买到假冒伪劣好多了。卖唱的和买唱的都无所谓，都乐意扮演自己的角色，因为但凡动脑筋一想，马上就明白：人人都是在这生活的链条当中，同时卖唱和买唱，只是卖唱和买唱的对象不同而已，老虎怕大象，大象却还怕老鼠呢。表演者与观看者互动起来，都在演戏，也都不在演戏；谁都真实，谁都不真实。别的不用多说，开心是能够开心的。人活着，能够开心就好！什么王侯将相，荣华富贵呢！

来双扬的鸭颈生意，她从来都不是很犯愁的。她不用动脑筋，仅凭吉庆街的人气；她也知道吉庆街总归是有人来吃饭的，吃饭肯定是要喝酒的，喝酒肯定是要鸭颈的。来双扬非常清楚，对于中国人，大肉大鱼的时代已经过去了。她的鸭颈，不用犯愁。所以来双扬夜夜坐在吉庆街，目光里的平静是那种蛮有把握、通晓彼岸的平静，这平静似乎有一点超凡脱俗的意思了。

生活呈现出这样的局面，使来双瑗异常悲愤。来双瑗的目光是犀利的，是思辨的，是智慧的，可是她就是熬得双眼红红，目光烦躁不堪。通过较长时间的努力，来双瑗积极地曝光了社会热点问题，吉庆街夜市大排档受到了广大居民的强烈谴责。吉庆街又遭到了一次取缔。然而，取缔的结果还是与以往一样，吉庆街大排档就像春天的树木，冬天睡了一觉，春天又生机勃发了，并且树干还粗大了一轮。这是来双瑗怎么也想不通的事情！政府大约是要想别的办法了。要不然，事情看起来就很滑稽了，到底是在棒杀还是在吹捧呢？

来双瑗与姐姐来双扬，又发生了一场龃龉。还是车轱辘话题，扬扬你为什么一定要过这种日夜颠倒的不正常的生活？来双扬便咬牙切齿地低声说："崩溃！"

姐妹俩详细的对话就不用复述了。尽管来双瑗这一次把问题的性质提到了环保和文化的高度，来双扬这个卖鸭颈的女人，三言两语，就把妹妹的话题家常化、庸俗化了。来双扬说："你在穷咋呼什么呀！"来双扬扳起指头数数这过去的日子，她解决了来家老房子的产权问题；也解决了与卓雄洲的关系问题；还带来金多尔看了著名的生殖系统专家，专家说多尔的包皮切口恢复得很好，不会影响只会增强将来的性功能，来双扬高兴得给多尔找了更高级的乒乓球教练。来双扬搞好了与父亲和后母的关系；交清了来双瑗她们兽医站半年的管理费；九妹出嫁了；小金也本分了一些；久久似乎也长胖了一点，来双扬在逐步地减少他的吸毒量，控制他对戒毒药产生新的依赖；来双扬自己呢，还挤出一点钱买了一对耳环，仿铂金的，很便宜，但是绝对以假乱真！

来双瑗做了什么？她全力以赴地做了一档节目，以为可以改天换地，结果天地依旧。来双瑗气得两眼望长空，双手拍在桌子上。良久，来双瑗才文不对题地说："我，要做一个甘于寂寞的人。"

来双扬只得摇摇头，随妹妹自己去了。来双扬无法与来双瑗对话。一个人既然甘于寂寞，何必还要宣称呢？宣称本身不就是不甘于寂寞吗？来双瑗还是一个青果子，只有少数白头发的老文人和她自己酸掉大牙地认为她是一个纯美的少女，可是她早就过了少女阶段了。看来以后为来双瑗操心的事情，还真不少呢。

卓雄洲的问题已经解决了，是来双扬采取的主动姿态。让别人买了自己两年多的鸭颈，什么都不说，吊着人家，时间也太长了。来双扬还发现自己逐渐喜欢

上了卓雄洲了。这样下去怎么行呢？这样下去，来双扬在吉庆街的夜市上就坐不稳了。恋爱的女人，一定是坐立不安的。一个魂不守舍坐立不安的女人，怎么全心全意做生意、守摊子？可是来双扬必须卖鸭颈。她不卖鸭颈她靠什么生活？

来双扬主意一定，就要把她和卓雄洲之间的那个结局寻找出来。她是一个想到就做的女人。

来双扬和卓雄洲的结局是什么？在他们约会之前，来双扬一点把握都没有。最美好的结局是，卓雄洲突然对她说："我离婚了，我要和你结婚。"最不美好的结局是，卓雄洲说："我不能离婚，你做我的情人吧。"恋爱中的女人总是很幼稚，来双扬设想的结局就跟小人书一样简单分明，可是生活怎么会如此简单分明呢？

不管来双扬如何昏头，她还真是有一点见识的。来双扬自己单独居住，她却没有把和卓雄洲的约会放在自己的房间。来双扬想过了，她自己的房间虽然方便和安全，但是假如结局不好，那么她的房间，岂不伤痕累累，惹她一辈子伤心？一处房产，对于一个普通百姓来说，可不是好玩的东西，是人生的归宿和依靠，不是能够用火烧掉，用水洗掉的，不能让自己的老巢受伤。

来双扬把卓雄洲约到了雨天湖度假村。

雨天湖度假村在市郊。雨天湖是一大片活水湖，与长江和汉水都相通的。从度假村别墅的落地窗望出去，远处湖水渺渺，烟雾蒙蒙；近处芦苇蒿草，清香扑鼻；不远不近处，是痴迷的垂钓者，一弯长长的钓渔竿，淡淡的墨线一般，浅浅地划进水里。多么好看的一切！

落地窗玻璃的后面，是一方花梨木的中式小几，几子两边，雕花的靠椅，坐了来双扬和卓雄洲。几子上面摆了带刀叉的水果盘，两杯绿茶，还有香烟和烟灰缸。一张大床，在套间的里面。推拉门开着，床的一角正好在视线的余光里，作为一种暗示而存在，有一点艳情，有一点性感，有一点鼓励露水鸳鸯逢场作戏。宾馆的床，都是具有多重意思的，也少不了暧暧昧昧的。

卓雄洲看着外面说："真是人间好风景啊！我恨不能就这样坐下去，再一睁开眼睛，人已经老了。"

来双扬心里也是这么一个感觉，她说："是啊是啊。"

卓雄洲没有谈到离婚，也没有谈到结婚，更没有谈到情人。他的话题，从两年以前的某一个夜晚谈起，说的尽是来双扬。是来双扬的每一个片断，是来双扬每个侧面，是对来双扬每个部位的印象。来双扬喜欢听。被一个男人这么在意，来双扬心里很得意，很高兴，很骄傲。

卓雄洲谈着谈着，来双扬渐渐便有了一点别的感觉。卓雄洲谈得时间太长了，凡事都是有一个度的。过了这个度，来双扬就觉得卓雄洲描绘的，好像不完全是她了。到了后来，来双扬几乎可以肯定，卓雄洲说的，绝对不仅仅是她，是她与别的女人的混合。是一个十全十美的女人：外表风韵十足，内心聪慧过人，性格温柔大方，品味高雅独特，而且遇事善解人意，对人体贴入微。这个女人是来双扬吗？不是！来双扬太知道自已了。卓雄洲一定没有看见来双扬与小金的厮杀。到了这个时候，来双扬已经明白，她和卓雄洲没有夫妻缘分了。可惜了两年多的梦幻和期待。

但是，来双扬不忍心揭穿自已，也不忍心揭穿卓雄洲。既然没有夫妻的缘分，既然没有以后真实的日子，姑且让自已在卓雄洲心目中留下一个完美的形象吧。来双扬其实也是想做那种十全十美的女人的，只是生活从来没有给她这么一个机会。

来双扬点起了香烟，慢慢吸起来。她认真看着卓雄洲的脸，耐心地听他歌颂他心目中的理想情人来双扬。尽情歌颂吧，来双扬今天有的是时间，人家卓雄洲买了她两年多的鸭颈呢。卓雄洲的脸是苍劲的，有沧桑，有沟壑，有丰富的社会经验。这么老练的一个男人，城府深深的一个男人，一年盈利上千万的男人，怎么还是与找妈妈奶头的婴儿同一种眼神呢？

卓雄洲说："好！好！扬扬，我就是喜欢你这种冷艳的模样。"

来双扬强忍心酸，说："谢谢。"

卓雄洲说："我说完了，该你说我了。"

来双扬一愣："说你什么？"

卓雄洲说："你看我怎么样啊？"

来双扬更加愣了。来双扬在心里已经对卓雄洲有了明确的判断，可是她不能说出来。人家卓雄洲买了她两年多的鸭颈，还着实地歌颂了她一番，她万万不能实话实说。来双扬一向是不随便伤害人的，谁活着都不容易啊！卓雄洲怎么样？卓雄洲不错啊。卓雄洲是一个雄壮、强健、会挣钱的男人啊！来双扬做梦都想嫁给这样的男人——只要他真的了解并且喜欢她。来双扬愣了一刻之后，"哧"的一声笑了起来。她要开玩笑了。

来双扬说："我看你挺好。"

卓雄洲说："哪里挺好？"

来双扬说："哪里都挺好。"

卓雄洲说："说具体一点。"

来双扬说："好吧。你的头挺好，脸挺好，脖子挺好，胸脯挺好，腹部也

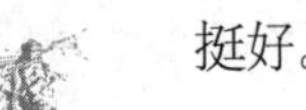

挺好。"

卓雄洲听到这里，坏坏地笑了起来，说："接着往下说！"

来双扬伸出她纤美的手来，在卓雄洲面前摇着，说："我不说了，我不说了。"

卓雄洲趁机捉住了来双扬的美手，再也不放，催促道："说下去！"

来双扬埋下头咯咯笑道："腿也挺好。"

卓雄洲说："你这个坏女人，故意说漏一个地方。"

两人笑着闹着就纠缠到了一块儿。男女两个身体纠缠到了一块儿，自然的事情就发生了。那张大床，不知怎么的，就好像在向他们迎来。卓雄洲和来双扬眼里，也就只有床了。他们很快就到了床上。卓雄洲这两年多来，思念着来双扬，与自己的妻子便很少有事了。来双扬单身了这么些年，男女的事情也是极少的。所以，眼下这两个人，大有孤男寡女，干柴烈火的态势。来双扬是一个想到就做，做就要做成功的女人。既然与卓雄洲滚到了床上，她也没有多余的顾虑了，一味只是想要酣畅淋漓的痛快。卓雄洲呢，也是本能战胜了一切。卓雄洲一贴紧来双扬的身体，很快就不能动弹了。来双扬为了鼓励卓雄洲，狠狠亲了他一下，谁知道卓雄洲大叫："不要不要！"等来双扬明白卓雄洲是受不了这么强烈的刺激的时候，卓雄洲已经仓促地作了最后的冲刺。而来双扬这里，还只是刚刚开始，有如早春的花朵，还是蓓蕾呢。雨露洒在了不懂风情的蓓蕾上！来双扬有苦难言地躺着，跟瘫痪了一样。一朵充满热望，正想盛开的蓓蕾，突然失去了春天的季节，来双扬周身的那股难受劲儿，实在是说不出口，一线泪流，滑湿了来双扬的眼角，暴露出来双扬的不满与失望。

脱了衣服的卓雄洲与西装革履的卓雄洲竟然有如此大的反差，他的双肩其实是狭窄斜溜的，小腹是凸鼓松弛的，头发是靠发胶做出形状来的，现在形状乱了，几绺细长的长发从额头挂下来，很滑稽的样子。卓雄洲抱歉地说："先休息一下，我争取再来一次。"

来双扬赶紧摇头，说："我够了。"

来双扬得善解人意。来双扬得把男人的承诺退回去。来双扬不想让卓雄洲更加难堪，方才卓雄洲的冲刺，喉咙里面发出的都是哮喘声了，他还能再来什么？谁说女人的年纪不饶人呢？男人的年纪更不饶人。卓雄洲毕竟是奔五十的中年人了，没有多少精力了。这种男人没有刺激不行，有了刺激又受不了，只能蜻蜓点水了。卓雄洲不能与来双扬缓缓生长，同时盛开了。他们不是一对人儿，螺丝与螺丝帽不配套，就别说夫妻缘分了。大家都不是少男少女，没有磨合和适应的时间了。

这就是生活！生活会把结局告诉你的，结局不用你在事先设想。

夜已经降临。来双扬好脾气，同意与卓雄洲在雨天湖睡一夜。毕竟卓雄洲的好梦，做了漫长的两年多，来双扬还是一个很讲江湖义气的女人。来双扬让卓雄洲把头拱在她的胸前入睡了，男人一辈子还是依恋着妈妈，来双扬充分理解卓雄洲。入睡不久，卓雄洲与来双扬便各自滚在床的一边，再也互不打搅，都睡了一夜的安稳觉。

早上，卓雄洲从洗手间出来，又是一个很英气很健壮的男人了。他们一同去餐厅吃了早餐。吃早餐的时候，卓雄洲就把手机打开了。马上，卓雄洲的手机不断地响起，卓雄洲不停地接电话。卓雄洲话说得真好，干练而有魄力，处理的件件事情都是大事。来双扬把叉子含在口里，歪头看着卓雄洲，很是欣赏这位穿着西装的、工作着的卓雄洲先生。工作让男人如此美丽，正如悠闲之于女人。也难怪世界上的政治家绝大多数都是男人的了。

雨天湖的房间是来双扬订的，卓雄洲一定要付账，来双扬也就没有坚持。

吃过早餐出来，卓雄洲与来双扬要分手了。他们什么也没有说，就是很日常地微笑着，握了一个很随意的手，然后分别打了出租车，两辆出租车背道而驰，竟如天意一般。

从此，卓雄洲就再也没有出现在吉庆街了。

来双扬没有悲伤。这是来双扬意料之中的事情。来吉庆街吃饭的，多数人都是吃的心情和梦幻。卓雄洲不来，自然有别的人来。这不，又有一个长头发的艺术家，说他是从新加坡回来的，夜夜来到吉庆街，坐在“久久”，就着鸭颈喝啤酒，对着来双扬画写生。年轻的艺术家事先征求过来双扬的意见，说：“我能够画你吗？”

来双扬淡漠地说：“画吧。”

来双扬想：行了艺术家，你与我玩什么花样？崩溃吧。

吉庆街的来双扬，这个卖鸭颈的女人，生意就这么做着，人生就这么过着。雨天湖的风景，吉庆街的月亮，都被来双扬深深埋藏在心里，没有什么好说的，说什么呢？正是生活中那些无以言表的细枝末节，描绘着一个人的形象，来双扬的风韵似乎又被增添了几笔，这几笔是冷色，含着略略的凄清。

不过来双扬的生意，一直都不错。

原载《十月》2000 年第 5 期

第七届《十月》文学奖